U0602186

以知为力　识见乃远

中國文學史

A HISTORY OF
CHINESE LITERATURE

張隆溪 著

黃湄 译

中国出版集团 東方出版中心

图书在版编目（CIP）数据

中国文学史 / 张隆溪著；黄湄译 . -- 上海：东方
出版中心，2024. 9（2025. 1重印）.
ISBN 978 - 7 - 5473 - 2511 - 7

I. I209

中国国家版本馆 CIP 数据核字第 2024GU6200 号

上海市版权局著作权登记：图字 09 - 2024 - 0716 号

A History of Chinese Literature / by Zhang Longxi / ISBN: 9780367758288

中国文学史

著　　者　张隆溪
译　　者　黄　湄
责任编辑　朱宝元
助理编辑　沈辰成
责任校对　高淑贤
封扉设计　安克晨

出 版 人　陈义望
出版发行　东方出版中心
地　　址　上海市仙霞路345号
邮政编码　200336
电　　话　021- 62417400
印 刷 者　山东韵杰文化科技有限公司

开　　本　890mm×1240mm　1/32
印　　张　19.75
插　　页　2
字　　数　505千字
版　　次　2024年11月第1版
印　　次　2025年1月第2次印刷
定　　价　118.00元

献给白头偕老的伴侣薇林

目 录

中译本序

呈现在读者面前的这本《中国文学史》，原书用英文写成，2024年由伦敦劳特里奇出版社（Routledge）出版。在我发表的数十部专著当中，这是比较特别的一本书。自1980年代开始发表文章，进入学术界以来，我在国内外数十年的教学和研究中，一直关注中西方文学和文化的比较，发表的论文和专著也多是比较研究的内容。进入21世纪的20多年里，我的兴趣也扩大到世界文学的研究。世界文学这个概念，从一开始就与中国文学有一点虽偶然却又颇为重要的联系。19世纪初，德国大诗人歌德在一些文章和书信里谈论世界文学，但其中最著名、也最常被人引用的一段，是1827年1月31日，他与年轻的秘书艾克曼的谈话。歌德告诉艾克曼说，他那几天正在读一部中国小说，而正是阅读一部欧洲之外东方的文学作品，使他意识到局限于单一语言的民族文学已经没有什么意义，世界文学的时代即将来临。于是歌德宣告说："诗是全人类共有的……民族文学这个字现在已经没有什么意义了；世界文学的时代就在眼前，我们每个人都应该促成其早日到来。"[1] 歌德与他那个时代大多数的欧洲学者不同，对西方以外的文学颇感兴趣。他不仅阅读中国小说，而且也欣赏5世纪印度戏剧家迦梨陀娑的《沙恭达罗》，喜爱14世纪波斯诗人哈菲兹的作品，并且从中

---

[1] Johann Wolfgang von Goethe, "Conversations with Eckermann on *Weltliteratur* (1827)," in David Damrosch (ed.), *World Literature in Theory* (Chichester: Wiley Blackwell, 2014), pp. 19–20.

i

吸取灵感，写出他自己的《东西方诗集》。因此，歌德的世界文学概念应该包括西方和西方之外世界上各主要的文学传统，是一个具有普世意义的概念。

不过歌德并没有明确界定世界文学的概念，而在19世纪超出单一语言的民族文学传统建立起来的比较文学，都局限在欧洲语言和文学的范围之内。19世纪是西方向外扩张的殖民主义和帝国主义时代，许多欧洲学者，尤其是法国学者，都把歌德所说的世界文学理解为欧洲文学，而歌德的概念又没有明确定义，所以在19世纪直到20世纪的大部分时间里，世界文学并没有成为文学研究中一个重要的领域。在20世纪中叶，著名的比较文学学者克劳迪奥·纪廉就曾经抱怨说，歌德的世界文学概念太模糊，是个"实际上做不到的荒谬想法，值不得一个真正的读者去考虑，只有发了疯的文献收藏家而且还得是亿万富翁，才会有这样的想法。"[2] 世界文学不可能是全世界所有文学作品的总和，因为仅仅是作品数量之多，就使世界文学不可能成为研究的对象。要使世界文学成为可以实际操作的概念，就必须重新界定这个概念。进入21世纪以来，世界文学逐渐成为文学研究中一股新的潮流，而戴维·丹姆洛什在《什么是世界文学？》一书里提出的概念，也许就是最具影响的重新定义。他说：

> 世界文学包括超出其文化本源而流通的一切文学作品，这种流通可以是通过翻译，也可以是在原文中流通（欧洲人就曾长期在拉丁原文中读维吉尔）。在最广泛的意义上，世界文学可以包括超出本国范围的任何作品……无论何时何地，只有当作品超出自己本来的文化范围，积极存在于另一个文学体系里，那部作品

2　Claudio Guillén, *The Challenge of Comparative Literature*, trans. Cola Franzen (Cambridge, MA: Harvard University Press, 1993), p. 38.

才具有作为世界文学的有效的生命。[3]

这就是说，只有超出本国语言文化的范围，往往通过一种广泛流通的语言，在世界上得到其他国家读者阅读和欣赏的文学，才是真正的世界文学。

这一重新定义解决了纪廉抱怨过概念模糊的问题，使世界文学变得比较明确而具体，那就是世界文学必须是超出文学作品自身本来的语言文化范围，被世界上其他国家的读者阅读和欣赏的作品。这一重新定义极大地缩小了世界文学的范围，使之成为一个可以操作的概念，但同时也把世界上大部分仅仅在本国语言文化范围内流通的作品，都排除在世界文学的概念之外。目前能够超出自身原来的语言文化范围，在世界上广泛流通的文学，基本上都是西方主要的文学，而非西方文学、包括欧洲许多"小"语种的文学，就大多还只是本国读者阅读和欣赏的民族文学的作品，而不是世界文学的作品。正如比利时学者特奥·德恩所说："事实上，迄今为止大多数世界文学史毫无例外都是西方的产物，其中对非欧洲文学，尤其是现代的部分，都一律忽略过去。"他接下去又说，不仅对非欧洲文学如此，甚至在欧洲文学各个传统之内，"处理得也并不平等。具体说来，法国、英国和德国文学，在更小程度上意大利和西班牙文学，还有古希腊和拉丁文学，得到最大部分的注意和篇幅。"[4] 我们熟悉的世界文学作品，的确如德恩所说，基本上都是欧洲和北美一小部分文学经典，而世界上大部分地区的文学都还没有进入世界文学。在这个意义上说来，研究世界文学将是对尚未为人所知的非西方文学和欧洲"小"语种文学的探索和发现，使这些文

3　David Damrosch, *What Is World Literature?* (Princeton: Princeton University Press, 2003), p. 4.

4　Theo D'haen, "Major/Minor in World Literature," *Journal of World Literature*, 1: 1 (Spring 2016): 34.

学传统中的经典也能超出其自身语言文化的范围，成为世界文学的一部分。[5]

西方主要的文学经典，从古希腊的荷马和罗马诗人维吉尔，到文艺复兴时期的但丁、拉伯雷、塞万提斯和莎士比亚，再到后来的歌德、席勒、狄更斯、雨果、巴尔扎克、华兹华斯、济慈、雪莱、拜伦、波德莱尔、马拉美、托马斯·曼、弗吉尼亚·伍尔夫、卡夫卡等众多西方作家和诗人，都不仅是西方读者熟悉的经典，而且是非西方读者或全世界的读者都知道的文学经典。非西方文学，包括中国文学，虽然也各有自己的经典，却大部分还停留在自身语言文化的范围之内，并没有成为在全世界广泛流通的世界文学。中国文学有数千年悠久的历史，自《诗经》《楚辞》以来，汉赋、古诗十九首、乐府、唐宋的诗词和古文、元、明、清的戏曲和小说，还有现代白话文学中的许多精品，在中国拥有众多的读者，其中的经典具有完全可以与西方文学经典媲美的审美价值，然而在中国之外，世界上大多数读者却并不知道。中国的大作家和大诗人，如李白、杜甫、陶渊明、苏东坡、李清照、汤显祖、曹雪芹等，在中国可以说家喻户晓，无人不知，但对于中国以外大多数地方的大多数读者说来，这些都还是十分生疏的名字。虽然歌德在19世纪初读到中国小说的时候谈论起世界文学，但现在西方的读者和文学研究者却并不了解中国文学。在西方和非西方之间，显然存在知识的不平衡。一个中国的大学生甚至一般读者，对上面提到那些西方主要作家和诗人的名字都不会完全陌生，但一个欧洲或美国的大学生，甚至专门研究文学的学者，都完全不知道中国最重要的诗人和作家们是谁。当然，专门研究中国文学的汉学家们会知道，但他们在西方学界人数不多，影响有限，他们的知识和努力也还没有成为西方社会一般人

5　参见最近出版的拙著《作为发现的世界文学：扩大世界文学的经典》(Zhang Longxi, *World Literature as Discovery: Expanding the World Literary Canon*, Routledge, 2024)。

的普通常识。在我看来，这是一个极不公平的现象，也是应该改变的现象。现在我们谈世界文学要谈的是名副其实"世界"的文学，而不只是西方文学。中国的经典作家和诗人及其著作，应该超出中国文学的范围，更广泛地为其他语言文化传统的读者所认识和欣赏。所以在这个意义上，可以说世界文学为中国文学的经典提供了绝佳的机会，使之可以超出中国语言文化的范围，成为世界文学的经典。

歌德与艾克曼谈话时提到阅读一部中国的小说，他读的当然不是中文原文，而是法文的译本，可见在世界文学的概念里，翻译相当重要。丹姆洛什重新定义世界文学的概念时，也提到一部文学作品要超出其文化本源在其他文学体系中去流通，"可以是通过翻译，也可以是在原文中流通"，而原文流通的例子是曾经在欧洲各国通用的拉丁文。换言之，要使一部文学作品在世界上广泛流通，就需要将其翻译成在世界上广泛通用的语言。就当前国际上交往的实际情形而言，英语毫无疑问就是在世界上最广泛使用的语言，用英语来介绍中国文学悠久而丰富的历史，就是使中国文学能够超出自身语言文化的范围，成为世界文学一部分的最佳途径。用英文来翻译介绍中国文学的经典作品，就可以在中国之外的其他许多国家和地区，使更多读者能够认识和欣赏中国文学。这就是我用英语来撰写一部中国文学史的初衷。我在2022年4月下旬完成了这部近二十万字的英文书稿，当时有感而写了一首绝句：

> 二十万言尝作史，三千历岁述先贤。
> 先贤不识君莫笑，鹤立蛇行域外传。

"鹤立蛇行"乃是形容中国人看不懂的外国文字，来自据说是唐玄宗所作《唵字赞》又名《题梵书》诗："鹤立蛇行势未休，五天文字鬼神愁。儒门弟子无人识，穿耳胡僧笑点头。"[6] 我写这本书的目的，就是想借助"鹤立蛇行"的外国文字，将中国文学传播到海外，让外国读者能够了解中国文学的历史和丰富的内容。

此书本来是为外国读者而写，出版之后，东方出版中心的朱宝元先生希望有中文本，并请黄湄女士译成中文。黄湄女士自己喜爱中国文学，有丰富的翻译工作经验，她的译文忠实而流畅，使我这本书能够在国内也能与读者见面。我在撰写此书时，参考了国内出版的几部文学史，得益最多的是章培恒、骆玉明两位教授主编的三卷本《中国文学史》（复旦大学出版社1997年版）和袁行霈教授主编的四卷本《中国文学史》（高等教育出版社1999年版），在此我对这些前辈和时贤表示由衷的感佩，也感谢朱宝元先生和黄湄女士。撰写文学史在材料的取舍，尤其在叙述和评论当中，都必然表现出作者自己个人的兴趣、看法和观念，其中有任何失察和错误之处，都由我自己负责。如果此书的中译本能在国内得到读者和研究者们的批评和讨论，有益于我们对中国文学和文学史的深入认识，那就会使我在原来的意图之上，得到更多的收益。依据朱宝元先生建议，这个中译本保留了原书大部分引用中国文学作品的英译文。懂英语并对中译英问题有兴趣的读者，可以对照原文和英语的翻译，对翻译的正误得失，作出自己的判断和评价。所以我期待着得到广大读者和专家学者们对此书的反应和批评。

张隆溪

2023年12月29日初稿于纽约

2024年6月2日改定于长沙

---

6 王重民、孙望、童养年编《全唐诗外编》，全二册，北京：中华书局，1982年，上册第5页。

英文版前言

　　亲爱的读者，当你拿起这本书翻到这一页的时候，你大概对中国充满了好奇，希望了解一点中国的历史、文化和文学。倘若如此，这本书就是为你写的。中国不仅是全世界最古老的国家之一，有着五千多年悠久的历史，而且中国的书写文字在全世界延用至今的文字系统中，也是最古老的，因为当代受过教育的中国读者仍然可以阅读撰成于两千多年前的古代著述原文。孔子《论语》、老子《道德经》和《庄子》等书，当然还有几千年前的古典诗词，在今日的中国也常常阅读和引用其原文。但你对中国的兴趣大概不仅在其古远，而中国不仅是一个历史悠久的国家，其在当代世界上的重要性也是无可否认的。从历史的角度来看，中国很可能是当今最值得了解的国家之一，这其中自然包括了解其历史、文化和文学。

　　中国读者和西方读者在知识上存在显著的不平衡，而这种不平衡反映了当前两者在经济、政治和军事力量上的不对等。大多数中国人，尤其是大多数中国的大学生，一般都知道荷马、柏拉图、亚里士多德、维吉尔、但丁、达·芬奇、莎士比亚、巴赫、莫扎特、贝多芬、简·奥斯丁、巴尔扎克、狄更斯、伍尔夫、艾略特、卡夫卡等名字，还有其他许多西方知名的哲学家、诗人、文学家与艺术家；但在欧洲或美国的大学里，几乎没有哪个大学生乃至文学教授知道谁是中国历史上最著名的思想家、诗人或作家，也许孔子的名字是唯一的例外。当然，汉学家或中国研究专家们会知道，但这只是一个较小的群体，他们的专业知识在当代西方社会也不是多数人皆知的常识。我正是考虑到如何处理这个不对等的问题，才撰写了这本书，力求将中国文学的基本信息与知识的历史全貌展现出来，介绍给那些对中国和中国文学充满兴趣和好奇，但对其语言、文化和历史又一无所知或知之甚少的读者。

出于为这类读者的考虑，本书以清晰明白、浅显易懂的语言按时间顺序介绍了从古至今的中国文学，并列举许多具体范例。毫无疑问，文学总是与其所处的时代密切相关，并在特定的社会、政治、经济和文化背景下创造出来，然而，作为语言的艺术呈现、精神价值的体现、创造性思维与个性的审美表达，文学从来就是一种相对独立的存在，并不能完全为社会和政治环境所决定。因此，在写作本书时，我尽量在必要的时候解释相关历史背景，但这是一部文学史，而不是以文学文本为佐证的社会史或政治史。这本书聚焦于文学，即以艺术化的语言表达思想与情感，令读者得以分享作者的应物斯感，移情地进入文学文本的虚构世界，借助自己的想象与情感去感同身受地体验主人公在彼时情境中所经历的一切。

一部文学史不能只罗列一长串乏味的人名和作品名，尤其不懂中文的读者对此完全没有概念，读来会极为陌生。因此，我在文学史的叙述中收录了许多典范作品，并将其翻译成英文，使读者可以对所讨论的文学有一个大致了解。翻译诚然不易，而翻译文学作品，尤其是诗词，更是难上加难，甚至有人认为根本就不可译。然而，我认为翻译从来就有助于人们跨越语言文化之困难与差异，达到互相沟通和理解，即使是不完美的翻译，也总比没有翻译要好。本书中的翻译在多大程度上能够有助于交流的目的，则是一个我将完全留给读者来判断的问题。

写作本书时，我参考了一些以中文编写、在中国出版的中国文学史著作，其中袁行霈主编的四卷本《中国文学史》（北京，高等教育出版社，1999年）与章培恒、骆玉明主编的三卷本《中国文学史》（上海，复旦大学出版社，1997年）尤其重要。所以我们可以合理地假设，读完这本《中国文学史》的读者，对中国文学的了解几乎接近于以中文为母语的读者，也能了解到中国文学的各个历史时期、不同的文学体裁、许多重要的中国诗人和作家及其代表作。对袁行霈教授、章培恒教授与骆玉明教授主编这些优秀的书籍，我在此表示深深的感谢。我也要感谢劳特里奇出版社的西蒙·贝茨（Simon Bates）先生，感谢他的鼓励与坚定的支持。没有我参考过的书籍和获得的支持与鼓励，也就不会有我这本书。我希望本书能为读者讲述一个有趣的故事，提供一些关于中国文学丰富多彩而源远流长的基本知识。

第一章

先秦时代与中国文化传统基础文本

1. 从神话到信史

回首过去，我们目送时光向过去渐行渐远，由一年而至十年、百年，由百代千载直至遂古之初，彼时即便在最初的集体记忆里，也已无迹可寻。历史在怎样的时间维度上具有合法性，这个问题却往往囿于理性之外的原因而模糊不清。特别是民族史，总不免有人希望尽可能向上追溯，对更多的文化遗产宣称所有权。中国人之所以没有那么多关于过去的神话，背后有着种种原因，主要还是儒家"不语怪力乱神"思想的影响。不过关于三皇五帝的传说还是有的，三皇发明了巢居、取火与农耕之术，五帝则作为传说中的君主，在更确凿的历史时代之前治理着天下。然而，关于三皇五帝的种种大都笼罩在朦胧的神话时代里，尚不能视为信史。

就了解远古而言，现代考古学通过从古代墓葬中发掘并修复的物质性证据，以及曾经深埋地下的考古遗址，为我们提供了一种更好的理解途径。正如旧石器时代和新石器时代不同遗址的考古成果体现了区域间的差异性一样，我们从考古证据也可知，在亚洲大陆东部，这片后来被称为中国的地区很早以前已形成一个在文化上互相关联的区域。20世纪初，在北京郊区的一次考古发掘，考古学家发现了"北京人"化石遗迹，这种直立人可以追溯到距今78万年至30万年前；并且在中国各地的许多新石器时代遗址，考古学家也发现了各个发展阶段的玉器、陶器和青铜器，承载着农业社会的印记和宗教仪式（如萨满教）的痕迹。同其他国家和民族一样，中华民族也有关于自身起源与文化的神话传说，但这些也像其他神话传说一样，大多数都很晚才成文，而其描绘的事件或歌颂的英雄人物，亦早已湮灭在遥远的模糊记忆或难以置信的幻想之中。

神话当然不是历史，但神话却能在远古口耳相传，令我们得以瞥见古人诗意想象中概念化了的世界。例如中国古代第一部诗歌选集、儒家经典《诗经》中的一首《商颂·玄鸟》，开篇有云：

天命玄鸟，	At the command of Heaven, the Blue Bird
降而生商，	Came to earth and gave birth to Shang.
宅殷土芒芒。	Their land of Yin is vast and immense.
古帝命武汤，	The Ancient Lord gave order to Wu Tang:
正域彼四方。	Rule over all four corners noble and strong.

这里神话与信史杂糅在一起：我们确切知道商是中国的一个历史朝代，而武汤（公元前17世纪或前16世纪）正是这个王朝的开创者；但这首献给商代统治者的颂诗，却保留了商人相信他们乃是神圣"玄鸟"降临人间的后裔、武汤受"古帝"之命治理天下的神话内容。这首诗的创作大概可以追溯至公元前11世纪，显示了商代先民关于鸟类祖源的图腾崇拜的痕迹。其他书上还载有别的神话，如盘古开天辟地、女娲抟黄土作人等等。女娲也关系到一个重要的大洪水神话，在世界各地的许多文化中都能找到这种普遍的神话类型。在公元前139年以前撰成的汉代典籍《淮南子》中，对女娲拯救世界有着这样的生动描绘：

往古之时，四极废，九州裂，天不兼覆，地不周载。火爁焱而不灭，水浩洋而不息。猛兽食颛民，鸷鸟攫老弱。于是女娲炼五色石以补苍天，断鳌足以立四极，杀黑龙以济冀州，积芦灰以止淫水。

In ancient time, the four heavenly pillars collapsed and the Nine Continents broke up; the sky could not cover everything, and the earth could not sustain all. Fires sent out huge flames and did not die down, and waters flooded everywhere and did not subside. Ferocious animals devoured innocent people, and birds of prey swooped down to snatch the elderly and the weak.

Thus Nüwa melted stones of five colors to patch up the leaking sky, tore apart the legs of huge turtles to prop up the four corners, killed the Black Dragon to save the land, and piled up ashes of burnt reeds to stop the flooding waters.

大禹则是最终驯服洪水，并使土地适宜耕种、产出富饶的传奇英雄。仓颉神话则与书写和文学密切相关，传说他发明了汉字，也是黄帝的编年史官。有趣的是，同样在《淮南子》中，仓颉造字被描述为导致若干奇特后果的怪异事件："昔者仓颉作书，而天雨粟，鬼夜哭。"东汉学者高诱（168—212）注曰：

苍颉始视鸟迹之文，造书契，则诈伪萌生。诈伪萌生，则去本趋末，弃耕作之业而务锥刀之利。天知其将饿，故为雨粟。鬼恐为书文所劾，故夜哭也。

By observing the patterns of traces left by birds on the ground, Cangjie started to make written scripts, and thus gave rise to deception and falsehood. With deception and falsehood arising, people tended to abandon the essential and swarm towards the insignificant; they would give up the business of husbandry and go for the benefit of awls and knives. Heaven foreknew that people were to starve, so it let millet grains rain down; and ghosts were afraid of being condemned by written verdict, so they wailed at night.

　　这里的"锥刀"特指中国古代书吏在木牍或竹简上修削挖改笔误的工具，所以后来也以此代称文书案牍一类的工作。上述《淮南子》的言论与注解，显然是出自道家观点，以自然之本朴高于文明之巧伪和虚骄，而在这种情况下，口说之言自然也优于书写之文字了。[1] 柏拉图在《斐德若篇》中，同样也对书写文字不屑一顾，认为其不如口头语言。在柏拉图笔下，上埃及国王告诉文字的发明者图提，当人们习惯了书写文字时，

> 就会在他们的灵魂中播下遗忘，因为他们会依赖书写的文字，不再去努力回忆了……你发明的不是回忆的药方，而只是提示的药方。你传授给学生的不是真正的智慧，而只是智慧的表象。[2]

　　在这里，写作提供的不是真正的智慧，而是智慧的表象，亦即诈伪，而这正是道家之所以摈弃书面文字的原因，即书写文字导致巧诈和虚伪，失去质真与素朴。

1　此处是中西方哲学都有贬低书写文字的倾向。德里达所谓西方以思维为内在真理，口头语言庶几近之，书写文字是离内在思想最远的传统，即他批判的"逻各斯中心主义"。中国道家亦如此。《老子》开篇即谓："道可道，非常道；名可名，非常名。"《庄子》书中轮扁对桓公说："然则君之所读者，古人之糟粕已夫！"钱锺书《管锥编》评《老子》首章，论之甚详。

2　Plato, *Phaedrus* 275a, trans. R. Hackforth, in Edith Hamilton and Huntington Cairns (eds.), *Plato: The Collected Dialogues, including the Letters* (Princeton: Princeton University Press, 1963), p. 520.

仓颉未必是一位真正的历史人物，但汉字的确很早就在中国出现了。仓颉观察鸟迹而造字的传说，其原型其实出自另一部重要的儒家经典《易经》，其中记载了一项时间更早的充满神话色彩的发明——三皇之一庖牺（又称伏羲）发明八卦：

> 古者包牺氏之王天下也，仰则观象于天，俯则观法于地，观鸟兽之文与地之宜，近取诸身，远取诸物，于是始作八卦，以通神明之德，以类万物之情。
>
> In ancient times when Paoxi ruled all under heaven, he looked upward to observe the forms in the sky and looked downward to observe the patterns on the earth, and he also observed the pattern of traces left by birds and animals on the ground and the configurations of the earth. By taking hint near at hand from his body and farther away from external things, he then created the hexagrams to make the virtue of gods comprehensible and the nature of all things known in signs.

就史实而言，我们不能确定究竟是谁发明了八卦或汉字，但中国古代八卦和文字的存在，却是一个历史事实。所以这也可以理解，伏羲和仓颉的形象必须被创造出来，满足人们为那些创造性天才确认身份的天然渴望，毕竟只有他们才能发明这些重要的文化符号系统。故而，这个半隐于神话和传说背后的上古时代，虽然据说有三皇五帝之续，但正如我们之前所说，这些神话故事文本都成文甚晚，其历史真实性也难以完全证实。即便是第一个历史朝代夏朝（前2070—前1600），更翔实的考古证据也还有待进一步发掘确认。

从商朝（前1600—前1046）开始，我们进入了有文字记载的历史。上文引用的《诗经·玄鸟》篇，体现了商部族的信仰，即他们的祖先是天降圣鸟的后裔，但这只能视为原始神话和祖先崇拜的残余。商朝在历史上的存在是得到证实的，不仅有古籍记载，还有大量刻有文字的龟甲、兽骨与青铜器铭文，均首次出土于20世纪的考古发掘。这些甲骨用于宫廷占卜、祭祀仪式、记录战争和其他大事，从人民、宗教、社会状况与文化等多方面提供了商朝存在的实物证据与文本证据，在时间上则可以追溯至公元前16世纪至前15世纪。商朝和之后的周朝都铸造了许多精美的青铜器，那些青铜铭文可以帮助我们了解这两个朝代的历史和文化。

汉字构成的表意文字系统可以追溯到公元前2000年左右，每个字都是由不同笔画以特定方式组合而成，大多数都是单音节的表意字。甲骨文、贝壳文与青铜铭文，构成了汉字书写的最初形式，并成为后世汉字的原型。这些汉字曾用纤细的毛笔蘸墨写在竹简或木牍上，后来公元105年前后发明了纸，又写在纸上。汉字系统是全世界最古老的持续使用的书写系统，具有异常强大的凝聚力，能够以统一的书面语言聚合九州人民，哪怕各地的方言发音可能南腔北调，互相之间不能沟通。通过学习汉字，今日受过教育的当代读者仍然可以阅读两千多年前的古籍。汉字书法一直是一种备受推崇的技艺，在中国是一门重要的艺术。事实上，在19世纪之前甚至进入20世纪以后，汉字不仅在中国广泛使用，也用于朝鲜半岛、日本和越南等，形成了许多学者所说的东亚"中华文化圈"。

商朝之后的周朝（前1046—前256）持续了大约800年。周天子位居中央首都施行统治，并在各地分封诸侯国以治理整个天下。但在周朝后半段亦即东周（前770—前256），地方势力不断壮大，中央权力式微，大小诸侯纷争四起，此时被称为春秋时期（前722—前476），之后是战国时期（前475—前221）。中央政权难以掌控全国，恰恰成就了这个思想理论纷纷破土而出、繁花似锦的宽松时代，诞生了中国古代最重要的一批思想家，如孔子（前551—前479）、老子（前6世纪）、墨子（约前470—前391）、孟子（前372—前289）、庄子（前4

世纪）等等。他们建立了百家争鸣的思想学派并著书立说，构成了中华文化传统的基础文本。

孔子本人不曾著书，是弟子们记录老师众多语录汇编成《论语》一书，形成了儒家学派。老子著有作者同名之书《老子》，亦称《道德经》，奠定了道家思想的基础。还有许多其他学派，如法家、墨家、兵家、名家等等，一时可谓"百花齐放、百家争鸣"。儒家五经包括《诗》《书》《易》《礼》《春秋》，历代都有权威注疏，不仅对中华文化传统产生了巨大影响，千百年来亦影响着整个东亚地区。

顾名思义，"战国"就是相对弱小的诸侯国逐渐被大国征服或吞并的时代，最终剩下齐、楚、燕、韩、赵、魏、秦等七雄在动荡中合纵连横、征伐不断。最终，地处西北的秦国成为头号强国并征服了其他六国，于公元前221年在中国历史上首次建立了一个大一统国家。秦的君主不再称王，而采用皇帝的称号，自称始皇帝。秦始皇统一了标准化的汉字书写系统，统一了度量衡，建立了中央集权统治的政治结构，这些在中国历史上都具有深远的影响。他还下令修造了中国最早的万里长城，尽管秦长城今天已荡然无存了。

作为军事征服者，秦始皇在中国历史上乃是恶名昭著的暴君，主要是因为他统治庞大帝国的铁血手段，还有为控制思想采取的焚书坑儒等一系列苛酷措施。他自称始皇帝，显然是希望他的子孙能够代代相传，永坐江山，但历史的讽刺恰在于秦是一个短命王朝。公元前210年，始皇帝驾崩于东巡期间，因担心政治动荡，权宦赵高和宰相李斯暂时隐瞒了这一消息，在途中以大量鲍鱼跟随始皇帝的双轮马车而行，试图以腌鱼的烂腥味掩盖遗体的恶臭。后来他们将秦始皇的小儿子胡亥扶为新帝，是为秦二世，但很快就叛乱四起，秦朝亦于公元前207年灭亡。经过激烈的较量与战争，下一个王朝汉朝建立了。汉朝从公元前206年到公元220年，前后持续了四百多年。

2. 中国的诗歌概念

在几乎所有的文化中，最早的文学形式都是诗歌。[3] 早期的诗歌经常是在群落中，伴着音乐和舞蹈唱出来的；它不是由任何特定的个人创作，而是以口头传播，在这个过程中任何诵读者都可以修订、增补、改良或润色。"神话、语言和艺术，"正如恩斯特·卡西尔（Ernst Cassirer, 1874—1945）所论，"最开始是一个具体的、不可分割的整体，只不过后来逐渐分解为三种独立的精神创造形式。"[4] 这个观点可能有助于理解中国古代经典之一《尚书》所表达的诗歌观念，亦即作为五帝之一的舜提出的"诗言志"。舜令大臣夔以诗歌与音乐教育他的子孙，因为这些至关重要，有利于在万物甚至天人之间建立和谐关系。夔坚信诗歌和音乐具有实现和谐的力量，甚至说："予击石拊石，百兽率舞。"就中国诗学而言，"诗言志"是一个主要的原则。

诗歌可以满足人的一种基本需求或欲望，因为人感物而动情，就会产生一种几乎不可抗拒的冲动，要将内心的感情或脑中的思想用语言表达出来。中国古人正是这样理解诗歌的。他们认为，人的心绪本

---

3 "文学"一词在西方语言中来源于拉丁文 littera，意思是"字母"，指书写的字母。古希腊文则没有这样的词，亚里士多德曾在《诗学》（47a）一书中抱怨："用不入韵的散文或韵文（或兼用数种、或单用一种韵文）表达的艺术，目前还没有名称。因为我们还没有共同的名称来称呼索福戈和塞那耳科斯的拟曲，或模仿与苏格拉底的对话，即使有人三双音步短长格或箫歌格或同类的格律来模仿，这种作品也没有共同的名称。"参见 Aristotle, *Poetics with the Tractatus Coislinianus, reconstruction of Poetics II, and the Fragments of the On Poets,* trans. Richard Janko (Indianapolis: Hackett, 1987), p. 2。"诗歌"一词源自希腊诗歌"制造"或"创造"，是一个更古老的词，形容我们现在所说的文学创作。

4 Ernst Cassirer, *Language and Myth,* trans. Susanne K. Langer (New York: Dover Publications, 1953), p. 98.

来静如止水，但却会在外界的刺激下动心扰性，好比将一块石头扔进水里，不免会溅起水花或泛起涟漪。基于这样的古代心理学和诗学理论，另一部儒家经典《礼记》在《乐记》一章中是这样解释音乐起源的：

> 凡音之起，由人心生也。人心之动，物使之然也。感于物而动，故形于声。声相应，故生变；变成方，谓之音。……
>
> 凡音者，生人心者也。情动于中，故形于声；声成文，谓之音。是故治世之音安以乐，其政和；乱世之音怨以怒，其政乖；亡国之音哀以思，其民困。声音之道与政通矣。……
>
> 故歌之为言也，长言之也。说之，故言之；言之不足，故长言之；长言之不足，故嗟叹之；嗟叹之不足，故不知手之舞之，足之蹈之也。

All sounds arise from the human heart. It is external things that move the heart. When the heart is touched by external things, it moves and takes shape in sounds. When sounds reverberate, variations are produced; and when vari-ations form patterns, they are called music. ...

All sounds are generated in the human heart. Emotion moves inside and takes shape in sounds; when sounds form patterns, they are called music. Therefore, the music of a well-governed state is peaceful and pleasant, for the governance is harmonious; the music of a chaotic state is plaintive and irate, for the governance is perverted; and the music of a lost state is sad and pensive, for the people are perplexed. The way of music thus corresponds to that of governance. ...

What a song does to words is to prolong them. In speaking one uses words; when words are not enough, one prolongs them; when prolonging words is not enough, one sighs in exclamation; and when sigh and exclamation are not enough, without knowing it one starts to dance by waving one's hands and tapping one's feet.

声音、音乐和文字就这样联系在了一起；它们都是人们内心感受的外在表达，所表达的不仅是个人的感受和思想，更体现了所在社群或国家的政治状况，因为国家治理得如何会直接影响到人们的情绪，令他们或喜或怒、或满意或困惑。作为中国古典诗歌中最具影响力的文本之一，在《诗经》的《大序》中甚至用同样的措辞表达了这一观点。下面是《大序》对诗歌及其起源的定义：

> 诗者，志之所之也。在心为志，发言为诗。情动于中而形于言，言之不足，故嗟叹之；嗟叹之不足，故永歌之；永歌之不足，不知手之舞之，足之蹈之也。
>
> 情发于声，声成文谓之音。治世之音安以乐，其政和；乱世之音怨以怒，其政乖；亡国之音哀以思，其民困。故正得失，动天地，感鬼神，莫近于诗。

Poetry is where the intent goes. What is at heart is the intent, when it comes out in words, it becomes poetry. Emotion moves inside and takes shape in words; when words are not enough, one sighs in exclamation; when sigh and exclamation are not enough, one sings a song; and when singing a song is not enough, without knowing it one starts to dance by waving one's hands and tapping one's feet.

Emotions come out in sounds, and when sounds form patterns, they are called music. The music of a well-governed state is peaceful and pleasant, for the governance is harmonious; the music of a chaotic state is plaintive and irate, for the governance is perverted; and the music of a lost state is sad and pensive, for the people are perplexed. Therefore nothing comes close to poetry for setting things aright, moving heaven and earth, and emotionally touching the spirits and gods.

据此理解，诗歌不仅反映了个体的心理状态，也体现了国家的社会状况。此即孔子所谓"诗可以观"（《论语·阳货》）。诗又被抬高到具有符咒般非凡感召力的程度，被认为可以"动天地、感鬼神"。这或许有助于我们深入理解中国诗歌的概念，理解为什么在悠久的中国文学史上、在所有的文学类型之中，诗歌始终居于主要地位。

正如上文所见，《诗·大序》的许多文字与《礼记》那些引文相似甚至相同。这在古代并不罕见。就这个具体例子而言，《大序》是更晚时候的汉朝所编，直接引用更早的典籍《礼记》，能够为这一新作增添更多的殊荣与权威性。很显然，在古时并无所谓著作权，词句的重复也带有更早时期口传文本的痕迹。《诗经》的许多诗歌都有口头文学的痕迹，因为这些诗没有具体作者，一些程式化的重章叠句出现在同诗各节甚至不同诗歌之间，某些古籍所引的诗句在《诗经》的传世通行本中并不存在，等等。显然，这些诗歌口耳相传了很长一段时间，后来才以书面形式固定下来。

3. 先秦基础文本：儒家

从公元前770年东周建立到公元前221年秦始皇统一中国，这一时期周朝中央统治式微，大大小小的诸侯国纷纷卷入权力和统治的争夺。这一时代史称"春秋战国"，正如我们之前提过的，虽然在政治上动荡危险，在智识发展上却充满活力、令人兴奋，为思想家和学者们提供了创立学派、招募弟子、著书立说的无数机会。中国几大主要思想学派均在这一时期形成，有儒家、道家、法家、墨家、兵家、名家等等，共同创造了一个极为丰富的典籍文库，如《论语》《孟子》《老子》《庄子》《墨子》《孙子兵法》等。如前所述，儒家将五部古籍列为经典，这些文本后来传遍了整个东亚，与中文的书写文字一道，千百年来在朝鲜半岛、日本和越南等地产生了巨大的影响。另一古籍《山海经》也成书于这一时期，但由于它包含许多古老的异域神话传说和神话动物，没有被认为是可靠的知识来源，故而也没有像其他古籍那样影响深远。

在儒家五经中，我们上文已提到《尚书》中关于"诗言志"这一影响较大的观点。我们也引用了《礼记》关于音乐源于心感于物而动的说法，相关文字后来再次化用在《诗·大序》中。我们还引用了《易经》的内容，上古帝王伏羲观天地之象、鸟兽之文，从而创造了八卦。我们将在下一章单独讨论《诗经》的更多细节，现在则可以从文学视角看看其他儒家经典和别的古籍，也就是那些被称为"子书"的大师之作，包括《论语》《老子》《庄子》《孟子》等。这些著作被称为先秦文献，都是在公元前221年秦朝建立之前创作的；它们构成了中国文化传统的基础文本，也是后世历代诗人和作家取材其中、参考借鉴的经典。

儒家经典《春秋》是中国第一部史书。这本书有左氏、公羊、穀梁三家经典注释，其中《春秋左氏传》(《左传》)最为出色，其描摹纷杂事件精炼清晰，所载辞令"未必有此事"却"未必无此理"，叙事风格富艳跌宕，人物特征生动鲜活。以鲁国人曹刿的著名故事为例，公元前684年，在鲁国与更强大的齐国交战之际，他表现出了相当的战争智慧。这年春天，鲁国遭到齐军进攻，曹刿当时还不是官员，却主动求见鲁庄公为国效力。同乡们劝他说："肉食者谋之，又何间焉？"曹刿回答说："肉食者鄙，未能远谋。"他觐见庄公，庄公接受了他的建议，二人乘坐同一辆战车来到战场。庄公想下令击鼓进军，但被曹刿阻止。等齐军三次击鼓冲锋后，曹刿说："可矣！"齐军惨败。而当庄公想追击敌人时，曹刿再次阻止，并下车察看齐军战车的车辙，这才同意庄公追击。以下是曹刿的解释：

　　既克，公问其故。对曰："夫战，勇气也。一鼓作气，再而衰，三而竭。彼竭我盈，故克之。夫大国，难测也，惧有伏焉。吾视其辙乱，望其旗靡，故逐之。"

　　After they secured victory, the Duke asked him to explain, and he replied: "In battle, courage is everything. At the first drum one's courage is raised, by the second it is already in decline, and by the third it will be depleted. When our enemy had depleted their courage, ours was just full, so we could defeat them. But large states are hard to fathom and I was worried about ambush. I saw that their chariot tracks were disoriented and their flags were falling down, so we chased them."

这段简短的文字几乎没有描写战斗场景，而是突出了曹刿能够引起读者注意的几个行为细节，主要叙事兴趣在于让曹刿解释自己为什么如此表现，借以展现他的智慧。

《左传》中还有一个简洁叙事的例子是重耳（前671—前628）的故事。重耳是晋国公子，为躲避政敌辗转流亡于各诸侯国近二十年，最终回国继承大位，执政期间使晋国成为春秋霸主。在他流亡历险途中，各诸侯国给他的待遇可谓参差不齐，而他的性格脾气也在书中刻画得淋漓尽致，给人留下了极深的印象。公元前644年，重耳一路流亡来到卫国，下面这段文字描述了一种充满戏剧性的互动：

　　过卫，卫文公不礼焉。出于五鹿，乞食于野人，野人与之块。公子怒，欲鞭之。子犯曰："天赐也。"稽首受而载之。

　　When he passed through Wei, the Duke Wen of Wei did not receive him politely. Coming out of Wulu, he begged food from

13

people in the wilder-ness, and a man in the wilderness gave him a cake of dry mud. The prince felt outraged and wanted to whip the man, but Zifan said, "this is a gift from heaven." The prince thus prostrated himself on the ground and received it, and carried the mud in his chariot.

"野人"的行为无疑是古怪的，饥饿的公子重耳向他乞食，他却把土块作为"礼物"送来，公子的愤怒反应是很容易理解的。然而，有趣之处正在于子犯给出的象征性解释，还有公子态度的戏剧性变化。子犯是重耳的叔叔，也是他流亡途中忠诚的追随者，他对土块作为"天赐"礼物的解释，显然是"见微知著"原则的典型例证：将土块视作重耳终将夺回并统治土地之象征，遂使重耳在情绪和态度上发生了戏剧性的变化。鉴于重耳的流亡境遇和想要夺回合法地位的强烈愿望，这个象征性的解读对他来说必然很有意义。所有这些都在几句话里简单讲完，这段文字以转折迅速的戏剧性情节和难忘的画面，给我们留下了深刻的印象。

先秦哲学著作开创了一种典范性的文学散文，那就是古代思想家经常用隐喻和类比推进论证，令观点更加详实，引人入胜。例如儒家重要思想家孟子对"性善论"的著名论证。孟子在与其他哲学家的辩论中发展了他的思想，他和另一位哲人告子曾就人性问题有过有趣的辩论，后者对人性的看法不同于孟子，甚至可能代表了更古老的一种观点：

> 告子曰："性犹湍水也，决诸东方则东流，决诸西方则西流。人性之无分于善不善也，犹水之无分于东西也。"
>
> 孟子曰："水信无分于东西，无分于上下乎？人性之善也，犹水之就下也。人无有不善，水无有不下。"
>
> （《孟子》卷十一《告子章句上》第2章）

14

Gaozi says: "Human nature is like flowing water, digging a channel in the east, it will flow to the east, but digging a channel in the west, it will flow to the west. Human nature is not differentiated as good or bad just like water is not differentiated as flowing to the east or the west."

Mencius says: "Water indeed does not differentiate the east from the west, but does it not differentiate the upward from the downward? Human nature is as necessarily good as water necessarily comes down. There is no man who is not good, just as there is no water that does not run downward."

(*Mencius*, 11.ii)

没有人能否认水是自然向下流动的，但水与人性的对应关系并没有事先确立；所以我们可以说，孟子的论证在逻辑上其实是有瑕疵的。然而是告子首先使用了这个水和人性的比喻，孟子只不过正好利用了这一点，将辩论转向了对自己有利的方向。

就人类内心的"善端"而言，孟子确实给出了一个更有说服力的论证，他坚称在下面这种假设情况下，任何人都会有行善的直觉冲动：

今人乍见孺子将入于井，皆有怵惕恻隐之心，非所以内交于孺子之父母也，非所以要誉于乡党朋友也，非恶其声而然也。由是观之，无恻隐之心，非人也。

（《孟子》卷三《公孙丑章句上》第6章）

Now upon seeing, all of a sudden, a child about to fall into a well, everyone would feel horrified and compassionate not because one would want to make friends with the child's parents, not because one would want to make a reputation among neighbors and friends, nor because one hates to hear the child cry. From this we may conclude that he who does not have a heart of compassion is not human.

(Mencius, 3.vi)

通过唤起人类基本本能，从而建立关于人类仪范、道德原则或伦理理论的论点，其中所蕴含的基于人类心理的力量，确实比推理和理性的算计来得更为深刻。

4. 先秦基础文本：道家

不同于儒家学说总是从人类视角看待世界，道家每每将自然置于人类社会之上。在《老子》中，我们可以发现天道和人道的鲜明对比：

> 天之道，其犹张弓与？高者抑之，下者举之；有余者损之，不足者补之。天之道，损有余而补不足。人之道则不然，损不足以奉有余。孰能有余以奉天下？唯有道者。

（《老子》第77章）

The way (dao) of Heaven, isn't it comparable to pulling a bow?

That which is too high is lowered down; that which is too low is lifted up. That which is too much is reduced; that which is not enough is compensated.

The way of Heaven is to reduce what is too much and compensate what is not enough.

The way of man is not like this:

16

It takes from those who have not enough and gives it to those who already have too much.

Who can take the too much and give it to all under heaven?

Only the one who is in possession of the dao.

(*Laozi* chap. 77)

　　老子的行文每每以排比句式平行展开，呈现出强烈的节奏感和诗意效果。例如，"天地不仁，以万物为刍狗；圣人不仁，以百姓为刍狗"（第5章）；"知者不言，言者不知"（第56章）。如果说儒家主张的是男尊女卑的伦理体系，那么老子则常论及那些看似卑弱与强健之双方的地位逆转，并主张无为才是最好的作为。"天下之至柔，驰骋天下之至坚。无有入无间，吾是以知无为之有益"（第43章）。水是他最喜欢的比喻："天下莫柔弱于水，而攻坚强者莫之能胜，其无以易之。弱之胜强，柔之胜刚"（第78章）。他还说："道常无名，朴。虽小，天下莫能臣。……譬道之在天下，犹川谷之于江海"（第32章）。他还从自然中汲取了另一些例子来佐证观点：

　　　　人之生也柔弱，其死也坚强。草木之生也柔脆，其死也枯槁。故坚强者死之徒，柔弱者生之徒。是以兵强则灭，木强则折。强大处下，柔弱处上。

（《老子》第76章）

Human beings are soft and weak when alive, but hard and rigid when dead. Plants and weeds are soft and fragile when alive, but dry and withered when dead.

So those that are hard and rigid are dead, but those soft and weak are alive. So the army will be destroyed when it's hard and strong, and plants will be broken down when they are hard and strong. The powerful one will occupy the lower position, while the weak and fragile will rule from the above.

(*Laozi* chap. 76)

我们上文已经提到过道家对语言尤其是书写文字的摈弃，这在《老子》开篇第一句话就很清楚了。根据伟大的历史学家司马迁（前145—前86）的记载，老子久居周国，最后要出关离去时，关令尹对他说："子将隐矣，强为我著书。"于是老子写下了这本关于他道家思想的书，但开篇第一句却是"道可道，非常道"（第1章）。换句话说，在写这本书的时候，老子从一开始就告诉读者，写一本关于道的书是没什么用的，因为神秘的道是不可言说的，无法用语言来表达。

在《庄子》一书中，道的不可言说性也被多次强调。庄子称"道不可闻，闻而非也；道不可见，见而非也；道不可言，言而非也"，并补充道，"道不当名"（《庄子·知北游第二十二》第8节）。尽管庄子否认语言的功效，然而他却使用了大量的隐喻、类比、寓言与其他各种修辞手法，讨论那些本应超越语言的存在，从而创造了一种汪洋恣肆的语言，堪称所有先秦文献中最具诗意者。这里我们发现了一个"反讽模式"，亦即那些摈弃语言的作者必须使用语言作为工具，才能贬低语言的价值，尤其谈论他们所声称的那些"难以言表"之物时，用的各种词汇和修辞手法每每更多，而非更少。

庄子下面讲述的这个寓言，发生在轮扁和齐桓公之间，就是关于语言、书写文字和读书的故事。轮扁在堂下斫轮，桓公在堂上读书。轮扁放下工具上前，问桓公说："敢问公之所读者，何言邪？"桓公答："圣人之言也。"轮扁问："圣人在乎？"桓公说："已死矣。"轮扁直率地对桓公说，他读的都不过是"古人之糟粕"！桓公很生气，一个工匠竟然如此大胆，敢于评论他读的书，便要求轮扁作出解释。轮扁遂说，他斫轮至七十多岁，而做出完美车轮的诀窍是无法形之于言的，"臣不能以喻臣之子，臣之子亦不能受之于臣"，于是他说："古之人与其不可传也死矣，然则君之所读者，古人之糟粕已夫！"（《庄

18

子·天道第十三》第8节）

　　庄子是一位才华横溢的辩论家，他和辩友惠子之间的许多对话，无不辞藻华美、意义深远。他的观点往往令人震惊，挑战我们的一般观念和常识性的理解，需要细致地深入反思才能真正领会其意蕴。这里有一个著名的"鱼之乐"的例子，庄子对认知、同理心和差异性的理解寓于其中：

　　　　庄子与惠子游于濠梁之上。庄子曰："儵鱼出游从容，是鱼之乐也。"惠子曰："子非鱼，安知鱼之乐？"庄子曰："子非我，安知我不知鱼之乐？"惠子曰："我非子，固不知子矣；子固非鱼也，子之不知鱼之乐全矣。"庄子曰："请循其本。子曰'汝安知鱼乐'云者，既已知吾知之而问我。我知之濠上也。"

　　　　　　　　　　　　　　　　　　（《庄子·秋水第十七》第7节）

　　Zhuangzi and Huizi are strolling on the bridge over the Hao River. "Out there a shoal of white minnows are swimming freely and leisurely," says Zhuangzi. "That's what the fish's happiness is." "Well, you are not a fish, how do you know about fish's happiness?" Huizi contends. "You are not me, how do you know that I do not know about fish's happiness?" retorts Zhuangzi. "I am not you, so I certainly do not know about you," Huizi replies. "But you are certainly not a fish, and that makes the case complete that you do not know what fish's happiness is." "Shall we go back to where we started?" says Zhuangzi. "When you said 'how do you know about fish's happiness?' you asked me because you already knew that I knew it. I knew it above the Hao River."

　　　　　　　　　　　　　　　　（*Zhuangzi*, "Autumnal waters," 17.vii)

　　基于显而易见的差异性，惠子在质疑庄子对"鱼之乐"的认知时，似乎显得逻辑完美：如果惠子承认，即使作为人类，他也不完全了解庄子（如庄子第一次所反驳的），那么庄子作为人类，当然也就不可能知道鱼是否快乐。庄子最后声称，他"知之濠上"，则申明了这一经验的、移情的、实践的认知，乃是得自"现场"的具体语境，好比轮扁知道制造完美车轮的诀窍那样，同样无法用语言去表达的认知。更重要的是，惠子与庄子、子与我、人与鱼之间的不同，这些惠子从未加以质疑的差异性，都是基于常识角度作出的划分，以便于人类的理解。而作为道家的哲学家，庄子挑战了我们的常识性理解，动摇了那些已被接受的概念，质疑了从人类视角制造差异性以便理解的惯常做法，在这些方面都比惠子激进得多。事实上，庄子未必那么确定鱼和他自己的差异，而这就引导我们进入另一个名篇，关于庄周梦蝶和他对自己身份的质疑。在《齐物论》末尾，庄子以庄周为名，讲述了一个关于梦境的故事，认真地对现实与梦境、人与蝶的差异性提出了质疑，并以自我反思打开了我们的思路：

> 昔者庄周梦为胡蝶，栩栩然胡蝶也，自喻适志与！不知周也。俄然觉，则蘧蘧然周也。不知周之梦为胡蝶与？胡蝶之梦为周与？周与胡蝶则必有分矣。此之谓物化。

（《庄子·齐物论第二》第7节）

Once Zhuang Zhou dreamed of himself being a butterfly, he was really a butterfly fluttering around, happy and comfortable, knowing not that he was Zhou. After a while, he woke up, and he was surprisingly Zhuang Zhou himself. It is not clear whether it was Zhou who had dreamed of being a butterfly, or it was a butterfly that had dreamed of being Zhou. Yet there must be differentiation between Zhou and the butterfly, and this is called the transformation of things.

(Zhuangzi, "On all things being equal," 2.vii)

20

这段文字表明，在先秦时代的中国，哲学思辨领域已经出现身份认同与差异性、名称与所指、事物本身与其概念化构想的逻辑关系等多组命题了。就这种先秦哲学辩论而言，一个有趣的例子是名家学派的著名代表人物公孙龙（约前320—前250）提出的命题。公孙龙认为"白马非马"，因为"马者所以命形也，白者所以命色也"；命名颜色的词不等于命名形状的词，因此说"白马非马"。他还提出，"物莫非指，而指非指"。这些看似荒谬的命题，都与种属和种类的逻辑分类有关，若加以适当的解释，都不难理解，但公孙龙和其他"名家学派"的人故意用令人困惑的语言，把这些逻辑悖论表述为荒谬的断言。庄子批评他们说："桓团、公孙龙辩者之徒，饰人之心，易人之意，能胜人之口，不能服人之心，辩者之囿也。"（《庄子·天下第三十三》第8节）在对差异性的质疑中，庄子提出了自己的论点：

> 以指喻指之非指，不若以非指喻指之非指也；以马喻马之非马，不若以非马喻马之非马也。天地一指也，万物一马也。

（《庄子·齐物论第二》第4节）

Using the finger to explain that finger is not finger is not as effective as using what is pointed out by a finger to explain that finger is not finger; using a horse to explain that horse is not a horse is not as effective as using what is not horse to explain that horse is not a horse. Heaven and earth are but one finger, and all ten thousand things are but one horse.

(*Zhuangzi*, "On all things being equal," 2.iv)

在这里，庄子不仅揭穿了公孙龙和名家学派的荒谬，也宣传了道家"物之为物"的观点，并不从方便人类认知的角度动辄对事物施以人为区分，更遑论上述名家式的强词诡辩了。如果我们可以理解，万物都可以用一个手指头指出、可以用同一个名字来命名（"马"和其他任何名字都一样好），那么我们或许可以认同庄子，天下万物都只不过是"一指"或"一马"。万物都是平等的。

正如我们前面提到的，置自然于文化之上，而不总是从人类视角来看待万物，这确实是一种道家倾向。庄子另有一段文章，讲述了一个令人难忘的寓言，以有趣的情节和生动的形象表达了他的观点：

> 南海之帝为倏，北海之帝为忽，中央之帝为浑沌。倏与忽时相与遇于浑沌之地，浑沌待之甚善。倏与忽谋报浑沌之德，曰："人皆有七窍，以视听食息，此独无有，尝试凿之。"日凿一窍，七日而浑沌死。
>
> （《庄子·应帝王第七》第6节）

> The king of the south sea was Shu, and that of the north sea was Hu, while the king at the center was Hundun. Shu and Hu often met in Hundun's territories and were well treated by him. Shu and Hu thus wanted to repay Hundun's kindness and they said: "all human beings have seven orifices for seeing, listening, eating and breathing, but he alone has none, we should try to make them for him." So they dug a hole each day, and by the seventh day Hundun died.
>
> (*Zhuangzi*, "He who should be king," 7.vi)

这个悲伤的故事近于滑稽，尽管倏和忽是好心，他们（两人的名字分别是"迅速"和"忽然"的意思）却杀死了善良的中央之帝浑沌。浑沌在英语中常误译为"混乱"（Chaos），但这个寓言并非意在从混乱中建立秩序，而是人为的"人类化"进程摧毁了非人为的自然状态。浑沌这一名字暗示了事物的本然原是浑圆一体、无区无分，而倏和忽的行为实为干扰，只会造成危害。于此，这个故事表达了道家自然和无为的思想。

　　类比思维可以说是中国古代哲论的重要特征。《庄子》以寓言和讽喻的形式表达哲学思想，正是这种类比论证方式的最佳例证。在《庄子》书中，这样的寓言故事还有很多，在中国历史上启发影响了无数诗人和作家。《庄子》虽然是一部道家哲学经典，在文学上也具有极高的价值，不论是那些令人难忘的生动形象、出人意料又充满巧思的妙语、隐喻、象征和类比，还是那些充满启迪的比喻、超越直觉发人深省的悖论，许多故事和形象都已深深植入古代汉语，为后世的诗学与文学探索留下了一座宝库。

第二章

《诗经》与《楚辞》

1.《诗经》

在儒家五经中,《诗》位列第一,在儒者的培养中据有特殊的地位。历史学家司马迁提到,孔子本人就是这部古代选集的编纂者,他从三千多首诗中选出了这三百多首,但这很可能属于传说而非史实。从一些更早的典籍所提及的诗歌可见,《诗》在孔子幼年时就已经存在了。这部中国古代诗集共收录305首诗歌,整体创作时间上至西周初年(前11世纪)、下至春秋中期(前6世纪),其中最早的一些诗歌甚至可以追溯到西周之前的商代。在《论语》中,孔子两次提到"诗三百"(《论语》的《为政第二》《子路第十三》),这表明《诗》在公元前6世纪就已经存在,与我们今天读到的形式也大致相同。正如第一章所说,《诗经》的许多诗歌都显示出口头传播的痕迹,多在周代形成书面记录,并在远早于秦朝的公元前5世纪成为儒家典籍。在《论语》中,孔子称其为《诗》或"诗三百",但没有称为"经";直到公元前2世纪的汉代,这部诗集才以"诗经"之名广为人知,亦即作为儒家经典的《诗经》。

《诗经》所录诗歌分为三类:一是《风》(《国风》),收录了15个诸侯国的诗歌,地域和风格特征各异;二是《雅》(《大雅》《小雅》),

是周朝宫廷歌唱的雅乐，用于表演仪式和其他重要场合；三是《颂》，主要用于祭祀神灵与赞颂商、周、鲁的先祖，在朝廷仪典上配乐演唱。《雅》和《颂》多为商和西周时所作，故在时间上早于春秋初期至中期创作的《国风》。这些诗歌的整体创作跨度长达数百年，其分布地域之广、适用场合之多、作者社会身份之杂，使得整部《诗经》呈现出极大的多样性。总体上，我们可以说，这些诗能令读者瞥见中国古代等级森严的社会制度与严格的礼法观念，这对统治阶层精英而言尤其重要。其中一些诗显然是为讽谏而作，另一些诗则表达各种感怀情绪，还有相当一部分特别是《国风》这一类的诗歌，歌颂求爱与婚姻者有之，述说爱情苦乐者亦有之。

《鹿鸣》这首诗出自《小雅》，描写宴饮宾客之乐，多在宴会时演唱。第一章诗云：

呦呦鹿鸣，	*Yeeo, yeeo*, cry the deer,
食野之苹。	Grazing in the green field.
我有嘉宾，	I have my honored guests,
鼓瑟吹笙。	Let's play zither and flute!
吹笙鼓簧，	Playing flute and panpipes,
承筐是将。	The basket with gifts we load!
人之好我，	People are so kind to me,
示我周行。	And show me the right road.

这首诗开篇描绘了一幅美好的景象，一只鹿召唤同伴来田野里吃青蒿，为会客饮宴的场合提供了一个恰当的类比。这些诗句以富于节奏感的韵律，勾勒了一幅奏乐赠礼的景象，营造出愉悦的气氛，却不曾有纵酒暴食的失德。在宴饮之中，诗人并没有忘记彰显节制有度，告诉我们主人对宾客的感激，不仅因其"好我"（待主人友善），更因其

示主人以"周行"，既指字面意义的示以正确方向，也喻指为善举与
德行指引正确道路。

　　在《诗经》中，以动物或植物意象发端而引出诗歌主题，是一种
常见的艺术手法，称为"兴"，意为"激发"或"引发"。"兴"后来
成为中国诗学中一个意涵丰富的概念，通常指在诗文开篇使用比喻或
隐喻的表达方式。《诗经》的第一首诗《周南·关雎》就是一个很好
的例子，描绘了一只水鸟在河中的小洲上鸣叫，显然是在求偶，这首
诗也被解读为对求爱的暗示：

关关雎鸠，	*Guan, guan*, cry the fish-hawks
在河之洲。	On the islet of the river.
窈窕淑女，	The pretty and good girl,
君子好逑。	The gentleman loves to woo her.
参差荇菜，	High and low grows the water plant,
左右流之。	Let's catch it left and right.
窈窕淑女，	The pretty and good girl,
寤寐求之。	He woos her day and night.
求之不得，	He woos her but to no avail,
寤寐思服。	Thinks of her awake or asleep;
悠哉悠哉，	Longing for her, and longing,
辗转反侧。	He turns in bed and lost his sleep.
参差荇菜，	High and low grows the water plant,
左右采之。	Let's pick it right and left.
窈窕淑女，	The pretty and good girl,
琴瑟友之。	Zither and lute suit her best.

参差荇菜，	High and low grows the water plant,
左右芼之。	Let's gather it left and right.
窈窕淑女，	The pretty and good girl,
钟鼓乐之。	Bell and drum bring her delight.

在先秦时代，《诗经》广泛流传，构成了受过良好教育的士人和贵族的共同知识背景。他们经常在言谈中或在外交场合引用一些脱离原作上下文的诗句，以这种更高雅的诗歌语言表达自己的想法和意图。此类引用无非是以诗歌适应场合需求，藻饰辞令，其意并不在解释诗义。正如孔子曾对儿子孔鲤说："不学诗，无以言。"（《论语·季氏第十六》第13章）。在那个时代，《诗经》多用于服务实际目的，例如孔子亦教导学生诗歌有四种功能，学诗最终能够使他们更好地履行家庭责任与公共职责：

小子何莫学夫诗。诗，可以兴，可以观，可以群，可以怨。迩之事父，远之事君；多识于鸟兽草木之名。

（《论语·阳货第十七》第9章）

You youngsters, why don't you study Poetry? Poetry can stimulate you, can let you observe the social condition, can form a sense of community, and can give vent to grievances. It can teach one to serve one's father at home and to serve one's king out in the world; and it can teach one to know the names of birds, animals, plants, and trees.

(*Analects*, 17.ix)

这些文字应该可以向我们表明，在中国古代，《诗经》作为重要的儒家经典是如何被阅读的了。

2. 儒家的讽寓性评注

对孔子而言，《诗》的重要性主要并不在文学价值，而在于它的教育价值和实用价值。孔子曰："诵《诗》三百，授之以政，不达；使于四方，不能专对；虽多，亦奚以为？"（《论语·子路第十三》第5章）。的确，从《春秋左氏传》到包括《论语》《孟子》在内的许多古籍中都有大量例子，众多外交使节和文士常在他们学识渊博的言谈中引诵《诗经》的片言只语，却无须考虑整首诗的意思是否适用，此称为"断章取义"，在当时屡见不鲜，也完全可以接受。既如此，孔子作出这一著名论断也就不奇怪了："《诗》三百，一言以蔽之，曰：思无邪。"（《论语·为政第二》第2章）。这一道德主义的评论既为作为典籍的《诗经》实现经典化奠定了基础，也从此开创了一个历史悠久的文学评注传统——在诗歌原文的字面意义之外，解读出适当的道德意义或政治意义。《诗经》的这种用途，类似《荷马史诗》在古希腊的教化功能，与荷马的情形一样，其诗句每每被断章取义地引用，也正是因为这种高雅的诗性语言可以为普通的言谈平添几分权威、文采和优雅。

在公元前2世纪的西汉，专门成立了研究儒家五经的机构。当时有四种版本的《诗经》同时用于教学，不过只有《毛诗》一种完整流传至今。在这个版本中，305首诗每篇之前都有几句话，称为"小序"，设定了理解诗意的框架，使这些诗不是赞美文王周公这些儒家传统的理想化人物，就是讽刺那些不及古代圣王设立标准的昏庸君主。郑玄（127—200）是汉代最有影响力的注经大师，他的注释扩展了《毛诗》的"小序"，使《诗经》的每一首诗在儒家教化中都成为某种美德或价值的载体。毛-郑的评注传统后来为其他注家所巩固并扩展，尤其是唐代孔颖达（574—648）的注疏，在很大程度上决定了历代学者阅读理解《诗经》的方式。通过这种毋容置疑的讽寓式的诠释，注疏家们将这些古老的歌谣保留下来，在赋予它们经典性与合法性的同时，亦使它们成为了儒家传统中道德价值的传播载体。

在形式特征上，《诗经》的大多数诗句均为四字句，许多诗句都是格式化的句子，只作稍许变换在各章中重复使用，甚至在不同的诗中反复出现。这些诗都是几千年前创作的，故而语言在今天读来十分古雅，这固然赋予它一种独特的魅力和权威感，同时也给现代读者带来了一定的困难和挑战。然而，在许多诗歌中，那些简洁生动的描绘、令人难忘的形象，都营造了一种熟悉感和直观感，让我们在自己的时代里仍能与之共鸣。许多诗作尤其是《国风》中的诗歌，都是质朴又鲜活的情诗。例如下面这首《召南·野有死麕》，描述了一个年轻男子追求心爱的姑娘，姑娘却十分小心，叫她的情郎要徐徐而来，别惊醒了睡着的狗：

野有死麕，	In the fields there's a dead roe,
白茅包之。	Wrap it up with white rushes.
有女怀春，	There is a girl longing for spring,
吉士诱之。	The fine young man entices her.
林有朴樕，	In the woods there are shrubs,
野有死鹿。	In the fields there's a dead deer.
白茅纯束，	Tie it up with white rushes;
有女如玉。	There is a girl fair as jade.
舒而脱脱兮，	"Hey, slow down, and be gentle!
无感我帨兮。	Do not touch my kerchief.
无使尨也吠！	Do not make the dog bark!"

如果抛开传统注疏来读这首诗，我们可以想象有一个年轻的猎人，用白茅裹起刚在树林里猎得的獐子（或鹿），送给他心爱的姑娘。这个年轻姑娘貌美"如玉"，正在"怀春"之时，恰有这个年轻男子前来"诱之"。二人见面之际，姑娘请她的情郎要温柔安静些，生怕看门狗吠起来惊动旁人。然而，这首诗的"小序"却提供了一种完全不同的解读：

> 野有死麕，恶无礼也。天下大乱，强暴相陵，遂成淫风。被文王之化，虽当乱世，犹恶无礼也。

> This expresses aversion to the corruption of rites. When the world was in chaos, muscular bullies took advantage of people and licentiousness reigned everywhere. But those who had been under the good influence of King Wen would still feel aversion to the corruption of rites, even though living in a chaotic world.

这首诗本身自始至终没有提到过文王或礼制，把这首诗解读为"恶无礼"的表述，实在是过于勉强。这个年轻人求爱示好之举或许稍微急切了些，然而那位姑娘所说的最后三行诗句，却绝没有强烈的反感或厌恶之意。将姑娘对情郎的私密提醒——不要碰她的头巾、不要惹狗吠叫等，解读为对"强暴相陵"的公开谴责，只不过是对这首诗的误读。事实上，在情诗中，常有恋人半认真地温言嗔怪对方的场景。

这里可以举另一个例子，《郑风》中有一首诗《将仲子》，对于为什么年轻姑娘不希望情郎逾墙折树来后院找她，给出了一个明确的解释：

将仲子兮，	Please, Zhongzi,
无踰我里，	Do not climb into our backyard,
无折我树杞。	Do not break our white willow.

岂敢爱之，	Not that I care about the willow,
畏我父母。	But I am afraid of my parents.
仲可怀也，	In my heart I hold Zhongzi dear,
父母之言	But what my parents might say
亦可畏也。	Is also what I fear.
将仲子兮，	Please, Zhongzi,
无踰我墙，	Do not climb over our wall,
无折我树桑。	Do not break our mulberry tree.
岂敢爱之，	Not that I care about the mulberry,
畏我诸兄。	But I am afraid of my brothers.
仲可怀也，	In my heart I hold Zhongzi dear,
诸兄之言	But what my brothers might say
亦可畏也。	Is also what I fear.
将仲子兮，	Please, Zhongzi,
无踰我园，	Do not climb into our garden,
无折我树檀。	Do not break our hardwood tree.
岂敢爱之，	Not that I care about the hardwood,
畏人之多言。	But I am afraid of people's gossip.
仲可怀也，	In my heart I hold Zhongzi dear,
人之多言	But what people might gossip about
亦可畏也。	Is also what I fear.

与前文引用的那首《野有死麕》类似，这首诗的叙述者似乎也是一个年轻姑娘，让她的情郎不要翻墙，更不要折断树枝动静太大：因为她虽然心上有良人，却怕父母兄弟知道，也畏惧左邻右舍的闲话。由于担心家人和邻居的反应，与其说她是在拒绝情郎，不如说是在恳求他

安静谨慎些，好为他们的恋情保密。

然而，这首诗的"小序"，却将读者带到了一片完全不同的领域：

> 刺庄公也。不胜其母以害其弟，弟叔失道而公弗制，祭仲谏
> 而公弗听，小不忍以致大乱焉。

> This is a satire on Count Zhuang. He gave in to his mother
> and as a result harmed his younger brother. When his brother Shu
> lost the proper way, the Count did not stop him; when Zhai Zhong
> remonstrated with him about it, the Count did not listen. Unwilling to
> correct minor mistakes would lead to major disasters.

读者若无旁人指点，对此会觉得一头雾水，大惑不解，但"小序"却把有关郑庄公（前751—前701）及其复杂家庭关系的一段历史叙述，用来为这首诗构建起理解的框架，而这段历史叙述在《左传》中，本身就是一个引人入胜的故事。郑武公夫人姜氏生第一个儿子时，不幸难产，遭受极大痛苦，所以她不喜欢这个儿子，而偏爱小儿子共叔段。姜氏曾要求郑武公立共叔段为世子，但被拒绝了。公元前743年，这个不受母亲喜欢的大儿子继承了父亲的爵位，是为郑庄公，但为了取悦母亲，他同意把京邑封给弟弟，结果共叔段建城规模逾制，甚至还组建了自己的军队。公元前722年，朝中的忠臣祭仲提醒庄公对此采取行动，以防患于未然，但庄公为免冒犯母亲，继续纵容共叔段扩充军队。事态每况愈下，最后共叔段计划偷袭郑国都城，姜氏还准备打开城门为叛军内应，此时庄公别无选择，只能派兵在鄢城击败共叔段，并将姜氏流放城外，发誓"不及黄泉，无相见也"。然而，作为一个孝子，庄公很快就反悔了，他命人深挖了一条隧道，直至地下涌出黄色泉水，就在这"黄泉"之地和母亲见面和解，最终也算是没有违背誓言。

当这张有趣的历史叙事之网被经学家们覆于《将仲子》的文本之

上时，读者对这首诗的设想也就完全随之改变，诗中关于情爱的任何暗示也就被驱除得一干二净：因为本诗的叙事者身份已然明了，不是年轻姑娘在恳求情郎不要跳进后院，而是郑庄公在告诉他忠诚的大夫祭仲，不要干涉他的家务事！这样的历史语境构建是一种典型的讽寓化处理策略，借此建立一个参考框架或称上下文理解语境，儒者经生们正是意在剥离诗歌（特别是情诗）中任何关于情色或无礼的暗示，以确保诗歌阅读得以在儒家教育规划中发挥教化之功。一旦文本的语境为"小序"所决定，读者对诗歌叙事者身份的设定，也就必然从姑娘小伙之类转而被一些历史人物所取代，这样一来，也就可以从诗中解读出与字面意思迥然不同但却符合儒家道德和政治哲学的那些意义了。这就是从汉至唐儒家评注传统的典型诠释策略。但自11世纪的宋代以来，许多学者对这些讽寓式的解读都提出了质疑和挑战，以求更好地鉴赏诗歌本身的文学品质和审美价值，并有许多诗人在引用《诗经》或用《诗经》的典故时，选择从更贴合字面意义的角度去理解。到了现代，大多数读者甚至对儒家评注传统中那些浓重的道德主义的诠释都知之甚少，从而也就能将《诗经》视为第一部中国古代诗歌选集来阅读和欣赏。

3. 爱情、失望和社会批判

我们现在可以抛开传统注疏中那些令人厌倦的道德和政治解释，再来看看几首诗。有一首《邶风·静女》，生动描写了一个年轻人焦急等待与心爱的姑娘约会的情景。在一个安静的城墙角落里，小伙子在约定的地方等着姑娘，但人还没来，他拿着姑娘相赠的爱情信物，思念着她：

静女其姝，　　　　　　The lovely girl is so beautiful,

俟我于城隅。	We'll meet at the corner of the town.
爱而不见,	I love her so much, but she's not here,
搔首踟蹰。	Scratching my head, I pace up and down.
静女其娈,	The lovely girl is so pretty,
贻我彤管。	She gave me a tube red and bright.
彤管有炜,	The red tube has a shining lustre,
说怿女美。	Her beauty sets my heart alight.
自牧归荑,	From the countryside she brought me
洵美且异。	This fresh bud so rare and lovely.
匪女之为美,	O, not that you are so lovely,
美人之贻。	But a lovely girl gave it to me.

在焦急难耐的等待中，小伙子"搔首踟蹰"，踱来踱去，手里还拿着一支彤管和美丽的"荑"，这礼物本身并非价值连城，但却是心爱姑娘所赠的爱的象征。这首诗的意象是清新而多彩的，即便跨越数千年时光，也能让我们感受到这个小伙子炽热的爱情仍然搏动在这些诗句之中。

恋人们总是喜欢聚首，憎恨别离。这首《郑风·女曰鸡鸣》再现了一对恋人的枕上密语，几乎预示了好几百年之后，在中世纪欧洲文学里将会变得十分流行的一种体裁，即"晨歌"（Aubade 或 Alba）——那是表现恋人们在黎明时分不愿分离的诗歌。在这首诗中，女子说已是早晨了，但男子不愿起床，坚持说夜色未尽：

女曰鸡鸣，	The lady says: "The rooster is crowing."
士曰昧旦。	The man says: "It's not yet dawn —
子兴视夜，	Get up and look at the nightly sky,

明星有烂。   All the stars are still shining bright."

这可能会让我们想起莎士比亚笔下优美的晨歌变奏曲，朱丽叶这样对罗密欧说：

> 天亮还有一会儿，
> 那不是云雀，是夜莺……
> 我知道，那光明不是晨曦，
> 而是太阳散发的流星，
> 要在今晚为你持着火炬，
> 照亮通往曼陀亚的路。

（《罗密欧与朱丽叶》第三幕第五场）

在世界各地的许多文学传统中，我们确实都能发现晨歌这种流行体裁。

另一首《齐风·鸡鸣》进一步发展了这一主题，这首诗的叙事者似乎是一对社会地位较高的夫妇，丈夫是一位需要上早朝的官员。清晨，妻子叫丈夫起床去上朝，但丈夫却宁愿待在床上：

鸡既鸣矣，	"The cock has crowed,
朝既盈矣。	Everyone's gone to the court."
匪鸡则鸣，	"That's not a cock crowing,
苍蝇之声。	But flies are making noise."
东方明矣，	"The sun has risen in the east,
朝既昌矣。	The court looks full bright."
匪东方则明，	"The sun is not in the east,
月出之光。	It's just the moonlight.

36

虫飞薨薨，	The bugs are buzzing around,
甘与子同梦。	I'd rather share a dream with you."
会且归矣，	"The meeting at court is over,
无庶予子憎。	Hope they'll not hate us two."

爱情并不总是一种幸福，往往也是一种无法实现的愿望，或是单相思、或是所思遥不可及，这在所有文学中都是一个极为普遍的主题。下面这首《秦风·蒹葭》，即以植物意象作为起兴引出诗歌主题，写出了秦国一位有情人的怨思：

蒹葭苍苍，	Reeds and rushes are palely green,
白露为霜。	Whitened by nightly frost and dew;
所谓伊人，	The fair one I desire dwells
在水一方。	Over the river, hidden from my view.
溯洄从之，	Upstream I try to seek her,
道阻且长，	But long and hard is the way;
溯游从之，	Downstream I try to follow her,
宛在水中央。	She's at the center of the waterway.

上面是第一章。之后，同样的诗句和意象以极小的变化在第二章与第三章中往复吟唱，表达了一个有情人对爱情的渴盼和失落：他没有追求到心仪的美人。还有一首类似的诗《周南·汉广》，也使用了大河与波涛汹涌的意象，象征感情上不可逾越的鸿沟和追求的徒劳。前两章写道：

南有乔木，	There's a tall tree in the south,
不可休息。	No one can rest close by;
汉有游女，	There's a lady by the Han River,

不可求思。	Unreachable however I try.

汉之广矣，	So wide is the Han River
不可泳思。	That no one can swim across;
江之永矣，	So long is the Yangtze River,
不可方思。	Where one would be at a loss.

当然，《诗经》中还有许多关于其他主题的诗歌，有的描述了士兵、农民和普通民众的苦难遭遇，有的抒发了对腐败官员和社会不公的沮丧或愤懑，有的表达了从当下痛苦生活中逃离的希望等。下面这首《魏风·伐檀》，表达了对贵族不劳而获、坐享其成的怨愤：

> 坎坎伐檀兮，置之河之干兮，河水清且涟猗。不稼不穑，胡取禾三百廛兮？不狩不猎，胡瞻尔庭有县貆兮？彼君子兮，不素餐兮！

Whack-whack, we cut the sandalwood,

By the river bank we let it fall,

The waters are clear like crystal.

Without sowing or reaping,

How come they get the wherewithal?

Without going out hunting,

How come they have games hanging in the hall?

O those gentlemen,

They are not idle at all!

从这两个问句、尤其是充满讽刺的最后两句诗中，我们可以感受到愤怒的情绪。一如对上文诗中爱情的共鸣，这种强烈的情感又一次穿越千年，我们似乎仍然能听到春秋时代劳苦民众的声音，怨恨着那个时代的不公。下面这篇《硕鼠》也出自《魏风》，可能是世界上最早表达向往"乐土"这一乌托邦渴望的诗歌：诗中的叙事者希望前往"乐土"，逃离那些只吃粮食却没有任何回报的"硕鼠"。在"乌托邦"一词诞生之前，这种逃离现实奔向更好去处的愿望已然出现了，必然表达着对当下现实的批判。这首诗明显是对百姓难以忍受的腐败和不公的讽刺，诗中令人憎恶的"硕鼠"形象，正是欺压民众的腐败官员的象征：

硕鼠硕鼠，	Big rat, big rat,
无食我黍。	Don't eat my grains.
三岁贯女，	I've fed you three years,
莫我肯顾。	And nothing I've gained.
逝将去女，	I'll leave you and go
适彼乐土。	To a land of happiness.
乐土乐土，	Oh that happy, happy land
爰得我所。	Is where I long to rest.

意识到光阴易逝、生命苦短的哀伤，则是之后几个世纪发展出来的一种诗歌主题。这里有一篇时间较早的诗歌《小雅·采薇》，写一个士兵离乡远征，等他终于回到故乡时，往昔的一切皆已面目全非，无人可以诉说自己的悲苦：

昔我往矣，	In the past, on the day I left,
杨柳依依。	Poplars and willows danced in the wind;
今我来思，	But now I finally come back,
雨雪霏霏。	Down come heavy snow and rain.
行道迟迟，	Slowly, and slowly we push on the road,
载渴载饥。	With hunger and thirst in every vein.

39

| 我心伤悲， | My heart aches with sorrow and grief, |
| 莫知我哀。 | But no one here knows my pain. |

在这首诗中，作为叙事人的士兵对比了昔日的欢乐与当下的悲戚和战争的创痛，使得光阴的瞬逝呈现出一种悲剧感。这些诗句令人难忘之处，不仅在于那些突出的画面——大地复苏、万物欣欣向荣的春天，杨柳随风轻舞，与雨雪交加、严酷的寒冬形成鲜明对比，而且因其在韵律上极具音乐美，这对于任何诗歌而言，都是得以直触读者内心、留下深刻印象的重要因素。枝绦长垂、细叶如丝的柳树，在中国诗歌中作为爱情或友谊的象征尤其重要，并在后世成为一个显著的文学特征。及至汉代，折下一弯细柳送别朋友或爱人，已成为一种习俗。可以说，从这首诗中的杨柳与雨雪对比的象征意义起，这种习俗已经开始成形。由于《诗经》是儒家的主要经典，许多诗歌又都是想象力与创造力的早期结晶，对后世历代诗人都产生了巨大影响。

4.《楚辞》

在中国古代有两部重要的早期诗歌选集：一部是我们刚才讨论过的《诗经》，另一部则是《楚辞》，我们下面主要讨论后者。这两部选集在许多方面都大相径庭，但在中国文学史上都具有重要意义和影响力。《诗经》是一部各国的诗歌汇编，大致来自中国北部地区，其最早的诗歌可以追溯到公元前11世纪甚至更早，几乎没有明确的作者。作为一部选集，《诗经》在公元前6世纪的春秋时期就已成书，但《楚辞》在几个世纪后才编纂成集。它最初被称为《楚辞》，正因为其中最重要的作品都与楚国诗人及他们的生活密切相关。楚国是战国时期的大国之一，其疆域大致包括中国南部和东南部地区。

　　有别于《诗经》,《楚辞》收录的所有诗歌都是历史上身份明确的个人作者创作的。在这个选集中,年代最早、最重要的那些作品可以追溯到公元前4世纪,但作为一部选集,《楚辞》是历代编者陆续汇编增纂而成的,时间跨度长达500年之久,从公元前4世纪的战国直至公元2世纪的东汉(25—220),故而也不能称之为先秦文学。然而,我们仍然认为这本选集应该定位于先秦时期,那时楚国作为一个强大的诸侯国,最终却在公元前223年被秦国灭亡,两年后秦始皇统一天下,建立了中国历史上第一个大一统帝国。我们将看到,《楚辞》中最重要的那些作品,的确与那段动荡时期里楚国走向衰亡的悲剧历史不可分割。

　　对于塑造《诗经》和《楚辞》及二者在性质、内容、形式和风格上的不同而言,地理差异似乎是一个重要因素。中国北方,气候相对干燥,山地崎岖,田土干旱,生活相对更为艰苦;而南方,气候相对温和得多,大片土地绿意盎然,河湖棋布,植被、瓜果和粮食也更为丰富。气候环境不同,人们往往形成不同的生活方式;北方人的风格一般更偏实用和简朴,而南方人则更富想象力,也更加奢华。当然,所有这些都是相对的,随着人们南来北往、迁徙交流,地区差异也越来越小,尤其是在现代社会。然而,在古代,地理和气候差异确实产生了更大的影响,这从《诗经》与《楚辞》的差异便可清楚看出。正如我们前面提到的,《诗经》的诗大多是四言句,每行由四个单音节字组成,而《楚辞》的句式则更丰富,五、六、七言皆有之,通常还有一个额外的字作为感叹词。《诗经》有着丰富的主题和场景,但总的来说都还是以写实方式呈现的。相比之下,《楚辞》则有大量关于神灵、男神、女神与神兽灵物等艳丽奇诡的描写,这都是楚国风俗与社会环境的典型特征,而《诗经》并不具备这些特点,古老神话的残余极少。《诗经》的语言更加古老,也相对质朴一些,而《楚辞》的语言则丽雅而富有韵味,其描摹华丽、想象谲奇、意象繁富,辞藻极为丰沛,同时又部分吸收了楚语的地方色彩。

5. 屈原：君子与诗人

"不有屈原，岂见《离骚》？"公元5世纪的著名评论家刘勰（约465—约532）在他的中国古典文学批评名著《文心雕龙·辨骚》中评论《楚辞》时写道。《离骚》是《楚辞》中篇幅最长也是最重要的一首诗，刘勰以此代表《楚辞》全书。在《离骚》之外，还有一半以上的诗歌都是屈原（约前340—前278）创作的，所以我们的确可以说，没有屈原就没有这部《楚辞》。屈原无疑是《楚辞》全书所围绕构建的核心人物。在吸收加工楚国民歌和巫祝祭祀之歌的基础上，屈原创立了一种称为"赋"的全新文学体裁，融叙事与诗歌为一体，从而开创了另一种文学模式，也在《诗经》之外为中国诗歌的发展开辟了一条新路。《楚辞》汇编的其他诗歌，也都是之后的诗人沿袭这一文体而创作的。

屈原的诗歌都与他的人生密切相关，也相应与楚国的命运紧密相连。所以，为了理解欣赏屈原的作品，我们需要了解屈原其人，也同样需要了解他投身其中的楚国的悲剧命运。屈原出身贵族，与楚王同族，青年时期曾仕于楚怀王（前329—前299年在位），并晋升到较高的位置。当时楚国最大的威胁是秦国，屈原主张联齐抗秦，这让他直接站在了楚国朝廷一些权臣的对立面：这些人或是怯于对抗秦国，或是收受了秦国使者的贿赂，从而对强秦一再退让，避免冲突。他们嫉妒屈原的成功，在怀王面前屡加诽谤，导致屈原不再为怀王器重，最终被逐出朝廷。楚国的崩溃又进一步加剧了屈原个人命运的不幸。在秦国的激烈攻势之下，楚国屡战屡败，国运日衰。公元前299年，怀王被骗去秦国谈判，结果被扣为人质，三年后在囚禁中去世。这给了屈原一记重击，让他陷入了更深的悲痛和忧郁，此时他又被新即位的楚顷襄王放逐到更远的南方。公元前278年，楚国都城郢被攻破，灭国的命运已无可挽回，屈原悲愤至极，在今天湖南省境内的汨罗江投水自尽。

屈原可以说是中国文学史上第一个身份明确的"作者"，因为他的诗歌具有高度的自传性，与他的人生体验和时事密切相关。就《诗经》而言，我们提到过一些创作者或初唱者的名字，但他们与诗歌文本几乎没有本质关系，很难称之为作者。屈原的人生则和他的诗歌交织在一起，使我们既能透过他的诗歌了解其生平，又得以因他平生遭际与沧桑时事而更欣赏他的诗歌。无论是他忠而见黜的士大夫人生、对个人和国家悲剧命运的哀悼，还是他高度个人化又修辞富丽的表达，都使得《楚辞》成为中国文学传统中深具独创性的杰出作品。

屈原的代表作《离骚》共372行，是中国古代篇幅最长的抒情诗，也是最早的自传体作品。他开篇自述出身高贵，并介绍了父亲的名字、出生的日子、父亲如何给他命名等，都是意在突出他的家族传承和贵族出身。然后，他继续直叙自己的种种美德和才能，在表达上则外化为他佩以装饰的各类奇芳异草等象征物：

> 纷吾既有此内美兮，又重之以修能。
> 扈江离与辟芷兮，纫秋兰以为佩。
> 汩余若不将及兮，恐年岁之不吾与。
> 朝搴阰之木兰兮，夕揽洲之宿莽。
> 日月忽其不淹兮，春与秋其代序。
> 惟草木之零落兮，恐美人之迟暮。
>
> To the rich inward beauty that I possess
> I have added talents of different kinds.
> I wear selinea and angelica as ornaments,
> Intertwined with autumn orchid vines.
> Like water gushing away beyond reach,
> I fear time will leave me behind it.

At dawn I pick magnolia on the mountains,

At dusk I gather watercress on an islet.

Sun and Moon move on, will never stop,

Spring and autumn pass by in a promenade.

O, how trees and flowers shed leaves and wither,

I fear the fair one, too, will grow old and fade.

在这些诗句中，香草象征着忠臣（亦即屈原自己）的美德与才能，他敏锐地觉察到时间的流逝，担心"美人"（这里喻指楚怀王）也将年华逝去、容颜枯槁——喻指沦为昏庸君主，并再次借草木零落、鲜花枯萎的象征表达。诗人谴责那些结党诽谤忠良、危害社稷的佞臣，并抱怨道："荃不察余之忠情兮，反信谗而齌怒。"他被逐离楚王，目睹着楚国的衰落，悲叹道："长太息以掩涕兮，哀民生之多艰。"但他仍然保持着忠贞的情操：

亦余心之所善兮，虽九死其犹未悔。

怨灵修之浩荡兮，终不察夫民心。

众女嫉余之蛾眉兮，谣诼谓余之善淫。

For what my heart holds dear,

I'll never regret even I die nine deaths.

A pity that the fair and wise one had no focus,

And failed to see people's hearts in the end.

Those women are envious of my beauty,

And falsely vilified me as lewd and licentious.

上文的"美人"指楚怀王，但屈原在这里也将自己比喻为一个被"众女"妒忌诋毁的美人，"众女"即指串通起来在楚王面前诽谤他的那些政敌。公元2世纪的东汉学者、文学家王逸编注了现存最早的

《楚辞》版本，他在《离骚经序》，明确指出屈原使用了类比和性别隐喻的表述，并将其与儒家经典《诗经》相联系：

> 《离骚》之文，依《诗》取兴，引类譬喻，故善鸟香草以配忠贞，恶禽臭物以比谗佞，灵修美人以媲于君，宓妃佚女以譬贤臣，虬龙鸾凤以托君子，飘风云霓以为小人。其词温而雅，其义皎而朗。
>
> （王逸《离骚经序》）

The text of "Encountering Sorrow" follows the *xing* method of the *Book of Poetry* and makes use of analogies and metaphors; thus good birds and fragrant plants refer to the loyal and devoted ones, evil birds of prey and stinking objects are similes for the wicked and devious; the fair and wise one is a figurative expression of the king, and the royal consort and beautiful lady are metaphors for the good ministers; the curving dragon and flying phoenix are images of the good gentlemen, while the fleeting wind and clouds are analo- gous to the petty-minded people. His language is gentle and elegant, and its meaning is clear and luminous.

以香草美人的意象喻指美德或君王，后来成为中国文学传统中的一种创作原型。

诗人在《离骚》中继续描述他那段奇妙的旅程：自己乘坐凤车而行，玉虬在前牵引，驾车的则是神话中太阳神的御者羲和。他清晨从东方出发，晚上便到达了天门之外，与各路神灵在神界与人间交谈。但最终他发现，即便有虬龙飞马为车前驱，自己仍然留恋宗国，不舍离去。

战国时事就这样与诗中描述的这场心灵与神话之旅交融，使屈原既保留了历史人物的身份，又成为诗的创造物。这与但丁在某种程度上相类似：后者既是历史人物、《神曲》作者，也是在这一长诗中历经地狱与炼狱最终到达天堂的文学作品中的主人公。屈原同样兼《离骚》作者与诗歌主人公于一身。在《离骚》中，诗人最终陷入了深深的幻灭，自称将追随彭咸而去，而彭咸这位同样忠而见谤的商朝大夫，正是在失去君王信任又目睹国家衰落之际，选择投水自尽的：

> 国无人莫我知兮，又何怀乎故都？
> 既莫足与为美政兮，吾将从彭咸之所居。
>
> Alas! Since no one in the State understands me,
> Why should I still have my old country at heart?
> As no one worthy to work with for a fair government,
> I shall follow Peng Xian to where he now dwells.

屈原似乎在这里宣布了投水自尽的决定；这也正是当他目睹衰微的楚国一再被强秦击败，在这一政治角逐终至无可挽回的转折之际所作出的选择。《离骚》既是一首关于忠诚、政治阴谋、道德勇气和正直品格的伟大诗篇，更是一首甘愿为国家牺牲小我的爱国诗篇，满溢着悲怆的感染力、个性化风格与独立人格的魅力。

在《楚辞》中还有一些作品也归于屈原名下，包括《九歌》《九章》和一首充满哲学意趣的长诗《天问》等。在《天问》中，诗人提出了170多个问题，如时间的开始、宇宙的形成、物质与形式、神话与传说、历史和人事等，展现出深刻的怀疑精神和求索精神，在开篇前几句已经很明显：

> 遂古之初，谁传道之？
> 上下未形，何由考之？
> 冥昭瞢暗，谁能极之？

冯翼惟象，何以识之？

明明暗暗，惟时何为？

阴阳三合，何本何化？

Who passed down to tell us about the beginning of primordial time?

How could one make inquiry before heaven and earth had taken
shape?

How could one penetrate when darkness and light were yet undivided?

How could one make things out when all around was murky and
formless?

How did it happen that daylight was separated from the darkness of
night?

Yin-yang mingled to create; which's the origin and which transformed?

上述对宇宙本原的探究展示了一种智性思维，那就是寻求根本问题的答案，而不将既定的概念与"从来如此"的观点视为理所当然，对事物本质以诗性的方式系统构建了一番强有力的哲学探究。

如前所述，与《诗经》不同，《楚辞》收录的一些诗歌保存了楚国的流行神话，这些原本是祭祀仪式上配乐演唱的一些歌曲，屈原将其收集起来做了修改或重写等处理。例如这首颂扬太阳神的《东君》，很可能就是在相应的祭日仪式上表演所用，由巫祝以神的口吻唱诵。这首诗第一部分描述了夜幕逐渐退去、晨光出现在东方，太阳神开始他一天的旅程：

暾将出兮东方，   Rising from the east, the morning glow

照吾槛兮扶桑。   On my Fusang Tree has shone.

抚余马兮安驱，   Patting my horses, I start a quiet journey,

夜皎皎兮既明。   As night is lit up and turning to dawn.

驾龙辀兮乘雷，	Riding a chariot of dragons on thunders,
载云旗兮委蛇。	My cloud flags are flying all round.
长太息兮将上，	With a sigh I shall soon rise up,
心低佪兮顾怀。	But my heart lingers in looking down.
羌声色兮娱人，	How pleasant are the colors and the sounds,
观者憺兮忘归。	People are happy and hate to leave the ground.

传说中的扶桑树矗立在日出之地。当夜晚结束时，太阳神本来要驾驶龙车升入天空，但他见人间民众崇拜太阳，享受着他们的声色之娱，又感到舍不得离去。在流放生涯中，屈原多次领略过祭祀各种神鬼的表演仪式，并把这些改定写成《九歌》，都收录在《楚辞》中。

《楚辞》还收录了其他诗人的作品，包括汉代诗人为纪念屈原或摹拟其文所作的诗歌。其中一首题为《渔父》，王逸认为也是屈原的作品，但更有可能是他人从道家视角所作，宣扬了个人在乱世之中应远害全身的思想。这篇诗歌叙述了屈原在生命最后几年与渔父之间的一场对话，只有寥寥几句却哲思盎然，简洁优美。诗中的"渔父"作为道家哲人的代表，见屈原流放至此，行吟河畔，"颜色憔悴，形容枯槁"，遂问其为何来到这里，屈原回答说："举世皆浊我独清，众人皆醉我独醒，是以见放。"渔父则表示，智者应顺势而为、顺其自然，没有必要坚持与世人划清界限，让自己陷入如此困境。然而，屈原却坚持保持自己的正直情操与道德原则。这首诗以这些哀伤而优美的句子结束：

"安能以身之察察，受物之汶汶者乎？宁赴湘流，葬于江鱼之腹中。安能以皓皓之白，而蒙世俗之尘埃乎？"渔父莞尔而笑，鼓枻而去，歌曰："沧浪之水清兮，可以濯吾缨；沧浪之水浊兮，可以濯吾足。"遂去，不复与言。

"How can one suffer a clean body

Be sullied by dirty things?

I'd rather throw myself in the Xiang River,

And find my burial in fish's belly.

How can I suffer the purity of the white

Be stained by the dust of the muddy world?"

The Fisherman smiled,

And paddled his boat away, singing:

"The waters of Canglang are clear,

They can wash the tassels on my hat;

The waters of Canglang are muddy,

They can wash my feet."

Thus he is gone, and speaks no more.

最终，屈原在今天湖南省的汨罗江投水自尽，以自己的生命向深爱的楚国献祭。后世的人们不希望他葬身鱼腹，这正是千百年来中国和其他东亚国家端午节的传说起源，其中倾注了纪念这位伟大诗人的象征意义。[1]

《楚辞》还收录了另一重要的诗人宋玉的作品。宋玉也是楚国人，时代略晚于屈原，尽管我们不知道他的确切生卒日期，对他的生平也知之甚少。如果说屈原出身贵族，宋玉则是第一个出身平民的重要诗人。他以《九辩》而闻名，尤其以将秋季之景物刻画得悲怆凄凉、令人伤感而著称：

---

[1] 传说，当人们听到屈原在汨罗江投水自尽的消息时，他们划着小船赶来江边，击鼓呐喊，以桨拍水，驱散水鬼和鱼群。他们还向江中投下粽子（一种金字塔形状的小糯米团）喂鱼，以免屈原的遗体被啃食。据说屈原是农历五月初五去世的，这个日子也逐渐成为这一伟大中国诗人的纪念日，称为"端午节"。在这天，许多地方都会举行激动人心的龙舟赛，各路龙舟五彩缤纷，组队竞渡，故而这天也被称为"龙舟节"。相应的传统节日食品就是粽子。

悲哉秋之为气也！萧瑟兮草木摇落而变衰；
憭栗兮若在远行，登山临水兮送将归。

How sad is the breath of autumn!

Rustling down, trees and plants shed their leaves and wither;

Sorrowful, as though traveling alone in an alien place,

Or in a mountain or by a river, bidding farewell to a friend.

自宋玉此诗一出，"悲秋"便从此发端，其对由盛转衰的暗喻意义，不只一贯见于后世的中国文学创作，在绘画和其他艺术形式中亦然。《楚辞》中还有几首诗也被认为是宋玉所作，后世亦视其为足以继承屈原辞赋艺术的接班人。与《诗经》相比，《楚辞》开创了一种语言更为精美、艺术表达也更为繁复的文学模式。这部诗集以抒发人生的悲剧感和流放者灵与肉的痛苦而闻名于世，更兼其独创的寓言式表达，以香草与失遇美人的意象延伸譬喻臣子不为君王赏识的忠诚与才能。《楚辞》在很多方面都开辟了文学发展的新机遇，例如采取更灵活的表达形式，对修辞手法更自觉的使用，对文学美感的更加重视等。这些特征将直接影响到"赋"的形成，后者主要见于汉代与之后的文学史，是一种诗歌与散文相结合的文学体裁。

第三章

第一个大帝国：汉朝

1. 从楚辞到汉赋

据历史学家司马迁记载，秦朝末年起义大爆发时，有一位故楚的贵族预言："楚虽三户，亡秦必楚。"这个预言最终得到了应验，在群起反抗暴政并最终推翻秦帝国的各路军队中，最强大的几股力量确实都是来自楚地，也就是现在中国南方和东南的大片地区。著名的起义军领袖项羽（前232—前202），是一位伟大的战士，史称"西楚霸王"。他征战无数，广辟疆土，但不得不与另一位起义军领袖刘邦（前256—前195）争夺天下，后者同样来自故楚。最后，在垓下之战中，项羽兵败，自刎乌江。项羽是中国历史上的一个悲剧英雄，在生命的最后一战之际，他对着心爱的虞姬唱了一首《垓下歌》。这首悲壮的楚歌十分感人肺腑，写出了时势不济、英雄末路的强烈无助，更抒发了匍匐在时代命运变数之下的无奈：

力拔山兮气盖世。时不利兮骓不逝。
骓不逝兮可奈何？虞兮虞兮奈若何？
My strength uproots mountains; my power shadows the world.
Alas, the times are not with me, and my charger refuses to run forth.

My charger refuses to run forth. Oh, then what can I do?

Oh, my lady Yu, my dear lady, what will become of you?

刘邦击败项羽之后，成为汉朝的开国皇帝（前202—前195在位）。作为一位成功的政治领袖，他留下了一首豪迈的《大风歌》。这首歌是在一场胜仗之后创作的，却仍然传递出一种对世事难料的敬畏和焦虑情绪：

大风起兮云飞扬。

威加海内兮归故乡。

安得猛士兮守四方？

The gale wind blows; clouds are scattered around.

I now reign over all within the seas, and return to my home town.

Mighty warriors to guard my land. Oh, where can they be found?

上述两篇都属于所谓的"楚声"，因为它们都采用故楚地区的旋律和韵律。楚声与屈原的诗歌出自同一地区，不仅同样保持了个性化风格和强烈抒情特征，也保留着一种风云变幻、世事难测时代特有的伤怀与悲情。与短命的秦朝不同，刘邦建立的汉朝从公元前206年到公元220年，持续了400多年。汉延续了秦的中央集权制度，但汉初几位皇帝没有延用秦的苛政，而是吸收了道家"无为"思想，实行更为宽松的统治。不久，汉朝日益强盛，并在汉武帝（前141—前87在位）时期达到极盛，但即使是这样的雄主，也不免延续宋玉在《楚辞》中开创的路径，以楚声体例写了一首悲秋主题的《秋风辞》，并抒发了对命运难料、盛年难再的感慨：

秋风起兮白云飞，草木黄落兮雁南归。

兰有秀兮菊有芳，怀佳人兮不能忘。

泛楼船兮济汾河，横中流兮扬素波，

箫鼓鸣兮发棹歌。欢乐极兮哀情多，

少壮几时兮奈老何！

Autumnal wind arises and blows up the white clouds;

All green turns yellow and withers; geese are flying south.

Orchids and chrysanthemums are beautiful and sweet;

O the fair one, how can I ever forget?

Riding in a towered boat, we sail along the Fen River

Over the clear current and waves, and on the stage

Flute and drums are played and we happily sing.

But at the height of joy, sorrow will be all the rage,

How sad that youth's gone, and comes old age!

如果说秦始皇征服其他诸侯国靠的是单纯的武力，汉代皇帝则希望证明其统治具备某种合法性。儒家学者董仲舒（前179—前104）向汉武帝提出了天人合一理论，为帝国统治的合法化提供了宇宙论和政治论的理论基础。武帝采纳了董仲舒的思想，"罢黜百家，独尊儒术"，从而正式为自先秦以来思想活跃的"百家争鸣"画上了句号。汉武帝本人爱好诗歌，他广召文学侍从，封赏诸多作家，鼓励乐府收集民歌，为文学的发展创造了良好环境。这使得汉代宫廷文学蓬勃发展，涌现出许多优秀作品，尤其是优秀的赋体文学作品。不同于诗歌的是，赋对散文与诗歌兼收并蓄，对仗工整，铺陈恣肆。虽然汉赋受到了《楚辞》的影响，但就典型的汉赋而言，既不具备屈原面对政敌之恶有拼将一死的勇气，也没有宋玉的独特声气与抒情意境。不过有一个例外是贾谊（前200—前168），其人天赋异禀，年少志高，但却和屈原一样在政治上不得志，被从当时的政治中心长安贬黜至今天湖南省的长沙，离屈原自沉的汨罗江不远。贾谊有一篇《吊屈原赋》，运用了一系列的隐喻和类比来描述世事之腐败颠倒、极尽荒谬"鸾凤伏窜兮，鸱枭翱翔""莫邪为钝兮，铅刀为铦"。贾谊的赋作和屈原一样，都是对自己悲哀处境的伤叹：

国其莫我知兮，	No one in the country understands me,
独壹郁其谁语？	Sadly and lonely, to whom can I confide?
凤漂漂其高逝兮，	The phoenix would take wings and fly,
固自引而远去。	And lead himself in a distant land to hide.
袭九渊之神龙兮，	Like the divine dragon cherishing himself
沕深潜之以自珍。	Under the dark waters dives deep.
偭蟂獭以隐处兮，	The dens of those crocodiles and beavers,
夫岂从虾与蛭蟥？	Those toads, leeches, and worms I'll leave.

　　然而，贾谊却认为屈原无须为楚国而死，因为还有其他可以效命的诸侯国："历九州而相其君兮，何必怀此都也？"贾谊所处的时代没有诸侯纷争，而是统一的大汉帝国，他对天下形势的理解显然不同于战国时期的普遍观念，而屈原对楚国命运的执着认同明显是基于后者的。

　　赋称得上是汉代最具代表性的文体，最重要的辞赋作家在西汉有司马相如（前179—前117）和扬雄（前53—后18），二人均来自蜀郡（今四川省）治所成都。司马相如文才卓著，为梁孝王宾客时创作了《子虚赋》，文中三个主人公都是虚构的：子虚先生、乌有先生和亡是公。汉武帝读到《子虚赋》，极为称赏，以为是古人所作，惋惜说："朕独不得与此人同时哉！"当他得知司马相如是当世才子时，立刻宣召入朝。司马相如对武帝说："然此（指《子虚赋》）乃诸侯之事，未足观也。请为天子游猎赋。"于是他又作《上林赋》，紧承《子虚赋》的三人对话展开——子虚、乌有二人分别来自楚国与齐国，而亡是公则代表了帝国中央视角。此文虽虚构，但却紧扣时事背景，因为楚、齐与吴是汉初最大的三个分封诸侯国，三王曾发动叛乱对抗中央，最终却兵败身亡。司马相如通过描写园林与狩猎场景，重点在于强调帝国的统一和尊卑等级的必要，当诸侯王公在大一统君主的中央统治下安于臣服地位时，天下亦归于太平。

《子虚赋》与《上林赋》的故事梗概如下：楚国使臣子虚觐见齐王，并受邀与齐王一起在海边打猎。之后，齐人乌有问他情况如何，子虚回答说，他并未为所动，因为齐王试图炫耀其畋猎之盛，但楚王游猎之地同样辽阔非凡，并且态度也更加温和节制。乌有遂批评子虚，认为子虚不但误解了齐王的美意，而且"不称楚王之德厚，而盛推云梦以为高，奢言淫乐而显侈靡"，况且尽管齐的狩猎场地数倍于楚国，但齐王本来也并非意在攀比地域之辽远或是享乐之奢靡。此时，亡是公则对子虚与乌有二人都提出了批评，认为这不过是诸侯之间徒然攀比"游戏之乐，苑囿之大"，却失去了对"君臣之义、诸侯之礼"的正确认识。更重要的是，二人并不知道天子苑囿何等壮观，于是亡是公描绘了每年深秋至初冬天子畋猎的上林苑，对其中的山林川泽、奇芳异草、珍稀鸟兽等极尽铺陈。然而最后作者却写道，天子意识到这样的狩猎与宴乐过于奢靡，未能泽被人民，所以下令将上林苑重新垦为农耕之用，并开仓廪赈济贫苦，以示统治者的仁德和宽宏。至此，司马相如这两篇最著名的赋，虽以崇尚节俭仁爱的道德讽谏结尾，但主体却是对天子苑囿极尽夸张描摹之能事，其中鸟兽草木、形形色色之丽无不渲染，为雄心勃勃的汉武帝展现了一种恢弘的世界观。

武帝慷慨地封赏了司马相如，尽管他在朝中只不过是一个随侍天子的"辞人"（man of words），几乎与宫廷倡优无异。然而，他因文才获朝廷赏识任用，这确实对当时的文人形成了激励效应。在司马相如之后，一批文人从蜀地（今四川）来到首都长安，包括王褒、严遵、扬雄等，皆以文章著称。其中扬雄最为著名，他以司马相如为创作楷模，并在写作中赋予了更多的道德讽谏，同时也承认司马相如之才在自己之上。扬雄曾作《蜀都赋》，开汉赋描写都会之先河，但最终在晚年否定文学写作。汉赋这种由文人创作的文学体裁，因其创作多受君主奖掖，意在以夸张的风格铺陈描摹朝廷的财富和权力，可以说是宫廷文学的产物。然而，在发展描绘技巧与构建宏大视野方面，这种赋体作品成为汉代文学的代表，以其辞藻华美、语言扬厉、描摹靡丽而著称，在悠久的中国文学史上自有其独特的价值。

及至东汉，赋仍然是一种主要文学体裁，产生了一些重要作家。如历史学家、诗人班固（32—92），其《两都赋》在描述西汉首都长安之美的同时，其实更意在阐明东汉首都洛阳的意义更为重要。又如张衡（78—139）在类似主题的《二京赋》中，也延续这一传统，称颂了西京与东京，但更多却批评了统治阶级奢靡浪费、不惜以牺牲平民百姓福祉为代价，警喻道："夫水所以载舟，亦所以覆舟。"张衡的另一篇作品《思玄赋》，则通过回顾屈原虚构的神话与神灵的世界，表达了自己的愿望，希冀在幻想世界中寻求慰藉、远离当下政治生活的焦虑烦恼。汉代的赋体作品还有许多，并且千百年来，辞赋也一直在中国传统文学中持续发展。汉代的辞赋家在创作中运用了丰富多样的修辞手法、繁富精美的辞藻、典丽恣肆的语言——所有这些都表明，文学语言和描述技巧已发展出一种自觉性，并对后世文人产生了极大影响。

2. 文学散文：司马迁的《史记》

在第一章中，我们已经讨论了先秦哲学基础文本，特别是那些儒家和道家经典，它们作为先秦散文的典范，闪烁着原创思想，论证新颖有力，文学价值极高。由于汉代在政治上的大一统与相对较低的思想活跃度，各种类型的写作又在很大程度上依赖于朝廷的扶持，汉代散文或在文本的丰富性与多样性上逊于先秦，但其中最杰出的那些作品，其抒情亦更为激切、描摹更为多彩、愿景也更为磅礴。汉初发展出一种新的历史政论散文，最著名的代表作家是贾谊，上文已讨论过他的《吊屈原赋》。他最著名的政论散文是雄辩的《过秦论》，全文分为三部分，从历史角度分析秦亡的教训在于执政不施仁义，反以暴政与恐吓维护统治。贾谊运用历史事实，以强有力的推理逻辑层层剖析，提出了令人信服的论点。他不仅着眼于过去，而且明确地聚焦现在和未来。故而，他在结尾强调了以史为鉴、审时度势以作出决策的重要性：

> 野谚曰："前事之不忘，后事之师也。"是以君子为国，观之上古，验之当世，参之人事，察盛衰之理，审权势之宜，去就有序，变化因时，故旷日长久而社稷安矣。
>
> A popular proverb has it: "not forgetting what happened at a former time will teach one to handle affairs of later times." Therefore, in governance the gentleman will observe the antiquity, attest it at the present, verify its efficacy in running human affairs, understand the reasons for the rise and fall, balance out the power of authority and the force of circumstances, adopt or abandon certain policies in good order and make changes according to the condition of the time. Persisting in this for a long time, the state and the society will be safe and secure.

汉代还有几位著名的散文作家，如王充（27—约97）、班固（32—92）、仲长统（180—220）等，但汉代最伟大的散文成就，无疑是司马迁的《史记》。这一皇皇巨作可谓千古绝唱，不仅因其作为伟大的史学著作，记述之丰富广博堪称前无古人，同时也在于其杰出的文学品质。司马迁出身士人家庭，父亲曾任太史令，他年轻时读万卷书、行万里路，在阅读的基础上，更通过探访历史遗迹、与熟知历史掌故和人物事迹的故老交谈等，积累了渊博的学识。后来，司马迁成为当时最博学的人物之一，并对帝国各地的风俗习惯了如指掌。父亲去世后，司马迁继任太史令，执掌宫廷星象和修史，决心将那些值得铭记的重要历史记述下来，以免久而湮灭无闻。作为一位历史学家，他在《太史公自序》中表示：

> 废明圣盛德不载，灭功臣世家贤大夫之业不述，堕先人所言，罪莫大焉。
>
> no offence is greater than failing the sagely monarchs by neglecting to put their virtues and accomplishments in record, erasing the names of great heroes, illustrious families, and good officials by passing over their achievements in the narration, and letting the words of our ancestors fall into oblivion.

起初，司马迁的才能颇受武帝赏识，经常在朝议事。然而灾难却在公元前99年降临了。当时汉朝与北方游牧民族匈奴作战，汉将李陵率领一小股军队深入匈奴境内，经过顽强战斗仍然寡不敌众，万般无奈之下不得不投降匈奴。武帝大怒，朝中却无人敢为李陵进言，唯有司马迁为李陵辩护，担保他的忠诚。武帝被司马迁的进言激怒，将他关进监牢，最终对他处以比死刑更残酷的刑罚——最痛苦、最耻辱的宫刑。在后来成为最著名的散文经典之一《报任安书》中，司马迁向朋友解释，为什么他选择忍痛含垢完成《史记》，而不是自尽而为一切恐惧与不幸画上句号："人固有一死，或重于泰山，或轻于鸿毛，用之所趋异也。"他写道：

> 仆虽怯懦欲苟活，亦颇识去就之分矣。何至自沉溺缧绁之辱哉？且夫臧获婢妾犹能引决，况仆之不得已乎！所以隐忍苟活，幽于粪土之中而不辞者，恨私心有所不尽，鄙陋没世而文采不表于后也。

Though I may be weak and cowardly and choose to live in misery, I know very well the difference between where I should and should not go. How come I suffer myself to bear such a shame of chains and ropes? Even the much abused servants and maids could put an end to their own lives, let alone those like me who have all the more reasons to do so! The reason I have chosen to live in shame and sink into this cesspool of filth and not take leave is that I would hate not to have done what I have intended in my heart, and I would regret that the splendor of writing would not be known to posterity when I am gone from the world.

怀着强烈的使命感与决心、对立言不朽的强烈渴望，这位伟大的历史学家最终坚持了下来。"仆诚以著此书，藏之名山，传之其人，通邑大都，"他继续写道，"则仆偿前辱之责，虽万被戮，岂有悔哉！"遭受痛苦之后，司马迁在文学观中酿入了他对人生苦难更深刻的理解：他指出，前代所有的伟大作品，都是作者遭遇不幸而著成，他们或被囚禁、或被放逐、或致伤残，再不然便贫病交困、遭受拷打乃至罹受肉刑。从儒家经典《易经》到《诗经》，司马迁历数部部名著并总结道，"大抵圣贤发愤之所为作也"，"此人皆意有所郁结，不得通其道"。伟大作品的诞生非但不必回避苦难与厄运，甚至得益于后者滋养，他在此表达的这一思想，后来成为中国文学传统中无数诗人和作家的灵感来源。

凭着满腔热情和奉献精神，司马迁最终完成了《史记》这部绝唱，成就了自己不朽的声名。上自远古传说中的黄帝时期，下至他自己所处的汉武帝治下的公元前1世纪，《史记》记叙了一幅三千余年兴衰浮沉的历史长卷，其间无数历史人物风云际会，投身于社会与经济变革、战争冲突、文化发展、天文观测与各个领域的人类活动与事业。其叙事网络纵横交织，有如一匹图案精美、质地细密的五彩织锦。《史记》主要是人物传记，在一篇篇文字中，司马迁通过精心选择的片段与重要事迹，讲述了众多人物的人生故事。他不仅为帝王将相立传，还为学者、诗人、刺客、游侠、商贾、医生乃至倡优、巫卜立传，笔下人物遍及社会各个阶层，描摹了一幅从远古到公元前1世纪中国社会生活的全景画卷。一个个历史人物随着他生动跌宕的描述，声名流于千古，人人各具姿态，性格鲜明。在这里，我们领略了一整座肖像画廊，从帝王到乞丐、从英雄到懦夫乃至善恶贤愚不论，在这历史风貌的广阔背景之中尤显繁富多彩。这部杰作中的许多篇章堪称散文珍品，其中记叙的那些英雄史诗或悲剧事件，总能让我们感受到历史的力量。

延续司马迁的《史记》，班固编撰了《汉书》，这是中国第一部完整的断代史。就史学写作而论，《汉书》确实比《史记》更为详尽精密；而作为散文作家，班固的语言也更为规范谨严，但其在文学价值方面却不如后者，主要由于其缺乏司马迁更为疏荡自如的笔法，在精准刻画人物个性方面也稍逊一筹。和其他许多国家的文学传统一样，在中国古代，史传文学也构成了一种重要的写作形式，并成为文学传统的重要部分。历史和文学，虽然功能不同，标准各异，但并非毫无关联。司马迁的《史记》正因其语言之优美、刻画之生动和文学价值之高而屡受后世赞赏。

3. 乐府诗歌

"乐府"作为官方音乐机构，始设于秦代，在汉代继续负责重要场合的仪典音乐表演。到了汉武帝时期，其功能得到拓展，开始在全国各地搜集歌谣。这种乐府诗歌为中国诗歌提供了另一种范式，在风格和主题上都呈现出《诗经》与《楚辞》之外的新元素。乐府所集诗歌的作者来源多样，涵盖了从庙堂到民间的各个阶层，是对各种不同社会环境、情感和思想的多样化表达。汉高祖刘邦和他的后代都来自故楚，喜爱故乡的音乐，故而乐府诗在汉初受楚声诗歌影响较为明显，我们可以从诗歌形式的变化中看出，这一时期出现的三言、五言与七言诗，大都取自屈原与其他《楚辞》作家的创作范式。《诗经》以四言为主，此时五言诗与七言诗的出现对于中国古典诗歌的形式发展具有重要意义。

乐府诗中有些原本是民歌，其中有不少经过了文人的润色和改写，据我们所知，司马相如等人都参与过这类再创作。这些形形色色的诗歌，展现了各色人等在不同社会条件下的生活场景，有些反映了寡妇、孤儿、士兵的贫苦不幸，有些则描述了富贵人家的奢华生活。下面这首《战城南》所述便直击人心：一个士兵战死疆场，遗体就暴露在秃鹫或乌鸦面前，此时，诗歌叙事者便请求乌鸦按照当时的殡丧风俗，在享用遗体腐肉之前"且为客豪"（发出号叫以悼死者）：

> 战城南，死郭北，野死不葬乌可食。为我谓乌："且为客豪！野死谅不葬，腐肉安能去子逃！"

Fought at the city's south,

At the northern corner he died,

Dead in the wild, food for the crow.

To the crow let me speak:

"Howl for the dead, I pray!

Dead in the wild, he'll not be buried,

And rotten meat can't run away!"

在另一首《十五从军征》中，我们听见了一个士兵的哀叹，尽管他为朝廷毕生战斗后侥幸得以生还，却只见家园已成丘墟，家人也都不在人世：

十五从军征，八十始得归。道逢乡里人："家中有阿谁？"
"遥看是君家，松柏冢累累。"

At fifteen I joined the expedition,

At eighty I am able to go home.

On the road I met one from the neighborhood,

"In my family is there still anyone?"

"I saw from afar what looked like your house

With tombs covered by pine and cypress trees."

从同乡那里听到这个可怕的消息，老兵设法回家，却发现家中房子已
然坍圮，兔走雉飞，院子里与水井边都长满了野谷和野菜。凭借生存
技能，他就地取材给自己做了一顿饭，却无人可以抚慰他的孤独，只
余独自悲伤：

春谷持作饭，	I crashed wild grains to make rice,
采葵持作羹。	And made soup with wild mallows.
羹饭一时熟，	Though rice and soup are cooked and ready
不知饴阿谁。	With whom this food can I share?
出门东向看，	Stepping outside, I look toward the east,
泪落沾我衣。	My clothes are all wet with my tears.

许多诗也描述了那个时代妇孺的艰难，他们留守在贫困的家中，
还要时刻为远方的亲人担忧。在下面这首《饮马长城窟行》中，这位
女子思念着远行的丈夫，却只能在梦中与他见面；但是连这梦中的团
聚也是转瞬即逝的：

| 青青河畔草， | Lush and green is the grass by the river, |
| 绵绵思远道。 | Long is the road my thoughts travel by. |

远道不可思，	The road is too long for my thoughts to follow,
宿昔梦见之。	But I saw him in my dream last night.
梦见在我傍，	In my dream he was just by my side,
忽觉在他乡。	But suddenly in an alien place we seemed to be.
他乡各异县，	A different place and separate again,
展转不相见。	We lost each other and could not see.

就在她怨叹丈夫杳无音讯时，一位远方来客给她带来了一只刻成鱼形木函。她立刻让儿子打开鱼函，发现了一封写在丝绢上的信。这信中的片言只语，让她找到了某种慰藉：

长跪读素书，	I sat up and read my precious letter
书中竟何如：	To find out what was said in there:
上言加餐饭，	First it bid us to take care of ourselves,
下言长相忆。	And then to remember one another forever.

爱情一直是所有诗歌中的一个重要主题，在汉乐府诗中也有一些令人难忘的例子。下面这首《上邪》，以其大胆的想象和新奇的比喻，堪称一篇出色的爱之宣言。作为诗歌叙事者的年轻女子是如此热情，以至要让她的爱人（并延伸到所有的读者）都明白，她的爱永远不会终止，因为让她的爱情结束的条件是一系列绝不可能出现的现象：

上邪！	O Heaven!
我欲与君相知，	I would be with you,
长命无绝衰。	And my love will never die.
山无陵，	Only when mountains are gone,
江水为竭，	And all rivers are dry,

冬雷震震，	When thunders roll in winter,
夏雨雪，	In summer snowflakes fly,
天地合，	When heaven and earth join as one,
乃敢与君绝！	Only then my love may die!

这首古老的中国诗歌可能会与许多其他诗歌产生共鸣，包括罗伯特·彭斯（Robert Burns, 1759—1796）的《我的爱人像朵红红的玫瑰》和奥登（Wystan Hugh Auden, 1907—1973）的《某晚当我外出散步》。在这两首诗中，我们都能发现类似的爱情永恒的誓言，也同样列出了一系列绝无可能出现的爱情结束条件。

汉乐府诗在描写技巧上取得了显著的发展。下面这首《陌上桑》，并没有直接表现这位年轻姑娘的美，而是间接通过他人视角或看到她之后的行为反应来表达，这样的间接暗示让读者得以更加充分地想象她的美丽动人，比直接描写来得更有效。诗中写到，早春的清晨，阳光明媚，这位名叫罗敷的美人出去采桑养蚕，她的美众人瞩目：

青丝为笼系，	She carries a basket with blue silk handle,
桂枝为笼钩。	And a hook made of Osmanthus wood.
头上倭堕髻，	Her hair are tied as hanging locks,
耳中明月珠。	And moon-like pearls shine in her ears.
缃绮为下裙，	Her skirt is made of yellow silk,
紫绮为上襦。	And of purple brocade is her coat.
行者见罗敷，	When they see her, all the passersby
下担捋髭须。	Put down their load and stroke their beard.
少年见罗敷，	When young men see her, they take off
脱帽着帩头。	Their hats and adjust their headgears.
耕者忘其犁，	Men forget all they do, their ploughs,

锄者忘其锄。	Or their hoes, and all their game.
来归相怒怨，	Back home they nag at one another,
但坐观罗敷。	And on watching Luo Fu they all blame.

这里近乎喜剧的场景描绘，正是汉乐府诗描写技巧发展成熟的一个典型。乐府诗还有另一个重要成就，是其叙事技巧的发展。一个很好的例子就是著名的叙事诗《古诗为焦仲卿妻作》（又以首句"孔雀东南飞"而知名）。这首诗开篇写道："孔雀东南飞，五里一徘徊。"这可能会使我们想起《诗经》中许多诗歌的典型开篇技巧，也就是第二章讨论过的"兴"的修辞手法，开篇以鸟兽形象引出诗歌主题。在这首诗中，两只孔雀各自分飞，其徘徊而不肯去的动人形象，似乎暗示了某种感伤，预示着这将是一个悲惨的爱情故事。故事梗概在短序中概括如下：

> 汉末建安中（196—220），庐江府小吏焦仲卿妻刘氏，为仲卿母所遣，自誓不嫁。其家逼之，乃投水而死。仲卿闻之，亦自缢于庭树。时人伤之，为诗云尔。
>
> At the end of the Han dynasty, in the middle of the Jian-an perio (196–220), Lady Liu, the wife of Jiao Zhongqing, a minor official at Lujiang Prefecture, was rejected and sent home by Zhongqing's mother, and she vowed not to remarry. Under the pressure of her family to remarry, she threw herself in the river and died. Upon hearing this, Zhongqing also hanged himself on a tree in his own yard. People at the time mourned their death and thus composed this poem.

无论是在严母无情权威下被压抑的爱情，还是爱情与封建孝道的冲突，这些似乎与现代读者的情感有一定距离，但诗中的悲情叙述强烈展现了这对不幸夫妻的情感悲剧，这在今天仍然深深触动着我们。这首诗有350多行，是中国古典文学中篇幅最长的诗歌之一。与莎士比亚的名剧《罗密欧与朱丽叶》十分类似，焦仲卿与刘兰芝这对夫妇宁可殉情，也不背叛爱情。在这首诗的篇尾，焦刘两家最终和解，并将这对不幸的夫妻合葬，他们的爱也以这种象征性的方式得以天长地久。

> 两家求合葬，合葬华山傍。
> 东西植松柏，左右种梧桐。
> 枝枝相覆盖，叶叶相交通。
> 中有双飞鸟，自名为鸳鸯。
> 仰头相向鸣，夜夜达五更。
> 行人驻足听，寡妇起彷徨。

The two families agreed to bury them together,

And had their tomb built by the Hua Mountain.

Pine and fir trees were planted to the east and west,

And to the left and right were wutong and sycamores.

All their branches and twigs grew intertwined,

And all foliage extended to reach one another.

From these trees and leaves flew out two birds

That are called Mandarin Ducks, birds of love,

Who cry to one another, holding their heads high,

Till early morning hours each and every night.

All passersby would stop to listen and all widows

Would be startled to get up with a sorrowful sigh.

墓前的绿树枝叶交织相向、鸳鸯双双偎依而鸣，最后这些意象都象征着爱情战胜了死亡；这首诗以优美的语言讲述这对不幸夫妇之悲惨遭遇，深深影响着一代又一代中国读者。诗中叙事的精心安排和情感起伏的有效表达，彰显了汉代文学形式的成熟，并在之后获得进一步发展。

4. 文人诗与《古诗十九首》

从作为《诗经》主要特征的四言诗转变为汉朝开始出现的五言诗，是诗歌形式的一个重大发展。上一节讨论的乐府诗歌，如《十五从军征》《饮马长城窟行》《陌上桑》《孔雀东南飞》等都是五言诗，每句通常在第二字后断句。这一形式源自民谣，同时也广泛为文人所采用，并逐渐发展成为中国古典诗歌的一种主要形式。这里有一个年代较早的例子，才华横溢的女诗人班婕妤（前48—后2）所作的《怨诗》，著名文学评论家钟嵘（468—518）因这首五言杰作对她大加称赏。班婕妤出身贵族家庭，以才貌双绝而闻名，曾为汉成帝（前51—前7）嫔妃，一时深受宠爱，后来却因成帝迷恋绝代美女赵飞燕（？—前1）而失宠。班婕妤被弃冷宫后，写了这首《怨诗》表达她的哀伤，大意是将自己比作一把纨素团扇，在炎夏时为主人（喻指汉成帝）随身携用，却在秋凉后遭到捐弃。这首诗显然是对她自己命运的寓言，也体现了在她那个时代许多失宠见弃女性的悲惨境遇：

新裂齐纨素，	Cut the new fine silk from Qi,
鲜洁如霜雪。	As white as snow fresh and pure,
裁为合欢扇，	And make a fan of happy union,
团团似明月。	As round as the moon is full.
出入君怀袖，	Tucked in my lord's bosom,
动摇微风发。	It moves to send off a gentle breeze.
常恐秋节至，	But it fears the coming of autumn,

凉风夺炎热。	When cool wind will summer's heat replace.
弃捐箧笥中，	Then it is thrown into a basket,
恩情中道绝。	And enjoys no more favor or grace.

在汉代诗歌中，以没有留下作者姓名的《古诗十九首》最为著名，对后世影响也最大。这一系列诗歌由汉代不同时期的作者写成，其中多首可能源自民歌，但经过了文人的润色。在形式上，它们都是五言诗，语言质朴，表现力强，在美学上深具吸引力。其中一个重要主题就是离愁别绪，表达游子思妇思念所爱之人。这在其一《行行重行行》中即得以表达：

行行重行行，	Going away and further away,
与君生别离。	I now take leave of you in this life.
相去万余里，	With a distance of thousands of miles,
各在天一涯。	We'll be apart at the end of the world.
道路阻且长，	Long and treacherous is the road,
会面安可知?	How can we know we are ever to meet?

这首诗中的叙事者饱受思乡之苦，感到自己年华渐衰，最后却只能告诉自己"努力加餐饭"，权且继续活下去。其六《涉江采芙蓉》也表达了同样的主题，描述了旅人对故乡与亲人的思念：

涉江采芙蓉，	Gather lotus flowers by the long river,
兰泽多芳草。	And fragrant plants on the margin of a bay.
采之欲遗谁?	Whom would I want to send these to?
所思在远道。	The loved one in my mind is so far away.
还顾望旧乡，	Turning back to look at my old home,
长路漫浩浩。	Long and endless the roads unfold.

| 同心而离居， | Our hearts are one, but living apart, |
| 忧伤以终老。 | In lonely sadness we grow old. |

折花或折柳送给爱人或朋友，已是一个古老的风俗，正如我们在其九《庭中有奇树》中读到的那样："庭中有奇树，绿叶发华滋。攀条折其荣，将以遗所思。"不幸的是，"所思"之人远在天涯，遥不可及，这个美好的愿望终未实现。

这组古诗中还有一些是从家中思妇的视角写的，她们感到孤独，叹息虚掷青春容颜。其二《青青河畔草》以这样的句子开始："青青河畔草，郁郁园中柳。"开篇以绿意盎然的春景起兴，暗示这正是爱情与生长的时节。一位年轻美人独坐窗前，盼望情郎早归，但却以一个悲伤的音调结尾："荡子行不归，空床难独守。"其八《冉冉孤生竹》也是同一主题的变体，一位年轻女子请求丈夫早日回家，并将自己喻为园中花朵，不久就会在等待中枯萎，失去美丽的光彩：

伤彼蕙兰花，	How sad are those beautiful orchards,
含英扬光辉。	Bright and splendid in the cool breeze,
过时而不采，	But un-plucked in their prime time,
将随秋草萎。	They'll soon wither with autumnal weeds.

另一个反复出现的主题，是人生如同一场旅行这一概念的比喻，正如在其三《人生天地间》中明确表达的："人生天地间，忽如远行客。"这是对生命苦短的强烈感受。还有在其十三《驱车上东门》中，死亡和寿限给整个文本蒙上了一层阴影，但却以及时行乐的思想收尾：

| 驱车上东门， | Riding my chariot out of the eastern gate, |
| 遥望郭北墓。 | I look at the tombs on the hills to the north. |

白杨何萧萧，	How sadly the poplars wail in the wind,
松柏夹广路。	With pines and firs standing by the road!
下有陈死人，	Lying underneath are those long dead,
杳杳即长暮。	Darkly in the grave of eternal night,
潜寐黄泉下，	Sleeping under the Yellow Stream,
千载永不寤。	Never to wake up, not for a thousand years!
浩浩阴阳移，	The sun and the moon are on constant move,
年命如朝露。	Like the morning dew we are quickly gone.
人生忽如寄，	Life's like staying in a temporary shelter
寿无金石固。	And never endures like metal or stone.
万岁更相送，	Forever one generation sends off another,
圣贤莫能度。	Even sages and the saintly can't change it.
服食求神仙，	Those who seek elixir to become immortal
多为药所误。	Are often cheated by drugs and die.
不如饮美酒，	We'd better drink the finest of wine,
被服纨与素。	And wear fine silk of the purest white.

对人生短促、死亡迫近的认识，使得在绝望中及时行乐的主题几乎在所有文学中普遍存在。我们可以从其十五《生年不满百》中发现，这首诗以一种不同寻常的意象表达了这一思想，即在夜晚秉烛继续游乐，以补偿白日的短促：

生年不满百，	A man's life does not reach a hundred,
常怀千岁忧。	But filled with a thousand years' worry.
昼短苦夜长，	The day is too short and the night long,
何不秉烛游？	Why not go with a candle and be merry?
为乐当及时，	While you can, seize time and have fun,
何能待来兹？	Why wait till it's too late and all are gone?

　　《古诗十九首》兼具民歌之简朴与文人诗之深邃，确实堪称一字千金。它以晓畅优美的语言，表达了人们在日常生活中普遍的思想与情感，不只有那些欢乐的瞬间，还有更多悲伤痛苦的时刻。这组诗歌在形式技巧、主题内容和风格特征上都对后世诗人产生了极大影响，对汉之后魏晋时期主要诗人的影响尤为明显。

5.　佛经的早期翻译

　　中国文化在传统上素有"三教"之称，即儒、释、道，其中佛教最早起源于印度，在公元65年之前的东汉时期开始传入中国。根据传统记载，最早的中文佛经是《四十二章经》，该书是从《阿含经》或《法句经》等佛经中选编的佛陀语录，包括佛教教义的一些基础知识。但是，许多现代学者对其成书时间和文本的真实性都提出质疑，认为它既不是直接译自原本，也不是最早译为中文的佛经，而是一些先前已被译成中文的早期佛经的汇编。其成书时间很可能在公元306年至342年之间，比佛经早期汉译的真实时间要晚得多。

　　第一位留下具体姓名的佛经中译者是安世高。据说他是帕提亚帝国的太子，该国位于今天的伊朗北部和东部地区。作为一名虔诚的佛教信徒，安世高放弃荣华富贵，全心投入佛教思想的传播。从公元前247年到公元224年这段时期，中国经历了从秦朝到汉朝末年的变迁，而帕提亚帝国则由阿尔萨息王朝统治，在中国时称安息。这就解释了为什么这位王子来到中国后，被认为来自"安息"，并以"安"为姓。公元147年，安世高来到东汉的都城洛阳，在这里生活了20多年直至公元170年。他在洛阳学会了中文，并翻译了数十部佛经。他的许多译作都是他口述译文并由助手笔录完成的，由于这些中文译稿在表达上与原文过于贴近，故而有时不易读懂，从文学角度也谈不上有什么风格。

　　佛经的另一位重要中译者是支娄迦谶（简称支谶，约147—189）。他的姓氏"支"表明他来自大月氏，这一古国包括今天伊朗、阿富汗和巴基斯坦的一大片地区。支娄迦谶于公元167年抵达洛阳，并在公元178年至189年间从事佛经翻译。因为从安世高开创的翻译工作中吸取了经验，他的译本相对明白易懂，主要有《道行般若经》和《般舟三昧经》等重要经书。然而，当时处在佛教传入的早期阶段，很难找到完全对等的中文词语来表达一些佛教术语，所以他经常采用中国读者难以理解的冗长音译词替代。安世高翻译的是小乘佛教经典，而支娄迦谶翻译的几乎都是大乘佛教经典，故也可以说是他开创了大乘佛教在中国的传播。

　　尽管《四十二章经》现在被认为是一部晚期译本，但它在传统上被视为是最早的佛经中译本，这也与一个关于佛教进入中国的著名传说有关。传说公元65年，东汉明帝（28—75）梦见了一个"金人"，顶有光明，群臣认为这就是"佛陀"，明帝遂派使臣向西域求佛法。两年后，使臣们带回两名印度僧人，其中文名字分别是迦叶摩腾与竺法兰，还用马匹驮回了大量佛经。他们回国后，汉明帝下令在洛阳为这些僧人建造了白马寺，他们在佛经的早期汉译中扮演了重要角色，据说译出的第一部佛经就是《四十二章经》。当然，整个事件可能只是一个传说，但佛教确实从东汉明帝时期开始在中国传播，而可追溯至公元1世纪的白马寺至今仍矗立在今天的洛阳城。

第四章

又一波思想热潮：魏晋时期

1. 政治分裂与思想多样性

公元2世纪晚期，东汉已近末年，皇权日渐衰落，儒家正统思想及其对社会和文化生活的主导地位亦随之下降，各路军阀混战，逐鹿中原。公元196年，出身寒微的曹操，通过一系列军事策略和政治权谋崛起，迎汉献帝迁都许（今河南许昌），成为帝国北方的实际统治者。曹操本人并没有自立为帝，只是受封为魏王，并享有与皇帝几乎相当的特权。公元220年曹操去世后，其子曹丕迫使汉献帝退位，建立了曹魏政权，自立为魏文帝。汉朝四百年天下就这样结束了，但在接下来的60多年里，魏国只控制了北方地区，而蜀国占领了西南地区，吴则据有长江沿线的东南地区。这在中国历史上被称为三国时期，其间三国争战不休，为后世的许多故事、戏剧尤其是14世纪的著名小说《三国演义》等提供了绝好素材。在现代，《三国演义》不仅在中国改编为无数电影、电视剧与漫画，而且在韩国和日本都有非常受欢迎的主题电脑游戏和漫画书。公元280年，三国时期结束，中国又短暂地归于西晋一统，但这统一只持续了30多年，随即便是数十年的战乱，在北方和南方都发生了甚至更严重的分裂割据，直到公元589年隋朝建立才结束这一局面。一方面，这次大分裂长达近400年，是中国历史上持续最长的分裂割据时期，许多短命政权其兴也勃，其亡也忽；而另一方面，这也是一个民族迁移、战乱连年、南北融合而趋于一体化的漫长时期。自东汉以来，门阀士族主宰着社会和政治生活，又以魏晋时期尤甚，但这一时期动荡混乱的环境也创造了机会，让不同阶层有才能有抱负的人得以改变命运，进而重塑了整个政治生态。曹操就是一个突出的例子，而这样的例子还有很多。

在政治上，门阀的兴起和中央集权的衰落是整个魏晋时期的趋势，这使得当时的文人在思想和文学创作方面，拥有相对较大的智识发挥空间。这不禁让人联想起先秦时代：在公元前221年第一个王朝秦朝建立之前，儒家、道家、法家等各个学派百家争鸣，最终为中国文化传统奠定了基础。有汉四百年间，儒家思想经过体制化改造，成为朝廷认可、不可挑战的正统观念，但此时逐渐失去了控制力，尽管它仍然是一股强大的力量，儒家经典也依然是读书人普遍研习的书籍。然而，总的来说，那时的文人学者已经厌倦了儒家正统，更迫于战争的残酷现实和社会的混乱状况，从道家哲学中找到了更受欢迎的选择。老子和庄子所主张的"自然"和"无为"的思想，鼓励他们追求自己的"天性"，以摆脱社会规范和传统价值观的诸多约束，以高度个人化、有时甚至是惊世骇俗的方式来表达思想和性情。"自然"在当时理解为人工或人为的对立面，即那些按照自己规律发展、无拘无束的事物。

在这种道家思想的影响下，魏晋时期出现了一种"形而上学"或称"玄学"的流派，学者热衷于清谈，针对一系列哲学问题开展思辨讨论，如天地自然、名理之辨、言意之辨等。在这一高水平智识环境中，遂诞生了王弼（226—249）这样的天才思想家。尽管王弼不幸23岁早夭，但他的哲学思想极为精深奥妙，所著《老子注》《周易注》等，直至今天仍堪称中国哲学史上最高水准的作品。作为宗教的道教与作为学派的道家哲学大不相同，但前者同样也发展出了修身以应天道的思想，同时热衷炼丹以求延年益寿甚至长生不老。当时的道教混合吸收了各种思想，但在那个时期，它对包括帝王在内的社会各阶层都产生了重要影响。同样也是在魏晋时期，佛教迅速传播并繁荣起来，佛经翻译出现第一次高潮。当时的著名翻译家鸠摩罗什（344—413），出生在古龟兹国（今中国西部新疆维吾尔自治区境内），公元402年来到西晋首都长安。鸠摩罗什以博学多才著称，精通梵语和汉语，领导众多弟子一起致力于译经。他的翻译方法不同于前辈，因他省略了许多过于重复的段落，并经常调整原文，使译文更加流畅可读。故而，他对大乘佛教经典的翻译在中国影响很大，包括《维摩诘经》《妙法莲华经》《金刚经》《大智度论》，还有著名印度思想家龙树菩萨（约150—约250）的《中论》等。这些经文中有许多生动的佛教故事和寓言，具有较高的文学价值，对后世的许多诗人和作家都产生了相当大的影响。

随着儒家正统思想影响渐衰，文人在思想和表达上开始享有一定的自由和多样性，绘画、雕塑、音乐、舞蹈、园艺和书法等多种艺术均得以蓬勃发展。文学作为一种概念，经过更为自觉的塑造，已成为一种可以给人愉悦的专门语言艺术，具有高度的审美品质。诗人也逐渐从宫廷文学时代的颂圣角色和教化功能发生了转向，开始更公开地表达个人感受和性情。文学的地位得以提升，而文学批评亦随之发展。统治阶层的许多精英积极参与文学活动，身边聚集大批诗人和作家，倡导文学写作。曹操和儿子曹丕、曹植等不仅慷慨扶持诗人和作家，而且自己在当时就是杰出的文学创作者，对其他诗人也颇为尊重。曹丕在《典论·论文》中指出：

> 盖文章经国之大业，不朽之盛事。年寿有时而尽，荣乐止乎其身，二者必至之常期，未若文章之无穷。

> Writing is the great affair of managing a state and the wonderful business to achieve immortality. Life has its limit in time, while glory and pleasure can only be enjoyed by oneself as long as one lives; both of these will come to an inevitable end, and not as endless as writing.

他所说的"文章"主要是指文学写作，尤其是诗歌，在他看来是一种实现"不朽"的有效渠道。在魏晋时期和之后的南朝，相当一部分统治者积极投身文学活动，这在当时已成为一种引人注目的现象，在这个政治分裂和社会动荡的时代，为文学发展创造了有利环境。

2. 建安领袖：三曹

公元220年，曹丕登基，史称魏文帝。但魏晋文学的实际起点其实还要再早几十年，从其父曹操成为北方实际统治者，特别是公元196年迎汉献帝迁都至许昌时算起。这一段史称建安时期（196—220），对中国文学而言是一段非常重要的时期，文学形式和风格发生了重大变化，充分反映了我们上文所讨论的思想和表达的新趋势。"三曹"指曹操和他的两个儿子曹丕和曹植，以他们为中心形成了一个文学集团，周围聚集了当时几位最优秀的诗人王粲、刘桢以及其他几位被称为"建安七子"的文人。他们都是才华横溢的文人，但在当时却深度卷入政治，目睹了战争的破坏、人民的苦难，对人生的短促和脆弱产生了一种悲剧情怀，但同时又充满了建功立业的雄心抱负，意欲成就英雄事业或完成皇皇文学大著，以获得不朽声名。所以，冗长而铺陈的汉代宫廷大赋已不再适合表达他们的个人感情和思想，他们发现对于抒发情感或描述精神的愿景而言，诗歌这种方式其实更为合适，尽管曹植的《洛神赋》和王粲的《登楼赋》等在赋体文学中已臻绝品。总的来说，建安文学以刚健有力的风骨著称，为后世诗人和作家深深推崇。

"三曹"是这一时期的主要诗人。曹操（155—220）不仅是一位杰出的政治家，也是一位优秀的诗人。他的许多诗歌都摹拟汉乐府与民歌传统，但语言更加精炼，个人风格突出。他在《蒿里行》中描写了关于战争的毁灭性破坏与尸骨无数的骇人景象：

铠甲生虮虱，	Lice are jumping alive in soldiers' armors,
万姓以死亡。	While people died in the tens of thousands.
白骨露于野，	White bones are exposed in the battlefields,
千里无鸡鸣。	No cock is heard within a thousand miles.
生民百遗一，	One out of a hundred may be spared to live,
念之断人肠。	How sad to think of this that breaks my heart!

他的诗歌也洋溢着雄心壮志。意识到生命的脆弱，往往导致及时行乐的强烈渴望，但在曹操的诗中，及时行乐的主题又与求贤若渴、招贤纳士以实现政治蓝图的情怀紧密相连。这些都在他著名的饮酒诗《短歌行》中得以表达。在诗歌开篇，酒被描述成一种对人生痛苦与生命苦短的慰藉：

对酒当歌，	Holding a cup of wine, let us sing,
人生几何？	How long can this human life last?
譬如朝露，	Ephemeral like the morning dew and sad
去日苦多。	Are most of the days of our past.
慨当以慷，	Our hearts are restless and sorrow
忧思难忘。	Is hard to forget in our mind.
何以解忧？	With what can we dissolve our sorrow?
唯有杜康！	What else but the wonder of wine!

然而，接下去这首诗则表达了政治领袖招贤纳士的愿望，也通过一只孤独的乌鸦在月夜中找不到树枝栖息的意象，生动地刻画了这一动荡时代：

月明星稀，	Stars are sparse and the moon is bright,
乌鹊南飞。	A black raven towards the south flies.

77

绕树三匝，	Circling thrice round a withering tree,
何枝可依？	Is there a branch for the bird to alight?

在尾声，这位政治家希望将天下英才都揽入自己麾下，以实现"天下归心"的期待。在中国古典文学中，很少有诗人表现出曹操这样恢弘的愿景，而这在他的另一首诗《步出夏门行·观沧海》中展现得更加充分。他描写了从碣石山俯瞰大海的奇景，大海如此辽阔，似能吞吐日月、包纳星辰：

东临碣石，	Coming eastwards to the Jieshi Mountain,
以观沧海。	I stand here to look at the vast blue sea.
水何澹澹，	How the waters undulate and roll,
山岛竦峙。	And how the hills and islets arise!
树木丛生，	How the trees and shrubs grow,
百草丰茂。	And how green the grass and tall!
秋风萧瑟，	The chilly autumnal wind blows,
洪波涌起。	And up the huge waves surge.
日月之行，	Herein sun and moon seem all
若出其中。	To start their daily journeys;
星汉灿烂，	And herein all the shining stars
若出其里。	Seem also to rise and fall.

这是中国最早的山水诗，其中辽阔的大海隐喻了诗人的博大胸襟；它也令读者有机会从宏大视角出发，在想象中领略自然之浩瀚与伟力。这是曹操的一篇代表作，尽管意识到生命有限，却依然表现出一种无畏的精神。下面还有一个很好的例子，《步出夏门行·龟虽寿》：

神龟虽寿，	Though the sacred tortoise lives long,

犹有竟时。	Its allotted time will be spent.
腾蛇乘雾，	The flying serpent rides on mist,
终为土灰。	Will come down to ashes in the end.
老骥伏枥，	The old stallion lying in its stable
志在千里。	Still dreams to run a thousand miles.
烈士暮年，	A lofty man in his old age
壮心不已。	Still wants to weather all the trials.
盈缩之期，	The time for waning and waxing
不但在天；	Is not all set by heaven.
养怡之福，	Cultivating oneself and longevity
可得永年。	Will be one's own blessing.

在这首诗中，曹操表达了对人自我奋斗的自信和他不老的雄心。神龟和腾蛇都是神话传说中的神物，但它们生命终究有限，最终还是会化为尘土。而相比之下，"烈士"虽然年老，却仍然渴望建功立业。曹操这首诗以四言写成，这种诗体之前主要见于《诗经》，他让这种古朴的形式又一次焕发了生机，并创作了一些绝佳的四言诗。

如前所述，曹丕（187—226）着重强调文学写作是一种实现不朽的途径，并在当时发挥了至关重要的文学推动作用。他自己就是著名诗人，几篇最好的诗作主要都是以汉代民歌主题写成的传统乐府诗。下面这篇《燕歌行》其一是曹丕诗歌的最佳代表作之一，运用了一个在民歌中经常出现的主题，即年轻女子独守空房，思念远行他乡的丈夫：

秋风萧瑟天气凉，草木摇落露为霜。群燕辞归鹄南翔，念君客游多思肠。慊慊思归恋故乡，君何淹留寄他方？贱妾茕茕守空房，忧来思君不敢忘，不觉泪下沾衣裳。援琴鸣弦发清商，短歌微吟不能长。明月皎皎照我床，星汉西流夜未央。牵牛织女遥相望，尔独何辜限河梁！

The chilly autumn wind blows the trees bare,

And turns fallen dews to frost on the ground.

Swallows have left and geese are heading south,

How I miss you and wish you were homebound.

All travelers want to return and love their homes,

Why are you still lingering in a place faraway?

Left alone in the empty room, I dare not

Forget you in all my sadness and dismay;

My tears wet my clothing in the cold day.

I pluck at the strings on my lute to sing,

But weak is my voice and short my song.

The bright moon shines on my bed,

The stars are moving and the night still young.

Even the Cowherd and Weaving Girl can meet,

Why can't you find home and come along!

这首诗与汉代优秀民歌相当接近，但在诗人的创造性润色之下更显丰富。其谐和的音韵、优雅的语言，生动地表达了年轻女子对爱人的情思。这一首七言诗，标志着这种诗体的成熟，并在之后的中国文学史上日趋重要。

在三曹中，曹植（192—232）是建安时期最著名的诗人，留存至今的作品也更多。他的早期作品评述了战争的破坏与百姓的苦难。例如下面这首《送应氏》其一，是一首关于洛阳的诗，这座曾经繁荣的东汉故都在汉末却被战争摧毁：

步登北邙坂，	Climb up the Northern Slope,
遥望洛阳山。	And look at Loyang and the hills.
洛阳何寂寞，	How lifeless now the city looks,

宫室尽烧焚。	With all the palaces burned to ashes.
垣墙皆顿擗，	Fences all broken down and walls,
荆棘上参天。	Covered by thorns thick and tall.
……	…
中野何萧条，	How deserted now the central plains,
千里无人烟。	Not a soul to be seen in a thousand miles.
念我平常居，	Thinking of the house I used to live,
气结不能言。	My sorrow leaves me with no words.

青年时代的曹植与兄长曹丕一样，自信无限，有着远大的政治抱负，同样也在诗歌中记录了那些与朋友聚会、宴饮、斗鸡的欢乐瞬间。然而，当公元220年曹丕即位称帝之后，他的人生也随之剧变。在与兄长的竞争中最终落败，这让曹植在政治上受挫的同时，也对人生的艰难与局限有了更加深刻的认识，从而成长为一个更为卓越的诗人。他用心血创作的诗歌，在辞采和意象上比同时代的大多数诗人更为精致。他在诗歌开头常以一个醒目的形象起兴，以喻示全诗的意义，也就是我们在更早的《诗经》作品中常见的修辞手法。如下面这首《野田黄雀行》，开篇描写了高大的树木为强风袭击，这是一个对命运悲剧的常见隐喻：有人身居高位而危险四伏，在斗争中可能首当其冲而受害。这正是曹植对自己当时在政治上身处险境的感受。很明显这首诗以寓言的方式讲述了这个故事，或者更确切地说，讲述了这个年轻人将黄雀救出罗网的幻想：

高树多悲风，海水扬其波。利剑不在掌，结友何须多？
不见篱间雀，见鹞自投罗？罗家得雀喜，少年见雀悲。
拔剑捎罗网，黄雀得飞飞。飞飞摩苍天，来下谢少年。

Tall trees are often swept by a sorrowful wind,

And the sea casts off the crest of its high wave.

When you don't have a sharp sword in your hands,

How many friends can you protect and save?

Don't you see the bird on the fence threw itself

Into the net at the sight of a swooping hawk?

The net owner felt happy to see the bird caught,

But the young man felt sad of the bird's fate.

Drawing out his sword to cut the hateful net,

He set the yellow bird free to fly to the sky.

Flying as high as the blue firmament, the bird

Came down to thank him for being so kind.

另一首《七哀诗》开篇则以月亮与凄清的月光起兴，婉约的语调与悲凉的氛围十分相衬，诗中的女子被从商不归的丈夫抛弃已久，哀怨不已：

明月照高楼，	The bright moon shines on a tall tower,
流光正徘徊。	And lingers around with its shimmering light.
上有愁思妇，	A lady with sorrowful complaints
悲叹有余哀。	Laments her fate with a pitiful sigh.

曹植在五言诗上取得了极高的成就，他工于炼字、修辞华茂，以华丽的诗歌语言在诗歌创作的起调、结构、对偶等方面均有重要贡献，堪称建安第一人，对之后中国诗歌的发展产生了深远影响。

3. 建安七子和其他诗人

在建安时期的其他诗人中，王粲（177—217）号称"七子之冠冕"，他同样也摹写了战争的灾难性后果和百姓的苦难。他最著名的诗是下面这首《七哀诗》其一，写他在残酷的战乱中试图离开北方与首都长安，前往当时尚不发达的南方"荆蛮"之地寻找栖身之所：

西京乱无象，	The western capital is completely chaotic,
豺虎方遘患。	Nothing left but tigers, jackals and carrion.
复弃中国去，	I shall leave the central kingdom and hide
委身适荆蛮。	Myself among the southern barbarians.
亲戚对我悲，	My kinfolks were all sad to see me go,
朋友相追攀。	And my friends followed me to complain.
出门无所见，	But stepping out the door you only see
白骨蔽平原。	White bones scattered over a lifeless plain.

这首诗随后继续描述了一个令人心碎的场景：一位饥饿的贫妇不得不将亲生骨肉遗弃在路边，只因在这战乱饥荒之中，她委实无力照料孩子。在这首诗中，诗人从自己个人的不幸延伸至他人的遭遇，让读者得以瞥见那个时代令人恐惧的状况。

"建安七子"中的另一位重要诗人是刘桢（180—217），以质朴而慷慨的五言诗著称。在下面这首《赠从弟》其二诗中，他用松树的形象作为道德品质的象征，这个象征性意象可以追溯到孔子的名言："岁寒，然后知松柏之后凋也。"（《论语·子罕第九》）刘桢写这首诗赠与表弟，显然是鼓励他在这个艰难的乱世，仍然要保持道德正直：

亭亭山上松，	How against the wind in the mountains
瑟瑟谷中风。	The pine trees stand upright and tall.
风声一何盛，	How the wind howls with such great force,
松枝一何劲！	And how the pine trees brave it all!
冰霜正惨凄，	Despite the icy frost now freezes everything,

终岁常端正。	The pine trees are green all year round.
岂不罹凝寒,	Not that they never suffer the worst coldness,
松柏有本性。	It's the nature of pines to hold their ground.

其他的诗人还包括陈琳和阮瑀，他们的诗作大都摹拟汉乐府，用相对质朴的语言表现当时悲惨的社会状况。陈琳（？—217）有一首诗《饮马长城窟行》，描述了一名士兵被征修长城的苦役和悲惨，以这样的诗句开头："饮马长城窟，水寒伤马骨。"开篇便为这首诗定下了悲伤的基调。接着，诗歌继续描写了征夫与妻子之间极其悲凉的书信对话，这位征夫感到自己可能活不下去了，让妻子再婚，不要等他：

身在祸难中，	Trapped in such danger and miseries,
何为稽留他家子?	Why should I let you waste your life?
生男慎莫举，	If you have a boy, don't ever report;
生女哺用脯。	If a girl, feed her with dry meat and all.
君独不见长城下，	Don't you see under the Great Wall
死人骸骨相撑拄?	Propped-up dead bodies do not fall?

在诗中，妻子发誓将忠于婚姻，作为对丈夫的回应。但结尾却传递出一种生命如此脆弱之感，也许是在暗示他们可能双双不久于人世了。

阮瑀（？—212）现存于世的诗歌不多。他最著名的诗歌《驾出北郭门行》，讲述了一个孤儿被继母虐待的悲情故事，让我们联想起一些最好的汉乐府民歌。诗人讲述了他驾车出城，结果马停步不前，他下车走过几株柳树，这时听到林中有人悲啼不止，于是循声发现了一个孤儿。这首诗的主要内容都是孤儿哭诉生母死去，继母如何虐待他，他如何经常挨打挨饿，形销骨立。这个孤儿来到城外生母坟前，却只余不绝的悲哀和无助。这个孤儿的故事既哀痛又相当感人：

上冢察故处，	Went to the tomb to find home,
存亡永别离。	The living and the dead are forever apart.
亲母何可见，	How could I ever see my mother,
泪下声正嘶。	I cry with bitter tears and a broken heart.
弃我于此间，	Forsaken in this place of suffer and bane,
穷厄岂有赀！	Is there ever an end to my pain!

建安文学主要指"三曹"和"七子"，但在这个文学集团之外还有一些诗人，其中最著名的是女诗人蔡琰（字文姬），她是东汉著名学者和诗人蔡邕（132—192）的女儿。蔡琰受过良好的教育，也颇有音乐天赋。她年轻时出嫁不久，丈夫就去世了，于是孑然回到了娘家。公元189年，残暴的军阀董卓（132?—192）率领军队来到都城洛阳，从此开启了东汉末年的乱世。蔡琰最初为董卓的部将霸占，但是在公元194年底或195年初，又被入侵中原的匈奴人掳往北方，身陷匈奴境内生活了12年。她作为俘虏，嫁与匈奴左贤王，并为他生了两个儿子。公元207年，曹操此时已成为北方的实际统治者，作为她父亲蔡邕的旧友，对蔡琰的不幸深感哀戚，于是派使者前往匈奴，用重金将她赎回。这时蔡琰已是中年妇女，终得返回故土，但不得不将两个儿子留在北境。她写过两首诗和一首歌辞来表达痛苦的生活经历。学者们曾争论过这些作品的真实性，但下面这首五言《悲愤诗》现在已确认是蔡琰所作。

这首诗以这样两行开头："汉季失权柄，董卓乱天常。"这提供了蔡琰讲述她从遭掳到归来、匈奴士兵的残暴，以及她自己和无数人的可怕命运的历史背景。关于匈奴士兵如何对待俘虏，她描述了一幅生动而恐怖的画面：

马边悬男头，马后载妇女。长驱西入关，回路险且阻。
还顾邈冥冥，肝脾为烂腐。所略有万计，不得令屯聚。

或有骨肉俱，欲言不敢语。失意机微间，辄言"毙降虏！
要当以亭刃，我曹不活汝！"

They had male heads hanging by their horses' side,

At horses' back they carried female trophies.

They rode all the way west through the pass,

And along the treacherous roads they sped.

Looking back, all was far and lost,

My heart was broken, and it bled.

They had taken thousands of captives,

And forbade them to form groups together.

Even when there were kinsfolk among them,

They dared not to speak to one another.

At the slightest chance of displeasure,

They would cry out, "Kill them, kill!

Put them to our knives,

We'll not let you live!"

这刻骨铭心的图景，细节刻画历历在目，使描摹更加生动真实，
也给读者一种深深的恐惧、同情和沉痛之感。这首诗的另一部分也
非常感人，当她描述将两个年幼的儿子留下、自己只身回到南方故
乡时：

天属缀人心，	Natural bonds tie our hearts together,
念别无会期。	But this departure would forever be.
存亡永乖隔，	Living or dead we'd be apart,
不忍与之辞。	How could I bear to take leave?
儿前抱我颈，	My son came up to hold my neck,
问母"欲何之？	"Where are you going?" he asked.

人言母当去，	"They told me mother is leaving us,
岂复有还时！	And no time for you to come back!
阿母常仁恻，	Mother has always been caring and kind,
今何更不慈？	Why would you be so unkind today?
我尚未成人，	I haven't grown up to be a man,
奈何不顾思！"	How can you leave me and go away!"
见此崩五内，	Facing this made my heart broke,
恍惚生狂痴。	I felt dizzy and losing my mind.
号泣手抚摩，	With tears I touch him with my hand,
当发复回疑。	While leaving, doubtfully looking behind.

多么令人心碎的场景啊！它描述了蔡琰面对两个无法兼顾的选项，被迫作出一个不合情理的决定：自己终于可以在被俘多年后回家，却不得不将儿子留在这片非我族类、毫无自由的异国他乡。两个儿子的质问和抱怨听起来如此真切悲凄，令读者似乎也能触及她那遥远而艰难的一刻，对她的两难困境感同身受。这首诗以一种叙述结构讲述了这个悲惨的故事，次序清晰，描述逼真，意象生动，语言精彩而饱含深情，堪称魏晋南北朝时期五言诗的典范。

4. 竹林七贤

正如当年曹丕强迫汉献帝退位一样，司马家族也采取了残酷的手段，从衰落的曹氏手中夺取政权，最终在公元266年建立了晋朝。几派政治力量之间的激烈冲突造成了一种危险的氛围，许多文人陷入困境和险境，甚至丧生。这个时代不同于建安时期，此时的诗人不复拥有此前那种更为积极刚健的视野，而正是后者才衬托出建安文学洋溢着一种慷慨的豪情。直到公元240年左右，当建安文学集团那一代人纷纷离世时，压抑的政治形势迫使许多诗人退而置身于哲学思辨，避免直接卷入政治。基于道家思想的玄学兴起，当时的文人群体形成了清谈的偏好，也滋生出一种不寻常的放浪形骸的人生态度。此时出现了一些性格鲜明、隐居山林的文人，被称为"竹林七贤"，其中最著名的是阮籍和嵇康。

阮籍（210—263）是前文提到的"建安七子"之一阮瑀的儿子，年轻时本对建功立业颇有志向。他以博学著称，尤其对老庄道家思想颇有研究，先后为曹氏与司马氏征召为官。随着政治形势的恶化，阮籍经常酗酒大醉，以避免卷入政治纷争，而这只会让内心的思想和情绪更难压抑。他一共留下了82首《咏怀诗》，表达了对当时社会动荡的思考与反省，对有才华有抱负的人壮志难酬表示不满。《咏怀诗》其一表达了他的不安和孤独：

夜中不能寐，	Unable to sleep in the middle of the night,
起坐弹鸣琴。	I sat up to play the resounding zither.
薄帷鉴明月，	The moon shone through the thin curtains,
清风吹我襟。	And a clear breeze blew on my robe.
孤鸿号外野，	A solitary goose was crying in the wilderness,
翔鸟鸣北林。	And chirping birds flew to the northern wood.
徘徊将何见？	What could I see pacing up and down?
忧思独伤心。	Sad thoughts engulfing me in a sad mood.

下面这首其三则描述了命运突变、盛景不常，以此暗示人应该归隐而远离乱世：

嘉树下成蹊，	In the Eastern Garden paths are formed
东园桃与李。	Under the good peach and plum trees.
秋风吹飞藿，	But when the wind blows in autumn,

零落从此始。	All plants start to wither and freeze.
繁华有憔悴，	All flowers will in time decline and fall,
堂上生荆杞。	And thorns will grow in the main hall.

这首诗继续用季节变化的隐喻来表达无助感："凝霜被野草，岁暮亦云已。"在另一首其三十三中，诗人更直接地表达了他身心俱衰的境况：

一日复一夕，	The day ends in the evening,
一夕复一朝。	After evening the day returns again.
颜色改平常，	The complexion changes in time,
精神自损消。	And the spirit also starts to wane.

虽然我们不知道诗人的隐喻和象征背后的所指究竟是什么，但他脑海中的牵挂和忧虑在最后几句中表现得淋漓尽致：

但恐须臾间，	I fear as sudden as in an instant,
魂气随风飘。	My soul with the wind would depart.
终身履薄冰，	Always feel as if walking on thin ice,
谁知我心焦！	Who knows the worries in my heart!

在阮籍的诗中，弥漫着一种命运变化莫测和个体徒劳挣扎之感，这也使得自我遁于祸乱四伏的政治领域之外，退而隐入私人领域。嵇康（223—262）亦有颇多相似之处，他也是一位优秀的诗人与杰出的音乐家，甚至更敢于表现出反叛的气质，最终为掌权的司马氏所杀。山涛（205—283），字巨源，是"竹林七贤"中的重要人物，也是嵇康的密友。他曾建议嵇康在司马氏朝中任职，但被嵇康拒绝了。嵇康的《与山巨源绝交书》，以其表达自由反叛精神而闻名。因为他不能

从政治角度直言批评，便强调自己生性迷恋老庄思想，崇尚自由，因此不适合担任官方职位。他用鹿自喻：

> 此犹禽鹿，少见驯育，则服从教制；长而见羁，则狂顾顿缨，赴蹈汤火；虽饰以金镳，飨以嘉肴，愈思长林而志在丰草也。
>
> This is just like a wild deer, if you try to tame it when it is young, it may listen to you, but when it has grown up and you want to put reins on it, it will desperately turn to look aside and break all the straps, and run away even if into hot waters or burning fire. Even if you could put a gold curb to it and feed it with fine food, it will still remember the big forest and desire the lush green meadows.

嵇康的诗歌也阐述了一种自由精神，为老庄思想启发而得，而后者亦助长了一种寄情自然及其玄妙的倾向。他最著名的《幽愤诗》是在狱中所作，自述了平生际遇和性情人格。他也以道家自然玄妙之言写过诗歌，如《赠秀才入军》其十四：

目送归鸿，手挥五弦。
俯仰自得，游心太玄。
With eyes following the homeward flying geese,
And plucking at the five strings with my hand,
I feel contented in looking up and down,
And my heart reaches out to mysteries dark and grand.

在这些著名的诗句中，诗人对自然风景的欣赏，浑然天成地与个人情绪的表达、道家玄理的追求融为一体。这些都是魏晋时期诗歌感受与风格的典型特征，并以其独特的个性魅力而备受后人推崇。

"竹林七贤"中的其他诗人流传至今的作品很少，这里可以提到其中两位：刘伶（约221—约300）曾作《酒德颂》，塑造了一个理想化的酒鬼形象，顺应天性而沉溺醉乡，蔑视礼法约束；还有向秀（约227—272）曾作《思旧赋》以悼念他的好友、被司马氏冤杀的嵇康。

5. 两晋文学

公元265年，司马炎（236—290）代魏，建立了晋朝，但他只成功保持了短暂的稳定，在他去世之后，觊觎皇位的诸王你争我夺，发动了一场内战，史称"八王之乱"。北方的一些游牧部落趁机南下，摧毁了晋朝在北方的统治，西晋遂于公元316年结束。同年，皇族司马睿在南方的建康（今南京）建立了东晋，但它只是南北朝时期众多割据政权之一，内忧外患，不仅饱受腐败与内斗之累，还承受着北方游牧部落南下的压力。如前所述，这是中国历史上的一个大分裂时期，社会政治局势动荡而充满危险。

尽管当时许多文人时运多舛，但文学在两晋时期仍继续发展，并涌现了一些著名的诗人。张华（232—300）有些诗讽刺贵族的堕落，也有些情诗颇具个人特色。他有一首关于在离家途中思念爱侣的诗，对比并融合了人类与动物的体验和情感，从而在人类情感与自然环境之间建立了一种密切的共生关系，这正是中国文学所珍视的品质。在这首《情诗》中，诗人眼望美景，思念着所爱之人，意识到一个人的情感依恋会为离别所加剧：

巢居知风寒，穴处识阴雨。

不曾远离别，安知慕俦侣？

Dwelling in a nest one knows how cold wind is,

And how rain is chilly in a dark and damp cave.

Without ever suffering the pain of separation,

How can one appreciate what is true love?

　　另一位诗人潘岳（247—300）则以通过感人肺腑的意象写诗哀悼亡妻而闻名。经常与他相提并论的还有陆机（261—303），也是一位才华横溢的诗人，对诗歌的形式发展作出过重要贡献。陆机在创作中，尝试在一组对句中以互补或对立的词语或意象形成对仗，从而为诗歌开创了一个重要方向，这种向严格对仗发展的趋势，日后亦成为"律诗"对形式特征的要求。陆机还创作了著名的《文赋》，强调"诗缘情而绮靡"，清晰地表达了中国文学批评对审美品质的重视。继曹植之后，陆机是又一位提倡词采华茂的诗歌风格的关键人物，代表了一种文人与贵族阶层欣赏高雅诗歌语言的品味。受当时流行影响，陆机也摹拟或者更确切地说是重写过一些古诗，有些出自《诗经》、汉乐府或《古诗十九首》的旧题，但其创作都意在逞才效伎，将那些更天真质朴的民歌改造为更精美的文人诗的修辞实践。他打磨词语，推敲意象，精心藻饰诗句。例如，下面这首是他的诗《赴洛道中作》其二：

远游越山川，	Taking a long journey over the mountains,
山川修且广。	The mountain ridge was long and wide.
振策陟崇丘，	I whipped my horse up the high hills,
安辔遵平莽。	On the plain I had a slow relaxed ride.
夕息抱影寐，	At night I slept holding my own shadow,
朝徂衔思往。	At dawn I went on in a pensive mood.
顿辔倚嵩岩，	Taking the reins by the high cliffs,
侧听悲风响。	I heard the wind wailing in solitude.
清露坠素晖，	Clear dewdrops fell in the pale light,
明月一何朗！	Oh how the moon was shining bright!

抚枕不能寐，	Patting the pillow in anxious thoughts,
振衣独长想。	I got up, feeling lost in a sleepless night.

在这里，"夕息抱影寐"（抱着自己的影子睡觉）是一个有相当创意的表达孤独感的新颖意象，而"清露坠素晖"也凝成了一幅美丽的图像，暗示着宁静孤独之感。中间一联对仗工整，这些都清晰展现了陆机创新营造文学之美的自觉努力。他的文才为时人和后人广泛认可，当然也有一些评论家批判陆机和他过于繁缛的风格有负面影响。但是，重点在于，认识到诗歌从平实自然的写法过渡到修辞精美的诗性语言，是完全有必要的。在这个短暂的过程中，陆机和同时代其他诗人的贡献实在不该被忽视，更不该被贬低。

西晋时，张氏家族有兄弟三人均以诗歌闻名，其中以张协（？—307）成就最高。他曾在朝中担任过一些职位，但见政治生态恶化，晚年便辞官归隐了。他有十首《杂诗》，这里以其四为例：

朝霞迎白日，	Morning glow ushers in the bright sun,
丹气临汤谷。	Where it rises is dyed shining red.
翳翳结繁云，	Layers of clouds darkly congregate,
森森散雨足。	And raindrops on land are widespread.
轻风摧劲草，	A chilly wind lashes on the bending grass,
凝霜竦高木。	And cold frost covers the tall trees.
密叶日夜疏，	They shed their leaves day and night,
丛林森如束。	And their bare branches all freeze.
畴昔叹时迟，	In youth one complains time moves too slow,
晚节悲年促。	In old age one feels sad that it goes so fast.
岁暮怀百忧，	With a hundred worries at the year's end,
将从季主卜。	I'll follow the divinations of the past.

这首诗以生动的形象呈现了时间和季节的变化，表达了诗人对光阴飞逝、人生短促的感受。最后一句提到了司马迁《史记·日者列传》中一位著名占卜者的话：

> 故骐骥不能与罢驴为驷，而凤皇不与燕雀为群，而贤者亦不与不肖者同列。故君子处卑隐以辟众，自匿以辟伦。
>
> a fine horse would not be yoked together with a lame donkey, a phoenix would not join a group with a sparrow, a good man would not align with a petty person, so a gentleman should keep a low profile to shun the crowd and hide himself to avoid the multitudes.

故而，诗人借上面这段话的意思，暗示他将"辟众自匿"，隐居避世。

左思（约250—约305）出身寒微，他的《三都赋》名满天下，甚至使得"洛阳纸贵"，因为无数读者传抄一时。然而，真正奠定了他诗坛地位的，却是他的八首《咏史》诗。虽然自汉代班固以来，许多人都写过咏史诗，但在左思的诗中，个人胸臆却更胜于史学评论，他援引历史先例，批评当时僵化的社会制度，指出朝中高位几乎皆为门阀大族世代占有，而出身寒微者，无论如何才华过人、抱负远大，都难被赏识而获得社会地位攀升。在《咏史》其二中，左思首先以一种隐喻的方式表达了观点：

郁郁涧底松，	Down the valley pines grow lush and green,
离离山上苗。	On the mountain, shrubs hang their leaves.
以彼径寸茎，	Even with their short and slender stems,
荫此百尺条。	They shade over the huge and tall trees.

这里的松树代表有才华的人，但因为它们长在涧底，则不得不居于山上灌木的阴影下。左思继续写道："地势使之然，由来非一

朝。金张藉旧业，七叶珥汉貂。冯公岂不伟，白首不见招。"在其四中，左思写到了汉初的大文学家扬雄，因家贫少有客人拜访，但他像司马相如一样成为汉赋主要作家，文名流传千古。左思首先描述了富贵者如何深居豪宅，出入乘坐华丽的马车，竟日饮宴并以奏乐在旁助兴，然后笔锋一转，写到了扬雄这位学者寂寥清寒的住所：

寂寂扬子宅，	Quiet was Master Yang's house,
门无卿相舆。	With no noble carriages before the door.
寥寥空宇中，	In his humble and scanty room,
所讲在玄虚。	He discoursed on the mysterious lore.
言论准宣尼，	His teachings followed Confucius,
辞赋拟相如。	Xiangru's work he tried to emulate.
悠悠百世后，	After a hundred generations,
英名擅八区。	Everywhere his name will reverberate.

左思为两个女儿写了一首可爱的《娇女诗》，描述了她们的懒惰、顽皮、整日化妆跳舞却不愿读书，但都是出自疼爱宠溺的父亲视角。这是中国古典文学中第一首关于儿童的诗，体现了魏晋时期诗人从说教式的道德主义向日常生活经验的兴趣转变。

还有其他一些诗人，如刘琨（271—318）和郭璞（276—324），可称一时之杰，有些作品流传至今。有些诗人被称为"玄言诗人"，因为他们在诗中倾向谈论抽象思想，却缺乏形象和抒情，因此被认为是"淡乎寡味"。孙绰（314—371）是其中代表之一，但他最好的一些诗歌将自然风景作为玄学思想的表征，并在魏晋时期山水诗的崛起中发挥了作用。以下这篇《秋日》是孙绰的代表作：

萧瑟仲秋日，	Gloomy and sad is the autumnal day,

飚戾风云高。	A lonely cloud tossed by the howling wind.
山居感时变,	In the mountains one feels the change of time,
远客兴长谣。	The traveler sings a ballad to ease his mind.
疏林积凉风,	A cool wind blows in the thin forest,
虚岫结凝霄。	A bitter frost chills the empty vales.
湛露洒庭林,	Drew drops sparkle on courtyard trees,
密叶辞荣条。	Dense foliage from the branches falls.
抚菌悲先落,	I feel sad that mushrooms will soon die,
攀松羡后凋。	And envious that pines are green forever.
垂纶在林野,	Quietly angling in the wild woods,
交情远市朝。	I have no friend from the bustling world.
澹然古怀心,	With a quiet heart aspiring for the ancients,
濠上岂伊遥!	How can it be far from the Hao River!

正如我们所知，在中国古典文学中，自先秦宋玉以来，秋天一直与悲凉之感、与从昌盛到衰落的转变联系在一起。孙绰运用"秋日"的概念及其联想，意在表达他躲避尘世喧嚣、追求哲学上宁静的思想。他没有抽象地高谈阔论，而是使用季节变化的意象，如孤云、凉风、虚岫、湛露等，并在之后的诗句中化用道家《庄子》和儒家《论语》中的意象，其中"菌"指"朝菌不知晦朔"（《庄子·逍遥游第一》），"松"指孔子所说的"岁寒，然后知松柏之后凋也"（《论语·子罕第九》），而我们之前提到的"建安七子"之一刘桢，在他的诗中也提到过松树。在最后一句，孙绰直接引用了庄子的一段名言，代表道家思想的庄子和他的辩友惠子争论是否知鱼之乐。我们在第一章中讨论过的这一篇，以庄子声称他在具体情境下可以知鱼之乐而结束，他"知之濠上"（《庄子·秋水第十七》）。

6. 陶潜，吟咏自然与田园的诗人

在两晋时期的所有诗人中，最重要的无疑是陶潜，又称陶渊明（365—427），他的诗歌体现了中国诗学的一个主要原则，即质朴自然、意在言外。他是第一位描述简朴田园之乐与自然之美的重要诗人。他在辞去一个小官之后，过上了一种深受道家自然主义哲学影响的田园生活。这一点在《归园田居》其一中表达得颇为清楚：

少无适俗韵，	In youth, I didn't follow the crowd,
性本爱丘山。	It's my nature to love the green hills.
误落尘网中，	By mischance I fell in the net of dust,
一去十三年。	And wasted my life for thirteen years.
羁鸟恋旧林，	A fastened bird longs for home grove,
池鱼思故渊。	A stranded fish yearns for the old pond.
开荒南野际，	I tilled land at the edge of southern moor,
守拙归园田。	And returned to my simple home ground.
方宅十余亩，	My homestead has a couple of acres,
草屋八九间。	And eight or nine thatched rooms.
榆柳荫后檐，	Elms and willows shade my back eaves,
桃李罗堂前。	Before my hall are peach and plum groves.
暧暧远人村，	Half-hidden is this village of seclusion,
依依墟里烟。	From chimneys a wisp of smoke arises.
狗吠深巷中，	A dog barks in the depth of a small lane,
鸡鸣桑树巅。	A cock crows on top of a mulberry tree.
户庭无尘杂，	No dust soils the pure air within my doors,
虚室有余闲。	In my bare rooms I find plenty of leisure.

久在樊笼里，　　　　Too long I have been caged like a prisoner,

复得返自然。　　　　Now at last, I come back to nature.

　　诗人开篇即称回归田园是他的天性，"性本爱丘山"。"误落尘网中"指他担任一个低级官吏的职业生涯，在他觉得就像监狱，相比"羁鸟"和"池鱼"，他高兴终于"复得返自然"，得以回归作为天然环境"丘山"的自然，同时也回归自己爱好田园生活的自然天性。这首诗的语言非常平实，这种风格化的质朴情调，正与诗歌主题对简朴田园生活的强调相得益彰，"虚室有余闲"。陶潜对自然的回归，不仅是作为一个观察者，保持一种舒适的物理和审美的距离来凝视美景，而且也同时是一个农民在田间劳作，从田园种植中获得乐趣。在《归园田居》其三中，他生动描述了自己在田间种了一整天豆子的经历，并有一种切实的参与感，这在自然主题的其他许多诗歌中都是没有的：

种豆南山下，草盛豆苗稀。

晨兴理荒秽，带月荷锄归。

道狭草木长，夕露沾我衣。

衣沾不足惜，但使愿无违。

Under the southern hill I planted some beans,

But bean sprouts are often by weeds overgrown.

I got up early at dawn to rid the field of weeds,

And come back carrying my spade under the moon.

The road is narrow and the shrubs are thick,

My clothes with chilly nightly dew are soaked.

I would not mind my clothing get all wet,

But only my wish will not come to naught.

　　陶潜偏爱自然的质朴与纯粹远胜仕途，这一点在他的《归去来兮辞》中得到了优美的表达。他描述了自己在短暂出任彭泽县令之后，终于改正错误，重新回归家园的快乐，在田园享受宁静生活的乐趣。他还写出了中国古典文学中最早的乌托邦文学《桃花源记》，其序言精彩地描述了一片远离尘世枯燥和痛苦的乐土，那里充满和平、闲适、单纯的生活之乐：

> 土地平旷，屋舍俨然，有良田、美池、桑竹之属，阡陌交通，鸡犬相闻。其中往来种作，男女衣着，悉如外人。黄发垂髫，并怡然自乐。
>
> An expanse of level land with rows and rows of houses. There were fertile farm fields, clear ponds, mulberry trees, bamboo groves and the like. Roads and thoroughfares crossed one another, and one could hear cocks crowing and dogs barking in the neighborhood. Men and women moving around or working in the fields all dressed the same way as people outside. The elderly and the young enjoyed themselves alike in leisure and contentment.

这是一个自足自在的世界，只是偶然被渔民发现，可以从一条极其狭窄的通道进入。这是所有通往乌托邦的典型道路，比托马斯·莫尔的名著《乌托邦》还早了一千多年。桃花源是这个世界之外的另一个世界、一片想象中的乐土，在后来的中国传统乃至整个东亚文化中，经常为众多诗人和作家提及。

陶潜还编了一部名为《搜神后记》的故事集，续编了更早的干宝（？—336）《搜神记》所录的奇闻异事和神怪故事。干宝作为历史学家，称编写这些故事以证明"神道之不诬"，而同时其叙事亦十分有趣，可供消遣。干宝和陶潜所编选集都包含了各类怪力乱神的传说和故事，向我们展示了当时文人的自由想象力和广泛兴趣。这些作品开创了"小说"的传统，这个术语后来用于虚构叙事文学的概念的中文译名，包括短篇和长篇小说。

魏晋南北朝时期的诗人，即大约从3世纪到6世纪，都偏爱繁富的藻饰和精致的文风，以陆机和我们上面讨论过的其他诗人为代表。正因为如此，陶潜的作品因缺乏华丽辞藻而格外引人注目。结果，他的诗在当时乃至很久以后都没有得到足够的认可，陶潜亦经常表达他的孤独和寻找"知音"的渴望，"知音"字面意思是"懂声音的人"，即一个能够与他共鸣的读者，必将真正理解欣赏他的作品。在下面这首诗《咏贫士》其一中，诗人的孤独感表现在"孤云"和一只孤"鸟"上，尽管天气并不算好，但这只鸟却仍然守着它的"故辙"：

万族各有托，	All ten thousand creatures have their support,
孤云独无依。	Only the solitary cloud floats on its own.
暧暧空中灭，	Fainter and fainter, it dissolves in the sky,
何时见余晖？	When would we see its rays before it's gone?
朝霞开宿雾，	The morning glow breaks the lingering mist,
众鸟相与飞。	Flocks of birds start their long flight.
迟迟出林翮，	Slowly a bird soars out of the woods,
未夕复来归。	But comes back before it's twilight.
量力守故辙，	It keeps to the old route, knowing well
岂不寒与饥？	From cold and hunger it can't escape.
知音苟不存，	When no one is here to know the sound,
已矣何所悲？	Why strike a sad note and feel the grief?

虽然这首诗以一个相当悲伤的音符结尾，因为无人聆听，甚至放弃尝试，"已矣何所悲"。这种对孤独而高贵性格的表达，营造了一种回味无穷之美，使陶潜的诗歌卓然不同于其他同时代者，是要等待后世的欣赏与接纳。孤独不仅仅指孤立于不欣赏自己的同时代人、一种不受欢迎的状态，同时也是一种刻意为之的遗世独立、一种高贵的情

怀，不同于那些仍然在"尘网"和"樊笼"中盲目追求权力和财富之人。在著名的《饮酒》其五中，陶潜在权力世界的浮夸与有意为之的隐士简单生活之间构造了一个对比，对这种充满尊严和自豪的孤独给予了一个清丽的表达：

结庐在人境，	I built my humble house in the world of men,
而无车马喧。	But there is no noise of carriages and horses.
问君何能尔？	You may ask, sir, how is it possible?
心远地自偏。	With the mind aloof, the place will be remote.
采菊东篱下，	Picking chrysanthemums under the eastern hedge,
悠然见南山。	Unawares I catch sight of the southern hills.
山气日夕佳，	The mountain air is fair in the lovely sunset,
飞鸟相与还。	And flocks of birds are returning to their nests.
此中有真意，	There is a true meaning in all of these,
欲辩已忘言。	But when I try to explain, I forget my words.

这种对比在第一行即清楚地体现在诗人的"结庐"和"人境"之间，叙事者明确表示，他的个人世界"而无车马喧"，也就是没有富贵人家的车辆来往。此外，这种安静与其说拜物理距离所赐，不如说是"心远"所致。诗人接着描述了在美丽的日落时分，鸟儿飞回山上的巢穴，以及他如何发现自己面对大自然的美丽和蕴含真理的词穷，因为这是不可言喻的，超出了语言的力量。最后两句，典出庄子名篇《庄子·外物第二》的一段：这位道家哲人说，"筌者所以在鱼，得鱼而忘筌；……言者所以在意，得意而忘言"。因此，正是通过忘言，诗人才得以在美丽的日落时分突然顿悟的一瞬间，获得了自然的"真意"，但这种意义不可宣之于口，只能直观地得之于心，无法言说，也不可言说。在这个意义上，忘言并不表示诗人语言的失败，而是标志着一种更深层次的理解、一种通向真理的不同路径，这种表达是暗

示的，是意味深长的静默，而不是有形的语言。

以有形之言而表无尽之意，后来成为中国古典诗歌和美学的一个主要原则，陶潜正是身体力行倡导和体现这一原则的先驱。然而，在他的时代甚至之后很长一段时间里，他的诗歌并没有得到充分的认可，被著名诗歌评论家钟嵘列为中品，另一位重要的评论家刘勰在著名的《文心雕龙》中甚至没有提到他。陶潜的诗歌与大多数同时代人完全不合拍。直到600多年后的宋代，陶潜才最终找到了知音，一个真正能够与他共鸣的读者——宋代大诗人苏轼（1037—1101）。苏轼深刻地评价陶潜的诗歌语言"外枯而中膏，似淡而实美"，"质而实绮，癯而实腴"。这一评论代表着中国诗歌美学的成熟，言简意赅、间接表达的原则得到了广泛认可。自此以后，陶潜也就进入中国文学史上最伟大的诗人行列。

第五章

文学的兴起：南北朝时期

1. 南北方民歌

公元318年东晋在南方的建康建都时，北方正处在众多游牧民族的控制之下，连年征战不休，先后有16个地方割据政权（即十六国）建立不久，旋又覆亡，最终政归北魏一统，后来又分裂为北齐和北周。在南方，东晋于公元420年结束，继之以宋、齐、梁、陈四个朝代。这是一段漫长的政权分裂和王朝更迭时期，史称"南北朝"，但其间也并非没有相对稳定、和平共处的间歇。西晋灭亡时，许多文人南下投奔东晋，来到今天的南京，他们发现这里自然资源十分富饶，耕地肥沃，河流湖泊美丽如画，到处郁郁葱葱，花木繁茂，气候也比干旱的北方温和得多。正是在这一时期，南方开始在经济和文化上得到发展。有趣的是，上一章我们讨论过，三国时期"建安七子之首"王粲曾写过一首诗，描写因战争破坏不得不离开北方："复弃中国去，委身适荆蛮。"假如他能穿越到百年后的东晋来到南方，他会惊讶地发现这里甚至更为发达，特别是长江沿岸地区，远胜过饱受战争蹂躏的艰苦北方。由于气候和风俗习惯乃至经济、社会、文化等各方面发展的差异，南方与北方各具特色，并呈现于风格迥异的文学创作。民歌可能为我们提供了一个理解南北差异的契机。一般来说，情歌在南方民歌中占有主要位置，其言深情而清丽，而北方民歌则往往反映艰苦动荡的社会现实，表达风格也更为朴直。

这一时期的民歌大都保存在11世纪的学者郭茂倩（1041—1099）编纂的《乐府诗集》里。此时如汉代一样，官方设立乐府收集民歌，其中大部分尤其南方民歌都是情歌。这很好地彰显了南朝的总体状况、他们的城市文化与统治精英阶层的品味。这些民歌都是佚名的，大概是歌女或略通文墨的中下层男性所作，但很可能经文人之手加工润色过，故而严格说来也不是纯粹的民歌。这些民歌分为两大类。一类是"吴歌"，主要来自南朝都城建邺（今南京）附近，通常以女性口吻表达对爱情的渴望，如下面这首《子夜歌》：

今夕已欢别，	Tonight my love and I have parted,
合会在何时？	When would our next reunion be?
明灯照空局，	Under the lamp is the empty chessboard,
悠然未有期！	And no time is set yet for you and me!

一些诗则以直白而略带情色意味的生动意象描述恋人的相会，例如这首《子夜歌》：

宿昔不梳头，	At night I didn't bother to comb my hair,
丝发被两肩。	But let the silky black on my shoulders fall
婉伸郎膝上，	And slip down to reach my lover's lap,
何处不可怜。	For wherever it goes, love touches all.

正如我们在第二章已经读过的，《诗经》中的一些诗歌描述了恋人在黎明时分不愿分离，抱怨更夫或公鸡报晓，堪称中世纪欧洲"晨歌"的先驱。以下这首题为《读曲歌》的吴歌，也是这个主题的一个变体：

打杀长鸣鸡，	Strike out that long crowing rooster
弹去乌臼鸟。	And that hateful blackbird.
愿得连冥不复曙，	I'd rather that darkness never break,
一年都一晓。	And one night lasts for an entire year.

而当恋人离去时，姑娘整日思念不已，在春日里饱受离别之苦，如下面这首《子夜四时歌·春歌》：

自从别欢后，	Ever since parting from my love,
叹音不绝响。	I've never stopped uttering a sigh.
黄檗向春生，	Just like the neem tree in the spring,
苦心随日长。	The bitterness grows as days go by.

下面这首《子夜四时歌·秋歌》更复杂，将恋人的缺席化作一种想象的存在。秋风吹进姑娘的房间，揭开了一张空床；虽然她的情郎不在房里，幸而还有一轮明月普照人间，哪怕遥隔千里。在她的想象中，无论那位缺席的情郎身在何处，月光都能向他洒下自己的爱恋：

秋风入窗里，	Autumnal wind blows through the window,
罗帐起飘飏。	And flutters the gauzy curtain aflight.
仰头看明月，	Looking up at the moon that shines on all,
寄情千里光。	I send my love by its shimmering light.

另一类南方民歌称为"西曲"，是南朝西部地区的歌曲，大多描述长江沿岸城市的景象，比如这首《莫愁乐》其二：

闻欢下扬州，	I heard my love is going to Yangzhou,
相送楚山头。	I sent him off at the southern hills.

探手抱腰看，	"Hold my waist with hands and look,
江水断不流。	The waters have stopped to flow."

　　在这些民歌中，所表达的爱情似乎往往是一种不正当的桃色事件，全然不顾社会规范或道德准则。主人公或是在这个一本正经的社会里不顾礼法幽会的恋人，或是在城市中萍水相逢之人，又或是在皮肉生意上有过点滴花絮的妓女和行商恩客，这在西曲中表现得尤其明显。这种不合礼法之爱，竟能坦率开放地表露并广为流传，固然是缘于当时的社会习俗之故，但同时也说明这些民歌具有不可否认的吸引力，敢于在那个个人选择极其受限的社会里，大胆表达对爱情、幸福和快乐的热情追求。然而，这种秘密的爱情，或者说不伦之恋，结局往往是失败的，令人沮丧，大多数民歌描述的都是相思之情，或是等待不在身边的爱人，苦痛多而欢意薄。故而，这些民歌的基调是伤感而忧郁的，这也是魏晋南北朝的整体诗歌传统。在形式上，南方民歌体制小巧，多为五言四句，清音天然，不过也经常使用双关语和同音异字作为一种巧妙的修辞手段。

　　北方民歌无论是品质与风格，还是其中蕴含的生活方式，都与南方截然不同。如果说南方民歌代表了一种城市文化，大多歌唱情爱，那么北方民歌的主题则更为广泛，代表了大草原游牧民族迁徙不定又豪侠尚武的生活方式。其语言表达可能更粗犷，但深蕴勇武冒险精神，强悍有力。一个很好的例子就是著名的《敕勒歌》，它用几抹广阔的笔触描绘了中国北方大草原（今内蒙古自治区）的壮丽景色：

敕勒川，	The great Chi-le steppe
阴山下，	Lies under the Yin Mountains.
天似穹庐，	The sky is like a vaulting yurt
笼盖四野。	Covering fields to all corners.
天苍苍，	The sky is so blue,

| 野茫茫， | The grassland so vast, |
| 风吹草低见牛羊。 | The wind blows over the grazing herds. |

　　这首歌最初是用鲜卑语写的，听来确实和我们上文读到的南方民歌大不相同。而南北语言的差异，正是通过这首《折杨柳歌辞》其四得以明确表达：

遥看孟津河，	Looking at the Mengjin River from afar,
杨柳郁婆娑。	Willow trees are dancing along the bank.
我是虏家儿，	I am a fellow from a foreign clan,
不解汉儿歌。	Songs of the Han people I don't understand.

　　不同于南方民歌多写爱情，北朝民歌的一个主要题材就是豪侠尚武的生活方式。在下面这首《企喻歌辞》其一中，一个年轻人渴望成为一名优秀的战士，就像雄鹰之于群鸟：

男儿欲作健，	A man doesn't need many companions
结伴不须多。	To stand out from the crowd.
鹞子经天飞，	When a hawk swoops down the sky,
群雀两向波。	Like waves, all birds will split out.

　　随着战争来临，死亡也接踵而至。下面的诗《企喻歌辞》其二表达了死亡乃无可避免的意识，但却出之以平铺直叙的口吻，似乎接受死于战乱不过是人生中寻常之事：

男儿可怜虫，	Men are pitiful creatures,
出门怀死忧。	Death they can never neglect.
尸丧狭谷中，	Their corpses lying in narrow valleys,

白骨无人收。　　　　Their bones have no one to collect.

另一首《琅琊王歌辞》则表达了一种更极端的尚武精神，一个男人对宝刀的挚爱，远胜过对妙龄女郎的爱意：

新买五尺刀，　　　　I bought a new sword of five feet long,

悬著中梁柱。　　　　At the central beam I hang it on.

一日三摩娑，　　　　Touching it thrice a day, it's better

剧于十五女。　　　　Than a girl of fifteen years young.

正是在这样一种崇尚豪侠的精神文化之中，孕育了北朝民歌中的冠冕之作《木兰诗》。它讲述了一个精彩的故事，一位姑娘（木兰）女扮男装替年迈的父亲从军，最终出乎所有人的预料，证明自己是一位杰出的战士。在诗的开头，木兰在织布机前，为被召入伍的父亲担忧，决定自己代父应征。接着，木兰离开双亲踏上征程，在远方听不见他们的声声呼唤，而战斗的艰辛，则只有下面这几行诗句描述，令人印象深刻：

万里赴戎机，　　　　Across thousands of miles to the battlefield,

关山度若飞。　　　　They passed high mountains as quick as birds.

朔气传金柝，　　　　Northern chill penetrated the metal kits,

寒光照铁衣。　　　　The cold moon shined on iron armors.

将军百战死，　　　　Generals died in the hundred battles,

壮士十年归。　　　　The brave ones returned after ten years.

在成功为国效力十余年后，木兰并没有接受高官厚禄，只是向朝廷要求骑上骆驼返回故乡。她不仅是一位勇敢的战士，更是一位高洁仁爱之人，视家庭更重于权力和财富。在诗中，她的返乡不仅被描述为与家人的欢乐重聚，也是她对自己青春美女身份的回归，这让她所有的战友都惊讶不已。这首诗的结尾非常动人：

脱我战时袍，	Put away my war-time armor,
著我旧时裳。	And put my old clothes on.
当窗理云鬓，	Combed my cloudy hair at the window,
对镜帖花黄。	Put on makeup with a mirror in front.
出门看火伴，	I went out to my fellow soldiers,
火伴皆惊惶。	Who were all struck dumb with awe.
"同行十二年，	"We fought together for twelve years,
不知木兰是女郎。"	But never knew that you are a gal!"
雄兔脚扑朔，	A female rabbit may have dreamy eyes,
雌兔眼迷离。	And a male rabbit may run like a dart;
双兔傍地走，	When the two rabbits go side by side,
安能辨我是雄雌？	Who is able to tell them apart?

《木兰诗》这首关于一位女战士的杰出诗篇，并没有把这位女英雄写成一个男战士或粗犷的假小子，而是以其女性身份始、又以其女性身份终，甚至在篇末质疑了对性别的刻板印象。这首诗可能由唐代一些文人润色过，但毫无疑问，它是一首北朝民歌，蕴含着这个时代的战斗精神。它使"木兰"成为深受历代读者喜爱的角色，自古以来一直被视为中国文学的经典之作。

2. 谢灵运、鲍照与诗歌创新

在上一章中，我们提到了"玄言诗人"孙绰，以及他在诗中以自然风景作为哲学思想象征的写法。当时在道家思想影响下，对自然之美的意识已然浮现，如"竹林七贤"等文人会寻觅风景秀美之地栖居，而蕴含象征意义的山水描写，也逐渐出现在诗歌和散文中。我们讨论过曹操的《步出夏门行·观沧海》，这是中国文学中最早的山水诗，而陶潜关于自然和田园生活的诗，也开创了一个重要的诗歌传统。陶潜也有关于哲学思辨的诗歌，但他诗歌的价值，正如我们所讨论过的，在他生前和身后很长时间都没有得到认可。当时比陶潜更著名的山水诗人是谢灵运（385—433），他们是同时代人，只是谢更年轻一些。不同于陶潜的是，谢灵运出身门阀大族，年轻时即继承了爵位。他政治抱负颇高，但性格却更适合诗歌而非政治。他追求政治成功受挫之后，转而向山水之间寻求精神上的慰藉和宁静。谢灵运凭借自己的资源和文学才能，行遍名山湖川，饱览美景，以鲜丽的语言与创新华美的风格创作了大量的山水诗。继曹植与陆机之后，谢灵运自觉地美化了诗歌语言，完成了从玄言诗到山水诗的转变。这种在语言、体制与词藻上的求新，在他的诗歌中得以清晰体现。以下是他《登池上楼》中最广为传颂的几句，用精心锤炼的意象与工整的对偶，描摹了几乎难以察觉的季节变化，展现出一片万物回春之感：

初景革绪风，	Budding warmth drives off the lingering cold,
新阳改故阴。	Old shadows disappear in the new spring.
池塘生春草，	Grass sprouts come up in the clear pond,
园柳变鸣禽。	In garden willows different birds are singing.

在另一首诗《石壁精舍还湖中作》中，谢灵运描写了他享受自然美景之乐，以及从昼到夜时日的变化：

出谷日尚早，	It was early when I came out of the valley,
入舟阳已微。	But it was sunset when I get on the boat.
林壑敛暝色，	The woods are darkened by dim twilight,

云霞收夕霏。　　　　　The clouds are hiding the last ray's note.

接着，他描述莲花和菱叶如何映衬生色，菖蒲和稊稗如何缠绕依偎，他又是如何披拂走过这些地方，并在自己室中愉悦地歇息。然后他强调，正是心灵保持远离碌碌尘世烦忧的状态，才能使人得以从山水中重寻宁静，享受自然，而不偏离养生正道。谢灵运给追求天人和谐与养生之道的人们上了一课：

虑澹物自轻，　　　　　When the mind is calm, things will be easy,
意惬理无违。　　　　　Pleasure and the way of living no dispute.
寄言摄生客，　　　　　All ye seeking the secret of longevity
试用此道推。　　　　　May follow this way in your pursuit.

这是典型谢灵运的诗歌，以明快的情调和清丽的形象描绘自然风光，但往往继之以哲学思考，仍然显露出玄言诗的痕迹。他的诗作有时过于复杂，用典太多，或令意义模糊，或使文本难解，他的风格也被许多评论家认为过于华丽。但总而言之，在中国古典文学中，谢灵运的作品标志着山水诗作为一个独立的主要流派兴起，他对自然之美的创新写作方式，对后来的许多诗人产生了重大影响。

与谢灵运同时代的许多诗人也写过山水诗，包括颜延之（384—456）。颜延之延续了曹植、陆机与潘岳等诗人开创的风格传统，呈现出一种更为精致复杂的倾向。他的诗歌在这个路子上似乎已趋雕饰之极，在当时声望很高。他往往与谢灵运并称"颜谢"，但后来名望迅速下降，因为批评家们对他多有贬责，认为他的诗多用古字僻字，堆砌典故，对仗严格拘束甚至到了某种勉强的程度，并批评他的诗更多是在炫耀学识，而不是思想和情感的自然表露。

如果说谢灵运是一位出身显赫的贵族诗人，那么同时期另一位重要诗人鲍照（414—466）则出身低微，经常对自己面临的不公平处境愤恨不平。在上一章中，我们讨论过另一位寒门诗人左思，他的系列《咏史诗》借历史例子批评了不公平的僵化社会制度。一百多年后，鲍照的诗歌再次批评了同样的社会制度，指出这种制度成为有才能的人实现理想抱负的严重障碍。在《拟行路难》其四中，鲍照表达了天才深陷这种境遇的沮丧：

泻水置平地，	Pour water on the ground,
各自东西南北流。	It will flow in every direction.
人生亦有命，	Men all have lives, but why
安能行叹复坐愁？	Should we suffer such depression?
酌酒以自宽，	Let us drink to find solace,
举杯断绝歌路难。	But holding the cup, it's hard to sing.
心非木石岂无感，	Our hearts are not wood or stone,
吞声踯躅不敢言。	But we dare not say what we feel within.

另一首诗《拟行路难》其六，首先描述了他的沮丧和愤怒：

对案不能食，	Facing the plate but unable to eat,
拔剑击柱长叹息。	I beat the pillar with my sword and sigh.
丈夫生世会几时，	How much time a man has for his life,
安能蹀躞垂羽翼？	How can he trip and bend his wings?

他继续表明自己将"弃置罢官去，还家自休息"。而在篇末，他意识到这种不公平的制度古来一直存在："自古圣贤尽贫贱，何况我辈孤且直。"这首诗暗示他将从家庭中寻找安慰，但整首诗的调子是怨恨和哀伤的，而意识到"自古圣贤尽贫贱"，正是对僵化不公的制度排斥才子能人的另一种批评。

鲍照还写过一首寓意明显的《梅花落》，赞美了清贫而出色的学者，当被问及为什么在众多花草树木之中他独赞梅花，他说："念其霜中能作花，露中能作实，摇荡春风媚春日。"对于贫苦辛劳的底层民众，他总是满怀同情。例如，在《代出自蓟北门行》中，他描述了驻扎边塞的士兵虽饱受严寒，却坚定地心怀忠诚无畏的信念：

疾风冲塞起，	A gusty wind blows against the fortress,
沙砾自飘扬。	Sand and gravel are tossed about.
马毛缩如猬，	Horse's hair shrunk like porcupines,
角弓不可张。	One can't draw the horn-decorated bow.
时危见臣节，	Integrity is better seen in dangerous times,
世乱识忠良。	In chaos the good and loyal ones shine.
投躯报明主，	We've pledged allegiances to our lord,
身死为国殇。	And for our country would willingly die.

上述这首诗是鲍照摹拟乐府传统所写。他的乐府诗色彩鲜明，意象具实，满溢着情感张力，达到了很高的成就。继鲍照之后，边塞诗也成为中国文学中的一个重要分支。他对七言诗的发展也功不可没，因为在他之前，写得好的七言诗极少，但他开创了一种新的形式，以七言句与其他句式融合，每两行可以换韵而不用一韵到底，从而使诗的体制更为灵活。在中国诗歌的发展中，我们可以看到句式的逐渐变化，起初是主要集中在《诗经》中的四言诗，再到两汉魏晋时期的五言诗，然后是七言诗：对此先是曹植有过一些尝试，而鲍照则成功地让这种诗体成熟起来，并产生了较大影响。

3. 秾丽的齐梁风格

南齐（479—502）政权只持续了大约20年，之后是历时约50年的南梁（502—557）。许多诗人和作家历经两朝，文学活动和写作风格也都呈现出连续性，所以这两个朝代在文学史上通常合称齐梁时期，尽管在这期间文学乃在梁朝得以复兴，发展也最为充分。这一时期，中国古典诗歌的声律规则开始形成，其中沈约（441—513）发挥了关键作用。他基于汉字的平上去入四声，提出了诗句声律变化的原则和一联对句之间的对偶结构。当时佛教兴盛，僧人诵经的方式也启发一些学者去探究汉语的调性。由于汉语是一种调性语言，汉语音调的变化构成了诗歌语言的乐感基础，而对偶也是中国诗歌甚至文学散文的一个重要特征。沈约关于四声尺度的规则、上下句对偶要求等论述，为唐代律诗的成熟奠定了基础。

沈约作为诗人在当时颇有名望。他促成了辞赋从汉代宫廷文学极尽铺陈的大赋转化为更抒情的短篇形式，他描写女性美的许多诗歌，也影响了当时宫廷诗歌风格的形成。但沈约的诗作本身并不算第一流，而他最好的作品都是以平实的语言写就，优雅地抒发真情。就像与朋友分别之际写下的这首《别范安成》：

生平少年日，	When we were young, we thought
分手易前期。	Reunion would be an easy game.
及尔同衰暮，	But now we both grow old,
非复别离时。	Parting is never the same.
勿言一樽酒，	Don't take lightly this cup of wine,
明日难重持。	It will be hard to hold it tomorrow.
梦中不识路，	Unable to find the way in my dream,
何以慰相思？	What can alleviate my sorrow?

青春与衰暮的对比已经传达出诗人的伤感，而时间流逝的念头则为离别的悲伤更增添了一重紧迫感。最后两行化用了一个古老的故事，战国时人张敏在梦中前去寻访朋友高惠，最终却未能见面，因为行至半

道时迷失了方向。

齐梁时期的代表诗人是谢朓（464—499），他与先辈谢灵运同样来自显赫的谢家，但与谢灵运不同的是，他没有那么多政治野心，为人更谨慎，也厌倦残酷的政治斗争。和谢灵运一样，他也写了许多山水诗，以敏锐的观察和新奇的意象致力熔炼词句。这两位诗人通常被称为"大谢"和"小谢"，但在很多方面，谢朓能够更好地将思想感情与自然描摹融为一体，而不落玄言诗的窠臼。唐代大诗人李白和杜甫都对他推崇备至。以下是他的《晚登三山还望京邑》中最著名的几句，尤以美妙的声律和典范的对仗为人称赏：

白日丽飞甍，	In the setting sun the palace roofs shine,
参差皆可见。	Visible in endless layers, high or low.
余霞散成绮，	Evening clouds scattered into colorful silk,
澄江静如练。	Like a white ribbon the river quietly flows.
喧鸟覆春洲，	Birds are chirping over the islet in spring,
杂英满芳甸。	On green meadows myriad flowers grow.

他也写过乐府诗，就像下面这首《王孙游》，描述了一位年轻女子提醒情郎不要离家太久虚度光阴：

绿草蔓如丝，	Green grass is spreading afield like slender silk,
杂树红英发。	And red blossoms on all the trees in full bloom.
无论君不归，	Whether you are coming back or not,
君归芳已歇。	Flowers will all be gone when you are home.

上述这类诗歌采用了南朝民歌的主题，情感层次复杂，对唐代诗歌中绝句（四行诗）的形成有一定影响。

何逊（?—518）的诗歌被认为在风格上与谢朓相似，但也有自己的特点。例如，在他的诗歌中，自然风景更多的是一种诗歌情绪的象征，而不是对自然的客观描摹。以下是他最著名的一首绝句《相送》，描述了一位孤独旅人的感受，不仅以前两句直抒胸臆，也在后两句借自然意象作一象征表达：

客心已百念，	With a hundred sad thoughts the traveler,
孤游重千里。	Feels so lonely a thousand miles away.
江暗雨欲来，	The river darkens under a coming rain,
浪白风初起。	White waves rise in the wind and sway.

正如我们之前提到的，汉代宫廷大赋这一以描摹为主的文体，在魏晋南北朝时期逐渐衰落，但同时又出现了一种抒情短赋，当时的王粲、曹植、陶潜和鲍照等著名诗人也有一些优秀的作品。诗人江淹（444—505）给人留下记忆最深的就是他的两篇短赋，《恨赋》和《别赋》，后者最为著名，以不同场景下的离别之态强化了离愁别绪。以下是《别赋》序言的开头，先从整体上对离愁作一主张与描述：

黯然销魂者，	What can be more sorrowful
唯别而已矣！	Than taking leave in such dismay!
况秦吴兮绝国，	When the places cannot be reached,
复燕宋兮千里。	More than a thousand miles away.
或春苔兮始生，	When sprouts are coming up in the spring,
乍秋风兮暂起。	Or the autumnal wind suddenly blows,
是以行子肠断，	The traveler's heart is broken
百感凄恻。	By sadness and a hundred woes.

接下来，他描摹了不同场景、不同类型的离别与离愁，有羁旅之

别、情人之别、挚友之别、行伍之别，更有官员动身赴任、刺客受命临行诀别等等。他描写了自然场景中的具体意象，尤其是春草、秋月、秋风等，用于烘托情感氛围。他在篇尾总结道，离别的悲伤超出了语言所能表达的范围："谁能摹暂离之状，写永诀之情者乎！"南朝文学的整体基调是忧伤的，因为诗人骚客终究意识到，悲伤是人生摆脱不开的一部分，并且也具有一种美学情感上的特殊吸引力，蕴含着美的思想，而痛苦和悲剧确实比单纯的快乐更能有效触动人的心灵。江淹这两篇辞赋均以一种令人难忘的方式，表达了这种伤感。

　　齐梁时期还有一位有趣的人物是陶弘景（456—536），他是一位隐士、一位道家哲人，也是一位医药专家，以学识深厚而著称，连皇帝都需要他建言献策。然而，他宁愿独自隐居山中，也不愿效力朝廷。公元480年左右，齐高帝下诏要求他出仕，问他山中究竟有何难以割舍、能置御用智囊的大好人生于不顾，陶弘景写了一首《诏问山中何所有赋诗以答》作为回复，只有简单的四句：

山中何所有？	What is there in these mountains?
岭上多白云。	Lots of white clouds on tops so high,
只可自怡悦，	These I can only enjoy by myself,
不堪持赠君。	But cannot hand to your majesty.

　　这首诗很有趣，因为人们有一种普遍的误解，以为西方重个人主义、中国重集体主义，两者有极大的差异，甚至完全对立，而这首诗就打破了这一误解，此诗还向我们显示了个人自由和人性尊严的意识，而我们通常以为这是现代或西方才有的意识。这首诗的语言和意象都很简单。形无定势、倏忽蒸腾的白云，正是道家"无"的概念或佛教"空"的概念的绝佳隐喻，诗人作为一位道家隐士，对此有深刻的理解，并且极为珍视；他知道只有自己留居山中才能欣赏这一切，

在帝王奢侈艳丽的宫廷里则绝无可能。因为当时文人受道家思想影响最大，虽然此诗没有直接提及，但著名的道家哲学家庄子有一段话，最能为这首诗提供一个合适的阅读语境。《庄子·秋水》一章有一个关于这位道家哲人的精彩故事。庄子在濮水边钓鱼，楚王派来两位特使，请他出任相国。庄子对此显然不感兴趣，于是有了这场有趣的对话：

> 庄子持竿不顾，曰："吾闻楚有神龟，死已三千岁矣，王巾笥而藏之庙堂之上。此龟者，宁其死为留骨而贵乎？宁其生而曳尾涂中乎？"二大夫曰："宁生而曳尾涂中。"庄子曰："往矣！吾将曳尾于涂中。"

(《庄子·秋水第十七》)

Zhuangzi held his fishing pole and did not turn to look at the envoys, but he asked them: "I heard there is a tortoise for divination in the kingdom of Chu, already dead for three thousand years. The king puts it in a bamboo basket and covers it with cloth, and stores it up in a shrine of the palace. Now for that tortoise, would it prefer being dead and having its bones so revered? Or would it rather be alive and wag its tail in the mud?" The two envoys said: "It would rather be alive and wag its tail in the mud." "Then go!" said Zhuangzi. "I'd rather wag my tail in the mud."

(*Zhuangzi*, "Autumnal waters," 17.v)

陶弘景倒是没有说那么多，但他显然与千年之前的庄子作出了同样的选择。对庄子这一名篇的回顾，将大大丰富我们对这首诗的理解，因为从陶弘景与庄子身上，我们同样都能感到一种自豪感与人性的尊严、一种精神上的优越感，以及甘愿独处的个人选择和个体自由的价值。

4. 萧氏兄弟与宫体诗

上一章我们讨论过魏晋时期的"三曹"。在当时有一个显著的现象，世家大族往往成为某一文学集团的核心，对一定时期的文学活动产生重大影响。现在讨论的齐梁时期，梁朝皇室则扮演了这一角色。公元502年，萧衍（464—549）成为梁的开国皇帝，史称梁武帝，他和三个儿子在诗歌方面都很有才华，不仅推动了那个时期的文学发展，而且对后来的诗人和作家颇有影响。萧衍亦颇通音律，以乐府风格摹拟南朝民歌有不少创作。正如我们在上一章提到的，曹植、陆机与其他诗人都曾自觉对诗歌语言锻炼藻饰，使之成为一种更优雅、特别是更富有文学性的媒介，从而与更为质朴自然的民歌语言区分开来。这对诗歌的发展当然是必要的，也确实是魏晋时期的一项文学成就。如前所述，自鲍照以来，诗歌出现了一种回归民歌的创作趋向，这种趋向在齐梁时期逐渐占据了主导地位。这样做的好处是纠正了过于华丽精致的风格与佶屈聱牙的语言，开启了一种诗歌的新风，语言通俗易懂而意义却隽永丰富，确实成为梁代文学的一种普遍趋势。在这一趋势的形成过程中，萧衍和他的几个儿子发挥了重要作用。

梁昭明太子萧统（501—531）是萧衍的长子，但30岁就去世了。在中国文学史上，萧统的重要性在于主持编纂了《文选》，这是历史上第一部诗歌和文学作品的总集，根据主题和体裁编排。萧统非常明确地表示，这部选集不选儒家经典、道家文献、历史记录或编年史书，因为这些文本或许非常重要，但是并非为彰显写作的文学品质而作。萧统选入《文选》的唯一标准是严格的审美——他只选择表现出"辞采""文华""归乎翰藻"之文，即以华美优雅的词藻表达思想的文学作品。千百年来，这本选集对中国文学有着深远的影响，并展现了当时已明确形成的一个概念——文学作为一种特殊的写作形式，以其美学功能和文学品质而有别于其他。萧统还编纂了第一部陶潜作品集，展示了他的高超判断力和对文学品质的敏锐眼光。

萧纲（503—551）是萧衍第三子，在萧统死后继立为太子，后来即位，史称梁简文帝。像父亲和兄长一样，萧纲也招揽并扶持了众多文人围绕身边，积极推动文学活动。他对文学写作的观点，既是他所处时代的反映，也在同时代人中有重要影响。正如他在给儿子的信中所说："立身之道，与文章异。立身先须谨重，文章且须放荡。"这显然确立了一种不同于社会规范和道德标准的审美标准，并在他自己的诗歌中充分体现。他写了许多关于女性之美的诗，意象生动而性感，也有关于山水之美的诗，并创作了后来被蔑称为"宫体诗"的作品，因为这些作品似乎逾越道德规范甚至具有情色的暗示，在后世饱受诟病。下面这首萧纲描述一位年轻女子小睡的诗《咏内人昼眠》，经常被引作典型的宫体诗例子。这首诗与早期类似题材的作品不同，没有间接使用隐喻或典故，而只是细致地观照女性，并咏之以自然而柔婉的文字：

北窗聊就枕，	Lying down under the northern window,
南檐日未斜。	The sun still bright on the southern eaves.
攀钩落绮障，	Unhooked the silk curtain and let it fall,
抽拔举琵琶。	She put the pipa away with the plectrum.
梦笑开娇靥，	Her face lit up when she smiled in her dream,
眠鬟压落花。	Her loosened hair pressed on fallen petals.
簟文生玉腕，	The bamboo mat left its patterns on her wrist,
香汗浸红纱。	Her red satin robe was wet with fragrant sweat.
夫婿恒相伴，	But don't mistake this as a scene in a brothel,
莫误是娼家。	It's her loving husband waiting by her bed.

自唐代以来，这首诗经常被举为宫体诗的代表，批评其立意不当，语

言具有挑逗性。然而对萧纲与宫体诗的传统批评很不公平，因为在他前后还有许多其他诗人，所写的一些诗歌情色意味甚至更明显。从文学的角度看，这首诗直接详细描写了一个睡梦中的女子之美，从而扩大了中国古典诗歌的描写范围，这并没有什么不好。并且，最后两句试图抑制读者潜在的放荡想象，尽管有些敷衍，但也多少让这首诗回到了某种道德基础上。这首诗的局限性，特别是从我们现代人的眼光看来，其实乃在于通过展示女性美丽以供权贵的男性取乐；但以道德堕落和情色为由批判萧纲和宫体诗，只是一种过度道德主义与假正经的做法，而这一点很不幸在传统文学批评中屡屡出现。

在南朝，道德主义对人们思想的禁锢逐渐放松，南朝民歌中对爱情更加大胆的表达，对文人诗人群体也产生了显著的影响，这时开始出现一种"艳情诗"。鲍照已经写过一些这样的诗歌，而沈约、谢朓等诗人则更加大胆。下面我们比较一首南朝民歌与沈约和谢朓的艳情诗。首先是一首南朝民歌《子夜四时歌·秋歌》：

开窗秋月光，	Open the window to scoop moonlight,
灭烛解罗裳。	And put out the candle to disrobe in the dusk.
含笑帷幌里，	With a smile behind the gossamer curtains
举体兰蕙香。	The whole body smells of orchard and musk.

在这首民歌中，直接描写了女性的身体和宽衣解带。而在谢朓的一首诗《赠王主簿》其二中也有这样的句子："轻歌急绮带，含笑解罗襦。"沈约则在下面的《六忆诗》中更进一步：

解罗不待劝，	She disrobes without much ado,
就枕更须牵。	But needs to be led to the bed.
复恐旁人见，	For fear of being seen by others,

娇羞在烛前。　　　　By the candle her face is blushing red.

这些诗显然是在摹拟南朝民歌，而其或含蓄或外显的情色意味，广泛流行于当时的统治精英和广大平民中间。萧纲和他的宫廷相关的宫体诗，就是从这些艳情诗发展而来。沈约和谢朓作为文人，并没有因其艳情诗受到严厉批评，但萧纲作为帝王，一些儒门批评家期待他能够发挥道德垂范的主导作用，而不是带头写情诗。那些道德主义的批评家，无法容忍他在上面那首《咏内人昼眠》中描述得如此直白生动，尤其是这两句："簟文生玉腕，香汗浸红纱。"如此鲜活的形象，令人浮想联翩，对于道学家们来说实在是太过分了。然而，今天的大多数批评家都会认识到这种谈性色变的荒谬，也不会以道德欠妥为由而不接受宫体诗。

萧纲关于"文章须放荡"的主张，是南朝的文学审美理解的具体化呈现，而他的弟弟，也就是萧衍第七子、梁元帝萧绎（508—554），同样强化了这一观点。萧绎不仅是一位才华卓著的诗人和作家，在绘画上也颇有成就。他将文学写作（"文"）与其他类型的实用文章（"笔"）区分开来，并这样描述他所理解的文学："吟咏风谣，流连哀思者谓之文。"

5. 南北大融合

自公元316年西晋灭亡以来，许多文人迁徙南下，一直鲜有关于这百余年来北方文学创作的讨论。连绵不断的战争与冲突摧毁了北方，社会动荡，直到北魏才最终统一了大大小小的少数民族政权。特别是北魏孝文帝时期，于公元495年迁都洛阳，鼓励北方少数民族汉化，亦即寻求与南方汉人的文化和制度同化。直到北魏晚期，北方逐渐出现了一些出色的诗人和作家，其最著名的作品有郦道元（470—

527）的《水经注》和杨衒之的《洛阳伽蓝记》。这些不仅是地理书籍，书中还有对自然风景的精彩描述，记载了文学价值较高的许多传说故事。南北之间的交流沟通从未完全停滞，尤其在北魏晚期，南北融合之势日益增强，一些著名的南方文人迁居北方，也发挥了重要作用。

庾信（513—581）本是萧纲文人集团的活跃成员，早年写了许多绮艳流丽的宫体诗。他后来被派往北方出使西魏，但梁旋即被西魏击溃，公元554年都城江陵也被西魏占领。庾信之后便滞留北朝，再也没能回到故乡。然而，他因作为文人久负盛名，深受北朝礼遇，并先后被西魏与北周任以重要官职。但他从未忘记自己的故国，他深切的悲痛之情，可见于著名的《哀江南赋》，还有晚年在北方写的许多诗。下面这首《拟咏怀》其十八就是一个例子：

寻思万户侯，	Though in a high position, my heart
中夜忽然愁。	Suddenly feels sad at midnight.
琴声遍屋里，	The sound of my lute fills the room,
书卷满床头。	With books piled in bed by my side.
虽言梦蝴蝶，	I would rather have a dream of the butterfly,
定自非庄周。	But I am no Zhuangzi and can't be as wise.
残月如初月，	The crescent moon is like the moon in autumn,
新秋似旧秋。	The new autumn is like old ones chilly and cold.
露泣连珠下，	Dewdrops fall like tears one after another,
萤飘碎火流。	Glowworms fly and send tiny fires flow.
乐天乃知命，	To know one's fate would make one content,
何时能不忧？	But when is the time one doesn't feel sorrow?

诗中"庄周梦蝶"的典故是我们所熟悉的，整首诗表达了作者的伤感和孤独之情。尽管他在北朝位列"万户侯"，却始终思念着家乡和

故土。

另一个与庾信非常类似的是王褒（约513—576）。他是梁代重要作家，但当江陵被西魏占领后，他被俘至北方，再也没有回到故土。和庾信一样，王褒在北朝也很受尊敬，在西魏和北周历任高官，但亡国之悲却深深渗入他晚年的诗作之中。下面这首《渡河北》清楚地表达了他的感受：

秋风吹木叶，	Leaves fall down in the autumnal wind,
还似洞庭波。	The waves remind me of the Dongting Lake.
常山临代郡，	Changshan is close to the county of Dai,
亭障绕黄河。	The Yellow River has a line of blockade.
心悲异方乐，	I feel sad at the music of this alien place,
肠断陇头歌。	Northern songs give me nothing but dismay.
薄暮临征马，	In the evening I rode on a strong horse,
失道北山阿。	But in the northern valley I lost my way.

秋天总伴随着一种怀旧和悲伤的感觉，当落叶在秋风中飘下，河水湍流、波涛涌起时，这幅北地风光只会让他想起熟悉的南方，想到洞庭湖的景色。庾信和王褒对北方文学有很大影响，而在乡愁和伤感之外，他们自身也从北方经验中获益颇多。与早期作品相比，他们后来在主题和风格上发生了明显改变，为已臻一流的文学造诣更增添了思想与情感的深度。南北方最杰出的文学风格和品质的融合，扩大了诗歌审美潜力的范围，为唐代文学的进一步发展做好了充分的准备。

另一位值得一提的重要人物是徐陵（507—583）。他和庾信一样，也是萧纲文学集团的核心成员，也写了许多宫体诗，文名极高，二人诗文风格时以"徐庾体"并称。正是在萧纲的提携下，徐陵编纂了一部重要的诗集《玉台新咏》，其中主要是关于女性和爱情的诗歌，但也有许多重要的民歌，包括著名的《古诗为焦仲卿妻作》（亦即《孔

雀东南飞》），我们在第三章已作简要讨论。和庾信一样，徐陵于公元
548年出使东魏，也被羁留在北方不准回梁。后来，他还是回到了南
方，成为继梁之后的陈的一名官员，并曾写诗赞美陈朝嫔妃之美。他
关于边疆士兵生活的诗歌则呈现出一种更有活力、更强悍的迥异风
格，明显受到北方生活经历的影响，例如这首《关山月》其二：

月出柳城东，	The moon rises to the east of Willow City,
微云掩复通。	Thin clouds hide it, but it reappears.
苍茫萦白晕，	Wrapped in a faint white ring in the sky,
萧瑟带长风。	It brings up chilly wind blowing far and near.
羌兵烧上郡，	The nomad troops have set the towns on fire,
胡骑猎云中。	Barbarian horsemen are running wildly about.
将军拥节起，	The general holds his sword and arises,
战士夜鸣弓。	At night the soldiers get ready with their bows.

这首诗表现出了一种军事行动的运动感。前六句烘托了气氛，首先是
作为自然背景的白晕月亮和萧瑟寒风，预示着暴风雨即将到来；然后
是敌人向北移动，营造了一场战斗即将打响的气氛；诗的重点落在最
后两句，描写的是将军和士兵们的反应，最后士兵拿出武器，准备战
斗。至此，这首诗便戛然而止，将关于战争、牺牲和胜利的潜在可能
留给读者想象。这种充满动感的诗歌结构，徐陵只有在北方生活过才
可能创作出来，背后正是与他早年仕于南朝迥然不同的一段境遇。边
塞诗在唐及之后的朝代，成为了诗歌的一种主要体裁。

6. 叙事小说的兴起

中国的叙事虚构文学被称为"小说"，字面意思是街头巷尾的

"闲谈"，意味着无关宏旨的琐屑道听途说或奇闻传说，因此可以算作一种体裁混杂的故事杂烩。当然，即使在先秦文献中，也有早期的小说例子，但叙事小说直到魏晋南北朝时期才开始流行起来，主要原因包括社会环境宽松、道家和佛家思想影响、对鬼神的普遍信仰等。魏晋时期第一部重要的小说作品集是干宝（？—336）的《搜神记》，其中收录了许多带有奇异反常要素的故事。

《三王墓》可能是一个较好的例子。这个情节跌宕的故事相当著名，讲述的是复仇、勇气、信任与对暴君的仇恨。春秋战国时期，楚王令最优秀的铸剑工匠干将莫邪夫妻为他铸造一对宝剑，结果他们花了三年时间才完成任务，远远超过了楚王允许的期限。干将知道自己性命不保，于是只向楚王献上了那把以妻子莫邪名字命名的雌剑。楚王果然生气，遂将干将处死。多年后，他们的儿子赤比长大成人，莫邪将其父身死的原委告诉他，赤比找到以干将名字命名的雄剑，发誓要为父亲报仇。这时楚王恰好梦见一个年轻人发誓要为父报仇，于是下令悬赏追捕这个年轻人。赤比被迫躲在一座山上，恸哭不已。接下来的情节充满了难以置信的戏剧性，描述方式亦令人难忘：

> 客有逢者，谓："子年少，何哭之甚悲耶？"曰："吾干将莫邪子也，楚王杀吾父，吾欲报之。"客曰："闻王购子头千金。将子头与剑来，为子报之。"儿曰："幸甚！"即自刎，两手捧头及剑奉之，立僵。客曰："不负子也。"于是尸乃仆。

> A man saw him and asked: "You are a young man, why are you weeping so bitterly?" He answered: "I am the son of Gan Jiang and Mo Ye. The king of Chu killed my father, and I want revenge." The man said: "I heard the king is paying a thousand gold coins for your head. Give me your head and the sword, and I will take revenge on your behalf." The son said, "That's my luck!" So he killed himself,

held up his own head and the sword to the man with his two hands, standing there up straight. The man said, "I will not betray you." Then the corpse fell down to the ground.

这位侠客带着赤比的首级去见楚王，楚王大喜。侠客说："此乃勇士头也，当于汤镬煮之。"楚王同意了，赤比的头被扔进了一个大鼎里。下面发生的事情十分惊人，作者以质朴有力的语言这样描述道：

> 煮头三日三夕，不烂。头踔出汤中，瞋目大怒。客曰："此儿头不烂，愿王自往临视之，是必烂也。"王即临之。客以剑拟王，王头随堕汤中，客亦自拟己头，头复坠汤中。三首俱烂，不可识别。乃分其汤肉葬之，故通名三王墓。

> Having been boiled for three days and three nights, the head still did not break up. It bounced above the boiling water and stared with an angry look. The man said: "The young man's head does not break up, please, your majesty, go to take a close look, and then it will definitely decompose." The king went up to see, and the man cut the king's head with the sword. The king's head fell into the boiling water, the man then cut his own head and it also fell into the boiling water. All three heads decomposed and it was impossible to tell them apart. So they divided the boiled waters and the decomposed heads and buried them in a grave known as the Tomb of Three Kings.

干将和莫邪作为出色的剑匠，在一些先秦文献中已有提及，故而可能有一定的历史真实性，而他们的名字也正如亚瑟王的"王者之剑"（Excalibur）一样，成为绝世神剑的代名词。然而在干宝的版本中，这个古代传说被改写成一个向暴君复仇的奇幻故事。赤比居然这样深信一个萍水相逢之人，还能自刎后一手持头、一手持剑而挺立不倒，且头颅跳出沸水仍能怒目而视，最后这位受托的刺客竟将楚王与自己的头颅双双砍入大鼎：这一系列描写无不令我们大为震撼——所有这些不只以超凡的想象呈现为生动奇幻的图景，更蕴含着一股英雄气概、信义千金与仇恨暴政的精神，这种力量深深地触动读者的心灵。

在这一时期还有不少其他选集，包括张华的《博物志》，是一部年代较早的故事汇编，记录了自然和地理奇观、神话传说和奇闻异事，我们在上一章还讨论过他的诗赋；葛洪（283—343）的《西京杂记》，是一部关于西汉的传说和故事汇编，其中许多故事后来非常出名。例如西汉后宫美人王昭君的故事，当时其他宫人纷纷贿赂画家毛延寿，希望自己在画像上显得更美而获元帝赏识，但王昭君却拒绝行贿，以致看画选人的元帝从未认识到她的美貌，直至她被遣北方与匈奴单于和亲、亮出真容那一刻；还有汉代诗人司马相如与妻子卓文君的爱情故事等。此外，还有王嘉（？—390）编的《拾遗记》，托名陶潜编的《续搜神记》等。志怪小说中最优秀的那些作品，故事情节完整，语言质朴有力，意象生动，为唐代传奇小说的进一步发展铺平了道路。

还有一部非常有名的作品《世说新语》，南朝刘义庆（403—444）编撰。这本书记载了古时从东汉到东晋（大约从公元2世纪到4世纪）各路文人名士的传闻轶事与形象速写，记录了他们机智的言谈举止。记录这些语录轶事主要在于展示一种无拘无束的名士精神，他们风度举止的美德或个性，并传达一种文化感。例如，下面这段出自《世说新语·德行第一》，描写了两个截然不同的人物：

> 管宁、华歆共园中锄菜，见地有片金，管挥锄与瓦石不异，华捉而掷去之。又尝同席读书，有乘轩冕过门者，宁读如故，歆废书出看。宁割席分坐，曰："子非吾友也。"
>
> **When Guan Ning and Hua Xin were tilling the soil together**

in the vegetable garden, they saw a piece of gold. Guan continued digging with his spade, treating the gold no different from a piece of tile or pebble, but Hua took it up and threw it aside. Again when they were reading together, someone passed by the front gate riding in a chariot with a canopy, Guan continued reading, but Hua put down his book and went out to watch. Guan Ning cut their seating mat and separated their seats, saying, "You are not my friend."

这则轶事通过对比管宁与华歆的表现，将管宁描述成一个淡泊名利之人，更具君子之风。《世说新语》多借此类短篇塑造人物形象的独特个性。有时通过一件轶事或寥寥几笔人物速写，传达这种微妙的文化感，例如：

> 王子猷尝暂寄人空宅住，便令种竹。或问："暂住何烦尔？"王啸咏良久，直指竹曰："何可一日无此君？"

Wang Ziyou once lived temporarily in someone's empty house, and he ordered some bamboo be planted. A man asked him, "Why bother with this as you are staying here just temporarily?" Wang pondered for a long while and then said, pointing at the bamboo, "How can one day pass without this gentleman?"

竹四季常青、刚韧挺拔，长期以来一直是道德正直和不屈勇气的象征，成为中国文人的最爱之一。王子猷在这里被描绘成一个文化人，一天都不能缺少竹的相伴。像常绿的青松、寒冬绽放的梅花、兰花或陶潜最爱的菊花一样，竹在中国传统中获得了文化标志性的意义，经常出现在中国诗歌和绘画中。事实上，大自然本身也常常提供一些意义，使敏感的心灵得以从中品味含义，在《世说新语》中还有很多这类讲述人与自然关系的例子，比如下面这一段：

王子敬云：“从山阴道上行，山川自相映发，使人应接不暇。若秋冬之际，尤难为怀。”

Wang Zijing said: "Walking along the Shanyin road, there are so many mountains and rivers setting off their beauty one after another that one hardly has time to take them all in. If it is between autumn and winter, the sceneries are particularly unforgettable."

《世说新语》的语言简洁而意蕴丰富，读此书时，各个不同的人物仿佛跃然纸上、栩栩如生。这部作品不仅对后来的故事和小说有着持久影响，对许多在此基础上刻画情节和人物的戏剧作品也有着深远的影响。

7. 文学批评的繁荣

正如我们在前文已数次提及，魏晋南北朝时期见证了文学作为一个审美概念的兴起，类似于我们现代所理解的文学，即文本主要以文字呈现，艺术地运用语言，为产生审美愉悦而作——不是为了获得简单的快乐或满意的消遣，而是一种往往与哀痛、怀旧、渴望、悲伤、抱负和其他复杂情感相联系的满足感与愉悦感。这一概念无疑从理论上捍卫了只选“义归乎翰藻”之作的萧统《文选》，还有徐陵的《玉台新咏》，后者也收录了许多古时民歌和当时的宫体诗。特别是这几部选集，清晰标志着文学概念的成熟。得益于这一时期的诗人、作家和评论家的努力，文学这一概念开始出现自觉性，并在许多显示中国传统文学批评繁荣发展的作品中得以呈现。

在本书第一章中，我们讨论了中国诗歌的概念，乃是作为人之意图和情感的表达，这类表达不仅被视为个人感觉的表达，同时更是整体道德与社会状况的反映，故而自汉代以来，朝廷皆设立乐府以收集民歌，作为统治精英了解当时社会状况的一种渠道。诗歌的这一概念并非独立于政治治理而存在，正如我们在第二章中讨论过的，儒者经生并未将《诗经》视作单纯的文学选集，而是一部用于道德与政治教化的权威作品，并通过讽寓性的诠释，试图将所有诗歌特别是情诗，变成某种教化工具，而不顾与字面意思相去甚远。在魏晋时期，我们开始看到文学的概念变得不同于前朝，能够独立于汉代注疏传统中诗歌的道德和社会功能。在南北朝时期，民歌因其对感情尤其是爱情的自然表达而为文人诗人群体所欣赏，并成为许多诗人模仿的典范。

正如我们在上一章提到的，在中国历史上第一部专门的文学批评作品曹丕的《典论·论文》中，他认为文学写作地位崇高，表示"盖文章，经国之大业，不朽之盛事"。他将写作置于"荣乐"之上，认为古代作家通过创作伟大的文学作品，可以"不假良史之辞，不托飞驰之势，而声名自传于后"。这样的观点当然有助于推动当时的文学发展。随着对文学写作的这一反思趋势，陆机继而创作了《文赋》，这是另一部基于作者创作经验和前人作品的重要文学批评著作，以深刻的洞察与心理剖析进一步探索了文学创作过程。在这部作品中，陆机道出了"诗缘情而绮靡"的名言，这就强调了诗歌的明确特征应该是情感表达，而不是其社会功能。

我们已经讨论过萧氏兄弟及其对诗歌的贡献，并提到萧统作为东宫太子编纂的影响深远的《文选》，以文学品质作为作品入选的唯一标准。萧氏另外两兄弟，梁简文帝萧纲与梁元帝萧绎，虽然作为政治人物都不算成功，但作为文学界的领袖人物，在当时极大推动了文学发展，在文学观方面也都有许多宝贵的见解。萧纲将文学从儒家经典或史书的实际功能中分离出来，明确反对模仿儒家经典写作。正如我们上文提到的，他主张文学写作是个人情感的自由与自然的表达，"文章且须放荡"。萧绎则将诗人与儒家学者、文学写作与实用文章一一区分开来。他将文学定义为一种"惟须绮縠纷披，宫徵靡曼，唇吻遒会，情灵摇荡"的写作。因此可以说，萧氏兄弟所代表的这种文学观，已经呈现出文学的自觉，既独立于儒家道德传统，也有别于美学与艺术之外其他写作的实际用途。

当时最主要的文学批评著作是刘勰的《文心雕龙》，这也是在中国传统文学批评著作中对文学作品最系统、最全面的讨论。和曹丕类似，刘勰也将文学提升到了很高的地位。"文之为德也大矣"，刘勰说，因为文"与天地并生"。"文"这个词在中文里有多种含义；其词源意义为"错画"，即交叉，由此衍生出了花纹、设计、形式、写作甚至文化等多种含义。刘勰利用"文"的一词多义性，继续描述了自然本身是如何在"文"或称"美丽的图形"中表现出来的："夫玄黄色杂，方圆体分；日月叠璧，以垂丽天之象；山川焕绮，以铺理地之形。此盖道之文也。"在这一论述中，"文"从根本上来自于"道"，亦即万物所起源者，正如日月山川都是在自然中表现的美丽图案，文学写作也是"道"之尽善尽美的呈现。刘勰的观点很好地反映了南北朝时期的诗人、作家与评论家对文学的看法，他也借用了自然或宇宙的权威来提高文学写作的地位。

在《文心雕龙》中，刘勰讨论了文学创作的许多方面，包括在现代可以被理解为"想象"的要素。在《神思》一篇中，他描述了诗人不必亲身体历也可以"思接千载""视通万里"的能力，甚至就在眼前"卷舒风云之色"。换言之，诗人能够生动地想象那些并不在眼前的存在，却仿佛就在眼前。他还谈到了在诗人最初构思与最终产出之间的差距。他用一种高度诗意的语言，描述了诗人如何感受到文学这一概念的潜力，并对此充满自信：

> 登山则情满于山，观海则意溢于海，我才之多少，将与风云而并驱矣。

> In climbing up a mountain, your emotions seem to fill the mountain, and in looking at the sea, your ideas seem to be full as the

sea, and you feel you have so much talent that you can ride the wind and fly with the clouds.

然而，当写作完成后，实际创作成果可能也不过"半折心始"。刘勰表示，原因在于构思和创作之间的距离："意翻空而易奇，言征实而难巧也。"他讨论了文学研究中许多重要的批评观念，但他在整体上对文学概念的倾向还是偏于保守，例如提出以儒家经典为写作范式，尽管他讨论的许多其他问题并不局限于儒家模式，他的文学观也不同于以文学为儒家教化工具的道德主义和功利主义观点。总之，《文心雕龙》是一部杰作，这表明在魏晋南北朝时期，中国文学批评已经开始成熟，并对文学创作、文学史、想象、风格及文学写作的其他各方面都产生了重要见解。

钟嵘的《诗品》是另一部重要的文学批评著作，但与刘勰不同的是，钟嵘对诗歌的理解完全不受儒家说教和道德传统的影响。"气之动物，物之感人"，他在《诗品》序中开篇即明确阐述，诗歌是人类对自然和生活中事物变化的回应，"故摇荡性情，形诸舞咏"。这听起来可能类似于我们在第二章讨论过的《诗大序》中所读到的观点，但钟嵘完全无视儒家注疏传统中的道德思想，而是强调情感的强度、语言的光辉与风力丹彩兼备的典雅风格。他认为诗歌是对所有境况的最有力的回应，断言道："动天地，感鬼神，莫近于诗。"在他所处的时代，人们已普遍意识到，抒发悲伤痛苦的诗歌相比之下更能触动人心，他也不例外，称"使穷贱易安，幽居靡闷，莫尚于诗矣"。

在《诗品》中，钟嵘将120位诗人分为上、中、下三品，并对每一位诗人都作以简短的品评。虽然有些评论听起来很有见地，并在后世影响显著，但这种排名终究是主观的，由于品评经验必然有限，对某些人物来说难免评价失当。例如，他把曹操列为下品，陶潜和鲍照列为中品，但这些诗人后来都比他列为上品者更受称赏，他也经常因为品评不妥而受到批评。虽然价值判断在文学批评中一贯非常重要，但在中国文学批评传统中，继钟嵘之后，再也没有出现类似的诗人排名或诗歌排名。由于钟嵘的书在此类著作中年代最早，《诗品》后来也被公认是开启了"诗话"（字面意思是"谈诗"）丰富传统的开山之作，在后来的中国文学批评史上亦陆续出现过许多同类作品。

第六章

诗歌的辉煌：从初唐到盛唐

1. 从隋朝到初唐

589年隋朝统一中国，终于结束了270多年漫长的分裂。不过，就像在短命的秦朝之后便是汉朝的长期统治，隋朝也是建立不久即在618年为唐朝取代，后者则成为中国历史上横亘近三个世纪的强大帝国。就文学领域而言，隋代也有几位诗人，如卢思道（535—586）与薛道衡（540—609）等，在隋朝建立之前便已声名卓著，其创作亦多循绮丽的齐梁遗风。杨素（544—606）是一个例外，因为他的诗并不模仿南朝诗人，而有着典型的北朝式的朴直，尽管从某种意义上说确实并不那么精巧。从文化与政治的角度看，隋朝完成了一件极其重要的事情，那就是606年实行了科举考试制度化，从此开创了中国科举取士治国的悠久传统。自汉代以来，一大社会问题就是门阀士族在政治与社会生活的各个方面占据主导地位。科举考试制度始于隋而继于唐，提升了中下层阶级的社会流动性，为有才华的人创造机会，鼓舞了他们参与政治和文化活动的抱负和热情，从而进一步削弱了门阀士族对权力的垄断。通过科举考试，中华帝国得以建立一整套基于精英统治的官僚制度，形成了一个有共同知识背景的士大夫阶层：他们由中央政府授予不同品级，从而有效加强了皇帝与朝廷的中央集权。这种制度使得学问与知识的地位格外尊崇，并赋予"文"——文学文化以极高的价值，同时也培养了文人对人生前途满怀抱负、积极坚韧的态度。在唐代，文人在考试之外还有其他方式来实现抱负，参与政治生活。例如，他们可以请有影响力的官员向朝廷推荐自己，或成为重要地方官的幕僚。这一切都为文学繁荣创造了一个相对开放、令人振奋的社会环境。

科举制度不仅对中国有着重要影响，也辐射到了整个东亚地区。在唐代，全国各地均设立了许多书院，以便青年士子备考，而且还有来自朝鲜半岛与其他邻国的8 000多名青年来到首都长安学习。朝鲜采取了类似的考试制度，而日本虽然社会制度极为不同，却数十次派出遣唐使和留学生来到中国，将许多书籍和其他珍贵资源带回日本，包括儒、道、释三家的经典等。唐朝没有形成独尊的正统思想观念，相对开放而宽松的社会环境，孕育出的文学艺术达到了一个极高的水平，包括舞蹈、音乐、绘画、书法与佛寺雕塑等，莫不如此。

唐朝统一天下之后，随着人口和耕地增加、经济快速增长，社会稳定繁荣，让唐朝成为亚洲一大强国，拥有广阔的领土与强大的军事力量。李氏皇族有一定的北方少数民族血统，故而唐朝统治者对各个民族与文化都采取开放姿态，极大推动了南北融合，从而催生了中国古典文学史上最伟大的时代之一。例如，在唐代的诗歌与各种文学形式中，经常出现"碧眼胡僧"和其他舶来形象，他们那些有别于中土的风俗和生活方式、音乐、舞蹈与文化特征，都在这样开放包容的中国文化上留下了印记，令其更为丰富多彩。

与南朝一样，初唐朝廷也笼络诗人和作家，产生了一种深受齐梁风格影响的宫廷文学。初唐著名的宫廷诗人包括虞世南（558—638）、上官仪（约608—664）、杜审言（约645—708）、沈佺期（约656—713）与宋之问（约656—约713）等。他们并非个个身居高位，却都创作过歌颂大唐荣光、供皇室之娱的诗歌。若论以他们在诗歌上真正的重要贡献，其实是推动了声律规则的进一步发展，从而令律诗加快发展成熟。自唐以降，律诗便成为中国古典诗歌的主要形式。上官仪提出"六对"和"八对"之说，进一步发展了对仗的理论，从词汇的相对拓展到一联诗句的对偶。他们的许多作品已经完全符合律诗的声律要求，下面是杜审言的一首五言诗《和晋陵陆丞早春游望》，堪称典范：

独有宦游人，	It is officials as obligatory travellers
偏惊物候新。	Who may startle at season's change.
云霞出海曙，	Morning glow rises to brighten up the sea,
梅柳渡江春。	By the river spring perches on a willow branch.
淑气催黄鸟，	The pleasant warmth urges the orioles to sing,
晴光转绿蘋。	And green duckweed flash in the sun's rays.
忽闻歌古调，	Suddenly I heard an ancient song, and tears
归思欲沾巾。	Wet my robe when I think of home so far away.

正如上一章讨论过的，沈约提出了一联诗句中"平上去入"四声变化的理论，此后声律规则逐渐复杂起来，直至唐代的律诗中臻于完善。一首典型的律诗有八句，每句五字或七字，分为四联，每句均须符合声律变化要求，也就是说，一联中上下句的每个相应位置的字都必须对仗。除了声调之外，中间两联在意义与语法范畴上也必须严格对仗，但首尾两联（即开头两句和结尾两句）则不强求遵守这一严格规则。下面我们看一首诗圣杜甫（712—770）的七律《登高》。这首诗非常著名，从首联到尾联，每一联都严格对仗，这在律诗中并不常见，不过倒可以让我们对中国古典诗歌中对仗的重要性有所了解：

风急天高猿啸哀，渚清沙白鸟飞回。
无边落木萧萧下，不尽长江滚滚来。
万里悲秋常作客，百年多病独登台。

艰难苦恨繁霜鬓，潦倒新停浊酒杯。

The wind is strong, the sky high, sadly the gibbons are crying,

The islets are clear, the sands white, in circles the birds are flying.

Boundless forests shed their leaves swirling and rustling down,

The endless river flows with waves rolling and running near.

Ten thousand miles, in sorrowful autumn, often as a wanderer I sigh,

A hundred years, old and sick, alone up the high terrace I climb.

In misery and hardships, I hate to see my hair turning all white,

Feeling unwell and down, I have lately abstained from wine.

上面的英译文尽可能忠实于原文词序，以便显示严格的对仗关系，因此"风急"对"渚清"，"天高"对"沙白"，"猿啸"对"鸟飞"，"无边落木"对"不尽长江"，"万里"对"百年"，"艰难"对"潦倒"，等等——所有这些都构成了严格的对偶，每个词在意义、语法与声调上都与其对应词形成对比。对于这种要求极高的诗歌体例而言，杜甫无疑是一位大师，不过初唐宫廷诗人已经在他们的诗歌中完善了这种对仗构建，标志着律诗作为一种主要诗歌形式的确立。

当然，宫廷之外也还有其他诗人，初唐最著名的一位诗人是王绩（589—644），他历经隋唐两朝风云变迁，最终退居山村为一隐士。下面这首《野望》是他的代表作：

东皋薄暮望，	Looking out on the eastern hill at dusk,
徒倚欲何依？	Where would be the place I should go?
树树皆秋色，	All the trees look gloomy with colors of autumn,
山山唯落晖。	All the mountains are dim in the evening glow.
牧人驱犊返，	The cowherd is driving his cattle home,
猎马带禽归。	The hunter with his game now returns.
相顾无相识，	Around me there is no one I know,

| 长歌怀采薇。 | I sing to those who had gathered ferns. |

最后一句用了中国古代著名隐士伯夷和叔齐的典故。这兄弟二人曾宣誓效忠商朝，周灭商后，他们作为周朝治下的商朝遗民，不肯吃周朝的粟米，于是隐居首阳山采蕨为食，最终却饿死山中。他们以高洁的道德品格与隐居生涯而备受推崇，其形象在中国文学中一再作为典故被提及和使用。

2. 初唐四杰

虽然身居高位的宫廷诗人常以诗歌赞颂帝国的恢弘与华彩，但初唐尚有其他文才出众而仕途困顿的诗人，艰辛生活反而使得他们的作品开始发生转向，从齐梁诗风中脱离出来。这类诗人中有四位最为突出，合称"初唐四杰"——卢照邻、骆宾王、杨炯与王勃。他们都以长诗著称，不仅延续了齐梁时期抒情歌行的传统，也吸收了汉代京都大赋的视野与风格。卢照邻（约634—约680）有一篇七言歌行《长安古意》，开篇便描绘了一幅关于财富、权力与都城之宏伟的生动画卷，但在结尾却将这些铺陈与曾在附近山中隐居的一位贤士的孤独形象形成鲜明对比，借以在这首叙事诗歌中创造一种戏剧性的张力。骆宾王（约619—约684）写过一篇非常类似且同样著名的作品《帝京篇》，还有一些工丽的律诗。他曾因开罪朝廷而入狱，令唐高宗嫔妃也就是后来的皇后武则天极为不悦。他下面这首诗《在狱咏蝉》，就是"咏物诗"的一个范例，此类诗歌多通过发掘吟咏对象的象征意义，以表达诗人的思想感受：

| 西陆蝉声唱， | The cicada is singing in the autumn, |
| 南冠客思侵。 | The prisoner is thinking of home. |

那堪玄鬓影，	How sad the one like fine black hair
来对白头吟。	Is singing to a white-haired one.
露重飞难进，	Heavy dew has blocked its way to fly close,
风多响易沉。	Its voice in the wind is easily drowned.
无人信高洁，	No one believes my noble intent; oh where
谁为表予心？	The one who speaks for me can be found?

蝉通体黑色，却有一对几乎透明的翅膀。在曹魏时期，一些宫嫔将头发细细分作多缕，梳作疏薄的多层式样，称为"蝉鬓"。在这首诗中，"玄鬓影"指的就是这只蝉，诗人为它空对自己这个白发因犯鸣唱而伤感。不仅露水太重让蝉难以飞近，而且它低抑的鸣叫也暗示着被错判的囚犯无处申冤。在此之前，咏物诗往往重于描摹、妙趣横生，但骆宾王却在这首名作中注入了深深的悲伤与对命运的反思。

杨炯（650—693）的诗几乎都是五言律诗，其中有一首著名的《从军行》，表达了士兵为国家奋战的愿望，从而在唐诗中开辟了这一全新的题材领域，并在之后得以进一步发展为"边塞诗"这一大类。杨炯写道：

烽火照西京，	The capital to the west is lit up by balefires,
心中自不平。	My heart feels the beat and rage of war.
牙璋辞凤阙，	The general takes leave from the Phoenix Hall,
铁骑绕龙城。	Around Dragon City iron-clad horses charge forth.
雪暗凋旗画，	Snow melts and dims the colors of our flags,
风多杂鼓声。	And the drum's beat is muffled by the wind.
宁为百夫长，	I'd rather serve as a petty officer
胜作一书生。	Than one with just a bookish mind.

王勃（650—676）是"初唐四杰"中最年轻的一位，不幸英年早

逝；他在多种文学体裁上的成就也是四杰中最有名的。他的《滕王阁序》是骈文中的典范，受过教育的中国读者几乎都知道其中这最有名的两句："落霞与孤鹜齐飞，秋水共长天一色。"这篇序可能比《滕王阁诗》本身更有名，但事实上，王勃作于滕王阁宴会上的这首诗，极为优美、简洁地表达了序言之意：

> 滕王高阁临江渚，佩玉鸣鸾罢歌舞。
> 画栋朝飞南浦云，珠帘暮卷西山雨。
> 闲云潭影日悠悠，物换星移几度秋？
> 阁中帝子今何在？槛外长江空自流。
> Prince Teng's tall pavilion towers over the river's islet,
> Where dancers with jade pendants have long stopped singing.
> Clouds at dawn fly over the painted beams from the southern river,
> And beaded curtains at dusk roll over western hills' rain.
> Day in and day out idle clouds cast shadows over the tranquil pond,
> How many autumns have passed with things changed again?
> Where is now the prince of these high towers?
> Only the river outside the terrace still flows in vain.

上述序言与诗歌，足以体现出王勃对这种优美动人的诗歌语言已能完美把握，其意蕴丰富、隽永，满溢着新生的活力与激情，展现了"初唐四杰"令唐诗得以脱胎于前朝、焕发新气象的显著功绩。他们总是试图寻找表达思想与情感的新方式。例如，在一首送别朋友离开长安的诗《送杜少府之任蜀川》中，王勃一改此类送别诗中惯常的悲伤氛围，表现出一种截然不同的豁达态度。诗人并没有在离别时流泪悲伤，而是强调无论身在何处，友情都能令心灵遥遥相系：

> 城阙辅三秦，风烟望五津。

与君离别意，同是宦游人。

海内存知己，天涯若比邻。

无为在歧路，儿女共沾巾。

The city turrets are buttressed by the three districts of Qin,

From here we can look at the five ports on the river afar.

Now we take leave from one another because as officials

We are fellow travellers always appointed to places apart.

Friends are always friends wherever they go within the four seas,

And like neighbors, though dwell at the world's end they may.

Let's not behave like those youngsters who would shed tears

At a crossroads when they need go their separate ways.

诗中对离别颇带哲理意味的看法和积极刚健的心态，都是"初唐四杰"的创作特色。他们在诗歌主题范围和形式完善上的创新，标志着一个伟大传统的开端——唐诗传统。

3. 走出南朝的阴影

唐代文学要想确立自己的身份，就必须将自身与前朝文学区别开来，特别是齐梁时期的诗歌。"初唐四杰"已经开始扩大诗歌主题的范围，探索新的表达方式，有别于仍然深受齐梁风格影响的初唐宫廷文学。另外也有一些诗人，即便在创作与南朝诗歌主题类似的作品时，也尝试从风格和语言上作出一些改变。比如刘希夷（约651—约680），他是一位才华横溢的年轻诗人，他的创作也经常涉及女性生活、春天这些宫体诗中常见的主题，但却能够尝试作出一些创新，诗中传递的思想也从个体而上升至普遍性。例如下面这首《代悲白头翁》：

洛阳城东桃李花，飞来飞去落谁家？

洛阳女儿好颜色，坐见落花长叹息。

今年花落颜色改，明年花开复谁在？

已见松柏摧为薪，更闻桑田变成海。

古人无复洛城东，今人还对落花风。

年年岁岁花相似，岁岁年年人不同。

East of Luoyang city peach and plum flowers

Are swirling down, but where are they bound?

A girl in Luoyang is as beautiful as a flower,

She sighs when petals are falling to the ground.

When fallen, flowers would lose their color this year,

But when in full bloom next year, who would be here?

We've seen pines and firs cut down as firewood,

And mulberry fields sunk into the sea for good.

In the east of Luoyang, people of the past are gone,

People of today still see wind blowing flowers down.

Year in and year out flowers all look similar,

But people are not the same year after last year.

这首诗同样也是对春逝与落花的慨叹，但它涉及一个更普遍的主题：万物以变为常与人生有限。另一个例子是张若虚（约660—约720）的名作《春江花月夜》。人们对这位诗人的生平知之甚少，他至今只有两首诗传世，但仅凭这一首诗，已奠定了他在中国文学史上的不朽声名。以下是《春江花月夜》的第一部分：

春江潮水连海平，海上明月共潮生。

滟滟随波千万里，何处春江无月明！

江流宛转绕芳甸，月照花林皆似霰；

空里流霜不觉飞，汀上白沙看不见。

江天一色无纤尘，皎皎空中孤月轮。

江畔何人初见月？江月何年初照人？

人生代代无穷已，江月年年望相似；

不知江月待何人，但见长江送流水。

白云一片去悠悠，青枫浦上不胜愁。

Waters in the spring river are one with the sea,

And from the sea the moon rises with the evening tide.

Moving along with the waves for thousands of miles,

The moon is shining on every river clear and bright!

The meandering river circles round flowery banks,

Moonlit flowers all look twinkling with an icy sheen;

In the air the frost flies quietly and cannot be felt,

The white sands on the river shores can hardly be seen.

The river and the sky are of one color without a single dust,

How bright the moon is, a lonely wheel in the sky!

Who was the one who first looked at the moon by the river?

When did the river moon on a human being first shine?

Humans come and go one generation after another,

And look at the same moon on the river year after year.

I know not for whom the river and the moon still await,

But only see the great Yangtze sending the waters away.

A thin white cloud flies leisurely and is finally gone,

Leaving me alone with deep sorrow on the waterfront.

这首诗本不过是南朝乐府旧题，但其语言极为优美典雅，声调悠扬。无论是诗人的想象力，将自然风景与哲理探索旨趣融为一体的笔力，还是那种人同此心、感同身受的忧郁沉思，都进一步丰富了这首诗的情感表达。这首优美的诗歌，预示着新一波伟大的诗歌浪潮即将到来。

在唐代，不仅宫廷和官场为诗人提供了广泛的诗歌主题，日常生活也开始出现在诗人笔下，普通的生活经历也化作了精彩的诗句。贺知章（659—744）是张若虚同时代人。他少年离乡，转任多职，终于在86岁这年结束了这场漫长的仕宦生涯，归于故里。他以回乡时写下的两首诗而闻名。这两首诗都是七言绝句，也遵循律诗的严格声律规则，表达了对故乡的挚爱与怀旧之情，同时亦能读出些许伤感的失落疏离，又不失轻松的幽默感。第一首诗《回乡偶书二首》其一尤为中国读者所熟知：

少小离家老大回，乡音无改鬓毛衰。
儿童相见不相识，笑问客从何处来。
I left home rather young and returned in old age,
My accent remains the same, but my hair turned white.
Local children met me but didn't know me,
"Where are you from?" they asked real polite.

陈子昂（661—702）则更明确地宣告了唐诗从初唐风格蜕变而出，尤其脱离了南朝诗人偏爱的那种华丽诗风。他雄心勃勃、胸襟壮伟，对道家哲学思想也有浓厚的兴趣。然而，他的才华没有得到充分认可，这让他的诗中常蕴一股怨愤之气，但他的道家思想取向又使他能够以一种哲学上的平静来面对困境。他尖锐批评齐梁诗人"彩丽竞繁，而兴寄都绝"，并主张向更为慷慨刚健的建安风骨回归。他的诗歌往往用比兴手法，其暗蕴思想亦有哲学深度。例如，他在《感遇》一诗中吟咏在寒秋中枯萎的芳草，这让人不禁想起屈原在《离骚》中以香草作为美德的象征：

兰若生春夏，芊蔚何青青。

145

幽独空林色，朱蕤冒紫茎。

迟迟白日晚，袅袅秋风生。

岁华尽摇落，芳意竟何成！

Fragrant flowers grow in spring and summer,

How dense are their leaves, how green and lush!

They stand alone over all colors in the woods,

Those red petals, purple stems, and such.

But slowly daylight becomes dim twilight,

And gradually arises the autumnal wind.

Flowers are all shaken down on the ground,

What has their fragrance come to in the end!

这首诗传达的是一种典型的怀才不遇的幽怨，但陈子昂笔下的兰若，却有一种傲骨与抗争精神：它们的美丽令林中群芳皆为之黯然失色，哪怕这芬芳最终亦将消散殆尽。而他最著名的诗《登幽州台歌》，则将诗人置于广阔的时空背景之中，所抒发的孤独感，不仅蕴含着伤感，更有一种孤高与自傲：

前不见古人，后不见来者。

念天地之悠悠，独怆然而涕下。

Before me I do not see those from the ancient past,

Nor after me, those who might follow in future years.

Thinking of the timelessness of heaven and earth,

Alone I feel the deep sorrow and shed my tears.

当然，这首诗听起来，与我们读过的其他初唐诗人非常不同，展现了一种坚韧的人格与慷慨无畏的精神。像陈子昂这样的诗人，将诗歌引入了一种截然不同的境界，闪耀着艺术魅力与旺盛的创造力，亦即引入诗之盛唐。然而，与此同时，对南北朝诗歌的完全否定，却造成了诗歌代际传承之间过度的隔阂。陈子昂和其他多位初唐诗人都批评南朝诗歌，表示要从新创作一种完全不同的诗歌，"骨气端翔，光英朗练"，以区别于轻艳绮靡的齐梁风格。这种文学观对古典文学批评产生了很大的影响。在文学史与文学批评史上，这种对前朝诗人的完全否定是可以理解的，而且对初唐诗人来说，走出南北朝诗风与初唐宫体诗的阴影或许颇有必要，但他们的不少表述都有站不住脚的夸大之嫌，未可不加思索就完全接受。否认南朝众多诗人的贡献，对于中国古典诗歌的发展来说有失公允。尽管初唐一众诗人声称要另起炉灶，但是，从南北朝到唐朝乃至后世，诗歌形式上始终存在重要的延续性，经历了一个逐渐发展的过程。唐诗的伟大成就与特性固然应该充分承认，但若无南北朝等先代诗人的基础铺垫，唐诗的辉煌亦难以想象。

4. 盛唐的到来：边塞诗

经过百余年的稳定发展之后，唐朝在玄宗的开元与天宝年间迎来了社会发展与经济增长的高峰。这一盛世大约从713年持续到755年，与其相应的便是唐诗在这期间的高度发展，涌现了许多璀璨的诗人与名作。这一段在中国文学史上也被称为"盛唐"。玄宗朝的两位宰相张朔（667—731）与张九龄（678—740），都乐于提携诗人，推动文学发展。张九龄本人也是一位优秀的诗人，多以植物或花卉比兴，表达崇高的思想与高洁的品格。例如，下面这首《感遇》十二首其七，就是他描写橘树的一首诗：

> 江南有丹橘，经冬犹绿林。
> 岂伊地气暖？自有岁寒心。
> 可以荐嘉客，奈何阻重深！

运命惟所遇，循环不可寻。

徒言树桃李，此木岂无阴？

In the south of the river stands a tree of red tangerines;

Having gone through harsh winter, its leaves are still green.

Not that the earth here gives it much warmth,

But it has a heart that endures cold weather.

It can be presented to our guests, but alas!

It's kept in a place so far altogether!

Destiny is something one only encounters,

The key to its revolution cannot be found.

Why only talk about peaches and plums,

Does not this tree also give shade all around?

这首诗显然具有象征意义，因为橘树被描绘成即使"经冬"之后枝叶仍能保持绿色，也常怀一颗"岁寒心"。这首诗以一种温和的讽怨结束，即橘树（在桃李的对比下）似乎被忽视了，哪怕"此木岂无阴"。这种委婉的表达，进一步丰富了文本的内涵指向，也呈现出一种谦逊自抑的温和感。

盛唐时期，社会各个阶层都涌现出众多天才诗人，创作了各种形式与主题的诗歌。当诗人们将注意力和创造力转向大唐帝国广阔的边境、书写那里的戍边军队生活时，一种新的流派——边塞诗便出现了。这类边塞主题的诗歌，最能满足他们寻找全新诗歌领域的愿望，以描写不同侧面的生活，抒发奉献、勇气与骄傲的英雄情怀；尤其对于士兵的戍边生涯而言，生死已是寻常，诗人每思及此，不免感怀人生多艰，泛起伤痛之情。王翰（687—726）的《凉州曲》便是这类诗的代表作：

葡萄美酒夜光杯，欲饮琵琶马上催。

醉卧沙场君莫笑，古来征战几人回？

How beautiful the fine grape wine in the shining goblet!

Just about to drink, I heard the battle's call on horseback!

Don't laugh, sir, if you find me lying drunk in the sandy field,

From which since ancient time how many have come back?

凉州地处中国西北的甘肃，在唐朝属于边境地区，经常与西北来犯之敌发生战斗。在这首诗中，王翰描绘了一幅生动的画面：一名士兵（或将官）受召前去征战之际，还不忘饮下一杯葡萄酒，并在结句中以士兵的口吻调侃了死亡，同时也表示他早已意识到在战场上牺牲在所难免。这首诗有一种特殊的魅力，因为在短短四句中，首先表达了尽情享受生活之念，然后写出了这位军人对死亡大无畏的藐视，却又笼罩着几分情知难以生还之际的凄凉悲壮，以此表达了他的英雄主义精神。

另一位诗人王之涣（688—742）也有一首《凉州词》，将这座羌人聚居的边城描述成如此偏远荒凉之地，甚至春天都似乎永远不会来临。玉门关位于敦煌以西，是唐代西部边塞要地。这首诗风靡一时，即便是当时也常有歌伎演唱：

黄河远上白云间，一片孤城万仞山。

羌笛何须怨杨柳？春风不度玉门关。

The Yellow River flows far up into white clouds;

A lonely city dwells among mountains of ten thousand feet.

Why should the Qiang flute complain of poplars and willows?

The Yumen Pass the spring wind will never come to greet.

在这首诗中，"杨柳"一语双关，它本来是一首悲情乐府诗歌的旧题，同时也指"杨柳"这种典型的南方树木一到春天便焕发生机。羌笛吹出了"杨柳歌"哀伤的曲调，诗人却问道：既然春风从来也吹不到玉门关这样遥远的地方，杨柳如何能在这里生长，又何须为此哀怨呢？诗歌起笔便是鸟瞰下的宏景：黄河奔腾而去、边城孤耸于群山环抱之中，既凸显了诗歌高度，也传递出崇高之感。最后两句虽未实写悲苦，却依然传达出一种苍凉之悲。

王之涣的另一首诗《登鹳雀楼》，也以其壮丽的黄河全景与广阔视野中的哲思而闻名：

> 白日依山尽，黄河入海流。
> 欲穷千里目，更上一层楼。
> The white sunlight fades along the mountain ridge;
> The Yellow River flows into the great sea.
> Go up one more level on this tower,
> If you want a thousand more miles to see.

唐代最著名的边塞诗人可能是王昌龄（约690—约757）。他的七绝与李白齐名，下面的《出塞二首》其一是他最著名的一首七绝：

> 秦时明月汉时关，万里长征人未还。
> 但使龙城飞将在，不教胡马度阴山。
> The bright moon of Qin and the mountain passes of Han,
> Men have not returned from those faraway campaigns.
> If only we had the Flying General from the Dragon City,
> We'd never let barbarian horses cross the Yin mountains.

这首诗开篇便提秦汉，将边塞征战之事置于这一历史宏观框架中，描述了战争之残酷，自古便有成千上万的士兵无法生还。在最后两句，诗人表达了他期待能够再有一位大英雄来保家卫国，一如当年的"龙城飞将"——亦即传说中的西汉名将李广（?—前119），他多次击败南侵的匈奴部落，被匈奴尊称为"飞将军"。然而，这样的期待分明很难实现，故而这首诗或许也蕴含着一种对朝廷无能与边境难觅和平的现实批判。

王昌龄的另一首诗《从军行七首》其四，描述了边城的寒冷与荒凉，表达了士兵们不惜牺牲生命赢得胜利的战斗决心：

青海长云暗雪山，孤城遥望玉门关。
黄沙百战穿金甲，不破楼兰终不还！

Thick clouds darken the snowy mountain above the Qinghai lake,
We look back at the solitary city of the Yumen Pass.
Wearing golden armor through a hundred battles in the yellow sand,
We vow never to go back without crashing Loulan!

楼兰是一个古老王国，在今中国西部新疆境内，当年曾与汉朝发生战争。这里诗人用"楼兰"一词指代当时唐朝的敌人。

王昌龄不仅以书写英雄精神和戍边士兵的牺牲著称，而且还写下了关于独守空房的女性、友谊与其他各种主题的优秀作品。以下是他的一首名作《闺怨》：

闺中少妇不知愁，春日凝妆上翠楼。
忽见陌头杨柳色，悔教夫婿觅封侯。

The young lady in her boudoir doesn't know what's sorrow.
Richly dressed, she climbed up the tower in a spring day.
Suddenly she saw the new willow threads and regretted
That for fame and honor she had sent her husband away.

春天为柳树带来了新的生机，而人们折下细长的柳枝赠别亲友，也是一种古老的中国习俗。当新春的柳芽映入这位年轻女子的眼帘时，她突然感到孤独，后悔让丈夫离家求取功名。于此，这首诗遂微妙地间接表达了一种反战的情绪。

王昌龄性格豪放，因冒犯了一些朝廷高官而被流放。哪怕身处如此困顿之中，当朋友们关心他时，他借送别友人之机，仍然写下了这首著名的《芙蓉楼送辛渐二首》其一，表达他对正直品德的坚守：

> 寒雨连江夜入吴，平明送客楚山孤。
> 洛阳亲友如相问，一片冰心在玉壶。
>
> In the cold nightly rain I came to the south on a boat,
> And sent off a friend at dawn in the lonely mountain shade.
> If old folks in Luoyang would ask about me,
> Say my heart remains like ice in a bottle of jade.

"玉壶冰"呈现的是一种纯净透明的意象，南北朝时期的鲍照和其他几位更早的诗人，都曾用以描述高洁忠信之人的品性，但王昌龄这句诗可以说是最著名的。

李颀（690—约751）也写过一些边塞诗，赢得高度赞誉。但他在同代诗人中脱颖而出，主要还是靠他寥寥几字便令形象跃然纸上的功力。例如，以下是他的《别梁锽》的开头几句：

> 梁生倜傥心不羁，途穷气盖长安儿。
> 回头转眄似雕鹗，有志飞鸣人岂知？
>
> Master Liang is a real man with a heart free of constraints,
> Though unfortunate, his spirits above all Chang'an youngsters fly.
> Turning back to glance at others, he looks like a fierce hawk.
> Who could have known his ambitions to sing and to fly high?

诗人寥寥几笔便生动地勾勒了一幅梁锽的肖像，雕鹗般的面孔、强悍的目光，给读者留下了深刻印象。又如他在《赠张旭》一诗中对张旭（710—750）的刻画。张旭是一位伟大的书法家，以狂草闻名，屡在醉酒狂啸后挥笔创作：

露顶据胡床，	Bare-headed, he sat on a foreign-looking bed,
长叫三五声。	And would shout a few times and call.
兴来洒素壁，	In the mood, he would splash on the wall,
挥笔如流星。	And let words like flying meteors fall.

不论是刻画他人还是自我描摹，都是诗人性格与气质之所系。这类人物形象刻画从整体上体现了唐诗对个性特色与自由表达的强烈精神追求，并在后来的诗歌中得以进一步发展。例如，另一位以边塞诗闻名的诗人高适（约702—765），便在《封丘县》一诗中，把自己描绘成一个充满自由精神、不适合出仕的形象：

我本渔樵孟诸野，一生自是悠悠者。
乍可狂歌草泽中，宁堪作吏风尘下。
只言小邑无所为，公门百事皆有期。
拜迎官长心欲碎，鞭挞黎庶令人悲。

Being a man of no constraints all my life,

I am a fisherman and woodcutter at heart,

Fit only to cry and sing mad in the wilderness,

But not to assume an office in the dusty world.

I thought I'd have nothing to do in a minor office,

But everything official had a designated time.

My heart broke in kneeling to greet my superiors,

Or in whipping the poor for no reason nor crime.

事实上，高适在晚年做到了朝廷高官，但他最好的诗歌都写于青年时代，主要基于他的边关经历。下面这首《营州歌》，写的是东北边境营州的年轻人，生活方式与南方截然不同：

营州少年厌原野，皮裘蒙茸猎城下。
虏酒千钟不醉人，胡儿十岁能骑马。

Young men of Yingzhou all love grassland;

They go hunting in hairy coats rough and coarse.

Not a thousand cups of wine would get them drunk;

As ten-year olds they're already good in riding a horse.

岑参（715—770）常与高适并称"高岑"，也擅长以奇伟的意象与生动的表达来创作边塞诗歌。他的诗歌往往基于自己的从军经历，并以大胆的想象与多彩逼真的描绘而变得更为丰富。下面这首《走马川行奉送封大夫出师西征》便是一个突出的例子：

君不见，走马川行雪海边，平沙莽莽黄入天。轮台九月风夜吼，一川碎石大如斗，随风满地石乱走。匈奴草黄马正肥，金山西见烟尘飞，汉家大将西出师。将军金甲夜不脱，半夜行军戈相拨。风头如刀面如割。马毛带雪汗气蒸，五花连钱旋作冰。幕中草檄砚水凝。虏骑闻之应胆慑，料知短兵不敢接；车师西门伫献捷。

Don't you see the Zouma River

And the snowy sea nearby,

With yellow sands reaching to the sky?

In Luntai city the autumnal wind howls at night.

The river is filled with big broken boulders,

On the road stones are blown to every side.

The Xiongnu horses are well fed with lush grass;

On the Altai Mountains smoke and dust arise.

The great general of Han is charging to the west.

During nightly watch the general wears his armor,

And metals darkly clash in the march at night.

In the blizzard the wind cuts sharp like a knife.

Smoke reeks from sweaty horses in the snow,

And ice crystalize on their hair fast and cold.

In the tent even ink congealed and froze.

It's right that barbarian cavalries should be afraid,

Knowing they could not fight us in a close combat;

Victory awaits us in our camp at the western gate.

而下面这首送朋友从边境回京的诗《白雪歌送武判官归京》，可谓岑参最著名的代表作之一。诗中世界一片寒景，白雪纷飞，而友谊的温暖却融化了这种凄凉，反以春天和鲜花为其象征：

> 北风卷地白草折，胡天八月即飞雪。忽如一夜春风来，千树万树梨花开。散入珠帘湿罗幕，狐裘不暖锦衾薄。将军角弓不得控，都护铁衣冷难着。瀚海阑干百尺冰，愁云惨淡万里凝。中军置酒饮归客，胡琴琵琶与羌笛。纷纷暮雪下辕门，风掣红旗冻不翻。轮台东门送君去，去时雪漫天山路。山回路转不见君，雪上空留马行处。

The north wind blows and breaks all grass on the ground.

In this barbarian land, it snows already in the eighth month.

As if spring wind had suddenly arrived overnight,

To put pear blossoms on thousands of trees white and bright.

They fall on beaded curtains and wet silk tapestries,

And make fur coats and brocade quilts cold at night.

The general's decorated bow is too tight to be drawn,

And the lieutenant's iron armor is too cold to wear.

The vast desert spreads out with ice of a hundred feet,

And dark clouds hang over the land barren and bleak.

Wine is served to send off the guest in the general's tent,

With music played on barbarian flutes and strings.

At dusk snow falls on the tent heavy and dense;

Our frost-coated flag is too stiff to flap in the wind.

We sent off our guest in Luntai at the eastern gate,

When the road to Tianshan became a snowy plane.

With a few turns of the road he disappeared,

Only traces of his horse on the snow yet remain.

在描写北风与白雪的时候，诗人令人称奇地将其比拟为南方春来盛开的洁白梨花，让这幅北国严寒之景也柔婉了几分，伴随着这个美妙而温暖的意象，为全诗营造了一种乐观的基调。岑诗之所以传诵不绝，不仅因其惊人的创新意象与大气磅礴的风格，同时也得自于他对声韵节奏的创造性运用。

边塞诗确实是唐诗的重要部分，当然其他主题下也有许多优秀诗歌，其体裁、风格、情绪与侧重都不尽相同。盛唐诗歌的成熟已可见于许多名作。下面这首《黄鹤楼》是崔颢（？—754）所作，写的是武汉著名的 黄鹤楼，传说曾有一位道教的仙人从这里乘黄鹤飞走：

昔人已乘黄鹤去，此地空余黄鹤楼。

黄鹤一去不复返，白云千载空悠悠。

晴川历历汉阳树，芳草萋萋鹦鹉洲。

日暮乡关何处是？烟波江上使人愁！

The man of old on a yellow crane is gone forever,

And left here only the empty Yellow Crane Tower.

The yellow crane is gone and will never return,

For thousands of years only white clouds pass it over.

Under the sun trees of Hanyang are clearly seen,

And grass on the Parrot Islet is so lush and green.

Now the sun is setting, but where is my home?

This foggy river makes me feel so sad and forlorn!

严格从格律角度评判的话，这首诗有一些违规，仅"黄鹤"一词便重复了三次，前三句也不合平仄。但其诗意自然流畅，表达情感真挚，词句也清刚俊利，令它得以跃居最著名的唐诗之列。宋代著名评论家严羽（约1180—约1235）誉其为"唐人七律压卷之作"。据记载，就连伟大的李白在黄鹤楼读到此诗也欣赏无比，竟至罢笔道："眼前有景道不得，崔颢题诗在上头。"李白后来到南京写下了著名的《凤凰台》，似乎也有与这首诗暗暗较量之意。

5. 山水诗：王维与孟浩然

山水诗一直是中国文学的重要部分。我们曾在第四章提到曹操的《观沧海》是中国文学史上第一首山水诗，而陶潜则是第一位著名的山水田园诗人。我们在第五章也讨论过谢灵运的山水诗。我们一般认为，山水诗能成为中国古典诗歌的主要流派之一，实多赖谢灵运之功。我们还讲过另一位诗人谢朓，也写下了许多精彩的山水诗。回到我们正在讨论的盛唐，自然山水已成为诗人最钟爱的主题之一，以山水诗闻名的著名诗人，主要有王维与孟浩然等。之前我们讨论盛唐诗歌兴起时，曾提到张九龄也是一位关键人物。他性喜山水，有一些美妙的山水诗颇见清雅，可以说为后来的王维和孟浩然铺垫了道路。下面是张九龄写著名的庐山瀑布（位于今江西庐山）的诗《湖口望庐山瀑布水》：

> 万丈洪泉落，迢迢半紫氛。
> 奔流下杂树，洒落出重云。
> 日照虹霓似，天清风雨闻。
> 灵山多秀色，空水共氤氲。

From ten thousand feet a shining stream falls

With a vaporing purple color half its length.

It runs through all the trees and shrubs,

And sprinkles out of the clouds in all its strength.

Under the sun it looks like a radiant rainbow,

In fine whether it sounds like murmuring wind and rain.

In this spiritual mountain there is plenty of beauty,

Air and water join together to form the lovely scene.

孟浩然（689—740）终身不仕，一生大部分时间都在家乡湖北襄阳度过，也曾遍历名山。虽然从无官职，又过着隐逸生活，但他高洁的品格与诗歌在当时即赢得了很高的声誉。就连大诗人李白也曾写道："吾爱孟夫子，风流天下闻……高山安可仰，徒此揖清芬。"最后一句化用了一句《尚书》"明德惟馨"，故而这里的"清芬"专指孟夫子（孟浩然）的高尚品德。然而，孟浩然年轻时也曾在政治上渴望经邦济世，他给张九龄写过一首著名的诗，希望这位丞相能赏识自己的才能，将他举荐给朝廷。这首诗题为《临洞庭湖赠张丞相》，巧妙地将对大湖的描述与期待获得援引的心情融为一体：

八月湖水平，涵虚混太清。

气蒸云梦泽，波撼岳阳城。

欲济无舟楫，端居耻圣明。

坐观垂钓者，徒有羡鱼情。

The lake is so calm and full in the eighth month,

It embraces and mingles with the great firmament.

Its vaporing clouds cover the Yunmeng marshland,

Its waves wash and shake the Yueyang city.

I would want to get across but have no boat,

And feel ashamed being idle at the time of sagely reign.

Sitting here just to watch the anglers,

I am envious of fishermen but in vain.

　　这首诗首先描述了秋天的洞庭湖广阔无边，水天相接一望无际，而颔联两句尤为著名，写洞庭云气蒸腾，几可覆盖云梦大泽，而其波涛汹涌，便连湖畔的岳阳城也为之震撼。他通过抒发"无舟楫"可以渡湖，又感到"端居耻圣明"，表达了自己希望获丞相举荐为官的愿望。最后两句用典出自汉代的典籍《淮南子》："临河而羡鱼，不如归家织网"。这意味着他需要宰相的提携，和其他"垂钓者"一起成就一番事业，而不是徒然闲坐。通过这首诗，张九龄的确也肯定了孟浩然的才华，并庇护了他一段时间，但这位诗人的清高孤介却让他在仕途上终无所成。孟浩然没有担任过官职，科举也不曾得第，故而彻底放弃了官场追求，转而寄情山水寻求慰藉。他遂成为第一位大量创作山水诗的唐代诗人。自然山水常常是他孤高独立的精神的表征，例如这首夏夜致友人的《夏日南亭怀辛大》：

　　山光忽西落，池月渐东上。

159

散发乘夕凉，开轩卧闲敞。

荷风送香气，竹露滴清响。

欲取鸣琴弹，恨无知音赏。

感此怀故人，中霄劳梦想。

Suddenly the rays in the mountain fall in the west,

And the moon slowly arises in the east on the lake.

I loosened my hair to cool down in the evening,

With windows open, lying leisurely on my bed.

The wind sends over fragrance from the lotus pond,

Dews in the bamboo grove drop with a clear sound.

I wanted to fetch the zither and play a tune,

But the one who knows music cannot be found.

This made me to think of my old friend,

Searching in my dream at midnight and beyond.

　　"知音"的典故出自春秋时期的一个古老传说：杰出的音乐家俞伯牙与理解他音乐至深的钟子期，本是一对挚友。钟子期死后，俞伯牙摔断琴弦，终生不再鼓琴，因为世上再无人能够如此完美地理解他的音乐。"知音"一词后来成为一种常用表达，用于形容知心密友或同心共鸣之人。在第四章中，我们曾提到陶潜的一首诗，也曾用这个词抒发自己的孤独，也表达了希望从读者那里获得理解与共鸣的渴望。当孟浩然在这首诗中表示因为"恨无知音赏"，故而自己不欲再弹琴时，他表达的既是一种孤独，也是一种孤傲。荷塘随风而来的芬芳、竹林里清晰的滴露之声，不仅是一种自然的美景，也是一种高洁宁静的意象，是诗人精神气质的象征。

　　孟浩然在自述与描写生活经历时，用语看似淳朴，实际上却是精心构思而得。例如下面这首《过故人庄》：

故人具鸡黍，邀我至田家。

绿树村边合，青山郭外斜。

开筵面场圃，把酒话桑麻。

待到重阳日，还来就菊花。

My friend prepared a meal with chicken and millet,

And invited me to his country home.

Green trees close in on all sides of the village,

And blue mountains slant over the house.

From the window we see the threshing ground and fields,

And we talked about the year's crops over the wine.

When the autumn is deep on the double-ninth day,

Let's come back for the chrysanthemums again.

"重阳"指秋天的九月初九，是一个亲友团聚、喝菊花酒的传统节日。诗中描述的是一次普通的朋友聚会，但孟浩然的才华，正在于能够将这些日常经历化为优美的诗歌。下面这首《春晓》，展示了诗人对自然中最细微变化的敏感觉察与关心：

春眠不觉晓，处处闻啼鸟。

夜来风雨声，花落知多少！

Sound asleep in spring, I hardly noticed daybreak,

And now birds are chirping everywhere I turn.

But last night I heard the sound of wind and rain,

Who knows how many flowers have fallen!

王维（701—761）大概是中国山水田园诗人中最著名的代表人物。他也曾获张九龄举荐，转任多官，但一生多数时间都对仕途兴趣寥寥，在其乡间别业过着田园隐逸生活，又以晚年尤甚。他同时也是一位多才多艺的艺术家，在音乐、书法尤其是绘画方面都有很高天赋。他的诗歌如绘画一般生动鲜活，其画作亦有诗意情怀的魅力，誉满天下。他也是信佛的居士，诗中禅宗意象或思想随处可见。王维还写过一些边塞诗，并以描绘北方蒙古大漠的壮景闻名："大漠孤烟直，长河落日圆。"而下面这首《观猎》一诗，则描绘了将军率士兵在北境狩猎的场景，节奏欢快，动感十足：

风劲角弓鸣，将军猎渭城。
草枯鹰眼疾，雪尽马蹄轻。
忽过新丰市，还归细柳营。
回看射雕处，千里暮云平。

The horn-decorated bow twanged in the wind,

Near Weicheng the general went hunting.

When grass was dry, the falcon's eyes were quick,

When snow melted, the horses were fast running.

They quickly passed the Xinfeng city,

And back in their barracks they disband.

Turning back to look at where they hunted,

Evening clouds now hang over the vast land.

王维非常擅长运用通俗易懂的民歌语言入诗，颇能触动读者心弦。例如，下面这首关于红豆的绝句《相思》，千百年来广为流传：

红豆生南国，	The red beans grow in the southern country,
春来发几枝。	In the spring a few twigs come out above.
愿君多采撷，	I would urge you gather as much as you can,
此物最相思。	For they are the best tokens of love.

另一首绝句《杂诗》其二，亦以其自然质朴而意味隽永著称：

君自故乡来，　　　You come from our hometown,
应知故乡事。　　　And would know the things from home.
来日绮窗前，　　　When you left, by that curtained window,
寒梅著花未？　　　Has the plum-flower started to bloom?

当诗人遇到家乡来人时，尽管有无数个问题要问，最终出口的，却只是绮窗前的梅花是否开放。这便暗示了来人必然深知，那扇绮窗与那树梅花对叙述者是何等重要，其余一切便在不言中了。未说的本不用说，这首诗因而也为读者留下了可供想象的无尽空间。这正是典型的中国古典诗歌：不言犹言，意在言外。

不过，王维主要还是以山水田园诗在唐诗中赢得了崇高的声誉与大师地位。在下面这首《渭川田家》中，他描绘了一幅引人入胜的田园宁静风光，令人想起陶潜的诗，但却比陶诗更为如画，呈现出一派迷人的视觉效果：

斜光照墟落，穷巷牛羊归。
野老念牧童，倚杖候荆扉。
雉雊麦苗秀，蚕眠桑叶稀。
田夫荷锄立，相见语依依。
即此羡闲逸，怅然吟《式微》。

The slanting sunlight shines on the small village,
And the lowing herd homeward moves on a narrow lane.
An old man expects the return of his boy shepherd,
And stands waiting at the wooden gate with his cane.
Chickens cluck by the wheat field yet green and young,
And silkworms lie asleep under sparse mulberry trees.

163

Farmers rest themselves leaning on their ploughs,

And having their daily chat relaxed and at ease.

Their leisurely manners I truly envy and yearn,

And longingly I would to the fields gladly return.

他还有另一首名作《终南山》，则仿佛徐徐展开了一卷中国水墨画，引导读者一路观览山色：

太乙近天都，连山到海隅。

白云回望合，青霭入看无。

分野中峰变，阴晴众壑殊。

欲投人处宿，隔水问樵夫。

Mount Taiyi is close against the heavenly palace,

With ranges reaching out to the end of the sea.

Looking back, white clouds are merging together,

Stepping in, the ethereal blue disappears to the eye.

Different regions divided by the cliff in the middle,

And light and darkness divers fall o'er all valleys.

Intent on finding a lodging for the night,

I ask the woodcutter across the small river.

这首诗不仅描绘了一幅精绝如画的秀丽山景，也让读者进入一种动感十足的活跃状态来体验攀登。读者跟随着诗人的语句，加入了这场终南山（又名太乙山）之旅：首先远眺此山，欣赏它高若近天、远如接海的雄伟。从远处看，山间氤氲的雾气仿佛闪烁着青色的光泽，但待走进之时，它就变得透明，似乎消失在虚无之中。在这里，王维用"无"（虚无）这个词来暗示佛教中的"无"（abhava）或"空明"的概念。在攀援之际，白云似乎从四面八方聚拢而来；及至登上山巅之时，遂能鸟瞰终南全景，阳光下其或明或暗的光影，被中耸的高峰分开。直到黄昏时分下得山来，想找一个过夜的地方时，斧斤之声恰将他的目光引向河对岸的一位樵夫。于是，在这本该寂静一片的树林里，只有他询问樵夫的喊声在回荡。这堪称人类情感与自然风景融凝合一的绝佳范例，正是中国古典文学极为重视的"情景交融"。

王维还有许多清丽的绝句，在描述自然美景的同时，也表达了"空""静""无"等禅宗思想。例如这首《鸟鸣涧》：

> 人闲桂花落，夜静春山空。
> 月出惊山鸟，时鸣春涧中。
>
> In leisure one noticed the fall of sweet osmanthus;
> The spring mountain is empty in the quiet night.
> The birds are startled by the appearing moonlight;
> In the spring brook from time to time they cried.

读者先是被这首诗调动了嗅觉，注意到飘落的桂花，然后是视觉所见的"夜静"和"山空"。这里宁静至极，连鸟儿都会被月光所"惊"，并可不时听到从溪涧传来的叫声，但这些可以听到的声音只会增强宁静的效应，令静者愈静。

王维的诗歌常常突出宁静与空明，另一个著名的例子是这首《鹿柴》：

> 空山不见人，　　　No trace of man in this empty mountain,
> 但闻人语响。　　　Only the sound of some human voice.
> 返景入深林，　　　Sunlight penetrates deep into the woods,
> 复照青苔上。　　　And flashes back on the green moss.

165

下面这首《竹里馆》，也描绘了一幅孤独的场景，洒满月光，音乐萦绕：

独坐幽篁里，	Sitting all alone in the bamboo grove,
弹琴复长啸。	I play on my zither and let out a howl.
深林人不知，	In the deep forest no one hears me,
明月来相照。	Only the moon shining on me and about.

王维诗中所表达的孤独感，并不是一种悲苦，而是与熙攘人群保持距离的清冷。诗人热爱大自然，在自然中找到了和谐，而无俗人干扰。美自在自然之中，哪怕无人识别欣赏，如下面这首《辛夷坞》：

木末芙蓉花，	In the mountain the hibiscus flowers
山中发红萼。	On tree tops their red color spread.
涧户寂无人，	No one is in the lonely hut by the stream,
纷纷开自落。	All by themselves they bloom and fade.

王维还有一首著名的《送元二使安西》，送朋友远赴西部边境而作。这首诗在当时已谱曲传唱一时，直到今天，仍然是中国传统音乐爱好者最喜爱的歌曲之一：

渭城朝雨浥轻尘，客舍青青柳色新。

劝君更进一杯酒，西出阳关无故人。

In Weicheng the morning drizzle keeps light dust down;

At the roadside inn, the willow trees are so green.

Pray you, drink one more cup of wine, for beyond

The mountain pass to the west, you'll find no friend.

在唐代，每年都有数百位学生从高丽与日本等地来华学习。有些留学生学成返国，但有些则选择留在中国，甚至通过了科举考试，在中国政府任职。阿倍仲麻吕（698—770）就是一个著名的例子。这位青年717年从日本来到中国，通过了科举考试，被任命为政府官员，并在中国度过了后半生。他取了一个中文名字"晁衡"，并与王维和李白等许多中国诗人成为朋友。晁衡本人就是一位诗人，有一首和歌收录在日本诗集《百人一首》（编选百位诗人每人一首诗歌）中，其中文诗歌则部分选录入《全唐诗》。他于734年和753年两次试图返回日本，所乘船只两次都不幸失事，幸运的是他本人都活了下来，并设法回到了长安。他曾担任过多个官职，包括安南（今越南）都护，晚年留居中国直到去世。753年，晁衡第二次辞别长安准备归国时，王维写下了这首极为感人的送别诗，《送秘书晁监还日本国》：

积水不可极，安知沧海东？
九州何处远，万里若乘空。
向国惟看日，归帆但信风。
鳌身映天黑，鱼眼射波红。
乡树扶桑外，主人孤岛中。
别离方异域，音信若为通？

The waters of the great ocean are too far to reach,

How can we know anything about east of the sea?

The nine territories of China spread far and wide,

For ten thousand miles you feel like riding on the void.

Longing for your country, you can only look at the sun,

Sailing home, you have to trust the right wind.

The body of the turtle shines black against the sky,

Squirting out water, the whale has fiery red eyes.

Trees in your home are farther away than the Fusang wood,

And your folks at home all live on an island in solitude.

Now you are about to leave for a different world,

How shall we keep tidings from one to the other?

这首诗表明，在唐代乃至历史上长期以来，中国与日本及其他东亚国家都保持着密切来往，尤其在文化与文学方面有着密切的联系。

第七章

唐诗双星：李白和杜甫

1. 谪仙人

盛唐大约从开元到天宝年间（713—756），是唐诗的黄金时代。诗坛群星璀璨，中国古典诗歌亦因之日渐臻于完美。根据《新唐书》（成书时间为1060年的宋代）记载，盛唐也是一个和平繁荣的时代，相对安全稳定，人们安居乐业，粮食也很充足，"户阖不闭，行旅不赍粮，取给于道"。大诗人杜甫在《忆昔》一诗中，就曾怀着美好的回忆与深深的怀旧情绪写道：

忆昔开元全盛日，小邑犹藏万家室。
稻米流脂粟米白，公私仓廪俱丰实。
Remember those prosperous Kaiyuan days,
A small town would have ten thousand households.
Rice was fatty and millets white, and all
Graneries were full, whether public or private.

他还写道："九州道路无豺虎，远行不劳吉日出。"那些美好的旧日时光，充满了自由的精神和轻松的氛围，知识分子的人生也丰富多彩、充满活力，尽数体现在杜甫充满幽默感的名作《饮中八仙歌》中。"八仙"指当时八位好酒的著名文人，其中第一位是贺知章（659—约744），也是八人中最年长的一个，我们曾在上一章简单讨论过他的一首诗《回乡偶书》，写的是他离乡多年重返故里的情景。在《饮中八仙歌》中，杜甫寥寥两句，便勾勒出这位老诗人一段生动的趣事：

知章骑马似乘船，眼花落井水底眠。

Zhizhang rode his horse like a rocking boat,

In fuzziness he fell into a well and slept afloat.

大书法家张旭是贺知章的亲戚，也名列"八仙"。他以"狂草"闻名，每在大醉狂啸之后，拿起毛笔一挥而就，佳作瞬间现于纸上，有时甚至摘帽露头，丝毫不顾仪节礼数。张旭的书法精妙绝伦，在历史上被誉为"草圣"，广受时人赞赏。上一章我们曾提到过李颀对这位大书法家的刻画，而下面则是杜甫的精彩描述：

张旭三杯草圣传，脱帽露顶王公前，挥毫落纸如云烟。

Having three cups, Zhang Xu's cursive wonder was done,

Baring his head with all the dignitaries in front,

His brush fell on paper as fast as clouds quickly gone.

"八仙"中最耀眼的无疑是李白（701—762），时人呼其为"谪仙人"，名动天下。"谪仙人"之名源自贺知章，贺本人就是优秀的诗人，性情也狂放脱俗，自称"四明狂客"（他曾在四明山住过一段时间）。许多年前，当时贺知章已是耄耋老人，在长安遇到了年轻的李白。他读罢李白的诗歌，惊叹于这位年轻诗人的才华，称李白为"谪仙人"。他曾带李白去长安的一家酒馆，但却没有带够酒钱，遂慷慨解下腰间的金龟佩饰来付账。之后此事传为美谈，充分展现了贺知章对这位年轻才子的欣赏和慷慨胸襟。"仙"的概念与道教信仰有关，意指几乎拥有超人类与超自然力量的、非比寻常的"人"。神仙可能住在云天之上，这与西方"天使"的概念有些相似。贺知章称李白为"谪仙人"，强调了李白的天赋与文才卓尔不群，而李白豪放无畏、坚韧不屈的精神，又给他留下了不够循规蹈矩的印象，所以就好像这个仙人一定触犯过某些天条，才会被天帝罚下天庭，贬至人间与凡俗为伍。李白本人也很喜欢这个称号，对此颇感自豪。多年之后，贺知章去世了，李白满怀深情地写下了《对酒忆贺监二首》，以纪念这位"四明狂客"（诗中"季真"是贺知章的字）。其一如下：

四明有狂客，	Siming Mountain has a crazy fellow,
风流贺季真。	Ho Jizhen the man true and temperamental.
长安一相见，	When we first met in Chang'an,
呼我谪仙人。	He called me a "banished immortal."
昔好杯中物，	He used to love the thing in the cup,
今为松下尘。	But now has turned to dust under a pine tree.
金龟换酒处，	Where he changed his gold tortoise for wine,
却忆泪沾巾。	Only makes me shedding tears in my memory.

杜甫将李白与贺知章同样列入"饮中八仙"，勾勒了下面这幅生动的画面，精彩地捕捉到了李白的独立人格与自由精神，尤其是他的仗酒放纵之态：

李白斗酒诗百篇，长安市上酒家眠。
天子呼来不上船，自称臣是酒中仙。
For a jug of wine, Li Bo can write a hundred poems.
Sleeping in a tavern in Chang'an, he refused to board

The royal barge even when it's the Son of Heaven's call,

Saying, "But I am, your majesty, a tipsy immortal."

这几句诗肯定有一定事实依据。李白经过多年游学、隐居、干谒权贵以求延纳之后，终于获得了卓越诗人的盛誉。742年，李白被唐玄宗召至长安，待之极尽礼敬："征就金马，降辇步迎，如见绮皓。以七宝床赐食，御手调羹以饭之。"（唐李阳冰《草堂集序》）之后李白即在翰林院任职，经常被玄宗征召作诗或起草重要诏令。所以，应该是出现过杜甫描述的这种场景的，我们的"谪仙人"醉得无法如常应诏。李白对玄宗的奖掖十分自豪，也颇愿为国效命，但他的不羁之心与清高的性格，最终仍然让他与仕途无缘。仅仅一年，他便被"放还"离开长安，重新过上了隐居、云游、结交道人的生活。

李白的人生有一些神秘和不确定性。首先，他的出生地至今仍然是个谜。由于某些原因，在隋朝末年，他的祖先被流放到当时中国西部最远的边境城市碎叶城（今属吉尔吉斯斯坦），所以他有可能就出生在丝绸之路上的这座古城。然而，在他五岁那年，父亲李客（如果是真名的话）携全家回到内地，住在绵州昌隆县（今四川江油），离西南重镇成都不远。李白在这一带长大，所以自称蜀人。显然，他父亲是一位富有的商人，给他提供了良好的教育条件，故而他很小就博览群书，在一首诗中自豪地说："十五观奇书，作赋凌相如。"正如我们在第三章讨论过的，汉代辞赋大家司马相如也是四川人。李白非常自信，认为自己足以与这位先代文豪相媲美。四川是当时道教信仰的中心地区，李白也深受道教思想的影响。他还喜欢剑术。所以，这也许可以解释，为什么李白虽然熟读古籍经典，但却从不参加科举考试，而且对儒生和儒家思想的看法大体上比较负面。他有一首诗，题为《嘲鲁儒》，而鲁国（今山东曲阜一带）正是孔子的出生地：

鲁叟谈五经，白发死章句。

问以经济策，茫如坠烟雾。

The Confucians of Lu talk about their five classics,

All tangled in chapter and verse till their hair turn white.

When asked about any strategies of running the state,

They get lost like falling in a dense fog with poor sight.

李白一生，一方面始终渴望跻身统治精英阶层，立下不朽功名，另一方面却也渴望退隐山野为一隐士，但又始终保持着独立人格和自由精神，坚决不肯屈从于权贵。这些思想、期望与取向南辕北辙，甚至彼此矛盾，让他的人生波折起伏、命途跌宕。但是，他无论面对希望还是挫折，总保持乐观，即便表达悲伤怨恨之情，也往往持一种积极、刚健的人生态度，从而超脱于无数挫折和失望之上。无论是他自尊自负的傲骨、独立的精神与宽广的心胸，还是无与伦比的创造力与横溢的才华，李白都堪称盛唐风骨传统与文化精神的最佳代表人物。一言以蔽之，李白是一位伟大的盛唐诗人。

2. 李白的乐府与歌行

在唐代，律诗已发展成为一种成熟的主要诗歌形式。李白也创作了不少优秀的律诗。例如，在20多岁的时候，他有一次乘船离开家乡四川，写下了《渡荆门送别》。他一改此类送别诗通常的写法，在他的笔下，相送自己远行的，不是通常意义上的朋友，而是奔流的故乡江水。这首诗广受赞誉，不仅以其写景视角广阔、所见宏大，更以其流淌着恋眷故土的暖意：

渡远荆门外，来从楚国游。

山随平野尽，江入大荒流。

月下飞天镜，云生结海楼。

仍怜故乡水，万里送行舟。

Going to Jingmen and far beyond,

I come to wander in the old state of Chu.

The mountains flatten out in the wide plane,

The river flows into the great wilderness.

The moon comes down, a flying mirror from heaven,

And clouds congregate to raise phantom towers.

Lovingly I think of the waters in my hometown,

Sending my boat off for ten thousand miles.

另一著名的例子是下面这首《夜泊牛渚怀古》。当时李白夜泊牛渚，想起了东晋的谢尚将军（308—357）曾在此地听到袁宏（328—376）自诵其诗，对袁宏的诗才赞赏不已。李白在诗中忆及这一典故，表达了自己寻求认可和欣赏的愿望：

牛渚西江夜，	In Niuzhu on the Western River at night,
青天无片云。	Not one single cloud hovers in the blue sky.
登舟望秋月，	On the boat I look at the autumnal moon,
空忆谢将军。	And think of General Xie with an empty sigh.
余亦能高咏，	I can also compose poems and sing aloud,
斯人不可闻。	But he is gone and can no longer hear.
明朝挂帆去，	When I set sail and leave tomorrow,
枫叶落纷纷。	Maple leaves will be falling everywhere.

在上一章中，我们讨论了崔颢写武汉黄鹤楼的诗，以及李白如何赞赏此诗。下面李白这首《登金陵凤凰台》的名作，显然是受到崔诗

启发，并在某种程度上有一较高下之意。这也是一首七律：

> 凤凰台上凤凰游，凤去台空江自流。
> 吴宫花草埋幽径，晋代衣冠成古丘。
> 三山半落青天外，一水中分白鹭洲。
> 总为浮云能蔽日，长安不见使人愁。
>
> Over the Phoenix Terrace once a phoenix flew,
> The phoenix is gone, the Terrace empty, only the river flows.
> The palaces of Wu are now but paths buried by wild grass,
> Those officials of Jin now all lie under ancient tombs.
> The Three Mountains are half hidden in the sky so blue,
> In the Islet of White Egrets one river cuts right through.
> The floating clouds always hover to block the sun,
> And make me sad for hiding Chang'an from my view.

李白的天性总是自由自在、无拘无束的。所以，尽管他的笔力足以写出第一流的律诗，但是相对于严格的格律限制，他其实更心仪乐府、歌行这些体裁，在创作空间与格律限制上有更多发挥的余地，而他也的确在这个领域独步天下。李白沿用旧乐府题写了很多诗，充分展现了自己独特的风格。例如，《蜀道难》本是一首乐府古题，主要抒写旅途之艰，尤其是从中原入川道路之险。然而李白再以此题创作时，既基本依循了原来的主题，又借此表达了对人生之艰的感悟。蜀是四川的简称，在地理上属于盆地，四围高山环绕，出入极难：

> 噫吁嚱，　　　　　*Yee sheew,*
> 危乎高哉！　　　　How dangerously high!
> 蜀道之难，　　　　The difficulty of the roads of Shu

难于上青天。 Is as hard as climbing up the sky.

蚕丛及鱼凫, Canchong and Yufu, the founders,

开国何茫然! How vague were their early days!

尔来四万八千岁, For forty-eight thousand years,

不与秦塞通人烟。 To the Qin they have no passable ways.

接下来，这首诗继续大胆驰骋想象，通过种种令人震撼的难忘意象与夸张铺陈，描述了蜀道不可思议的高峻与险象。这里的山峰是如此之高，即便是为太阳神引车的那六条飞龙至此，也必然畏其高峻而掉头折返；山下大河奔腾冲折，漩涡急湍密布。李白以自己独特的方式，令旧乐府诗题焕发出令人心驰神往的魅力：

上有六龙回日之高标，下有冲波逆折之回川。

黄鹤之飞尚不得过，猿猱欲度愁攀援。

Up there is the high mark the six dragons must turn back,

Down below is the raging torrent where dashing waves swirl.

Not even the big yellow bird can fly it over,

Even gibbons and apes have no way to scale.

最后，诗人重复了开头的几句，强调了蜀道之险之难：

问君西游何时还？畏途巉岩不可攀。

但见悲鸟号古木，雄飞雌从绕林间。

又闻子规啼夜月，愁空山。

蜀道之难，难于上青天，使人听此凋朱颜。

······

锦城虽云乐，不如早还家。

蜀道之难，难于上青天，侧身西望长咨嗟！

If you ask, when do you return form your journey west?

I can't climb the treacherous roads and cliffs above the vale.

I only see pitiful birds screaming among ancient woods,

Following each other around the trees, male and female.

Also hear the cuckoo crying at the nightly moon,

Piercing the empty mountain with its wail.

The difficulty of the roads of Shu

Is as hard as climbing up the sky,

And hearing this makes one turn rather pale.

…

Though the City of Brocade is wonderful,

It's better to go home of mine.

The difficulty of the roads of Shu

Is as hard as climbing up the sky,

Looking westward, I let out a long sigh!

"锦城"就是今天四川的省会成都，汉初以来便以出产优质的细绸与蜀锦而闻名。诗人表示，连游览成都这样的乐事，都只能忍痛放弃（"锦城虽云乐，不如早还家"），进一步强调了入川路途之难。

李白还有一首改写旧乐府的名作《将进酒》。在这首诗中，他以一种自然的、几近时人对话的语言，以令人心旌动摇的一系列意象表达了人生苦短、及时行乐的思想：

君不见黄河之水天上来，奔流到海不复回。

君不见高堂明镜悲白发，朝如青丝暮成雪。

人生得意须尽欢，莫使金樽空对月。

天生我材必有用，千金散尽还复来。

177

Dear friends, don't you see

The Yellow River gushes from the sky

And rolls down straight to the sea!

Don't you see how sad those in the hall,

Looking in the mirror how white their hair grow,

That was like black silk in the morning,

But in the evening turned to snow!

Make the best of this life while you can,

Never hold an empty golden goblet to the moon.

The heaven-gifted talent must have its use,

The thousand gold spent will come back soon.

乐府的句子可长可短，使诗人得以充分自由地一抒胸臆。李白将饮酒作为一种消解人生愁苦的方式。"天生我材必有用"，则充分体现了他的自负。在诗中，李白继续写道：

与君歌一曲，请君为我倾耳听。

钟鼓馔玉不足贵，但愿长醉不用醒。

古来圣贤皆寂寞，惟有饮者留其名。

……

五花马，千金裘，呼儿将出换美酒，与尔同销万古愁。

Let me sing you a song;

Do give me your ears, please!

Don't value bells, drums, and delicacies,

We only hope to get drunk and sleep in peace!

All the saintly and the wise have sunk into oblivion,

Only the names of good drinkers forever live on.

…

The valued piebald horses and expensive garments,

Take them all out in exchange of fine wine,

Let's wash away worries of everlasting time.

李白也尝试过边塞诗，同样非常出色。例如，下面这首是他的《塞下曲六首》其一：

五月天山雪，无花只有寒。

笛中闻《折柳》，春色未曾看。

晓战随金鼓，宵眠抱玉鞍。

愿将腰下剑，直为斩楼兰。

The snow in May on the Tianshan mountains

No flakes but only coldness it would bring.

You may hear *Pluck the Willow* played on the flute,

But they have never seen the color of spring.

Following the drums they wage morning battles,

At night they sleep, holding their saddles in hand.

They would use the swords girdled at the waist

To cut off and destroy the tower of Loulan.

我们可以回忆一下，上一章讲到过王昌龄的一首边塞诗《从军行七首》其四，这两句可谓千古传诵："黄沙百战穿金甲，不破楼兰终不还！"李白的诗歌同样震撼人心。在唐诗中，楼兰象征着西域的敌人，当时对大唐构成了威胁。

李白诗歌最突出的特点，莫过于他那自由奔放、诗出天成的风格，那些诗句与奇瑰的想象，仿佛是脱口而出，一挥而就。他的许多诗歌都是这类的创作典范。下面这首《峨眉山月歌》，是他724年离家四处求取功名时写的，诗中提到的四川峨眉山，象征着诗人的家乡：

> 峨眉山月半轮秋，影入平羌江水流。
> 夜发清溪向三峡，思君不见下渝州。
>
> The autumn moon in Mount Emei looks like half a wheel,
> Its shadow sinks into the Pingqiang River and flows away.
> Leaving Qingxi at night towards the Three Gorges,
> To Yuzhou I am now going, while missing you all the way.

从那时起，李白诗中便经常出现思乡这个重要主题。知名度最高的一首，大概是这首明白晓畅却牵动亿万人心的绝句《静夜思》：

> 床前看月光，   Seeing the moonlight in front of my bed,
> 疑是地上霜。   I wonder whether it's frost on the ground.
> 举头望山月，   Lifting my head I look at the mountain moon,
> 低头思故乡。   Lowering my head I miss my old home.

李白也有过自己的高光时刻。唐玄宗曾对他的诗才大加赞赏，然而那段际遇犹如彗星划过天空，光芒灿烂却转瞬即逝。李白虽然感到沮丧，但他的精神却从未囿于那些世俗琐事与嫉妒小人。在被迫离开长安时，李白写下了一首以惊人想象著称的《梦游天姥吟留别》，与友人们道别。这首诗写的是他的一个梦境——他在梦中游览了美丽的天姥山（地处今浙江），以表现他自由的精神人格。事实上，李白一生从未到过天姥山；但是哪怕缺乏真实的经验，或者说，恰恰正是因为缺乏这种经验，他反而能够任凭想象驰骋，从而更加生动地将梦中的天姥山描绘为美丽的仙境。在他的笔下，有崎岖的山路悬崖、奇艳的花朵、奇崛的山石与深邃的岩洞，熊罴蛟龙咆哮不休，闪电在霹雳声中映亮了起伏的山峦，云中飞仙纷纷骑着老虎、驾着鸾车降临。这时，梦突然醒了，他意识到世间欢乐之逝，亦如此梦一般。李白继续写道：

> 忽魂悸以魄动，恍惊起而长嗟；
> 惟觉时之枕席，失向来之烟霞。
> 世间行乐亦如此，古来万事东流水。
> 别君去兮何时还？且放白鹿青崖间，须行即骑访名山。
> 安能摧眉折腰事权贵，使我不得开心颜！
>
> Suddenly my heart and soul twitched,
> And I woke up startled with a sigh;
> Being aware only of my bed and pillow,
> But no more of that fantastic sight.
> That's how the world's joys all end,
> Like water running away to the east.
> Now I take leave; when shall I be back?
> I'll raise a white deer in green hills and ride
> To famous mountains whenever I please.
> How can I bend and bow down to those in power,
> Feeling depressed and can't freely breathe?

最后两句让我们又看到了李白的本性，他的自由精神和人格尊严是无可压抑的，总是对人生怀有积极进取的态度。他另一首名作《宣州谢朓楼饯别校书叔云》，再次清晰呈现了这一特质：

> 弃我去者，昨日之日不可留；
> 乱我心者，今日之日多烦忧。
> 长风万里送秋雁，对此可以酣高楼。
> ……
> 抽刀断水水更流，举杯消愁愁更愁。

人生在世不称意，明朝散发弄扁舟。

What had forsaken me yesterday

Cannot be retained;

What troubles me at heart today

Only makes me resent.

The chilly wind sends the geese away for ten thousand miles;

But here on this tower, I'll drink to my heart's content!

...

I draw my sword to cut waters, but the waters still flow;

I raise my cup to quench sorrows, but sorrows still grow.

If frustrated and unhappy in life, then tomorrow

With loosened hair, away on a small boat I will go.

　　与其他诗人一样，李白也经常写一些关于孤独、饮酒和月亮的诗歌，但他却能匠心独运，将孤独的场景写得优美动人，其妙处他人难及。李白也如陶潜一般嗜酒好饮，且好一人独酌，而丝毫不见颓态。下面这首便是他的名作《月下独酌》：

花间一壶酒，	With a flagon of wine among flowers,
独酌无相亲。	I drink alone with no company.
举杯邀明月，	Holding up my cup I invite the moon,
对影成三人！	And with my shadow we become three!
月既不解饮，	The moon doesn't understand drinking;
影徒随我身。	My shadow follows my moves in vain.
暂伴月将影，	For now I take them for my companions
行乐须及春。	To have fun in this time of spring.
我歌月徘徊，	The moon roams around when I sing;
我舞影零乱。	When I dance, my shadow's confusedly bent.

醒时同交欢，	In soberness we are happily bound,
醉后各分散。	When drunk, we go our separate ways.
永结无情游，	We form a company with no attachments,
相期邈云汉。	And expect to meet again in the Milky Ways.

诗人月下独酌，却将月亮与自己的影子拟人化，形成一个有"三人"的伴侣，尽管另外两位作为酒友或舞伴并不完全够格。这是奇妙的想象吗？还是"酒仙"式纯粹的狂放？关键正在于如诗人告诉我们的那样，"行乐须及春"。面对这种热情拥抱生活的态度与时光的馈赠，读者总是可以从中汲取一种积极的能量，从而为他的理想主义精神所感染。这正是李白与他诗歌的典型表现，也是盛唐精神的典型代表。

　　无论是夜晚洒下闪烁的银光，还是阴晴圆缺的变化，月亮自古以来便令人类着迷，不仅是中国诗歌中最受欢迎的歌咏对象，在整个东方诗歌中亦然，也经常出现在波斯、突厥和阿拉伯的文学作品中。在古老的《诗经》和许多其他诗文中，我们已经多次读到月亮的形象；南朝的谢庄（421—466）有一篇《月赋》写道："美人迈兮音尘阙，隔千里兮共明月。"我们在上一章也讨论了张若虚的名篇《春江花月夜》，诗人提出了这样的问题：

江畔何人初见月？江月何年初照人？
人生代代无穷已，江月年年望相似。
Who was the one who first looked at the moon by the river?
When did the river moon on a human being first shine?
Humans come and go one generation after another,
And look at the same moon on the river year after year.

围绕月亮这一主题，李白也有一首佳作《把酒问月》。他化用了上述谢庄和张若虚二人之作，特别是引述的张若虚的那几句，以明丽飘逸的笔触，进一步深化了这一主题：

> 青天有月来几时？我今停杯一问之。
> 人攀明月不可得，月行却与人相随。
> ……
> 今人不见古时月，今月曾经照古人。
> 古人今人若流水，共看明月皆如此。
> 唯愿当歌对酒时，月光长照金樽里。
>
> Since when has there been the moon in the sky?
> Put down my cup, I would like to ask tonight.
> Though humans cannot climb up to the moon,
> The moon can always follow humans with its light.
> …
> People today cannot see the moon of ancient time,
> But the moon tonight on the ancients did shine.
> Past or present, people flow away like waters,
> But they look at the same moon and share its light.
> Let's only hope when we sing and drink our wine,
> In our golden cups the moonlight is always bright.

李白在诗中所问，具有一种哲理旨趣：诗歌的主题是关于人类存在的短暂性和自然的永恒性，以及尽管逃不开生死变易，但人类经验却仍然具有一定的"人同此心"的共通性。尽管已然意识到人生苦短、天地永恒，但李白最后还是以尽可能及时行乐的积极态度收尾。通过"问月"与相应的哲学思考，诗人表达了对这些引人深思的话题的看法。这也是后世其他伟大诗人进一步探讨的主题，我们将在之后的章节陆续读到。

3. 李白的绝句

在中国古典诗歌中，绝句是与律诗一同发展起来的。二者格律都同样严格，但绝句是四句，律诗是八句，所以绝句的篇幅基本是律诗的一半。也有一些较早的绝句不讲求格律，诗人的表达也更为自由。但不论如何，在短短四句中充分地抒发诗思，是一种不小的挑战。李白几乎在五绝（每句五字）和七绝（每句七字）上都臻于极境。这样的短绝句，无论是与他奔涌而出的抒情方式，还是浑然天成的诗歌想象都堪称绝配。我们上文提到过他著名的思乡绝句《静夜思》，他见月光照地而疑为秋霜，而下面这首绝句《秋浦歌》其十五则再次运用了寒凉的秋霜这一意象，只是所暗指之事不同：

白发三千丈，	With white hair three thousand feet long,
缘愁似个长。	I know it's sorrow that has made it so.
不知明镜里，	But looking at the mirror, I don't know
何处得秋霜。	How it's so colored by frost in the fall.

第一句当然又是典型的李白式的夸张，却令读者一读难忘，强烈抒发了愁苦令人深觉年华衰残之意。而在下面这首绝句《劳劳亭》中，离思之悲则以一种晓畅而相当微妙的方式表达出来：

天下伤心处，	No place is more sorrowful under heaven
劳劳送客亭。	Than the Pavilion where one sends off a friend.
春风知别苦，	Knowing how sad departure is, the spring wind
不遣柳条青。	Does not allow willow leaves to turn all green.

在中国古代，折下一根长长的柳枝遥寄远方，向朋友或爱人以示眷恋，是一种古老的习俗。"柳"与"留"同音，因此"柳"的意象也暗示了"留"住朋友、不忍分别之意；细长的柳枝亦象征着纽带，将人们紧紧系在一起。在这首诗中，春风被拟人化了，似乎它也不想让人们分别，故而不许那枝上的嫩芽变成修长的绿叶，哪怕春来物候本应如此。这番诗思淳朴却触人情肠，语言平实，感人至深。

李白还有一首写离别的著名绝句《黄鹤楼送孟浩然之广陵》，常被认为是唐代最好的绝句之一。李白与孟浩然是好友，我们在上一章讨论过李白的诗《赠孟浩然》，表达了对友人的高度敬仰："高山安可仰，徒此揖清芬。"在这首送别诗中，李白见挚友乘一片"孤帆"沿长江而下，逐渐消失在视线中，胸中友情与离愁奔涌而出，化作优美的诗句，成为千万中文读者的最爱。其中第二句"烟花三月下扬州"，已成为江苏扬州的标志性画面：

故人西辞黄鹤楼，烟花三月下扬州。
孤帆远影碧空尽，唯见长江天际流。
At the Yellow Crane Tower my friend leaves westward
To Yangzhou in March with blossoms hazy and blurred.
The shadow of the solitary sail fades in the blue sky,
Only the Yangtze River flows to the end of the world.

李白在面对权贵富豪时或许高傲自负，但却能向地位普通的真正朋友敞开心扉。下面这首《赠汪伦》也是他的名作：

李白乘舟将欲行，忽闻岸上踏歌声。
桃花潭水深千尺，不及汪伦送我情。
Li Bo heard singing and stamping on the shore

When he was aboard a ship and about to leave.

The Peach Blossom Pond may be a thousand feet deep,

But not as deep as Wang Lun's feelings for me.

我们在上一章曾讨论过王维送别日本朋友阿倍仲麻吕（中文名晁衡）的诗。当时，晁衡乘船返回日本途中，船只不幸失事，他却侥幸生还。然而，当李白得知沉船的消息时，因不知晁衡后又回到长安，遂写下了这首《哭晁卿衡》，痛悼挚友之死：

日本晁卿辞帝都，征帆一片绕蓬壶。

明月不归沉碧海，白云愁色满苍梧。

My friend Chao from Japan left the royal capital,

And circled around Isle Penglai on his boat eastbound.

The bright moon sank in the blue sea with no return,

All the white clouds look sad on the Cangwu Mount.

在离别与友谊的诗歌之外，李白还写下了许多优美的山水诗，让我们从这类诗歌中也能一睹李白式的大胆想象和奇丽意象。下面这首《望庐山瀑布》其二，写的是庐山香炉峰瀑布：

日照香炉生紫烟，遥看瀑布挂前川。

飞流直下三千尺，疑是银河落九天。

Purple smoke rises from the Incense Burner under the sun,

From afar one can see a waterfall hanging on its front.

The flying stream comes down all three thousand feet,

One wonders a river from the ninth heaven is falling down.

我们可以回想一下，上一章讨论过张九龄的一首诗，写的也是这同一座庐山瀑布。前几句是这样的：

万丈洪泉落，	From ten thousand feet a shining stream falls
迢迢半紫氛。	With a vaporing purple color half its length.
奔流下杂树，	It runs through all the trees and shrubs,
洒落出重云。	And sprinkles out of the clouds in all its strength.

李白与张九龄都写出了阳光下瀑布蒸腾的紫氛，都堪称佳作。然而相比之下，李白诗中的意象则展现出更为大胆的想象力，也更令人叫绝。他的语言自然奔涌、不事雕琢，这永远是李白最令人推崇之处。在自然题材的诗歌写作中，李白经常以一种有趣的哲学思辨方式引出个人的主体性存在，下面这首《独坐静亭山》就是一个很好的例子：

众鸟高飞尽，	All the birds have flown away,
孤云独去闲。	A lonely cloud passes leisurely by.
相看两不厌，	Never get tired of looking at one another
只有敬亭山。	Are only the Jingting Mountain and I.

诗人看着山，而拟人化的山也回看着他：在"相看"中，主体性与客体性似乎已是你我不分，可谓妙趣横生。人与自然形成了一种整体和谐，并且这种曲笔的道家自然观并非平铺直叙，而是在读者的咀嚼中逐渐浮现的。李白另一首绝句《山中问答》也是如此：

问余何意栖碧山，笑而不答心自闲。

桃花流水杳然去，别有天地非人间。

Why would I dwell in the green mountains? You ask.

I smile but give no answer, feeling calm at heart.

Peach blossoms fall and are borne away by flowing waters,

It's another heaven and earth, quite out of this world.

虽然这首诗题为"山中问答"，但诗人并没有回答"何意栖碧山"这个问题。他通过展示美丽的桃花、花瓣凋落并随流水杳然而去等一系列景象，表达了这山中正是"别有天地非人间"。他似乎暗示了一个更加丰富、更有意义的答案，任何冗长的解释都难以企及。在他笔下，自然之美呈现以灼灼的桃花，这在一方面或构成了对陶潜的名篇《桃花源记》（之前在第四章曾讨论过）的暗指，另一方面也有对光阴流转、万物终将凋零的感慨，正如桃树的落英随溪水永逝一般，故而或许也能从中读出些微的失落与伤感。然而，正如道家哲人庄子所主张的，人类应该与自然保持和谐，接受万物变迁的自然循环，这样方能"心自闲"。上述种种都是这个答案的可能，读者可以自由想象并构建属于自己的答案。全诗并不直接回答首句的提问，反而得以超越字句的藩篱、抒发言外之意，在中国文学传统中，这正是诗歌语言的重要特质。

在中国文学史上，李白是最伟大的诗人之一，享有极其崇高的地位。这不仅缘于他那魅力无限的人格、不屈不挠的独立精神，更因为他那浑然天成一泻千里的诗才、向我们呈现的非凡的诗歌想象、惊人的文学意象，其笔力无人可及。自中唐以来，李白与杜甫一直并称，被誉为诗坛的两座高峰，即便杜甫的声誉在宋代似乎更高一筹，但在中国古典文学的苍穹中，李杜始终是绝大多数评论家心目中最为耀眼的双星。

4. 李杜：友谊与比较

745年左右，李白在洛阳第一次见到了杜甫，这时他已从朝廷"赐金放还"了，对那些嫉妒他的天才、容不下他独立人格的小人满怀怨愤。那时的李白已是名满天下，人称"谪仙人"，而杜甫比起自己多年后才赢得的声誉，当时只能算是尚未起步。一见之下，杜甫立刻成了李白的崇拜者，整个余生都对这位天才钦佩不已，尽管他们后来见面机会并不多。下面这两首诗，正是李杜二人友谊的体现。他们曾在北方与东南多地结伴行游，后来李白独自回到了山东沙丘的住所，这里在春秋时期属于齐鲁之地。他在这里写下了《沙丘城下寄杜甫》，在诗中他寄情于汶河之水，希望这河水一路奔流向南，向杜甫寄去他的友情与思念：

我来竟何事，	What do I come here for?
高卧沙丘城。	Lying in Shaqiu city at its height.
城边有古树，	The city has ancient trees nearby,
日夕连秋声。	Rustling with autumnal sound day and night.
鲁酒不可醉，	The wine from Lu is too weak to get drunk,
齐歌空复情。	The song from Qi is unmoving with empty notes.
思君若汶水，	Thinking of you like the waters in the Wen River,
浩荡寄南征。	With its rolling waves to the south it flows.

后来，杜甫又随李白游历了山东。分别之际，李白写下了另一首诗《鲁郡东石门送杜二甫》以送友人：

醉别复几日，	Not so many days before we'll part in drinking,
登临遍池台。	Let's climb all the terraces along the waterline.
何时石门路，	When will be the time when the Stone Gate
重有金樽开？	Open again for our golden goblets with wine?
秋波落泗水，	Autumnal waves fall in the Sishui River,
海色明徂徕。	At Culai the sea looks brilliant and grand.
飞蓬各自远，	Like tumbleweed we'll be blown far apart,

且尽手中杯。	So let's empty the full cup in our hand.

在这两首名作中，李白对杜甫这位好友可谓十分欣赏。但相比之下，杜甫则写下了更多关于李白及他们二人友谊的诗。杜甫比李白年轻11岁，对李白十分敬仰，毫无保留。在下面这首诗《与李十二白同寻范十隐居》中，他称颂了李白的天生诗才，抒发了手足般的深情，并回忆了二人共同拜访过的一位著名隐士：

李侯有佳句，	Lord Li has excellent poetic lines,
往往似阴铿。	Often as fine as those by Yin Keng.
余亦东蒙客，	I am myself like a hermit from Dongmeng,
怜君如弟兄。	And I love you like a brother of my own.
醉眠秋共被，	When drunk we slept and shared a quilt,
携手日同行。	By day hand in hand we walked and set forth
更想幽期处，	To find yet another secluded place,
还寻北郭生。	In search of our friend in the city north.

阴铿（约511—约563）是一位南朝诗人，在唐代非常有名。当然，他后来的诗名在李杜面前黯然失色，但当杜甫写下这首诗时，他仍然是唐人心目中的诗坛大家，杜甫也正因此将他与李白相比。在另一首诗《春日忆李白》中，杜甫将李白与我们在第五章讨论过的两位大诗人相比，认为李白的语言清新不亚于庾信，而诗风之俊逸更足与鲍照媲美：

白也诗无敌，	Li Bo's poetry has no rivals,
飘然思不群。	His lofty ideas are far beyond the crowd.
清新庾开府，	His freshness matches that of Yu Xin,
俊逸鲍参军。	Like Bao Zhao he feels justly proud.

杜甫常常忆及李白，而我们也可以从《杜工部集》等看到，他在不同人生阶段怀念李白的诗歌累计竟有十数首之多。在下面这首《寄李十二白二十韵》中，杜甫回忆了李白的几个闪耀时刻，例如，贺知章与李白会面并呼以"谪仙人"、唐玄宗的赏识令他名扬四海等等，并预言李白的作品必将千古流芳：

昔年有狂客，	In that bygone year a crazy fellow
号尔谪仙人。	Called you a banished immortal.
笔落惊风雨，	Your brush fell to startle wind and rain,
诗成泣鬼神。	Your poem made gods and ghosts wail.
声名从此大，	Your fame grew bigger ever since,
汩没一朝伸。	And at once lifted you from obscurity.
文彩承殊渥，	Your literary talent received special favor,
流传必绝伦。	Your poems will live on with no rivalry.

756年，时逢安史之乱，唐玄宗之子永王李璘（720—757）在南方拥兵割据，邀李白入幕府。当时李白在庐山隐居，恰在李璘实际控制之下，故也表示同意。然而，在此期间，玄宗第三子李亨（711—762）即位为唐肃宗，始终将这个割据南方的弟弟视为心头之患。肃宗召李璘入朝，却遭拒绝。于是，757年，肃宗指李璘反叛朝廷，并发兵南下征讨，李白也被卷入了这场李唐皇室的政治斗争。后来李璘兵败被杀，李白也被逮捕，并被流放到西南边陲的"夜郎国"（今贵州东部）。759年，李白获得赦免，渐得返回中原。762年，他去安徽投奔时任当涂县令的亲戚李阳冰，但李白当时已经病重，当年就去世了，享年61岁。

李杜二人自从745年在山东兖州分别之后，再也无缘相见，但杜甫之后却写下了很多诗歌，表达对李白的牵挂与担忧。特别是当李白被控叛国罪并遭流放夜郎时，杜甫在《不见》中表达了对李白才华的赞赏，尤其在道义上表示对李白的坚定支持：

不见李生久，　　　I haven't seen Li for a long time,
佯狂真可哀。　　　It's sad that madness he would pretend.
世人皆欲杀，　　　Even when everyone wants him dead,
吾意独怜才。　　　I for one would value his great talent.

而在下面这首《天末怀李白》中，杜甫惟愿鸿雁可以为自己捎来李白的消息，尽管他知道这不太可能。他将李白比作伟大的诗人屈原，其为奸佞谗臣所妒，渐被怀王疏远，最终在汨罗江投水自尽：

凉风起天末，君子意如何？
鸿雁几时到，江湖秋水多。
文章憎命达，魑魅喜人过。
应共冤魂语，投诗赠汨罗。

Cold wind arises at the end of the earth,

What do you intend to do, my friend?

When will the geese arrive? But in autumn,

Waters in all rivers and lakes continue to ascend.

Good writing doesn't go well with good fortune,

Water monsters like to lure people passing by.

We may converse with the soul of the wrongly dead,

And throw poems to the Miluo and let them fly.

杜甫还以《梦李白》为题写过两首诗。他曾连续三夜梦见李白，而他关心的却是对方是如何逃出罗网，与自己在梦中相会的：

故人入我梦，　　　My friend comes into my dream,

明我长相忆。　　　　　Knowing I have long thought of him.

君今在罗网，　　　　　But you are now caught in the net,

何以有羽翼。　　　　　How come you have wings for your limbs?

　　所有这些诗都是感人的见证，铭刻了中国历史上最伟大的两位诗人——李白与杜甫之间的伟大友谊，尽管二人在各方面可谓不同至极。李白是一个真正的天才，于俗世间超凡不群，其才浑然天成，无论是诗思还是人生都无拘无束、大胆奔放，并不那么以孔子或儒家传统为法。然而，他在世时即为时人赞叹钦慕不已，疑为诗仙降世，呼之为"谪仙人"。他的乐府与歌行冠绝天下，诗歌每每自然天成，奔出胸臆。李白的风格，用他自己的话描述最为合适："清水出芙蓉，天然去雕饰。"（《书怀赠江夏韦太守良宰》）如果说李白受道家影响更明显，那么杜甫则更近儒家，更符合儒家的道德规范。从一开始，杜甫的政治理想就是"致君尧舜上，再使风俗淳"（《奉赠韦左丞丈二十二韵》）。杜甫最擅律诗，遣词造句无不用心。他自己也说："为人性僻耽佳句，语不惊人死不休。"（《江上值水如海势聊短述》）在之前讨论过的《饮中八仙歌》中，我们已窥见杜甫笔下那幅诗自天成的"酒仙"肖像——"李白斗酒诗百篇"。巧的是，李白也曾在《戏赠杜甫》中以诗写杜，不过他勾勒的显然是一幅幽默的漫画，调侃杜甫作诗努力太甚，人也几乎为之瘦损：

饭颗山头逢杜甫，头戴笠子日卓午。

借问别来太瘦生，总为从前作诗苦。

On the Fanke Mountain I bumped into Du Fu,

Under the midday sun, he wore a hat of bamboo.

Why are you so thin since we last met, I asked.

It must be too hard in working your verses through.

如果说，李白更多书写了自己——他的个人欲望、幻想和情感，载之以更为自由的古风与歌行，那么杜甫则是以更严格的律诗为载体，更多展示了对时代与民生的忧心，更多地记录了普通百姓的苦难与大唐帝国的衰落。李白的风格自成一家，而杜甫不仅写下了自己的人生经历，更借此表达了那个时代的痛苦。这两位伟大的诗人，在诗歌艺术高度上难分伯仲，但确实迥然不同，因为从根本上说，他们其实经历过并代表着两个不同的时代。

5. 时局之变与诗圣杜甫

在个性特征与写作风格之外，造成李白和杜甫如此不同的原因，在一定程度上也与"安史之乱"（755—763）这一历史事件有关。太宗时期，唐朝崛起成为大国并控制了西域广大地区，当地政权均尊唐太宗（599—649）为共主，呼之为"天可汗"。此后100多年来，唐朝都与西域诸国保持着相对稳定的关系，从唐初开始即一直任用少数民族将士戍守边疆。而这一切却在755年彻底改变了，突厥-粟特族将军安禄山（703—757）起兵反叛唐朝。"禄山"译自他的粟特语名字Rokhshan，他深受玄宗和宠冠后宫的杨贵妃信任，一人兼任北境三支兵马的节度使，从而攫取了黄河下游以北全部地区的控制权。如此大权独揽之下，安禄山决定不再为大唐尽忠，而要自立为帝。于是，他于755年兴兵造反，死后又由其追随者史思明（703—761）为首继续叛乱，一直持续了八年之久，史称"安史之乱"，对中国北方的大部分地区造成了严重破坏。安史之乱造成了巨大的生命损失与社会基础设施的摧毁，对社会文化生活的许多方面都产生了深远的影响，自然也影响了当时的文学，为盛唐时代画上了句号。

李白在年轻时就已广有诗名，誉满天下，他的诗歌可视为"安史之乱"前盛唐精神的最佳代表。而杜甫的人生，则更多地卷入了这场反叛的灾难与战争的破坏，故而也更为直接地与当时人民罹受的苦难相系。这是一个重要的转折。从魏晋到盛唐，之前很少有诗人认真奉行儒家的诗歌观，以诗歌作为道德与政治的教化工具，而多以个人风格表达自我的情感与愿望，同时也颇注重语言的审美功能。在诗歌发展的道路上，从魏晋时期的曹植到南北朝的沈约、陆机等，我们可以梳理出一种不断锤炼诗歌语言、使之愈发精致的一贯趋势。虽然唐朝有些诗人对南朝诗歌进行了严厉的批评，但较之一味拒绝汲取前人精华，文学上的延续传承确实更为重要。李白作诗之际，尽可以豪迈激昂、情感喷涌，充分表达个人情怀；但之后由于安史之乱的影响，诗歌与社会及政治状况的关联更加增强，而诗歌应为道德与政治教化所用的儒家观念，也比从前有了更大的影响力。国家意识增强而个人意识减弱，所有这些重大变化，都在杜甫的诗作中得到了最佳呈现。在杜甫的作品中，那种强烈的个人风格与对诗歌形式尽善尽美的追求，显然是对盛唐历史高点的延续，但与此同时，杜甫其实更多地书写着那个社会与时代，而不仅仅是自己的人生。

　　杜甫（712—770）出生于河南巩县，在盛唐时期度过了青春年华。33岁这年，他在洛阳遇到了李白，并建立了一生的友谊。和当时许多年轻文人一样，杜甫极度渴望建功立业，雄心勃勃，在一首写泰山的诗中意气风发道："会当凌绝顶，一览众山小。"他35岁时来到长安，自以为作为同辈中的佼佼者，必然一举成功，但却很快便陷入了挫折与失望。在长达十年的时间里，他无人赏识，生活困窘，蘸着痛苦与沮丧在《奉赠韦左丞丈二十二韵》中写道：

朝扣富儿门，	Each morning I knocked at the door of the rich,
暮随肥马尘。	At dusk I followed the dust of their fat horse.
残杯与冷炙，	Drinking leftover wine and eating cold food,
到处潜悲辛。	Every bit fraught with bitterness and remorse.

当时大唐已现颓兆，而杜甫则将目光与诗才都转向了普通民众的苦难。752年，他写下了一首关于战争征兵的名作，题为《兵车行》：

车辚辚，马萧萧，行人弓箭各在腰。
耶娘妻子走相送，尘埃不见咸阳桥。
牵衣顿足拦道哭，哭声直上干云霄。
Chariot wheels are squeaky, horses are neighing,
Men are all girded up with arrows and bows.
Their parents and wives are sending them off,
Soaring dust covers the Xianyang Bridge in a shroud.
They hold their clothes and stamp the ground,
Their bitter cries rise straight up to the clouds.

他继续描述当时男性的可怕命运：从青年时期便被征为边境戍卒，直至垂暮之年仍在军中戍守，而他们家中因缺少劳力，田地荒芜，却仍然面临着沉重的赋税压力；还有许多士兵战死，暴尸沙场，无人收还。诗中接着以某戍卒父母的口吻诉道：

信知生男恶，反是生女好。
生女犹得嫁比邻，生男埋没随百草。
君不见青海头，古来白骨无人收。
新鬼烦冤旧鬼哭，天阴雨湿声啾啾。
If we knew it was so ill-fated to have sons,
We would rather prefer daughters at home.
Daughters can yet be married to some neighbors,
Sons are buried in wilderness with grass and thorn.
Don't you see, sir, that west of Qinghai, no one
Collects the white bones since ancient time there lain;

New ghosts join old ones in cry and complain,

And their bitter wailing can be heard in the chilly rain.

这首诗标志着杜甫诗歌的一个转折点：从这一刻开始，诗人开始透过自己的苦难经历抒发忧国忧民之情。他还写下了许多揭露社会腐败和极度不公的诗歌，在《自京赴奉先县咏怀五百字》这首诗中，他留下了这样的名句：

朱门酒肉臭，路有冻死骨。

荣枯咫尺异，惆怅难再述。

In the red gates are wine and meat gone bad with a stench,

By the roadside lie the bones of those frozen to death.

Within a few inches the thriving and the dying are so different,

It fills me with such sadness that I have no words to express.

755年安史之乱爆发时，杜甫与家人正在鄜州。然而，756年，他听说唐肃宗已在凤翔即位，即赶去投奔新朝廷，但中途却被叛军俘获，带到已经陷落的长安。幸运的是，由于他不是重要官员，并没有被关入监狱。他牵挂着家人，写下了一首非常动人的《月夜》，表达对留在鄜州的妻儿的思念：

今夜鄜州月，	Tonight, in Fuzhou this moon
闺中只独看。	She must be watching in her room alone.
遥怜小儿女，	Lovingly I think of our small children,
未解忆长安。	Chang'an is too vague a memory for them.
香雾云鬟湿，	Her soft hair must be damp in the fragrant fog,
清辉玉臂寒。	While cold moonlight falls on her white arm.
何时倚虚幌，	When can we all stand by the thin curtains

双照泪痕干。　　　　　And let the moon shine on us and dry our tears?

757年春天，杜甫仍困在被叛军洗劫一空的长安。他在这年写下了著名的《春望》，描绘这座沦陷的都城，抒发家国之忧：

国破山河在，城春草木深。
感时花溅泪，恨别鸟惊心。
烽火连三月，家书抵万金。
白头搔更短，浑欲不胜簪！

The state is broken, though hills and rivers remain,

The city is all covered with tall grass in spring.

Touched by the times, even flowers are shedding tears,

Even birds are startled at heart, saddened by separation.

Burning for three months now are the fires of war;

A letter from home would be worth more than gold.

My white hair has been scratched so thin

That it now can hardly hold even a hairpin!

最终，杜甫逃出了长安，投奔肃宗在凤翔的临时朝廷，并于757年5月获任一小官，但很快又因卷入宫廷政治斗争，被贬至更低的职位。这年秋天，他回鄜州看望家人，并在暂住的羌村写下了《羌村三首》，以下是其一：

峥嵘赤云西，日脚下平地。
柴门鸟雀噪，归客千里至。
妻孥怪我在，惊定还拭泪。
世乱遭飘荡，生还偶然遂。
邻人满墙头，感叹亦歔欷。

夜阑更秉烛，相对如梦寐。

Mountain-like red clouds piled up in the western sky,

The setting sun sent its rays to the lowly ground.

Birds twittered at the wooden gate, the traveler

Was back from a thousand miles, homeward bound.

My wife was surprised to find me yet alive,

After initial shock, she's still wiping her tears.

Survival and return are indeed rare affairs

Amidst the uncertainties in these chaotic years.

Neighbors gathered around our fence walls,

And in wonderment all moved to heave a sigh.

At night we lit up another torch, like a dream,

And sat facing each other in the dim light.

758年，唐朝军队在邺城战败，因兵力不足，甚至不得不征召老年人入伍为军。759年，杜甫写下了他著名的系列诗歌"三吏""三别"，笔下皆是他从洛阳前往华州任职一路所睹，无不令人心碎。下面这首《石壕吏》是"三吏"之首，以满溢写实的笔触，讲述了一个辛酸的故事：

暮投石壕村，	In the evening I took lodging at Shihao Village,
有吏夜捉人。	At night an official came to round up all.
老翁逾墙走，	The old man escaped by climbing over the wall,
老妇出门看。	And the old woman went to answer the door.
吏呼一何怒！	How angrily the official shouted at them!
妇啼一何苦！	How bitterly the old woman kept weeping!
听妇前致词：	She went up and made her plea:
"三男邺城戍。	"My three sons all soldiers in Yecheng to fight.

一男附书至，	One son has sent a letter to report
二男新战死。	His two brothers in battle had just died.
存者且偷生，	The living but cheat death and barely get by,
死者长已矣。	The dead in the ground will forever lie.
室中更无人，	No one is now in the house
惟有乳下孙。	Except my grandson still unweaned.
有孙母未去，	The baby's mother is still here,
出入无完裙。	But she has no proper dress to go around.
老妪力虽衰，	Though I am old and frail, but I pray
请从吏夜归。	You take me tonight as a deal.
急应河阳役，	Hurry to the battlefield at Heyang,
犹得备晨炊。	"I may still prepare the morning meal."
夜久语声绝，	Deep in the night no more voice,
如闻泣幽咽。	But bitter sobbing I seemed to hear.
天明登前途，	At dawn I started my journey again,
独与老翁别。	And only to the old man to bid farewell.

在"三别"之《新婚别》中，杜甫写道，一个年轻女子刚刚度过新婚之夜，次日清晨就不得不目送丈夫离家参军打仗。以下是这首诗的前几句：

兔丝附蓬麻，	Tendrils attached to small hemps
引蔓故不长。	Can never spread out and grow.
嫁女与征夫，	A woman married to a soldier
不如弃路旁。	Is as good as thrown to the road.
结发为君妻，	Though I am wedded to be your wife,
席不暖君床。	Our wedding bed is hardly warm.
暮婚晨告别，	Married in the evening, but left at dawn,

| 无乃太匆忙！ | It is too hasty, and too soon! |

杜甫的许多诗歌，都以如此生动的细节描述了安史之乱的创伤与大唐帝国的衰落，因而每被誉为"诗史"。然而，杜甫并不只是停留在讲故事或旁观的层面，而是以亲身经历融入了那个时代的苦难艰辛。在他的诗歌中，我们可以清楚地看到一位品格正直的作者形象，具有深切的同情心和强烈的正义感。他的诗歌尤其能在艰辛时世中引人共鸣，这也为他赢得了"诗圣"的美誉。的确，杜甫的诗歌以生动难忘的意象描绘了一幅幅历史场景，但其诗歌旨趣并非历史记叙本身。在他之前已有许多诗人用过叙事技巧，但杜甫完美糅合了叙事与抒情，在诗歌中达到了最佳效果。杜诗之伟大，不仅在于他能为人民的苦难发声，始终抒发着对国家的忠诚，更在于他炼字炼句煞费心力，每能触动读者心弦，一读之下，久久难忘。就像他在诗中的自述："为人性僻耽佳句，语不惊人死不休。"

759年秋天，在兵火与饥荒之下，也因为仕途希望幻灭，杜甫辞去了化州参军一职，与家人迁往四川成都，暂时远离了战乱喧嚣。虽然当地物资匮乏，但幸赖当地一些官员朋友的帮助与保护，杜甫在成都这四年多，一直过着相对平静宽裕的生活，可能是他一生中最闲适的一段日子。在这个宁静的环境中，杜甫写了一些优美的诗歌，表达对自然之美的欣赏，也写了与朋友还有不速之客的交往。例如下面这首诗《春夜喜雨》：

好雨知时节，	The good rain knows its time,
当春乃发生。	And in spring comes lightly down.
随风潜入夜，	With wind it furtively falls at night,
润物细无声。	Moistening all things without a sound.
野径云俱黑，	In the wilderness thick clouds look all black;
江船火独明。	Only a boat in the river has a solitary light.

晓看红湿处，　　　　At dawn I look at where the reds are wet,

花重锦官城。　　　　Flowers are all heavy in the City of Brocade.

在讨论李白的《蜀道难》时，我们已经解释过，"锦城"（亦即本诗的"锦官城"）即指成都。在上面这首诗中，杜甫写到，夜里春雨悄然而来，润泽万物，就连城中的花朵，似乎也在雨露滋养下更添了重量。杜甫所抒发的，便是他见此的喜悦心情。

后来，在朋友们的帮助下，杜甫在成都西郊建了三间茅屋住下。当亲戚前来做客时，杜甫非常高兴，写下了这首《客至》：

舍南舍北皆春水，但见群鸥日日来。

花径不曾缘客扫，蓬门今始为君开。

盘飧市远无兼味，樽酒家贫只旧醅。

肯与邻翁相对饮，隔篱呼取尽余杯。

South and north of my house are all spring waters,

Everyday only a flock of gulls would come this way.

The flower path has never been swept for any guest,

The humble thatched gate only opens for you today.

Far from the market, we don't have many dishes,

In this poor house I only have some old rustic wine.

Let's call the old man over the fence to finish up the cup,

If you don't mind to drink with this neighbor of mine.

显然，杜甫对自己的成都生活十分满意，邻里关系处得也很好。在下面这首《江畔独步寻花七绝句》其六中，他便留下了一位邻居的姓名，令其随诗歌一道流传不朽：

黄四娘家花满蹊，千朵万朵压枝低。

留连戏蝶时时舞，自在娇莺恰恰啼。

In Auntie Huang's house, flowers grow in endless rows,

Tens of thousands of them, hang on stems heavy and low.

Lingering butterflies are dancing around time and again,

And chirping freely and blithely are those happy orioles.

三百年后，另一位伟大的宋代诗人苏轼（1037—1101），对这首诗的评论可谓妙绝："昔齐鲁有大臣，史失其名；黄四娘独何人哉，而托此诗以不朽，可以使览者一笑。"诗歌的惊人力量，莫过于此！

然而，761年秋天，一场大风掀翻了杜甫的茅草屋顶，房子也坏了。杜甫写下了《茅屋为秋风所破歌》。他写道，狂风掀破了他的小屋，雨水从屋顶的碎隙中漏下来，屋里到处湿冷不堪；然而，这位大诗人却再一次展现出他典型的天下胸怀，从个人之苦推及"天下寒士"之苦，梦想能有一幢巨大无比的"广厦"，可令天下寒士人人容身其中，尽享温暖安乐。正是这种富有同情心的想象，令杜甫赢得了历代读者的敬爱。最后几句是这样写的：

床头屋漏无干处，雨脚如麻未断绝。

自经丧乱少睡眠，长夜沾湿何由彻！

安得广厦千万间，大庇天下寒士俱欢颜，风雨不动安如山？

呜呼！何时眼前突兀见此屋，吾庐独破受冻死亦足。

Water drips down to the bed and no place is dry,

The heavy rain still comes down and does not stop.

Since the turmoil began I hardly have good sleep,

How do we get to dawn with all these damping drops!

How do I wish to have thousands of spacious rooms

To cover all the poor ones under heaven and keep them warm,

And never have to worry about heavy rain or big storm!

Alas!

When can such a room suddenly appear before my eye?

I'd be happy if my house is broken and I'll freeze and die.

当时的剑南节度使严武（726—765）与杜甫是好友，想推荐他做官，但被杜甫婉谢，表示不愿在朝廷任职。765年严武去世，四川西部又发生了动荡，成都也岌岌可危，因而杜甫携家人离开了茅屋，沿着长江东下而行。本来他们可能是要去洛阳。由于他当时患病，环境也不安全，于是在夔州（今重庆奉节县）住了两年，推迟了很久才再次出发。768年春天，杜甫一家终于乘船出川了，但行程又慢了下来，只是在湖北湖南沿江漫游。在生命的最后几年里，杜甫贫病交加，艰难度日，处处满是挑战。770年冬天，他们来到了湖南东南部耒阳附近，杜甫在这里的一艘船上去世了，享年58岁。这位诗人一生颠沛流离，此时终于画上了悲惨的句号。

6. 杜甫的成就与影响

作为一位伟大的诗人，杜甫对各种体裁和文体的写作都得心应手，律诗尤其令人称绝。他也写过一些古风歌行，几乎可与李白媲美，尽管二人的内容与风格完全不同。他也有一些精彩的七言绝句，尽管可能不像李白或王昌龄那样令人称绝。杜甫唯一在数量上少于李白，也明显稍逊一筹的就是五言绝句。然而，杜甫的律诗可称第一，在这种极具挑战性的诗体上取得了最高的诗歌成就。正如我们之前讨论过的，律诗的平仄对仗要求极为严格，但在杜甫的驾驭下，这种高难度的诗体似乎也宾服于诗人高超的创造力，其运用之流畅灵活，令这些诗句仿佛一挥而就、自然天成，同时更以其艺术的完美与微妙、词句之清新、意象之难忘而深深打动读者。杜甫最后在夔州那几年里，留下了一些极为出色的诗歌，深受后世诗人与读者赞赏。在第六章中，我们曾讨论过他在那段时期写下的名作《登高》，每一联对仗都工整至极，被评论家誉为古今律诗之冠。他在夔州写下的《秋兴八首》，公认是他的律诗代表作之一。以下是其四：

> 闻道长安似弈棋，百年世事不胜悲。
> 王侯第宅皆新主，文武衣冠异昔时。
> 直北关山金鼓震，征西车马羽书驰。
> 鱼龙寂寞秋江冷，故国平居有所思。

Chang'an, I heard, is uncertain as a chess game,

The world's affairs of a lifetime only make one sad.

Houses of princes and nobles all change to new owners,

Official robes and caps are now different from the past.

Straight north bugles and drums shake mountain passes,

Urgent dispatches hurry to reach troops marching to the west.

Fish and dragons quietly hide in rivers cold in autumn,

Old home in the old city often comes my mind to haunt.

在这首诗中，因长安的政治斗争尚未止息，北方与西北边境始终战乱不休，杜甫忧心国家命运，却老迈无力，报国无门，无助之下权且感受着萧瑟的秋意，思念着远方的家乡。

杜甫的诗歌对各种体裁与主题都有涉及，这让诗歌的书写范围更加广阔；他以各种诗体表达自己的情感和思想，有传记与自传体诗歌、书信诗、游记诗和山水诗，以及作为社会批评或文学批评的诗歌。有别于同辈诗人的是，他并没有摒弃南北朝那些著名诗人的传承，而是从前辈的创作中汲取众家精华。他仰慕着谢灵运、谢朓、庾信、鲍照、何逊、阴铿和那个时代的许多名家。当其他同侪多对南朝与初唐诗人不屑一顾时，杜甫写下了《戏为六绝句》提出批评，表达了开放包容的诗歌观，提出应该向所有前辈诗人尽取其可取之处："不薄今人爱古人，清词丽句必为邻。"他正是这样认为的。当许多人追慕汉魏之风、摈弃南朝诗人时，他却主张诗人应该尽可能"转益多师"，无论先贤属于哪个时代，即如这首《戏为六绝句》其六：

未及前贤更无疑，递相祖述复先谁？
别裁伪体亲风雅，转益多师是汝师。
No doubt that you can't be as good as the predecessors,
In tracing back to your ancestor, to whom you first turn?
Get rid of the false ones to get to the truly great,
To learn from multiple teachers is the best way you learn.

得益于如此谦逊、开放地向所有前辈学习，杜甫在这个漫长的诗歌传统中登上了顶点，也铸就了中国古典诗歌的顶峰。他写过一些篇幅较长的自传体诗歌，写他的人生经历与四方游历，诗中他描写自然风景，也记述观察、抒发感情。其中许多诗篇洋溢着激越的情感，有些则充分表达了他的社会批判、时事评论与思想主张，总是充满了对处境悲惨、贫苦无依的广大百姓的同情。这些诗也许可以从古代的赋体文学中找到根源，有些句子也似乎安放在散文中更为合适，这一切都明显影响了后世诗人的创作，尤其是中唐诗人韩愈与宋代的一些诗人。

　　杜甫的叙事诗，特别是《兵车行》、"三吏"、"三别"等，是旧乐府诗歌与民歌的变体，以一种完全的改写呈现了他那个时代的现实，讲述着民生多艰的悲辛故事。这对中唐诗人白居易、元稹的创作产生了深刻的影响，他们后来开创了具有强烈社会批判倾向的"新乐府"诗歌。在这些诗歌中，杜甫创造性地使用旁白体与对话体推进表达，并以独特的风格增加了叙事的生动性，这标志着中国文学传统中叙事性诗歌的重要发展。

后人经常引用杜甫原话描述他的诗歌——"沉郁顿挫"。"沉郁"是说他的诗中充满了伤感、深刻、沉重和悲慨的情感，不仅指向个人，更指向家国天下；"顿挫"是说诗中情绪起伏跌宕，犹如惊涛骇浪，而不是一条奔泻无阻的平静河流。杜甫之所以形成这样的风格，因为他要表达的情感十分强烈，但他内心坚定的社会规范和儒家思想，却常常对这种表达构成制约。他的思想很复杂，经常意识到自己所思前后矛盾。在描述百姓之苦的诗中，一些痛苦的场景可能令人震撼乃至忍无可忍，但在某个情感激越之极的时刻，他又会笔锋一转，以一些安慰的话语试图缓和情感的强度。例如，在《新婚别》中，新娘哀叹丈夫不得不在新婚第二天离家从军，她哭道："君今往死地，沉痛迫中肠。"然而，杜甫却从爱国主义的角度描述这个年轻女子愿为国家牺牲个人幸福，所以，诗中女子突然语气一转，又劝勉新婚丈夫前去从军，勿再留恋惋惜：

勿为新婚念，努力事戎行。
妇人在军中，兵气恐不扬。
But don't think too much of our marriage,
Do your best to be a good solder at the frontiers.
When there are women in the troops,
It may harm the fighting spirit of your peers.

诗中描述的这位年轻女子，在诗人的想象中更像是一个理想化的爱国者，而未必就是现实中的真实人物，因为一个新婚少妇不大可能这么情愿送丈夫前往"死地"。作为一位同情穷人与弱者的敏感诗人，杜甫虽然描述了现实观察到的人民的苦难，但对朝廷的忠诚又使他不可能对帝国政权完全持谴责态度。他必须在感受与情绪的矛盾中寻找一个折中点，毫无疑问，这不但困难而且痛苦，不过亦使他的诗歌呈现出"沉郁顿挫"、跌宕起伏之貌。

　　杜甫以在"安史之乱"期间与之后的诗歌最为人称道。他表达了对人们在那战乱喧嚣的岁月里饱受痛苦的同情，但高难度的复杂表达与矛盾的情感张力，并不是他作品的全部。作为一位伟大的诗人，杜甫当然还写过其他类型的诗歌，尤其在成都栖身草堂时，他的许多作品都是清丽优雅，甚至颇具闲适之乐。比如他的组诗《江畔独步寻花七绝句》，前文已经讨论过写黄四娘家花园的其六，下面这首是其三，同样描写了萧散闲适的生活：

江深竹静两三家，多事红花映白花。
报答春光知有处，应须美酒送生涯。

A few houses in bamboo grove by the deep river,
Where red and white flowers mingle for no reason.
I know where to repay the kindness of spring,
It is fine wine I need to send away the season.

　　下面的《绝句四首》其三也属于这类情趣盎然的短诗，描写了从小屋向窗外看去的景色，有鸣禽、飞鸟、雪山与远来的泊船：

两个黄鹂鸣翠柳，一行白鹭上青天。
窗含西岭千秋雪，门泊东吴万里船。

Two orioles are singing in the green willow trees,
One line of white egrets are flying up the azure sky.
My window captures the eternal snow on the Western Hill,
At my door boats from faraway Eastern Wu are docked nearby.

　　在另一首诗《绝句漫兴九首》其二中，他则以抱怨的口吻表示，春风折断了他亲手种下的桃李新枝，但却显示了一种幽默的戏谑感，将春天拟人化地写成一个淘气的少年：

> 手种桃李非无主，野老墙低还是家。
> 恰似春风相欺得，夜来吹折数枝花。
> Hand planted, peach and plums are not without their master,
> It's still a man's house, though my fence is not of great height.
> But the spring wind wants to play bully on me,
> It broke off quite a few of my flowers during the night.

在下面这首《绝句漫兴九首》其六中，杜甫则"证明"了他也可以写自己如何在林中饮酒、享受自然闲趣，与陶潜或王维在他们的代表作里所述一般无二：

> 懒慢无堪不出村，呼儿日在掩柴门。
> 苍苔浊酒林中静，碧水春风野外昏。
> Lazy and idle, I don't feel like going out the village,
> And I call my son to shut the wooden gate by day.
> With rustic wine in the quiet woods with green moss,
> I enjoy blue waters and spring wind in a blurry way.

这类诗歌向我们展示了另一个更加闲逸的杜甫。我们显然对那个始终放不下忧国忧民的杜甫更加熟悉，但其实二者是同等重要的；阅读上面这类诗歌对我们来说，既是一种快乐，也几乎是一种救赎。由于杜甫的许多名作都是在安史之乱期间和之后完成的，饱含着极大的同情，写下了人民的苦难和国家的创伤，这无疑使杜甫成为千百年来深受后人崇敬的伟大诗人。

杜甫是一个完美主义者，他的诗歌达到了极高的艺术创作水平。而李白则不然，他生来就是一个天才；他的诗歌似乎浑然天成、一泻千里，彰显了独特的个性，因此他的伟大亦是独一无二、难以效仿的。相比之下，杜甫以高度的勤奋与艺术技巧琢磨诗句，故能成为一个鼓舞后来诗人勤学效仿的榜样。在这个意义上，杜甫对后世诗人的影响比李白更大。律诗作为一种诗体成熟于唐代，并在后世逐渐上升为最重要的诗歌形式之一，而杜甫的律诗无疑可称第一，故而这也是杜诗在中国文学史上几乎对所有重要诗人皆影响深远的另一个原因。

第八章

中唐诗歌的不同取向

1. 过渡时期

　　及至770年杜甫去世，盛唐时期的几位主要诗人皆已归道山：王昌龄、王维、高适、岑参，当然还有李白。在唐诗的下一波浪潮再度兴起之前，诗歌经历了一段低潮时期。在这期间，有两种诗歌取向值得我们注意，二者既是安史之乱及其余波所致的结果，也是对这一乱局的回应。一种取向是文学与政治的联系得到进一步加强。我们之前多少已经看到，杜甫的诗歌也呈现了这一面，但最明显的代表还是杜甫的同辈诗人元结（719—772）。他明确主张儒家诗歌观，强调诗歌的道德与政治功用。他批评当时许多诗人或为娱乐而写作，或在声律上过于雕饰，因为在他眼中，诗歌应该是教化儒家美德的工具，其余都是没有必要的。他任湖南道州县令时，当地为战火所毁，十室九空，但朝廷仍然强行征税。元结同情百姓，写下了这首著名的《春陵行》，描述了贫苦百姓的艰难处境：

　　　　大乡无十家，大族命单羸。
　　　　朝餐是草根，暮食乃树皮。
　　　　出言气欲绝，意速行步迟。

追呼尚不忍，况乃鞭扑之！

A big village has only ten households,

A big family clan has few men left and weak.

For breakfast they have grass roots,

For supper they have bark of trees.

When they speak, they can hardly breathe,

They want to run, but they move so slow.

I can't even bear to shout at them,

Let alone to whip them with a heavy blow!

在诗的结尾，他希望如果能有官员像古代乐府一样负责为皇帝收集民歌，他愿意向他们献上这首歌行。这首诗确实体现出元结是个好官，同情人民苦难，但作为诗歌来说语言还欠精炼，当然如果从他对诗歌的功能性理解出发，这方面本来也不重要。在从盛唐至中唐诗歌嬗变的语境中，元结对儒家诗歌观的倡导是具有重要意义的。虽然他的观点为当时多数诗人所不取，但却标示着一种渐进的重要变化，甚至勾画了50多年后白居易与元稹新乐府诗歌的大致模样。

在安史乱后，唐朝由盛及衰，另一种引人注目的诗歌取向便是文人的退隐。乱世险象环生，他们试图从沮丧与失望中找到些许宁静与平衡。许多这样的诗人都在回忆过去的美好时光，然而在历经叛乱动荡、饱尝世道艰辛之后，他们曾经想要建立不朽功业的理想，越来越像一个无法企及的目标。所以，他们经常转而投向自然山水或道观佛寺一抒悲苦郁闷之情，这又与自然的美丽、宁静乃至野性形成了鲜明对比。这一时期最出色的几位诗人，都尝试在技术层面上对诗歌语言精雕细琢，以求创新，但他们缺乏盛唐诗人的昂扬风骨，其诗歌既没有李白的傲骨与笔力，也不具备杜甫对苦难现实的愤懑与博爱的同情。相反，他们对人生前景深感失望，故而追求的是一种优雅、冷漠与静谧的艺术情绪。

刘长卿（约727—约790）是上述这类诗人的典型代表。下面这首《登余干古县城》，是他游览该城遗址所作，如同一幅对萧瑟荒城的精彩素描：

> 孤城上与白云齐，万古荒凉楚水西。
> 官舍已空秋草没，女墙犹在夜乌啼。
> 平沙渺渺迷人远，落日亭亭向客低。
> 飞鸟不知陵谷变，朝来暮去弋阳溪。
>
> The lonely city rose so high as to reach the white clouds,
> Lying west of the Chu River in eternal ruin and blight.
> Official residences are now empty, buried in tall grass;
> Over broken turrets ravens are crying at night.
> The traveler is lost in expanse of sand stretching far out,
> And the setting sun comes down near the low ground.
> Knowing nothing of the change of times, the birds
> Still pass over the Yiyang Valley in their daily round.

在这首诗中，破旧的"官舍"与残颓的"女墙"，构成了一片荒凉景象，连同沙地上迷路的独行旅者与掠过山谷的飞鸟，后者对人类世界既不了解也不关心，恰与这独行旅人形成了鲜明对比：层层意象推进，愈发强化了诗中传达的毁灭与坍圮之感。刘长卿常用自然风景突出人类情感或心绪，尤以五绝与五律著称。一个著名的例子就是下面这首《逢雪宿芙蓉山主人》，描写的又是一个寒冷的雪夜，行人孤身归家的情景。四周寂静，天色愈暗，小屋积雪，寒风未息，但远处的狗吠却入旅者的耳根，那是在等他回家。在短短四句诗中，诗人绘声绘色地描写了一幅令人难忘的画面，浸润着一种冬夜的彻骨寒冷：

> 日暮苍山远，天寒白屋贫。

柴门闻犬吠，风雪夜归人。

At sunset the green mountains are faraway,

In the cold the poor cottage stands all in white.

Dogs are heard barking within the thatched gate,

The man returns in a windy and snowy night.

刘长卿的许多诗都寄寓了一种深深的哀愁与对美好过去的缅怀。例如下面这首绝句《听弹琴》：

泠泠七弦上，静听松风寒。

古调虽自爱，今人多不弹。

Coldly and coldly sweeping over seven strings,

One quietly hears the chilly wind among the pines.

Nobody plays it any more nowadays,

Though it's an ancient tune, a favorite of mine.

这一时期还有一位重要诗人韦应物（约737—791）。他出身贵族家庭，仕途顺遂，其诗歌涉及各种主题，既有对安史乱前美好往昔的缅怀，对下层人民苦难的同情描述，也有对远离社会喧嚣的渴望，以及在名山大川之间对静谧与安宁的寻求。他有意效仿陶潜，又吸收了谢灵运与谢朓的精雅与意蕴深长，从而形成了自己高古、疏离而清雅的风格。他尤其善于将看似平淡的词句巧思安排，最终形成恬淡动人的诗境。这种风格的代表之一，就是下面这首《寄全椒山中道士》，是一首思念山中道家友人的诗：

今朝郡斋冷，忽念山中客。

涧底束荆薪，归来煮白石。

欲持一瓢酒，远慰风雨夕。

落叶满空山，何处寻行迹？

Today the dining hall in my residence is cold,

Suddenly I thought of my friend in the mountains.

You gather firewood at the bottom of the valley,

And return to boil white stones for a simple meal.

I would like to take a flask of wine

To warm you up in this windy and raining night.

But the empty mountain's all covered by fallen leaves,

Traces of your whereabouts, where can I find?

以下则是他最著名的一首诗《滁州西涧》，以一幅如画的美景，蕴示着寂寞遁世的情怀：

独怜幽草涧边生，上有黄鹂深树鸣。
春潮带雨晚来急，野渡无人舟自横。

I love the grass growing hidden by the mountain stream,

And the orioles chirping above deep in the trees.

The spring tide rises up with rain coming at dusk;

At the deserted ferry, a lone boat lies at its own ease.

这一时期的知名诗人还包括顾况（约727—约815）。他有两种不同的诗风：一种如民歌般清新通俗；另一种则故意运用生僻之语与惊人意象，刻意求怪求奇。从下面这首绝句《江上》便可感受其第一种风格：

江清白鸟斜，荡桨胃蘋花。
听唱菱歌晚，回塘月照沙。

The river is clear and white birds fly across,

Their paddles tangled with floating water plant.

At dusk their fisherman's songs are heard,

When they return, the moon is shining on the sand.

顾况另一种求奇的诗风，乃是在诗歌的形式、意象与语言上进行大胆创新，像下面这首《郑女弹筝歌》就颇具代表性：

> 郑女八岁能弹筝，春风吹落天上声。一声雍门泪承睫，两声赤鲤露鬐鬣，三声白猿臂拓颊。

At eight the girl from Zheng could play the zither,

Its sounds are sent down by spring wind from heaven.

The first sound had Yongmen's power to make one weep,

The second sound made the Red Carp show its mane,

And the third had the White Gibbon touched its chin.

在这首诗中，诗人用不同寻常的文字和意象，创造了一种陌生化的效果。最后三句都暗指古代典故或神话动物。"雍门"指的是春秋著名乐师雍门周，曾为孟尝君鼓琴，令其悲泣难当。"赤鲤"指的是另一个鲜为人知的传说，音乐家琴高曾称，自己可以入水觅得龙子，之后果然骑着一条红鲤鱼回到了岸上（在中国传说中，鲤鱼可以化龙）。"白猿"则是许多古籍记载过的另一种神话动物。后来，当唐诗再度兴起一波新的发展浪潮时，顾况这两种创作倾向都对后来许多诗人产生了影响。

当时还有一位重要的诗人李益（748—827），边塞诗可称一流。然而，与盛唐边塞诗不同，李益的笔下往往是战争的残酷、边卒的痛苦。例如下面这首《春夜闻笛》：

> 寒山吹笛唤春归，迁客相看泪满衣。

洞庭一夜无穷雁，不待天明尽北飞。

In cold mountains, the flute is calling for spring to return,

And for those in exile, their robes are wet with tears.

By the Dongting Lake numerous wild geese gathered at night,

And they all flew north even before the sun appears.

大雁春来尚能北徙，而自己却有家难回。戍边士卒与流边迁客的悲苦，便在对比之下表现得更加淋漓尽致。这种倾诉是委婉的，却充满了动人的力量。

从盛唐余音与杜甫之死开始，到唐诗终于又掀起新一波创造浪潮之前，这中间大约有一段30多年的"间歇期"，从文学的角度可以说几乎没有产生任何伟大诗人。但诗歌的河流总会继续滚滚向前。我们上面讨论的几位诗人，特别是刘长卿与韦应物，在这一过渡时期确实创作了不少重要作品，为中晚唐另一批主要诗人的崛起铺平了道路。

2. 韩孟诗派

公元8世纪至9世纪之交的中唐时期，唐诗迎来了一个新的重要发展阶段，出现了两种完全不同的创作趋向：一种是险怪僻涩的路子，几乎将诗歌表现的规范压到了极限；另一种风格则截然相反，追求质朴通俗。第一条路以韩愈、孟郊为首的诗人群体为代表，他们曾多次相聚，诗歌追求也大致趋同，经常彼此酬唱切磋。一些批评家认为他们形成了"韩孟诗派"，不过其实是一个相对松散的集体，成员也颇具多样性。这一诗派的风格经常被描述为崇尚雄奇怪异，主要是因为他们都试图翻新创造，力求有别于前辈诗人，希望以新的形式、风格与词汇创造一个全新的诗歌世界。

孟郊（751—814）是韩孟诗派中年纪最大的诗人。在士大夫阶层中，他过得并不算成功惬意，造句炼字也往往用力过猛，幽僻冷涩，以抒发苦难挫磨之艰。例如，在《秋怀十五首》其二中，他描述了一位卧病老人的凄凉处境，也可能是诗人自况：

> 秋月颜色冰，老客志气单。
> 冷露滴梦破，峭风梳骨寒。
> 席上印病文，肠中转愁盘。
> 疑怀无所凭，虚听多无端。
> 梧桐枯峥嵘，声响如哀弹。

The moon in autumn has an icy color,

The old man's spirits are thin and forlorn.

Cold dews drip and shatter his dreams,

And freezing wind sends chills to his bones.

Bamboo mat left marks on the sick man's back,

And sorrow turns inside and breaks his heart.

Doubts make his mind empty and purposeless,

In hallucination his senses are falling apart.

Sycamores stand desolate with their leaves gone,

And wail like cicadas in a mournful tone.

这首诗从头到尾，"颜色冰""冷露""峭风""梳骨""愁""哀"等词，都让人在阅读过程中深感"寒"意，这确实也是孟郊作品给人的整体印象。他的诗歌往往读来艰涩、峭硬，这一方面是由于他努力创新求奇所致，另一方面也缘于他人生多舛，时常感到沮丧低落。他经常刻意选择冷僻模糊之语、奇异之象，营造幽僻、凄寒、痛苦与孤独的诗歌氛围。在《夜感自遣》一诗中，他在谈及自己时表示：

> 夜学晓未休，苦吟鬼神愁。

如何不自闲？心与身为仇。

Study during the night and no stop at dawn,

Making poetry so hard as to trouble ghosts and gods.

Why not take it easy and let go yourself?

My heart with my body is constantly at odds.

孟郊如此孜孜苦吟，为的是充分发挥诗歌艺术的创造力。在《赠郑夫子鲂》中，孟郊甚至表示，伟大的诗人可以与造物主一竞高下：

天地入胸臆，吁嗟生风雷。

文章得其微，物象由我裁。

宋玉逞大句，李白飞狂才。

苟非圣贤心，孰与造化该？

Heaven and earth come to dwell in my bosom,

I breathe out to generate a strong storm.

Writing is but a tiny end of all these,

All things are there for me to give their form.

Song Yu displayed his impressive lines,

Li Bo's crazy talents are impossible to reach.

If it's not owing to their sagely mind,

Who could with the creator compete?

诗人在现实生活中或许受到限制，但他们的"圣贤心"却能包纳宇宙，自由地创造自己的艺术世界。这可以看作是中唐诗歌再度兴盛的一个标志。

当然，孟郊也写过一些更为自然晓畅的诗，虽然可能不算他的代表作。但是，他后来知名度最高的诗，反而是如此直白的一首《游子吟》，感人地描绘了母亲的慈爱与儿子永远的感激之情，优美地表达了中国"孝"的概念：

> 慈母手中线，游子身上衣。
> 临行密密缝，意恐迟迟归。
> 谁言寸草心，报得三春晖！
> The thread in the hands of a loving mother
> Makes clothes a wandering son wears.
> On departure she sews every stitch tight,
> For fear it will be long before he returns.
> Who says a heart's gratitude like an inch of grass
> Can ever repay the sun's warmth of so many years?

孟郊的诗歌在韩愈（768—824）那里得到了热烈的赞誉。韩愈不仅是中唐主要诗人，在整个中国文学史上，也是一位伟大的文学家。韩愈不仅推崇比他年长17岁的孟郊，奖掖贾岛等年轻诗人，对另一位诗歌天才李贺的才华也是极为赞赏，并大力推广他的作品。韩愈到处以文会友、凝聚同好、提携后辈，遂成为"韩孟诗派"的领袖，对唐诗的发展产生了重大影响。

韩愈沿着孟郊开创的方向，进一步发展了雄奇险怪的风格；他的诗歌出彩，不仅是因为对文字与意象的创新运用，声气用语极具鲜明的个人风格，更因为他将赋的元素引入诗歌语言，极大地扩大了诗歌表达范围。在上一章中，我们曾提到杜甫自评"语不惊人死不休"，这种自信的努力，让诗歌语言推陈出新、力求惊人已经成为中唐诗歌发展的一种主要趋势，韩愈就是当时这一波浪潮的代表。像孟郊一样，韩愈也用过一些高古生僻的文字与意象，特别是将散文元素嵌入诗歌，从而打破了惯常的形式和节奏，有些诗读起来也佶屈聱牙，甚至全无诗样，令人瞠目结舌。但总的来说，韩愈是一位杰出的诗人，有着宏大的视野与宽广的胸襟，其诗确实散发出强烈而独特的个人风格，令人震撼。如果说孟郊的诗歌语言倾向于内敛曲折，韩愈则倾向于外泻豪放，相比之下，后者的诗作更为成功，也更加险怪炫目，一见难忘。下面便是韩愈最著名的诗歌之一《山石》，描述他造访一座佛寺的经历，以生动的意象和明快的色调，如散文叙事般逐步展现了整个旅程，而通过这种生动的方式，读者也可以跟随诗人的脚步，间接分享他的体验：

山石荦确行径微，黄昏到寺蝙蝠飞。
升堂坐阶新雨足，芭蕉叶大栀子肥。
僧言古壁佛画好，以火来照所见稀。
铺床拂席置羹饭，疏粝亦足饱我饥。
夜深静卧百虫绝，清月出岭光入扉。
天明独去无道路，出入高下穷烟霏。
山红涧碧纷烂漫，时见松枥皆十围。
当流赤足踏涧石，水声激激风生衣。
人生如此自可乐，岂必局束为人鞿？
嗟哉吾党二三子，安得至老不更归！

Jagged stones made mountain roads narrow and hard,
I reached the temple at dusk and saw many a flying bat.
Sitting in the hall on steps damp with recent rain,
Banana leaves seemed big and gardenia fruits fat.
The monk spoke of fantastic frescos on ancient walls,
But little could be made out with a torch's flickering light.
Bed was made with a mat and a meal was prepared,
Though grainy and simple, it was enough for a bite.
Lying down in deep night, all insects were quiet,
The moon came out of the hills and entered the door.
At dawn alone I left and could not find a clear road,

223

Up and down a foggy path I tried my best to explore.

Mountain flowers were bright red and rivers green,

Pines and oaks as huge as for ten men to hold.

With bare feet I stepped on stones in the valley stream,

With waters gushing by, and wind moving my robe.

Life like this can be enjoyed by all of us,

Why should one be servile and kept in bondage?

Oh, how I wish to be with two or three fellows

And live all my days with no return till old age!

在另一首诗《听颖师弹琴》中，韩愈则用一系列精彩的隐喻与意象，描述了印度僧人颖师指下琴曲的缓急与情绪起伏，最后以诗人对音乐的巨大力量产生情感共鸣而结束：

昵昵儿女语，恩怨相尔汝。

划然变轩昂，勇士赴敌场。

浮云柳絮无根蒂，天地阔远随飞扬。

喧啾百鸟群，忽见孤凤凰。

跻攀分寸不可上，失势一落千丈强。

嗟余有两耳，未省听丝篁。

自闻颖师弹，起坐在一旁。

推手遽止之，湿衣泪滂滂。

颖乎尔诚能，无以冰炭置我肠！

Murmuring like young lovers talking,

Calling each other in endearment and charm;

Suddenly it changed to the lofty and strong,

Like warriors charging forth in arms.

Floating clouds and rootless willow catkins

Fly freely in the vast world on wind;

Now a hundred birds chattering together,

Now a phoenix singing alone on her wings.

Climbing so high that not another inch allowed,

Then to a sudden fall of a thousand feet it swings.

Alas, though I have ears, I was not used

To appreciate such pipes and strings.

I always kept close to Master Ying's presence,

Ever since the Master's music I could hear.

But I had to wave to stop him in the end,

With my robe all wet with my tears.

"You are indeed good, Master Ying, in your art,

But do not, please, put such turmoil in my heart!"

韩愈不但有许多古风长调，也写过一些颇为清新可爱的小诗，足与盛唐诗歌中的佼佼者媲美。如下面这首绝句《早春呈水部张十八员外二首》其一：

天街小雨润如酥，草色遥看近却无。
最是一年春好处，绝胜烟柳满皇都。

On the main street the rain comes down most softly,

The color of the grass disappears when you get near.

This is indeed the best of spring each and every year,

Better than misty willows in the imperial city everywhere.

韩愈以坚持儒家道统而闻名，他认为自孟子以来儒道衰朽，而自己则肩负着复兴儒家思想的使命。然而，在唐朝时期，佛教的影响力与日俱增。819年，唐宪宗准备将佛骨迎入长安，韩愈上书坚决反对在中国推行佛教崇拜，惹得皇帝大怒。之后韩愈立刻被判流放潮州（今广东潮州），当时算是极为偏远荒凉之地了。当他踏上贬谪之路，行至蓝田关（今陕西）时，一个年轻亲戚韩湘恰来探望，韩愈便写下了这首相当动人的《左迁至蓝关示侄孙湘》，慨叹自己的命运：

一封朝奏九重天，夕贬潮州路八千。
欲为圣明除弊事，肯将衰朽惜残年！
云横秦岭家何在？雪拥蓝关马不前。
知汝远来应有意，好收吾骨瘴江边。

Sending a memorial to the nine-fold heaven in the morning,

By evening to Chaozhou eight thousand miles away in exile;

Determined to eliminate all maladies for his sagely majesty,

How can I cherish my remaining years, though weak and fragile!

Where is home, when clouds are blocking the Qin Mountains?

With snow burying the Lantian Pass, even my horse refuses to move.

Coming from so far away, I know you have good intentions

To collect my bones by the river so deadly with poisonous fume.

韩愈确实也有一些通俗易懂的诗歌，但他最具代表性的特点乃是创新求奇，这对中唐诗歌发展出自身独特的魅力有巨大贡献，但另一方面也导致了在诗歌创作中为奇而奇、缺乏诗意等不足倾向。韩愈某些诗很难读，主要是由于用语冷僻与声律生拗造成的陌生感所致。有时他又极力求新求怪，以致诗作根本无法理解，甚至丑陋令人反感，例如他写过关于腹泻、打鼾、掉牙或鬼怪之诗，还有描写野性、黑暗与死亡等题材的诗歌。不可否认的是，韩愈的诗歌对周围不少诗人有一定影响，如卢全（约775—835）、樊宗师（约765—824）、皇甫湜（777—835）与刘叉（生卒年不详）等，他们的诗歌沿这个路子继续深入，创作过一些以怪异与散文化著称的作品，尽管其中有些人也能偶得佳句，反显出新奇的想象力和惊人的意象，亦颇可喜。韩愈在诗歌中引入了议论元素，对之后的宋诗发展也产生了一定负面影响，但从整体来看，韩愈仍然是一位杰出的诗人，对唐诗的丰富与影响作出了重大贡献。

3.　进一步求异：贾岛与李贺

在韩孟诗派中，有一位著名的诗人贾岛（779—843）在后世颇有影响。事实上，贾岛的风格与韩愈大不相同，并不在寻常形式上标新立异，格律大多工整严谨，尤其是他的五言诗。他只是极力锤炼语言，字斟句酌，以求最佳效果。关于他炼字有一个传说，虽然真实性待考，却显示了贾岛确实苦吟创新、以求脱俗。他的《题李凝幽居》有这样著名的两句："鸟宿池边树，僧敲月下门。"一开始，他还在思考是"推"门还是"敲"门，最终选择了"敲"门，因为在这个宁静的月夜，门可能直接"推"不开，但"敲"门则可能有人应答。并且，"敲"门的动作也为原本安静的场景增添了声音的效果，与上句的宿鸟形成了更鲜明的对比，从而更加凸显了月光下的静谧。

在另一首《送无可上人》的诗中，贾岛写下了这样两句："独行潭底影，数息树边身。"这两句不仅对仗完美，而且潭水中的独影也暗示了佛家"空"的概念。贾岛对这两句极为自得，又写了一首绝句作为注脚：

二句三年得，一吟双泪流。

知音如不赏，归卧故山秋。

For three years I got these two lines,

Reading them, tears come down my face each side.

If my understanding friends do not like them,

I'll go back to my old mountain and hide.

如果说贾岛冥思苦想三年才终于吟得这两句，可能是有些夸张了，但由此我们可以意识到，在诗歌上求新求异、炼得惊艳的诗句该是多么困难，而贾岛对诗歌事业又是多么执着。他悉心苦思打磨诗句，其诗每每读来流畅自然，实则是以高超的艺术技巧一再锤炼所得。例如下面这首绝句《寻隐者不遇》：

松下问童子，言师采药去。
只在此山中，云深不知处。

When I asked the boy under a pine tree,
He said his master for picking medicine was out.
He only knew it's somewhere in this mountain,
But not exactly where deep in the clouds.

韩愈努力推动诗歌改革，以创新的语言与意象将诗歌推向一个新的维度；而贾岛则转向了另一个更为聚焦的维度，抒发个人的孤独痛苦、或是传达冷漠平淡的情绪。并且，贾岛诗歌那种求奇、求异的崭新效果，是在严格遵守律诗的格律要求下实现的，亦殊可贵。

韩孟诗派中最著名的诗歌天才莫过于李贺（790—816）。李贺出身贫寒，尽管对外号称与李氏皇族有亲戚关系。他自幼体弱多病，生活困窘，27岁就去世了。然而，李贺少年时便已成名，被誉为天才诗人。807年，18岁的李贺向韩愈呈上自己的诗歌，仅凭下面这一首《雁门太守行》已令韩愈激赏不已。这首诗描写了边关将士之勇毅，一死报国也在所不惜，已经尽显李贺的独特风格：

黑云压城城欲摧，甲光向日金鳞开。
角声满天秋色里，塞上燕脂凝夜紫。

半卷红旗临易水，霜重鼓寒声不起。

报君黄金台上意，提携玉龙为君死。

Black clouds press on the city till it trembles,

The sunlight turns soldiers' armors into shining golden scales.

The sound of bugles fills up the sky with the color of autumn,

The rouge congeals to purple on the frontier under the night's veil.

Half folded the red flags are fluttering over the Yi River,

In heavy frost the drums' sound is muffled and does not rise.

To repay their prince's reward on the Golden Terrace,

They take up their dragon swords and are willing to die.

第一句即展示了李贺大胆的想象：乌云笼罩的层层重压，让这所边城几乎行将崩溃，此景已是令人难以置信。这当然是一种诗意的夸张，读来却令人惊艳难忘。然后，读者继续被一系列色彩鲜艳的奇异意象连番轰炸——"黑""金""燕脂""紫""红"等等，这是李贺诗歌的典型特征。

韩愈对李贺才华的欣赏，并没有让他获得社会地位的提升。这位天才英年早逝，就像一颗闪耀的流星划过夜空，生命虽然短暂，但却在诗歌的辉煌中留下了灿烂的一笔。李贺深知自己病弱，也对死亡早有预感，经常在诗中运用冥界鬼魂意象、明亮夺目的色彩，文词铿锵、坚硬，每作金石之音，令诗歌充满了生命力。在上文一连串的颜色词之外，他还在《李凭箜篌引》中，将乐声变化比喻为"昆山玉碎凤凰叫，芙蓉泣露香兰笑"。随着时间的推移，他的诗歌越来越热衷于书写一种奇幻怪异的病态想象。例如，在他驰骋的想象中，太阳就像一个易碎的玻璃球："羲和敲日玻璃声"（《观秦王饮酒》）；月亮也会落泪，打湿了月光："玉轮轧露湿团光"（《梦天》）；青铜骆驼也会哭泣，青铜雕像也可以流下铅水般沉重的眼泪："铜驼夜来哭"（《铜驼悲》）"空将汉月出宫门，忆君清泪如铅水"（《金铜仙人辞汉歌》）；瘦马的骨头敲起来其声如铜："向前敲瘦骨，犹自带铜声"（《马诗二十三首》其四）；鬼可以点燃漆黑的灯火："鬼灯如漆点松花"（《南山田中行》）。浑浊的黑暗与明亮的色彩、冰冷与辉煌、对生活的热情拥抱与寒气森森的冥界鬼魂，一切就这样杂糅在一起，这便是李贺。

《苏小小墓》这首诗就是一个很好的例子。苏小小（479—约502）是一位生活在钱塘（今杭州）的传奇女子，年轻美丽，堕入烟花。她红颜早逝，葬在美丽的西子湖畔。李贺的诗表达了对这位名妓的深深同情，毕竟生前艳冠钱塘，如今却深埋地下，坟前冷落；同时也展现了他对鬼魅场景的病态想象，描写已是人鬼殊途的苏小小仍然在等待情人的到来，她当年的油壁车也在坟前等待：

> 幽兰露，如啼眼。无物结同心，烟花不堪剪。草如茵，松如盖。风为裳，水为珮。油壁车，夕相待。冷翠烛，劳光彩。西陵下，风吹雨。

Sad orchids with dews are like her tearful eyes.

Nothing to make a heart knot or a bouquet of flowers.

Grass is like her mat, and the pine tree her canopy.

The wind is her robe, and water her pendent jewels.

At dusk, her decorated chariot is still waiting by.

The cold green candles send out flickering light.

But there's only wind with rain at West Hillside.

这首诗给人的印象可谓艳丽鬼魅，尤其是坟畔鬼火烁烁、磷光闪耀，仿佛燃着一支支"冷翠烛"，苏小小当年的油壁车还在寒雨中空待。读罢此诗，令人仿佛在想象中来到了这个寒冷的夜晚，一个可怜的女鬼站在自己坟前等待情人，但始终也没有等来。

下面这首《官街鼓》是写报时官鼓（近于现代时钟）的，基本思想也是关于生命的有限与时间的永恒。在李贺的诗歌世界里，即便是天界的神仙，寿数也有尽时。他的想象力在不同主题间急速跳跃，先后引入了自然（日、月），历史（汉宫飞燕、汉武、秦皇）与幻想（天上葬神仙），将一系列逻辑上并无关联的意象逐一铺开，却都蕴含着时间不断流逝的整体概念：

晓声隆隆催转日，暮声隆隆催月出。
汉城杨柳映新帘，柏陵飞燕埋香骨。
槌碎千年日长白，孝武秦皇听不得。
从君翠发芦花色，独共南山守中国。
几回天上葬神仙，漏声相将无断绝。

Roaring in the morning, you hasten the rise of the sun;
Roaring at dusk, you hasten the appearance of the moon.
Willows in the Han city cast a shadow on new screens;
Buried in poplar-round tombs are court ladies' bones.
You smash the white light of a thousand years' sun,
But Emperors of Qin and Han could no longer hear.
Following you, men's hair turns from black to white,
Only you and the south mountain stand in guard forever.
How many times immortals' funerals are held in heaven,
But your sound and water clocks' will never end!

随着韩愈、孟郊等开始通过词句、主题、意象与风格的创新来探索诗歌改革的新途径，中唐诗歌发展到了一个新的高度，文坛上再度出现了多位重要诗人。然而，大唐帝国还是逐渐衰落下去，这些诗人多已饱经世事沧桑，积累了或郁或悲的情绪。故而，他们选择以诗歌探究内心世界，通过各种方式表达感受与心理状态，但已然不复盛唐先辈的清新刚健、开放壮阔之姿。在形式上，他们倾向于求新求怪，以险峻奇异为美，甚至追求一种陌生化乃至晦涩的诗风，这固然开辟了诗歌表达的新领域，但对之后的诗歌发展来说，其实也存在缺点与负面影响。然而，韩愈与李贺都是中国文学史上享有很高声誉的重要诗人。李贺曾言"殿前作赋声摩空，笔补造化天无功"（《高轩过》）。后一句则为诗歌创作之力提出了一个重要论点，即文学创作可以"补"自然本身所未具足者，这并不需要上天的神助，而完全依赖于诗人的才华和完美的艺术裁夺。

4. 白居易、元稹与新乐府诗歌

作为对盛唐诗歌辉煌的回应，"韩孟诗派"努力求新求异，以震慑人心的表达与意象朝着艰深晦涩、脱离自然的求奇方向推进。然而，中唐诗歌同时也存在一种完全不同的趋向，主张诗歌的实际功能在于社会批判，并吸收乐府形式创造了新乐府诗歌，推动诗歌朝着与"韩孟诗派"相反的方向发展，主张诗歌语言应平易可读。对诗歌实用功能与可读性的强调，可以追溯到《诗经》的许多作品与汉魏乐府，更直接的还有之前杜甫的"三吏"、"三别"、《兵车行》和他批判社会的著名诗句如"朱门酒肉臭，路有冻死骨"等。中唐许多诗人都接受了杜甫诗歌开创的这一重要向度，向当时的社会现实积极倾注了极大热情。其中有张籍、王建、元稹与白居易等多位诗人，他们推动了新乐府诗歌的崛起。当然，他们也会创作其他类型的诗歌，只是说在社会批判这一共同的诗歌目的下，他们相互酬唱、往来密切，在中唐及之后都产生了显著的影响。

张籍（约766—约830）是中唐时期最早创作新乐府的诗人之一。他用平易而有力的语言描写了农民的苦难和贫富不均。下面这首《野老歌》是一个典范，诗尾以一组鲜明对比强烈表达了批判思想：

老翁家贫在山住，耕种山田三四亩。

苗疏税多不得食，输入官仓化为土。

岁暮锄犁倚空室，呼儿登山收橡实。

西江贾客珠百斛，船中养犬长食肉。

The poor old man lives in the mountain.

Tilling patches of hilly land he works really hard.

Small crops and big levies leave him no food,

His crops go into official granary and turn to mud.

At year's end, his tools are put aside in his empty room,

He calls his son to go to the mountain and find some nuts.

But the merchant from Xijiang has huge piles of jewels.

Even his dog in the boat is always fed with meat cuts.

张籍还摹拟民歌，优美地描写了江南生活。例如下面这首《春别曲》，读来颇有民歌风味，表达了不想朋友乘船离开的眷恋：

长江春水绿堪染，莲叶出水大如钱。

江头橘树君自种，那不长系木兰船？

The waters in the Yangtze look like dyed green,

Lotus leaves big as coins are coming out of water.

You planted the tangerine tree by the river yourself,

Can it be used to tie your lovely boat forever?

王建（约766—？）常与张籍并提，人称"张王"，二人在内容与风格上也非常接近。王建也写过不少新乐府批判社会不公，写宫女生活的诗也相当有名。下面这首《宫词一百首》摹拟后宫一位音乐教习的抱怨口吻，当年精心培养了无数歌喉曼妙的宫女，如今却对这位年迈的老师早已遗忘无视：

233

教遍宫娥唱尽词，暗中头白没人知。

楼中日日歌声好，不问从初学阿谁。

I've taught all court ladies sing all their songs,

No one noticed my hair to white has furtively turned.

In the tower day in and day out fine songs are heard,

No one cares from whom at first they learned.

张籍与王建二人起初并没有以诗歌为刃行社会批判的自觉。直到元稹与白居易积极倡导，新乐府诗歌才逐渐汇聚为一股政治意图清晰、聚焦社会批判的新潮流。元稹（779—831）在809年写下了十几首新乐府诗，涉及社会与政治现实的方方面面，反映了安史之乱以来的社会状况，表达了对贫困无依者的同情，主张了儒家的治国观念。但这些诗的道德教化气息太重，过于强调说教，削弱了艺术效果。他后来的诗稍微好一些，尽管仍然是以政治思想发端，但至少在语言表达上也算譬喻得法。下面这首《织妇词》就是一个典型例子，这位妇人终日劳苦，困守织机，甚至嫉妒檐前尚能自由来去的蜘蛛：

檐前袅袅游丝上，上有蜘蛛巧来往。

羡他虫豸解缘天，能向虚空织罗网。

A spider comes and goes with ease

On the airy cobweb hanging on the eaves.

How envious that an insect can move around

And towards the sky a vast net weaves!

总的来说，元稹的新乐府诗歌不算成功。因为这些诗歌由政治观点催发，实际功利目的又过于明显，缺乏真实的情感力量与出色的诗歌意象。他还写了许多长诗，亦未明显高出一筹，但818年下写的《连昌宫词》，则公认是他的最佳作品之一。在这首诗中，元稹通过一个老人的叙述，批判了朝廷在安史之乱爆发之前的无能与腐败，最后希望当世"今皇神圣丞相明"，复兴大唐帝国的荣耀。这首诗首先描述了战乱以来被皇家长期弃置的连昌宫：

连昌宫中满宫竹，岁久无人森似束。
又有墙头千叶桃，风动落花红簌簌。
Lianchang Palace is now full of bamboos,
With no one taking care, they grow dense and tall.
Peach trees with foliage stretch over the wall,
In the wind their red blossoms rustle and fall.

接着，诗歌借这位老翁之口，回忆了安史之乱前后的历史变迁，最后以诗人向当局发出呼吁而终篇："老翁此意深望幸，努力庙谋休用兵。"

元稹还有一些关于宫女的诗，下面这首《行宫》尤其有名：

寥落古行宫，　　　　Desolate is the old temporary palace,
宫花寂寞红。　　　　Where flowers are red but all alone,
白头宫女在，　　　　White-haired court ladies are still sitting there,
闲坐说玄宗。　　　　And idly chatting about Emperor Xuanzong.

新乐府诗歌最重要的代表人物是白居易（772—846），对后世亦影响深远。他提出的"文章合为时而著，歌诗合为事而作"的诗歌主张，成为这一流派的理论基础。他明确将新乐府诗歌定位为社会批判的工具，并以此主张诗歌语言应通俗易懂。他曾称自己诗歌之平易，即便是文盲老妇也能理解。这无疑使白居易的诗歌不仅在当时传诵一时，之后亦广为流传，他不仅在中国家喻户晓，甚至在很长一段时间里也是朝鲜半岛、日本与西方汉学界翻译最多、最受推崇的中国诗人。

白居易的许多诗都含有道德讽喻之意，这表明诗人希望统治者能够注意到他所反映的社会问题并相应施以善政。例如在《观刈麦》中，他描述了农民全家酷暑时节仍在地里辛勤劳作，而一位可怜的母亲甚至只能领着孩子捡拾掉落的麦穗和谷物，因为她的家人已将土地悉数卖掉交税，无奈只能拾麦穗充饥。这使诗人内心惶恐不安，因为他身为官员，俸禄优厚，亦不必下田艰苦劳作。有鉴于此，他在结尾表达了自己的愧疚感："念此私自愧，尽日不能忘。"在另一首诗《秦中吟十首·轻肥》中，他描述了大宦官的奢侈生活，他们借皇帝威势，把持朝廷大权，但这种富贵气焰却在结尾与灾民的凄惨形成了鲜明对比："是岁江南旱，衢州人食人！"还有一首《买花》，再次将城中富人养玩昂贵牡丹的奢侈生活作为讽喻对象，在结尾处以一位贫苦农民的感叹再度构成对比："一丛深色花，十户中人赋。"还有一首名篇《卖炭翁》，描述了一位卖炭老人是如何被宫中权宦派出的"使者"强占木炭的。这首诗没有任何抽象的评论或说教，通篇采取生动的白描，故而也被认为是白居易最好的新乐府作品之一。开头几句写活了一个处境悲惨的卖炭翁：

卖炭翁，伐薪烧炭南山中。

满面尘灰烟火色，两鬓苍苍十指黑。

卖炭得钱何所营？身上衣裳口中食。

可怜身上衣正单，心忧炭贱愿天寒。

夜来城外一尺雪，晓驾炭车辗冰辙。

The old charcoal seller

Cuts wood in the southern hills and burns charcoal.

His face is smeared with dust and smoke,

His hair is white, and his fingers as black as coal.

What does he do with the money he gets from sales?

His clothing and food for the daily wherewithal.

Wearing poor, thin clothes, he still wishes it's cold,

For he's worried the price of charcoal would be low.

Overnight the outskirts are covered by a foot of snow,

In the early morning over icy tracks his cart rolls.

诗歌语言平易晓畅，展示了老人可怜的生活状况，其中"可怜身上衣正单，心忧炭贱愿天寒"两句尤其动人。白居易的诗歌饱蘸着真情实感，揭露了社会现实并体现出强烈的变革愿望，充分展现了诗人的同情心，文字间充满了力量。与元稹的同类作品相比，二人高下立判。

白居易的新乐府诗歌，多在正文之外又加注释，进一步向读者介绍诗歌主题，与《诗经》每首诗前额外添加"小序"类似。他以诗歌作为道德与政治工具的诗歌观，也是继续践行了儒家注经的传统。白居易往往对书写对象予以生动描述，最后再从道德与政治角度与文本所述构成对比而收尾。然而，由于此类对比结构多次重复，使得有些诗歌失去了应有的讽喻效果，因为说教意图太明显，结尾对道德的呼吁也太过急切。并且，他刻意使用平易直白的语言，虽然在传播上具有一定的积极效应，使诗歌更受欢迎、广为人知，但另一方面也或导致表达过于直白，缺乏婉转丰富的内在意蕴。尤其后来有些诗人模仿他看似朴直的语言，但又缺乏他的诗才，而纯粹以诗歌作为儒家思想与价值观的宣传工具，结果往往不尽人意。

5. 白居易的叙事诗与闲适诗

中唐时期，文学领域开始出现"小说"或称传奇故事，长篇叙事诗也成为许多诗人喜爱的创作形式。上文讨论过的元稹的《连昌宫词》就是当时众多典范作品之一，而白居易的《长恨歌》与《琵琶行》融情节叙述与情感抒发于一体，无疑乃个中翘楚。白居易的《长

237

恨歌》写于806年，讲述的是唐玄宗和杨贵妃的爱情故事，依稀有佛教变文与道教修仙故事的影响痕迹。这首诗虽然置于历史语境之中，但并不属于历史叙事，而是高度的想象与抒情，与他的新乐府诗歌截然不同。本诗首先描述了"汉皇"征选美女，最终发现杨玉环（即杨贵妃）正是他心目中的理想美人：

> 汉皇重色思倾国，御宇多年求不得。
> 杨家有女初长成，养在深闺人未识。
> 天生丽质难自弃，一朝选在君王侧。
> 回眸一笑百媚生，六宫粉黛无颜色。

The Han emperor loved beauties and wanted the best,
But couldn't find one for many years under his reign.
In the Yang family a girl had just come of age,
Hidden deep in her boudoir, unknown she remained.
Her heavenly beauty could not hide forever,
One day she was chosen to attend on the emperor.
When she turned her head, her smile was so enthralling
That court ladies all paled and lost their charm and color.

这里"汉皇"是一种稍加隐讳的表达，指唐玄宗。这首诗看似是警示男性不可痴迷美色诱惑，所以带有讽谏意图，对皇帝放纵享乐而疏于国事予以批判。然而，在诗人对唐玄宗和杨贵妃爱情悲剧的诗意描绘中，这种道德意图却全然迷失不见。全诗精彩地描述了杨贵妃与皇帝享乐之时的那些美好过往，但到了756年，当安禄山的叛军逼近长安、二人不得不逃离首都时，他们的爱情遂以悲剧收场。在出城不远的路上，禁军将士指责杨贵妃是罪魁祸首，表示除非缢死贵妃，否则绝不向前进发一步。于是，"君王掩面救不得，回看血泪相和流"。玄宗在四川避难期间还算安全，但却完全无法忘记被牺牲的挚爱。蜀

地山水纵然再美，也只不过令他更加忆起她的动人。当他终于回到长
安时，亦再无一人一事能令他心悦了。诗中继续写道：

> 归来池苑皆依旧，太液芙蓉未央柳。
> 芙蓉如面柳如眉，对此如何不泪垂？
> All lakes and gardens in the palace were the same,
> And so were the lotus flowers and willow trees.
> The flowers were like her face and willows her eyebrows,
> How could he not shed tears when facing all these?

　　诗人使用一系列优美的隐喻与生动的意象，营造了一种丧失与
渴望交织的深情氛围，紧接着又讲了一个神奇的道家故事：一位道
家方士施展法术上天入地，在天界与冥府遍寻杨贵妃的魂灵，最后
终于来到云天之外的一座仙山，找到了已经成为道教仙子"太真"的
她。太真的美貌与贵妃生前毫无二致，只是已经皈依了道教："玉容
寂寞泪阑干，梨花一枝春带雨。"她怀着遗憾与爱意铭记着往昔："回
头下望人寰处，不见长安见尘雾。"在道士辞别时，太真仙子把自己
的金发钿一分为二，将其中一半交道士转赠玄宗，她和皇帝多年前
曾发誓永结同心，这正是他们爱情的见证。诗尾这番誓言可谓家喻
户晓：

> 但令心似金钿坚，天上人间会相见。
> 临别殷勤重寄词，词中有誓两心知。
> 七月七日长生殿，夜半无人私语时。
> 在天愿作比翼鸟，在地愿为连理枝。
> 天长地久有时尽，此恨绵绵无绝期！
> If only the heart endures as does the golden pin,
> There'll be reunion in the human world or in heaven.

At farewell she gave him again those words,

Words as a vow they in their hearts had taken,

On that seventh day of the seventh month in private,

When no one's around and they whispered at night—

On earth they would be branches that grow as one,

In the sky they would be a pair of birds in flight.

Even earth and sky may have their time to end,

This endless love and sorrow will endure and never die!

杨贵妃的不幸惨死代表着美的毁灭。白居易怀着深切的同情为全诗画上了句号，最后一句传达了主要思想——真实而永恒的爱的力量。白居易优美清雅的语言与强烈的情绪感染力，使得《长恨歌》成为中国诗歌中最著名、最具影响力的作品之一。

《琵琶行》是白居易816年写下的另一首代表作，是一篇感情充沛的个人叙事体诗歌。故事开始于一个深秋的夜晚，诗人在浔阳江上的一艘船中送别朋友。离别之际，主客都不胜伤感，突然听到邻船上传来弹琵琶的声音。他们立刻被音乐所吸引，划近那艘船，请出琵琶女为他们演奏一曲，那音乐果真是美妙动人：

千呼万唤始出来，犹抱琵琶半遮面。

转轴拨弦三两声，未成曲调先有情。

弦弦掩抑声声思，似诉平生不得意。

Called numerous times before she came out,

Her face half covered by the pipa she held in hand.

Adjusting the pegs and plucking the strings a few times,

It seemed already touching before the melody began;

Every string pressed and every sound with some thought,

As though to tell a life's story with sadness fraught.

在这首诗中，白居易对音乐的描写，奇迹般地展现了语言的神奇力量。他用一系列精彩的比喻描绘音乐变化的节奏、曲调和情绪，并将不同的声音效果比作"急雨""私语""大珠小珠落玉盘""间关莺语花底滑，幽咽泉流冰下难"，最后"银瓶乍破水浆进，铁骑突出刀枪鸣"。当音乐戛然而止，四围俱静，唯有浔阳江心一轮明月，还是那么地澄白。这个晴凉的秋夜与音乐的效果共同营造了一种伤感的气氛，在读者心中留下了深刻的印象。接着，琵琶女给他们讲述了自己的故事。她曾是一位名动长安的琵琶伎，年轻貌美之时，也曾阅尽繁华。后来时事剧变，叛乱骤起，国家陷入内战，她已届中年，不得不嫁给一个小商人为妻，而丈夫对生意的在乎却远超过对家人的关心。在这个寒冷的秋夜，她又一次被丈夫忽视，独自在小船中睡去，梦见年轻时候的生活，醒来悲不自胜，故而将自己情感深深注入了弹奏之中。而白居易自己，此时也被贬出长安，谪迁来到荒僻的浔阳。诗人从琵琶女的弹奏中，深刻感受到音乐传递的悲伤，作为失意人的自己，也更能与她的失意相共鸣。正如诗中这两句千古名句所吟叹的："同是天涯沦落人，相逢何必曾相识"。

《长恨歌》与《琵琶行》是白居易最成功的诗歌，蕴含着强烈的情感冲击力，是他艺术巅峰的代表作。这两首叙事长诗有许多共同点，其语言明白晓畅却精彩优雅，隐喻精美、形象生动，尤其是诗人烘托氛围表情达意的高超技巧，使得二诗一经问世便广为流传，连唐宣宗都写下"童子解吟长恨曲，胡儿能唱琵琶篇"，对白居易大加赞赏。白居易广受欢迎的原因之一，肯定与他平实易读的语言有关，但另一个重要的原因则是他的性格或者说气质，他是一个典型的士大夫，惜贫怜弱、热爱自然，也追求与人与自然及社会的和谐关系。

白居易的性格有两个不同维度：一方面，他渴望参与解决社会问题，为政道建言献策，这使得他奉儒家思想为圭臬；而另一方面，他一直倾心于安逸宁静的人生，这又使他转而受道家尤其是佛教思想影响。815年，他因卷入政治斗争谪迁至江州；几年后又逢母亲去世，他丁忧回乡，不过这也让他得以静下来反思人生与仕途。最终，他决定退出险恶的官场，隐居度日，也算是对所谓"行有不得，反求诸己"的儒家主张的践行。此后，白居易在晚年又创作了更多的诗歌，表达对闲适的追求、对自然的享受，并在这方面深受陶潜影响。白居易对陶潜十分赞赏，并写下了许多陶潜风格的诗，这在唐代诗人中并不多见。例如，下面这首是他的《官舍小亭闲望》：

> 亭上独吟罢，眼前无事时：
> 数峰太白雪，一卷陶潜诗。
> 人心各自是，我是良在兹。
> 回谢争名客，甘从君所嗤！

Having recited poems alone in the pavilion,

For now no official businesses my time demand:

Several mountain peaks covered with snow,

And one volume of Tao Qian's poetry in hand.

People all pursue what their heart desires,

And in this lies what's valuable in my eyes.

I'll say to those who always fight for fame,

I am perfectly happy with what you despise!

在最后几句，白居易提出了自己的观点并予以论证，这是他的典型风格，经常将具体描述与反思想法融为一体，不仅展示了美丽的自然风景，还蕴含着有趣的想法或哲学内涵，从而感染读者。下面这首《大林寺桃花》就是一个很好的例子：

> 人间四月芳菲尽，山寺桃花始盛开。
> 长恨春归无觅处，不知转入此中来。

In the fourth month all flowers are gone in the human world,

In this mountain temple, peach blossoms just start to appear.

I always feel sad that spring is gone and nowhere to be found,

And I didn't know that it has turned to come over here.

　　在这首绝句中，诗人不仅表达了一种惊喜，竟能在山寺旁觅得迟开的桃花；同时也暗示寺中别有一番天地，一人一事均与"人间"不同。另一首清新可爱的小诗是《问刘十九》，写的是他邀朋友一起品尝新酿的美酒：

绿蚁新醅酒，	I have green-colored new brew,
红泥小火炉。	A small red burner with fire to the brink.
晚来天欲雪，	It looks like snow this evening,
能饮一杯无？	Would you come over for a drink?

　　在这首小诗中，新酿美酒之绿、小火炉之红，搭配出一幅色彩明快的画面，在寒冷的冬日里营造了一种舒适温暖的感觉，并在最后一句发出如此美好的邀请，让客人充分感受到友谊的温暖。在一个"欲雪"的夜晚，谁会不愿意去喝几杯酒呢？白居易写他闲适自在、享受生活的诗歌，表达了远离政治险境与蹉跎、平静度日的愿望，对后来的诗人有很大的影响。

6. 贬谪的诗人：刘禹锡与柳宗元

　　对于中唐诗人来说，创作挑战主要在于如何在盛唐的巨大光环下开辟出新的道路。除了前述韩孟诗派和白居易、元稹所代表的两种方向之外，其他诗人也耕耘不辍，各有所成。刘禹锡和柳宗元就是其中两位杰出的代表。他们不但是挚友，才华也足相媲美，当时都参加了政治家王叔文（753—806）领导的改革集团。然而，改革很快便偃旗息鼓，这一失败的结局也让刘、柳诸人仕途受挫，一生大部分时间都在贬谪之地度过。这对他们的诗歌主题与风格产生了深刻的影响。

刘禹锡（772—842）身上有一种勇毅的乐观与高洁的自尊，总能超脱于人生种种苦难与挫折之上。826年，被贬谪20多年的刘禹锡终于被召回首都。在去扬州的途中，刘禹锡遇到了白居易，白居易写诗相赠以表达其同情，刘亦回赠诗歌与之唱和。下面就是刘禹锡这首著名的和诗《酬乐天扬州初逢席上见赠》：

> 巴山楚水凄凉地，二十三年弃置身。
> 怀旧空吟闻笛赋，到乡翻似烂柯人。
> 沉舟侧畔千帆过，病树前头万木春。
> 今日听君歌一曲，暂凭杯酒长精神。

In Ba and Chu, in the desolate rivers and mountains,
Twenty three years I spent as one utterly forsaken.
Remembering the past, I recite old works in vain,
Reaching home, nothing of the bygone years remain.
The sunken boat is passed by a thousand sails,
Ahead of the sick tree ten thousand are thriving.
Having heard you sing this song today,
Let's drink to keep up our spirits with wine.

在这首诗的前四句，刘禹锡叙述了自己一再被贬，在荒僻的南方几经辗转，踏遍了今天的湖南、安徽、广东、四川各地，23年来遭遇了种种困难和不公。"巴"是川东一古国，地处今天的重庆；"楚"包括南方的一片广阔地区，相当于今天的湖北、湖南。接着他写道，当终于被召回长安时，他返乡探望，已是故旧难觅，物非人非。这几句流露的怨愤之情颇深，但诗的后半部分完全一改声气，高歌更加积极光明的人生观，这两句千古传颂的颈联，最能表现他的不屈精神："沉舟侧畔千帆过，病树前头万木春。"尽管沮丧失望，他还是昂扬地期待着未来，不肯向历史包袱低头。这一联蕴含着对客观真相的认知或称受到的启发，是从他多年的苦难与沉思中孕育而出，已经上升为一种具有普遍意义的真理。刘禹锡的许多诗听起来都非常激越振奋、鼓舞人心，在下面这首《秋词》中即有清晰的呈现。他一改中国古典文学一贯的"悲秋"主流，并不认为秋天就等于愁苦与孤独：

自古逢秋悲寂寥，我言秋日胜春朝。
晴空一鹤排云上，便引诗情到碧霄。

People always feel sad in autumn since ancient time,

But I'll say a day in autumn is better than spring.

In the azure sky a crane through the clouds ascends,

And with it my poetic thought to the firmament brings.

刘禹锡尤以历史怀古诗闻名，语言简洁明快，多通过个人经历与思考表达对历史事件的深入反思。下面这首著名的《西塞山怀古》也是他的作品，追忆了三国时期吴国的败亡：

王濬楼船下益州，金陵王气黯然收。
千寻铁锁沉江底，一片降幡出石头！
人世几回伤往事，山形依旧枕寒流！
今逢四海为家日，故垒萧萧芦荻秋。

Wang Jun's towering warships came down from Yizhou,

The kingly aura of Jinling sadly dwindled at once.

Iron shackles fell to the river bed at thousands feet deep,

And flags of surrender all popped up on the City of Stones!

How many times such tragic affairs are mourned in the human world,

While mountains lie asleep on the cold river just like before!

Now the four seas have become united like one family,
The old city looks gloomy and hosts of autumn reeds grow.

280年，西晋将军王濬率领一支强大的舰队，从益州（今成都）沿江而下，东征吴国。他迅速击败东吴，占领了都城建业（今南京，又名石头城）。虽然之前吴王为加强防御，下令以铁锁链横贯江面以阻止舰队通过，仍然未能抵挡王濬大军的进攻。通过反思历史，诗人感慨着人世命运的变幻难测、自然世界的相对永恒，"山形依旧枕寒流"。这也是他在另一首名作《乌衣巷》中所表达的观点：

朱雀桥边野草花，乌衣巷口夕阳斜。
旧时王谢堂前燕，飞入寻常百姓家。
Wild grass have flowers by the Red Bird Bridge,
The setting sun slants at the entrance of Black Robe Lane.
Swallows that used to nest in halls of the Wang's and the Xie's,
Now fly into people's humble houses, common and plain.

"朱雀桥"与"乌衣巷"这两个地标，都曾经以雕梁画栋的豪宅大屋闻名，东晋时期王家、谢家这样的门阀士族，都曾在此居住。但如今诗人到访此地，却见人去楼空，只余断壁颓垣。诗人用燕子在房檐衔泥筑巢这一意象，表明人类世界并无永恒存在，荣华富贵终将在时间的长河中流逝得无影无踪。

刘禹锡在夔州时，曾摹仿川东地区民歌写过好几首《竹枝词》，比如下面这首：

山桃红花满上头，蜀江春水拍山流。
花红易衰似郎意，水流无限似侬愁。
Peach trees have red flowers all over the top;

Gushing through mountains the Shu rivers flow.

Flowers are red but soon fade, like my lover's feelings,

Rivers flow and will never end, just like my sorrow.

"蜀"指的是四川；诗中姑娘对情人或恐变心的嗔怨，也正是世界各地民歌的流行主题之一。下面还有他另一首著名的竹枝词：

杨柳青青江水平，闻郎江上唱歌声。
东边日出西边雨，道是无晴还有晴。

Green are the green willows and smooth the river's flow;

Over the bank I hear my lover's song, a favorite of mine.

The sun rises in the east, but in the west it rains;

It's really hard to tell whether it's fine or not fine.

最后两句甚为有趣，主要是以双关语表达了爱情的捉摸不定。"东边日出西边雨"说的是天气变化莫测，既可能阳光明媚，也可能雨水绵绵。中文"晴天"的"晴"与"爱情"的"情"同音，所以最后一句也用"晴（情）"字一语双关，叙述者既是在表达不确定是否"晴天"，也是在表达不知唱歌的小伙子对她是否仍有"爱情"。幸而英语的"fine or not fine"正好也可以用来表示那种暧昧感。这种文字游戏或称双关语是民歌民谣的典型特征，在全世界的各种民间文学传统中都随处可见。

　　805年王叔文变法失败后，柳宗元（773—819）和刘禹锡一样，也被贬至偏远地区。但与刘禹锡不同的是，他没能熬过经年累月的流放挫磨，中途客死于湖南柳州（今属广西），年仅46岁。柳宗元的仕途短暂而蹉跎，大多时间担任低级官吏，诗歌中充满了痛苦、失落与挫折之感，尽管他也曾试图从禅宗中寻求安慰。例如，下面这首《登柳州城楼寄漳汀封连四州》，是他寄给韩泰、韩晔、陈谏与刘禹锡这四位朋友的，四人当时均被贬出长安，分别降职担任漳州、汀州、封州与连州刺史。他在诗中表达了对友谊的珍视，尤其是对遭当权者徇私报复被逐的愤慨。变法失败与之后的谪迁生涯，极大地影响了柳宗元的人生，令他的作品总有一抹挥之不去的愤恨与凄怆：

城上高楼接大荒，海天愁思正茫茫。
惊风乱飔芙蓉水，密雨斜侵薜荔墙。
岭树重遮千里目，江流曲似九回肠。
共来百越文身地，犹自音书滞一乡。

The high city tower is linked with the vast wilderness,

And endless are unhappy thoughts amidst the sea and the sky.

Frightening wind ruffles up lotus flowers in the water,

And heavy rain penetrates the wall of shrub and vine.

Winding rivers take the shape of unending sorrow,

And mountain trees block the view of a thousand miles.

We are all sent to the south of tattooed bodies,

Where news from home are hard to come by.

柳宗元的诗歌清晰地抒发了怨恨与挫折之情，也经常以极为强硬尖锐的意象入诗。他在贬谪期间写下的渴盼故乡的七绝《与浩初上人同看山，寄京华亲故》，就是一个生动的例子：

海畔尖山似剑铓，秋来处处割愁肠。
若为化得身千亿，散上峰头望故乡。

By the sea the sharp cliff looks like a sword,

It cuts the sorrow in our bosom at every turn.

How I wish my body can be transformed to zillions

And scattered on each peak for our home to yearn.

人的躯体可以化作无数分身，这是一个佛家概念，柳宗元借此抒发
了对遥远故乡的思念。他结交了不少僧人朋友，深受佛教思想的影
响。柳宗元从禅宗的宁静中寻求慰藉，写下了不少佳作，表达和平静
谧之感、人与自然的宁静和谐，尽管同时也传达出一种深刻的孤寂与
悲伤。例如，下面是他最著名的作品之一《江雪》。这首诗从整体上
在读者眼前渲染出一幅寒冷静默之景，幕天席地的大雪之下，世界仿
佛静止了，唯见一位老叟独自在寒江上垂钓，堪称一幅生动的中国水
墨画：

千山鸟飞绝，万径人踪灭。
孤舟蓑笠翁，独钓寒江雪。
In a thousand mountains not a bird is seen,
In ten thousand paths not one human trace;
An old man on a lonely boat in cold river
Angles alone in the snow, wearing a bamboo hat.

柳宗元的另一首《渔翁》，同样画意盎然、韵律天成，这是决定
一首诗歌能否跻身一流山水诗之列的关键。这首诗同样也优美地表达
了一种宁静与孤独之感：

渔翁夜傍西岩宿，晓汲清湘燃楚竹。
烟销日出不见人，欸乃一声山水绿。
回看天际下中流，岩上无心云相逐。
At dusk the fisherman has his boat moored near western cliff,
At dawn he draws water from the Xiang River and burns bamboo.
When the smoke evaporates at sunrise, he cannot be seen;
The fisherman's song echoes over waters so clear and blue.
Looking back in midstream at the mountain far at sky's end,

Clouds are floating on top as though in each other's pursuit.

自屈原以降，在中国古典文学的人物象征运用上，渔翁常被塑造为韬晦的隐士形象。这首诗无疑即描绘了这样一位渔翁，或者说是诗人自况的一位隐士，深居山水之间、远离人群熙攘。柳宗元的佛学修为令他默默接受了严酷的现实，亦为他的诗歌增添了一层宁静与平和。他在风格上近于陶潜、韦应物，他们的共同点是都能使用平易晓畅的语言传情达意，并常通过描写和谐宁静感表现自然之美。

中唐时期，刘禹锡和柳宗元通过拓展诗歌的范围，深化了其内涵意蕴，对诗歌发展作出了重大贡献。他们的谪迁诗歌是唐诗伟大传统的重要组成部分。在韩、孟、元、白之外，刘禹锡与柳宗元同样也都有自己独特的风格，堪为后世推崇的杰出诗人。

第九章

散文、小说与晚唐诗歌

1. 韩愈、柳宗元与古文运动

正如我们在第五章讨论过的，在南北朝时期，语言的精致化与格律的成型逐渐稳步推进，这种发展趋势一直延续至唐代，格律严谨的律诗亦得以充分发展成熟。不仅诗歌如此，散文也同样朝着追求严格对仗的方向发展。从魏晋到初唐，骈文在文法、辞藻、用典与对仗等各方面的要求，变得越来越复杂而严格。在天才作家的笔下，骈文可以是高度诗意而华美的，例如第六章提到过的王勃《滕王阁序》，便是一部伟大的经典，千百年来无数读者和批评家无不赞叹。然而，骈文的过度发展，逐渐将文章的审美功能凌驾于交流功能之上，愈来愈不实用，而散文则具有满足各种社会和商业活动基本需求的本质功能。因此，纯粹从体裁的角度看，推动文章从骈文向受限更少、更自由的表达方式转化，已成为中唐时期日益增长的文学改革需求。

我们或许已经注意到，在南北朝时期，儒家正统观念相对衰落，"文"（文学写作）的观念是作为一种明确的美学概念出现的。安史之乱后，时势变易，许多士大夫试图推动大唐从衰落走向中兴，批评前几代人造成了整个社会统治的弱化，偏离了儒家道德与政治哲学的规范。他们主张复兴儒家思想权威，使文学承载儒家"道统"，亦即儒家美德与政治思想等。他们希望回归秦汉时期更加自然无拘束的散文写作形式，故称其为"古文"，与骈文相对。所以说，这次散文改革有其历史与政治背景，关乎唐代中期的儒学复兴思潮，史称"古文运动"。

作为文学写作的一次重要改革，如果没有伟大作家将主张与理论依据持续转化为真正有影响力的作品，改革就不可能成其为"运动"。韩愈和柳宗元正是这场运动的领军人物。韩愈主张回归孔孟，并认为自己继承了这一道统。他的主张具有现实目的，亦即发现并解决当时的主要社会问题。在他看来，各地藩镇割据，削弱中央统治，佛道两家的快速扩张挑战了儒家权威，而又以佛教为甚。故而，韩愈写下了《原道》《原性》《原人》等名篇与许多其他文章，阐述儒家思想伦理与政治关系、华夏与夷狄之别，并批判某些藩镇滥权，尤其对佛道两家多有抨击。由于他出众的文才、雄健的笔力与独特的个人风格，韩愈的篇篇雄文影响力与日俱增，为古文运动的成功奠定了基础。

韩愈主张"以文明道"，但他所说的儒家之"道"不仅仅是道德与政治思想，而是在孟子的影响下，视作者的道德品质和诚信作为好文章的基础。在这个意义上，写作不仅是阐释儒家伦理道德的工具，更是个人道德品质和内在精神的表达，也包括个人情感的抒发。虽然韩愈号称"非三代两汉之书不敢观"，但他实际上如饥似渴地博览群书，取其精华化为己用，同时也包括吸收骈文的精华。最终，他通过学习古人总结出这样的原则："惟古于词必己出"，"惟陈言之务去"。作为一位大作家、大诗人，韩愈极为强调精进写作的各种途径，对"文"的关注不亚于对儒家之"道"的关注。因此，他又受到了一些教条主义道学家的批评，特别是宋朝的几位道学家，他们指责韩愈先学文、后究道，可以说是"倒学了"。但遭指摘之处，恰恰是韩愈带领一群文学家成功推动古文运动，使得"古文"成为唐宋两代主要文学写作形式的成功之道。

韩愈的文章闪耀着夺目的才华，辞采创新，写作风格也不落俗套，令人印象深刻，饱受赞誉。下面这篇《马说》，是根据传奇相马师伯乐的故事改编的讽寓，据说伯乐能够通过马匹外观来判断它的内在品质。这篇文章显然是对中唐那个不幸时代的叹息，真正的才士无法获得认可，真正的长处亦因为缺乏权威的慧眼而弃如敝屣：

> 世有伯乐，然后有千里马。千里马常有，而伯乐不常有。故虽有名马，只辱于奴隶之手，骈死于槽枥之间，不以千里称也。
>
> ……
>
> 策之不以其道，食之不能尽其材，鸣之而不能通其意，执策而临之，曰：“天下无良马！”呜呼！其真无马邪？其真不知马也！
>
> There is first Bo Le in the world, and then there are fine horses to run a thousand miles. Fine horses are often there, but Bo Le does not often appear. As a result, though there are famous horses, they are only handled by servants, die in the stable with others, and are not known for running a thousand miles.
>
> ...
>
> Harness it not in the right way, feed it not to its capacity, yell at it without understanding its wish, hold a whip by it and complain, saying "there are no fine horses under the heaven." Alas! Is it true that there are no horses, or just no one really knows horses!

韩愈的散文作品结构清晰、行文新颖、表达生动，有时或以罕僻词语点缀其间，论证说理极有气势，令人信服。他是当时的文坛领袖，周围许多文人都在诗歌方面有所建树（正如我们在第八章讨论的那样），但很少有人能在散文方面也取得他那样的成就，而韩愈却是能在中国古典文学史上以文章名世之人。

柳宗元不属韩孟诗派，但可与韩愈齐名，也是一位杰出的散文家。他的文学观与韩愈相近，认为写作在于阐明儒家之道，并强烈批评了前代作家的骈文。柳宗元长期贬谪南方荒僻之地，故而生前未能达到韩愈那样的文学影响，而且也不像韩愈那样执着地捍卫儒家正统、对抗佛教。不过柳宗元和韩愈一样，也非常重视写作的艺术性，并没有刻板遵循自己以文学写作为工具的理论主张。

如果说韩愈的散文有如险峻的山峰或汹涌的洪流，其排山倒海之势令人印象深刻，那么柳宗元的散文更像一条深沉而平静的清溪，以优雅晓畅的语言传达哲思与深情。韩愈风格宏大，有时精心炼字别具一格，而柳宗元更强调语言的自然流畅。柳宗元写过一些著名的杂文作品。例如他的名作之一《捕蛇者说》，写永州野外有一种致命的毒蛇，因为具有极强的药物功效，政府允许当地人民上交这类毒蛇来代替纳税。一户姓蒋的穷苦人世代甘冒生命危险捕蛇为生，尽管蒋家祖父与父亲都死于捕蛇，蒋某自己十二年来也是九死一生，但他表示绝不会放弃这个危险的活计。因为只要自己还能靠捕蛇完税，就可以在村里继续活下去；而反观左邻右舍，在沉重的税收压力之下，早已十室九空，不是家破人亡，便是逃亡多年。然后柳宗元写道：

> 孔子曰："苛政猛于虎也！"吾尝疑乎是，今以蒋氏观之，犹信。呜呼！孰知赋敛之毒，有甚是蛇者乎！故为之说，以俟夫观人风者得焉。
>
> Confucius said: "cruel government is more ferocious than a tiger." I used to doubt this, but judging from the situation of this man Jiang, I now believe it. Alas! Who would know that the venom of taxes can be worse than that of a snake! So I wrote this with the hope that official observers could get it.

柳宗元的文章精品多是山水游记，不仅描绘了自然风光之美，而且表达了自己的在场感受，展现了一贯追求的清冷、宁静与优雅的境界。例如，在他最著名的作品之一《钴鉧潭西小丘记》中，抒发了登上山顶时所见所感：

> 枕席而卧，则清泠之状与目谋，瀯瀯之声与耳谋，悠然而虚者与神谋，渊然而静者与心谋。
>
> When I used a stone as my pillow and lay down, the clarity and coolness of the place agreed with my eyes, the gurgling sound of waters agreed with my ears, the expansive void agreed with my mind, and the deep quietness agreed with my heart.

在这样美妙的环境中，他遂从大自然那里找到了平静和慰藉。色、声、空、静之间，人景几欲合一，连作者似乎也成了大自然的一部分。他用丰富的词汇与一组组长短错落、韵律有致的句子，营造了一个这样的场景，不仅最契合他的情绪，还在一种恰如其分的氛围中激起了他的想法与感受。无论是弃置荒野、未被赏鉴的自然之美，还是他笔下的静谧与安宁，既是在描述自然，也是在表达自己的情感状态，正是这样的零距离与同理心打动了读者。

得益于韩愈、柳宗元的经典之作，古文运动产生了重要的影响。它将散文写作从骈文过于复杂的规则与限制中解放出来，使作家能够更为自由地表达自己的观点和感受。但与此同时，它也存在不足，例如模糊了文学与非文学的区别，将文学写作变成了为某些道德与政治目的服务的工具。我们在第五章中曾讨论过，"文"（文学写作）作为一个清晰的审美概念，是南北朝长时间发展之后的结果，这一概念的意义正在于明确地区分文学与非文学，一如我们在萧统编撰的《文选》中所见。这一文学概念为之后文学的进一步发展、独立于其他实用型写作创造了必要条件。古文运动提出以文学为工具，为昌明儒家道统服务，其实是否定了文学写作的独立地位，可以说是文学史上的重大倒退，并造成了一些潜在问题。古文运动确实产生了重大影响，但它并没有让"古文"这种主流形式完全取代骈文。骈文还是继续存在着，并在这一波改革浪潮平息后，在晚唐迎来了再次繁荣。

2. 唐传奇与俗讲变文

我们在第五章讨论过，叙事小说在魏晋南北朝时期开始出现，并在唐代中期再度兴起。这一时期的文人对不同类型的故事叙述产生了兴趣，于是创造了"传奇"这种文类，字面意义是"传播奇闻异事"，在英文中可以译为"romance"（传奇文学）。随着城市与城市经济的发展，大众娱乐逐渐为人所重视，流行的口头文学与文人小说等体裁相互影响。唐传奇可以说标志着中国传统小说的开端。最早的这类作品在题材上继承了神怪故事传统，例如，《古镜记》写一人名叫王度，得到了一面有法力的古镜，可以降妖除魔，但和南朝所收集的更早的志怪故事相比，叙事更加成熟饱满。另一部作品是李朝威（约766—820）的《柳毅传》，既有幻想的元素，也有生动的现实特征。柳毅是一位正直勇敢的书生，帮助洞庭龙王的女儿带信给父亲，诉说她受到丈夫泾川小龙的虐待。她的叔叔曾任钱塘龙王，闻知此事后，一怒前去报仇，杀死了她傲慢的丈夫，将龙女救回洞庭，还要柳毅娶龙女为妻。结果柳毅拒绝了，因为他对龙女的帮助乃是出于道义，从未打算趁她之危以成好事。然而，他们确实对彼此都有情，多年后，龙女化为凡间女子，最终与柳毅结为夫妻。柳毅和龙女的故事很受欢迎，后来被改编成多部戏剧一演再演。

第一部没有神怪元素的唐传奇是诗人元稹的《莺莺传》。正如我们在上一章讨论过的，元稹与白居易一样，也是新乐府诗歌的主要创作者。《莺莺传》写一位年轻士子张生爱上了一位名叫莺莺的少女，并通过她的丫鬟帮助传递情诗，赢得了美人芳心。然而，后来张生去长安参加科举，最终还是抛弃了她。这一爱情传奇为后来的两部重要戏剧作品提供了素材，亦即金代董解元的《西厢记诸宫调》与元代王实甫的《西厢记》。

爱情传奇是唐传奇的重要组成部分。另一部以悲剧结局的作品是蒋防的《霍小玉传》。霍小玉的母亲是霍王侍婢，所以她虽然是霍王之女，却被赶出王府，沦落风尘。她遇到书生李益后，情知自己不可能永远和他在一起，所以恳请他与自己相伴八年，之后李益可以再娶他人为妻，而她将出家为尼。李益见小玉美色，嘴上答应了下来，但不久就违背了诺言，他科举高中进士，依母命将娶一位门当户对的女子为妻。小玉得知消息，病倒在床。她的境遇感动了一位武艺高强的黄衫客，他将李益强行带到小玉面前，小玉怒斥李益而死。这位用情至深的女主角的悲剧十分感人。

白居易的弟弟白行简（776—826）所作《李娃传》，结局之大团圆几乎令人难以置信。一位荥阳的年轻书生迷上了妓女李娃，钱财挥霍一空之后，被赶出了妓院，父亲又与他断绝了关系，他沦为乞丐，悲惨不堪。李娃很同情他，又将他带回妓院住下，倾心相助，并鼓励他参加科举考试。最后，他金榜题名，登上高位，不仅与父亲和解，还迎娶李娃为夫人，后者遂也得以夫贵妻荣。虽然这个故事大多是虚构想象，但它出自一位才华横溢的作家之手，有不少对唐代城市生活的生动描述，人物刻画也给读者留下了生动可信的印象。所有上述这些唐传奇中的女性角色，如崔莺莺、霍小玉与李娃等，都是作者从非常积极的视角塑造出来的正面形象，美丽聪慧又敢于追求爱情。相比之下，男性角色似乎在社会规范的压力下显得更软弱，更怯懦自私。还有些作品将爱情故事与历史或政治事件结合在一起，例如白居易友人陈鸿的《长恨歌传》，显然受到了白居易的名作《长恨歌》影响。

另一类唐传奇则体现了佛道思想的影响，普遍倾向于认为大千世界本是虚幻，追求世俗名利终徒劳成空。这类传奇大都以梦境的形式叙述，其中最著名的是沈既济（约750—约797）的《枕中记》和李公佐（778—848）的《南柯太守传》。《枕中记》讲的是一位卢姓书生的故事，他从一位道人那里借了一个瓷枕，准备打一会瞌睡，结果梦见自己跻身士大夫，一生之跌宕起伏不可尽述。当他梦醒之时，发现并未睡去多久，一旁的黄粱米饭还没有蒸熟。于是，他最终悟出，刚才那官场浮沉一生不过一场空梦。《南柯太守传》讲的是一个类似的故事，主人公被选为槐安国驸马，担任南柯太守，二十年荣华不衰，但随着公主去世，他的境况急转直下，失去了国王的宠信，最后被遣返回到他进入这个神奇世界的起点。就在这时他突然惊醒，意识到一切不过是一场醉梦，所谓的槐安国其实是他院中大槐树下的蚁穴。

在唐朝末年，传奇小说集继续流行，又出现了另一种类型的传奇，生动描绘豪侠人物的侠义精神，主人公往往武艺超群。这些小说人物性格坚毅，具有强烈的尊严感和价值感。其中一篇著名传奇是《虬髯客传》，传统认为是著名道人杜光庭（850—933）所作，但现在普遍认为作者佚名。故事写的是隋末天下大乱之际，有一少女红拂，是隋朝著名政治家杨素（544—606）最宠爱的侍女。她爱上了后来成为唐朝大将军的李靖（571—649），决定与他私奔。在逃离长安的路上，他们遇到了一位胡须卷曲的侠客（亦即"虬髯客"），三人结为朋友，后来又结识了李世民（598—649），也就是后来的唐太宗。这位虬髯客立刻意识到李世民未来不可限量，遂将所有财产都送给了李靖和红拂（以便他们襄助李世民），自己则飘然远去，最终也实现了自己的理想，成为海外某国的君主。三个主要人物都是胸怀大志的英雄，故事熔历史与想象、英雄事业与儿女情长于一炉，成为唐传奇最著名的作品之一。另一部裴铏的《聂隐娘传》，也是关于武林高手的名作。聂隐娘是唐朝一名军官之女，十岁时被一个尼姑劫走，五年后才被送回家，此时的隐娘已经被尼姑培养成一位剑法超群的刺客。故事继续讲述了这位几近超人的女刺客的人生，对神秘与幻想元素的充分渲染，为后来的武侠小说等文学类型作了铺垫。

19世纪末至20世纪初，在中国西部古城敦煌的洞窟中，发现了大量文献宝藏，为现代学者更好地研究中国古代特别是唐代提供了资料。敦煌文献包括许多关于民间传说与大众文学的作品，包括俗讲、流行的赋文与所谓的"变文"。唐代留下许多佛教布道文本，亦即在佛寺中用于宣教的文本，在佛教故事基础上又增饰了许多文学元素以吸引更多听众，这类文本就是佛教"变文"。变文叙事基于佛经，但重在讲故事而不是传播佛教信仰。也有基于历史人物传说和故事的非佛教变文，如关于王昭君、伍子胥、孟姜女等人物的故事。《王昭君变文》讲的是昭君的汉宫故事，以及她如何被遣嫁北方的匈奴单于，但却总是想念南方故土。《孟姜女变文》讲的是这个可怜女子是如何哭倒长城的著名故事。暴秦朝廷强征百姓修建长城，孟姜女的丈夫也被强征为民夫。寒冬季节，孟姜女做了冬衣去寻夫，谁知丈夫在严酷的劳役下已被摧残身亡，死不见尸。孟姜女痛斥朝廷残酷，哭到惊天动地，以致大段长城轰然倒塌，终于露出了她丈夫的尸体。《伍子胥变文》可能是其中最著名的一篇。在许多流行故事与传说的基础上，这篇变文对这位历史人物的刻画，比早期史料更为全面，也更富有想象力。这些变文作为迎合大众消费的故事，大多使用散文体裁，有时也更接近口语，代表了中国通俗小说或称小说原型的最早形式。变文对于更好理解唐代的城市生活、娱乐和大众品味，都相当有价值。

3. 两位主要诗人：杜牧和李商隐

在文学史上，从828年到907年这最后80年被称为晚唐，这也是大唐内忧外患、持续衰败的一段时期。在中央，宦官进一步专权，把持朝政，士大夫又纷纷结党内斗；在地方，藩镇各自为政，削弱中央集权，叛乱四起，帝国稳定受到严重威胁。国家整体经济状况恶化，政府税收又给百姓带来了沉重的负担。在帝国衰落下滑的这一过程中，靠读书实现理想抱负的机会越来越少，一切都给文人阶层蒙上了阴影，弥漫着一种失落与幻灭的氛围，这在他们的诗歌中常有表现。

有盛唐与中唐诗歌珠玉在前，晚唐则显得有些缺乏活力和创造性，但其间也产生了杜牧和李商隐这样杰出的诗人。

杜牧（803—853）出身显赫，颇以名门之后自诩，但他的政治成就却与自己预期相去甚远，这明显影响了他的诗歌。一方面，他在诗中以一个无人赏识的天才自况，流连酒馆妓院虚度光阴，甚至在下面这首著名的《遣怀》中不以为耻地大胆写道：

落魄江湖载酒行，楚腰纤细掌中轻。
十年一觉扬州梦，赢得青楼薄幸名。
Lost in the world with but wine and play
With those whose waists are soft and slender.
Ten years in Yangzhou feels like a dream,
Winning in joy houses the name of a heart stealer.

另一方面，在追忆过去或吟咏历史遗迹时，杜牧又写下了许多蕴含深刻历史意识的咏史诗，例如下面这首《过华清宫》：

长安回望绣成堆，山顶千门次第开。
一骑红尘妃子笑，无人知是荔枝来。
Looking back from Chang'an it's all flowers,
On the hill a thousand doors opened to a grand view.
A horse arrived in reddish dust and the Lady smiled;
And no one knew that was lychee coming through.

华清宫是唐玄宗和他最宠爱的杨贵妃的宴乐之地。贵妃喜欢吃荔枝，但最好的荔枝生长在遥远的南方，必须由快马接力奔驰数千里，才能从南方抵达长安。杜牧这首诗以一种温和的讽谏语气，批评了奢侈的皇家生活方式。他还有一首名作《泊秦淮》如下：

烟笼寒水月笼沙，夜泊秦淮近酒家。

商女不知亡国恨，隔江犹唱后庭花。

Fog over the cold river and moonlight over sand,

Near a wine shop I moored my boat on River Qinhuai.

Those singing girls know no pain of losing their country,

Are still singing over there the songs of loss and demise.

秦淮河流经金陵（今南京），两岸酒馆妓院林立。这座城与这条河，见证了陈朝为隋朝所灭的变迁。陈朝虽亡，但河畔的歌女还唱着《后庭花》这样的陈朝旧曲，以娱宾客游人。听到这样的歌曲，杜牧感到此时的大唐帝国已是不可避免地衰落了。

杜牧下面这首绝句《赤壁》，写的正是三国时期著名战役"赤壁之战"所在地，具有高度的历史意义。在那场战役中，曹操率领的水军在火攻下全军覆没，败于少年将军周瑜率领的孙刘联军。杜牧写道：

折戟沉沙铁未销，自将磨洗认前朝。

东风不与周郎便，铜雀春深锁二乔。

Buried in sand, the broken spears still have their iron sharpness,

When washed clean, you recognize them from time of the past.

If not for the east wind bringing young Zhou Yu advantage,

The two Qiao sisters would be locked in the Bronze Bird Terrace.

这首诗表达了杜牧的历史观：历史走向经常受到不确定因素的意外影响。如果不是（在冬天）偶然刮起东风，令火攻之计得以成功，那么最终赢得这场战役的一方很可能是曹操。倘若那样，江东的两位著名美女大乔（吴主孙权之嫂）和小乔（周瑜之妻），也不免作为罪孥送往魏国，与其他侍妾一起关在曹操的铜雀台中了。

在另一首诗《题宣州开元寺水阁阁下宛溪夹溪居人》中，杜牧把历史与当下并置一处，见昔日的荣光如今破败不堪，慨叹前人已逝、世代更迭，气数皆有尽时。同时他也意识到，事实上人类终将走向衰亡，并涌起一股欲与古之知音一诉衷肠的渴望：

> 六朝文物草连空，天澹云闲今古同。
> 鸟去鸟来山色里，人歌人哭水声中。
> 深秋帘幕千家雨，落日楼台一笛风。
> 惆怅无因见范蠡，参差烟树五湖东。

The glory of the Six Dynasties is gone, all covered by grass;

The sky is clear, clouds idle, that's the same now as in bygone years.

Birds fly away and then return in the lovely mountains,

In the sound of the waters we hear people's laughter and tears.

In autumn the rain weaves a curtain for a thousand households,

From a tower at sunset the music of a flute flows in a breeze.

It's sad that I have no way to meet Fan Li but only see

Misty woods extending over the Five Lakes to the east.

范蠡（前536—前448）是公元前5世纪春秋末年著名的政治家、商人和军事战略家。他辅佐越王勾践复仇，于公元前478年击败吴国。在取得这次胜利后，他在荣耀达到顶峰之际却选择抽身退出政坛，乘小舟漫游五湖（今太湖），在清静自得中度过了属于自己的后半生。在尾联中，杜牧表示渴望结识范蠡这样的古人，他们既能取得辉煌的世俗成就，又有及时从险恶的政治生涯中全身而退的智慧。

杜牧天性素有远见，抱负宏大，即使描写过往或自己受挫的仕途时，亦无疲惫沮丧之状。他有许多山水诗颇有峭健之风，给人印象深刻。例如，《山行》这首，描写了秋天枫叶尽红的美景，与其他多数悲秋之诗全然不同：

> 远上寒山石径斜，白云生处有人家。
> 停车坐爱枫林晚，霜叶红于二月花。
>
> A stony path winds up far onto cold mountains;
> A lonely house sits where white clouds spread.
> I stop my wagon for I love the evening maple woods—
> Their frosty leaves outshine spring flowers in fiery red.

他的另一首绝句《清明》同样脍炙人口，生动形象地抒发了那种微微的伤感、寻美酒自遣愁怀的期待：

> 清明时节雨纷纷，路上行人欲断魂。
> 借问酒家何处有，牧童遥指杏花村。
>
> At the time of Qingming, it always rains;
> The traveler on the road is filled with dismay.
> When asked where he could find a tavern,
> The boy points to Cassia Village some distance away.

杜牧的诗歌语言俊爽流畅，但既不像元稹或白居易那么平淡，也不像韩愈、李贺常以夸张或奇峻之辞摄人。他尤以七绝与七律闻名，许多诗歌都深受历代读者喜爱，那优雅清丽的意象、恰如其分的表达、深刻的历史意识和广阔的视野无不令人印象深刻。

另外两位诗人许浑（约791—约858）和张祜（约785—约849），都是杜牧的朋友，二人诗风也非常相似。许浑的怀古诗非常有名，例如下面这首《咸阳城东楼晚眺》：

> 一上高城万里愁，蒹葭杨柳似汀州。

溪云初起日沉阁，山雨欲来风满楼。

鸟下绿芜秦苑夕，蝉鸣黄叶汉宫秋。

行人莫问当年事，故国东来渭水流。

On the high tower one's homesickness arose,

For the reeds and willows look just like home.

River clouds gather while the sun is setting over the city,

A gust fills the tower when the mountain rain threatens to come.

Birds come down to the meadow of what used to be a Qin garden,

Cicadas chirp among yellow leaves of what was a Han palace hall.

Please, sir, don't ask about all those things of the past,

Only River Wei still flows to the east just like before.

咸阳位于长安以西，中国历史上第一个大一统王朝秦朝即建都于此，这座古城浸透了秦汉历史的记忆。

张祜也是杜牧的朋友，以下面这首《宫词》闻名，主角是深宫很少见到皇帝的宫女：

故国三千里，	Home is three thousand miles away,
深宫二十年。	I've been deep in the palace for twenty years.
一声《何满子》，	At one sound of this sad song of mercy,
双泪落君前。	Before his majesty my two eyes shed tears.

李商隐（813—858）是另一位重要的晚唐诗人，可以说他代表了晚唐诗歌的一个特殊维度。他年轻时才华横溢，广有文名，但在一生的大部分时间里，仕途并不算成功，从来没有担任过重要官职。他也写咏史诗借古讽今，例如下面这首《贾生》，就是基于贾谊的生平轶事而作，我们在第三章中讨论过这位汉代政治家、学者与诗人：

宣室求贤访逐臣，贾生才调更无伦。

可怜夜半虚前席，不问苍生问鬼神。

In Yishi the emperor sought advice from the banished one,

Jia Yi's talent and brilliance shone out the most.

What a pity his majesty moved his seat forward at midnight,

But he didn't ask about his people, only about god and ghost.

汉文帝（前202—前157）本来赏识贾谊天赋异禀、才能卓著，但由于妒忌的小人一再诽谤，贾谊遂被远迁至湖南为官。一年后，文帝将他召回长安，并在未央宫前殿的正室接见了他。文帝当时痴迷于鬼神等超自然问题，遂向贾谊问之。贾谊的口才与学识给皇帝留下了深刻的印象，二人一直谈到午夜，皇帝兴致盎然，甚至不断移近座位听他说话。李商隐在这首绝句中感慨的就是这件事，最后一句则暗讽皇帝只问神鬼之事，似乎这比苍生百姓与治国之道还要重要。这批评看似温和，内涵其实尖锐得多，因为等于指责皇帝在国家治理和改善民生这些更重要的问题上，未能赏识真正的有才之士。当然，李商隐不仅批判历史，也是在怨怼本朝，发泄失望受挫之情。

　　李商隐在个人生活中也很不快乐。他似乎有过某些不伦之恋或不见容于世俗之情，但结局似乎都不圆满。虽然他后来迎娶了深爱的妻子，但他39岁时，妻子便不幸去世了。这一切对他的人生与诗歌都有较大影响；同时也缘于内省的性格，他的作品独树一帜，每每探究深埋心底的情感与思想，并以一种"绮密瑰妍"的语言表达出来。他明显吸收了南朝诗歌的奢丽之风，并有学习著名前辈杜甫、韩愈和李贺的痕迹，但最终自成一家，其辞藻绮丽、绕梁不绝，有时朦胧隐晦甚至暧昧不清。他的许多诗都是"无题"，很可能是关于爱情或一些不合礼法的关系，或是那些无法直接倾诉的个人感情。以下这首《无题》就是一个家喻户晓的例子：

相见时难别亦难，东风无力百花残。
春蚕到死丝方尽，蜡炬成灰泪始干。
晓镜但愁云鬓改，夜吟应觉月光寒。
蓬山此去无多路，青鸟殷勤为探看！

Hard it is to meet, but to depart is harder still!

The east wind is weak and a hundred flowers in blight.

Spring silkworms spew out threads till they die;

Till burnt to ashes, a candle's tears will never dry.

At dawn the mirror shows the cloudy hair changing,

The moonlight feels cold when reciting at night.

Not so faraway is the magic Isle Penglai,

How I wish the blue bird may visit it nearby!

这首诗似乎写尽了这对恋人之苦，相会已殊不易，离别之际更是难舍难分。然而二人的爱情却历久弥坚，至死不渝。诗人接着喟叹了光阴的流逝和美丽的消亡，最后则表达了再次相聚的渴望。"蓬山"指蓬莱岛，是一座神话中的海上仙山，象征着诗人笔下的那个"她"的居所；"青鸟"是传说中的信使，可以飞越万里传书。这首诗抒情层次是渐进的，其丰富多义的意象与内涵，都是李商隐的典型风格。关于中国诗歌如何可以不同诠释方式解读出不同含义，他的另一首诗《锦瑟》大概是最著名的一个例子。虽然这首诗看似有标题，但只是从诗中提取的前两个字，所以在某种程度上它也是一首《无题》的诗。全诗如下：

锦瑟无端五十弦，一弦一柱思华年。
庄生晓梦迷蝴蝶，望帝春心托杜鹃。
沧海月明珠有泪，蓝田日暖玉生烟。
此情可待成追忆，只是当时已惘然。

266

The patterned lute, for no reason, has fifty strings;

Each string, each fret, recalls prime years of the past.

In his morning dream Zhuangzi's confused with the butterfly;

Emperor Wang to the cuckoo would his spring passion entrust;

Over the blue sea the moon shines on pearls shedding tears;

In Indigo Fields the sun warms jade, sending up a wavering sheen.

This mood might have been a thing to be remembered;

But even then, it was already a vague and lost scene.

这首诗里用了许多典故。我们在第一章中讨论过庄周梦蝶，不过当时的重点是其困惑感和不确定感。如庄周梦见自己化蝶一般，在古代传说中，一位蜀帝（亦即诗中的"望帝"）据说死后也化作了杜鹃鸟；诗中这一处用典，重点在于表达将他的"春心""托"于"杜鹃"歌唱之意，暗示了这首诗歌作为载体，也寄托了某些多情的心绪。诗中还有其他几处用典，结尾又明确表示，即便一切都得以在追忆中再绘，也只不过是心下"惘然"，全诗只是反复皴染一种伤感忧郁之情，却不向读者勾勒出意象与内涵的游走踪迹。在文学批评界，对这首诗有很多不同的解读：一些人解读为对他亡妻的哀悼，一如"断弦"是对丧妻的委婉说法；有些人则解读为诗人对自己命运的慨叹；还有人认为这首诗就是关于乐器锦瑟（装饰精丽，类似琵琶），或是关于音乐或诗歌唤起的复杂情绪。我们可能永远无法确定诗人的想法究竟是什么，但这首诗的暧昧含蓄反而引起我们的兴趣，让我们得以欣赏这种引人共鸣之美。

《夜雨寄北》是李商隐在四川巴山写给妻子的诗，以深度的情绪掌控以及现实与想象的交融而闻名：

君问归期未有期，巴山夜雨涨秋池。

何当共剪西窗烛，却话巴山夜雨时。

You ask about my date of return, but there is none,

Tonight the rain swells the autumn pond in the Ba mountains.

Oh, when can we cut the candlewick by the western window,

And chat together about the nightly rain in the Ba mountains.

这诗开篇便写夫妻分离的现实，何时重聚实在难料；第二句继续描写现实，瑟瑟寒秋又逢雨夜；第三句表达了希望，描绘了想象中"共剪烛"的团聚场景；末句又将笔触移回此刻现实，但同时也是想象中某个未来时刻的交谈话题。

　　李商隐一生写下了许多诗歌，暧昧朦胧而层次丰富。他向我们昭示了诗歌不必锁定清晰而笃定的意义，而完全可以所指丰富、充满暗示，呈现出无限的可能性。诗歌只要能在整体效果上传达出深刻的思想与情感，那么读来就可以是美妙而愉悦的，而诗歌诠释的多元性仍在可以理解的范畴之中。

4. 温庭筠与晚唐诗歌

　　温庭筠（约801—866）经常与李商隐并称"温李"，诗风确实与李商隐有些相似。他可能是唐代最重要的"词"人，这稍后将在下一节讨论。他关于女性和爱情的诗歌，带有词般的柔和色彩，语言秾艳，意象动人。温庭筠也有一些优美的山水诗，下面这首《商山早行》，以描述离家旅行的清晨之景而闻名：

> 晨起动征铎，客行悲故乡。
> 鸡声茅店月，人迹板桥霜。
> 槲叶落山路，枳花明驿墙。
> 因思杜陵梦，凫雁满回塘。

In the morning I heard the jingling horse bells,

And feel sad to leave home that I shall miss.

The sound of a rooster, the moon over the inn,

Footprints left on a frosty wooden bridge.

Oak leaves are fallen over the mountain path,

Station walls brightened by orange blossoms around.

I remember Duling came into my dream,

With ducks and geese all over the meandering pond.

杜陵位于长安以南，这里用以提喻长安，温庭筠视之为故乡。其颔联尤其著名，将公鸡、月亮、客栈、足迹、晨霜与木桥等一串意象列而叙之，其间没有使用任何动词或其他词汇联结，这条意象之链却深切地抒发了诗人心头的思乡与感伤。温庭筠并不是第一个串联意象直接成诗的人，但这两句尤其令人难忘，因为他以一种自然的方式将意象组合在一起，在读者的脑海中产生如画的效果。

韩偓（842—923）是李商隐的外甥，他学习李商隐和温庭筠，写了一些关于女性和爱情的诗歌，情致婉约，尤以《香奁集》著称。下面这首《闻雨》，描述了春雨之夜一位年轻女子的孤独与悲伤，诗中感情的表达是微妙而间接的，呈现为暗示性的意象：

香侵蔽膝夜寒轻，闻雨伤春梦不成。
罗帐四垂红烛背，玉钗敲着枕函声。

The incense reaches the knee cover in the chilly night,

Hearing the rain, she can't even dream to her chagrin.

Silk curtains hang on all sides in the light of red candles,

On the porcelain pillow softly clink her jade hairpins.

随着唐朝政权日近衰危，社会问题日益严重，许多晚唐诗人遂效仿白居易和元稹，再度以诗歌作为服务政治目的之工具。皮日休（约834—约883）追慕白居易，创作了一系列"正乐府"诗歌作为社会批判，杜荀鹤（约846—约904）也写过这类诗歌。聂夷中（837—约884）以下面这首写贫苦农民的《咏田家》闻名，讲农民被迫向放高利贷者借钱交税，却只能用半成品丝绸或是未熟的青苗作为抵押。诗人别无他策，只能恳求皇帝仁慈体恤，但这也只不过是一个空洞的指望：

> 二月卖新丝，五月粜新谷。
> 医得眼前疮，剜却心头肉。
> 我愿君王心，化作光明烛。
> 不照绮罗筵，只照逃亡屋。

> New silk already sold in February,
>
> In May paid on credit with new grains.
>
> For temporary cure of an ulcer at the present,
>
> They are cutting flesh at their heart with pain.
>
> How I wish that our lord's heart
>
> May turn into a bright candle light,
>
> Not to shine on banquets of those dressed in silk,
>
> But on those fleeing from their horrible plight.

在写到社会问题时，这些晚唐诗人呈现出对中唐诗歌传统的一种延续，那时韩愈的古文运动与白居易、元稹的新乐府，都主张复兴儒家诗歌观，强调文学的道德和政治功能。然而，在艺术性和诗才方面，皮日休、杜荀鹤与聂夷中等人，远不及白居易。他们的社会批评诗歌，当时也算不得诗坛主流。在晚唐最后这座舞台上，对于包括上述三人在内的许多诗人来说，其实也大都转向了山水风景、个人生活与情感等题材。

晚唐末年的主要诗人是韦庄（836—910）。他历经唐亡，并仕于五代，一直做到前蜀（今四川）宰相。韦庄主要以词闻名，其诗亦以其平易自然而优雅的语言受到后世许多评论家赞赏。下面这首《古离别》，写的是离别之苦：

晴烟漠漠柳毵毵，不那离情酒半酣。
更把玉鞭云外指，断肠春色在江南。
Weeping willows are dancing against a fine sky,
But half drunken I can't but feel sad to depart.
With a whip pointing there beyond the clouds,
The beautiful south in spring will break my heart.

这首诗散发着一种不同寻常的吸引力，有别于其他许多离别诗。它首先描述了在天空美景的映衬下柳树随风轻舞，这虽不是惯常的悲伤场景，却也暗示着离悲之思。接着又写欲往之地即在江南，那里春色更是绝美，并非蛮荒之所；之后笔锋又一转，表示若无朋友或爱人在旁，遥远的南方越是美丽，便越发令人"断肠"。

最后，让我们以李商隐的一首绝句结束关于唐诗的讨论吧。这首著名的《乐游原》写的是长安城外一处风景名胜，当时人们喜欢来此登山游览。这首诗经常被解读为时代的象征，大唐帝国在落幕前夕，虽衰象丛生，却依然壮美：

向晚意不适，驱车登古原。
夕阳无限好，只是近黄昏。
Towards evening a sense of gloom struck me,
I drove my carriage up the ancient height.
The sunset was fantastic and infinitely beautiful,
Only it's already near the looming twilight.

271

5. 一种新的诗歌体裁：中晚唐词

诗歌与音乐早期是不分家的，《诗经》与"乐府"诗歌都可伴乐演唱。在隋朝年间尤其是唐朝，出现了一种称为"燕乐"的新型音乐，起源于西域的龟兹（今新疆库车），之后迅速在社会各个阶层广泛流行开来，上至皇室朝堂，下至市井百姓，无不对此十分喜爱。燕乐发展以曲调为先，再依曲子的旋律填词，每首曲子都有一定的调式规则，其句式之长短、句子数量与每句的字数都是固定的。也就是说，每首曲子都有其固定的模式，决定了每首曲子多少句、每一句多少字，并且用字之声调应符合旋律要求。在前述的敦煌文献中，一些配合燕乐的歌辞得以重新发现，其中就包含许多民间作品和适合演唱的文人诗。故而，这表明"燕乐"以及按固定曲调填词作歌的实践，成为一种新的诗歌体裁的起源，也就是我们所说的"词"。

唐人已经开始依律填词了。最早的两首词在传统上被认为是大诗人李白所作，其中一首的词牌为《菩萨蛮》（Bodhisattva barbarian）。这个标题最初可能就是一首具体的词，写的就是异域打扮犹如佛教菩萨的舞姬，故得此名，但后来翻创新词时，这个词牌就只在形式上提供固定曲调，而新的内容则无须关乎原题或佛教思想了。李白这首《菩萨蛮》如下：

平林漠漠烟如织，寒山一带伤心碧。暝色入高楼，有人楼上愁。
玉阶空伫立，宿鸟归飞急。何处是归程？长亭连短亭。

A belt of forest is shrouded in a densely woven fog,

A range of cold mountains is sorrowfully green.

The color of twilight enters the embellished tower,

Where someone is feeling sorrow and pain.

Standing alone on the empty jade-white steps,
While watching birds flying homeward return,
But where lies the way towards home?
Roadside pavilions one after another one.

这首词是否确为李白所作还有争议，不过正是在唐代中叶，许多文人开始依照各种词牌填词。以张志和（732—约774）为例，他是最早的词人之一，以下这首词是他依《渔歌子》这一词牌所作，十分有名：

西塞山前白鹭飞，桃花流水鳜鱼肥。
青箬笠，绿蓑衣，斜风细雨不须归。
White egrets fly in front of the Xisai mountain,
Fish are fat in the water with peach blossoms afloat.
With a blue bamboo hat and a green palm coat,
No need to go home even in the wind and rain.

在这首小令中，白鹭、粉红的桃花、青斗笠与绿蓑衣，构成了一幅色彩斑斓的江南典型画面，呈现出一种闲适惬意之感，在中国与整个东亚地区都十分有名。这首词声名远播日本，日本天皇也读过此词，甚至一些皇室成员还作词与之唱和。

我们在上一章讨论过韦应物的诗，其实他也曾以《调笑令》填过一首著名的词，写北方边境迷路乱跑的马：

胡马，胡马，远放燕支山下。跑沙跑雪独嘶，东望西望路迷。迷路，迷路，边草无穷日暮。

The Tartar horse, the Tartar horse,

Under the Yanzhi mountain released to run its course.

Running in sand, running in snow, alone it neighs.

Looking east, looking west, it has lost its ways.

It's lost, it's lost

On the endless grassland in the frontiers at dusk.

这首词中许多文字重复出现，显然是受到了民歌或民谣的影响。在描述马在大草原上奔跑迷失时，通过塑造令人难忘的形象，抒发了一种伤感之情。

中唐诗人白居易，也曾写下一首著名的《忆江南》：

> 江南好！风景旧曾谙。日出江花红胜火，春来江水绿如蓝。能不忆江南！

South of the Yangtze is beautiful!

Its landscape I once knew so well.

Under the sun river flowers are redder than fire,

In spring the waters are green and deep blue.

How can I not remember the south!

晚唐最重要的词人是温庭筠，对后世词人产生了重要影响。以下是他最著名的一首《菩萨蛮》，公认是他绮靡风格的代表作：

> 小山重叠金明灭，鬓云欲度香腮雪。懒起画蛾眉，弄妆梳洗迟。照花前后镜，花面交相映。新帖绣罗襦，双双金鹧鸪。

Layers of small hills shine or dim under the golden sun,

Locks of cloudy hair move over her sweet snowy face.

Lazily she gets up to paint her eyebrows,

It's rather late to do her makeup with the dressing case.

Looking at flowers with mirrors on both sides,
Flowers and her face shine and mutually illuminate.
Her silk skirt is embellished with new embroideries—
Pairs of golden partridges that never separate.

清晨时分，金色的阳光照在"她"的床头屏风上，映得描画的层峦叠嶂明暗斑驳，有的在阳光下闪耀，有的则在树影的遮挡下暗淡。全词描述了一位年轻女子，在闺房中懒洋洋地起床梳妆，姣容与清晨的鲜花在镜中交映，竟不知谁更美了。最后一句"双双金鹧鸪"，隐隐透露了她的孤独，也或许有一些春情。这就是温庭筠词的典型特征，以女性、爱情、渴望的情感或离别的悲伤为主要题材，绘之以丰富多彩的感官意象，语言婉转而充满暗示性。还有一首词《梦江南》也体现了他的风格：

> 梳洗罢，独倚望江楼。过尽千帆皆不是，斜晖脉脉水悠悠。肠断白蘋洲。

Having done her makeup,
She leans on the tower and looks at the river alone.
A thousand sails have passed, but not the one,
Longingly the sun sets and the waters flow away.
On the duckweed islet she feels forlorn.

6.《花间集》：西蜀词

当我们将词作为一种独立体裁讨论时，文学史上通常的做法，是将唐与五代词人划分为一个阶段。尽管唐朝亡于907年，在之后的五代十国时期又经历了近70年的政治分裂，但词这一文学体裁一直持续发展，未曾中断。当时，中国南方经济比北方更为发达，与战火频仍的北方相比，南方政治也相对稳定。偏安西南的西蜀与江南的南唐，这两个割据政权各自成为繁荣的文学活动中心，许多文人逃离了战乱的北方，前来避居于此。这两个政权的统治者没有统一全国的实力与野心，只想享受相对和平繁荣的生活，出于娱乐需要，也为纵享奢华，对填词一途持鼓励态度。词最初是一种流行娱乐形式，主要题材包括爱情、相思、宴饮、与友人或情人离别等，特别契合统治精英的需要和文学品味。先是西蜀，再是南唐，词逐渐成为许多才子的主要诗歌表达方式，进入了一段重要发展时期。

温庭筠在这一过程中发挥了重要作用。虽然他在唐朝末年即去世，从未仕于西蜀，但西蜀词却多模仿他的风格。940年，西蜀出版了一部词选《花间集》，收录500首词，其中温庭筠作品最多，达66首。这部词集所选大多是关于爱情和离愁之词，极尽婉媚艳丽之能事，让人不禁联想到南朝的宫体诗。因此，《花间集》在文学史上评价不雅，经常受到后世道学批评家的指责。

西蜀还有一位重要词人韦庄，他的诗我们在上节讨论过。《花间集》也收了他的48首词。韦庄和温庭筠齐名，但他在用语平易自然方面更近白居易，与温庭筠及其追随者的绮艳风格大不相同。例如在下面这首《梦江南》中，他没有使用任何华丽的意象或繁复的描述，而是直白又笃定地写道：江南是如此之好，即便是远方来客，也应留下在此终老一生：

人人尽说江南好，游人只合江南老。春水碧于天，画船听雨眠。
垆边人似月，皓腕凝霜雪。未老莫还乡，还乡须断肠。
Everyone says how the south is wonderful,

Where the traveler should stay till he's old.

Spring waters are bluer than the sky,

Listening to the rain, you may doze off on a boat.

In the tavern the lady looks like the moon,

Her arm white and soft like snow.

Before you're old, don't go back home,

Going back will make your heart break.

在另一首名作《思帝乡》中，韦庄写了一位年轻女子对爱情的大胆追求，大概也只有民歌才能这样自然地直抒胸臆：

春日游，	Taking a stroll in spring,
杏花吹满头。	Apricot flowers are blown all over my head.
陌上谁家年少，	Who is that young lad on the country road,
足风流？	So handsome and well-bred?
妾拟将身嫁与，	I would offer myself and marry him
一生休。	For all this life long.
纵被无情弃，	I won't feel ashamed,
不能羞。	Even if he left and did me wrong.

总体来说，韦庄的词与温庭筠及其他花间词人的作品有一定相似之处，亦多写女性与她们温暖而柔情的人生，但温庭筠更倾向于在仔细观察之下刻画外在形色，构造意象的不同层次，以表达潜在意义的多元性；而韦庄则直抒内在感受与情绪，语言雕饰更少，意象也不那么密集。相比之下，温词更加精致而字斟句酌，而韦词则更加直白自然。在二人的贡献下，词作为一种新颖灵活的诗歌表达体裁，逐渐地发展成熟起来了。

7. 李煜与南唐词

继西蜀之后，南唐成为词创作的另一个中心，主要词人包括冯延巳（903—960）及南唐前后两代君主。冯延巳曾任南唐丞相，写词数量之多可居五代之冠。虽然他主要写的是女性、爱情以及朋友或爱人的离别，但他并未过于描述女性的衣貌妆饰或闺房陈设，而是通过姿态或动作描写表达其心理状态或情绪。例如，下面是他最著名的一首词《谒金门》：

> 风乍起，吹皱一池春水。闲引鸳鸯香径里，手挼红杏蕊。
> 斗鸭阑干独倚，碧玉搔头斜坠。终日望君君不至，举头闻鹊喜。
>
> Suddenly the spring wind comes
> And ruffles all the waters in the pond.
> Idly leading love birds on the garden path,
> She fondles red apricot flowers she found.
>
> Leaning on the railings to watch ducks fight,
> Her green jade pins almost fall from her loosen hair.
> Waiting for the lord all day, the lord never came.
> But overhead sing the magpies good tidings to bear.

这首词写室外风起水动的前两句最为有名，强烈暗示了女主人公内心状态的突然变化。中间描述了这位闺中女子的倦怠与忧郁，陷入了无尽的孤独等待；而最后一句又再次暗示事情可能突有转机，因为喜鹊是中国传统的"报喜鸟"，传说会给人们带来好消息，所以或许她的情郎不久就要来与她相聚了。全词没有具体事件的描述，只是围绕感受与情绪点染了一些细节。还有下面这首《归自谣》又是一个很好的例子，可以看出冯延巳善以精心挑选的细节营造氛围，表达离别之悲：

> 寒山碧，江上何人吹玉笛？扁舟远送潇湘客。芦花千里霜月白，伤行色，明朝便是关山隔。
>
> The cold mountain is green,
>
> Who is on the river playing a jade flute?
>
> In a small boat we're sending off a friend.
>
> The pale reeds are endless, and the frosty moon white.
>
> A sad journey ahead,
>
> Tomorrow we'll be far separate.

山是"寒"的，笛声是悲凉的，白茫茫的芦苇与如冷霜凉月，为这首词构造了冰冷的色彩基调。最后一句想象来日分离之后的前景，更添离愁，亦留给读者一种悲伤之感，既是句句暗示烘托至此，又是前句直诉离伤的煞尾。精心选择某些细节，同时又留下足够的想象空间，后来这在宋词写作中成为一种重要的技巧。冯延巳因而也成为了后来宋词的先驱，对晏殊、张先与欧阳修等重要词人均有影响。

南唐中主李璟（916—961）作为政治人物并不成功，但他文化造诣极高，在宫中提携奖掖了许多诗人和艺术家。作为小国国主，李璟长期处在强邻随时可能入侵的威压之下，其悲凄无助之情颇为真实，也完全可以理解。他在位时不但鼓励写词，而且自己就是一位优秀词人。遗憾的是，他的作品流传下来的很少，下面这首是他最著名的词《浣溪沙》：

> 菡萏香销翠叶残，西风愁起绿波间。还与韶光共憔悴，不堪看！

> 细雨梦回鸡塞远，小楼吹彻玉笙寒。多少泪珠何限恨，倚
> 阑干。
>
> Lotus flowers are dead, emerald leaves broken,
> Among green waves arises a sad west breeze.
> We all wither away as our prime years fade,
> A scene unbearable to see!
>
> Vaguely dreaming of far frontiers in a drizzle,
> The pipe fills the small hall with chilly sound.
> How many tears and how much sorrow
> Leaning on the railings one finds around!

西风徐起，寒秋亦随之而至，枯萎的莲花与残碎的荷叶不禁引人悲思，深感人生苦短、韶华易逝。在这首词中，情景自然地融合在一起，营造了一种悲伤沉郁的沉思情绪。

李璟的儿子、南唐后主李煜（937—978），不仅在五代词人中堪列第一，也是中国文学史上最杰出的词人之一。他博学多识，在绘画书法上也很有天赋，还是一位优秀的音乐家。李煜的确是一位超级艺术天才，但他不幸生在帝王之家，又为一小国国主，这种遭际让他沦为一个悲剧人物，同时也使他成为一位伟大的词人。李煜年轻时在宫中锦衣玉食，早年词作与冯延巳和他父亲李璟并无大的不同，写的也是宫廷宴饮、声色、女性、爱情与其他花间派词人惯用的传统主题等，只不过他的作品更自然，描述更加真切，表达情感亦更动人。例如他下面这首《菩萨蛮》：

> 花明月暗笼轻雾，今宵好向郎边去。划袜步香阶，手提金缕
> 鞋。画堂南畔见，一向偎人颤。奴为出来难，教郎恣意怜。
>
> Flowers are bright and the moon dimmed in a light fog,

To go to my lover, tonight is a good time to choose.

Wearing only my socks on the fragrant steps,

In my hand I hold my golden embroidered shoes.

We meet at the southern corner of the decorated hall,

In his embrace I tremble and feel at ease.

It's so hard for me to come out like this,

I'll let him love me anyway he would please.

李煜通过手提鞋子、只穿袜子走路这个细节，生动描述了这位年轻女子秘密赴约、悄悄走向情人的场景。最后两句是她对爱的表达，大胆、热情、真实动人。在下面这首《一斛珠》中，对这位女子唱歌调情的描述则更为大胆：

> 晓妆初过，沉檀轻注些儿个。向人微露丁香颗。一曲清歌，暂引樱桃破。
>
> 罗袖裛残殷色可，杯深旋被香醪浣。绣床斜凭娇无那，烂嚼红茸，笑向檀郎唾。

Just done her morning makeup,

She added a touch of deep rouge on,

Showing a bit of her teeth and the tip of her tongue.

She lets her cherry lips open a little

While singing a beautiful song.

Her silk sleeve is faintly sweet, some red remains.

But drinking more wine, it's soon soiled with stains.

Reclining on her bed, she is to charm and beguile;

She chews some woolen thread

And spits it out at her lover with a smile.

在这首词的上阕，作者的描写集中在女子口唇，因为重点落在她的歌唱；到了下阕，作者的镜头则移入了她的闺房，但仍然聚焦在她的樱桃口，其至描述了她迷人而半醉的调情之态。这两首词显示了李煜的早期风格，对女性容止的生动描绘，总是能给读者留下深刻的印象。

961年，25岁的李煜嗣位南唐国主，当时南唐已经沦为宋的附属国。976年，宋终于征服了南唐，并将39岁的李煜带至都城汴梁（今河南开封）。两年后，李煜被毒死，终年42岁。李煜在囚禁中度过了人生的最后时光，词作也达到了他文学成就的顶峰，写尽了亡国之痛，抒发了深深的悔恨与绝望。下面这首《相见欢》就是一个例子：

> 无言独上西楼，月如钩。寂寞梧桐深院锁清秋。
> 剪不断，理还乱，是离愁。别是一般滋味在心头。

Without a word, I step up the western tower alone;

Like a hook is the moon.

The deep courtyard of lonely sycamore trees

Has locked in the chilly autumn.

What can't be cut,

Tangled and can't be put in order,

Is my grief on depart.

It's another kind of sorrow,

Deep in my heart.

在这首词中，他早年作品中柔和的抒情已然不见了，对悲伤的刻画是真实、直接而感人的。与此同时，他在艺术上愈加精致，上阕营造了寒秋气氛，弯月如钩，幽深的庭院唯有孤独的梧桐；下阕将悲伤描述为内心至深的一种感受，无尽的伤痛犹如一堆丝线纠缠，"剪不断，理还乱"。这首词的意象最为贴切，亦令人难忘至极，感情表达也称得上尖锐直接。还有一个著名的例子，是下面这首《浪淘沙令》：

> 帘外雨潺潺，春意阑珊，罗衾不耐五更寒。梦里不知身是客，一饷贪欢。
>
> 独自莫凭阑！无限关山，别时容易见时难。流水落花春去也，天上人间！

The rain splatters outside the curtains,

Spring is almost gone,

The silk quilt too thin, the midnight cold stung.

In dream you didn't know you're a prisoner,

Still trying some pleasure to hold on.

Don't lean on the railings alone!

Mountains stretch wide and far,

It's easy to leave but to reunite is hard.

Spring is over with waters and fallen flowers,

As heaven and earth are apart!

这首词同样也抒发了囚禁生活的悲伤与故国覆灭的痛苦，但同时亦能意识到生活中那些美好事物的凋零（以春天离去作为象征），复让这首词的思想情感传达出了一种普遍的人类经验。

李煜最著名的一首词，可能是下面这首《虞美人》：

> 春花秋月何时了？往事知多少！小楼昨夜又东风，故国不堪回首月明中。
>
> 雕栏玉砌应犹在，只是朱颜改。问君能有几多愁？恰似一江春水向东流。

When will spring flowers and the autumn moon end?

Who knows how much has happened and all gone by!

The east wind blew again in the small hall last night,

I couldn't look back at my old country in the moonlight.

The carved jade columns and balustrades should still be there,

Only the pink face has lost its glow.

If you ask, how much more sorrow do you still have?

Like spring waters in the river that all eastward flow.

在这首词中，作者对景色的寥寥几字描写，其实都是在描述自己的内心感受。而他不忍回首的"故国"，实际上只存在于下阕的想象中，不过是在提醒他，过去那些快乐的日子已一去不复返了。末两句最为有名，喟叹人生如水东逝，而悲凉生活的伤痛却是无尽无穷。李煜的早期和后期作品虽然在内容与情感上有很大不同，但个性与风格特征却颇为一致。他经常着意选择某些细节或意象，描述某些举动，前后呈现出一致性，创造的意象也颇生动，而所有这些都是为了表达思想与深沉的情感。他能以本色而典雅的语言表达个人的悲伤，其悲剧感染力使得他在词中表达的个人情感上升到普遍情感，成为人同此心的人类共通经验；那优美的词句与意象动人至深，已成为从古至今历代诗家与无数读者心中的经典。

第十章

北宋：臻于顶峰的高雅文化

1. 宋代的社会与文化

960年，后周大将赵匡胤（927—976）发动政变，登基成为宋朝开国皇帝。在随后的20年间，宋征服了北汉、南唐、南汉与后蜀，彻底结束了五代十国的分裂状态。大一统的宋朝虽然诞生了，但从一开始就面临着北方少数民族政权的持续压力，先是北方的辽与西北的西夏，再是金，最后是北方的蒙古。宋朝的领土比唐朝小，北宋（960—1127）建都于汴京（今河南开封），统治着中国东部和南部的广大地区。然而，1127年，宋的北方疆土皆失于金人之手，不得不退守淮河以南，并迁都至临安（今浙江杭州）。宋朝历史自此分为北宋与南宋两个阶段。1279年，南宋最终被蒙古征服，不过那时恰逢战火席卷世界之际，成吉思汗（1162—1227）与他的子孙在欧亚大陆上建立了一个庞大的蒙古帝国，不仅征服了南宋，也击溃了穆斯林与基督徒的一切抵抗，将东起西伯利亚、西至波兰的大片土地与百姓均置于其控制之下。

从历史角度回顾，宋帝国看起来并不算强盛。但在两宋的300多年中，中国可能比当时世界上的大多数国家经济更为发达，技术也更为先进。当时中国的商业贸易稳步增长，成为全世界第一个发行纸币的国家。火药、指南针与活字印刷术等都是当时的中国人发明的。人口的快速增长与城市的蓬勃发展，形成了充满活力的城市文化和各种大众娱乐。文人阶层优裕的生活与印刷及书籍装订等技术的广泛传播，大大提高了宋人的文化水平，为文化的成熟创造了良好条件。即便到了今天，宋版书、宋瓷与各类宋代文物也极为珍贵，不仅因为其年代久远，更因为其纯粹的优雅、精美与臻于圆满的技艺。有宋一代，绘画、书法与音乐也都取得了显著的成就，展现了极高的发展水平和细腻的审美品味，是中国文化极尽优雅的表征。

从外部环境看，宋帝国确实面临着巨大的挑战；但在内部，它却消除了长期以来困扰唐朝的割据势力的威胁。宋朝皇帝一方面敏锐地意识到军队将领（像宋太祖当年一样）有发动政变的潜在危险，另一方面也吸取了唐代地方节度使坐大、挑战乃至反抗中央权威的教训，遂实行了高度的中央军事集权与政治集权，并形成了一整套以文治驾驭武功的制度，文臣实权得以进一步提升，而将领兵权遭到削弱，即便是那些为帝国赢得无数胜利的百战将军也不例外。宋朝以重文轻武著称，这对中国后来的政治与历史产生了深远的影响。

宋朝依靠文官制度施行有效的国家治理，并非常重视科举考试，吸收统治精英。唐朝的读书人在科举之外尚有许多成功路径，例如投奔地方大员充当幕僚，也可以营造隐居高人的形象以博得美名，从而获得"终南捷径"。然而，宋朝读书人不复拥有这样自由的空间，科举得官是他们走上仕途的唯一途径。宋朝的科举比唐朝更为系统化，每年通过科举的考生数量亦远多于唐朝，这种以才量人的选拔制度也比以往任何朝代都更加严格。宋代科举不论出身背景高低，向所有读书人开放，而宋朝许多重要的士大夫，如王禹偁、欧阳修、梅尧臣、苏轼与黄庭坚等，出身都相当普通。宋朝这种社会阶层的流动性和精英政治的现实，既赋予读书人一种尊严感与自豪感，更培育了他们报效国家并维护这套皇权制度的强烈社会责任感。

社会状况对宋代文学的影响与唐代亦有不同。宋朝多数文人在体制内生存，充满社会责任感，又源于辽、西夏、金与蒙古等政权持续入侵的威胁，激发了强烈的爱国情绪，认同“文以载道”。当然，这一点将写作的社会政治功能置于审美之上，最终其实是不利于文学发展的。然而，强调儒家之道并不意味着在文学上放弃推陈出新，宋代杰出的诗人与作家们同样创作了可与唐人媲美的文学作品。如果说，唐代诗人令我们印象深刻之处，主要是他们那直抒胸臆的表达、大胆的想象与旺盛的创造力，有些表达甚至可称奇崛怪异，那么宋代诗人则看似更为保守自抑，但他们的观点与思考可能相对更加深刻成熟，呈现出一种世故的精密老练，而在形式上的表达方式也相应地更为间接、复杂而启人深思。宋人倾向于在作品中论证观点甚至展开哲学讨论，形成了宋文学与唐文学的重要区别之一。用弗里德里希·席勒（Friedrich von Schiller）的话说，我们几乎可以认为唐诗是“素朴的”（naïve），而宋诗是“感伤的”（sentimental），虽然从唐至宋的连续性确实与二者的差异性同等重要。在宋代，诗歌仍然是文学表达的主要形式，尽管词也达到了非常高的水平，一般视为宋代文学的独特成就。宋代另一重要文学成就是“古文”，诞生了许多杰出的作品。传统公认的“唐宋八大家”只有韩愈与柳宗元是中唐作家，其余六位都来自北宋。可以说，在“古文”一途，宋代比唐代取得了更大的成就。

2. 王禹偁与宋诗

北宋初年，许多诗人师法白居易，其诗作语出简朴，传达闲适或不问争之意。许多“白体”诗歌在语言上过于简单，从艺术性角度亦难令人称道，不过其中也有例外。徐铉（917—992）曾仕于南唐，亡国后降宋继续为官，故而一言一行皆须小心谨慎。他不是单纯模仿白居易的风格，而是以其独特的声气，克制温和地表达情感。下面这首诗《登甘露寺北望》就是一个著名的例子：

> 京口潮来曲岸平，海门风起浪花生。
> 人行沙上见日影，舟过江中闻橹声。
> 芳草远迷扬子渡，宿烟深映广陵城。
> 游人相思应如橘，相望须含两地情。
>
> At Jingkou, the tide comes to fill all the curvy banks,
> In Haimen, the wind arises to send big waves dashing.
> Walking on the sand, one sees the shadow under the sun,
> Sailing over the river, one hears the paddles splashing.
> Sweet grass reaches far toward the hazy Yangtze pier,
> Layers of smoke float deep over the city of Guangling.
> Travelers missing home should feel like the tangerine,
> Looking at both places with love and longing.

古谚云"橘生淮南则为橘，生于江北则为枳"，徐铉借用这个典故，微妙而间接地表达了故国之思。这首诗主要描写了诗人登上著名的甘露寺所见景色，只在尾联中略提一笔橘子，而旋即又以"相望须含两地情"收掩住了。他表达的情感是冷静、克制而折中的，这确实很像白居易晚年的一些诗歌。

宋初最重要的诗人是王禹偁（954—1001）。他出身寒微，始终认为士大夫使命所在，应为底层贫苦百姓造福。在这方面，他就像白居易一样关心民生疾苦，诗歌常带有一种自我嘲讽的负罪感。例如在《对雪》中，王禹偁开篇先写寒冬大雪，自己与家人仍然温暖舒适，便想到还有人在冰天雪地中奔忙，"因思河朔民，输挽供边鄙"，接着"又思边塞兵，荷戈御胡骑"。他对此深感自愧，毕竟作为官员不必亲自在天寒地冻中扶犁执兵。这里表达的观点当然是值得称赞的，但像这样的诗歌，只是基于概念而不是现实生活的具体经验，似乎更多是在表达诗人的责任感与高尚品德，而不是一种深刻的情感或真正的关注。与杜甫或白居易类似主题的诗歌相比，这首诗明显缺乏艺术吸引力，因而也很难真正触动读者心灵。

更能代表王禹偁文学成就的，其实是他那些描写自然之美和个人情感的诗歌。他为人真诚，敢于直言不讳。他虽然被任命为翰林学士，为朝廷起草重要诏令，但仕途不顺，三次被贬。下面这首《村行》就是他谪迁期间所写，当时他虽被贬至偏远的商州，但却试图从道家哲学与优美的自然中寻求安慰：

马穿山径菊初黄，信马悠悠野兴长。
万壑有声含晚籁，数峰无语立斜阳。
棠梨叶落胭脂色，荞麦花开白雪香。
何事吟余忽惆怅？村桥原树似吾乡。

Riding through mountain paths, chrysanthemums are turning yellow,

With enjoyment of the wilderness I let my horse leisurely run.

Thousands of vales resonate with evening echoes,

Several cliffs stand speechless in the setting sun.

With leaves gone, wild pears put on a tinge of rouge,

Flowers of buckwheat are white as snow and sweet.

Why would I suddenly feel sad after reciting my poems?

So much like home are the country bridge and the trees.

颔联的"数峰无语立斜阳"这句，尤以对悬崖的拟人化出名，仿佛这些山峰本来可以开口说话，此刻也陷入寂静，沐浴在金色的夕照之中。这样的描述使得大自然也生动起来，而在之后的宋诗中，则更将作为一种修辞手段频繁出现。与白居易晚年诗歌一样，这首诗通过简雅的语言、大自然明丽的色彩与美丽的意象表达了诗人的情感，同时又在诗尾以一种含蓄的方式抒发了思乡之情，其伤感在相当程度上被淡化了。这首诗的平仄对仗非常工整，但看起来十分自然，而且不像其他某些诗人刻意模仿白居易的浅俗风格反而落为下乘。作为一位重要的诗人，王禹偁不仅学习白居易晓畅的语言风格，而且词句精工又似杜甫，故能不拘于北宋初年流行的"白体"一隅。

在另一首诗《春居杂兴》中，王禹偁间接地表达了自己左迁商州副特使（一个没有实权的闲职）的不满：

两株桃杏映篱斜，妆点商山副使家。
何事春风容不得，和莺吹折数枝花。

A peach tree and an apricot reach over the garden fence,

And decorate the Shangshan deputy envoy's house.

Why couldn't the spring wind leave them alone?

With orioles it broke several twigs with flowers.

王禹偁也是一位优秀的散文作家。他最著名的作品是《黄州新建小竹楼记》，这是他谪迁到湖北黄州时写的。他首先描述了黄冈附近出产竹子，可作覆盖屋顶的上好材料：

黄冈之地多竹，大者如橡，竹工破之，刳去其节，用代陶瓦。比屋皆然，以其价廉而工省也。

The Huanggang area has an abundance of bamboo, of which the big ones are like beams. Handymen cut them open, flatten the knots, and use them in place of terracotta tiles. One after another, all the houses here use such tiles because bamboo is cheap in price and easy to install.

然后，他谈到了自己的一座两间竹屋，描述了竹屋的景色与用途：

远吞山光，平挹江濑，幽闻辽夐，不可具状。夏宜急雨，有瀑布声；冬宜密雪，有碎玉声；宜鼓琴，琴调虚畅；宜咏诗，诗韵清绝；宜围棋，子声丁丁然；宜投壶，矢声铮铮然。皆竹楼之所助也。

公退之暇，披鹤氅衣，戴华阳巾，手执《周易》一卷，焚香默坐，消遣世虑。江山之外，第见风帆沙鸟，烟云竹树而已。待其酒力醒，茶烟歇，送夕阳，迎素月，亦谪居之胜概也。

It takes in the view of distant mountains and the expanse of a river and its sandy shores; it is tucked in a secluded, quiet place and cannot be exhaustively described. It is good to have heavy rain in summer, for it sounds like a waterfall pouring down; it is good to have blinding snow in winter, for it sounds like pieces of jade being shattered; it is suitable for playing a zither, for the melodies sound harmonious and fluid; it is suitable for reciting poetry, for the rhyme and rhythm sound clear and crisp; it is fitting for go chess, for the stones have a clicking sound; it is fitting for pitch-pot game, for the arrows have a metallic sound. All these are aided by the bamboo house.

Having done my official work and in my time of leisure, I would put on a robe of crane feathers, wear a Daoist cap, hold a copy of the *Book of Changes* in my hand, burn incense, sit down in quiet meditation and get rid of all worldly concerns. Other than the river and the mountains, what I see are but some sail boats, gulls, vaporing clouds, bamboo and trees. When I wake up from the effect of wine and when the tea is cold, I would send off the setting sun and welcome the clear moon. That is also a kind of enjoyment in my life in exile.

作者将散文的明晰晓畅与骈文的工整铿锵融为一体，形成了这篇朗朗上口的美文，生动地描绘了在黄州的生活。这段文字让读者在脑海中浮现出那座竹屋，想象着一个乐在其中的文人，是如何在那完美的静谧中找到了生命中的平静。这篇文章语言的流畅与韵律、抒情的热烈与含蓄，都为后来欧阳修与苏轼等的杰出散文铺垫了基础。

北宋早期一些诗人模仿贾岛风格，善于精细观察捕捉场景，又反复推敲诗句，后世称其为"晚唐体"诗人。正如我们在第八章中讨论过的，贾岛遣词炼句用心至深，对苦吟而成的诗句极为自得，甚至有"两句三年得，一吟双泪流"之自许。"晚唐体"诗人中有九位僧人，他们严密摹拟贾岛的风格，描写幽僻静谧的自然风光，或是简朴枯寂的出家生活。他们力求在律诗（尤其是五律）中对仗工整，也的确时有佳句迸发。例如，才华横溢的画家、诗人、僧人惠崇（965—1017）就有一联名句，描述一只栖息在湖中的白鹭："照水千寻迥，栖烟一点明。"透过雾霭腾蔚远远看去，白鹭"一点明"的形象，确实蕴含着惊人的澄澈与美丽，难怪惠崇的诗歌一举成名，连当时的欧阳修、苏轼等著名诗人都与他为友。

"晚唐体"诗人中还有几位居士与隐士，其中最著名的是林逋（967—1028），他的梅花诗《山园小梅》尤其为许多中国读者所喜爱：

众芳摇落独暄妍，占尽风情向小园。
疏影横斜水清浅，暗香浮动月黄昏。
霜禽欲下先偷眼，粉蝶如知合断魂。
幸有微吟可相狎，不须檀板共金尊。

When all flowers are gone, it alone shows its beauty,

Dominating the small garden as its only pride.

Its slender shadow stretches over the clear limpid water,

Its hidden fragrance floats around in the moonlit night.

In flight, the white bird would cast a furtive glance,

If they knew, butterflies would for it be willing to die.

Luckily I could recite poems to be an intimate friend,

No need for singers when we drink together side by side.

梅花在最冷的冬季盛放，此时群芳皆已凋零殆尽，所以梅花也被视为高洁品格的象征，成为众多诗人挚爱的主题。林逋这首梅花诗尤以颔联闻名："疏影横斜水清浅，暗香浮动月黄昏。"这两句并未直指梅花，描述的是它在月下的情影与幽香，以丰富的联想勾勒了一幅清晰的形象。此诗当然也是抒发了诗人的傲骨与自赏，不过在尾联中或许有点太明显了。

不似"晚唐体"其他诗人非僧即隐，寇准（961—1023）在其中可谓异类。他的仕途堪称辉煌，曾经两度拜相，但也曾受政敌的妒忌诽谤而遭贬斥。然而，他在诗中几乎没有提过这些经历，而只是描写自然风景，含蓄地传达了一种隐晦的凄婉之情。他写过一些清丽可爱的绝句，确实可与一流的晚唐诗歌媲美。下面这首《书河上亭壁》就是一个很好的例子：

岸阔樯稀波渺茫，独凭危槛思何长。
萧萧远树疏林外，一半秋山带夕阳。

Along the wide bank few boats sail over misty waves,

Lost in deep thoughts I lean on the railings of the pavilion.

Distant rustling trees appear beyond the sparse woods,

A range of autumn mountains bathes in the evening sun.

北宋早期，以杨亿（974—1020）、刘筠（970—1030）和钱惟演（977—1034）为中心，形成了一个馆阁文士为主的诗歌群体，这些人经常聚会酬唱，颇具影响力，其作品多收入杨亿主编的《西昆酬唱集》，从而形成了影响广泛的"西昆体"。这些诗人师法晚唐诗人李商隐，语言皆富丽夸饰，又夹杂大量博学典故，以展示他们奢华的生活与学识修养。虽然"西昆体"在后世遭到严厉的文学批评，但它的出现，确实是对一些最不堪的"白体"诗歌的矫枉过正。"白体"过于简单粗糙，而"晚唐体"又往往机巧而失于琐碎。"西昆体"诸人的诗歌成就要高于北宋初期其他同侪，但他们也有自己的问题。他们尽管可以在形式上模仿李商隐那种隐晦绮丽的语言与模糊暧昧的意象，但内在却缺乏深刻的情感，而这才是激发李商隐诗歌创作灵感的关键。例如，作为对李商隐《泪》的模仿，杨亿也写了一首《泪》表达伤春之情，也是一句一个悲伤催泪的典故，但杨诗在整体上却比较空洞，缺乏真情实感，故亦未能打动读者。

宋初诗人多追随中晚唐诗人如白居易、贾岛与李商隐等，而不是盛唐的李白、杜甫。他们似乎未曾想要开创一代新风与唐诗大家竞争，不过在宋代文学发展的早期阶段，这也并不令人奇怪。

3. 北宋词的发展

正如我们在上一章讨论过的，词作为一种文学体裁始于中唐，并在五代时期进一步发展，特别是南唐后主李煜堪称集大成者。这一发展在北宋早期得以延续，但当时大多数诗人更强调诗歌，视之为最重要的文学表达形式，而词则作为一种不那么严肃但也不予过多设限的形式存在。例如，王禹偁曾写下这首《点绛唇》：

雨恨云愁，	Sad to have so much rain and clouds,
江南依旧称佳丽。	But south of the Yangtze is still so lovely.
水村渔市，	Over the water village and fishing market
一缕孤烟细。	A thread of smoke rises up slenderly.
天际征鸿，	At end of the sky, the flying geese
遥认行如缀。	Look like linked in one line.

平生事，	All the things in this life
此时凝睇，	Now appear before my eyes,
谁会凭栏意！	But who would know what's in my mind!

这首词视野广阔，是一首上乘的小令，也是北宋初年的一流词作。

寇准、林逋等人也写过词，但直至11世纪上半叶，这种体裁发展才真正兴起，涌现出更多愿意在词上逞才着力的诗人。当时最重要的词人有晏殊、张先，还有最著名的柳永，几人的创作活跃年代大致相同。晏殊（991—1055）仕途平顺，官拜宰相，经常在宴会这类正式场合填词以供演唱，其词雅致细腻，展现出受过良好教育的士大夫品味。晏殊喜欢南唐冯延巳的词，并且如冯词一般，他自己也写过在风和日丽、太平井然之中没来由的愁绪，似乎是对他惬意生活的一种诗意的补充。下面是他填的一首《浣溪沙》：

一曲新词酒一杯，去年天气旧亭台。夕阳西下几时回？
无可奈何花落去，似曾相识燕归来。小园香径独徘徊。

A new song for another cup of wine,

In the same pavilion the weather is just like last year.

The sun is setting; at what hour will it reappear?

It can't be helped but flowers are gone with the waters,

Like old acquaintances the swallows are now back,

Alone in the small garden I saunter on the fragrant path.

夕阳西下，落花随水而逝，这些精心勾勒的意象提醒着读者，时光一去不复还，而人生亦面临着骤变与死亡。借助这些意象与精雅的词句，晏殊的词中所指，已然超越了他所描述的特定场景，而上升至普遍性的主题：时间如恨水东逝，而人生亦然，即便在如此宁和、舒适而平平淡淡的时刻。

晏殊的另一首词《蝶恋花》，写的是一位思念亲人的年轻女子：

> 槛菊愁烟兰泣露，罗幕轻寒，燕子双飞去。明月不谙离恨苦，斜光到晓穿朱户。
>
> 昨夜西风凋碧树。独上高楼，望尽天涯路。欲寄彩笺兼尺素，山长水阔知何处！

Chrysanthemums sad and orchids shed tears of dews;

The satin curtains felt a slight chill,

The pair of swallows away flew.

The moon didn't know the pain of separation,

Its slant light penetrated the red mansion all night through.

Last night all green trees wither when the west wind blew.

She went up the tower alone,

And looked at the road as far as she could.

She wanted to send a letter on a flowery paper,

But over the mountains and rivers, where to send it to!

在这里，人类的情感被投射到自然环境中，所以树木与花朵似乎也同样能感受到愁绪，甚至连月亮也可以受到指责：明明知晓这人间的离别之苦，为何不将光芒收敛片刻，竟忍心让这离愁无所遁形呢？这种修辞手法与优雅的诗意表达，使文人词进一步与更直接的民歌表达拉开了距离。

张先（990—1078）是最早写"慢"词的人之一，慢词的曲调更长，相应词的篇幅也更长。他以间接暗示的手法写景著称，尤其以善用"影"的意象而为人称道。例如下面这首《青门引》，在一个春夜，叙述者酒醉后醒来，只见小院四下寂静，只余孤独的自己：

楼头画角风吹醒，	Waken up by the bugles with the wind,
入夜重门静。	At night all is quiet within the multiple doors.
那堪更被明月，	The moon makes the quietness even more,
隔墙送过秋千影。	Sending the shadow of a swing over the wall.

在这首词中，当叙述者知道有一位年轻女子在墙的另一边荡秋千时，这更令他感到孤独。然而，诗人却没有提到那位女子，甚至没有直接提到秋千，而只是秋千的影子。这种间接而暗示的手法，正是评论家欣赏张先之处。另一个"影"的例子是他在《天仙子》一词中，描述在明亮的月光下，"沙上并禽池上暝，云破月来花弄影"。还有他下面这首《木兰花》，也写到了月下花朵与影子：

> 行云去后遥山暝，已放笙歌池院静。中庭月色正清明，无数杨花过无影。
>
> Floating clouds are gone, the distant mountain is dark,
> Music and singing have stopped, the garden is all quiet.
> In the middle of the courtyard, clear is the moonlight,
> A host of poplar flowers fly shadowless passing by.

与晏殊和张先年代相近的，还有一位重要诗人、散文家范仲淹（989—1052）。他也创作了一些优秀的词作。他早期的作品，在描写女性、爱情、孤独与伤感等方面与五代词人并无太大不同。以下是他的一首名作《苏幕遮》，上阕描述了一片寒秋之景，下阕则抒发了思乡与孤独。情与景完美交融，抒发了一种直击人心的悲伤之情，一个背井离乡的游子想念着留在家乡的亲人至爱：

> 碧云天，黄叶地，秋色连波，波上寒烟翠。山映斜阳天接水，芳草无情，更在斜阳外。

297

　　黯乡魂，追旅思，夜夜除非，好梦留人睡。明月楼高休独倚，酒入愁肠，化作相思泪。

White clouds dot the blue sky,

Yellow leaves cover the ground,

The colors of autumn are linked with waves,

On the river an emerald mist float around.

The sun sets on mountains and the river touches the sky,

The fragrant grass has no feelings,

It reaches beyond the evening sun to the other side.

Homesickness breaks one's heart,

Sadness of wandering seems extreme,

At night you can't fall asleep,

Unless you were home in a wishful dream.

Under the moon, don't go up the tower above,

For when you drink wine,

It will turn to tears for missing your love.

这首词常为评论家称道，因其抒情优雅、细致入微、意象清丽，语言亦触人情肠。在这个意义上，虽然以其多愁善感而论，这首词与五代花间词其实相去不远，但在整体效果上却远高于五代绝大多数词作，因为它蕴含着悲怆的感染力与刚健的风骨，这赋予范词一种独特的个人风格，而明显不同于五代。

　　范仲淹不仅仅是一位学者诗人，也是一位军事家，曾在西北边境带兵四年。在边关抗击西夏的现实体验，进一步赋予了他作词的灵感，能以词抒写边塞生活，开一代风气之先。当然，边塞诗已经是唐诗的重要内容，但对于词来说，这是一个全新的领域。范仲淹首创边塞词，扩大了词的范围，描写了边关将士的艰辛与英雄气概。下面就是他这首著名的《渔家傲》：

> 塞下秋来风景异，衡阳雁去无留意。四面边声连角起。千嶂里，长烟落日孤城闭。
>
> 浊酒一杯家万里，燕然未勒归无计。羌管悠悠霜满地，人不寐，将军白发征夫泪。

In autumn the frontiers a different view display;

The geese are all gone with no desire to stay.

The bugles are heard from all four corners,

Deep in the thousand cliffs,

The lonely city is closed as the sun sets at end of the day.

A cup of wine makes one think of home far, far away.

But no triumphant return before we send enemies flee in fear.

The flutes sound sad, the frost chills the ground far and near,

A sleepless night,

The general's hair turns white, and soldiers are shedding tears.

这首词描绘了一幅辽阔荒凉的画面：寒冷的秋夜，一支孤军戍守边关。然而，戍边的艰辛与思乡之情都且不顾，将士们坚持不懈抗击来犯之敌，保卫国家，彰显出崇高的英雄主义与自我牺牲的精神。这为北宋词开辟了新的道路，并为后来苏轼与辛弃疾的词铺垫了基础。

欧阳修（1007—1072）是北宋文坛领袖，他的诗歌与散文成就我们将在之后章节讨论。他同时也是一位重要的词作家。不过，他将词视为一种不甚严肃的体裁，也没有着意提升词在传统上自五代以来的从属地位。和其他词作家一样，欧阳修的词大多也是写爱情或年轻女子失恋，或者是对自然风光的描绘。下面是他的一首《采桑子》，描写晚春时节春逝之际的些微伤感：

群芳过后西湖好，狼籍残红，飞絮蒙蒙，垂柳阑干尽日风。
笙歌散尽游人去，始觉春空。垂下帘栊，双燕归来细雨中。

The West Lake is the best when all flowers are gone,

And red petals randomly fall on the ground,

Like drizzles catkins float around,

All day long, willows swing in the wind by the pavilion.

When singing and music stopped and visitors left,

You start to feel spring's empty and vain.

Lower down the curtains,

As pairs of swallows return in the fine rain.

"双燕归来"是一种微妙的表达，暗示着这位女子的孤独，她感到空虚，独自放下了窗帘，掩住了窗外的景色。他还有另一首美丽的《蝶恋花》，也表现了春逝之伤情。开篇先写庭院深深，暗示着女子独居于此，下阕尤其有名：

雨横风狂三月暮，门掩黄昏，无计留春住。泪眼问花花不语，乱红飞过秋千去。

In late March wind and rain get crazy,

At dusk everything is closed at the gate,

And there's no way to make spring stay.

With tearful eyes she asks flowers, but flowers have nothing to say;

While over a swing a host of red petals are flying away.

最后两句尤其以将人类情感投射于落花而著称。落红虽"无语"，未直接回应女子的询问，但却随风飘落，即将消失得无影无踪。欧阳修在词中使用了一些对话体的质朴语言，在表达上呈现出民歌中常见的生动感；他不认为词与诗歌同等重要，故而在词作上更为放松、自由，这些描述爱情和女性的词作，在表达上也比他的诗歌更加大胆。欧阳修喜好质朴自然的语言，这对宋代之后的诗人产生了积极的影响。他也写了一些慢词，虽然数量不多，但确实在宋词发展中发挥了重要作用。

北宋词界另一位重要人物是王安石（1021—1086）。他是一位政治家，以担任宰相期间激进的政治改革而闻名，同时也是北宋的主要诗人与作家。他的词作不多，但并不涉女性、爱情等常见主题，亦不同于花间词的感性风格。例如，在他的名作《桂枝香》一词中，他首先描述了在金陵（今南京）眺望长江的壮阔之景，然后回忆了陈朝建都继而亡于隋、隋亦不久湮灭的历史，收尾这几句流传极广，溢出深刻的历史感：

> 六朝旧事随流水，但寒烟衰草凝绿。至今商女，时时尚歌，后庭遗曲。
>
> Things of the past with waters are all gone,
> Leaving a chilly mist and withered grass over the ground.
> Till today the singing girls
> Still perform from time to time
> The last dynasty's sorrowful song.

晏幾道（1038—1110）是晏殊之子，但仕途并不像父亲那样成功，性格孤傲，从未与高官结交攀缘。他常混迹于歌女俳优之间，以词写下了与她们的悲欢离合，感情亦十分真挚。下面是他的一首《鹧鸪天》：

> 彩袖殷勤捧玉钟，当年拼却醉颜红。舞低杨柳楼心月，歌尽桃花扇底风。

从别后，忆相逢，几回魂梦与君同。今宵剩把银釭照，犹恐相逢是梦中。

Colorful sleeves held jade cups eagerly,

I didn't care if my face got all red from wine;

Dancing in the hall with willows under the moon,

Singing with fans of peach blossoms in the wind.

Since we parted,

I've recalled our time together,

And met you in dream several times.

I lit up the red candle tonight,

Still thought we might meet in my dream.

晏幾道的词以词句清丽、意象富艳著称，而他将诸多元素熔铸于一词之中，只见其美，却无刻意雕琢的痕迹，令人不禁生出语出天然、深情天成之感。

比起唐代，宋代明显越来越多的诗人对写词产生了兴趣，哪怕他们起初并不认为词也是表达思想情感的重要载体。然而，正因为词被视为非主要形式，所以才得以在诗歌难以触及或不便表达之处，为诗人创造一种更为自由的表达空间，反而令它渐渐也得以成为宋代诗性表达的主要样式。

4. 柳永与北宋词的转变

作为宰相，晏殊的词主要代表了士大夫阶层的品味，但柳永（约987—约1053）才是北宋早期最重要、最受欢迎的词作家，他的读者多为下层市民阶层，作品也代表了这一群体的欣赏取向。柳永多次参加科举，屡试不第，直到晚年才获任一小官。然而，正是这样的经历，使他成长为一位伟大的词人、一位北宋火热的城市文化的代表人物。在一生的大部分时间里，柳永都混迹于市井百姓尤其是歌姬伶人之间，为她们填词歌唱，表达她们的品味、思想和情感。如果说，晏殊和其他士大夫作家有意与词所发源的民歌保持距离，那么柳永的词则书写了城市平民的人生经验，更符合他们的趣味，并使用最为接近市井的鲜活语言。他的作品极受欢迎，传唱不衰，甚至在当时已有"凡有井水处，皆能歌柳词"之谓。柳永的文学才能突出，音乐修养深厚，不仅是北宋的著名词人，也是中国文学史上的一位大家。

在柳永之前，从唐朝、五代到北宋早期，词大多是小令。从张先开始才有了一些慢词，而柳永则从根本上改变了这一现状，写了大量的慢词也就是长令。换言之，柳永开创了自己的新体式。在这类长令中，柳永得以完美地将描写与表达、叙述与抒情结合在一起，从根本上拓展了北宋词的形式与内容。得益于柳永的创作，词也上升为诗性表达的一种主要形式，其创新的格调与内蕴为这一体裁在宋代进一步发展奠定了基础。

柳永在词的内容方面，也对传统主题做出了革新贡献。和其他词人一样，柳永也写了许多关于女性与爱情的词，但他经常从平民视角出发，在描写歌女、舞姬、妓女的时候所饱蘸的同情，远远超出了典型的士大夫词人所能为者。如果我们将晏殊与柳永的同主题作品各选一首作个比较，可以清楚地看出这一点。我们在上节讨论过晏殊的这首《蝶恋花》，写一位年轻女子思念她的爱人，对感情的表达是含蓄而温和的：

> 昨夜西风凋碧树。独上高楼，望尽天涯路。欲寄彩笺兼尺素，山长水阔知何处！

Last night all green trees wither when the west wind blew.

She went up the tower alone,

And looked at the road as far as she could.

She wanted to send a letter on a flowery paper,

But over the mountains and rivers, where to send it to!

而柳永在下面这首著名的《定风波慢》中，也写了一个年轻女子的相思，后悔放情人一去不返，表达更为直接大胆：

> 自春来、惨绿愁红，芳心事事可可。日上花梢，莺穿柳带，犹压香衾卧。暖酥消，腻云亸，终日厌厌倦梳裹。无那！恨薄情一去，音书无个。
>
> 早知恁么，悔当初、不把雕鞍锁。向鸡窗，只与蛮笺象管，拘束教吟课。镇相随，莫抛躲。针线闲拈伴伊坐，和我，免使年少光阴虚过。

Since spring came,

The green is sad and the red pitiful,

In my heart nothing seems to matter anymore.

The sun has risen over the top of flowers,

Through ribbon-like willow leaves fly the orioles,

But still lying in bed, I feel bored.

Soft body gets thinner,

Locks of my hair almost fall,

All day from my dressing case I listlessly withdraw.

But what, though!

Since that heartless one was gone,

Not one letter has arrived at all.

If I only knew!

I now feel remorse,

I didn't lock up his horse.

Should have let him face the studio window,

With nothing but paper and writing brush,

And reciting poetry as his daily course.

We would follow one another all the time,

No more abandonment, no more.

I'd pick up my needlework and sit by his side,

Just he and I,

We'll never let our prime futilely pass by.

柳永这首词不仅比晏殊的更长、也有更多的空间描写这位女性叙述者的内心状态，并以叙述者口吻，更为直接而勇敢地表达了她的感情。柳永巧妙地在文本中化用了当时的口语、俚语，使其成为一段生动的独白。故而，他不仅改变了词的形式和内容，也使读者得以带着同情和尊重与词中人物产生共鸣。又如在《迷仙引》一词中，他以妓女口吻倾诉她的心愿，渴望能摆脱痛苦屈辱的皮肉生涯，像其他女子一样过上有尊严的正常生活。在那个时代，能够这样为受压迫的妇女发声是极为罕见的。这首词的下阕是这样写的：

已受君恩顾。好与花为主。万里丹霄，何妨携手同归去？永弃却、烟花伴侣。免教人见妾，朝云暮雨。

Now you have done me favor,

Take care of the flower and be a lord.

Ten thousand miles of red morning glow,

Why not we hold our hands and go?

Forever leave those

Temporary companions to entertain.

So no one would look upon me

And think of the fickleness of clouds and rain.

柳永确实写过许多更符合平民百姓口味的词，有时他会比儒门作者更大胆地描写爱与性。例如下面这首《菊花新》，大胆的情色描写几乎惊倒了许多傲慢的道学评论家：

> 欲掩香帏论缱绻，先敛双蛾愁夜短。催促少年郎，先去睡、鸳衾图暖。
> 须臾放了残针线，脱罗裳、恣情无限。留取帐前灯，时时待、看伊娇面。

Closing the fragrant curtains to talk intimacy,

She frowned on night for being too short,

And urged the young lad

To bed first to keep the quilt warm.

Soon she put her unfinished needlework down,

And took off her silk gown;

Her charm infinitely enthralling.

To show her enchanting face, she let it on,

The lamp by her bed, right in front.

柳永长年混迹于歌姬、妓女与普通市民之间，深受这种人生经历的影响，从而脱离了他的文人背景及相应的特色。他常因"浅近卑俗"而受到批评，但这种批评更多的是文人阶层的偏见，而不是审美或文学层面上的评判。柳永生活在市井之间，热爱城市文化。大多数文人会书写自然与田园作为官场生涯的调剂，通过远离市井喧嚣、追求孤独宁静以彰显高洁品质；而柳永则写下了许多词赞美他那个时代都市的繁荣兴盛，这是他拿手题材中的又一创新主题。最著名的例子莫过于他的《望海潮》一词，精彩地描绘了当时的钱塘城（今浙江杭州），那里的钱塘潮自古以来就是一番壮观景象。柳永先写了钱塘居于江山要地，又叙述了其繁花似锦的城市文化，甚至夸耀了城中富户的奢华生活，然后逐一点染了山景、西湖，还有喜乐的渔人与莲女。下面是这首长令最著名的几句：

市列珠玑，户盈罗绮，竞豪奢。

重湖叠𪩘清嘉，有三秋桂子，十里荷花。羌管弄晴，菱歌泛夜，嬉嬉钓叟莲娃。

The markets line up pearls and jewelries,

Every household has lots of satin and silk,

And for extravagance engages in rivalries.

Lovely are the many lakes and layers of mountains,

With cassia seeds in autumn,

And miles of lotus flowers so sweet.

Flutes are played by day,

And songs are heard over night,

As fishermen and young lotus pickers one another greet.

这首词充分体现出柳永对繁华的城市生活、秀丽的山水风光，都充满了自豪与欣赏，向读者展现了一幅北宋杭州的生动画卷。随着词作篇幅的拓展，柳永亦能将叙事模式引入词中，以景色变换而表达情感之变。这在他最著名的代表作《雨霖铃》中可以看出：

寒蝉凄切。对长亭晚，骤雨初歇。都门帐饮无绪，留恋处、兰舟催发。执手相看泪眼，竟无语凝噎。念去去、千里烟波，暮霭沉沉楚天阔。

多情自古伤离别，更那堪、冷落清秋节。今宵酒醒何处？杨柳岸、晓风残月。此去经年，应是良辰好景虚设。便纵有千种风情，更与何人说？

Cicadas sing sadly;

We face each other in the pavilion at eve,

As the rain has just stopped.

In the tent, no mood to drink for grief.

Where we'd like to linger,

The decorated boat is calling me to leave.

Holding hands and looking at tearful eyes,

Not a word or sigh we could heave.

Thinking of the road ahead,

A thousand miles of waves passing by,

Heavy evening clouds pile up in the southern sky.

Since time immemorial, lovers' parting is always pain.

Let alone the time

Is autumn in a chilly rain.

Where would I wake up from wine tonight?

Beside the bank with weeping willows,

A morning wind and pale moonlight.

In the future years,

All the good things will all be in vain.

For even a thousand things lovely, fine, and bright,

To whom can I tell and confide?

在这首词中，柳永用足了大令的空间，描写这对恋人在一个寒秋之夜悲切地作别，之后描述了想象中次日清晨的伤感，最后是脑海中的离别、孤独和无尽的悲伤。这首词叙事与情节线索清晰，其清丽的语言与悲伤的意象都加强了抒情的效果，深深打动了读者，被誉为中国古典文学中最著名的词之一。

　　作为一位真正的大词家，柳永从根本上改变了词的地位，使之从文人雅士在吟诗之余不甚重视的微末小技，成长为一种主要的诗歌文学体裁，甚至迅速成为宋代文学的标志性成就。柳永在文学史上获得了不可撼动的声名，尽管也时有贬损之语，言其"浅近卑俗"。总之，北宋早期柳词的伟大成就无可否认，后世许多著名词人都会从中汲取灵感、技巧和方法，甚至在他们试图走出这棵大树的树荫，建立自己风格时亦然。

第十一章

从欧阳修至苏轼：北宋文学的辉煌

1. 文坛领袖欧阳修

随着宋朝对中央集权的巩固，范仲淹与欧阳修领导了政治改革，同时也呼吁对诗歌与散文推行文学改革。欧阳修（1007—1072）作为政治家声望卓著，在诗文上也颇有建树。他胸襟慷慨、平易近人，誉满天下，是北宋文学革新的领军人物。他广交著名文人，当时的梅尧臣、苏舜钦等，都是他的挚友。他也提携过多位青年后辈，包括伟大的苏轼，后来也成为北宋文学的重要人物。

北宋初年，基于儒家正统思想的复兴思潮，柳开（947—1000）与穆修（979—1032）等主张效仿唐人韩愈、柳宗元写作"古文"，反对骈文，但当时响应不多。与欧阳修同时代的石介（1005—1045）延续了这一取向，并严肃批评了宋初诗人杨亿和"西昆体"。作为朝廷的国子监直讲，石介在太学生中影响极大，许多人都渐渐成为笃信这一复古思想的中坚分子。他不仅反对奢靡的"西昆体"与五代时期的所有文学作品，而且声称写作本身不具备价值，其存在的意义只不过是为了阐释儒家之道。正如上一章所提到的，宋朝的大多数文人都接受儒家道德与政治概念，也认可道与文密切相关的儒家观点。欧阳修自然也不例外。他也批评"西昆体"过犹不及，强调道之于文的重要性，但他对道文关系的理解，又与柳开、石介等人不同。欧阳修心目中的儒家之"道"，并不是脱离人们生活现实的道德原则；他同样强调文道并重，因为"道纯则充于中者实，中充实则发为文者辉光"。如果说，柳开、石介推崇的其实是韩愈力图延续儒家道统的思想，那么欧阳修所欣赏的，其实更在于韩愈作品的气势与感染力。他钦佩韩、柳的文才与行文的自然流畅，但对他们某些作品中几近怪异晦涩的内容也并不照单全收。同时，欧阳修也没有弃绝骈文，甚至对杨亿的博学文才也予以称赞。欧阳修天生善于执其中道，不走极端。他通过纠正柳开与石介的激进主张，同时扬弃韩、柳作品的缺陷，为宋代文学散文的进一步发展确立了正确的道路，使得在韩、柳去世后渐衰的散文迎来了复兴，成为北宋文学的重要组成部分。

欧阳修名列"唐宋八大家"，作品主题广泛，类型多样，有政论、有对历史人生的反思、有山水游记及许多描述性作品。他的散文内容翔实、文学性强，语言也十分自然优美。欧阳修一方面吸收了韩、柳"古文"的流畅自然、直击人心的风格，另一方面也融入了骈文式的押韵对仗，从而创造了平易纡徐、感染力强、触动人心的新风格，可谓自成一家。欧阳修留下了许多杰出的散文，其中最著名的一篇是《醉翁亭记》。此文写于1046年，当时他被派往安徽滁州担任太守。在秀美的琅琊山上，他与朋友们惬意地放松着、享受着。下面是本文的开头部分：

环滁皆山也。其西南诸峰，林壑尤美，望之蔚然而深秀者，琅琊也。山行六七里，渐闻水声潺潺，而泻出于两峰之间者，酿泉也。峰回路转，有亭翼然临于泉上者，醉翁亭也。作亭者谁？山之僧智仙也。名之者谁？太守自谓也。太守与客来饮于此，饮少辄醉，而年又最高，故自号曰醉翁也。醉翁之意不在酒，在乎山水之间也。山水之乐，得之心而寓之酒也。

Around Chu are all mountains. The range of cliffs to the

southeast is particularly beautiful with forests and valleys, and the one that looks lash and deep green from a distance is Mount Langya. Walking on it for about six or seven miles, one gradually hears the gurgling sound of waters coming down between two cliffs, and that is called the Brewing Spring. Taking a few turns on the mountain path around the cliff, one sees a pavilion like a bird with its wings spread over the Spring, and that is called Pavilion of the Drunken Old Man. Who has made this pavilion? A monk in this mountain called Zhi Xian. Who gave the pavilion its name? The magistrate names it by himself. The magistrate comes here for drinking with friends and often gets drunk with a little wine, and as he is the most senior in age, he called himself the drunken old man. What the drunken old man intends is not the wine, but among the mountains and the waters. The pleasure of the mountains and the waters is contained in the wine but acquired at heart.

本文语言极为平易晓畅，读来毫无滞涩，描写也生动清晰。其叙述层层铺开，从而引出中心观点——享受"山水之乐"自得于本心。

欧阳修另一篇重要作品《秋声赋》，可谓创造了一种新的赋体文学形式，虽然保留了汉赋的主客问答形式、词句对仗与叙事元素，然而与他的"古文"作品一样灵动、感人。下面是开头一段：

> 欧阳子方夜读书，闻有声自西南来者，悚然而听之，曰："异哉！"初淅沥以萧飒，忽奔腾而砰湃，如波涛夜惊，风雨骤至。其触于物也，鏦鏦铮铮，金铁皆鸣；又如赴敌之兵，衔枚疾走，不闻号令，但闻人马之行声。余谓童子："此何声也？汝出视之。"童子曰："星月皎洁，明河在天，四无人声，声在树间。"

Master Ouyang was just reading at night, suddenly a sound came from the southwest and I was startled to listen and exclaimed, "How strange it is!" It first sounded like the patter of rain sent by the wind, and then changed to surging waters as if big waves rose up at night or a storm suddenly swept over. When it touched things, it clinked like metals and weapons crashing, or like soldiers marching towards their enemies with their mouths shut but walking fast, one only heard the marching of the troops, but no sound of orders. I told the page boy and said: "What is this sound? You go out and take a look." The page boy replied:

"The stars and the moon are all bright,

And the Milky Way is at ease.

There is no human sound in all four corners,

The sound comes from the trees."

这段用一系列比喻描述了"秋声",营造了一种惊奇而神秘的氛围,而侍童粗疏的回答以韵语出之,自有妙趣。接下来,作者继续诠释了秋天及其多重意义,运用了传统宇宙学、五行论、音乐学、职官制度与各类象征意义,展示了作者渊博的学养与深刻的认知,既能感悟到秋天是成熟与收获的季节,也能认识到秋之肃杀与年年岁岁引人悲思的一面。然而,所有这些博学、深刻、辞藻华美的沉思,都未觅得知音,而是在这个无学识的侍童身上画上了句号:他无力分享作者这番博学的秋思,而这篇精彩的散文则在一个有些幽默的对比中戛然而止(注意也是以韵语结尾):

童子莫对,垂头而睡。但闻四壁虫声唧唧,如助余之叹息。

The page boy did not respond,

But fell asleep so very sound.

I only heard from the four walls outside

Insects all buzz and cry,

As though to help me heave my sigh.

本文语言简洁优雅，在"古文"的自然流畅中间或融入押韵对仗，成为许多作家效仿的典范。的确，在欧阳修之后，散文赋成为一种重要的文学体裁，众多诗人作家的创作使其成为最受欢迎的文学样式之一。

2. 宋诗的塑造：梅尧臣、苏舜钦、欧阳修

宋初诗人追随中晚唐诗人，师法白居易、贾岛与李商隐。"西昆体"诗人模仿李商隐，在宋初颇有影响力，但他们缺乏李商隐的卓著才华，模仿不了他精微的思想表达，惟有堆积晦涩的典故与华丽的冗言，让诗歌越来越像一个华丽精致的外壳，内里却空洞缺少灵魂。"西昆体"很快就失去了魅力，文学改革自然不可避免。欧阳修在文学革新中，也鼓励转变诗歌风格，形成一种符合宋代实际、特色鲜明的新诗。梅尧臣、苏舜钦是这一行动的先驱，欧阳修对他们大力支持，并在宋代诗歌改革中发挥了领导作用。

梅尧臣（1002—1060）反对"西昆体"诗歌华丽空洞的表达，提出以"平淡"为上的诗歌观，主张书写现实与人民生活，而不是空为藻饰或娱乐。他在当时的诗歌转型中发挥了重要作用，为北宋诗歌的成熟做好了准备。延续杜甫与白居易开创的民生传统，他写下了许多诗歌揭露社会问题，批判现实不公。例如，下面这首平易的小诗《陶者》，揭露了一个自古以来的社会问题，亦即劳动与财富的分配不公：

陶尽门前土，屋上无片瓦。
十指不沾泥，鳞鳞居大厦。

For pottery he used up all the soil before his door,

But he has not a single tile above his head;

Those whose ten fingers never touched dirt,

All live in mansions magnificent and great.

梅尧臣还有一些诗，直接批评社会的诸多问题，推动诗歌转向社会层面严肃的重大主题，远离了宋初一些诗人轻浮的文字游戏。然而，这类高度关切社会的诗歌，一如前章讨论过的王禹偁的《对雪》，作为社会状况的反映，主要价值在于向朝廷提供观察，以便纠正执政之失。这些诗尽管在社会目标上具有意义，但往往在艺术上并不成功，也难能以情动人。

梅尧臣在诗歌改革方面的努力，更重要的贡献其实是在于有效扩大了诗歌的范围，将日常生活中的常见主题悉数纳入诗歌，这一点从南朝到盛唐以来可谓前无古人。这代表了宋诗不同于前代的一个重要维度——前人眼中那些了无诗意的事物，于此重新获得了诗歌合法性，从而打下了一个广阔的诗歌基础。在唐代，韩愈已经主张将散文元素融入诗歌，所以梅尧臣之举也有追慕韩愈并深受影响的成分，但他确实有意识地闯进了这片新的领域，在自己的时代为诗歌表达开辟了新的天地。然而，有时他可能冲得稍显莽撞，甚至会用简单而呆板的表达手法，写那些太过于琐碎丑陋而不堪入诗之事。例如，他写过关于饮食过度而腹泻的诗、如厕时看乌鸦啄蛆的诗、饮茶过量腹痛的诗，等等。为扭转"西昆体"奢华绮丽的语言，这样极端的例子是他在诗歌改革中必须付出的代价。不过，这些都是罕见的极端例子，他也写过不少成功的诗歌，为宋代诗歌的进一步发展开辟了新的道路。

当梅尧臣将哲学思考融入日常生活经历时，就开始收获诗歌上的成功了，这也正是宋诗的一大时代特征。一个著名的例子是他关于吃剧毒河豚的诗《范饶州坐客语食河豚鱼》。在宋代，河豚已经成为最受欢迎的美味。诗人描述了在河豚上市的季节，人们是如何置剧毒的危险于不顾，拼死也要吃河豚的：

春洲生荻芽，	In spring, reeds sprout out on the islet,
春岸飞杨花。	And willow catkins over the banks fly.
河豚当是时，	At this time pufferfish soars in price
贵不数鱼虾。	Above shrimp and fish of any other kind.
其状亦可怪，	Its appearance is so very strange,
其毒亦莫加。	Its poison can cause anyone to die.
忿腹若封豕，	It looks like a pig with puffed-up belly,
怒目犹吴蛙。	Like a frog with its angry bulging eyes.
庖煎苟失所，	In cooking for a mistake ever so slight,
入喉为莫邪。	In your throat it turns into a sharp sword.
若此丧躯体，	As it's so deadly for your body,
何须资齿牙？	Why in your mouth it's so adored?
持问南方人，	But if you ask southerners about this,
党护复矜夸。	They'd defend and consider it their pride.
皆言美无度，	They all vouch for its superb flavor,
谁谓死如麻。	But never mention how many have died.

诗人表示，自己无法劝阻南方人不要吃这种有毒的鱼，并且也意识到，精致的美味与致命的剧毒如此交织难分，有如一枚铜钱的两面。他又回忆说，唐代诗人韩愈流放广东潮州时吃过蛇，尽管他一开始很害怕，而柳宗元甚至在谪居湖南柳州时以蟾蜍（或青蛙）入肴。接下来，他将蛇、蟾蜍与河豚进行了比较，并在结尾上升为以一种普遍性的观点：

二物虽可憎，	These two things though seem vile,

性命无舛差。	They pose no threat to life.
斯味曾不比，	Their taste may not be as good,
中藏祸无涯。	But this one with endless harm is rife.
甚美恶亦称，	What's good with evil is wed,
此言诚可嘉。	That's indeed true and well said.

诗尾的哲学议论，进一步深化了这首书写日常现象的诗歌的意义，其哲学思辨也代表了宋诗得以走出唐代笼罩的一个重要方向。梅尧臣以韩愈为榜样，但他对韩愈奇崛怪异之词的模仿并不算太成功，对"平淡"的强调才更好地体现了他的风格。梅尧臣的"平淡"并不意味着诗歌语言的直朴或是像陶潜、韦应物那种自然流畅，而是经过审慎考虑与反复修改而得，读来似乎简朴自然，但往往包含惊人新奇的元素。这亦成为宋代诗歌的一个显著特点，即看似简单自然的文字，往往是有意琢磨用力的成果。梅尧臣的代表作《鲁山山行》就是一个例子：

适与野情惬，千山高复低。
好峰随处改，幽径独行迷。
霜落熊升树，林空鹿饮溪。
人家在何许？云外一声鸡。

Perfectly in tune with my love of wilderness,

The mountains look different, either high or low.

The fine cliffs change their views at every turn,

Easily lost when alone on the quiet path I go.

A bear climbs up a tree when frost falls,

A deer drinks at the stream in a leafy glade.

Where can I find a house where people live?

A rooster is crowing over the clouds' shade.

这首诗格律平和，读之亦颇流畅，有点像白居易的风格。但它其实是一首典型的宋诗，意象与措辞在唐诗中都不太常见，例如熊爬树、公鸡在云外远啼之类。与韩愈一样，梅尧臣在诗歌中引入了散文元素，在诗歌抒情中又增加了叙事性，这也成为宋诗发展的重要内容。虽然他推动诗歌改革并不全然成功，但若论晚唐五代以来宋诗真正得以形成，梅尧臣当有先驱之功，在许多方面也为后来进一步发展作了铺垫。因此，他的作品深受欧阳修、王安石与苏轼等重要诗人的赞赏。

苏舜钦（1008—1049）经常与梅尧臣并提，在倡导以诗歌写作关切社会与政治问题方面亦与梅相似。他曾以诗歌痛批军队无能、喟叹宋在北境败于西夏，还写诗批评帝国的腐败，描述百姓遭遇的饥荒。在直抒胸臆这一点上，苏舜钦其实比大多数同辈更接近唐人，但其情感强烈，每每喷发而出，有些诗或缺乏微妙隽永的艺术技巧作为支撑，不免给人留下直白而欠成熟的印象。然而，他的一些短诗非常可爱，清新优雅，比如这首《淮中晚泊犊头》：

> 春阴垂野草青青，时有幽花一树明。
> 晚泊孤舟古祠下，满川风雨看潮生。
>
> The shade of spring hangs over the green grass,
> A tree with flowers looks bright in the plain.
> A lonely boat is moored under an old temple at dusk,
> In the river high tide is rising up with wind and rain.

最后两句，不禁让我们想起第八章讨论过的唐人韦应物的名句："春潮带雨晚来急，野渡无人舟自横。"苏舜钦这首即便越不过韦诗，也堪与前人比肩了。又如他的《初晴游沧浪亭》，写一夜春雨之后，天气初晴，来作苏州沧浪亭之游：

> 夜雨连明春水生，娇云浓暖弄微晴。

帘虚日薄花竹静，时有乳鸠相对鸣。

A whole night's rain makes spring waters rise,

Lovely clouds bring fine weather and warmth to all.

Through curtains flowers and bamboo are quiet under the sun,

From time to time a pair of young doves each other call.

在这里，人们感受到天气的变化、周遭的宁静，还有小斑鸠在原本安静的花园里相互呼觅的叫声。

欧阳修是北宋第一位在散文、诗、词等各方面都成就斐然的重要人物。他受到梅尧臣与苏舜钦的启发与鼓舞，但在语言掌控力与声律敏感度上都胜于二人。他深受李白与韩愈的影响，但他不仅师法唐人，更着力推动宋诗独树一帜，不落唐诗窠臼。他一方面认可诗歌中的散文元素，另一方面更增强了散文的灵活性与表达力，并保持了诗歌形式的特殊性，从而为后来的王安石、苏轼等杰出诗人奠定了基础。在文学批评方面，欧阳修明确主张艰难困苦更能成就诗人，这一点直可追溯到孔子和司马迁；但当他为友人梅尧臣的诗集作序时，其"穷而后工"的表达则更为雅致而广为人知。他在序言开篇说："予闻世谓诗人少达而多穷。夫岂然哉？"然后他谈到了诗人在困难和挑战面前是如何更加自励的，进而得出结论："然则非诗之能穷人，殆穷者而后工也。"这一观点强调了切身经验与真情实感在创作中的重要性，弃置了"西昆体"空洞浮华的文字游戏。但是，出于兼收并蓄的文学品格，欧阳修并不否认文学与修辞的藻饰成分在诗歌中的价值，尽管在当时一些更加教条主义的道学家眼中，这些都应彻底摒除才是。像梅尧臣与苏舜钦一样，欧阳修也写了一些关于社会与政治批评的诗歌，但他更重要的作品都是对个人经历的艺术呈现，借人生或历史反思自述思想。下面这首《戏答元珍》是一个很好的例子，是欧阳修被贬到湖北一处偏远小城时写的：

春风疑不到天涯，二月山城未见花。

残雪压枝犹有橘，冻雷惊笋欲抽芽。

夜闻归雁生乡思，病入新年感物华。

曾是洛阳花下客，野芳虽晚不须嗟。

The spring wind may not come to the world's end,

It's February, in this mountain city there's yet no flower.

The melting snow still lies heavy on tangerine twigs,

Startled by thunders, bamboo shoots are about to come out.

At night the returning geese made me think of home,

Being sick into the new year I feel things are all so delicate.

As I used to enjoy flowers in Luoyang in the past,

No need to complain though wild flowers here come late.

欧阳修对这首诗十分自得。本诗确实表达了被贬到偏远之地的失望之情，也表达了他的温和有节与自我安慰。第一句陈述或令人惊讶，第二句旋即给出了一个解释，而类似的一组逻辑关系在尾联又再次出现：洛阳以花闻名，尤其牡丹甲天下，正因为诗人曾在洛阳饱看牡丹，所以即便流落至此，也能从那些快乐的回忆中寻找一种慰藉。

欧阳修还有一首可爱的小诗《丰乐亭游春三首》其三，"丰乐亭"是他任滁州太守时所建。这首诗将此亭描述为一个深受欢迎的所在，人们来此享受暮春的些许时光，委婉地表达了"及时行乐"之意：

红树青山日欲斜，长郊草色绿无涯。

游人不管春将老，来往亭前踏落花。

The sun is slanting on red trees and blue mountains,

The grass outside the city is an endless green.

People tread on fallen flowers in front of pavilions,

Ignoring that spring is getting old and will soon end.

他的另一首《画眉鸟》也很著名，蕴含着对小鸟境况的深思：

百啭千声随意移，山花红紫树高低。

始知锁向金笼听，不及林间自在啼。

It sings a thousand turns as it flies high and low,

Among red and purple flowers in the mountain trees.

Then you realize to lock it up in a golden cage

Is never as good as in the woods where it sings free.

与唐诗的辉煌相比，宋诗的思考与回味往往更加深沉。欧阳修这首简洁的小诗堪称典范，想象小鸟一旦获得自由、放声歌唱，将比关在金笼之时唱得更加美妙动听。

3. 王安石：重要的诗人与作家

得益于欧阳修的提携、扶持与举荐，许多诗人和作家得以成名，踏上了成功的事业之路，其中的代表性人物包括王安石、曾巩与三苏——苏洵与两个儿子苏轼和苏辙。这五人加上欧阳修共六人，与韩愈、柳宗元一起合称"唐宋八大家"。苏洵（1009—1066）被称老苏，擅写政论文，最著名的作品是《六国论》，分析战国时期东方六国败于秦的原因。曾巩（1019—1083）是一位真正的儒家人物，其作品平和易读，论证清晰有力，颇近欧阳修的风格。苏辙（1039—1112）是苏轼的弟弟，也是一位成就极高的杰出作家。而这六人之中，最重要的便是王安石和苏轼。

王安石（1021—1086）首先是一位政治家，同时也是一位才学过人的诗人与散文家。他于1069年任参知政事，实行了称为"新政"的一系列政治改革，但他的改革政策过于激进，本身又制造了很多新的问题。王安石变法遭遇了强烈的阻力，不仅为顽固的保守派所抵制，甚至连欧阳修与苏轼等也倾向于相对更温和的改革路径。经过多年的激烈辩论与斗争，最后，王安石于1076年被迫下野，十年后在郁愤中去世，因为新政都被废除，一切又恢复了改革之前的状态。

王安石有许多政敌与对手，但是即便敌人也无法否认他的文才与成就。作为一位政治家，他将文学写作视为实现政治目的之工具，其散文作品亦清晰体现了这一文学观。这些作品往往是直接而有力的，观点清晰，论证逻辑严谨。他的短文简洁明了，尤其能体现他的个人风格。但总的来说，他的散文是为实际功用而作，艺术手法并不算复杂。他更大的文学成就乃在诗歌。

王安石的诗歌同样也呈现出为政治或现实目的而作的倾向。他的一些诗在社会批评维度上极有洞见，总是能够展示独到而深刻的见解，哪怕在一些熟悉的主题或题材上也不例外。一个著名例子便是他的《明妃曲二首》其一，写的是汉宫美人王昭君，这个题材在唐代"变文"与其他选集中多次出现，我们在第九章曾讲过。传说汉元帝（前49—前33年在位）有太多的后宫嫔妃，无暇一一亲见，所以他令画家毛延寿为每位女子画像，方便他依据画像，选择中意之人。嫔妃们纷纷贿赂画家，希望将自己画得美一些，但王昭君自恃美貌，不屑如此，所以她也就一直没有机会见到皇帝。后来匈奴单于来到长安，元帝承诺送给他五位宫女带回北方，不得宠爱的王昭君也名列其中。当她们辞别汉宫临行之际，元帝终于第一次见到了昭君真容，被她的美貌深深震撼；然而，他虽然后悔，却无法向匈奴单于食言，惟有在愤怒之下将画家处死。在传统上，王昭君故事的核心往往被诠释为女子远嫁北地的悲苦，或是对画家毛延寿的谴责，但王安石的诗则呈现了一个相当不同的视角：

明妃初出汉宫时，泪湿春风鬓脚垂。
低徊顾影无颜色，尚得君王不自持。

归来却怪丹青手，入眼平生未曾有。

意态由来画不成，当时枉杀毛延寿。

一去心知更不归，可怜著尽汉宫衣。

寄声欲问塞南事，只有年年鸿雁飞。

家人万里传消息，好在毡城莫相忆。

君不见咫尺长门闭阿娇，人生失意无南北！

When Mingfei left the palace of Han,

Her tears wet her locks in the spring breeze.

Looking at her own shadow, she was all pale,

But the emperor almost lost his control and ease.

Turning back, he blamed the painter for betrayal,

For in his life he'd never seen such beauty before.

But painting can never capture the living disposition,

It's pointless to have Mao Yanshou executed for naught.

Once gone, she knew she could never return,

It's sad that in time she had no more Han clothes to wear.

She tried to ask about affairs south of the borders,

Only wild geese flew southward year after year.

Folks at home sent her news from thousands of miles away,

And told her not to think of home in her city of yurt.

Don't you see that to A'Jiao the palace gate was long closed,

North or south, it's the same when the heart is hurt!

王安石用这一段传说批评了皇帝奢侈的生活，并指出区区画纸终归难以展现王昭君鲜活的美丽，所以处死画家不过是"枉杀"。最后，他又引用了关于汉武帝第一任皇后陈阿娇的典故，她失宠于武帝之后，独自在长门宫悲伤地度过了余生。所以王安石才感慨，无论是像王昭君那样背井离乡远嫁塞北，还是被皇帝抛弃之后像陈阿娇一样在塞南的冷宫中孤独终老，宫中女子的命运都是一样悲惨的。对王昭君故事的这一解读，不同于其他很多诗人，立论严谨，无可辩驳。在诗歌中说理论证，本是宋诗不同于唐诗的一个重要元素，王安石此诗即提供了一个极好的例子。

王安石也写了一些关于自然与个人感情的绝句，尤其是晚年下野之后。与欧阳修、梅尧臣与苏舜钦不同，王安石十分尊崇杜甫，可以说杜甫能成为宋代诗人的典范，王安石居功甚伟。和杜甫一样，他在炼句上也颇费心力，并以善于巧妙化用古籍入诗闻名。一个著名的例子是他的绝句《书湖阴先生壁》。"湖阴"的字面意思是湖之南，"湖阴先生"是王安石在金陵（今南京）的邻居杨德逢的别号：

> 茅檐长扫静无苔，花木成畦手自栽。
> 一水护田将绿绕，两山排闼送青来。
>
> Under thatched roof the yard is swept clean with no moss,
> Trees and flowers planted by the host grow in neat lanes.
> A river guards the lush field with circling waters,
> And two mountains rush over to send in lots of green.

这首诗描述了湖阴先生的居处及向外所见的景色：一座洁净的庭院、主人亲手种下的排排花木，最著名的则是最后两句，绕田一条溪水、屋前两座青山。这首诗看似简单，语言也明快自然，但它因用典而著名："护田"出自《汉书》，原指汉朝在边地创立的军事建制，专门护卫农田的庄稼；"排闼"出自司马迁《史记》的记载，汉高祖刘邦麾下有位大将樊哙，一天刘邦在宫中休息，告诉守卫不要放人进来打扰，但樊哙却敢强行冲闯，"排闼"入宫。两处典故都是"汉人语"，但非常契合本诗内容，读者即使不解出处，也不影响欣赏全诗；而读者一旦知晓了典故来源，那随之而来的深刻的历史感与诗歌艺术的巧思，无疑又进一步提升了读诗之乐。用典是中国古典诗歌的共同特征，体现了深刻的历史与传统意识，对前人的欣赏与尊重，也显示了诗人的学识。正如王安石在这首诗中所示范的，最好的用典便是在诗中化用前人之语，珠联璧合，浑然天成。

当王安石晚年失去权力、远离政治之后，愈发老成平和，诗歌听起来也更加平和委婉、意蕴悠长。下面这首《泊船瓜洲》，很好地代表了他晚年诗歌的风格：

京口瓜洲一水间，钟山只隔数重山。
春风又绿江南岸，明月何时照我还？

Jingkou and Guazhou are just across a river,
Zhongshan is only behind a few mountains.
Again the spring wind greens the river banks,
When will the bright moon shine on me for my return?

第三句尤其著名，"绿"字通常用作形容词，而这里用作动词，强调春天带来的新机。王安石将这句诗修改了十几次，最后才选定了这个"绿"字，这也是他精心炼句的一个例子，读来清丽、流畅。

另一个例子是下面这首《江上》：

江北秋阴一半开，晓云含雨却低回。
青山缭绕疑无路，忽见千帆隐映来。

The autumn mist is half open to the north of the river,
The morning clouds with rain hang over the vales.
Surrounded by green mountains there seems no road,
But suddenly a thousand boats are coming with their sails.

这些绝句都让人不禁想起唐诗。王安石代表了宋诗向唐代复归的一种发展趋势。他学识渊博、语言精工，时而优雅自然，时而含蓄老成，在宋诗中开创了一种独特的境界，对后来一些诗人颇有影响。尤其是黄庭坚强调诗人学问识见的诗歌思想，无疑出自王安石的启发。

4.　苏轼：伟大的文学天才

北宋时期，欧阳修在文学改革中发挥了重要的领导作用，为文学的持续发展奠定了基础。他称赏苏轼（1037—1101）才能非凡，并期望他将来能够承担起领导文坛的责任。苏轼（也称苏东坡）没有让对他寄予厚望的欧阳修失望。北宋文学正是以苏轼的作品登上了辉煌的顶峰，而他也果真成为万众敬仰的文坛领袖。苏轼不仅是有宋一代最伟大的诗人与作家，也是整个中国文学史上最伟大的文学家之一。他可能在很多方面都是一个最典型的中国文人，一个在文人追求的所有文艺领域都大放异彩的真正的天才。他是杰出的诗人与散文家、书法家、艺术鉴赏家，在仕途与生活中都极为智慧旷达，其哲学思想融汇儒释道为一体，自成一家。他的诗歌和散文令读者充满阅读快感，痴迷于他优美高雅的语言、喜悦于他敏捷的思维机锋、折服于他的论证与洞见，以及他积极进取的风骨与人生观。苏轼就像有仙家法术一样，凡间诸物一经他触碰，无不充满了魅力，他可以说是中国文学史上最受喜爱、最受尊敬的诗人之一。

然而苏轼的人生却并不顺当。他素有宏志，想要报效朝廷，但他的政治生涯却一再受挫，屡屡陷入失望。因他品德正直诚实，在政治上保持理性中立，又屡直言指出不当之处，结果沦为朝廷激进派与保守派政治斗争的牺牲品，一生中被流放多年。当王安石及“新党”实施激进改革时，如前所述，苏轼公开反对某些激进政策及其严重后果，成为改革派的眼中钉。结果，1079年，当新政陷入困境、王安石被迫下野时，苏轼被捕下狱，罪名是反对新政、写诗谤讪时政。这就是历史上臭名昭著的“乌台诗案”，中国历史上第一次有文字记录以来著名诗人因文学作品而被控颠覆罪而下狱的案例。"乌台"是御史台的别称，他们负责苏轼的案子，在办案期间关押他四个月。攻讦苏轼的官员主要是王安石新政的支持者，他们嫉妒苏轼的才能与名声，惟愿除之而后快。就这起可怕的文字狱而言，以苏轼下面这首《王复秀才所居双桧二首》其二为例，足见政治化解读诗歌之荒谬恶毒：

> 凛然相对敢相期，直干凌云未要奇。
> 根到九泉无曲处，世间惟有蛰龙知。
>
> Awe-inspiring they stand one facing the other,
> Their trunks rise up to touch the clouds in the sky.
> Their roots reach the nether world, never bend or twist,
> Known only to the lurking dragon that underground lies.

这首诗并无奇处，不过是延循了自古以来的咏物传统，以比兴手法描写桧树树冠直冲天空，根系深扎地下也绝不弯曲，很明显是高度赞扬王复秀才的正直品格（这些桧树正种在他家门前）。然而，在"乌台诗案"中，这首诗几乎断送了苏轼的生命。他的政敌故意误读这首诗，称皇帝应该是"飞龙在天"，但苏轼却寻求"蛰龙"知遇，分明直接诽谤皇帝，论罪当死。然而，宋神宗（1048—1085）却很欣赏苏轼的才华，况且也想在各派系之间保持一定的平衡，便说苏轼所写的"蛰龙"与他不相干。甚至王安石——尽管是苏轼的政敌，且已罢官回乡——也向皇帝上书，认为"圣朝不宜诛名士"。最终，尽管苏轼逃脱了死罪，但却被贬至黄州（今湖北黄冈），弟弟苏辙也遭流放，密友黄庭坚与其叔等均被重判，前后共有30多人牵连受罚。几年后，司马光（1019—1086）领导的保守势力上台，将王安石新政全盘推翻，结果苏轼又因反对全盘否定改革而再次遭到保守派打击。政治风云几度变幻，但无论在新党还是保守派眼中，苏轼总是那个不受欢迎的人。如果"乌台诗案"是苏轼人生中遭受的第一次沉重打击，那么他在晚年则陆续遭到了第二次与第三次厄运，先是被进一步流放到更南边的惠州（今广东惠州），后来又被驱至北宋最南端的海南儋州，这是当时最糟糕的流放之地。直到1100年宋徽宗继位大赦天下，苏轼才被赦回到内地，但当他次年行至常州时，身体已经十分劳累虚弱。他终于病倒了，还未能回到首都汴京，便离开了人世。

　　苏轼一生遭受了许多挫折与困难，故而他能够深刻地理解波谲云诡的政治风险，深知面对政权的系统性不公，个人之无能为力。他开始质疑既有的观念，绝不盲从冠冕堂皇的高论，而是试图找到一种在精神上解放自我的路径，忠于自己的信念。他天性乐观，视野开阔，积极刚健，才华与创造力有如泉涌。他青年即已成名，但那些最好的诗歌与散文却都是在流放期间写下的。当他晚年又被贬至更偏远贫瘠的惠州、儋州等地时，他的创造力非但没有下降，反而借一系列作品表达了深刻的反思与感受，在艺术成就上更达到了新的水平。生活并未善待苏轼，但正是人生的苦难造就了这位真正伟大的文学家。

5.　苏轼的文学散文

　　与当时许多作家一样，苏轼也认为道与文密不可分。但他对"道"的理解，更近于"事物的本质"，而不是具体限定为儒家之道；"文"在他的理解中，也不再是单纯载道的工具，而是自身亦具有独立价值、理应拥有自然的表达与风格。苏轼作品正是自然、灵动、行云流水的，可谓是这一文学思想的绝妙诠释。他下面这段话，形容自己的作品再恰当不过：

　　　　吾文如万斛泉源，不择地皆可出，在平地滔滔汩汩，虽一
　　日千里无难。及其与山石曲折，随物赋形，而不可知也。所可知
　　者，常行于所当行，常止于不可不止，如是而已矣。其他虽吾亦

不能知也。

My writing is like the fountainhead of massive waters gushing out and can come out anywhere regardless of the terrain; it flows and runs forward on the flat ground and has no difficulty to go a thousand miles a day. It cannot be known how it will twist and turn in accordance with mountains and stones and take its shape in agreement with things. What can be known is that it will go where it should and it will stop where it must, and that is all. Beyond that, even I myself cannot know.

苏轼的散文题材广泛，政论与史论文亦然。更重要的是，从文学角度看，他的许多短文、序言、书信和各类作品，总能夹叙夹议、情理交融，每每别出心裁，情感真挚而充满趣味。苏轼广泛学习前代杰出作家，特别是先秦思想家孟子和庄子。他的散文和韩愈一样具有强大的气势，但并不似韩愈着意布局，也没有那些点缀其间的奇崛措辞。苏轼的文章总是自然灵动的，根据主题或题材的需要从心所欲。他的一些短篇主要是抒发感触情绪，例如下面这篇《记承天寺夜游》，就是这类作品的一篇代表作：

> 元丰六年十月十二日，夜，解衣欲睡，月色入户，欣然起行。念无与为乐者，遂至承天寺，寻张怀民。怀民亦未寝，相与步于中庭。庭下如积水空明，水中藻荇交横，盖竹柏影也。何夜无月？何处无竹柏？但少闲人如吾两人者耳。

On the twelfth day of the tenth month in the sixth year of the Yuanfeng reign, at night, when I loosened my robe and was about to go to sleep, the moonlight came into the room, so I gladly got up and took a walk. As there was no one to enjoy the night with me, I went to the Chengtian Temple to look for Zhang Huaimin. Huaimin had not yet gone to bed, either, so we walked together to the middle court. In the courtyard it looked as though clear water had gathered around and algae and water plants were in the water with their branches and twigs intertwined, but they were actually the shadows of bamboo and pines. What night would not have the moon, and what place would not have bamboo or pines? But they have few idle people like the two of us.

我们应该知道这篇文章是苏轼在黄州写的，这一点颇重要，因为他在"乌台诗案"后被贬至此，文中提到的友人张怀民也是一样。他们都被贬到黄州担任闲职，不允许参与政事，所以苏轼称二人为"闲人"，这背后的被迫赋闲，实有一种压抑的伤感之情。但苏轼也试图从这宁静美丽的夜色中寻求慰藉。

苏轼在黄州时创作极为高产，其间写下了千古名篇《赤壁赋》，在文学史意义上是对宋代欧阳修复兴的赋文传统的延续。苏轼能将散文的长处与诗歌的抒情完美结合，从而在文学上比前人达到了更高的境界。《赤壁赋》回顾了3世纪初东汉末年著名的"赤壁之战"，抒发了对时间与人生的思考。在这篇赋中，苏轼沿用主客问答的传统，二人各自表达了自己的人生观，而"苏子"最终求得一折中之道。作者首先描述了"苏子"与友人如何在月色下乘船游览长江，语言绝美，为全篇哲学思考的主题营造了恰如其分的氛围：

> 清风徐来，水波不兴。举酒属客，诵明月之诗，歌窈窕之章。少焉，月出于东山之上，徘徊于斗牛之间。白露横江，水光接天。纵一苇之所如，凌万顷之茫然。浩浩乎如凭虚御风，而不知其所止；飘飘乎如遗世独立，羽化而登仙。

A clear breeze slowly came, and the waves did not arise. I raised up my cup of wine to my guests and we recited the poem on the moon and sang the song about the fair lady. In a while, the moon came out above the eastern mountains, hovering between the northern and the southern stars. A white fog extends over the river, and water and the sky seemed to have merged as one. We let our small boat like a blade of reed go anywhere it would and sail over the endless expanse of misty waters. It felt so uplifting as though one harnessed the wind and were riding on the void, knowing not where to stop; and it felt so far away from the bustling world to be alone as though one had wings and were transformed into an immortal.

这段文字堪称一首优美的散文诗。接着，苏轼继续写道，有位客人开始吹洞箫，乐声极为悲凄，仿佛让众人都笼罩在一层阴影之中：

> 其声呜呜然，如怨如慕，如泣如诉，余音袅袅，不绝如缕。舞幽壑之潜蛟，泣孤舟之嫠妇。
>
> Every note of his had a sobbing sound, as though it was complaining, yearning, weeping or imploring, with a lingering resonance ringing on like a thin thread that refused to snap. It would startle the dragon lurking deep in its dark cave underwater and would make a widow weep in her lonely boat.

这悲伤的曲调令人十分不安，"苏子"遂问友人，他奏出的音乐何以如此哀怨？吹箫者回答说，身临著名的赤壁古战场，当年不可一世的曹操大军便是在此灰飞烟灭，他不禁遐想，何处再觅那些雄霸一时的青史豪杰？与他们相比，更令人强烈地感到普通人的微不足道：

> 况吾与子渔樵于江渚之上，侣鱼虾而友麋鹿，驾一叶之扁舟，举匏樽以相属。寄蜉蝣于天地，渺沧海之一粟。哀吾生之须臾，羡长江之无穷。挟飞仙以遨游，抱明月而长终。知不可乎骤

得，托遗响于悲风。

What about people like us who do nothing but fishing and cutting wood on the riverbanks, making companions with fish and shrimps and deer, rowing a small boat as narrow as a leaf, and drinking to one another from crude bottles? We dwell between heaven and earth as momentarily as mayflies, and as insignificant as tiny grains in the great blue sea. We lament the brevity of life and envy the eternal flow of the river, fantasizing about roaming the sky with immortals and living forever with the moon in our arms. But knowing that this is not possible to attain, I commit the lingering echoes to the sorrowful wind.

这一段文字，通过令人难以忘怀的美妙语言，表达了对人生极度悲观的看法。然而，这只是本文所展现的人生观之一方面。"苏子"随即以他同样美妙而雄辩的回答，达到两方面的平衡。"苏子"借吹箫者所引意象，首先指出"逝者如斯，而未尝往也；盈虚者如彼，而卒莫消长也"，然后将变化与永恒归结为一种视角的问题，并认为"变"或"不变"的观点，都取决于思想的状态。这里我们可以在苏文中看到道家与佛家哲学的影响，以及从自然之美中寻求慰藉的观点：

> 盖将自其变者而观之，则天地曾不能以一瞬；自其不变者而观之，则物与我皆无尽也，而又何羡乎？且夫天地之间，物各有主，苟非吾之所有，虽一毫而莫取。惟江上之清风，与山间之明月，耳得之而为声，目遇之而成色，取之无禁，用之不竭。是造物者之无尽藏也，而吾与子之所共适。

Looking at things from the perspective of change, then heaven and earth cannot stand for a blink of the eye; but looking at things from the perspective of constancy, things and ourselves are all infinite. Why should we envy them? Moreover, things between heaven and earth all have somewhere they properly belong, and if something does not belong to me, I would not take from it even an iota. But the clear breeze over the river and the moon among the mountains, they make sound in our ears and produce color in our eyes, endless for our taking and inexhaustible for our use. They are the infinite treasure of the creator and fit for you and I to share.

通过"苏子"和吹箫者的对话，苏轼揭示了这一囊括万物变化与永恒的视角。他将自然视为具有一种巨大的治愈力量，可以平复人类的伤痛，抚慰自怜与忧郁。《赤壁赋》以优美的语言表达了积极刚健的人生观，堪称中国古典文学最著名的作品之一。从文学角度看，虽然同样名列"唐宋八大家"，但苏轼在散文方面比欧阳修和王安石成就更高，对后世作家亦有更大的影响。

6. 苏轼的诗歌

苏轼为人直诚，意见每每脱口而出。他曾这样评价自己："言发于心而冲于口，吐之则逆人，茹之则逆余。以为宁逆人也，故卒吐之。"在抒发对社会与人生的看法时，苏轼总是无所畏惧，亦无保留，许多诗歌都直面社会现实，强烈批评社会弊病。这一点经常让苏轼陷入困境，从臭名昭著的"乌台诗案"即可见一斑，但那些流放荒僻之地的经历、一次次陷入困顿的人生，却将他锻造成一位敏锐的观察者与深刻的思想家、一位能以寻常题材表达深刻洞见与哲学反思的伟大诗人。他对道家与佛家思想的精熟，亦让他在艰难困苦中收获了宁静平和的心灵。一个著名的例子就是下面这首《和子由渑池怀旧》，是写给他弟弟苏辙的，怀念他们往昔的旅程与共同的老友：

> 人生到处知何似？应似飞鸿踏雪泥。
> 泥上偶然留指爪，鸿飞那复计东西！
> 老僧已死成新塔，坏壁无由见旧题。
> 往日崎岖还记否？路长人困蹇驴嘶。
>
> What does life look like in its journeys everywhere?
> It's like flying geese stepping on the snowy ground,
> Their claws occasionally leave traces on the mud,
> While the geese fly away and nowhere to be found!
> The old monk is dead and buried in a new pagoda,
> The wall collapsed with our old writings on it.
> Do you still remember that difficult journey?
> The road long, we were tired, and cried the donkeys.

此诗一出，"雪泥鸿爪"即迅速流传开来，喻指那些或可忆起的人生经历，其短暂速朽，一如留在泥泞或白雪上的大雁爪痕一般。生命转瞬即逝，然而自然却是永恒，不过，对此的觉察非但不应成为悲伤的理由，反而应该令人拥有一颗平静的心，专注于自己的人生。这也是我们从上文《赤壁赋》"苏子"与客人优美的对白中所悟出的。

事实上，不少诗人会哀叹政治生涯的挫折、贬谪期间的苦难，但苏轼却能以积极乐观的生活态度超越一切。他的天才与诗力无可抑制，反而常以幽默笔法描写自己的困境。例如，在乌台诗案之后，他千钧一发逃过死刑，贬至黄州，即在《初到黄州》一诗中写道：

> 自笑平生为口忙，老来事业转荒唐。
> 长江绕郭知鱼美，好竹连山觉笋香。

I often laughed at myself for busy feeding my mouth,

In old age, my career has turned to go down the chutes.

My house surrounded by the River, I know fish must be good,

Lovely bamboo all over the mountain with fragrant shoots.

在这个贫瘠的所在，长江里有鱼，山上有竹笋，都可以烹成佳肴。作为一个美食家，苏轼总是能找到品味美食、享受人生之道。当后来又被流放到更南边的惠州时，他却发现这个荒僻之地竟出产一种甜美可口的热带水果——荔枝。于是，他写下了两首《食荔枝》诗，其二写道：

罗浮山下四时春，卢橘杨梅次第新。

日啖荔枝三百颗，不辞长作岭南人。

Under the Lofu Mountain, four seasons are all spring,

Oranges and bayberries are ripe one after another.

Eating three hundred lychees every day,

I wouldn't mind long being such a southerner.

苏轼的人生态度如此积极，总是能从生活中发现可欣赏之处，成为历代中国读者最喜爱的诗人之一。在描写自然景物之美的诗歌中，他每每将乐观坚韧的人格投射到笔下的场景和各种事物中，并赋予其积极的精神内涵。例如下面这首描述雨后景色的《六月二十七日望湖楼醉书五绝》其一：

黑云翻墨未遮山，白雨跳珠乱入船。

卷地风来忽吹散，望湖楼下水如天。

Black clouds spilled ink over half-hidden mountains,

White rain drops jumped into the boat like pearly beads.

A sudden gust scattered all that from ground up,

The lake under the tower now looks like the sky in peace.

　　无论是夺目的乌云与雨珠，还是刹那间的场景变化，都令人印象深刻至极。苏轼正是一位取之不尽的比喻大师。他能以敏锐的眼光捕捉到生活细节，而这些司空见惯之事一旦入诗，总能引读者遐思飞出字面之外，从而领略到那些微妙的感受、隐喻的内涵。例如，下面这首《惠崇春江晚景》，是苏轼写长江春景的一首诗：

竹外桃花三两枝，春江水暖鸭先知。

蒌蒿满地芦芽短，正是河豚欲上时。

A few peach blossoms appear by the bamboo,

Ducks are the first to know spring waters are warm.

Grass covers the ground and reed sprouts are short,

That is the time for pufferfish to up swarm.

　　"春江水暖鸭先知"一句很快就广为人知，经常被人引用，充分说明知识来自真实生活经验。下面这首《饮湖上初晴后雨二首》其二是苏轼写杭州西湖的诗，自古以来无数文人墨客吟咏过这个美丽的湖泊，而苏轼这首绝句，是许多中国人谈起西湖美景时首先会映入脑海的一首诗：

水光潋滟晴方好，山色空蒙雨亦奇。

欲把西湖比西子，淡妆浓抹总相宜。

The sparkling waves look best in fine weather,

But foggy mountains in rainy days are lovely as much.

I would compare the West Lake to Lady Xizi,

Always a beauty with heavy makeup or a light touch.

"西子"即西施，乃中国古代传说中的四大美人之一。通过这番比拟，苏轼对西湖的形容，可谓冠绝天下了。他还在著名的庐山（今江西庐山）写下了一首绝句《题西林壁》：

横看成岭侧成峰，远近高低各不同。
不识庐山真面目，只缘身在此山中。
Viewed horizontally a range; a cliff from the side;
It differs as we move high or low, far or nearby.
We do not know the true face of Mount Lu,
Because we are all ourselves inside.

这首短诗以其通篇的哲思令人难忘。它说明人们观察理解事物的视角多种多样，而一个人若是缺乏必要的观照距离与外部视角，则必然存在局限和盲点。宋诗有营造理趣与哲学化的倾向，但苏轼的作品则代表了这种倾向最好的一面，因为他的思考从不枯燥乏味，而总是化为具体的意象与动人的隐喻。所以，他的思想总是像优美的诗歌一样发人深省，引人一读再读。

7. 苏轼的词

从五代到北宋中期，词大多被视为"艳科"，或在宴会上由歌姬演唱助兴，或为伤春悲秋而作，作为一种文学形式，被普遍认为不如诗歌正统。我们在第十章曾讨论过，柳永扩大了词的范围，开始以词描述市井生活，表达思想感情，体现了普通市民阶层的品味。然而，是苏轼进一步拓展了词的书写边界，将词推向一个全新的高度，乃至成为一种独立的文学体裁。得益于苏轼的重要贡献，词得以成为宋代文学的主要形式，而宋词亦如唐诗一样令人称赏万千。

苏轼本人对诗词一视同仁，他的词如诗歌一样包罗万象，没有什么题材是不能表达的。他也有许多传统主题的词作，但总有别出心裁、不落俗套之处，在众多作品中独树一帜。例如，下面这首《蝶恋花》，虽说写的也是爱情（或是被勾起的相思）这类常见主题，但妙就妙在描述相思场景之外，更蕴藏着一段微妙而充满暗示的微型故事，更传递出一种美妙的幽默感：

> 花褪残红青杏小，燕子飞时，绿水人家绕。枝上柳绵吹又少，天涯何处无芳草？
> 墙里秋千墙外道，墙外行人，墙里佳人笑。笑渐不闻声渐悄，多情却被无情恼。

Red flowers are gone and green apricots are small,

When the swallows are flying about,

A green river flows around a house.

The willow catkins are blown away and become less,

Where under heaven hasn't sweet grass come out?

The swing inside the wall and the road out,

Outside the wall a passerby walks about,

And hears a beauty inside laughing aloud.

The laughter gradually stops and is gone,

The one with feelings is troubled by the one without.

更重要的是，苏轼还有许多其他主题的词作，或描绘自然风景，或缅怀历史人事，或抒发个人情绪和哲理思考，从而为词的发展开辟了新的方向。在这条赛道上，词也开始涉及那些原本只适合入诗的主题与题材。从根本上说，是苏轼改变了词，从主要书写女性、爱情等"艳科"主题而拓展出一片新天地，在这片更宏大、更有力也更严

339

肃的新舞台上，词中所蕴含的思想情感，同样也可以充满历史内涵或哲学旨趣。就像写诗一样，苏轼也经常在词中抒发深刻的情感，阐述对人生的反思。例如，下面这首《水调歌头》作于密州（今属山东），当时他因反对王安石新政被贬居在此，感到朝廷的政治气氛十分凶险。他在这首词的序中写道："丙辰中秋，欢饮达旦，大醉。作此篇，兼怀子由。""子由"是他弟弟苏辙的字，兄弟二人不见已有七年：

明月几时有？把酒问青天。不知天上宫阙，今夕是何年。我欲乘风归去，惟恐琼楼玉宇，高处不胜寒。起舞弄清影，何似在人间！

转朱阁，低绮户，照无眠。不应有恨，何事长向别时圆？人有悲欢离合，月有阴晴圆缺，此事古难全。但愿人长久，千里共婵娟。

When did the moon first appear?

Holding a cup of wine, I ask the azure sky.

I do not know, in the heavenly palaces,

What year it is tonight.

I would ride on the wind and go,

But fear at such a great height

The fine jade towers are all too cold.

Dancing with my light shadow,

I feel as though in a different world!

The moonlight passed the red mansion,

Lowered into the adorned lattices,

And shines on the sleepless one.

You should bear no grudges, but why

Are you full when we're apart and alone?

Life has its moments of joy, and of pain.

The moon, too, has its time of wax and wane.

So it is since time immemorial.

Let's but wish we are all well and fine,

And share the bright light across a thousand miles.

在这首词中，苏轼省思了天地与人生中难以避免的变故，并从哲学高度上接受了这一人间常态；而在这种境况下，人总是应该去寻觅那些真正值得珍重的存在。这首词运用唐人李白的典故，更显意蕴丰富，确实在很多维度上令我们忆起李白那首著名的《把酒问月》（第七章曾讨论过），但同时亦呈现出强烈的个人风格。

另一首《定风波》写的是他一次雨中徒步的经历，其序写道："三月七日沙湖道中遇雨。雨具先去，同行皆狼狈，余独不觉，已而遂晴。故作此。"在描写这段常见的生活经历时，苏轼再次表达了他的坚韧顽强：

莫听穿林打叶声，何妨吟啸且徐行？竹杖芒鞋轻胜马。谁怕？一蓑烟雨任平生。

料峭春风吹酒醒，微冷。山头斜照却相迎。回首向来萧瑟处，归去，也无风雨也无晴。

Just ignore the sound of beating leaves though the trees' vein.

Why not recite and sing a song while slowly walk on the lane?

Better than a horse are my straw sandals and a bamboo cane.

Who is afraid?

A straw coat would weather all life's wind and rain.

A chilly spring wind wakes me up from wine.

Slightly cold.

The sun over the mountain welcomes me to shine.

Turning back to look at where it was chilly,

Returning,

There's no wind nor rain, nor is it all fine.

这首词作于1082年，当时苏轼刚在"乌台诗案"后被贬到黄州，但他乐观向上的人格气质却闪耀在字里行间。

另一首词《念奴娇·赤壁怀古》或许是苏词中最著名的一首，也是在黄州期间所作，诗人又一次试图从生活中寻求意义与慰藉。这首词呈现出宏大的历史观与深刻的哲学观，其动人心弦的意象、优雅的诗性表达，确实是前无古人，说是家喻户晓亦是当之无愧：

> 大江东去，浪淘尽、千古风流人物。故垒西边，人道是、三国周郎赤壁。乱石穿空，惊涛拍岸，卷起千堆雪。江山如画，一时多少豪杰！

> 遥想公瑾当年，小乔初嫁了，雄姿英发。羽扇纶巾，谈笑间、强虏灰飞烟灭。故国神游，多情应笑我，早生华发。人生如梦，一樽还酹江月。

The great river flows to the east;

Its waves have washed all those

Celebrated figures of all time, now and before.

To the west of these camps now old,

People say, was young Zhou Yu's Red Cliff

In the Three Kingdoms time, long ago.

Piled rocks pierce through the sky,

Astounding waves beat on the bank,

With a thousand foamy crests of snow.

This land, so much like a painting,

Has ensnared so many heroes!

When I think back when Zhou Yu was young,

Having just married the younger Lady Qiao,

Brilliant and eloquent, at his very prime;

Holding a feather fan, a silk headdress on,

Conversing with a calm smile at the very time

When powerful enemies in smoke and dust were gone.

Traveling back in spirit to that old scene bygone,

I should be laughed at for being so sentimental,

And having white hairs prematurely grown.

Life is like a dream,

Let me pour a libation to the river moon.

这首词，连同第九章讨论过的唐人杜牧的《赤壁》以及上文苏轼自己的另一名篇《赤壁赋》，都追忆了东汉末年那场历史性的赤壁之战。208年，曹操的水军在长江上被孙刘联军击败，在火攻之计下全军覆没。而孙刘联军的指挥官，则是才华横溢的少年将军周瑜。当时，江东望族乔家有两位美丽的女儿，长女"大乔"嫁给了孙权的兄长孙策，周瑜则娶了"小乔"为夫人。苏轼这首词是对历史英雄人物及其事迹的追念，也是对时光如水东流、功名荣耀终期于尽的慨叹。这是一部具有深刻历史意识的文本，也包含着对人生意义与荣耀以及万物变易的哲学反思。在最后几句中，诗人又从历史遐想中回到了当下现实，在自我觉察之际，不禁自嘲其多愁善感，并以一种对人生的不确定性和"空"的接受而收束全篇。这句著名的"人生如梦"表达了"空"的概念，读之却愈发有禅宗沉思的味道，而不是对人生徒劳无益的悲观看法。因为全词的基调是豪放的、刚健的，在人类历史的

343

宏大语境中审视人生，从而认识到生命中不可避免的变化和无尽的可能性。这代表了苏轼典型的豪放词风，成为后世历代词人的典范，同时也为南宋豪放派尤其是辛弃疾等人开辟了道路。

苏轼向词中注入了诗的元素，推动了词转变为与诗同等重要而富有表现力的体裁，同时也使词得以从歌唱与音乐中独立出来。苏轼推动词完成这样伟大的转变，主要途径之一是频繁用典，增加了文本的密度与意义的丰富性。他学识渊博，对古籍词句或历史典故信手拈来，融入自己的词作之中，可谓浑然天成。他常在词前写序言，借以诠释所写场景，为读者更好理解文本构建了语境。总的来说，他推动了词成为一种完备的文学体裁，而不只是用来演唱或表演的台词脚本。

作为一位真正的天才，苏轼在各种文学形式与体裁上都取得了辉煌的成就。他不仅擅长写诗词与散文，同时也是一位杰出的书法家与文学评论家。继欧阳修之后，他成为北宋文坛领袖，尽管他在政治上一再受挫、屡遭贬谪远放，但许多青年诗人与作家仍然紧紧追随于他，苏门弟子遍天下。他积极的人生态度与平易近人的个性，使得他成为中国历史上最受人喜爱的文学家之一，甚至在他生前，声名便已广被东亚。苏轼对后来文学发展的影响是漫长而深远的。由于他每每根据主题或题材选取恰当的创作方式，他并没有为后人限定某种特定的范本，但他的追随者总通过这样或那样的方式，最终在文学界脱颖而出，并锻造出了属于自己的风格。总之，苏轼是一位伟大的诗歌天才，更是一位道德诚毅的君子。

第十二章

北宋后期至南宋早期的文学

1. 苏门作家群的诗歌

与欧阳修一样，苏轼也扛起了北宋文学发展的领军大旗。他慧眼赏识提携了不少诗人与作家，令他们也得以名满天下。他的弟弟苏辙（1039—1112）也是一位重要的诗人与作家。虽然苏轼的名望或令他一直活在哥哥的光环之下，但兄弟二人关系十分亲密，苏辙自己在政治与文学上也有突出的成就。下面这首诗是他的《中秋夜八绝》其一，很好地体现了他的风格：

> 长空开积雨，清夜流明月。
> 看尽上楼人，油然就西没。
> The sky opens up after a long and heavy rain,
> The light of the moon overflows the clear night.
> Having seen all people gone back to their rooms,
> In the west it gradually sets to hide.

这首诗的视角很有趣，诗人充满想象力地将月亮拟人化了：在这个中秋之夜，月亮也俯瞰着世间相聚赏月的人们，见他们逐渐散去入睡，才西斜而去。

簇拥在苏氏兄弟周围的，主要有五位作家——黄庭坚、秦观、张耒、晁补之与陈师道，他们形成了一个苏门学士群，尽管他们并非一味模仿难以复制的苏轼，而是各辟蹊径，自成一家。他们也大多受苏轼牵连而在仕途上受挫。

我们后文将单独用一节讨论黄庭坚，这里首先谈谈另外四人。第一位是秦观（1049—1100），与苏轼关系非常密切，尽管他并没有积极参与政治，仍然一再遭贬。他的诗歌也烙入了这种经历的印记，每每散发出一种哀怨悲苦之情，表达了一种困厄中的无助感。他最以词著称，其诗也如词一般，呈现出一种婉约与感伤的风格，例如下面这首《春日五首》其二：

> 一夕轻雷落万丝，霁光浮瓦碧参差。
> 有情芍药含春泪，无力蔷薇卧晓枝。
>
> Overnight a light thunder and ten thousand threads of rain,
> Under the sun the wet tiles shine in deep or pale green.
> The passionate peonies are filled with spring tears,
> The weak roses on the morning twigs helplessly lean.

这首诗常常被认为是秦观"纤丽诗风"的代表，但其对夜雨初霁之时芍药与蔷薇的描写，充分展现了他敏锐的观察力，而对娇柔的花朵以纤细的笔墨描画之，又有何不妥呢？他还有一首绝句《泗州东城晚望》，写从河边的泗州城远望淮河，通过对美景的描写，婉转地表达了思乡之情：

> 渺渺孤城白水环，舳舻人语夕霏间。
> 林梢一抹青如画，应是淮流转处山。
>
> The misty lonely city is surrounded by white waters,

In the evening fog one can hear people's voices on the boats.

Over there the treetops are all green like in a painting,

That's where the Huai River around the mountain flows.

第二位苏门学士是张耒（1054—1114），也被流放荒僻之地多年。他的诗不少是写民生艰难的，颇有白居易与张籍之风。故而他的诗歌在语言上也较为朴素自然，但有时也失于草率，未经悉心琢磨。然而，他下面这首《夜坐》十分有名，以比兴手法表达了自己不屈的精神：

庭户无人秋月明，夜霜欲落气先清。
梧桐真不甘衰谢，数叶迎风尚有声。

The autumn moon is bright in the empty courtyard,

Ere the frost falls in the night, the air is all clean.

The sycamore really won't yield to wither easily,

It still murmurs with a few leaves to meet the wind.

第三位晁补之（1053—1110），诗词之中更以词闻名。他在词上学习苏轼，在诗上则取法陶潜，从自然之美中寻找慰藉。下面是他的《吴松道中二首》其二，写深秋在吴松乘船：

晓路雨萧萧，江乡叶正飘。
天寒雁声急，岁晚客程遥。
鸟避征帆却，鱼惊荡桨跳。
孤舟宿何许？霜月系枫桥。

On the morning road, the rain comes rustling down,

In the south near the river, leaves are swirling around.

At this time of coldness, wild geese are crying in haste,

Near end of the year, the journey is still far and long.

Birds all fly away to shun the sail pushing forward,

At the moving paddles jump the startled fish.

Where this lonely boat will be moored tonight?

Under a frosty moon, at the Maple Bridge.

第四位陈师道（1053—1102），也受到了苏轼的牵连。苏轼最先发现了他的才能，并举荐他入朝为官。后来，陈师道生活困窘，不到50岁就去世了，而与贫苦百姓为伴的艰难人生，愈发使得他对弱势群体饱含同情。他曾师法杜甫创作关切民生的诗歌，如下面这首《田家》：

鸡鸣人当行，	When the cock crows, man is to go,
犬鸣人当归。	When the dog barks, he is to return.
秋来公事急，	In autumn there are so many things to do,
出处不待时。	He can't follow the time as the routine.
昨夜三尺雨，	Last night it rained so very hard,
灶下已生泥。	It's all mud under the kitchen stove.
人言田家乐，	People say farmers are happy,
尔苦人得知！	But who knows the bitterness in their life!

下面这首《绝句四首》其四，也表达了他对人生挑战的体悟，感慨生活中真正开怀的时刻实在罕见：

书当快意读易尽，客有可人期不来。

世事相违每如此，好怀百岁几回开？

Books that give pleasure are read through too soon,

Long wait, but the best of friends hardly ever appears.

That's how things are in the world against one's wishes,

How many times one may feel happy in a hundred years?

陈师道曾尝试模仿杜甫，在早期创作中也尽力追求"无一字无来处"，同时也师法黄庭坚，并成为"江西诗派"的重要一员。但他又不像黄庭坚那样博学，其质朴简洁的艺术追求，又往往成为他无法充分表情达意的障碍。

还有一位是孔平仲（1044—1102）。他虽未被正式列为"苏门学士"，但他的诗歌在风格上与苏轼十分相似，也引入了散文的元素，并有说理论证的成分。然而，毕竟缺乏苏轼那种超奇绝伦的才华，他在诗中的思辨往往过于生硬，难能触动人心。不过，下面这首小诗《禾熟》是个例外。此诗读来自然平淡，是一幅对宁静的乡村之景的白描，没有直接抒发什么哲思，但却意在言外，隽永无穷：

百里西风禾黍香，鸣泉落窦谷登场。

老牛粗了耕耘债，啮草坡头卧夕阳。

Over many miles the west wind wafted the scent of grains,

The gurgling spring falls low, and threshing is now on.

Having done its tilling job, the old buffalo lies

On top of the slope, chewing grass in the setting sun.

2. 黄庭坚与江西诗派

在苏门诸学士中，黄庭坚（1045—1105）在诗词方面成就最高。他几乎与苏轼齐名，后人也常以"苏黄"并提。由于苏轼的写作天才独创，难以复制，黄庭坚基于学问与知识的诗歌创作理论及实践，便为许多诗人指出了一条可以效仿之路，他从而也得以成为北宋后期的诗坛领袖。黄庭坚好品评诗歌艺术，其中流传最广、影响深远的，莫过于下面这条：

> 老杜作诗，退之作文，无一字无来处。盖后人读书少，故谓韩、杜自作此语耳。古之能为文章者，真能陶冶万物，虽取古人之陈言入于翰墨，如灵丹一粒，点铁成金也。
>
> When Du Fu composed poems and Han Yu wrote prose works, not one word would not have its source; it is only because people in later time are not so well read, they would say Han and Du made those phrases by themselves. In the past, those who were good at writing were truly capable of molding all things; even when they took old words from the ancients and put them in their own writings, as though administering a pellet of elixir, they could touch the base metal and turn it into gold.

这段话可谓是黄庭坚风格的最佳诠释，也是对江西诗派创作原则的纲领性表述。江西诗派以黄庭坚为"祖"、以陈师道等三位诗人为"宗"，其中许多（并不是全部）诗人均来自江西地区，故得此名。杜甫确曾写下"读书破万卷，下笔如有神"的句子，但这并不意味着杜诗真的就是"无一字无来处"。至于韩愈，他尤其主张"陈言务去"，并批评"剽窃"，所以黄庭坚的上述评论似乎也并非绝对正确。然而，在诗中化用古籍、使用出于前人的典故，一向是中国诗歌的传统，而在北宋诗歌中尤为突出，先有王安石与苏轼，而在黄庭坚身上则达到了一个顶峰。黄庭坚主张诗中字字都有出处，但并不是对古籍的简单照搬，因为他主张对旧典故实创新处理，"点铁成金"。他常以鲜为人知甚至晦涩之语入诗，其诗句向来不落俗套、出奇生新。这在北宋开创了一种新鲜而陌生化的创新风格，许多诗人追随之并形成了这一江西诗派，对北宋后期与南宋早期的诗歌均有普遍影响。

　　下面这首《蚁蝶图》，虽然也有用典，但读来比黄庭坚其他大多数诗歌还是更流畅一些。有人认为这首诗暗喻苏轼与苏辙被贬、政敌图谋加害却未得逞之事，有如一场噩梦终于醒来：

蝴蝶双飞得意，偶然毕命网罗。
群蚁争收坠翼，策勋归去南柯。

A pair of butterflies contently fly,
By accident are caught in a net and die.
A swarm of ants compete to snatch their fallen wings,
Returning victorious, in a bad dream they all lie.

　　和苏轼一样，黄庭坚也是一位著名的书法家，也有许多关于绘画与其他艺术的诗。下面这首《题竹石牧牛》是他众多艺术评论诗歌之一，在笔下展现了一幅典型的文人画，有石有竹，还有一位骑在水牛背上的牧童，并且还写出了想象中的牧童与水牛的互动，为这幅清幽的画面平添了几分动感。这首诗写道：

野次小峥嵘，	In the wildness some rugged stones,
幽篁相倚绿。	On which lean green bamboo.
阿童三尺箠，	A boy with a short whip can control
御此老觳觫。	This frightened old bull.
石吾甚爱之，	I love the stones a lot, so don't
勿遣牛砺角。	Let the bull on them sharp its horns.
牛砺角尚可，	Sharping their horns I can yet tolerate,
牛斗残我竹。	But bull fight would destroy my bamboo.

　　黄庭坚虽然主张学杜甫，但有宋一代，恰数他的诗风与唐代最为不同，可以说是一种最具代表性的宋诗风格。江西诗派提出诗歌须基

于学问与博览群书的理论，也是有其自身的缺点的，有时黄庭坚过于强调所指暧昧的典故或刻意追求遣词造句的陌生奇崛，反而使得他的一些诗读来滞涩，意义模糊，失去了诗歌应有的吸引力。然而到了晚年，尽管他仍然求新求异，他的诗歌却逐渐回归了一种更为自然质朴的风格，同时又不失深度与复杂。例如，下面是他的《雨中登岳阳楼望君山二首》其二：

> 满川风雨独凭栏，绾结湘娥十二鬟。
> 可惜不当湖水面，银山堆里看青山。
> Alone on the tower in all the raging wind and rain,
> Like locks of Goddess Xiang are the twelve mounts.
> It's a pity not to be on the surface of the lake
> To look at the green mountain among silver ones.

这首诗描绘了湖南岳阳的美景：岳阳楼矗立在洞庭湖畔，登楼望去，只见君山十二峰袅袅立于水面，仿佛传说中洞庭湘妃的发鬟一般。诗人当时正在岳阳楼上，故云"可惜"，未能透过银山般起伏的波涛一睹君山青翠的模样。

苏轼（字子瞻，号东坡居士）一向崇拜陶潜（或陶渊明），有许多诗歌与陶潜遥相唱和。黄庭坚也为之写下了这首《跋子瞻和陶诗》：

> 子瞻谪岭南，时宰欲杀之。
> 饱吃惠州饭，细和渊明诗。
> 彭泽千载人，东坡百世士。
> 出处虽不同，风味乃相似。
> Zizhan is exiled to the far South,
> The power to be would like to have him dead.
> He eats to his full the Huizhou food,

And writes poetry in response to Yuanming instead.

Tao Qian is a man out of a thousand years,

Dongpo is one-of-a-hundred-generations scholar.

Though they came from different places,

Their styles are truly similar to one another.

这些诗歌朴素、自然，也易于理解，是宋代诗歌发展的普遍目标，黄庭坚的诗歌艺术最终也逐渐回归于此。

在江西诗派的众多诗人中，徐甫（1075—1141）是黄庭坚的外甥，他的诗歌显然受到了舅父的影响。他留下了一首著名的《春日游湖上》：

双飞燕子几时回？夹岸桃花蘸水开。

春雨断桥人不度，小舟撑出柳阴来。

When will the pair of flying swallows return home?

Touching waters, peaches on both banks are in full bloom.

Flooded by the spring rain, the bridge becomes impassable,

Out of the shade of willows, a small boat paddles to roam.

韩驹（1080—1135）先学苏轼，再学黄庭坚，与黄一样也执着于用典，成为江西诗派的代表性诗人。他比诗派的其他成员技高一筹，作品读来也更显自然。下面这首《夜泊宁陵》是他的名作之一：

汴水日驰三百里，扁舟东下更开帆。

旦辞杞国风微北，夜泊宁陵月正南。

老树挟霜鸣窣窣，寒花垂露露毵毵。

茫然不悟身何处，水色天光共蔚蓝。

The Bian River daily runs for three hundred miles,

The small boat comes eastward with sail open wide.

Leaving Ji in the morning on a northerly wind,

Moored in Ningling with the southerly moon at night.

Covered with frost, old trees make a rustling sound,

Cold flowers are hanging low and shedding drops of dew.

I am totally lost and know not where this place is,

While river and sky merge into an expanse of deep blue.

这首诗前四句描述了从河南雍丘（古称杞国，今开封杞县）到宁陵（今属商丘）的旅程，一路疾驰，倏忽而至；后四句则以悉心摘选的细节转入河畔花木的静谧场景，结尾再度从自然风景转入诗人的心理状态，在这水天交融的蔚蓝夜色里，也有刹那的恍惚，不知身在何处。

江西诗派这一术语，则是在北宋末年由吕本中创造的。其以黄庭坚为领袖，包括陈师道在内的20余位诗人，都受到了黄庭坚及其"山谷体"的影响，形成了一种明显的诗歌趋势，对北宋后期到南宋诗歌都产生了重要影响。

3. 北宋后期的词

在北宋后期，许多优秀词人大展其才，将宋词推上了一次创作高峰。如上一章所述，在欧阳修、晏殊与柳永的时代之后，苏轼极大地拓展了词的范围，并以一系列名作成为新的词坛领袖。在北宋后期，他的许多门生与追随者也为词的进一步发展作出了贡献，包括黄庭坚、秦观、晁补之与陈师道等。这些词人纷纷形成了自己的风格，例如秦观师法柳永，进一步实现了形式上的创新；还有上一章讨论过的晏几道，他继承了花间词的风格并有创新；贺铸吸取唐诗精华，熔英雄气与儿女情于一炉。还有一位重要词人周邦彦，他开创了另一流派，强调词的音律和谐与严格法度，以求演唱效果。总的来说，苏轼和周邦彦对宋词发展影响最为深远。

如前所述，黄庭坚不仅是一位重要诗人，而且也是一位优秀的词人。他早年学习柳永，不过在女性与爱情等主题上比柳永走得更远。他后来则学习苏轼，展现了在困厄面前积极不屈的性格。他还以词抒写自己的人生与生活经历，为后人树立了榜样。下面是他的一首《水调歌头》，自述是一个绝不扭曲自己以奉迎他人的高洁之士，追寻着陶潜笔下桃花源般的乐土：

> 瑶草一何碧！春入武陵溪。溪上桃花无数，枝上有黄鹂。我欲穿花寻路，直入白云深里，浩气展虹霓。只恐花深处，红露湿人衣。
>
> 坐玉石，倚玉枕，拂金徽。谪仙何处？无人伴我白螺杯。我为灵芝仙草，不为朱唇丹脸，长啸亦何为！醉舞下山去，明月逐人归。

How green is the fairy grass!

In spring, I enter the stream of Wuling.

Numerous peach blossoms on the trees,

And on the branches orioles are singing.

I would try to find my way through flowers,

And go into the depth of white clouds,

My full spirit would show in the colorful rainbow.

But I am afraid where flowers are deep,

Dew drops would wet my robes in and out.

Sitting on a jade stone,

Lying on a jade pillow,

And pluck at the fine zither.

Where is the banished immortal?

No one to drink with me here.

I am like a divinely magic plant,

Never to color my lips and face red,

And why not haul and chant!

Dancing tipsily down the mountain,

The bright moon seems to urge me to return.

下面这首清丽的《清平乐》，抒发了想要留下春天不放她离去的心绪，对"惜春"这个常见主题的发挥极具想象力，令人读之难忘：

春归何处？寂寞无行路。若有人知春去处，唤取归来同住。
春无踪迹谁知？除非问取黄鹂。百啭无人能解，因风飞过蔷薇。

Where has spring gone?

Lonely it has no way to leave.

If anyone knows where spring is,

Please call it back to live with me.

Spring has no trace. Who would know?

Unless the orioles you may ask.

It sings a hundred turns, but no one understands,

It flies away with the wind over the rose musk.

如前所述，秦观也是一位著名的词人。他受苏轼牵连，谪居荒僻之地多年。下面这首《踏莎行》，表达了他的愁恨孤独之情：

雾失楼台，月迷津渡，桃源望断无寻处。可堪孤馆闭春寒，杜鹃声里斜阳暮。

驿寄梅花，鱼传尺素，砌成此恨无重数。郴江幸自绕郴山，为谁流下潇湘去？

The towers are lost in the fog,

The ferry is obscure under the moon,

The peach blossoms are nowhere to find.

Sad to have chilly spring shut in this lonely place,

While the sun is setting in cuckoo's cries.

Plum-flowers sent by friends,

Letters from home,

Only add to the endless sorrow.

The Chen River around the Chen Mountain runs,

Why would it towards the Xiang River flow?

这首词的题目是"郴州旅舍"，秦观当时就是被流放到湖南郴州。词中多处用典：诗人在这里未能找到桃花源——陶潜笔下著名的理想乐土；在这个春寒料峭的荒僻之地，他感到孤独，恰逢夕阳西斜时分，杜鹃鸟也悲鸣起来，中国古人认为它的叫声听起来是在说"不如归去"；"梅花"和"尺素"（意指亲友信件）在此前的文学作品中一再引用，而最后两句则写，郴江尚能从此地奔流而去，暗示了诗人自己却无奈羁縻在此。秦观将悲伤投射到写景之中，凝成了这段触动人心的文字，也抒发了自己无力主宰命运的辛酸。

在写爱情主题的词时，秦观的表达微妙而敏锐，词句亦颇精工。他最著名的是下面这首《鹊桥仙》，写牛郎与织女的神话故事。在民间传说中，这一对怨侣化作了两颗明亮的星星，被银河隔在两岸，平日不得相见。据说每年农历七月初七将有无数喜鹊飞上天空，在银河上搭起一座鹊桥，让他们每年至少可以在这一天相会。全词如下：

纤云弄巧，飞星传恨，银汉迢迢暗度。金风玉露一相逢，便胜却人间无数。

柔情似水，佳期如梦，忍顾鹊桥归路！两情若是久长时，又岂在朝朝暮暮！

Dexterous are the woven clouds,

Flying stars pass on sorrowful news;

Secretly the Silver River they now cross.

Meeting once in the golden wind and clear dews,

Numerous human reunions they surpass.

Soft as water are their tender feelings,

Their happy moment like a dream.

How unbearable to look back at the Bridge of Magpies!

But who needs to be day in and day out,

If in their hearts love forever resides!

李之仪（1048—1117）也因受苏轼牵连而备受磨难，被贬至偏远之地多年。他下面这首《卜算子》尤其有名，模仿古代民歌表达对爱情的忠贞不渝：

我住长江头，君住长江尾。日日思君不见君，共饮长江水。

此水几时休，此恨何时已。只愿君心似我心，定不负相思意。

I live at the beginning of the Yangtze River,

While you live at the river's end.

I miss you every day but can't see you,

But from the same river we drink.

Only when this river runs dry,

This love may decay.

Would only your heart be like mine,

And never this lovesickness betray.

北宋后期重要的词家主要有贺铸与周邦彦。贺铸（1052—1125）写爱写悲皆密丽柔婉，不过也学习相对更为豪放的苏词，并多化用唐诗入词。这体现了北宋文人词转向学理识见的创作趋势，与早期词的写法或是民歌俚俗之语渐渐远离了。贺铸的词主题丰富，下面这首《捣练子》写的是一群西北戍卒的妻子正做着冬衣，待寄去玉门关外，她们的丈夫还在那遥远的边防线上坚守着：

> 砧面莹，杵声齐，捣就征衣泪墨题。寄到玉关应万里，戍人犹在玉关西。
>
> The anvil's surface shines,
> In unison sound the pounding rods.
> Soldiers'clothes done, with tears are all wet.
> It's ten thousand miles to send them to the Yümen Pass,
> But they are farther away, still further west.

下面这首《青玉案》是贺铸的名篇，从与美人分离之苦写起，表达了孤独与伤感之情，最后三句尤其著名：

> 凌波不过横塘路，但目送，芳尘去。锦瑟华年谁与度？月桥花院，琐窗朱户，只有春知处。
>
> 碧云冉冉蘅皋暮，彩笔新题断肠句。试问闲愁都几许？一川烟草，满城风絮，梅子黄时雨。
>
> Her steps won't cross the Hengtang road,
> Only with my eyes I could send her off,
> And watched her slowly depart.

With whom could I spend the prime years?

The moonlit bridge, the flowery courtyard,

The carved windows and the red mansion,

Only spring knows where is the one in my heart.

Over water plants at dusk the blue clouds float,

The colorful brush just wrote new lines of sorrow.

How much more are there idle sadness and woe?

An expanse of misty grass,

Willow catkins flying all over the city,

The rain when the plums are turning yellow.

北宋后期最重要的词家是周邦彦（1056—1121）。他对语言的音乐性极为敏感，其词在这方面亦堪称典范。如果说，苏轼的词倾向于深思熟虑而得的一流文学文本，一定程度上暗示了词曲分离的可能性，那么周邦彦的作品则相反，融文学性与音乐性为一体，令字句皆与词牌的宫调音色精准契合，从而推动词成为一种结构更加精致、声律更加悠扬的形式。周邦彦强调词在音乐性上的尽善尽美，代表着词在北宋后期又迎来了一次发展高潮，对后来的词人亦产生了重要影响。

自柳永那一代开始，写长调的词人越来越多，但很多人难以把握长篇结构，有时无法使全词意气连贯一致。柳永擅长叙事的清晰性与完整性，苏轼擅长以强烈而动人的情感融入文本，而周邦彦则擅长铺排自己的长调，把握其间各种声律节奏，千变万化而一以贯之。一个著名的例子就是下面这首《兰陵王·柳》，写的是柳树与离别挚友。在中国古代，将亲友送至长安郊外的长亭并折下柳枝赠别，是一种古老的习俗，因为"柳"与"留"同音，所以柳树也是一种惦念与爱的象征。周邦彦这首词写道：

　　柳阴直，烟里丝丝弄碧。隋堤上、曾见几番，拂水飘绵送行色。登临望故国，谁识，京华倦客？长亭路，年去岁来，应折柔条过千尺。

　　闲寻旧踪迹，又酒趁哀弦，灯照离席。梨花榆火催寒食。愁一箭风快，半篙波暖，回头迢递便数驿，望人在天北。

　　凄恻，恨堆积！渐别浦萦回，津堠岑寂，斜阳冉冉春无极。念月榭携手，露桥闻笛。沉思前事，似梦里，泪暗滴。

Straight are the shades of willows,

In the mist each thread displays a fresh green.

Upon the Sui dam,

How many times one has seen

They lightly dance over waters at a parting scene.

Climb up to look at my home country,

Who knows this tired guest of the imperial city?

By the road of pavilions where people meet,

Year in and year out,

Their soft twigs must be plucked more than a thousand feet.

Idly looking for traces of the past,

Recalling drinking wine with music so sad,

And leaving the banquet under a lamp light.

That's the time when pear blossoms were bright.

It's sad that like an arrow the boat moved so fast,

The peddles stroke warm waters,

And looking back, several stations already passed,

My friend was in the far north as I saw him last.

How sad,

How my sorrow up piles!

Waters swirl in the parting bay,

So quiet and lonely are the piers,

In the evening sun spring everywhere appears.

I remember holding hands under the moon,

And listening to a flute on a dewy bridge.

Thinking of past years,

It's like a dream,

And secretly I shed my tears.

这首词分为三阕，呈现出复杂的声律变化，但周邦彦精通音乐，信手拈来毫不费力，令这首词在歌姬伶人中传唱一时。他能够巧妙地化用唐诗入词，毫无拼装痕迹。他还能将俗语化为清雅的表达，恰到好处地用在词中。例如他的一首名作，下面这首《苏幕遮》，对夏季荷花之美的描述极为清丽，深受赞誉：

> 燎沉香，消溽暑。鸟雀呼晴，侵晓窥檐语。叶上初阳干宿雨、水面清圆，一一风荷举。
> 故乡遥，何日去？家住吴门，久作长安旅。五月渔郎相忆否？小楫轻舟，梦入芙蓉浦。

Burning precious incense

To get rid of sweltering summer heat.

Birds are calling for a fine day,

At dawn chirping to one another under the eaves.

On the lotus the morning sun dries up all raindrops,

Fresh and round above waters,

In the wind up stand all the lotus leaves.

When can I go back

To my home so far away?

My family is in the south,

But in Chang'an have long stayed.

May I meet the young fisherman in May?

With a small boat and paddles,

I dream of entering the lotus bay.

若论词的取材、主题或情感的多样性，周邦彦或许并未开辟新的道路；然而，不同于苏轼更侧重于文学旨趣、思想意义与灵活多变，他对词的文学性与音乐性和谐一致的重视，代表着宋词另一个重要的发展方向。作为一位博采众家之长的大师，周邦彦为南宋后期的许多词作家树立了榜样。

4. 南宋早期的诗歌

1127年，北宋相对的太平年月戛然而止。女真在中国东北地区建立了金朝，强大的金兵南下攻破了北宋首都汴梁（今河南开封），将都城洗劫一空，徽宗、钦宗父子也被俘至北方，直至在当地去世。北宋广大的北方疆土为金人所占；南宋先是在南京应天府（今河南商丘）建都，立徽宗另一儿子赵构为帝，又在持续的战争压力下继续南撤，最终迁都至临安（今浙江杭州）。北宋覆亡与二帝之死，对大宋朝野都造成了极大冲击，也对整个文人阶层产生了巨大影响。许多文人仓皇南渡，一路目睹了战争的残酷与毁灭，处处民不聊生。旧日那些繁华闲适的幸福时光，尚在脑海中记忆犹新，而战败亡国的羞辱与千疮百孔的现实，却已沉重地压在他们的心头。收复失地的心愿却遇上了疲软的南宋朝廷，其懦弱无能令无数文人痛苦不已、怨愤不平，所以，"悲"与"愤"确实构成了南宋许多诗歌的情感关键词。

创造江西诗派这个术语的吕本中（1084—1145），在金军洗劫汴梁时恰在城中。他以诗歌记下了战争的恐怖，也抒发了对"误国贼"的愤怒。下面是他在金兵撤退后写的一首《兵乱后杂诗》：

> 万事多翻覆，萧兰不辨真。
> 汝为误国贼，我作破家人！
> 求饱羹无糁，浇愁爵有尘。
> 往来梁上燕，相顾却情亲。
>
> All things make numerous turns,
> It's hard to tell the orchid from the weed.
> But you brought about the fall of the country,
> While I lost my family, suffer and bleed!
> I want to have a meal, but there are no grains,
> I drink to quench my sorrow, my cup has nothing but lees.
> Only the swallows still come and go on the roof,
> Still look at each other and enjoy the companies.

吕本中晚年的作品，标志着北宋诗歌向南宋的转变，读来更加自然。他主张写诗有"活法"，不应拘泥于严格的规矩约束，而应该灵活变通。"活法"观开启了一种新的创作趋势，不再局限于江西诗派对用典与出处的严格限定，渐渐发展出灵活的流动性，也更关注社会现实。虽然黄庭坚的影响仍然很大，也占据了诗坛主导地位，但南宋早期的许多诗人已经开始试图改变江西诗派艰涩的诗风，走出黄庭坚作品的笼罩。

在两宋之交，有两位军政高官也留下了一些诗歌，展示了北宋晚期与南宋早期诗歌的另一侧面。宗泽（1060—1128）是一位名将，多次与金兵作战，他的诗歌用语通俗，不加藻饰。下面这首《晓渡》体现了他对士兵的关心：

> 小雨疏风转薄寒，驼裘貂帽过秦关。
> 道逢一涧兵徒涉，赤胫相扶独厚颜。
> It turned to a chilly day with a light rain and wind,
> Wearing wool coat and fur hat the Qin pass I greet.
> A team of soldiers I met on the road crossing a stream,
> Brazenly alone I faced them wading with their bare feet.

这首诗写道，将军见士兵在恶劣条件下艰难行军，因自己衣着温暖而感到愧疚不安。这样的诗歌放在古代是极为罕见的。宗泽另一首诗《早发》，因描写将军在行军途中指挥若定、胸有成竹而闻名：

> 伞幄垂垂马踏沙，水长山远路多花。
> 眼中形势胸中策，缓步徐行静不哗。
> Under a canopy the horses trot on the sand,
> On the long road so many flowers each enjoys.
> All scenes are in my eyes and strategies in my mind,
> With calm steps the troops march on without noise.

另一位重要人物是李纲（1083—1140）。他和宗泽一样也主张抗金，但最终失败。他写了很多诗，下面这首《病牛》可能是最好的一篇，很明显是一幅有所寄寓的自画像：一头年迈的耕牛，为造福百姓拼尽了全力，满足地卧在夕阳下。这画面亦令人不禁想起之前讨论过的孔平仲的《禾熟》：

> 耕犁千亩实千箱，力尽精疲谁复伤？
> 但得众生皆得饱，不辞赢病卧残阳。

Tilled a thousand acres with crops filling a thousand cases,

Who would care when it's exhausted and strength all gone?

If only all the people could be fed to their satisfaction,

Unmindful of being old and sick, it lies in the dying sun.

在南宋早期，曾幾和陈与义的作品代表了当时最好的诗歌。和许多同侪一样，曾幾（1084—1166）也仰慕黄庭坚和陈师道，这体现了当时江西诗派的主导性影响，但他同时也学吕本中，接受了革新与"活法"的创作理念。他是南宋大诗人陆游的老师，而他有些诗亦传达出清新轻盈之感，从而为南宋另一位重要诗人杨万里风格的形成铺垫了道路。下面这首《三衢道中》，就是曾幾的一篇代表作：

梅子黄时日日晴，小溪泛尽却山行。

绿阴不减来时路，添得黄鹂四五声。

When the plums are turning yellow, every day is fine,

Having sailed in the river, I now walk in the mountain.

Just like the road up here, trees and grass are all green,

The chirping of several orioles is added to the scene.

南宋早期诗坛之首当属陈与义（1090—1138）。他仰慕苏轼与黄庭坚，也借鉴陈师道，但又与江西诗派有所不同，尤其南渡之后主要还是师法杜甫。下面这首《伤春》，是他的一首名作：

庙堂无策可平戎，坐使甘泉照夕烽。

初怪上都闻战马，岂知穷海看飞龙！

孤臣霜发三千丈，每岁烟花一万重。

稍喜长沙向延阁，疲兵敢犯犬羊锋。

The imperial court had no plan to defeat the enemies,

So the beacon fires shone on the royal palace at night.

First surprised to hear war horses running in the capital,

Then the flying dragon ran in distant sea to hide!

The lonely servant has frosty hair three thousand feet long,

Flowers are blocked by ten thousand mountains and more.

It's lucky we have Magistrate Xiang in Changsha,

Though tired, his soldiers still confront the dogs of war.

这首诗写于1130年，描述了北宋朝廷对金兵入侵的无能，首都沦陷，皇帝（"飞龙"）也被迫从海上逃往南方。最后两句一转，赞扬了潭州知府向子諲，并鼓舞他勠力奋勇与敌人一战。"霜发三千丈"和"烟花一万重"明显是化用李白与杜甫的诗歌，却与本诗语境十分契合，浑然天成。

陈与义的许多绝句都清丽可人，读之难忘，往往微妙地使用杜甫或其他前代诗人作品的典故。在写春天与花木等题材时，他的诗歌总是传达出一种伤感的情绪与坚韧的风骨。例如下面这首咏海棠的诗《春寒》：

二月巴陵日日风，春寒未了怯园公。

海棠不惜胭脂色，独立蒙蒙细雨中。

In February it's windy every day in Baling,

The garden master is afraid of the chill of spring.

The begonia doesn't seem to cherish its rouge color,

Standing alone in the misty and drizzling rain.

又如他的《牡丹》一诗，将怀念沦陷的故国家乡之情投射到了牡丹花上。陈与义的家乡是河南洛阳，也是汉唐著名的"东都"，牡丹甲天下。这首诗写于1136年，此时洛阳已落入金人之手十年之久，当他在南方看牡丹时，不禁忆起家乡与北方失地：

> 一自胡尘入汉关，十年伊洛路漫漫。
> 青墩溪畔龙钟客，独立东风看牡丹。
>
> Ever since the barbarians crossed the pass of Han,
> Along the Rivers of Yi and Luo, it's a ten-year long span.
> By the Qingdun Stream as a feeble old man,
> Looking at the peonies in the east wind, alone I stand.

陈与义青年时代就已是公认的重要诗人，在经历了亡国南渡的痛苦之后，他晚年的诗风变得更接近杜甫。在黄庭坚和陈师道相继去世之后，他的诗歌为后来的陆游等南宋诗人树立了典范。

南渡诗人不仅带来了诗，也带来了词，抒发了他们对北宋灭亡的伤痛。陈与义虽然以诗闻名，其实也是一位杰出的词家。下面这首《临江仙》作于晚年，上阕忆起他二十多年前欢乐的青春岁月，与众"英豪"为友，纵酒吹笛赏乐；下阕则表达了困境中的绝望与无助之情，此时在北方金朝的持续威压之下，南宋帝国已日见衰落：

> 忆昔午桥桥上饮，坐中多是豪英。长沟流月去无声。杏花疏影里，吹笛到天明。
> 二十余年如一梦，此身虽在堪惊。闲登小阁看新晴，古今多少事，渔唱起三更。
>
> I remember drinking on the Noon Bridge,
> With mostly ambitious and high-spirited men.
> The moon quietly flew away with the long river.
> In the light shade of apricot blossoms,
> We played on the flute till the sky turned silver.

Like a dream twenty years just went by,

Taken by surprise, though the body still alive.

Up a small tower I view the scene after rain,

So many things past and present have turned

To nothing but midnight tunes of the fishermen.

5. 张元幹等：南宋早期的词

　　与陈与义一样，南宋早期的其他词人也经历了亡国之灾，个人抱负与志向受到严重挫折。他们许多人从金兵铁蹄下逃到南方，词成了他们表达思想感情最合适的形式。张元幹（1091—1160）主张抗金，然而宋高宗和宰相秦桧却坚持与金人媾和。在下面这首《贺新郎》中，张元幹表达了对北方疆土沦陷、朝廷求和之策全无效果的愤怒、沮丧与怨恨之情：

　　　　梦绕神州路，怅秋风、连营画角，故宫离黍。底事昆仑倾砥柱，九地黄流乱注？聚万落、千村狐兔。天意从来高难问，况人情、老易悲难诉，更南浦，送君去。

　　　　凉生岸柳催残暑。耿斜河、疏星淡月，断云微度。万里江山知何处？回首对床夜语。雁不到，书成谁与？目尽青天怀今古，肯儿曹、恩怨相尔汝！举大白，听《金缕》。

Dreamed of the roads of the Sacred Homeland,

Sad is the autumnal wind,

The war horns blew in all the garrisons,

And deserted palaces covered by wild plants.

What happened that columns of Mount Kunlun fell,

And yellow torrents run over the Nine Lands?

In numerous villages rampant are foxes and wild hares.

The will of heaven is always mysterious,

Let alone men's sufferings are difficult to tell,

And in the south pier

We bid you farewell.

The chill among bank willows pushes off the dying summer.

The silver river in heaven is clear,

A few stars and a moon half covered

By clouds broken in tatters.

Over mountains and rivers, who knows where?

Recall the days we could be together,

But the wild geese would not come here,

When the letter is done, who could deliver?

But we look at the firmament and think of all time,

It's never about youngsters' personal worries and care!

Let us lift our wine cups,

And listen to the sorrowful air.

这首词的创作时间是1142年，张元幹后将词寄给友人胡铨（1102—1180），当时胡因反对与金议和而被贬官，流放到南宋陆上最南端的广东新州。在这首词中，张元幹先写道，沦陷的故土似乎能在梦中重见，然后问："底事昆仑倾砥柱，九地黄流乱注？""狐兔"可以指在荒村中奔窜的真实动物，不过也可以喻指狡猾而野蛮的敌人。"天意从来高难问"，委婉批评了皇帝优柔寡断，未能守护河山，然后词的上阕便以送别朋友的伤感主题而收束。下阕起笔便是萧瑟的秋天、晴朗的夜晚，暗示着作者悲伤的心绪，无人能知友人（胡铨）身在何处。接着，诗人回忆起他们之前仍然可"对床夜语"的日子，但今后希望则越来越渺茫了。在古代中国人的想象中，年年南来北徙的大雁可以传递书信，但连大雁也飞不到那么荒远的南粤，所以也无法向胡铨寄上消息。然而，全词却在一种更积极的基调中收尾，诗人告诉朋友，他们心心念念的总是方圆九州、上下千年，绝非困于个人小我之忧，所以值得举杯欢贺！词中用了一些唐诗典故，但很贴合语境，并无生硬晦涩之感。这首词代表了苏轼开创的豪放派传统，后来则由辛弃疾等进一步发展成熟。这首词充满抗争精神，风骨强健，不畏不屈。又几年后，这首词传到了臭名昭著的奸相秦桧那里，他遂借机报复张元幹，将他下狱夺职，贬为庶人。

南宋建立后，叶梦得（1077—1148）两次任江东安抚大使兼知建康府（今南京），襄助抗金战斗，最终却以失败告终，抗金理想再无法实现。下面这首《水调歌头》，表达了他的沮丧和期盼：

> 秋色渐将晚，霜信报黄花。小窗低户深映，微路绕敧斜。为问山翁何事，坐看流年轻度，拚却鬓双华？徒倚望沧海，天净水明霞。
>
> 念平昔，空飘荡，遍天涯。归来三径重扫，松竹本吾家。却恨悲风时起，冉冉云间新雁，边马怨胡笳。谁似东山老，谈笑静胡沙！

Gradually ending are the autumnal colors,

Yellow flowers are harbingers of the coming frost.

My small window and low house are surrounded

By sloping roads that one another crossed.

You may ask this Mountain Old Man why

Would he sit here watching the years pass by,

While his hair is turning white?

Wistfully I look at the expanse of blue waters,

The waters are so clear, and the sky so bright.

I recall the past,

When idly I sauntered around

Everywhere to roam.

I returned to clean my garden,

For pines and bamboos are my real home.

But I hate to see from time to time sad wind arise,

And new geese in the clouds bring

The sound of barbarian war cries.

Who can be like the Master of Dongshan,

And easily clear the dust of barbarian demise!

这首词巧妙地暗用了几个典故，但并未因此模糊词意。词尾的"东山老"指的是东晋政治家、军事家谢安（320—385）。383年，在著名的淝水之战中，他指挥东晋军队以少胜多，击败了南下的前秦军队。据说，在战斗最紧张的时刻，谢安还在府中与人下棋，其沉着自信可见一斑，最后一句写这位"东山老"能够"谈笑静胡沙"，也是化用李白诗而来。

还有一位值得一提的南宋早期词人是朱敦儒（1081—1159）。和许多同侪一样，他在故土沦陷之后匆匆南渡，但却永远无法忘记沦陷的家园，希望收复中原。他在这首《相见欢》中写道：

金陵城上西楼，	On the western tower in Jinling,
倚清秋。	It's a clear autumnal view.
万里夕阳垂地、	The setting sun touches the vast land,
大江流。	The great river runs through.
中原乱，	The central planes are in chaos,

簪缨散，	All in high offices ran scattered,
几时收？	When can they be reclaimed anew?
试倩悲风吹泪、	I would the sorrowful wind take my tears
过扬州。	And blow them all over Yangzhou.

金陵也就是今天的南京，而扬州当时属于南宋北部边境，曾多次被金人占领。

还有几位诗人，特别是向子諲（1086—1152，亦即前文陈与义诗中的"长沙向延阁"）、韩元吉（1118—1187）与张孝祥（1132—1170）等，都以词展示了南宋社会环境的剧变，对整个士人阶层的生活都造成的严重影响。他们的作品或表达不屈不挠的战斗精神，或延续北宋苏轼开启的新方向，抒发悲伤与绝望之情，从而形成了南宋文学中"悲愤"的主基调。

6. 李清照：南宋早期杰出的女词人

自欧阳修特别是柳永与苏轼以来，词已成为宋代文学的一种主要形式，名家辈出。柳永、苏轼与周邦彦等都是北宋最著名的词作家，而在南宋早期，我们上文提到的词人亦少有能与这些大师相比肩者。然而，杰出的女诗人、女词人李清照（1084—1155），为这一体裁的发展作出了特殊的贡献，成为一位顶尖的宋词大家。李清照出身士大夫家庭，天赋异禀、博学多识，也曾与学者赵明诚（1081—1129）共度一段幸福的婚姻生活。他们夫妇收藏了大量的古籍、名画和金石文物，但不久金兵入侵，他们不得不南下逃亡。南渡途中，赵明诚不幸去世，李清照的后半生可谓饱尝艰辛，在孤独中度过了余生。

李清照作为一位天才词人，文学敏感度极高。在她的早期作品中，写自己或写自然景物，都流露出一种纤盈的伤感，微妙地暗示了她的情感和心绪。例如下面这首《如梦令》：

> 昨夜雨疏风骤，浓睡不消残酒。试问卷帘人，却道海棠依旧。知否？知否？应是绿肥红瘦。

Last night the rain was light, but the wind strong.

Even deep sleep can't make the hangover go.

I tried to ask the maid who rolled the curtains,

But she said the begonias were just like before.

"Don't you know?

Don't you know?

Greens plump, reds thin—now that must be so."

与侍女的简单对话表明，这位敏感的年轻女子对海棠寄托了深深的同情，知道这些花朵在昨晚的风雨中，一定已经凋落殆尽。这也暗示着她面对瞬息万变的世界，感慨青春美貌转瞬即逝的伤怀之情。

李清照早期的词作大多是关于爱情与相思等传统主题，但之前的传统作品大多是"男子作闺音"，而李清照的作品之所以更胜一筹，不仅因为她具有女性情感的真实性和敏感性，更因为她过人的文学才华，其词用语精妙、清丽自然，声律亦极为和谐。下面这首《醉花阴》写于某年秋天的重阳节（农历九月初九），本是家人团聚、思念牵挂之人的日子。那时她与丈夫两地分离，便写下这首词寄去，描述了一位闺中娇女的难耐孤独与幽怨：

> 薄雾浓云愁永昼，瑞脑销金兽。佳节又重阳，玉枕纱厨，半夜凉初透。
> 东篱把酒黄昏后，有暗香盈袖。莫道不消魂，帘卷西风，人比黄花瘦。

Sadness surrounds the day like light fog and dense cloud,

In the golden animal censer, the incense is all burnt out.

The Double Nine Festival is here again,

The jade pillow, the gauze curtain,

The midnight chill comes in and out.

Holding wine by the eastern fence at dusk,

Through sleeves a sweet scent wafts over,

Don't say there's no sorrow,

The west wind opens the curtain's closure,

She is thinner than a yellow flower.

北宋灭亡后，李清照也遭遇了人生巨变。她在南渡后写下的词，抒发了一种更加刻骨的悲辛、一种国破家亡的沉重不幸。下面是她的一首《武陵春》，从中可以看出她是如何巧思安排、令伤痛溢出言外的，其想象极尽新奇、词句亦极尽优雅：

> 风住尘香花已尽，日晚倦梳头。物是人非事事休，欲语泪先流。
>
> 闻说双溪春尚好，也拟泛轻舟。只恐双溪舴艋舟，载不动、许多愁。

Wind stops, the dust smells sweet, all flowers are gone,

Morning or evening, I feel too tired to get my hair done.

The world remains but people do not, things are all over.

Before I could speak, my tears are already coming down.

I heard spring is still good in Shuangxi,

And would like to take a boat and go.

But I am afraid the tiny grasshopper boat

Cannot carry such

Sorrow's heavy load.

在这首词的上阕，诗人描述了自己晚年的悲苦。那时的李清照已是国破家亡、孑然一身，其痛苦已难以用语言形容。在下阕她写道，即使想泛舟双溪一赏春景，也担心自己的悲伤过于沉重，区区小舟"载不动许多愁"，创造性地将她的彷徨与愁苦具象化为一种沉重的负担，读来既觉想象驰骋，却又妙语天然，令人叫绝。

李清照的语言极有特色，词风也是高度个人化的。在熔铸文学语言、日常俗语与古籍典故时，她总是能够精准地剪裁化用，完美地抒发想要表达的情绪或感觉。下面这首《声声慢》是她最著名的作品之一，前三句均用叠语，令人耳目一新：

> 寻寻觅觅，冷冷清清，凄凄惨惨戚戚。乍暖还寒时候，最难将息。三杯两盏淡酒，怎敌他、晚来风急！雁过也，正伤心，却是旧时相识。
>
> 满地黄花堆积，憔悴损，如今有谁堪摘！守着窗儿，独自怎生得黑！梧桐更兼细雨，到黄昏、点点滴滴。这次第，怎一个愁字了得！

Searching and searching, looking and yet looking,

Cold and chilly, chilly and still cold,

Dismayed, miserable, and in despair;

Sudden warmth and again cold, it's that season

Most difficult to take good care.

Two or three cups of weak wine,

How could they bear

The brunt of an evening gust?

The wild geese flew over me,

Bringing sorrow to my heart,

But I knew them from years past.

Yellow flowers piled up on the ground,

All withered and fallen,

With whom could I go and pluck?

Waiting at the window alone,

How could I endure till it's dark?

Sycamore trees in a drizzling rain

Let water trickle down at dusk,

And drop by drop fall.

So it is; how could

The word "sorrow" say it all?

　　李清照还提出了自己的文学理论，创作了文学批评专著《词论》，对唐代以来特别是北宋的主要词家逐一点评。她首先对诸词人的文学贡献予以充分肯定，同时也提出了批评意见。她认为，柳永"虽协音律，而词语尘下"；对晏殊、欧阳修和苏轼的词作也有不赞赏之处，"皆句读不葺之诗尔，又往往不协音律"；评价王安石的词"不可读也"，并主张"词别是一家，知之者少"。李清照认为，只有后来者如晏幾道、贺铸、秦观与黄庭坚之辈，首先将词视为一种独立体裁，方是正途，但此四子也非无可指摘，例如晏幾道"苦无铺叙"，贺铸"苦少典重"，秦观"专主情致而少故实"。她将秦观的词比作贫家美女，"虽极妍丽丰逸，而终乏富贵态"。在她眼中，黄庭坚确实博学多识，用典丰富，但他的词也有缺陷，"譬如良玉有瑕，价自减半矣"。当然，上述这些都是李清照的个人观点，所见或非绝对公允，但从她的议论可以清楚看出，她认为词应该有叙事性、立足于学养，能够微妙而创造性地运用典故，并遵从自身的声律规则，强调语言的平仄、调性与其他音乐性要素。总之，李清照对词的功能与声律有自己的见解，认为词不同于诗，而是一种独立的体裁。有宋一代，李清照以她的词学理论尤其是超凡的作品，名列词人第一流，确实堪称"别是一家"。如果说，苏轼通过提出诗词本出一源，提升了词的地位，从而大大拓展了词的书写范围，那么李清照则试图将词与诗分离开来，在体裁上相对更加独立，从另一角度强调了词的重要性，二人各自代表着词的不同发展方向。苏轼无疑对南宋及以后词的发展影响更大，但在中国文学史上，李清照是公认的可与苏轼、辛弃疾并列的宋词大家，她的词的确令众多男性作家都黯然失色。

第十三章

从陆游到辛弃疾：南宋诗词

1. 范成大、杨万里与南宋中期诗歌

虽然宋朝失去了北方疆土、被迫南迁，但在经历了一系列斗争动荡之后，金宋关系进入了相对稳定的阶段，不过仍然时有波折。虽然在金宋夹击之下，辽已灭，但北方的契丹遗老一再图谋复国，加之一些内部问题，使得金朝暂时无力进一步向南推进，遂为南宋的和平与经济快速发展提供了喘息空间。得益于江南丰富的资源、温和的气候、发达的农业与各地的经济发展，当年汴京繁花似锦的城市生活，很快便在临安与其他一些主要城市再次重现，甚至在一定程度上超过了北宋晚期。渐渐地，南宋朝廷也默认了失去北方的既成事实，没有了什么收复中原的打算。北上光复旧土的希望似乎已经遥不可及，无数文人感到无比痛苦怨愤，而这种情绪则在一首非常著名的诗中找到了发泄口，亦即林升的《题临安邸》。这位作者的生平至今仍鲜为人知。临安是南宋首都，而汴州或称汴京则是北宋故都。这首诗写道：

> 山外青山楼外楼，西湖歌舞几时休！
> 暖风熏得游人醉，直把杭州作汴州。
> Beyond the hills are green hills and towers over towers,

Around the West Lake, when will singing and dancing ever end!

Warm breeze makes all visitors intoxicated with pleasure,

Don't take Hangzhou as Bianzhou, as you all so pretend.

诗人起笔描述了杭州的奢华景象，在美丽的西子湖畔，歌舞娱乐日夜不停，引人如痴如醉。但全诗的重点，却是诗人对朝廷的强烈批判，当权者安于现状、醉生梦死，全然不顾沦丧的旧都与北方河山。

的确，爱国情怀和英雄气概在许多南宋文学作品中都有体现，构成了一个重要的文学主题。例如，金朝占领北宋都城汴京之后，诗人、理学家刘子翚（1101—1147）满怀伤痛地写下了《汴京纪事二十首》，其一如下：

帝城王气杂妖氛，胡虏何知屡易君。

犹有太平遗老在，时时洒泪向南云。

In the imperial city the royal air and devilish vapor are mixed,

What do the barbarians know of changing sovereigns too soon?

But here are old ones who lived throush better peaceful days,

Now they often have their tears to the southern clouds blown.

诗人见首都被敌人洗劫一空，借诗歌一抒痛怀。第二句意思是说野蛮的金人（"胡虏"）全不懂尊奉皇权，当然这说的也是事实：1127年，金人掳走徽宗钦宗二帝带回北方后，旋即在汴京立了一个傀儡皇帝，不久再度来到汴京，又于1130年另立一傀儡，这完全践踏了儒家尊君的观念。那些曾经安享太平的遗民，如今已无计可施，唯有流泪远眺着已经南逃的朝廷。

刘子翚还有一首《双庙》，赞颂唐朝的两位英雄张巡和许远。757年，此二人在安史之乱中守卫睢阳城（今河南商丘市南），先后在战斗中不幸牺牲。后人遂建造了两座庙，作为对这两位英雄的纪念。全诗如下：

> 无复连云战鼓悲，英风凛凛在双祠。
> 气吞骄虏方张日，恨满孤城欲破时。
> 幽乌自啼檐际树，夕阳空照路旁碑。
> 平生不作脂韦意，倚棹哀吟两鬓丝。
> No more the tragic roar of the drums of war,
> In the twin temples their spirit still inspires awe.
> They frightened the proud and arrogant barbarians,
> Sad was the moment when the lonely city was to fall.
> On the trees near the temple roof cry black ravens,
> On the roadside stele the setting sun shines in vain.
> In life they never lowered to ingratiate themselves,
> In this boat with white hair I sing my sorrow and pain.

不过，在南宋中期，局面相对稳定，经济快速增长，宋金对峙局势暂时得以喘息，让诗人得以书写城市生活的乐趣与自然田园的享受。当时社会状况比较复杂，文学表达因之也愈加多样化，在创作主题与形式上进一步拓展创新。一些重要诗人相继出现，成功地摆脱了昔日传统与江西诗派的影响，创作了许多突破传统的新颖作品，兴起了南宋文学的又一波高潮。

南宋的陆游、范成大、杨万里与尤袤四人，合称"中兴四大诗人"。其中陆游位列第一，而尤袤后来声名渐衰，大部分诗歌如今都已失传了。我们将在之后单独讨论陆游，这里先讲范成大与杨万里这两位重要诗人。正是在他们的努力之下，南宋诗歌方能独树一帜，既不与唐诗雷同，也不落北宋后期的江西诗派窠臼。

范成大（1126—1193）出生的时候，金已攻下汴梁，北宋至此完结。他在南宋历任高官，经历相当丰富，其诗歌主题十分广泛，特别是其田园诗，以对农民艰辛生活的同情而著称。范成大深受江西诗派的影响，也曾努力学习中晚唐诗人以期走出其阴影。虽然他没有形成明显的个人风格，但在诗歌上确实成绩不小。他的主要成就在于他诗歌的广阔视野与社会批判，尤其是对贫苦农民税负过重的揭露。他最具代表性的作品：一是1170年出使金朝期间的72首绝句；二是晚年致仕后在苏州附近的石湖的60首诗，主要是写自然田园与农民生活。

许多南宋诗人都写过北方沦陷的故土，但他们大多数只能想象北地情形究竟如何；而范成大则有机会出使金朝，笔底乃是亲眼目睹而来，故而他的诗歌既有一种现实感，也有一种再次踏入敌占故土之际、面对现实的个人情绪反应。当时他来到金国，被安置在使节驿馆，已经听闻一些金朝官员议论想要将他扣押下来。他遂写下了一首题为《会同馆》的绝句，表达自己不屈服于任何压力的决心、对南宋不可动摇的忠诚：

> 万里孤臣致命秋，此身何止一沤浮！
> 提携汉节同生死，休问羝羊解乳否。
>
> A lone envoy from million miles away at this dangerous time,
> Like a tiny bubble in the great ocean is how my life I view!
> The same fate as the Han emissary holding his official staff,
> Don't ask whether a ram can produce milk like an ewe.

最后两句的典故是著名的苏武（前140—前60）故事。苏武是汉朝使节，奉命出使北方匈奴，结果被匈奴扣留不准归汉，但他在长达19年的时间中，始终未向匈奴屈服。传说匈奴曾命苏武放牧一群公羊，告诉他只有公羊产奶并生下羊羔，才会放他回长安。然而苏武从未屈服，坚持以节杖为牧羊杆，在北方的苦寒中放牧了一年又一年。

范成大另一首著名的绝句是《州桥》，此桥位于北宋旧都汴京，当时已落入金人之手：

州桥南北是天街，父老年年等驾回。
忍泪失声询使者："几时真有六军来？"
South and north of the Bridge runs the royal thoroughfare,
Where old folks await His Majesty's return year after year.
Scarcely holding back tears, they ask the royal envoy:
"When will our great armies really come back here?"

最后一句之问，抒发了旧京父老的期待与失望：他们生活在敌人的铁蹄下，却仍然心向大宋，这也是对南宋政府失败主义态度的强烈批评。

范成大的《四时田园杂兴六十首》，在中国古典田园诗歌中具有不同寻常的意义。正如我们在第四章讨论过的，陶潜是第一位山水田园诗的重要诗人，他写过田园生活的辛苦，也写过农耕之乐与享受自然。又如第六章所述，唐人王维借鉴陶潜，笔下主要是在山水田园美景中生活的闲适与享受，而非农民生活的艰辛。当然还有其他一些诗歌，比如第八章提到的白居易的新乐府，也讲述了农民的艰苦生活，但那些属于社会批判诗歌，而不是田园诗。范成大则能够将各方面结合起来，在他的诗中，农民生活的艰辛与田园乐趣兼而有之。以下便是其中的几首例子：

步屧寻春有好怀，雨余蹄道水如杯。
随人黄犬搀前去，走到溪边忽自回。

昼出耘田夜绩麻，村庄儿女各当家。
童孙未解供耕织，也傍桑阴学种瓜。

胡蝶双双入菜花，日长无客到田家。
鸡飞过篱犬吠窦，知有行商来买茶。

In wooden shoes and good spirit, I walk to find spring.
Footprints of horses hold water like cups after the rain.
The yellow dog I took with me darted out ahead,
On reaching the border of a stream, it suddenly returns.

Working in the field by day and weaving at night,
Men and women in the village all take care of families.
Young children don't yet know tillage or looming,
But they learn to plant melons under mulberry trees.

In pairs butterflies flutter about among canola flowers,
No guests to the village, the day is long and all peace.
Chickens fly over the fence and dogs bark at the hole,
They know now some merchants are coming to buy teas.

如果不用晦涩的典故，范成大的诗歌是很清新动人的。下面这首《横塘》，描述的是码头的一幅场景，船只系在柳树上，而朋友们即将离去：

南浦春来绿一川，石桥朱塔两依然。
年年送客横塘路，细雨垂杨系画船。

When spring is here, the southern pier is all green,
The stone bridge, the red pagoda, they always remain.
Every year sending off friends on the Hengtang Road,
Boats are tied to weeping willows in a drizzling rain.

范成大最出色的那些诗歌，语言皆自然清新，艺术水平较高。然而在某种程度上，他仍然受到影响深远的江西诗派的局限，即便他始终在试图摆脱这一点。

杨万里（1127—1206），号诚斋，恰生于北宋结束、南宋建立之年；他虽然钦佩黄庭坚和陈师道，但并没有追随江西诗派，而是创新写作了一种更自然的诗歌，史称"诚斋体"，这对南宋诗歌的转型十分重要。他试图摆脱旧时的用典之风，切近白描眼前的事物（主要是自然风景），并不一再依赖于古人的眼光与熟语。他最出色的作品都是写自然的，观察敏锐、语出清新。下面这首《小池》就是一个很好的例子：

泉眼无声惜细流，树阴照水爱晴柔。
小荷才露尖尖角，早有蜻蜓立上头。

The fountain runs quietly in a small stream,

Over it fine and soft the green shade offers its love.

A lotus leave just shows a tiny tip above the water,

A dragonfly has already alighted gently on top.

这首诗描写了一幅简洁的初夏常景：一枝新荷刚从小池的水面上微露一点头角，立刻便有一只蜻蜓停立于上了。杨万里善于使用清新通俗的语言描绘这类场景，有如一幅速写或是清丽的水彩画。他经常将自然风物拟人化，从而赋予它们一种生机，而他的描述也经常蕴含着一种对事物本质的洞察力，富于哲学理趣。例如下面这首《过松源晨炊漆公店》，写的是山中行走的体悟：

莫言下岭便无难，赚得行人错喜欢。
正入万山圈子里，一山放出一山拦。

Don't say it will be easy once you get down the top,

To make people feel good but totally misled.

You are right in a ring of ten thousand mountains,

One let you go, but another will block you ahead.

这首诗歌极为口语化，读来新鲜、俏丽、生动而幽默；那些试图挡住行人去路的山脉形象，读来令人耳目一新、印象深刻，让大自然仿佛也充满了动感与活力。这是杨万里的创造性想象的典型表现，因为他灵巧而敏锐地把握住了自然的细节，并抒之以奇思妙想。这也可以从他的另一首《夏夜玩月》中读出一二：

仰头月在天，照我影在地。
我行影亦行，我止影亦止。
不知我与影，为一定为二？
月能写我影，自写却何似？
偶然步溪旁，月却在溪里。
上下两轮月，若个是真底？
唯复水似天，唯复天似水？

Looking up, the moon is in the sky,

And shines on me with my shadow on the ground.

When I walk, my shadow also walks,

When I stop, it stops, following me around.

I don't know I and my shadow,

Should we count as two or are we one?

The moon can write my shadow,

How about writing shadow of its own?

By chance I pass a brook by,

And the moon in the brook I find.

Moons up there and down here are two,

But which of them is really true?

Whether the blue sky is really water,

Or the water is really the sky blue?

　　这首诗或许让读者想起我们之前讨论过的其他关于月亮的诗，比如第七章的《月下独酌》，李白也写到了月亮和诗人自己的影子；第十一章苏轼也在《水调歌头·明月几时有》中写道："起舞弄清影，何似在人间。"而杨万里这首诗，从标题即可见更加活泼有趣，表达也比李白与苏轼更为口语化。并且，这首诗对事物真实性提出了一番富有哲学旨趣的探究，也显示了杨万里对佛教禅宗与南宋理学的兴趣，是他独特风格的一首代表作。

　　杨万里的诗歌大多写的是自然。然而，1189年，朝廷派他前往淮河会见金朝使者，他遂写下了《初入淮河四绝句》，抒写一路的旅程与心绪。淮河位于黄河和长江之间，当时是金和南宋的分界线。杨万里来到淮河，见两岸已各为一方，北方故土似乎近在眼前又远在天涯，心下伤感不已。"天涯"一语，字面意义是"天下的边缘"。下面是其中的两首：

　　　　船离洪泽岸头沙，人到淮河意不佳。
　　　　何必桑干方是远，中流以北即天涯。

　　　　两岸舟船各背驰，波痕交涉亦难为。
　　　　只余鸥鹭无拘管，北去南来自在飞。

The boat left the sand in the Hongze pier,

Arriving in River Huai doesn't make me feel good.

You don't need Sanggan to count as far,

North of the river is already end of the world.

Boats from opposite sides travel to different directions,

And even the waves have trouble to merge and blend.

Only the gulls and egrets are left completely free,

And can fly across north and south unrestrained.

在南宋诗歌中，杨万里的作品生动清新、独树一帜，又往往出于奇思妙想而作。其诗语言自然清晰，表达巧妙浅易。与北宋王安石、苏轼、黄庭坚等人更为博学而复杂的风格相比，杨万里代表着一种不同的诗歌发展方向。

2. 陆游：南宋主要诗人

南宋最重要的诗人当属陆游（1125—1210），不仅因为他留下的诗歌数量最多、主题题材之广无出其右，也因为他的诗歌最恰如其分地表达了众多南宋同胞的心声。他生在北宋末年，随父亲南渡时只有一岁，但在幼小的陆游心中，北宋亡国失土的耻辱与痛苦已经根深蒂固，渴望抗击金兵收复失地，成为他毕生的目标与诗歌的首要主题。自从1126年金兵血洗汴京，并将徽钦二帝掳至北方之后，南宋许多诗人都纷纷创作爱国诗歌，但陆游不只是写诗鼓励将士杀敌，而且自己投笔从戎。他在边疆从军的时间并不算长，却对他的诗歌产生了重要影响。然而，他杀敌报国、收复失地的心愿最终未能实现，因为当时议和派把控了朝廷，他们宁愿屈辱地与金人媾和，也不愿奋力夺回失去的疆土。陆游在许多诗中都表达了他的沮丧与愤怒，例如下面这首《书愤》：

早岁那知世事艰，中原北望气如山。

楼船夜雪瓜洲渡，铁马秋风大散关。

塞上长城空自许，镜中衰鬓已先斑！

《出师》一表真名世，千载谁堪伯仲间！

When young how could I know things are so hard in the world,

Looking to north at Central Plains with spirit mountain high.

Towered warships sailed to Guazhou in snow at night,

In autumnal wind armored horses ran to Dasan Pass with all might.

I promised myself in vain to be the Great Wall on the front,

Looking in the mirror, my hair already started to turn white!

"The Memorial of Launching Expedition" truly deserves its fame,

Throughout the thousand years, who can be seen as of an equal kind!

这首诗写于1186年，当时他已经是花甲老人了。他在诗中回忆了自己当年从军之时，在瓜州取得大捷，又与金兵在大散关发生遭遇战的场景。然而，在落笔之际，他却心下伤痛，因为自己已经年迈，如"塞上长城"保卫国家的理想已经付诸东流。在尾联中，他赞美了三国时期著名的政治家、军事战略家诸葛亮（181—234），对其227年所作《出师表》中"当奖帅三军，北定中原……兴复汉室，还于旧都"的理想，产生了深切的共鸣。最后一句的"伯仲"一词，则直接引自杜甫赞美诸葛亮的《咏怀古迹五首》其五。

陆游经常这样描绘想象中的场景：在那片被金朝占领的北方故土上，百姓是如何渴盼着大宋军队的解救，而这种希望又如何以失望告终。这当然是对南宋当局的讽刺与批评。下面这首《秋夜将晓出篱门迎凉有感》就是一个例子：

三万里河东入海，五千仞岳上摩天。

遗民泪尽胡尘里，南望王师又一年。

Great river of thirty thousand miles flows east to the sea,

Up to the sky rise high mountains of fifty thousand feet.

Those trapped in the barbarian dust have shed all their tears.

Looking southward for the imperial army for yet another year.

诗中的"河"指黄河,"岳"指泰山和华山,一般代指金治下的广大北方故土。陆游无法忘记这一切,即便年老致仕,依然梦想着参加北上抗金,一如他在1192年写下的这首《十一月四日风雨大作》:

> 僵卧孤村不自哀,尚思为国戍轮台。
> 夜阑卧听风吹雨,铁马冰河入梦来。
> Lying in a lonely village but no sad feeling for myself,
> Still thinking of my country and joining my garrison team.
> Late last night I heard the wind blowing with rain,
> Across icy rivers armored horses ran into my dream.

作为一位伟大的爱国诗人,陆游广受赞誉,不过他的诗歌还有另外一个重要维度,同样令他赢得历代万千读者的钟爱,那就是能从日常普通事物中窥见意义之微妙、品味之精致,又能以敏锐的眼光加以审视,并通过闲适而优雅的诗歌语言予以呈现。陆游对自己的诗人身份有着高度的自觉,期望能与李杜等唐诗巨擘比肩,这可以从他的《剑门道中遇微雨》中读出一二:

> 衣上征尘杂酒痕,远游无处不消魂。
> 此身合是诗人未?细雨骑驴入剑门。
> My officer's clothing with dust and wine spots are stained,
> Everywhere on the long journey one feels sorrow and pain.
> Am I destined to be a poet, I wonder?
> Riding a donkey into Jianmen Pass in a drizzling rain.

剑门关位于四川,陆游写这首诗的时间是1172年,当时正要去成都任职。唐人韩愈与孟郊等作有联句诗《城南联句》,其中便有一句"蜀雄李杜拔"，认为蜀（即四川）乃诗人福地，而李白、杜甫之所以成为伟大的诗人，也正是得益于他们在四川的生活经历。宋代许多学者与评论家亦认为，杜甫和黄庭坚各自达到诗歌艺术的顶峰，也都是在四川期间。并且，李白、杜甫都写过关于骑驴的诗，诗歌史上还有一个著名的贾岛骑驴的故事，多位唐代诗人也都有骑驴作诗的经历。在这个意义上，"四川"与"骑驴"几乎成了诗歌艺术的代表性象征。所以，陆游的脑海中萦绕着以上种种，不禁在想：待自己骑驴入川之日，是否就是成为一位伟大诗人之时呢？

下面这首《游山西村》，则是陆游的一首著名的田园诗：

莫笑农家腊酒浑，丰年留客足鸡豚。
山重水复疑无路，柳暗花明又一村。
箫鼓追随春社近，衣冠简朴古风存。
从今若许闲乘月，拄杖无时夜叩门。

Please don't laugh at the poor wine in the village:

Enough chicken and pork for the guest in this bumper year.

Just as you thought there's no road where the mountain ends,

Behind the willows and flowers another village would appear.

Villagers dress in a simple style in keeping of ancient customs,

And play flutes and drums as the rite of spring's drawing near.

If from now on I may be permitted to visit under the moon,

I'll come at night with a cane and knock at the door here.

这首诗最著名的是颔联："山重水复疑无路，柳暗花明又一村。"这幅场景传递出一种微妙的情怀，看似质朴简单，背后却是艺术上的精心巧思。

陆游深爱着表妹唐婉，在他20岁那年，两人幸福地结为夫妻。然而，陆游的母亲却不喜欢唐婉，逼迫陆游休弃了妻子，这对他后来的一生都造成了深刻的影响。休妻几年后，陆唐二人在沈园偶遇，陆游写下了一首著名的词《钗头凤》，抒发悲伤与惋惜之情。不久之后，唐婉便去世了。这段爱情悲剧沉重地压在他的心头，令他终身无法释怀。大约40年后也就是1199年，当时陆游已是75岁的老人，到沈园故地重游，又写下了两首极为伤痛的诗，题目就直接叫《沈园》。其一如下：

> 城上斜阳画角哀，沈园非复旧池台。
> 伤心桥下春波绿，曾是惊鸿照影来。
>
> The sun sets on the city and the sound of horns is sad,
> The Shen Garden is no longer the same old pond or tower.
> Sorrowful are the green spring waves under the bridge,
> Where for its shadow the frightened bird once flew over.

沈园已经不是当年的沈园了，但诗人的爱情却没有改变。他的回忆仍然在这座桥上萦绕不去，那正是他爱情的见证。"惊鸿"这个比喻出自曹植的《洛神赋》，原指鸿雁受惊后迅速飞走的轻捷之态，曹植用以描述仙女"洛神"飘逸优美的丰姿。而在这首诗中，陆游则用这个意象摹写唐婉在他爱的记忆中的模样。下面是《沈园》其二：

> 梦断香消四十年，沈园柳老不吹绵。
> 此身行作稽山土，犹吊遗踪一泫然。
>
> It's forty years since our dream was broken and evaporated,
> With no catkins, willows in Shen Garden have grown old.
> On the Ji Mountain this body of mine is soon to turn to dust,
> In mourning all that has past, running tears I can hardly hold.

　　无论是个人生活还是仕途发展，陆游的人生并不算快乐；但他品格高尚，正直不屈。在诗歌之外，他留下的词并不很多，抒情表意往往与诗歌亦如出一辙。例如下面这首《诉衷情》：

当年万里觅封侯，匹马戍梁州。关河梦断何处？尘暗旧貂裘。
胡未灭，鬓先秋，泪空流。此身谁料，心在天山，身老沧洲。

I was traveling then and seeking great things to achieve,

Riding a horse for Liangzhou to guard.

Where are the frontiers that appeared in my broken dream?

Old fur coats are now covered by gray dust.

Before wiping out the barbarians,

My hair has turned white,

In vain I shed my tears with a sigh.

Who would have guessed it

That my heart is in the Tianshan mountains,

But my body growing old by the lakeside.

天山位于今天中国西北的新疆地区，"沧洲"指的是浙江绍兴的镜湖，陆游晚年致仕后即居于此地。

　　他还有一首名作《卜算子》，词题是"咏梅"。这显然是陆游的自况，表达孤傲自赏、敢于抗争的独立精神：

驿外断桥边，	By a broken bridge outside a post station,
寂寞开无主。	It blossoms alone in total isolation.
已是黄昏独自愁，	In the gloomy twilight and forlorn,
更着风和雨。	It's beaten by the wind and the rain.

无意苦争春，　　　　　Having no desire to vie for the spring,

一任群芳妒。　　　　　The envy of all other flowers it disdains.

零落成泥碾作尘，　　　Fallen to the mud and turned to dust,

只有香如故。　　　　　Only its lingering fragrance remains.

陆游毕生都渴望着"九州"（传统上意指华夏）能够重新归于一统。1230年，他于85岁病逝之际，情知已无可能亲睹国家统一，内心深感悲痛。于是，他留下了最后一首诗《示儿》：

死去元知万事空，但悲不见九州同。

王师北定中原日，家祭无忘告乃翁。

In death I know all ten thousand things will be empty and gone,

I only regret that the Nine Continents are not united as one.

The day the royal army reclaims the central region in the north,

Don't forget to tell your father in the ritual of commemoration.

作为一位高产的文学家，陆游留下了9000多首诗、100多首词与大量散文作品。他早年拜曾幾为师，向吕本中学习，同时也师法黄庭坚。所以他也受过江西诗派影响，不过他很快就摆脱了这种影响，转而吸取更多优秀诗人的创作精华。他学习屈原与杜甫，效仿他们以歌诗摹写艰难时事、一抒忧国忧民之心；他学习李白，将他自由无拘的精神与大气磅礴的风格也融入自己的诗歌；他还学习岑参的边塞诗、陶潜的山水田园诗、白居易与梅尧臣平淡自然的诗风，当然还有伟大的北宋前辈苏轼。然而，陆游并没有简单地一味模仿前人，而是将传统与人生经验有机结合，从而创造了自己风格的诗歌。并且，陆游还留下了"工夫在诗外"（《示子遹》）的名句，强调诗人必须与现实生活直接接触，从而汲取真实的体验与情感入诗。因为能够博采众家之长，诗作又基于真实经验，故而陆游的诗歌整体上呈现出丰富多彩的面貌，语言又十分清新自然，对仗平顺流畅，但背后却是相当复杂的精心构思。陆游在南宋诗歌中占有重要地位，对当时的文学产生了重要影响。及至南宋末年，国家内忧外患，几近覆亡，陆游的爱国精神和他的作品更加受到高度重视，成为当时和后代许多诗人的典范。

"中兴四大诗人"的最后一位是尤袤（1127—1194）。正如前文提到的，他的作品大部分都佚失了，至今仍存50首左右，有些也不完整，难与另三子相提并论。下面这首《雪》，也许是他仅存的最好的作品：

> 睡觉不知雪，但惊窗户明。
> 飞花厚一尺，和月照三更。
> 草木浅深白，丘塍高下平。
> 饥民莫咨怨，第一念边兵。
>
> Waking up you do not know it's snow,
> But surprised that windows have so much light.
> Flakes swirl down and pile up a foot thick,
> And light up things with the moon at midnight.
> Short or tall, grass and trees are all white,
> Whether hills or fields, all are flat in sight.
> Those hungry and poor should not complain,
> Let's first think of soldiers guarding the border site.

这首诗描写了一场铺天盖地的大雪，头两句尤佳，写出了那种冬日清晨醒来的敏锐观察，的确是在一夜大雪之后的真实体验。最后两句则点出，虽然有人饥寒难耐，但眼下正坚守在宋金边境的士兵，却还面临着更为艰难的境况，这也是诗人心忧国事的一种体现。

3. 辛弃疾与南宋词的高峰

辛弃疾（1140—1207）是南宋一位真正的传奇人物。他出生于金占领下的山东，1161年率领2 000多人参加了耿京领导的反金起义。次年，他受命南下与南宋朝廷联系，在回程的途中闻知耿京被叛徒杀害，起义也失败了。年轻的辛弃疾随后即率领50人奇袭金军，最终将叛徒擒获，并带回临安受惩。他的英雄事迹遍传天下，高宗皇帝任命他到江阴（今江苏江阴）为官，那年他只有23岁。辛弃疾满怀抗金雄心，希望能收复北方失地，并因此向朝廷上了许多奏章，甚至献上了一系列具体策略。然而，他很快就像陆游一样陷入了深深的沮丧：把持朝政的重臣不愿与金兵作战，其懦弱与失败主义令他深感失望，而他的成功与才华只会招来他们的嫉妒和敌意。辛弃疾的抱负是成为一名将军，率兵在战场上与敌人厮杀，但由于理想无法实现，遂只能转而以词发泄他的悲愤与沮丧。他是一位公认的杰出词人，在文学领域达到了他在戎马生涯中无法企及的高度。如果说，苏轼在北宋开创了豪放派的词风，那么辛弃疾则是这种风格在南宋时期的最佳代表，并推动其达到了更高的水平。在中国文学史上，"苏辛"经常并提，公认是最杰出的豪放派词作家。

下面这首词是他的《水龙吟·登建康赏心亭》，完美地抒发了作者的思想情感，也是他最具代表性的作品之一。其中蕴含了多个文学典故，这是辛弃疾的博学与诗才的标志性呈现：

> 楚天千里清秋，水随天去秋无际。遥岑远目，献愁供恨，玉簪螺髻。落日楼头，断鸿声里，江南游子。把吴钩看了，栏干拍遍，无人会，登临意。
>
> 休说鲈鱼堪脍，尽西风、季鹰归未？求田问舍，怕应羞见，

刘郎才气。可惜流年，忧愁风雨，树犹如此！倩何人，唤取红巾
翠袖，揾英雄泪！

For a thousand miles in the south the clear autumnal sky

And water flowing with it make an endless feel of fall.

Those distant mountains in my eyes,

Those mounts like curved locks and all,

Bring me but resentment and sorrow.

In the setting sun on top of the tower,

Hearing the lost wild goose cry,

This wanderer from the south

Looked at the sharp sword

And struck all railings nearby,

But no one understands

What's in my mind.

Don't tell me perch is so tasty,

The west wind has blown,

Has Jiying returned home?

Seeking a house in a village,

What a shame would that be

In facing the talents of Liu Bei.

Regrettable are the fleeting years,

In sorrowful rain and wind disappear;

And so are even the trees!

But who is here

To call red kerchiefs and green sleeves

To wipe a hero's tears!

在这首词的上阕，辛弃疾起笔先写秋景，营造了一种凄冷氛围，也表达了自己难觅知音的沮丧。虽然他"把吴钩看了"，却无法用它杀敌。在下阕则用了一系列典故：他首先明确表示，自己不是"季鹰"——3世纪的西晋文学家张翰，秋来"西风"一起，他便借此辞官回家享受美食，"鲈鱼堪脍"。接着，他表示自己也不是2世纪的许汜，此人曾在东汉末年被刘备（161—223）批评，认为其"求田问舍"，全无抱负，而刘备后来则建立了三国的蜀汉政权。"树犹如此"一句出自我们在第五章讨论过的5世纪刘义庆的名作《世说新语》，政治家、军事家桓温（312—373）北征经过金城，看到他的军队几年前种下的柳树已经长大，粗可十围，遂感慨光阴易逝、万物无常道："木犹如此，人何以堪！"

辛弃疾经常在词中化用典故，有时直接引用古籍，但总能与词的语境契合。例如下面这首《贺新郎》：

甚矣吾衰矣！怅平生、交游零落，只今余几？白发空垂三千丈，一笑人间万事。问何物能令公喜？我见青山多妩媚，料青山、见我应如是。情与貌，略相似。

一尊搔首东窗里，想渊明、《停云》诗就，此时风味。江左沈酣求名者，岂识浊醪妙理！回首叫、云飞风起。不恨古人吾不见，恨古人、不见吾狂耳。知我者，二三子。

Alas! I am old and weak!

Sad to think of my life,

Very few friends I seek,

How many now can there be?

With white hair three thousand feet,

I laugh at all human affairs.

If asked: What can you please?

I see blue mountains all so lovely,

I guess the blue mountains

Would think the same of me.

Feelings and looks

Should roughly meet and agree.

With a cup at eastern window, I scratch my head

And think of Yuanming,

As he just finished "Congregated Clouds",

Savoring that moment so elegant and fine.

Those southerners sunk in their pursuit of fame,

How could they know the truth of wine!

Turning back my head I haul,

The wind arises and clouds on a flying spree.

It's a pity not that the ancients I cannot see,

But the ancients can't see me so unbound and free.

Those who know me

Are only two or three.

在这首词中，我们看到的是一位心胸高洁的君子，知音寥寥，其境界远高于不懂得"浊醪妙理"的那些"江左沈酣求名者"。这首词中许多句子都有丰富的隐喻，使用了典故。首句"甚矣吾衰矣"直接引用了孔子的话（《论语·述而》），末句"知我者，二三子"，亦出自此处。"白发三千丈"引自李白的名作《秋浦歌》（我们在第七章讨论过），而"我见青山多妩媚"一句，则暗指著名政治家魏徵（580—643）（译者注：唐太宗曾评价魏徵："人言徵举动疏慢，我但见其妩媚耳！"），辛弃疾在此是把自己与魏徵相比。在词的下阕，辛弃疾提到了陶潜与其诗《停云》，这正是陶潜思念朋友"一尊搔首东窗里"时写下的诗歌。接着，"江左沈酣求名者，岂识浊醪妙理"也是化用苏轼诗作《和陶饮酒二十首》内容而来。对能够欣赏中国诗歌悠久而丰富的传统那些读者，这些历史典故的巧妙运用会使诗歌的文本愈发丰富，增添阅读的乐趣。辛弃疾用典尤其有名，引用精当又不失于晦涩难解。最后，诗人表达了他的豪放精神，遗憾"不恨古人吾不见，恨古人、不见吾狂耳。"这充分显示了辛弃疾的英雄气慨，不受古人羁绊，亦不为其思想桎梏。这样的想法，在下面这首妙趣盎然的《西江月·遣兴》中亦再次体现：在这首词中，我们可以读出一个桀骜独立的形象，不盲从于任何人，哪怕是古之圣贤；也会拒绝接受别人的帮助，哪怕自己酩酊大醉倒在松边：

> 醉里且贪欢笑，要愁那得工夫。近来始觉古人书，信着全无是处。
>
> 昨夜松边醉倒，问松"我醉何如"？只疑松动要来扶，以手推松曰"去"。

Seeking my joy in drunkenness,
I don't have time for a sulky mood.
Lately I started to see it's no good
To believe in any ancient book.

Last night I was drunk and fell by a pine,
I asked the pine tree: "How drunk am I?"
Thought the pine was moving to help me up,
I said, "Go away!" and pushed it aside.

很显然，辛弃疾写过很多饮酒大醉的作品，试图从酒中寻找某种慰藉。他还有不少词作也微妙地表达了沮丧与愤怒之情。在上面这首《西江月·遣兴》中，诗人试着与一棵松树对话，而在下面这首《摸鱼儿》中，他则试着与正要消逝的春天攀谈：

更能消、几番风雨，匆匆春又归去。惜春长怕花开早，何况落红无数。春且住，见说道、天涯芳草无归路。怨春不语。算只有殷勤，画檐蛛网，尽日惹飞絮。

长门事，准拟佳期又误。蛾眉曾有人妒。千金纵买相如赋，脉脉此情谁诉？君莫舞，君不见、玉环飞燕皆尘土！闲愁最苦！休去倚危栏，斜阳正在，烟柳断肠处。

How could it stand

Several attacks of wind and rain,

Hastily Spring is gone again.

Cherishing Spring, I often fear flowers come too soon,

Let alone countless fallen petals are everywhere strewn.

O, Spring, please stay.

Grass has grown everywhere, they say,

For return you cannot find your way.

Spring does not speak, to my dismay.

Only the spider seems busy

On painted eaves weaving its net,

Trying to catch flying catkins all day.

The sad Palace of the Long Gate,

The expected happy moment again delayed.

Her beauty was by the envious ones maligned.

Even with gold you could purchase Xiangru's Rhyme-prose,

Who could tell this undying love and woes?

Don't dance with glee,

Don't you see

Yuhuan and Feiyan are now all dust!

Ennui is the most unbearable and hard!

Don't lean on the high railings,

The sun is setting

On misty willows and a broken heart.

在上阕中，诗人优美地表达了他对春天的眷恋，对春天迅速消逝的遗憾。见春色已逝去无几，他试着与其"对话"，岂料留春未果，遂描绘了一幅极为难忘的动人画面：画檐上的蛛网尽力牵绊着柳絮，像是在挽留最后一丝飞逝的春意。下阕开头便是一个陈阿娇的典故，她是汉武帝第一任皇后，后来被废，幽居长门冷宫。王安石在《明妃曲》的结尾也提到了这个故事，之前我们在第十一章讨论过。传说，陈阿娇曾花费重金请大才子司马相如写下著名的《长门赋》，极诉她失宠后独锁长门之悲哀，以图武帝垂怜，但辛弃疾在这篇词中却说，美丽如她，深受后宫妒妇的谗害，"千金纵买相如赋"亦是无用。然而，他亦警告那群怨妒小人，"君莫舞"，又提到另外两位著名美人，"玉环"指唐玄宗的杨贵妃（二人的悲剧爱情故事以白居易的《长恨歌》最为有名，第八章曾讨论过），"飞燕"指汉成帝最宠爱的美女赵飞燕，以美丽纤瘦与舞姿过人闻名。然而，在这首词中，辛弃疾以其二人作为妒妇的代表，"玉环飞燕皆尘土"。于此，妒忌及其终将落空则成为这首词的一个重点。它以描述"春又归去""落红无数"的凄凉场景开始，而在指点一系列历史典故之后以伤感的暮色收束，夕阳西下恰在"烟柳断肠处"。

辛弃疾不仅多有豪放慷慨之词，有时其词作也极为精巧含蓄，甚至可称婉约温柔。例如下面这首《菩萨蛮·书江西造口壁》：

郁孤台下清江水，中间多少行人泪？西北望长安，可怜无数山。

青山遮不住，毕竟东流去。江晚正愁余，山深闻鹧鸪。

Under the Yougu Terrace, how many bitter tears

Have fallen into the raging waves?

Looking northwest toward Chang'an,

It's but mountains of endless layers.

The blue mountains will never stop

The eastward flow of the river.

As I feel sad at dusk by this river here,

Partridges in deep mountains I heard.

古人认为鹧鸪的叫声听起来像是"不如归去，不如归去"，表达了诗人对抗金收复失地无望之后的失落之情。然而，这种情绪的表达仍然是克制的、适度的。他还有许多词是写乡间退隐生活的，也写出了农民的纯朴与自然。以下这首《清平乐》，就是辛弃疾田园词的一首代表作：

茅檐低小，溪上青青草。醉里吴音相媚好，白发谁家翁媪？

大儿锄豆溪东，中儿正织鸡笼，最喜小儿无赖，溪头卧剥莲蓬。

Thatched roofs are low and bare,

Over green grass by a stream over there.

When drunk, their southern accent is so lovely,

Who are that old couple with such white hair?

East of the stream their eldest is clearing bean field of weeds,

Their second is making chicken coops with bamboo threads,

Most lovable is their youngest son lying in idleness

At the head of the stream, peeling lotus seeds.

辛弃疾在另一首《鹧鸪天》中，则描写了一种美好而淳朴的田园生活，并将其与风雨摧花的城市进行了对比。这首词描绘了一幅"春在乡村"的理想画面，在象征层面上无疑具有重要意义：

> 陌上柔桑破嫩芽，东邻蚕种已生些。平冈细草鸣黄犊，斜日寒林点暮鸦。
>
> 山远近，路横斜，青旗沽酒有人家。城中桃李愁风雨，春在溪头荠菜花。

On country road tender leaves are budding on mulberry trees,
Our east neighbor's silkworms have some new broods.
On the hill top a yellow calf is grasing in the fine meadow,
In the setting sun several crows dot the chilly woods.

Mountains far and near,
Paths one another crossing,
Blue banners of taverns are idly swinging.
While city peach and plums are beaten by wind and rain,
Wildflowers by the country stream is full of spring.

然而，隐居田园简单度日，毕竟不是辛弃疾的本意，他始终无法真正忘却自己的理想抱负。这在另一首《鹧鸪天》中表现得淋漓尽致：他回忆了自己的黄金岁月与英勇的战斗生涯，并以被迫退隐的现实收束：

> 壮岁旌旗拥万夫，锦襜突骑渡江初。燕兵夜娖银胡䩮，汉箭朝飞金仆姑。
>
> 追往事，叹今吾，春风不染白髭须。却将万字平戎策，换得东家种树书。

In prime under my banner an army of ten thousand strong,

Crossing the river in surprise attack the calvary charged on.

Our soldiers in the north held their silver quivers at night,

At dawn our golden arrows flew in an immense throng.

Recall the past affair,

And sigh over myself today.

The wind of spring cannot dye my white hair.

I am to exchange my treatises on conquering the enemies

For my neighbor's book on tree planting and care.

随着时间的流逝，辛弃疾失望的痛苦愈深，对年轻时的雄心抱负更加沉默。然而，那间接暗涌的沉默却比言语更有表现力。例如下面这首名作《丑奴儿·书博山道中壁》：

少年不识愁滋味，爱上层楼。爱上层楼，为赋新词强说愁。

而今识尽愁滋味，欲说还休。欲说还休，却道天凉好个秋。

In youth I didn't know what sorrow was,

But loved a tower to climb.

I loved a tower to climb

To talk about sorrow for a new rhyme.

Now I know so well the taste of sorrow,

But hardly have anything to say.

I have hardly anything to say

Except what a nice and cool autumnal day.

在第十二章讨论南宋早期诗词时，我们提到过张孝祥（1132—1169）与其他词人。在南宋词的语境中，我们可以说张孝祥是一位上承苏轼、下启辛弃疾的重要人物。他有意师法苏轼，下面这首《水调歌头·闻采石战胜》写于1161年，欢庆南宋对金作战取得胜利，清晰地展现了他近乎苏辛的豪放风格。这首词的上阕是这样写的：

> 雪洗虏尘静，风约楚云留。何人为写悲壮？吹角古城楼。湖海平生豪气，关塞如今风景，剪烛看吴钩。剩喜燃犀处，骇浪与天浮。

Washing clean the enemy dust with snow,

But I am retained with southern wind and cloud.

Who could the heroic deeds write about?

On the old city turret let's the bugles blow.

With the undaunted spirit in all my life,

Facing the frontier scene of victorious fight,

I look at my precious sword under candlelight,

And feel glad where the battle was won,

Great waves swell up to reach heaven's height.

如前所述，陆游也写过一些词，主题和风格与辛弃疾相似。但是他认为词不过是诗余小道，故将大部分精力都花在诗上。当时还有两位重要的词作家陈亮与刘过。陈亮（1143—1194）是辛弃疾的密友，他的词在主题与风格上都与辛词相似。当时，南宋朝廷派章德茂出使金国，陈亮写下了这首《水调歌头·送章德茂大卿使虏》相送。在他的笔下，北方疆土本是古代圣王尧舜禹的土地，如今却为敌人所占领；但他信心十足，南宋终有一天能够收回故土。下面是这首词的下阕，可以说是他的代表作：

> 尧之都，舜之壤，禹之封，于中应有，一个半个耻臣戎。万里腥膻如许，千古英灵安在，磅礴几时通？胡运何须问，赫日自

当中！

Yao's city,

Shun's country,

Yu's land,

Where must be some

Feel ashamed to be at enemy's command.

Ten thousand miles covered with odor and slime,

Where are the heroic souls past and present?

For unifying as one, when will be the time?

No need to ask about the fate of the barbarians,

Ours is like the bright sun in its midday prime!

刘过（1154—1206）比辛弃疾年轻得多，对他十分钦佩，写词亦多模仿辛词风格。例如，在下面这首《六州歌头》中，刘过将昔日的扬州描述为一座繁华都会，但金兵铁蹄踏来，令这座名城失去了往日的荣耀，沦为一片伤景。下面是这首词的上阕：

镇长淮，	Guarding the long River Huai,
一都会，	A great city,
古扬州。	Yangzou from ancient time.
升平日，	In peaceful days,
朱帘十里，	Ten miles of vermillion curtains,
春风小红楼。	In spring wind small red towers climb.
谁知艰难去，	Who could have anticipated the hard times?
边尘暗，	The dust of war darkened the border,
胡马扰，	Barbarian horses trampled,
笙歌散，	Scattered all singers and dancers,
衣冠渡，	Officials all escaped to the south,

使人愁。　　　　　　Everyone is sad for the pain and disorder.

　　陈亮和刘过都善以豪放风格抒写爱国之情，但在艺术创造力和语言灵活性方面，与辛弃疾的成就则相去甚远。遍观宋代，辛词数量最多，若论流派发展贡献，唯有苏轼可与之比肩。宋代词人中，再无人能如辛弃疾一般，对词的发展贡献如此之大、地位如此之高。在他的笔下，词成为一种极为灵活的形式，万事万物皆可入词，喜怒哀乐心下所感，皆可借词一抒胸臆。如果说，苏轼创造性地开始在词中融入诗的元素，那么辛弃疾则进一步向词中融汇了历史典故和散文语言。令人称奇的是，他可以直接在词中引用古籍词句，亦能严格与词牌规则完美契合。辛弃疾的词主题范围之广、语言运用之灵活、创作方法之新颖，可谓独一无二。他创造了一种特殊的词风，建立了一种后世许多词人效仿学习的创作模式。

第十四章

宋末与金代文学

1. 姜夔、吴文英与南宋晚期的词

1210年，85岁的陆游走完了一生，此时范成大、杨万里与辛弃疾也早已去世。南宋中期，所有的主要诗人都为金人侵占北地而忧愤难当，渴盼夺回失地，而陆游之死则算是为这个时期画上了句号。1206年，也就是陆游去世前不久，权相韩侂胄（1152—1207）准备未足便发动北伐，最终惨败，韩也因此受朝廷归咎，不仅为政敌所杀，甚至头颅也被砍下送给金人求和。如此，南宋朝廷不得不以更屈辱的条件与金人媾和，朝廷大权完全落入主和派之手，再无人敢提北上收复失地之事。这一系列政治事件给整个社会蒙上了阴影，也标志着南宋历史的一个转折点。在南宋晚期的文学作品中，英雄主义的情感与声音遭到压制，整个文学氛围与风格都发生了变化。

姜夔（约1155—1209年），自号白石道人，大致上是陆游与辛弃疾同时代人，只是相对更年轻一些，创作样式亦大不相同。姜夔一生未曾为官，但作为一位才华横溢的诗人、音乐家、书法家和画家，他声誉极高，亦多得朝廷高官提携，深受辛弃疾、杨万里、范成大等主要诗人赞赏。姜夔可以视作南宋文学从中期到晚期的承上启下人物。尽管他也是一位诗人，但最著名的还是他的词。例如以下这首

《扬州慢》：

> 淮左名都，竹西佳处，解鞍少驻初程。过春风十里，尽荠麦青青。自胡马窥江去后，废池乔木，犹厌言兵。渐黄昏，清角吹寒，都在空城。

> 杜郎俊赏，算而今、重到须惊。纵豆蔻词工，青楼梦好，难赋深情。二十四桥仍在，波心荡、冷月无声。念桥边红药，年年知为谁生！

Famous city left of River Huai,

A nice place in Zhuxi,

For the first time I unsaddled my horse to stop by.

Passing the ten miles of Yangzhou Road in spring,

Nothing but green wheat and wild rye.

Ever since barbarian horses' trample and retreat,

Deserted ponds, broken trees,

About war people still hate to speak.

It is close to evening,

So chilly the bugles blow

In this city empty and bleak.

The young Du Mu loved it here,

But if now he came again,

He would be frightened with pain.

Even if young girls could sing,

He could have a good dream in the pleasure wing,

It's hard to write about amorous feelings.

The Twenty-Four Bridge still remains,

But dancing in the waves

Is a cold soundless moon.

Now the red peonies by the Bridge for whom

Year after year are still in bloom?

这首词作于1176年，当时姜夔正路过扬州。他首先描写了这座名城在金兵入侵过后的荒废景象，曾经的园林宝塔尽遗荒野，平民百姓"犹厌言兵"。在下阕，他忆起了唐代诗人杜牧。杜牧生前也喜欢扬州，以一首又一首诗歌尽情地书写着扬州的繁华与声色之娱。姜夔想，纵使杜牧再度来此重温旧梦，面对这番破败不堪的景象，也只会生出惊讶与伤感之情罢了。姜夔将眼下的扬州与昔日的繁华进行对比，似乎是在表达他的忧国之思，但既谈不上强烈的愤怒，亦未曾号召抗金杀敌，而只有哀伤、无助与忧郁弥漫着整个词境。号角声之"寒"，月光映在水面之"冷"，所有这一切都生出了忧伤与艰辛之感，这就是姜夔的典型风格。

　　和周邦彦（我们在第十二章讨论过）一样，姜夔也精通音律，能创造新词牌，令文词与曲调完美契合，以求音律和谐。不同于陆游或辛弃疾的是，姜夔的作品大多不关政治局势与失去北方疆土的痛苦。继周邦彦之后，他咏叹着爱情、花朵与自然风景，正如上文所见，他的表达往往委婉，优雅而富于暗示意味，以"寒""冷"一类事物意象表征悲凉之情，例如下面这首名作《点绛唇》：

燕雁无心，太湖西畔随云去。数峰清苦，商略黄昏雨。
第四桥边，拟共天随住。今何许？凭阑怀古，残柳参差舞。

Wild geese from the north unwittingly

Fly away with clouds west of Taihu Lake.

Several cliffs lonely and bleak,

As if were discussing rain at dusk.

411

To live by the Fourth Bridge I would

With Tiansui in my neighborhood.

But where does he now reside?

I lean on the railings and think of the past,

Broken willows are dancing by the lakeside.

姜夔在太湖之畔的苏州写下了这首词，"数峰清苦"一句尤其著名，清人刘熙载的"幽韵冷香"四字通常被认为是对他风格的最佳概括。在这首词的下阕，他期盼自己也可以如"天随"般度过一生，亦即隐居太湖终老的唐代诗人陆龟蒙（？—881）。

吴文英（约1212—约1272）也是一位著名的南宋词家，略晚于姜夔。他也一生未仕，但在一些高官的照应下，过着相对优渥的生活。他将满腹文才都倾注于词，试图另觅途径，与辛弃疾、姜夔等前辈大师一较短长。然而，由于不具备辛弃疾那样豪放的英雄气概，也不如姜夔那样在艺术上涉猎广泛，他选择集中精力钻研艺术技法，精益求精。吴文英借鉴了晚唐李商隐之诗、温庭筠之词与北宋末年周邦彦的词风，从而创造了自己的风格，其词色彩绚烂、意象饱满而精致，情浓意厚，有时文意又曲折急转、不易参透。后世评论家张炎在点评吴文英作品时，曾有一个令人难忘的比方："如七宝楼台，炫人眼目，拆碎下来，不成片段。"这一评语听来可能有些苛刻，但确实精准地捕捉到了吴文英作品的阅读体验，他总是试图将主观情绪投射于写景写人，又付诸精致炫目的词句与意象，并且词意往往模糊暧昧，意蕴晦涩而不失优美。后人每每将他与晚唐诗人李商隐相比，大概可算是一个中肯的评价。下面是他的一首代表作《风入松》：

听风听雨过清明，愁草《瘞花铭》。楼前绿暗分携路，一丝柳、一寸柔情。料峭春寒中酒，交加晓梦啼莺。

西园日日扫林亭，依旧赏新晴。黄蜂频扑秋千索，有当时、纤手香凝。惆怅双鸳不到，幽阶一夜苔生。

Listening to wind and rain at Qingming,

I draft a "Note on Flower Burying."

The road where we parted, all is dark green,

An inch of willow,

An inch of tender love and pain.

Drunk in the chilly early spring,

Morning dream broken by orioles' endless chirping.

The west garden daily sweeping,

I still enjoy each new day when it's bright.

Yellow bees often flock around the swing,

At one time,

Her fragrant hands held it tight.

Sad that no trace of her walks,

Moss grew on shaded steps overnight.

吴文英经常借历史典故委婉地传达思想感受。词中提到的《瘗花铭》是南北朝著名诗人庾信的作品（我们在第五章讲过），此处意在暗示离愁或永失至爱之痛，而清明正是缅怀悼念亡者的节日。虽然上下文的关联或许有些晦涩，但还是可以读出，这首词大约是在追忆一位已经仙逝的佳人，如词中所述，院中的秋千索曾经沾她纤手芳泽，至今仍然芳香沁人，引得蜜蜂也萦绕不肯离去。

　　诗词自然有别，也并非每位词家都兼擅诗歌，而姜夔可谓是少数几个例外之一。他作为南宋主要词家这个名声，在很大程度上其实掩盖了他作为一位宋代优秀诗人的光芒。当时他的诗歌足以与杨万里、范成大和陆游等主要诗人相提并论。姜夔遣词造句极为用心，亦颇具技巧，诗句读来却相当流畅自然，这在善作词者中甚为罕见。下面的这首诗《平甫见招不欲往》很有趣，主要是写来向一位朋友解释，为什么收到邀约也不想去参加这次聚会。这首绝句看似简单，却似乎蕴含着对隐士生活的深刻洞察：

老去无心听管弦，病来杯酒不相便。
人生难得秋前雨，乞我虚堂自在眠。
Being old I've lost interest in pipes and strings,
With illness drinking is no good for me at all.
It's rare in life to have some rain before autumn,
Please let me lie down leisurely in my empty hall.

姜夔的另一首诗《除夜自石湖归苕溪十首》其一，描写了农历除夕路过故吴国宫殿所见的一片寒景，这首诗虽然营造出寒冷而伤感的氛围，但依然有美丽的湖泊与隐逸的梅花，预示着春天的到来：

细草穿沙雪半销，吴宫烟冷水迢迢。
梅花竹里无人见，一夜吹香过石桥。
Through the sands slender grass grow in melted snow,
The Wu palace feels cold over the lake of a wide stretch.
The plum-flowers are hidden behind a bamboo grove,
Overnight their fragrance wafted over the stone bridge.

姜夔的诗往往于景物中又有细节描摹入微，读来确有晚唐绝句的轻逸优雅之感。

宋元更迭之际，一些诗人经历王朝变迁，作品读来亦多忧郁凄哀，但在诗法技巧上，亦随姜夔和吴文英之后继续精进。周密（1232—1298）在南宋末年任一小官，宋亡后拒不仕元。南宋灭亡之后，他借一首《一萼红·登蓬莱阁有感》抒发了自己的悲痛，其中下阕如下：

> 回首天涯归梦，几魂飞西浦，泪洒东州！故国山川，故园心
> 眼，还似王粲登楼。最负他、秦鬟妆镜，好江山，何事此时游！
> 为唤狂吟老监，共赋消忧。

Recalling dreams of return at the world's end,

My soul flew over West Shore,

And shed tears over East Town, how many times!

Mountains and rivers of my old country,

And my old home garden made me feel

Like Wang Can in his rhymes.

It's such a pity

Hills like hair locks and the lake like a mirror,

Such beautiful sceneries

To visit at this time!

Let me call up that crazy old fellow

To write poems and get rid of our sorrow.

周密于浙江绍兴登蓬莱阁时作此词，"西浦""东州"都是当地的地
名。他首先回忆自己先前远在天涯之时，多次在梦中来到此地；如今
虽然身临蓬莱，已是故国不堪回首，对此壮丽河山只是心酸罢了。然
而，这首词并不像我们读过的陆游或辛弃疾作品那样直抒胸臆，而是
选择以王粲（我们在第四章曾提到这位建安"七子之冠冕"）的典故
委婉暗示，后者曾作《登楼赋》表达思乡之情。在词尾，周密又忆
起"狂吟老监"，也就是唐代诗人贺知章（我们曾在第七章讨论这位
诗人），他呼李白为"谪仙人"，又自称"四明狂客"。贺知章晚年就
住在秀丽如画的绍兴镜湖，也就是周密在词中比作"秦鬟妆镜"的
地方。

张炎（1248—1320）出身富家，但在南宋灭亡后一直生活窘迫。他不仅是一位词人，还留下了一部著名理论著作《词源》，强调了在周邦彦与姜夔创作传统中词的音乐性。他经常以词抒写自己人生巨变的凄苦与孤独。他最著名的一首词《解连环·孤雁》，借写一只离群的独雁以自况，抒发了自己的孤独感。王沂孙（约1238—约1306）是当时另一位重要的词人，以用典精当、善借象征浇胸中块垒而闻名。他最著名的词《齐天乐·蝉》，多用蝉的典故，语言亦颇优雅细腻，微妙委婉地表达了伤感之情。

当时还有一位词人蒋捷（约1245—约1305），可谓独树一帜。他将辛弃疾的豪放粗犷与姜夔、吴文英的幽微婉转兼收并蓄，熔为一炉，创造了自己独特的风格。下面是他的一首名作《虞美人·听雨》：

少年听雨歌楼上，红烛昏罗帐。壮年听雨客舟中，江阔云低，断雁叫西风。

而今听雨僧庐下，鬓已星星也。悲欢离合总无情，一任阶前、点滴到天明。

In youth I listened to the rain in singer's house,

Red candles dimly lit the gauze screen.

As adult in a traveling boat I listened to the rain,

The river was wide and clouds low,

A solitary wild goose cried in the west wind.

Now listening to the rain under temple eaves,

With white hairs already grown.

It's always sad to unite and then be torn,

On the steps let it fall

Drop by drop till it's dawn.

这样的悲郁深重之作，可以说是南宋气运日衰的贴切反映了。

2. 永嘉四灵和江湖诗派

1206年，韩侂胄率南宋军队北伐，大败于金人，南宋朝廷被迫与金签订了不平等和约，遂又度过了一段相对稳定而脆弱的和平时期。在诗歌领域，聚焦闲适与日常生活的主题已经上升为主流，取代了对北方战事或民生疾苦的关注，几乎无人再能发出陆游或辛弃疾那样的爱国强音了。当时的诗坛有四位青年诗人，人称"永嘉四灵"，亦即徐玑（1162—1214，字灵渊）、徐照（？—1211，字灵晖）、翁卷（生卒年不详，字灵舒）与赵师秀（1170—1219，字灵秀），由于四人皆来自浙江永嘉（今浙江温州），字中亦都有一"灵"字，其诗作亦以《四灵诗选》为题结集出版传世。这本书由杭州著名书商、收藏家与出版商陈起主持出版，他与许多诗人为友，大力推介其诗作。《四灵诗选》面市后一举成功，"四灵"也随即名闻天下，从此开创了文学史上的"江湖诗派"。"江湖"一词，字面意思是"江河与湖泊"，引申指庙堂之外的民间场域；此名之所以远播，亦得益于陈起同时也辑录了其他诗人的一些作品，与"四灵"诗作一道结集为《江湖集》出版。"四灵"与江湖诗派其他诗人或为平民，或为底层文人，其有限的人生经验决定了作品大多取材于寒窗士子生涯。然而，同样的诗歌理念将他们凝聚在了一起，他们都希望摆脱江西诗派的影响，不再一味讲究读书、识见与用典，因此他们的诗歌在主题与风格上大都是相似的。

正如我们在上一章所讨论的，南宋中期的主要诗人从范成大到陆游，无不想摆脱江西诗派的影响，而以晚唐诗人为法。杨万里成功地创造了清新自然的雅致风格，而有别于黄庭坚与江西诗派的博学精密，甚至有时失于晦涩；陆游与辛弃疾亦未受江西诗派规则约束，姜夔也以晚唐诗人陆龟蒙等为师，抒写隐居太湖的闲适生活。因此，当"四灵"提出另起一炉、树立一种有别于江西诗派的新风时，他们恰恰代表了当时已然形成的这股趋势，广受时人欢迎。与江西诗派强调博学、师法杜甫相反，"四灵"并不过于重视书本知识，转而以两位晚唐诗人为榜样，亦即以"苦吟"闻名的贾岛与姚合（777—843）。他们学贾、姚也写下不少五律，然而却耽于一字一对之精工，忽略了全诗整体结构，故其五律多不如较短的绝句出色。"四灵"为摆脱江西诗派影响的汲汲努力，正是那个时代诗界的共同心声，故而"四灵"的名声远在实际文学成就之上。当然，若考虑到有限的范围与狭窄的视野，他们的诗歌也算是取得了一定的成功。

"四灵"中又以翁卷与赵师秀二人更为出众。以下是翁卷的一首绝句《乡村四月》，描绘了农民忙于春耕的生动场景：

绿遍山原白满川，子规声里雨如烟。
乡村四月闲人少，才了蚕桑又插田。

All rivers are white, and hills and plains green,

Cuckoos are singing in the misty light rain.

In April no one is idle in the countryside,

Silkworms fed; work is needed in paddy fields again.

下面这首是赵师秀的《数日》，对秋景的描述中又蕴含一种哲思：

数日秋风欺病夫，尽吹黄叶下庭芜。
林疏放得遥山出，又被云遮一半无。

For days the autumnal wind bullies me as I'm ill,

In my yard it blows all yellow leaves down to the ground.

Sparce woods have just let distant mountains out,

But half are hidden again by clouds moving around.

上面两首诗都没有精心打磨的修辞或典故，只有构思精巧的观察、有趣的想法，读来十分晓畅。

　　所谓的江湖诗派，其实并无一群固定的诗人凝聚在某种特定使命之下，只是一个松散的文学群体，也没有形成专门的理论原则。他们所共谋者，无非是渴望摆脱南宋中期以来主宰文坛的江西诗派的影响。江湖诗派诸人最好的作品，往往是写自然风景、微妙地传情达意之作，其创作既受"四灵"影响，往往又比"四灵"思想更为开阔、炼句更为精心。例如叶绍翁（约1194—?）的一首名作《游园不值》，写拜访朋友所见的一番清丽春景，最后两句所暗示者亦颇具情趣：

> 应怜屐齿印苍苔，小扣柴扉久不开。
> 春色满园关不住，一枝红杏出墙来。
> Lovely to see marks of my clogs on the green moss,
> I knocked at the wooden gate to pay my friend a call.
> The colors of spring are so full to be locked in the yard,
> A branch of red apricot reaches out from the garden wall.

　　江湖诗派最著名的诗人当数戴复古和刘克庄。二人起初都受到"四灵"影响，但很快便拓展了视野范围，向贾岛、姚合之外的更多前辈学习，从而在创作上进一步超越了"四灵"。戴复古（1167—约1247）熔江湖诗派与江西诗派为一炉，兼学贾岛与杜甫。他一生不仕，诗中常常敢于坦率评点社会与政治问题。1240年（农历庚子年）发生了一场严重的饥荒，戴复古以此主题作诗多首，揭露了民不聊生之状。下面是《庚子荐饥十首》中的一首：

> 杵臼成虚设，蛛丝网釜鬵。
> 啼饥食草木，啸聚斫山林。
> 人语无生意，鸟啼空好音。

休言谷价贵，菜亦贵如金。

Rice pounder and pestle lie useless,

Cobwebs hang all over pots and pans.

People cry for hunger and eat grass and barks,

In the woods they turn into outlaw bands.

Human voice is weak and lifeless,

In vain the birds sing songs manifold.

Don't say rice price has gone up too high,

Vegetables are now as dear as gold.

戴复古的另一首诗《淮村兵后》描述了兵火过后的惨状，满眼断井颓垣之悲，春来之际一株小桃树独自开放，带来了一丝新的生机，亦令此景稍得抚慰。然而，"小桃无主"，更烘托了这片荒凉的基色：

小桃无主自开花，烟草茫茫带晓鸦。

几处败垣围故井，向来一一是人家。

With no owner, a small peach blossoms by itself,

In the morning mist there fly some crows.

Several broken walls surround abandoned wells,

One by one all these used to be households.

刘克庄（1187—1269）是江湖诗派中最著名的一位，也是其中为数不多的高官。他起初受"四灵"影响，但很快就跳出其藩篱，常以诗歌直接评论社会与政治问题。下面是他的《北来人二首》其一：

试说东都事，添人白发多。

寝园残石马，废殿泣铜驼。

420

胡运占难久，边情听易讹。

凄凉旧京女，妆髻尚宣和。

Trying to speak of affairs in the East Capital

Only makes our white hair grow even more.

Before royal tombs the stone horses broke,

In forsaken palaces tears from bronze camels fall.

In divination the barbarian rule would not last,

But news about the borders is not reliable at all,

Pitiful are the women in the old capital,

Their hairstyle remains from a long time ago.

这首诗的叙述者是一位北方来客，他描述了"东都"（北宋旧都汴京）的惨状，那时正为金朝占领。北宋历代帝陵早已无人照管，神道的石马竟被打碎；"泣铜驼"的典故原指晋人索靖（239—303）对西晋灭亡的预感，当时他在首都洛阳一宫殿前看到青铜骆驼便道："会见汝在荆棘中耳！"不久匈奴南侵，西晋遂亡。刘克庄以"泣铜驼"喻指北宋亡国与汴京废宫。诗尾写到，人们也哀伤地接受了现实，南宋朝廷光复旧土的希望已渐渐渺茫了，只有蜷居胡人之下的旧京遗民妇女，还梳着北宋宣和年间的发式。

1208年，南宋朝廷为偏安媾和，向金朝纳贡一百万匹细绢。刘克庄写下了这首辛辣讽刺的《戊辰即事》直评时事：

诗人安得有青衫？今岁合戎百万缣。

从此西湖休插柳，剩栽桑树养吴蚕。

How is a poet to have his blue shirt to wear?

A million rolls of silk are sent to the barbarians this year.

From now on no more willows be planted by the West Lake,

But more mulberry trees for better silkworms to rear.

刘克庄亦以词闻名，他的词多承辛弃疾的豪放风格，也与辛词一样引入了散文元素。他经常借词抒发北方故土之思，表达他的看法。然而，他的词作虽多，往往未经精心润色，句子亦失于平淡，在一定程度上降低了其作为诗性表达的文学价值。

3. 文天祥与南宋最后的诗篇

13世纪初，成吉思汗（1162—1227）建立的蒙古帝国崛起，改写了世界版图。1234年，南宋与蒙古结盟共同灭金。然而从1235年开始，蒙古征服金朝之后继续向南逼进，成为南宋更危险的敌人。经过多年征战相持，蒙古终于在1279年征服了南宋，成吉思汗的孙子忽必烈（1215—1294）建立了元朝，定都于大都（今北京）。时代巨变之下，人人无处遁逃，无数诗人以诗为史，记叙了南宋消亡的一首首悲歌。其中最著名的一位便是文天祥（1236—1283）。他本是南宋丞相，在抗元战斗中被俘，最终被处死。他也是一位著名的爱国诗人，下面是他的一首绝句《扬子江》：

几日随风北海游，回从扬子大江头。
臣心一片磁针石，不指南方不肯休。
For days drifting on the North Sea with wind,
And returned to the Yangtze River's mouth.
My heart is as firm as the magnetized needle,
It will never stop till it points toward the south.

这首诗写于1276年，当时文天祥与元军作战被俘，刚得逃脱，乘船一路南行来到福建福州，加入了南宋最后的抗元义军。指南针上的"磁针石"这个意象令人印象深刻，表达了他对南宋的忠贞。两年后，也就是1278年，元军继续南下进入广东地区，文天祥在潮州再次被俘，带往北方。当他路过家乡附近的江西大庾岭时，写下了这首极为动人的《南安军》：

> 梅花南北路，风雨湿征衣。
> 出岭同谁出？归乡如此归！
> 山河千古在，城郭一时非。
> 饥死真吾志，梦中行采薇。
>
> Plum-flowers are divided by the north and south,
> My clothes are all wet by the wind and rain.
> With whom did I leave when I left this mountain?
> How sad to return home in such a way to return!
> Mountains and rivers are here since ancient time,
> But cities and towns are suddenly not the same.
> Starving to death is my true intention,
> I'll go to gather ferns in my dream.

第一句"南北路"指的是大庾岭，据说这里是当时的南北分界线，就连山上的梅花也是界限分明，每年向北的梅枝开花的时候，南枝上的花朵已经过季凋零了。在中间两联，诗人伤叹着世事沧桑，当年与家人一同离乡，如今独作楚囚归来，分外哀痛；在结尾两句，诗人表达了决不投降仕元的坚贞之志，并引用了伯夷与叔齐的典故。我们在前文多次提到这两位殷商遗民，在西周代商之后，他们为表示忠于故国，拒食周粟，躲在首阳山中采薇为食，后被人告知，即便是这些蕨菜如今也属于新的王朝，二人最终绝食饿死。

　　文天祥还有另一首词《念奴娇·驿中言别友人》，抒发了对南宋灭亡的愁闷与痛苦，以下是其上阕：

水天空阔，	Vast and wide are the waters and the sky,
恨东风、	What a pity the east wind
不借世间英物。	Didn't aid the heroes this time.
蜀鸟吴花残照里，	In the sunset how can I bear to see
忍见荒城颓壁！	Birds and flowers in ruins horrified!
铜雀春情，	Spring feelings in the Bronze Bird Tower,
金人秋泪，	Autumn tears of the Golden Statues,
此恨凭谁雪？	Who can avenge such crimes?
堂堂剑气，	In vain that I am entrusted
斗牛空认奇杰。	With the spirit of the sword sublime.

文天祥在这首词中，从"恨东风、不借世间英物"开始，用了好几个历史典故。"铜雀"喻指208年著名的赤壁之战，当时虽是冬天，忽然刮起东风，助力孙刘联军以火攻击败了曹操水军，最终获得了胜利。我们在第九章中曾讨论过，晚唐诗人杜牧就此留下过这样的名句："东风不与周郎便，铜雀春深锁二乔。"赤壁之战是中国传统文学中的经典意象，我们在第十一章讨论过的苏轼《赤壁赋》，也是这一主题下最著名的作品之一。在这首词中，文天祥表达了伤痛的情绪：时隔千年，东风却未再助宋军一臂之力，最终江山易主，南宋后宫嫔妃也纷纷为元军掳掠而去。"金人秋泪"用另一个历史传说的典故，出自晚唐诗人李贺诗《金铜仙人辞汉歌》。据说汉武帝铸有巨型青铜仙人，用于承接露珠（配制长生不老药），这些雕像被称为"金铜仙人"或"金人"。汉亡后，233年，三国时期的魏明帝下令将这些雕像从西汉故都长安迁至洛阳魏宫，传说这些金人竟流下了眼泪。此处用典意指元军灭宋后劫掠宋宫的行径。最后，诗人抒发了无助感，自己空有宝剑在手，却无法战胜元军。后来，文天祥在大都就义之前，还写诗明志，最著名的两句莫过于"人生自古谁无死，留取丹心照汗青"。意思是说，他作为爱国英雄，纵然身死，亦将在史书上千古流芳。

刘辰翁（1232—1297）是南宋末年的另一位爱国诗人，他描写了南宋的崩溃与元兵侵略的残暴。下面是他的一首《忆秦娥》，描述了南宋都城临安为元军所破之后的荒凉场景。在铁蹄蹂躏之下，虽是元宵佳节，欢庆祥和一概不见，只有"风和雪"：

> 烧灯节，朝京道上风和雪。风和雪，江山如旧，朝京人绝。
> 百年短短兴亡别，与君犹对当时月。当时月，照人烛泪，照人梅发。

It's the Lantern Festival,

In the capital, nothing on the road but wind and snow.

Wind and snow,

Rivers and mountains remain the same,

In the capital there's no one on the road.

Within a hundred years so different rise and fall,

We still face the same moon as before.

The same moon as before,

Shining on our tears under the candlelight,

On our heads while white hairs grow.

南宋末年还有一位重要诗人汪元量（约1241—约1317）。他本是南宋宫廷音乐供奉，宋亡后所有皇室与后宫诸人均被迁往大都，他也被一同带到北方。汪元量以一系列组诗记录了所历、所睹，虽无直接议论，字字句句却都是亡国的悲痛。以下是他的《湖州歌九十八首》其五：

> 一掬吴山在眼中，楼台叠叠间青红。
> 锦帆后夜烟江上，手抱琵琶忆故宫。

A range of Wu Mountains lies in her eyes,

In red or blue stand towers of this place.

At night colorful boats float on the foggy river,

Holding a pipa, she recalls palaces of old days.

这首诗描述的就是一位宫廷音乐供奉被迫辞别南宋皇宫，被敌军带上船一路北去。其六则描述了北地所见风景，微妙地渲染了一片浓郁的悲哀：

北望燕云不尽头，大江东去水悠悠。

夕阳一片寒鸦外，目断东西四百州。

Looking at the northern land an endless view,

Forever eastward the great river flows.

Beyond the chilly crows the setting sun

Over the four hundred states sadly glows.

其十描述南宋宫娥被押上船送往北方，船头船尾皆有元兵持械把守，形如囚犯：

太湖风起浪头高，锦舵摇摇坐不牢。

靠着篷窗垂两目，船头船尾烂弓刀。

On the Taihu Lake the wind is strong and waves rise high,

In the rocking decorated boat they cannot sit tight.

Leaning on the windows they lower their eyes,

On both ends of the boat swords and knives are shining bright.

林景熙（1242—1310）也是当时一位诗人，宋亡后隐居不仕。下面这首《山窗新糊有故朝封事稿阅之有感》，写的是某日他在旅途中发现了一张纸，本是一份绝密的南宋朝廷文书，如今却是废纸一张，贴在山中小屋的窗上挡风。这首简单的绝句没有一句明确的议论，悲伤之情却跃然纸上，触人心肠：

偶伴孤云宿岭东，四山欲雪地炉红。
何人一纸防秋疏，却与山窗障北风。

Randomly on eastern hills sleeping with lonely clouds,
It's about to snow in the mountains but a stove is burning red.
Who has pasted the paper of a memorial against the enemies
On the window of this hut the northern wind to defend?

谢翱（1249—1295）仰慕文天祥，曾在文天祥就义时写下多首诗歌表示缅怀。谢翱的诗歌声音悲壮、情感悲怆，备受评论家盛赞。下面这首《过杭州故宫》写的是南宋亡国之后，旧宫竟改为佛寺，亦有人认为或喻指南宋恭宗（1271—1323）的凄凉结局。1276年，宋恭宗降元并被俘至大都；1288年，忽必烈令其往西藏出家为僧，研习佛法。这首诗写道：

紫云楼阁宴流霞，今日凄凉佛子家。
残照下山花雾散，万年枝上挂袈裟。

In the Purple Cloud Tower, the Flowing Rainbow was poured,
But sadly it all ended up in a Buddhist monastery today.
Fallen flowers are gone with the evening sunset,
On holly branches hang the cassocks in the dying rays.

这里的"紫云楼阁"指南宋宫殿，而"流霞"是一种极品美酒的名字；第一句即这样描述了南宋宫廷的奢华生活。第二句一转，写到佛寺的宁静与荒凉，在残阳的余晖中，只有黄色的袈裟还挂在树上，与开头的景象形成了鲜明的对比。这可以说贴切地象征着大宋帝国的衰落。从文天祥、刘辰翁、汪元量再到林景熙与谢翱，这群诗人以各自不同的风格奏响了宋诗的终曲，也在中国文学史上留下了永恒的灿烂辉煌。

4. 元好问与金代诗歌

金发源于中国东北，最初属于半游牧部落，后来迅速崛起成为一个强大的王朝（1115—1234），存续了一百多年。在这百余年中，金朝统治着淮河以北的大片土地，与两宋之间冲突战争不断，同时亦保持着频繁的交流。随着时间的推移，女真统治精英也在大量借鉴汉文化与其他民族文化元素的基础上，形成了本民族的文学文化。金代最早的几位诗人如宇文虚中（1079—1146）、吴激（1090—1142）与蔡松年（1107—1159）等都来自南宋，其中宇文虚中与吴激起初都是南宋使节，被强留在金朝为官。然而，他们身在金朝，却心向大宋。例如，宇文虚中出使金朝时，已预感到自己可能被强行扣留，遂作《在金日作三首》以明志，以下是其二：

> 遥夜沉沉满幕霜，有时归梦到家乡。
> 传闻已筑西河馆，自许能肥北海羊。
> 回首两朝俱草莽，驰心万里绝农桑。
> 人生一死浑闲事，裂眦穿胸不汝忘！
> Curtains are all frosted over in the long night,
> Sometimes in my dreams I am back home.
> I heard they already built the West River Inn,
> I can feed the sheep and along the North Sea roam.
> Look back, two emperors are now in low grass,

My heart aches that our farmland now lies in ruins.

Death to me in this life is a matter of no importance,

But I'll never forget you even my breast is pierced through.

"西河馆"指春秋时期晋国扣留鲁国使者的驿馆；"北海羊"指西汉苏武出使匈奴被扣留在北方牧羊的故事，在第十三章提过的范成大《会同馆》一诗也曾用此典。"两朝"指徽钦二帝，北宋灭亡后他们被金人俘至北方，沦为"草莽"平民。这首诗表达了宇文虚中对金人占领北方领土的悲痛、对大宋故国的忠诚。这种忠诚也是他陷入政治内斗、被金朝杀害的根本原因。他是金代初期文学史上的一位大诗人。

金朝接受了汉文化，并建立了与宋朝类似的科举考试制度。随着文化与社会的进一步发展与自信心的不断提升，金朝诗人逐渐开始熟悉宋诗，也懂得欣赏苏轼和黄庭坚。例如，王若虚（1174—1243）在诗歌与文学批评领域都留下了重要作品，提倡自然真实地表达思想情感，并以苏轼和唐代诗人白居易为榜样。正如他在《论诗诗》中所说：

文章自得方为贵，衣钵相传岂是真？

已觉祖师低一着，纷纷法嗣复何人？

Writing is precious when it comes from oneself,

How can it be true if the mantle is passed over?

When the patriarch is already of a lower rank,

Who would be the follower one after another?

这是对以黄庭坚为"祖师"的江西诗派的批判，后世传得他"衣钵"的，多是缺乏真实的诗歌情感、只知用书本知识填补艺术空间的追随者。这也显示了金宋诗人之间是如何密切交流，以及金代的诗歌与文学批评是如何构成当时中国文学一部分的。

然而，随着蒙古帝国的崛起，金朝也衰落下去，最终灭亡了。金代诗歌正是在这期间变得更加成熟，许多诗人书写了百姓的苦难与战争的残酷。金代最伟大的诗人是元好问（1190—1257），他生于山西太原，祖先是鲜卑族拓跋氏，但他熟读中华经典，各类文学体裁都很出色，尤其擅长诗歌。像王若虚一样，元好问也写了不少论诗诗，评论汉魏至两宋的诗人，主张刚健雄豪的北方诗风，而不同于南方雕琢藻饰的情感表达。他称赞苏轼和辛弃疾，批评江西诗派。元好问亲历了蒙古灭金之变，故而他的诗歌往往伤感悲切，但又透出一股不屈的英雄气概，展现出广阔的视野胸襟。下面这首《岐阳三首》其二写于1231年，当时元好问听闻元军包围并占领凤翔（亦称岐阳，今陕西凤翔）的消息，无数士兵战死，百姓不得不离家沿陇水向东逃亡，甚至惨死于途：

百二关河草不横，十年戎马暗秦京。
岐阳西望无来信，陇水东流闻哭声。
野蔓有情萦战骨，残阳何意照空城！
从谁细向苍苍问，争遣蚩尤作五兵？
The impassable land now has no grass,
Ten years of war has darkened the capital of Qin.
Looking west to Qiyang there is no tidings,
The Long River flows east with bitter crying.
With tenderness wild tendrils encircle soldiers' bones,
How sadly on the empty city the dying sun shines!
With whom can I ask the azure heaven,
Why Chiyou is sent out with his brutal kinds?

诗人开头便叹，"百二关河"的秦川（今陕西）亦未能阻挡蒙古军入侵，这场女真与蒙古之间的战争，已经持续了十年之久。最后，他满怀怨恨地叩问苍天：在上古神话中，蚩尤早已被出自陕西的黄帝征服，此时为何又要降下"蚩尤"般的蛮族首领来摧毁这片土地呢？

下面是元好问1232年写的另一首诗，《壬辰十二月车驾东狩后即事五首》其二。当时金朝治下的汴梁被蒙古军队围攻，诗人绝望地呼喊，期盼各路援军快快赶来：

> 惨淡龙蛇日斗争，干戈直欲尽生灵。
> 高原水出山河改，战地风来草木腥。
> 精卫有冤填瀚海，包胥无泪哭秦庭。
> 并州豪杰知谁在，莫拟分军下井陉。

Bitterly dragons and serpents fight from dawn to dusk,

The war is almost to bury all lives in the mud.

From high plateaus waters gush out to change the land,

Wind from battle fields brings the stench of blood.

Jingwei with her grievances fills the great ocean,

Baoxu has no tear to cry at the court of Qin.

Where are the heroes of Bingzhou,

Who can quickly help and send troops in?

在这首诗中，"精卫"是神话传说中的一只鸟，终日四处捡拾树枝与石子扔进大海，情知大海无法填满，仍然锲而不舍。"包胥"指春秋时期楚国大臣申包胥。当时楚国被吴国进攻，派申包胥去秦国求援。秦王起初不听，结果申包胥在秦宫连哭七天七夜，秦王深受感动，遂派兵救楚。从这几句诗中我们可以看出，元好问十分博学，典籍精熟，几乎一句一个典故。虽然这些诗写的都是金朝在蒙古军压境之际的至暗时刻，亦不仅是对悲惨国运的哀叹，更有一种不屈的抗争精神。

蒙古灭金后，元好问拒不出仕。下面这首《外家南寺》写于1237年，他重回童年故乡太原，忆起往昔种种：

郁郁楸梧动晚烟，一庭风露觉秋偏。
眼中高岸移深谷，愁里残阳更乱蝉。
去国衣冠有今日，外家梨栗记当年。
白头来往人间遍，依旧僧窗借榻眠。

Evening fog floats among sycamore trees,

In the dewy courtyard I feel the chill of the fall.

High banks sunk into deep valleys right in my eyes,

And in the setting sun cicadas sadly call.

Today I still dress as in my former country,

And recall playing in the house of my mother's side.

Now with white hair I have gone through the human world,

Borrowing a bed in a Buddhist temple for the night.

全诗满溢着一个亲睹时代巨变的亡国遗民之悲。"高岸移深谷"化用的是"高岸为谷，深谷为陵"，原句出自《诗经·小雅·十月之交》，蕴含着社会与政治剧烈变化的象征意义。诗人通过化用《诗经》，巧妙地将个体痛苦与亡国之痛融为一体。

金朝灭亡后，元好问花费多年收集金朝诗歌，并以《中州集》为题结集出版，共收录了251位诗人的2 000多首诗。他为每位诗人都写了一篇小传，介绍生平并品评诗作。这部重要的选集不仅起到了保存金朝诗歌、为文学史提供材料的关键作用，同时也是一座研究金朝历史的宝库。在这位诗人与学者的毕生成就中，《中州集》可以说是最浓墨重彩的一页。

5. 宋金时期的"说话"与戏剧表演

宋代城市与商业发展，对当时的文学产生了重要影响。正如我们在第十章所讨论的，北宋的柳永成为当时最受欢迎的词人，很大程度上得益于繁荣的城市文化。本章之前讨论的永嘉四灵与江湖诗派的声誉，也与书商陈起的大力推广、尤其是图书印刷与销售市场的繁荣有关。无论是在北宋的汴京还是在南宋的临安，城市文化和娱乐的兴起，清晰地彰显了文学形式与城市生活的关系。在这些城市里，"说话"、杂技与戏剧表演等娱乐广受欢迎，遂促成了戏剧的早期形式和通俗小说的形成。根据当时的记载，最受欢迎的"说话"形式是"小说"和"讲史"。这类表演剧本逐渐成为中国叙事小说的早期形式之一，其中也穿插了许多诗词。

戏剧这一娱乐样式在唐代已经萌芽，主要是简单的滑稽调笑等形式。但在宋代，"杂戏"人物角色更多，也经常包括歌舞表演。由于缺乏必要的史料，很难勾勒出宋代戏剧表演的清晰面貌，但它的确是中国戏剧历史发展中的一个重要阶段。

在北方，金代也有类似的通俗文学发展，特别是歌唱与说书表演，这为后来元剧的进一步发展奠定了基础。金代最著名的作品是董解元的《西厢记诸宫调》，作者生卒年不详，"解元"也不是他的真名，而是当时对书生的通称。董解元活跃在金朝中期，从作品文本的几首自叙曲看，大概是一位才华横溢的市井作家，创作兴趣主要专注于戏剧表演脚本。《西厢记诸宫调》是根据唐代诗人元稹《莺莺传》（又名《会真记》）改编的，我们在第九章曾提到。在元稹的故事中，年轻的学者张生爱上了美丽的少女崔莺莺，最终却在进京参加科举后抛弃了她。元稹这部作品在宋代几经改编，但董解元的《西厢记诸宫调》则大大扩展了原著，并对故事情节做了重大修改。《会真记》

全文约2 000字，而《西厢记诸宫调》全文达5万多字、包含193套组曲，是一首长篇"诸宫调"，亦即以歌唱为主并穿插说白的文本形式。董解元在情节上也作了重大改编，从始乱终弃改成了大团圆，让张生与莺莺对爱情忠贞不贰，共同经历了许多困难险阻的考验，最终得以结为恩爱夫妇。而莺莺的母亲则被塑造为权威礼法与道德僵化的化身。于是，《董西厢》的主要戏剧冲突则凸显为个体爱情与传统道德礼法之间的矛盾，作者怀着极大的同情，描述了这对恋人为爱情与自由的抗争。金朝受传统儒家道德教化影响相对较小，从董解元在文本中如何演绎爱情、自由与个人选择亦可窥见一二。虽然《董西厢》也许称不上完美，文本结构也不十分完善，但它对叙事文学的发展、对中国文学的丰富都做出了重大贡献。

第十五章

元代文学

1. 元代社会与文学

　　1271年，忽必烈根据《易经》的一句吉祥卦辞"大哉乾元"，定蒙古国号为"元"，随后于1279年征服了南宋。元朝是中国历史上第一个由少数民族建立的大一统王朝，它与庞大的蒙古帝国的渊源，使得当时各国商贾百姓均可在欧亚大陆上往来贸易、旅行。那也是马可·波罗（1254—1324）来华的时代，他作为中西交往史上的第一位重要人物，一路从意大利的威尼斯来到中国。在蒙古皇帝的统治下，元朝时期的中国在文化方面，比以往任何时代都更为多元，社会呈现出与前朝截然不同的特征。传统的儒家意识形态轻视商业利益与商人阶级，但元朝统治者重视实际利益，鼓励商业与贸易。元朝既是一个具有扩张与冒险精神的政权，同时社会制度也具有高度专制性，人民被分为四个等级：第一等蒙古人最高；第二等是色目人，包括西域各族、穆斯林、景教徒、犹太人与其他群体；第三等是"汉人"，亦即先前金朝治下之人，包括汉族、女真族与契丹族等北方人；最低的是第四等"南人"，也就是先前南宋治下之人，是最晚被蒙古征服的。从经济角度看，元朝对南方经济存在明显掠夺，在中书省与九大行省中，南方三省每年缴纳农业税收超过了全国税收总额的一半。这使得民族仇恨与敌对贯穿了整个元代，社会一直动荡不安，最终导致元朝在1368年灭亡。

在元朝，宋朝完善的科举制度遭到严重破坏，前几十年里一直是被废除的状态。尽管后来重新实施，但再也没能像在宋朝那么重要。元朝当局试图以理学巩固统治，但是掌握理学的儒家学者特别是"南人"，并不具备受人尊敬的社会地位。当时的俗谚"九儒十丐"，即表明了元代文人学者的困境与尴尬。然而，元代特殊的社会与政治条件，其实对文化文学又产生了一些意想不到的积极影响。庞大的蒙古帝国民族众多，亦各有宗教信仰，统治者对各种宗教和思想都很宽容。理学是朝廷推行的主流思想，但佛教、道教甚至伊斯兰教与景教在当时也很活跃。意识形态的控制相对松弛，让文人的思想相对更加自由活跃，而靠科举得官的前景变得十分暗淡，反而使他们得以脱离体制，获得了相对的独立。商业贸易的发展与城市经济的繁荣，为那些受过良好教育的文人提供了谋生机会，可以凭借自己的知识和文化资本投入市场交换，而元代也的确出现了许多突破传统或者说不同流俗的文人，与先代文人相比，他们与普通百姓及其柴米油盐的日常生活关系更为密切。文人社会地位的下降，实际上推动了他们释放才华与创造力，令他们得以投身于通俗文学创作，尤其是叙事小说与戏剧。

自唐代以来，就已经有了传奇、变文与不同形式的叙事小说。而在宋代，随着城市文化与娱乐产业的发展，不同类型的叙事文学越来越受欢迎。这一趋势在元代继续存在，当时在人口密集的大城市中，经常举办杂以歌唱与器乐的"说话"节目表演，其中历史题材的"讲史"尤其受欢迎。然而，元代最伟大的文学成就是戏剧，包括"杂剧"与"南戏"。正如第十四章最后所讨论的，金代已经产生了重要的戏剧文本，即董解元的《西厢记诸宫调》，标志着宋金时期长期流行的戏剧表演形式的成熟。在元代，越来越多的天才作家投身戏剧创作，为中国文学史上戏剧的辉煌做出了贡献。

元代戏剧的发展可分为两个时期，以1300年左右为界。前期的剧作家活跃在大都和其他几个北方城市，而后期的剧作家则主要活跃在南方沿海城市。这与蒙古帝国从北向南的扩张与南方城市的快速发展都有关系，但就文学成就而言，元代戏剧的黄金时期其实在于前期。元剧的基本形式类似音乐剧，基本都由四折（相当于"幕"）一楔子（即开场）组成。"折"是戏剧中独立的一幕戏，由一套曲式相同的音乐组曲组成，"楔子"相当于短插曲，或是以一两首曲子作为开场，或是在不同的"折"之间起到解释或连接的作用。元剧本质上可以理解为一种以歌唱为核心的音乐剧或歌剧，每一折的主角可以是女性，也可以是男性，戏剧角色又进一步分为五类——旦、生、净、末、丑，以高度程式化的角色人物和表演程式作出划分。

2. 关汉卿与元曲

得益于伟大诗人与作家的贡献，一种新的文学形式才能真正脱颖而出。对于元代戏剧而言，关汉卿（约1225—约1300）正是这样一位贡献者。他不仅是最早的剧作家之一，也是最高产、成就最高的剧作家之一。在一首自传性质的曲子中，他写下了这段令人难忘的唱词，将自己描述为一个豁达又倔强的浪子、欢场常客，同时也精通音乐与曲律："我是个蒸不烂、煮不熟、捶不扁、炒不爆、响当当一粒铜豌豆。"这段话完美地塑造了他勇敢不屈、无拘无束、幽默风趣的性格。他生活在市井百姓中间，为他们书写、歌唱。他的戏剧揭露了社会的腐败与官僚的丑恶，表达了对受压迫者与弱者的深切同情，赞颂了那些敢于对抗邪恶势力的勇士。

关汉卿最著名的作品是《窦娥冤》，这部伟大作品足以与世界文学经典中的任何伟大悲剧相媲美。窦娥自幼丧母，父亲身无分文，只好将她卖给蔡家当童养媳偿还债务。不幸的是，她的丈夫婚后不久便去世了，留下年轻守寡的窦娥。她的婆婆以放贷为生，有一次被欠债者威胁，为张驴儿及其父亲相救。然而，张家父子都是乡间恶霸，想要强占窦娥婆媳二人。窦娥坚决拒绝张驴儿求娶，宁死也不愿放弃尊严。张驴儿本想毒死她的婆婆，结果自己的父亲误喝毒药身亡。于是，张驴儿威胁道，除非窦娥同意委身于他，否则将控告她们婆媳谋杀张父。窦娥坚信自己是清白的，想着县衙能伸张正义，愿意与张驴儿在公堂对质。然而，这个县令却是贪婪腐败的昏官，竟对窦娥用刑，逼迫她认罪。为了不让年迈的婆婆再受折磨，窦娥最终屈打成招。在剧中，窦娥是一个无辜善良的贫家女子，却被冤判死刑，包括她父亲与婆婆在内的所有其他角色，都直接或间接地对她的惨死负有责任，然而最后，却是恶棍与贪官将她推上了刑场。这样的不公完全粉碎了百姓对天理报应的普遍信仰，从窦娥临刑前的悲号与控诉中，我们可以听到作者借她之口，以一首《滚绣球》强烈谴责了这个腐败不公的世界：

> 有日月朝暮悬，有鬼神掌着生死权。天地也、只合把清浊分辨，可怎生糊突了盗跖颜渊：为善的受贫穷更命短，造恶的享富贵又寿延。天地也、做得个怕硬欺软，却元来也这般顺水推船。地也，你不分好歹何为地？天也，你错勘贤愚枉做天！

Day and night the sun and the moon hang in the sky,

Gods and spirits determine who to live and who to die.

Oh, heaven and earth,

You should tell the clean from the filthy, but why

You have the good and the evil misidentified:

The good ones are poor with a short life,

While the evil ones are rich and live long.

Oh, heaven and earth,

You also bully the weak and fear the strong,

And do nothing but just go along.

Oh, earth, how can you be earth not telling the good from evil?

Oh, heaven, how can you be heaven confusing the right with the
　　　wrong!

这段对不公的谴责，道出了腐败恶治之下无数受害者的强烈心声，具有一种人同此心的感染力。每一位读者与观众但凡曾经身受冤屈不公，都会被这样的呐喊震撼。被斩首之前，窦娥发下三大誓愿，都是按常理无法发生的奇迹：一愿她的颈血飞上白练，一滴也不落在地上；二愿炎夏中降下大雪，覆盖她的尸体；三愿这片土地连续大旱三年。她发出誓愿之后，本来晴朗的天空竟笼罩起乌云，寒风吹来，大雪纷飞。关汉卿在剧中营造了一种最悲惨的氛围，充分表达了对窦娥冤屈的愤怒，唤起人性的良知与对社会不公的愤恨。神奇的是，窦娥的三桩誓愿竟然都变成了现实，证明了她的清白。在全剧结尾，她的父亲中举做官归来，为她平反了冤案，以这种诗意的正义满足了所有观众的期待。这样的结局或许会降低这部戏的悲剧色彩，但却往往是普通人唯一可以指望的意愿的满足。

　　在中国通俗文化中，三国时期关羽（160—220）的形象，是一位无敌的神将，也是忠勇的象征，后来又在无数的故事、传说和神话中进一步神化为关圣帝君。关汉卿的历史剧《单刀会》以一段相当简单的故事情节创造了一个威风凛凛的关羽形象。东吴的鲁肃邀请关羽在江边会面，欲使关羽将战略要地荆州归还给吴国。他派兵设下埋伏，并计划万一谈判失败，则强留关羽作为人质。关羽很清楚鲁肃的意图，但为了避免蜀吴之间发生流血战争，他决定独自去见鲁肃，只带一个士兵扛着他著名的青龙偃月刀，那可是曾在战场上砍杀过无数敌将头颅的大刀。在会面时，关羽揭露了鲁肃的阴谋，捍卫了蜀汉领土的完整，之后安然返回蜀国，避免了一场战争。在关汉卿的戏剧中，关羽的勇毅与对敌人的蔑视，在下面这首曲子中表现得淋漓尽致：

大江东去浪千叠，引着这数十人，驾着这小舟一叶。又不比
九重龙凤阙，可正是千丈虎狼穴，大丈夫心别。我觑这单刀会似
赛村社。

With a thousand layers of waves the great river eastward flows,

I lead a dozen of men

To row this small boat like a leave afloat.

It's not to the palaces of dragon and phoenix,

But the deep den of tigers and wolves I go.

A real man doesn't think so.

Taking my knife, I see this meeting as going to a country fair show.

这里第一句化用了苏轼著名的《念奴娇·赤壁怀古》首句，我们之前
在第十章讨论过。关羽知道他不是去赴皇家"龙凤阙"的宴会，而是
去探"千丈虎狼穴"。然而，身为"大丈夫"，他表示"心别"（不这
么想），因为他把这次危险的赴会看作"赛村社"。这段独白塑造了关
羽勇毅、高大的人物形象：但有宝刀在手，不惧任何挑战。接下来，
关汉卿继续化用苏轼这首咏叹赤壁之战的名作，借其深刻的历史感表
达了自己的情感：

水涌山叠，年少周郎何处也？不觉的灰飞烟灭！可怜黄盖转
伤嗟，破曹的樯橹一时绝，鏖兵的江水犹然热，好教我情惨切！
这也不是江水，二十年流不尽的英雄血！

Waves rise up and circle many a high mount,

Where can the young Zhou Yu be found?

Without knowing, all in smoke and dust is gone!

Pitiful what Huang Gai had gone through,

In no time Cao's ships disappear from the view.

Fighting made the waters still hot.

How I feel the pain in my heart!

These are not waters of the river,

For twenty years it's the flow of heroes' blood!

"灰飞烟灭"直接取自上面这首苏词。在周瑜（175—210）这位年轻将军的指挥下，在赤壁一役中，曹军的船只全部烧毁。东吴老将黄盖（？—215）献上火攻之计，在通俗文学中，还有他提议向曹军诈降，以便率船接近曹军舰队、放火烧船的情节，甚至为了让曹操信以为真，他还自愿受周瑜笞责，作为对他提出"降曹"的惩罚。在这首曲子中，关汉卿所塑造的关羽形象，不仅是一位伟大的英雄与战士，更是一位高尚的君子，深刻理解流血战争的痛苦与破坏。饱尝战乱破坏与社会剧烈动荡之后，关汉卿塑造了关羽的形象，期待当世亦能出现一位英雄豪杰击败敌人，保护人民免受战乱之害。

关汉卿还创作过一系列出色的喜剧，情节优美，语言生动通俗。在这些喜剧中，主角经常是女性，以她们的聪明和智慧战胜不怀好意的男人，展现出勇敢的抗争精神，一如关羽这样的英雄人物一样值得称赞。关汉卿戏剧的种类、内容、风格丰富多样，人物生动真实，特别是通过刻画他们的智慧和不屈精神，抒发了对弱者和平民的同情。

3.　王实甫与《西厢记》

元代另一位重要剧作家是王实甫，生卒年不详，不过应该与关汉卿相去不远，或者稍晚一些。他的作品流传至今的不多，但《西厢记》却是家喻户晓，这为王实甫无可撼动的名声奠定了坚实的基础。王实甫的版本是基于金代董解元的《西厢记诸宫调》而作，《董西厢》又源于第九章提到的唐代诗人元稹的《莺莺传》。在戏剧形式方面，王实甫做出了一些重要的改变。在元剧中，一出剧通常有四折，每折只有一个主唱角色。而王实甫《西厢记》打破了传统，共五本二十一折，每折都有多个角色，使剧本更加灵活、富有表现力。然而，更重要的变化还是戏剧主题。元稹的《莺莺传》，讲的是年轻的张生爱上了莺莺但最终抛弃了她的故事。董解元的《西厢记诸宫调》，将这个故事诠释为张生和莺莺为爱情与婚姻自由而斗争，对抗莺莺母亲的阻挠，而后者被塑造为未能得逞的僵化礼教的化身。在董解元笔下，两个年轻人的爱情被赋予道德合理性，是作为善行的回报；而王实甫却进一步改变了主题，强调了爱情本身即具合法性，不需要任何理由为之辩护。相爱之人厮守相伴乃是天经地义，任何试图拆散他们的人事都应该受到谴责。

从《董西厢》到《王西厢》的重大改变，与宋元之际社会道德观念与思潮之变化密切相关。理学意识形态的道德桎梏在元代的影响日益削弱，而城市与城市文化的发展、城市人口的增加，都为新的观念提供了可能性，个人的情感、期盼与欲求应该挣脱道德主义的限制，得到尊重与体现。在关汉卿的戏剧《拜月亭》中，诗人曾写道："愿天下心厮爱的夫妇永无分离。"王实甫则更进一步，他不止祝夫妇恩爱幸福，更祝愿"天下有情人终成眷属"，甚至包括那些未经父母允许的人。这正是剧中张生与莺莺的故事。王实甫从两个方面修改并完善了董解元的《西厢记诸宫调》：一是删去一些离题的细节，使故事情节更加集中，线索更加清晰；二是让剧中人物立场更加坚定，从而使戏剧冲突更加清晰突出。通过这些改编，王实甫让这个剧本的主题更加突出，人物刻画更加鲜明，各具特色。

《王西厢》的故事情节清晰又波澜起伏。张生和莺莺在一座寺庙相遇，二人一见钟情，但莺莺知道他们纯洁的爱情不会轻易得到母亲认可，老夫人不仅严守礼法，而且嫌贫爱富。这时，叛将孙飞虎率兵包围了寺庙，威胁要带走莺莺，老夫人表示，谁能施以援手，便将莺莺许配给他。张生向一位官员朋友写信求援，借来援兵打退了孙飞虎。但是老夫人却食言了，以张生门第阶层不高为借口，只同意让他与莺莺结拜兄妹。张生失望沮丧至极，病倒在床，莺莺也非常难过。在侍女红娘的帮助下，他们互相写诗传信，最后莺莺夜探张生，二人秘密约会。老夫人注意到莺莺恍惚之态，私下拷问红娘，红娘虽然向她吐露了实情，但也让她意识到莺莺只有嫁给张生才能保住名节。于是，老夫人不得不认可二人的关系，但仍然坚持张生必须进京考取功名，才能迎娶莺莺。于是，在一个寒冷的秋日，莺莺悲伤地送张生离去。幸而在这个故事里，张生最终金榜题名而归，全剧在大团圆的尾声中结束。

在这部剧中，每个角色各有性格声口，与角色的社会位置、性格和处境完美契合。王实甫每每化用古典诗词中的词句意象，并与当时生动的民间语言结合起来。与其他元剧相比，《西厢记》蕴含着一股独特的优雅诗意，其语言广受评论家和观众赞赏。下面这段是莺莺送别张生进京赶考时所唱的曲子，以其诗意盎然闻名：

碧云天，黄花地，西风紧，北雁南飞。晓来谁染霜林醉？总是离人泪！

恨相见得迟，怨归去得疾。柳丝长玉骢难系。恨不倩疏林挂住斜晖。

Clouds are gathering in the blue sky;

Yellow flowers are falling to the ground.

The western wind blows by,

And wild geese southwards fly.

At dawn, who has colored the woods drunken red?

It's lovers' tears in parting they shed!

What a pity that we met so late,

But so soon you'll be on your way.

The willow twigs are long but can't tie your horse.

How I wish the trees could detain the slanting rays!

前几句化用了范仲淹名作《苏幕遮》的上阕，我们在第十章讨论过这首词。柳丝的意象作为离愁的象征，经常用于诗词，而"枫红""酡颜"与"离人泪"，都抒发了爱情与离愁。正是剧本的文学品质，使得王实甫的《西厢记》誉满天下。这部名作表达了自由恋爱、争取幸福的主题，对后来的许多伟大作品如明代汤显祖的《牡丹亭》、清代曹雪芹的《红楼梦》等均产生了深远的影响。《西厢记》直到现在仍然是中国最受欢迎的戏剧之一，一再搬上舞台。

4.《赵氏孤儿》和其他戏剧

从全球文化交流的角度来看，《赵氏孤儿》这部历史剧具有十分重要的意义。该剧作者纪君祥，人们对他知之甚少。该剧改编自司马迁《史记》中关于春秋时期赵盾与屠岸贾两个贵族家族冲突的记载。屠岸贾是剧中的反派，他诬指赵盾谋反，杀害赵家全族三百多人。在剧中，程婴与公孙杵臼二人怀着忠诚与自我牺牲精神，以非同寻常的方式拯救了赵家唯一的遗孤。程婴将这个婴儿带出宫，却在宫门口被守门将军韩厥发现。然而，韩厥却让程婴离开，之后便自杀了。屠岸贾得知赵氏孤儿被带走保护，下令屠杀晋国所有从满月到六个月的婴儿，几乎可类比为古罗马希律王屠杀无辜婴儿的恶行。这时，程婴找到了赵盾的朋友公孙杵臼，他们想出了一个令人心碎的救人计划：程婴将自己的孩子交给公孙杵臼，冒充赵氏孤儿，然后自己去向屠岸贾举发，说赵氏孤儿已被公孙杵臼带走。于是，程婴的儿子与公孙杵臼都被杀害，而程婴和真正的赵氏孤儿却活了下来。由于屠岸贾没有后代，程婴又设法让他收养了这个孤儿。二十年后，这个小婴儿长成出色的青年，程婴遂将他的真实身份与家族悲惨命运和盘托出，最后全剧以这个孤儿大快人心的复仇结束。

《赵氏孤儿》是中国戏剧史上的四大悲剧之一，与关汉卿的《窦娥冤》齐名。全剧描绘了一幅品格高贵的人物群像，他们勇毅非凡，情操高尚，与邪恶势力坚持斗争。例如，守门将军韩厥，宁可自杀也不杀害无辜婴儿，展示了高贵的道义；主角程婴牺牲了亲生儿子，不仅拯救了赵氏孤儿，还保住了全国所有的婴儿；为拯救孤儿，公孙杵臼甘愿一死，也不苟懒贪生。他们的忠诚、勇敢、自我牺牲和高尚的精神，与屠岸贾的凶残丑恶形成了鲜明的对比。最终孤儿复仇的大结局，让正义在这部伟大的悲剧中再次得到了诗意的满足。

　　《赵氏孤儿》是第一部为西方所熟知的中国戏剧，最初由耶稣会传教士马若瑟（Joseph-Henry Mariede Prémare, 1666—1736）在1731年译成法语版《赵氏孤儿》（*L'Orphelin de la Maison de Tchao*），之后又有许多翻译改编版本，包括意大利剧作家梅塔斯塔奥（Pietro Metastasio, 1698—1782）的《中国英雄》（*L'Eroe cinese*, 1752）、法国文学家伏尔泰的《中国孤儿》（*L'Orphelin de la Chine*, 1753）与爱尔兰剧作家亚瑟·墨菲（Arthur Murphy, 1727—1805）的《中国孤儿》（*Orphan of China*, 1756）等。这些改编作品大多删去了中文原版的许多诗词，直到1834年，法国汉学家儒莲（Stanislas Julien）才出版了包含全部诗词与台词的完整译本。这部诞生于13世纪的中国戏剧就这样被引入欧洲，并在18世纪欧洲的"中国风"流行时期广为人知。2012年，詹姆斯·芬顿（James Fenton）将这部名剧再次搬上了皇家莎士比亚剧团的舞台。

　　元朝时期，山东有一批剧作家根据梁山好汉聚义的传说创作了许多戏剧。这些戏剧描绘了腐败官员、富豪强梁等黑暗势力如何欺压百姓，而这些英勇的聚义好汉又是如何"替天行道"，与他们斗争，让贪官劣绅受到严惩。这类梁山戏中最好的一部是康进之（?—1300）所著的《李逵负荆》。故事情节很简单：两个恶徒假冒梁山好汉首领宋江和头领鲁智深，将一家酒馆老板王林的女儿掳走。梁山另一位头领李逵碰巧经过，听罢王林的悲惨遭遇，一怒奔回山寨，大骂宋江与鲁智深，二人自然矢口否认。李逵带他们下山去与王林对质，王林证实绑匪确非二人。回到梁山，李逵便向宋江"负荆"谢罪，恳求宋江原谅。这时王林又来报告，上次的两个恶徒又来了。李逵与鲁智深旋即下山抓获了二人，救出了王林的女儿。

这是一个喜剧式的"误认"和"误解"，但全剧主要在于通过喜剧表演将李逵塑造为一个热情、诚实、正直的好汉形象，既是一位积极伸张道德正义的英雄，也有头脑简单冲动的一面，让他在剧中的形象充满喜剧感，引人发笑。李逵是一壮汉，挥舞着两把板斧，绰号"黑旋风"，这样的角色很容易被描绘成一个卡通人物式的莽汉，行事冲动好勇而欠思虑。然而，在康进之的剧中，他强调的是这个好汉角色高度的道德意识，有种眼里不揉沙子的疾恶如仇，将梁山水泊视为一处公平正义的理想国。当李逵在剧中第一次出场时，他眼中的梁山水泊便是下面这副景象：

> 和风渐起，暮雨初收。俺则见杨柳半藏沽酒市，桃花深映钓鱼舟。更和这碧粼粼春水波纹绉，有往来社燕，远近沙鸥。

Gradually arises a gentle wind,

The evening rain is to end.

Behind the willows I see a wine shop half hidden,

Deep in peach blossoms a fishing bay appears.

Spring waters with ripples blue and clear,

To and fro fly swallows here and there,

And several sand gulls far and near.

这幅田园诗般的梁山画面，几乎是俗世之外的一处桃花源。这个美丽的所在，将李逵对正义与和平的信仰具象化了，这正是梁山好汉心中所最为珍视的。这段对自然风光的欣赏，为李逵的性格增添了更深层次的心理向度，哪怕他经常被描写成一个粗犷的角色，这个肌肉发达、脾气火暴的黑大汉，内心深处也有复杂的一面。

　　元代还有不少重要的戏剧，例如白朴（1226—1285）的《墙头马上》《梧桐雨》与马致远的《汉宫秋》；还有李潜夫的《灰阑记》。《灰阑记》被译成多种欧洲语言，并于1940年代由布莱希特（Bertolt Brecht）改编为《高加索灰阑记》（*Caucasian Chalk Circle*）。

　　随着元朝统治进一步向南拓展，元代戏剧表演的中心亦逐渐从北向南转移，元代戏剧亦进入了后期阶段。在这个阶段，虽然重要作品在质量与数量上均无法与前期相比，但也产生了一些重要的作品，如郑光祖（1260—1320）的《倩女离魂记》、秦简夫的《东堂老》，还有乔吉（?—1345）、宫天挺等人的戏剧。

　　在南宋时期，戏剧表演已有发展。在北方，它在金代发展成为戏剧形式，之后发展成为元代"杂剧"；在南方，宋代戏剧也进一步发展成为元代的"南戏"。南戏的形式更加灵活，因为它既不像北方杂剧那样局限于四折加楔子的形式，也不受限于每折仅安排一个主要角色。元代晚期，南北交流进一步密切，涌现出一批重要的南戏作家，代表人物是高明（约1305—约1370），他的《琵琶记》堪称南戏典范，对后来影响极大。

5．散曲

　　元代出现了一种称为"散曲"的文学新形式，与元剧中的曲子有一定关系，但是散曲的歌词并不出现在戏剧中，而是独立创作的。在形式上，散曲与在戏中演唱的曲子并无二致，二者都与歌唱和音乐密切相关。散曲可以理解为一首符合声律规则的诗歌，各句长短不一，在这方面与宋词非常类似，但所押之韵近于当时北方口语而不是传统韵书。并且，散曲的句子可以嵌入许多辅助词，这使它更加灵活多变，更接近当时的口语。最早的散曲作者是金元时期的著名诗人元好问，之后还有关汉卿、白朴、马致远等知名剧作家。关汉卿写了很多关于爱情与离别的散曲，比如下面这首《双调·沉醉东风》，写一位女子与情郎的离别：

> 咫尺的天南地北，霎时间月缺花飞。手执着饯行杯，眼阁着别离泪。刚道得声保重将息，痛煞煞教人舍不得。好去者望前程万里。
>
> So close but soon to be so far apart,
>
> Suddenly the moon wanes and petals fly.
>
> Sending you off, I hold a cup of wine,
>
> With tears of separation in my eyes.
>
> Having just said, take good care,
>
> My heart aches to say good-bye.
>
> Farewell, farewell,
>
> Wish the best will always be on your side.

爱情与离别是许多散曲的主题。下面这首是卢挚（约1242—约1315）的《双调·寿阳曲》：

> 才欢悦，早间别，痛煞煞好难割舍。画船儿载将春去也，空留下半江明月。
>
> A moment of joy, soon separation,
>
> But leaving you is such pain!
>
> The decorated boat takes spring away,
>
> Only half the river moon is left in vain.

元代早期最高产的散曲作者是马致远（约1250—约1321）。他最好的散曲作品，大都通过表达及时行乐的人生态度，抒发对古今历史与天下事的忧思。例如，下面这首《双调·夜行船》，是一组以《秋思》为题的散曲的开头：

> 百岁光阴一梦蝶，重回首往事堪嗟。今日春来，明朝花谢。急罚盏夜阑灯灭。

A hundred years is just like a dream of butterfly,

Looking back, what else but to heave a sorrowful sigh.

Spring comes today,

But tomorrow flowers will fall and decay.

Before night's over and lamps gone, let's drink and play.

"梦蝶"暗指道家哲人庄子的著名故事，我们在第一章详细讨论过。在这里，马致远用这个意象强调人生如一场大梦。接下来他又接着写了几首类似的散曲，最后一首《离亭宴煞》，以一种鄙夷的口吻描写了人世喧嚣与名利纷争：

> 蛩吟罢一觉才宁贴，鸡鸣时万事无休歇。何年是彻！看密匝匝蚁排兵，乱纷纷蜂酿蜜，急攘攘蝇争血。
>
> 裴公绿野堂，陶令白莲社。爱秋来时那些：和露摘黄花，带霜烹紫蟹，煮酒烧红叶。想人生有限杯，浑几个重阳节。人问我顽童记者：便北海探吾来，道东篱醉了也。

After crickets sing, I may have a good night's sleep,

When cocks crow, everyone is busy with something to do or keep.

When will it ever end!

Look at those tight-pressed rings like ants in the mud,

A swarm of bees busy making honey,

Or a host of flies fighting to lick blood.

Lord Pei in his Wild Green Hall,

Master Tao joining the White Lotus group.

In autumn, these are the things I like to find:

Picking chrysanthemums with dewdrops,

In frost frying crabs of the purple kind,

And cooking red leaves with wine.

Life and drinking all have limit,

How many times can you have Festival of the Double Nineth?

If asked, my naughty boy, remember to reply:

Even if Mr. North Sea comes to call,

Mr. Eastern Hedge is drunk and can't receive guest at all.

诗人将那些汲汲求名求利之人比作蚂蚁、蜜蜂和苍蝇，表现出对政治的憎恶，自己曾经想要成就不朽功业的幻想最终破灭。在这首散曲的后半部分，他向那些退隐后过着简朴生活的古人表示敬意："裴公"即裴度（765—839），唐代著名政治家，他在洛阳造有"绿野堂"，并在宦官专权时与白居易、刘禹锡等诗人相过从；"陶令"即第四章讨论过的山水田园大诗人陶潜，他受一位著名僧人相邀加入"白莲社"；最后两句"北海"指东汉末年著名学者、政治家孔融（153—208），好饮酒、好宴宾客；"东篱"则出自陶潜最著名的诗句："采菊东篱下，悠然见南山。"

马致远最著名的散曲，则是另一首《天净沙·秋思》：

枯藤老树昏鸦，小桥流水人家。古道西风瘦马。夕阳西下，断肠人在天涯。

Withered tendrils, an old tree, crows at dusk,

A small bridge, flowing waters, a household hut,

Ancient trails, the west wind, a lean horse,

The sun setting in the west;

At the world's end, a man with a broken heart!

这首散曲以一种高度凝练的语言，将一串具体生动的意象组合勾勒成一幅画面，描写了寒秋时节这位独行旅人的悲伤。这是元代最著名的散曲之一，它的简洁与表现力确实可与第一流的唐人绝句相媲美。

元代文人多不倚仗仕途谋生，普遍倾向于将山水田园生活视为隐者理想人生的典范。下面这首张养浩（1270—1329）的《朝天曲》，就是一个很好的例子：

> 柳堤，竹溪，日影饰金翠。杖藜徐步近钓矶，看鸥鹭闲游戏。农父渔翁，贪营活计，不知他在图画里。对着这般景致，坐的，便无酒也令人醉。
>
> A willow dam, a bamboo stream,
> They glitter in the sun's golden rays.
> Walking leisurely with a stick to the angling place,
> I watch gulls and egrets as they idly play.
> The old farmer and the fisherman,
> Busy with work everyday,
> Have no idea they are in a painting.
> Facing a scene so beautiful and fine,
> Just sitting here,
> You'll be drunk even without wine.

这首散曲描述的美景，生机勃勃，乡村随处可见，读来便在脑海中映出了一幅清晰的画面。打动我们的正是这个有趣的观察点："农父渔翁"天天生活在这美景之中，已是习以为常，"不知他在图画里"；然而，一旦他们现身于诗歌文字构建的图景之中，便成了诗人所追求的田园生活的象征。

将山水田园生活理想化的背后，是对政治的深深幻灭，是无论帝国兴衰，百姓都饱受苦难的现实。正如张养浩在另一首著名散曲《中吕·山坡羊·潼关怀古》中所写：

> 峰峦如聚，波涛如怒，山河表里潼关路。望西都，意踌蹰。伤心秦汉经行处。宫阙万间都做了土。兴，百姓苦。亡，百姓苦。

Mountain peaks gather like a bundle of arrows,

The Yellow River roars with angry billows,

Through mountain and river run the Tongguan roads.

Looking at the western capital,

No peace and calm in my heart,

Sad to see where Qin and Han emperors once passed.

Their palaces have all turned to dust.

People suffered at their rise.

And people suffered at their demise.

当时还有一位主要散曲家张可久（约1270—1348）。他写过一首《中吕·卖花声·怀古》，也追忆了帝国兴衰与历史战争，并揭露了百姓的苦难：

> 美人自刎乌江岸，战火曾烧赤壁山，将军空老玉门关。伤心秦汉，生民涂炭。读书人一声长叹。

On the banks of Wu River the beauty killed herself.

Fires burnt the mountains at Red Cliff.

In the Yumen Pass the general had all his years passed by.

Feeling sad at Qin and Han

And how people suffered and died.

A scholar can only breathe a mournful sigh.

第一句的"美人"指的是虞姬，我们在第三章开头曾经讲过她的故事。当时西楚霸王项羽在垓下走投无路，在最后一刻为她唱了一首动人的《垓下歌》，虞姬亦自尽身亡。第二句指的是赤壁之战，我们在之前章节中讨论的许多作品，都提到过这段历史。第三句是指东汉名将班超（32—102），他与匈奴多次交战，并开辟了通往西域的道路。历经30年征战岁月，老去的班超希望解甲回朝，上书皇帝道"但愿生入玉门关"。玉门关位于甘肃敦煌以西，是中原到西域的要塞。就像张养浩那首曲子的最后两句一样，张可久在这首散曲中，也强调了在秦汉帝国兴衰中的"生民涂炭"。

张可久也擅长写自然风景，其散曲每每能情景交融。例如，下面是他的一首《越调·凭阑人·江夜》：

> 江水澄澄江月明，江上何人捣玉筝？隔江和泪听，满江长叹声。

The waters are lucent and the moon clear,

Who is playing a fine lute over there?

Across the river I listen in tears,

All over the river many sighs I hear.

元代后期还有一位重要作家贯云石（1286—1324）。他是畏兀儿人，曾在朝中担任高官，但他早早致仕，行游南方，过着自由的生活。下面是他的一首《双调·清江引》，写于辞官之后，表达了他的自由精神甚至不受天地约束：

> 弃微名去来心快哉！一笑白云外。知音三五人，痛饮何妨碍？醉袍袖舞嫌天地窄。

Got rid of insignificant fame, how I feel good and proud!

With laughter beyond the white cloud.

Why not with three or five true friends

Drink to our hearts' content and delight?

Dancing with drunken sleeves even heaven and earth seem too tight.

最后，我们以元末大画家、大诗人倪瓒（1301—1374）的作品结束对散曲的讨论吧。下面是他的一首散曲《越调·小桃红·秋江》，以明亮的色彩、绝美的意象，渲染了一片如画的秋江：

　　　　一江秋水淡寒烟，水影明如练，眼底离愁数行雁。雪晴天，绿蘋红蓼参差见。吴歌荡桨，一声哀怨，惊起白鸥眠。

Over autumnal river hangs a chilly light fog,

The waters are as lucent as shining brocade,

Sad to see a few lines of wild geese flying away.

It is a bright fine day,

Water plants are mixed in green and red.

Songs of Wu come over from rowing boats,

The sorrowful lay

Startles the sleeping white egrets.

6. 元代诗歌

　　元代的主要文学成就在于戏剧和小说，但诗歌仍然是一种重要的文学形式。元代也是中国各民族密切交流融合的时代，涌现出许多优秀的少数民族诗人。耶律楚材（1190—1244）是元代最早的诗人之一。他是一位契丹族政治家，也是辽国皇室后裔，曾仕于金朝，并在蒙古帝国早期担任过成吉思汗的顾问。他博览群书，熟读古典诗歌；虽然他的作品多是直抒胸臆，藻饰不多，但诗中多用典故，仍然体现了他的学识与文才。下面这首诗《辛巳闰月西域山城值雨》写于1221年，当时他随蒙古军远征西域，途中暂在一间简陋的茅屋等大雨停歇：

冷云携雨到山城，未敢冲泥傍险行。
夜听窗声初变雪，晓窥檐溜已垂冰。
泪凝孤枕三停湿，花结残灯一半明。
又向茅亭留一宿，行云行雨本无情。

Cold clouds brought rain to the city in mountains,

I dared not to rush into slippery mud and fall.

At night I heard the spatter on the window changed to snow,

At dawn icicles already hang over eaves of the hall.

Tears wet my face and fall on the lonely pillow,

With half-burnt candle, the lamp has a wavering light.

Had to stay in the thatched hut for another night,

Clouds and rain feel nothing of men's plight.

仅在简简单单这一首诗中，前两句便化用了杜甫诗句（译者注："虚疑皓首冲泥怯，实少银鞍傍险行"），之后还用到了其他诗人的典故。在元初，耶律楚材可以说是一位在不同民族与文化融合中涌现的著名诗人。

元朝统一南北之后，南宋一些诗人仍然继续创作诗歌。戴表元（1244—1310）就是其中一位，当时即广有文名。他强烈批评宋诗过于强调识见与义理，主张回归唐诗。随着南宋为元所灭，他历经改朝换代的动荡，之后许多诗歌都抒发了普通人在那段艰难时期的痛苦与焦虑。下面这首《感旧歌者》，是他遇见一位年迈的南宋宫廷乐师而作，这位多年前的著名乐师，如今却年华已衰，不为人识：

牡丹红紫艳春天，檀板朱丝锦色笺。

头白江南一尊酒，无人知是李龟年。

Red and purple peonies open up in spring,

With colored papers, red silk, and sandalwood clackers,

He held a cup of wine in the south with hair all white,

No one recognizes him, Li Guinian the great singer.

诗人将这位南宋乐师比作唐玄宗时期著名的宫廷音乐家李龟年。安史之乱期间，李龟年逃到南方，常常演唱悲歌，闻者皆伤心流泪。

当时还有一位重要诗人赵孟𬱖（1254—1322），也是大书法家。他是宋室后裔，诗中多表达亡国之痛，从他最著名的一首诗歌《岳鄂王墓》即可见。宋代名将岳飞（1103—1142）是忠诚爱国的象征，本是一位家喻户晓的民族英雄，后来却被南宋朝廷处死，但在1211年又被宋宁宗平反并追封鄂王。这首诗便是纪念岳飞所作：

鄂王坟上草离离，秋日荒凉石兽危。

南渡君臣轻社稷，中原父老望旌旗。

英雄已死嗟何及，天下中分遂不支。

莫向西湖歌此曲，水光山色不胜悲。

On King E's tomb the grass has grown tall,

The autumnal day is bleak, the stone animals about to fall.

The imperial court moved south and ignored the country's fate,

But folks in the central plains still for its return prayed.

What's the point now that the hero is long dead?

All under heaven was divided and could not sustain.

Do not sing this song to the West Lake,

The beautiful mountains and waters can't bear such pain.

鄂王墓坐落在美丽的杭州西子湖畔，但赵孟頫这首诗起笔便是墓前的一幅哀景：在这个荒凉的秋日，墓前无人清扫，已是杂草丛生，墓前镇守的石兽也是年代久远，几欲坍损。然后，他表达了对南宋朝廷强烈的怨愤与谴责，这群君臣只顾自己南逃，却丢下中原父老陷入敌手，惟有年年渴盼朝廷北上收复河山。随着英雄岳飞之死，南宋朝廷逐渐难以为继，甚至不久就陷入了灭亡。在尾联中，他表示不要再向西湖吟唱这样的悲歌了，莫让这绝色山水承受这难以忍受的痛苦，言下之意是这种沉重还是让他这样的亡国之人来承受吧。

赵孟頫的诗往往是伤感而清雅的，一如下面这首《绝句》：

春寒恻恻掩重门，金鸭香残火尚温。
燕子不来花又落，一庭风雨自黄昏。

Layers of doors are all shut in the chilly spring,

The golden censer is still warm with half-burnt incense.

Swallows no longer come, and flowers all fall,

Since sunset the courtyard is cold with wind and rain.

元代中期一些诗人在诗歌创作上颇见心力，延续了复归唐诗审美的趋势。揭傒斯（1274—1344）的这首《寒夜作》就是一个范例：

疏星冻霜空，流月湿林薄。
虚馆人不眠，时闻一叶落。

Several sparse stars seem frozen in the frosty sky,

The silver moon like water wets the woods all around.

In this empty relay station one can hardly sleep,

But from time to time hear leaves fall to the ground.

14世纪，元诗进入晚期阶段，达到了其应有的高度。在东南地区的城市中，繁荣的经济与城市文化对文学产生了重大影响。诗人书写着城市的繁华，尤其是那些城市生活的享受，已然挣脱了传统儒家道德的限制，许多诗人也表现出强烈的自我意识。萨都剌（约1307—约1359）是当时的一位主要诗人，也是著名的画家。他来自中亚，曾在南方做官，晚年致仕后住在杭州。他写过许多关于女性之美与爱情的诗歌，表达生动、充满激情，还有许多关于蒙古生活的诗，自有一番独特的吸引力。下面是他描述北方风物的一首诗《上京即事》：

> 牛羊散漫落日下，野草生香乳酪甜。
> 卷地朔风沙似雪，家家行帐下毡帘。
> Cows and sheep graze idly under the setting sun,
> Wild grass smells fresh and cheese taste sweet.
> The north wind blows icy sand cold as snow,
> And every household rolls down the felt tent pleat.

又如下面这首《过高邮射阳湖九首》其一，是萨都剌对江苏高邮附近射阳湖景的描写：

> 飘萧树梢风，淅沥湖上雨。
> 不见打鱼人，菰蒲雁相语。
> Swirling on the treetops is the cool wind,
> Murmuring on the lake is the drizzling rain.
> Nearby no fisherman can be seen,
> Only wild geese are talking in the marsh plain.

元代晚期还有另一位重要的少数民族诗人迺贤（1309—1368），他来自土耳其，当时即以诗文著称。下面这首《塞上曲五首》其一，是他对北方一次狩猎场景的描述：

秋高沙碛地椒稀，貂帽狐裘晚出围。

射得白狼马上悬，吹笳夜半月中归。

In high autumn few thymes can be found on the sandy ground,

Wearing fur coat and hat we go hunting near twilight.

Carrying white wolves as game hanging on horseback,

Playing flute under the moon we return at midnight.

上文提到的诗人自我意识的彰显，这里有一个很好的例子，就是元末著名画家、诗人王冕（1287—1359）的名作《墨梅》：

我家洗砚池边树，朵朵花开淡墨痕。

不要人夸颜色好，只留清气满乾坤。

The tree by the brush-washing pool in my house

Has blossoms all with light ink marks pearled.

They do not need people praising their color,

Only leave their clean fragrance all over the world.

首句用的是大书法家王羲之（303—361）的典故，传说他家有一个水池，他练习书法后常在池中洗笔，因为太过勤勉，池水都被染成了淡淡的墨色。而诗中高洁的梅花形象，显然是诗人自身人格精神的呈现。

元末最具影响力的诗人当数杨维桢（1296—1370），同时也是一位作家与书法家。他是那个时代文学最典型的代表——挣脱道德桎梏而享受生活，描写生活中真切存在的女性，而不是传统文学中悲切纤弱的女性形象；他也接受了城市居民的思想与品味，同时亦表现出强大而独立的精神，彰显出独树一帜的个人风格。杨维桢主张诗歌是对作者真情实感的真实而艺术的表达，而他自己的作品亦体现了他强调自然的理论主张，并为后来明代一些诗人的诗歌思想作了一定铺垫。

杨维桢写过许多主题风格各不相同的诗歌。下面这首《西湖竹枝歌九首》其一，摹拟民歌体写杭州西湖：

> 苏小门前花满株，苏公堤上女当垆。
> 南官北史须到此，江南西湖天下无。
> Before Su Xiao's house flowers are in full bloom,
> On Master Su's dam taverns are run by pretty women.
> Officials from north and south should all come here,
> The West Lake in the south has no rival under heaven.

"苏小"（或"苏小小"），本是南朝一位美艳的名妓。她死后葬在西湖边，唐代诗人李贺写过一首关于她的著名诗歌《苏小小墓》，我们曾在第八章讨论过。"苏公堤"指北宋大诗人苏轼任杭州知州时主持修建的大堤。接下来这首《漫兴七首》其四，描述了一位妇人在经营酒肆，而有一可爱少女正在饮酒：

> 杨花白白绵初迸，梅子青青核未生。
> 大妇当垆冠似瓠，小姑吃酒口如樱。
> Birch catkins just start growing their white cotton,
> Plums are yet green with no kernel like small berry.
> Running the tavern the lady's hat looks like a gourd,
> Drinking wine, the young girl's lips are red as cherry.

杨维桢写女性的诗歌，尤以其新鲜感与不落前人窠臼而受称赏。下面这首《的信》就是一个例子，一位灵慧的少女愿意勇敢地表达爱情：

> 平时诡语难为信，醉后微言却近真。

昨夜寄将双豆蔻，始知的的为东邻。

The usual slick talk is hard to believe,

Tipsy whispers are much closer to truth.

A pair of cardamoms sent over last night,

You know it's the beautiful girl forsooth.

"豆蔻"是传统的少女象征，这里"双豆蔻"象征着爱。这首诗所呈现的少女形象，与元代之前的大多数女性形象截然不同：她显然来自当时的一个城市家庭，并非从小就接受儒家礼法教育或被严加管束之辈，故而成长得更加自由开放，也更敢于表达自己的感情。

下面是杨维桢的另一首名作《秋千曲》：

齐云楼外红络索，是谁飞下云中仙？

刚风吹起望不极，一对金莲倒插天。

Red silk ropes outside the Tower of Cloud High,

Who is that fairy from the clouds downward fly?

Rising with the wind you cannot catch in the view,

A pair of golden lotuses planting into the sky.

杨维桢不仅把这位女子写得飘逸如仙，还生动地展示了她在秋千上的动作，并以这句著名的"一对金莲倒插天"收束，描绘她荡秋千时双脚向上送去，就像"一对金莲"。之前几章我们也读过不少写女子荡秋千的名作，相比之下，杨诗对女子的大胆描绘简直是呼之欲出。例如我们在第十章中讨论过北宋早期张先的《青门引》一词，中有这样的名句："入夜重门静，那堪更被明月，隔墙送过秋千影。"又如在第十一章中，我们还讨论了大文豪苏轼那首著名的《蝶恋花》：

墙里秋千墙外道，墙外行人，墙里佳人笑。笑渐不闻声渐悄，多情却被无情恼。

The swing inside the wall and the road out,

Outside the wall a passerby walks about,

And hears a beauty inside laughing aloud.

The laughter gradually stops and is gone,

The one with feelings is troubled by the one without.

在张先笔下，只有"隔墙送过秋千影"，而在苏词中，只听到了佳人的笑声。我们在第十四章中还讨论过另一首词吴文英的《风入松》，同样也写到了秋千，但甚至连影子与笑声也不在场，只有美人曾经留下的芬芳，"黄蜂频扑秋千索，有当时、纤手香凝。"在上述这些文本中，女性都没有直接现身，相反杨维桢却向读者直接呈现了一个年轻女性的形象，扑面而来，一读难忘。后来一些道学批评家严厉批判杨诗不合礼法，但这只是恰好证明他敢于不拘传统、大胆创新的重要意义，也彰显了那个时代城市文化与通俗文学对诗歌的影响。

上述影响趋向在顾瑛（1310—1369）的例子中也很明显。他是东南吴地的一位富商，也是一位文人。他曾在自己的私家花园"玉山草堂"举办文人聚会，并将聚会所写之诗结集出版为《玉山璞稿》。顾瑛下面这首小诗《自题像》，写得也相当有趣：

儒衣僧帽道人鞋，天下青山骨可埋。

若说向时豪侠处，五陵鞍马洛阳街。

A scholar's robe, a monk's hat, and a pair of Daoist shoes,

Any green hill under heaven can bury my bones as tomb.

Talking about daring and magnanimous things of my youth,

Riding a horse in the capital's wealthier quarters to roam.

顾瑛第一句便将自己描述为一个融汇中国传统儒释道"三教"信仰之

人，并不狭隘执着某一学说，接下来又抒发了自己对生死的哲学观。在最后两句，他复将自己描绘成一个富有"豪侠"精神之人。

7. 叙事小说:《三国演义》与《水浒传》

从文学史早期开始，各种叙事文学就一直吸引着观众与读者。我们在第五章论述了魏晋南北朝时期叙事小说的兴起，在第九章讨论了唐传奇与变文，又在第十四章讨论了城市生活及城市文化繁荣是如何激发了"说话"和戏剧表演的发展。作为这种发展的延续，及至元代，戏剧与叙事小说上升为主要的文学体裁，产生了《三国演义》与《水浒传》这两部伟大的长篇小说。这标志着在"说话"与戏剧等通俗文学基础上，中国叙事小说在天才作家的推动下，又达到了一个崭新的高度。

《三国演义》是这些小说中创作时间最早，也是最受欢迎的一部，作者罗贯中。他生活在14世纪晚期也就是元末（或许一直到明初），生平为人所知者甚少。三国时期（220—280）对大多数读者来说十分迷人，因为它展现了一个从统一（汉朝）到分裂（魏蜀吴三足鼎立）之后又复归于一统（西晋）的历史进程，尽管西晋堪称虎头蛇尾，其统治的合法性与有效性也屡出问题。总之，这是一段风云突变、龙争虎斗的历史，无数英雄出身草莽之间，却纷纷雄霸天下，这样的时代在五千年长河中亦不多见。3世纪的史学家陈寿（233—297）亲历了这段历史，完成了《三国志》这部重要的史学著作，并由裴松之（372—451）注释而进一步丰满，为许多历史人物与事件提供了丰富的资料来源，特别是为宋代"说话"与元代戏剧提供了素材。三国故事在宋代"说话"中非常流行，本章之前讨论的关汉卿的历史剧《单刀会》，就可以说明三国戏在元剧中也十分流行。

罗贯中的《三国演义》是在陈寿《三国志》历史记载基础上所

作，充分发挥了创造性的想象。在他引人入胜的生动叙述中，历史也格外鲜活起来。比起早期版本中三国故事的粗糙含混，罗贯中的小说充分显示他史料精熟、信手拈来，又能颇有技巧地将动人的传说与民间故事融入其中，使作品更加丰满。他的整体语言风格类似正史叙述，同时又结合了通俗文学的元素，从而创造了一种优雅、生动、简洁而准确的语言，往往只用几个精心挑选的词语，便能勾勒画面、渲染氛围，令读者印象深刻。作为第一部伟大的中国长篇小说，《三国演义》塑造了许多角色形象，大多是在激动人心的历史时刻涌现的英雄人物。例如，在陈寿的《三国志》中，赤壁之战只有简略的记录，但罗贯中却用了整整八个章回的篇幅，将这个故事讲得波澜起伏、扣人心弦。在这场战役中，曹、刘、孙三方的主要人物都是重要主角。例如后来追封为魏武帝的曹操，虽然在赤壁之战中大败，仍然以他强大的力量感与自信深深触动了读者。尽管在这一役中，这种对自身兵力与谋略的自负在这里或许有些错位，但他交战前夕在江上横槊赋诗，也确实让我们记住了这位终究难与命运抗争的悲剧性人物。后来成为蜀汉丞相的战略家诸葛亮，在孙刘联合对抗曹军的过程中发挥了至关重要的作用，罗贯中对这个形象赋予了超凡的智慧谋略，几乎将其神化。周瑜是一位年轻的东吴将军，也是孙刘联军的主帅，无论是这个角色的智慧与才华，还是作为元帅的军事才能，都极大地震撼了读者。正如我们在前几章读过的，自唐以来，许多诗人经常描写或喻指赤壁之战，借此展开对历史、英雄主义、名誉、虚荣以及人生普遍意义等一系列反思。在罗贯中笔下，赤壁之战在他充满魅力的叙述中得到了最激动人心的刻画。

从宋代开始，以蜀汉为正统的观点便逐渐成型，因为蜀汉赓续了汉室血统，而曹魏则被视为得位不正。这影响了三国故事在通俗文学中的呈现方式，罗贯中也在《三国演义》中支持并强化了这一观点。他将蜀汉先主刘备塑造为一位仁者，同时又把曹操写成一个人莫予毒的奸雄，野心勃勃，背信弃义，阴谋迭出。然而，在所有人物中，曹操又可以说是全书最为生动、最令人印象深刻的角色，尽管他经常被描绘成狡猾奸诈的形象，敢于任用无德有才之人乃至使用不道德的手段来实现目标。他是蜀汉的劲敌，最终也成功令曹魏崛起成为三足鼎立中最强的一极。在中国文学与戏剧的大众想象中，曹操在很多方面都可以说是一位杰出的马基雅维利主义者。

《三国演义》强调的另一个重要观念便是对结义之情的忠诚，这一点主要通过刘备、关羽与张飞的兄弟之情体现。在小说第一回，便浓墨重彩地描写了刘关张在桃园结为异姓兄弟。他们对结义的忠诚，特别是许多涉及关羽的情节，构成了这部小说中最令人难忘的部分。在这片宏大的历史时空中，无数生龙活虎的人物投身历史风云，从不同的人性维度丰满地展示着英雄壮举，既有道德的力量，也有人性的弱点。《三国演义》既是一部历史小说，更是一部叙事史诗，自问世以来深受一代又一代读者挚爱，不仅在中国家喻户晓，也流行于整个东亚地区。

另一部重要的小说《水浒传》也被认为是罗贯中所作，并在较大程度上由同时代的施耐庵加以修订，施也是元末明初的一位文人，生活在钱塘（今杭州）。这部小说描述了北宋时期以宋江为首的梁山起义的故事。《宋史》确实提到过宋江起义，史载一共36名起义头领。《大宋宣和遗事》对宋江故事的原型略有简述，而《水浒传》则进一步使之丰满升华。虽然宋江是真实历史人物，也确实领导过梁山起义，但关于梁山好汉的大部分传奇故事都是虚构的，主要为了满足平民百姓的需求，期待在腐败朝廷之外尚有寻求正义之道，一如英国文学流行的罗宾汉传说。从宋末元初开始，梁山好汉的故事便越来越流行，尤其多见于"说话"与元剧等文学体裁，这从之前讨论过的康进之的《李逵负荆》便可窥见一二。正是这些通俗文学与戏剧，为伟大的章回小说《水浒传》奠定了基础。小说中梁山头领的数量也从36人增加到108人。如果说《三国演义》代表了历史事件与历史人物，那么《水浒传》中的主人公则大多是来自中下阶层的虚构人物，他们代表着城市社会中普通人的思想、心愿、欲望与品味。

"替天行道"是梁山好汉的信条，"忠义"的道德观念支配着他们的行为。小说描写了北宋末年社会腐败不公，压迫百姓，而"天"则作为一种超越人间统治政权的至高力量，为他们聚义水泊、劫富济贫的好汉行径提供了合法依据。这108名头领广泛代表了各个社会阶层，他们的无数人生故事，构成了一出出扣人心弦的大戏。《水浒传》讲述了一个又一个关于压迫与反抗、迫害与复仇的故事，展现出一种诗意的正义，又融入了作者的道德意识与个人理想，有时也与以暴抗暴的思想相结合。数十位重要角色各自都有鲜明的个性、外表和声音，小说人物塑造在中国文学中达到了一个全新的高度。

例如，好汉武松就以徒手打死老虎而闻名。他的哥哥又穷又丑，美艳的嫂嫂潘金莲轻易便为好色富商西门庆引诱，二人不仅通奸，还毒杀了武松的哥哥。武松告官却无法伸张正义，因为衙门上下都受了西门庆的贿赂。无奈他只得自己动手，杀死西门庆与潘金莲二人，并向县令自首，被判流放孟州。在孟州，他为了替被欺负的朋友出头，打败了一个绰号"蒋门神"的大胖恶霸，但蒋门神与亲戚张团练密谋设局，诬陷武松犯罪，又贿赂了另一官员张都监，将武松二次流放，还派出四名杀手，准备在发配途中的飞云浦害死武松。结果，武松将四人反杀之后潜回孟州，发现蒋门神、张团练和张都监等人都在鸳鸯楼，喝酒庆祝终于"除掉武松"，他遂将这一干人等悉数杀死，"血溅鸳鸯楼"。受害英雄以暴制暴、血债血偿正符合普通百姓的欣赏品味，他们可能无法从腐败的体制中求得公平，只能退而在小说与幻想中享受诗意的正义。

另一位好汉林冲的故事亦然。他本是一位武艺超群的禁军教头，奸臣殿帅府太尉高俅的养子却试图强暴他的妻子，他起初本来克制住了自己，然而隐忍并没有让他摆脱麻烦。他最后还是遭到陷害，被判发配沧州。高俅又派人去沧州杀他，其中一个甚至还是他曾经的朋友，但彻底出卖了他。林冲别无选择，只能将这些人杀死，在雪夜里投奔梁山。这类故事主要是突出了正当复仇的主题，是政治腐败、恶霸横行才让这些好汉别无选择，面对镇压与迫害只能奋起反抗。对恶人的复仇与惩罚，既是对愤懑之情的发泄，又展现了他们那高超的武艺、过人的精力与强大的力量感，永远是广大民间读者的最爱。

　　《水浒传》也是中国历史上第一部以白话（口语语言）精心创作的小说，而不是传统意义上的文言（古典文学语言）。在这一点上，它标志着中国通俗文学尤其是小说的发展方向，在中国文学史上具有重要的里程碑意义。

第十六章

明代诗歌

1. 明初：高启，一个黑暗时代的牺牲品

　　元朝于1368年灭亡，为明朝（1368—1644）所取代，后者持续了大约280年。朱元璋（1328—1398）是明朝的开国皇帝，贫苦农民出身，曾经出家为小沙弥，甚至一度沦为乞丐。不过，他在动荡的元末风云中崛起，善用智囊与心腹，最终在血与火中登上了皇位。然而，他的心态一直偏狭固执且易怒而多疑。他推行政策支持农业发展，却抑制贸易与商业。元代后期，中国东南沿海城市的手工业和商业活动蓬勃发展，但朱元璋对这一地区予以沉重打击，削弱了潜在威胁统治的经济与社会力量。南方许多富户被剥夺财产、被迫分家并迁徙至外地，朝廷军队封锁了海岸，严禁海上贸易。政治结构与元朝旧策，就这样在复兴汉文化的名义下发生了根本性的变化，不仅意在变革这一少数民族建立的政权，更重要的是对元末相对开放自由的社会作出改变，毕竟之前对政治和思想控制的放松，确实降低了社会的中央集权程度，也造成了不稳定因素。作为一个绝对的独裁者，朱元璋要将一切都掌控在自己手中，不允许任何质疑、挑战或反抗的存在。

　　做了皇帝的朱元璋越来越多疑。任何人只要具备足够强大的力量，或是影响力足以威胁到他的绝对统治，他一个都不放过，故而他

的诛杀名单甚至包括许多曾帮助他登上皇位的人。通过无情的清洗，他下令处死之人成千上万，包括将当时的丞相胡惟庸与大将军蓝玉灭族。之后，他废除了秦汉以来一直存在的丞相这一要职，清理了以前的大部分功臣，集大权于一身。明朝制定了严酷的刑律、任用特务机构"锦衣卫"与权势滔天的东西厂太监，以及铁腕镇压手段与严格控制思想这些历史表现，一直受到强烈的批评。"二程"（程颐、程颢兄弟）与朱熹的理学教义被奉为正统思想，相关的经典"四书"（《论语》《孟子》《大学》和《中庸》）成为指定的官方教材。在传统上，士人是可以告退隐居的，但他们在明初甚至失去了这种特权。根据《大明律》，如果士人不愿为朝廷所用，可能会受到法律惩罚，家产也会被政府没收。朱元璋甚至故意曲解一些士人的著作，借此炮制了许多似是而非的谋反大罪，以难以置信的理由将人处死。这些都是为了营造一种恐怖气氛以彰显绝对的皇权，威吓士子文人不要妄动。如果说，在宋代甚至元代晚期，读书人仍然拥有某种程度上的独立性，与体制保持距离，秉持道德上的清高姿态，那么在明朝初年，严酷的社会氛围从一开始就只是要培养忠君的奴性。

在元末，以苏州为中心的吴中地区是当时的经济文化中心之一，"吴中诗派"亦享有较高的声望与影响。到了明代初期，元末的主力诗人杨维桢已经年老，诗坛崛起了一位才华横溢的青年诗人高启（1336—1374），不仅在元明更替之际独步诗坛，甚至在整个明代也是首屈一指。尽管高启的大部分诗歌其实创作于元朝后期，入明不过数年便去世了。高启生活在苏州附近的青丘，曾作有一首著名的《青丘子歌》，也是他的一幅自画像。在这首诗中，他如唐代大诗人李白一样，颇为自得地以"谪仙人"自居：

青丘子，臞而清，本是五云阁下之仙卿。

何年降谪在世间，向人不道姓与名。

Mr. Blue Hill is pure and lean,

Used to be an immortal in heaven.

Once banished into this world,

Never disclosed his name to anyone.

之后他又将自己比作陶潜，我们在第四章中曾讨论过这位伟大的山水田园诗人，曾任县令又弃官不做，表示"吾不能为五斗米折腰，拳拳事乡里小人邪!"接着，高启表示自己也不想成为郦食其（前268—前204）那样服务帝王的谋士——在楚汉风云中，郦食其曾为汉高祖刘邦前往齐国游说，赢得齐国七十余城。他在诗中写道：

> 不肯折腰为五斗米，不肯掉舌下七十城。
> 但好觅诗句，自吟自酬赓。
> ……
> 不问龙虎苦战斗，不管乌兔忙奔倾。

Never bow down for five pecks of rice,

Never talk to win seventy cities for a prince's gain.

I only love to seek fine poetic lines,

Sing by myself and myself entertain.

…

Never care about dragons and tigers' fight,

Nor about crows and rabbits running in vain.

高启这种独立精神与不合作的态度，连同他作为学者与诗人的盛名，很快就为自己招来了杀身之祸。《青丘子歌》是高启于元末所作；明朝建立后，他被召到当时的首都南京参与编写《元史》，但却不接受官职，宁为一隐士。1369年的冬天，他在南京写下了这首《京师苦寒》明确地表达了这一想法：

北风怒发浮云昏，积阴惨惨愁乾坤。

龙蛇蟠泥兽入穴，怪石冻裂生皱痕。

Angrily the north wind blows, and clouds darken the sky,

Layers of heavy shadow fills the world with woe.

Dragons and snakes hibernate in mud and animals in caves,

In coldness strange-looking stones crack and broke.

在高启的笔下，首都的冬天不仅是阴冷昏暗的，更流露出凄惨险恶的气息。这当然既是外部环境的描述，也更是诗人心理状况的投射。"苦寒如此岂宜客，嗟我岁晚飘羁魂。"诗人没有把首都当家，觉得只是客居于此，将自己的生活描述得相当悲惨：

揭来京师每晨出，强逐车马朝天阍。

归时颜色暗如土，破屋暝作饥鸢蹲。

In the capital, every morning I have to get out,

Perforce following carriages to the palace I walk.

Coming back my countenance looks dark like dirt,

In the broken house at dusk like a squatting hungry hawk.

在诗的结尾，高启表明将要辞官回乡，却不知道此举即将激怒偏执多疑的皇帝：

书生只解弄口颊，无力可报朝廷恩。

不如早上乞身疏，一蓑归钓江南村。

A scholar knows nothing but empty words to talk,

To repay the imperial grace is beyond what I can.

Better to hand in my memorial of resignation,

And return to a southern village as a fisherman.

高启的家乡在富裕繁荣的吴中地区，如前所述，对于不愿容忍财富与独立性高度结合的朱元璋而言，这里正是他整治的目标。在这一地区，包括高启在内的十多位文人先后被杀，高启死时年仅39岁。吴中诗派在明初戛然而止，从此之后，在1368年到1487年的近一个世纪里，可以说是中国文学史上的一段荒凉的暗夜。

然而，一个黑暗的时代也需要自己的吹鼓手，以实现其政策与思想的合法化。明初的宋濂（1310—1381）正履行了这一角色。作为明初的理学家，宋濂认为文本身并无意义，只不过是儒家之道的载体。我们在第九章中讨论过，中唐时期韩愈已经主张以文弘道，并认为自己是孟子之后儒家之道的继承者，但对韩愈来说，文本身仍然具有自己的价值，是个体道德品格与内在精神（包括个人情感）的一种文学的表现。后来，宋代的道学家指责韩愈先学文、后究道，所以是"倒学了"，他们提出文道一体，基本上将"文"从"道"剥离开来。而在明初的压抑环境下，宋濂的主张则更加极端，提出"文非道不立"。他用这个标准重新评判自古以来的文学家，表示孟子之后再无文可言。他认为从西汉的贾谊、司马迁到唐代的韩愈与宋代的欧阳修，这些大文学家的作品都不值一提，只有理学家二程与朱熹的文章能明儒家之道，方可称之为"文"。如此，明朝初年在文学上几乎无可称道之处，亦不足为奇了。

2. 吴中四才子

及至14世纪末，随着农业生产的提升与商贸的优化发展，社会经济整体条件得以逐渐改善，文坛也开始复苏，特别是在经济文化发达的江南地区。明初为朱元璋的压制政策摧残的吴中地区也恢复了活力，涌现出四位杰出的诗人与艺术家，代表着一种与之前官方正统理学思想相背的新潮流。祝允明、唐寅、文徵明与徐祯卿都来自苏州的吴中地区，前三位不仅是优秀的诗人，也是出色的画家和书法家。祝允明（1461—1527）在四人中最年长，也是领军人物。他强烈批评宋代乃至唐代诗文，推崇魏晋南北朝文学。虽然其主张或许有些保守倒退了，但他对南北朝文学的美学价值的肯定，实际上是对明初那段时期"以道为文"观点的批判。他的诗歌多描绘自然美景，亦蕴含着有趣的思考，例如下面这首《三月初峡山道中》：

春阴春雨复春风，重叠山光湿翠蒙。
一段江南好图画，不堪人在旅途中。
Spring cloudiness, spring rain and spring wind,
With a sheen of emerald, the mountains all look damp.
It's such a beautiful picture of the southern scene,
Too bad over a long road the traveler has to tramp.

祝允明的另一首诗《山窗昼睡》，也是描述了一位隐士的生活场景，完全沉浸在自然美景中：

身在云房梦亦闲，松头鹤影枕屏间。
一声隔谷鸣华雉，信手推窗满眼山。
In a quiet mountain room even dreams become idle,
Above pillow and screen, you see a crane over the pine flies.
The cry of a pheasant is heard across the valley,
Push the window and you have mountains all in your eyes.

唐寅（1470—1524）是明代中期最伟大的画家与书法家之一，亦颇以诗才自豪。在下面这首《把酒对月歌》中，他将自己比作李白：

李白前时原有月，惟有李白诗能说。

李白如今已仙去，月在青天几圆缺？

今人犹歌李白诗，明月还如李白时。

我学李白对明月，月与李白安能知？

李白能诗复能酒，我今百杯复千首。

我愧虽无李白才，料应月不嫌我丑。

我也不登天子船，我也不上长安眠。

姑苏城外一茅屋，万树桃花月满天。

The moon was there long before Li Bo,

But only he could give it a poetic voice.

How many times has the moon waxed and waned

Now that Li Bo has gone to another world?

People today still recite Li Bo's poems,

Like in his time, the moon still shines as before.

Like him, I now sing to the moon,

But neither he nor the moon would know.

Great was Li Bo with poetry and wine,

I also write a thousand lines and get drunk.

Though with no achievement like his, I suspect

The moon won't despise and look me down.

I would not board a royal barge,

Nor in a Chang'an tavern sleep in ease.

In a hut outside the city of Suzhou,

The moon lit up peach blossoms on a thousand trees.

这首诗相当口语化，也没有复杂的修辞。很明显，唐寅在诗中引用了李白的名作《把酒问月》（见第七章），而大诗人苏轼也曾在词中引用此诗（见第十一章）。诗尾，唐寅还引用了杜甫描写李白的《饮中八仙歌》（同见第七章），在杜甫笔下，李白曾在"长安市上酒家眠，天子呼来不上船，自称臣是酒中仙"。然而相比之下，唐寅并不想待在长安，因为苏州的明月与"万树桃花"已使他感到心满意足。

唐寅下面这首《题栈道图》写艰险天下闻名的入川栈道，也清楚地表达了与自然美景相伴尤胜宫廷官场的思想：

> 栈道连云势欲倾，征人其奈旅魂惊。
> 莫言此地崎岖甚，世上风波更不平。
>
> Linked with clouds the plank road looks scary,
> The traveler is struck with fear and for safety craves.
> But don't complain about this place being so dangerous,
> More rutted and risky are the world's windy waves.

文徵明（1470—1559）是一位优秀的诗人，同样也以书画闻名于世。下面这首写秋景的诗《题画》，一反传统地表达了秋色更胜春色的观点，亦让人想起了唐人刘禹锡的《秋词》（见第八章）。文徵明写道：

> 过雨空林万壑奔，夕阳野色小桥分。
> 春山何似秋山好，红叶青山锁白云。
>
> Waters rush down ten thousand vales and woods after the rain,
> At sunset a small bridge divides the wild colorful scene.
> Spring mountains are not as good as mountains in autumn,
> White clouds are locked in leaves so red and mountains green.

吴中四才子的最后一位徐祯卿（1479—1511），后来则成为更有影响力的文学团体"前七子"中的一员。徐祯卿的诗作经常读来有唐诗之感，比如下面这首《月》：

故园今夜月，	Shining on people from far, far away,
迢递向人明。	Oh, the moon of my old home tonight,
只自悬清汉，	You hang in the clear sky and do not know
那知隔凤城。	The imperial city blocks your light.
气兼风露发，	With the nightly wind and dew you arise,
光逼曙乌惊。	And startle birds with your rays so bright.
何事江山外，	Why behind the river and the mountains,
能催白发生？	You still hasten my hair to grow white?

3. 前后七子

　　明代中期，理学正统思想已经严重脱离社会现实，政治家、哲学家王阳明（1472—1529）提出的儒学思想，将理论观点与社会实践密切结合，产生了广泛的影响力。王阳明强调人应以"心"作为获得真知并转化为内在体验之所，从而实现"知（知识）行（行动）合一"。其对人的主观能动性的强调，虽然本意在对理学实行一定的内部改良，但在明朝中后期却对知识界形成了非常积极的影响，在文学创造力与生命力的复兴进程中发挥了解放作用，扭转了明初以来的衰败趋势。在王阳明"心学"影响下，诗人与作家找到了更宽松的社会空间，也受到鼓励敢于表达自己的感受和思想。以个人声音强烈抒发情感和欲望，遂成为明代中后期文学的一个突出特征。新一代诗人中间，形成了由李梦阳、何景明为首的"前七子"，开始对宋濂"文道合一"的压制性意识形态提出挑战。由于此七人均科举及第并在京为官，他们意气高扬，对文学与政治上所见不满之处，经常予以批判。前七子相互酬唱，推广一种新风格的诗，在当时形成了巨大的影响。

　　李梦阳（1473—1530）主张，诗歌源于真情，而真情为外界刺激所感，并通过语言表达。他认为民歌非常重要，因为民歌是人们感情

477

的自然表达，甚至表示"真诗乃在民间"。其对诗歌情感的强调，直接反对了理学将诗歌作为儒家道德教化手段的工具观。李梦阳还主张复归唐代，以此摆脱明初兴起的宋代理学道德传统的束缚。他的诗往往以其雄豪的精神、敏捷而朴直的风格令人印象深刻。下面这首是李梦阳送别朋友的诗《夏口夜泊别友人》，尾句尤其以不同寻常的想象力而闻名，为了留住朋友不要顺江东去，竟希望长江向西逆流：

> 黄鹤楼前日欲低，汉阳城树乱乌啼。
> 孤舟夜泊东游客，恨杀长江不向西。
>
> The sun is about to set at the Yellow Crane Tower,
> On trees in Hanyang crows cry disorderly in their nest.
> Moored at night, a lonely boat has a traveler going east,
> How I hate the Yangtze River would not flow west.

何景明（1483—1521）是前七子中的另一位重要人物。他的诗歌观与李梦阳的复古主张大体相似，但他认为复古只不过是造就个体创作的一种路径，并非要机械摹拟盛唐。他们复归汉唐大师的主张，其实旨在摆脱明初压抑的道德与政治氛围，但不论有意无意，李何二人学杜甫的痕迹尤其明显，例如下面这首何景明的《岁晏行》：

> 旧岁已晏新岁逼，山城雪飞北风烈。
> 徭夫河边行且哭，沙寒水冰冻伤骨。
>
> The old year is over and the new one drawing near,
> Snowflakes fly o'er the mountain city and north wind severe.
> Hard laborers are weeping as they stumble by the river,
> The cold sand and icy water make their bones shiver.

这首诗接着描绘了一幅贫民被迫服徭役的凄惨场景，结尾形成了鲜明对比：

嗟吁今昔岂异情，昔时新年歌满城。
明朝亦是新年到，北舍东邻闻哭声。
Alas, how different is now from the past!
At New Year the city used to be filled with songs.
Tomorrow the New Year will arrive again, and yet
Only sobbing and weeping are heard all round.

明代中期的主要诗人还有杨慎（1488—1559），他可能是当时最博学的学者，也是最有才华的诗人。不同于李梦阳与何景明的是，杨慎的诗歌更令人联想起南北朝那些佳作的富丽与精致，同时亦体现了独特的个人风格。下面这首《三岔驿》，是一首优秀的讽刺作品：

三岔驿，十字路，北去南来几朝暮。
朝见扬扬拥盖来，夕看寂寂回车去。
今古销沉名利中，短亭流水长亭树。
The postal relay station
Stands at a three-way crossroad,
Watching men moving north and south, up and down.
At dawn they come under canopies in self-content,
In the dusk they all return rather tired and worn.
Past and present all fade while chasing fame and gain,
Only the river and trees by pavilions forever remain.

十字路口静静伫立的驿站、周围的河流和树木，见惯了官员来来往往为名利空忙。诗人将自然的永恒和人生的无常与渺小进行对比，从而表明自己心下之超然，对那些浪费生命、徒劳追逐"名利"之人的不屑。

杨慎还有一首绝句《出郊》，描绘了一片如画的乡村景色，意象清晰、色彩明丽，而飞来的白鹭更传递出一种动感：

> 高田如楼梯，　　　　High terraced fields look like staircase,
> 平田如棋局。　　　　Like a chessboard are fields flat and low.
> 白鹭忽飞来，　　　　Suddenly a white egret flies over and opens
> 点破秧针绿。　　　　The needlelike green shoots like poking a hole.

在前七子之后，又有以李攀龙、王世贞为首的另一群诗人组成后七子，继续倡导以复古为典范。李攀龙（1514—1570）追随前七子中的李梦阳，却比这位前辈走得更远。他并不以汉代为尊，而是以先秦文学为法，在诗文中恢复了一些长期弃置不用的古老表述，亦使深受他影响的其他一些作品难以阅读。李攀龙的诗歌都是发自内心感情与思想精心创作而成，往往有唐诗之风，例如下面这首送别友人的诗《于郡城送明卿之江西》，其悲伤之情真切感人：

> 青枫飒飒雨凄凄，秋色遥看入楚迷。
> 谁向孤舟怜逐客，白云相送大江西。
> Sadly the green maples murmur in the rain,
> From afar autumnal colors in the south look misty.
> Who feels for the exiled one in a lonely boat?
> With white clouds I'll send you wherever you'll be.

下面这首《塞上曲四首·送元美》，则是李攀龙为友人王世贞（字元美）所作的另一首边塞诗：

> 白羽如霜出塞寒，胡烽不断接长安。

城头一片西山月，多少征人马上看。

White feathered messages get cold in the outer frontiers,

Towards Chang'an the fires of war form a long track.

Above the city the moon rises over the western hills,

So many soldiers are watching it on their horseback.

在后七子中，王世贞（1526—1590）在各种文学体裁上成就最高。李攀龙的作品中往往模仿多于本人原创，而王世贞既是一位重要的批评家，也是一位杰出的诗人。下面这首《登太白楼》是他的一首代表作：

昔闻李供奉，	I heard of yore the Hanlin scholar Li
长啸独登楼。	With a long howl this tower scaled alone.
此地一垂顾，	Once the place was graced by his presence,
高名百代留。	Its name for a hundred generations is known.
白云海色曙，	White clouds at dawn float on the morning sea,
明月天门秋。	The bright moon rises up in the autumnal sky.
欲觅重来者，	What do I find in seeking such another?
潺湲济水流。	Only waves of River Ji slowly roll by.

这首诗写于华北地区的山东济宁，济水之滨建有一座"太白楼"，因唐代大诗人李白曾经到此一游而闻名。诗题的"太白"与首句的"李供奉"指的都是李白，他曾在盛唐玄宗朝短暂担任过翰林学士。王世贞的诗出色地营造了深邃的历史、传统与文化价值感：此地因与昔日诗仙文豪的渊源而获得一种永恒的文化价值，超越了"百代"之久的光阴摩挲。

　　王世贞也是明代最重要的文学批评家之一。他不仅进一步巩固了早在李梦阳那一代便提出的复古的诗学理论，而且在文学形式的维度上也作出了新的理论贡献，主张诗歌在形式上必须遵循一定的规则和惯例。他的批评理论或许有保守的倾向，但却蕴含着在后世影响极大的重要见解。王世贞最好的诗作并不是那些模仿唐人的作品，而是那些带着真实情感写生活经历的诗歌，比如下面这首生动的绝句《暮秋村居即事》，写田园农民简朴而知足的生活：

> 紫蟹黄鸡馋杀侬，醉来头脑任冬烘。
> 农家别有农家语，不在诗书礼乐中。
>
> Purple crabs and yellow chickens whet my appetite,
> When drunk it's perfectly fine to let go of your mind.
> Farmers have their farmers' lingos when they talk,
> Those in the old classics you aren't going to find.

4. 徐渭和李贽：对自由精神的呼唤

在前后七子主张回归汉唐后，宋代的程朱理学对明中期文学的影响亦逐渐弱化。然而，当理学思想不再对个人情感与欲望的文学表达构成主要威胁时，后七子已经完成了他们的使命，而他们的复古主张则成为一种保守倾向，反而阻碍了文学的进一步发展。当时的归有光（1507—1571）代表了另一种倾向，他强烈批评后七子的摹拟路数，坚持认为文学写作应根植于儒家经典，发挥道德效用，但同时也认为诗歌应该源于真情实感，故亦异于理学的文道合一观。在儒家思想的影响下，归有光的大部分作品充满道德说教气息，但一些真情流露的短篇颇为感人，也印证了他写作应该源于真情的观点。

当时代表着文学新趋势的，是集诗人、散文家、剧作家与艺术家于一身的徐渭（1521—1593）。他批评以王世贞为代表的后七子，主张将个人情感和思想从古人传统中解放出来，故而可以说是晚明文学新方向的先驱。明朝从1573年到1644年灭亡的最后这段时期称为晚明，国家政局不断恶化终至崩溃，为清取而代之，但文坛却异常活跃，达到了一个新的高度。徐渭受到王阳明哲学思想破除道学束缚的影响，而作为一位文学天才，他是晚明文学的先驱，他的文学从自我与真情出发，无拘无牵。当然，他之所以成为先驱，还因为他在诗歌、散文与戏剧等各种体裁上都有建树。虽然徐渭少年时即有神童之名，但参加科举屡屡落榜，人生艰难，处处受挫。他去世多年之后，其作品才得以被袁宏道发现，也是从那时起才开始享有盛名，产生出巨大的影响力。

　　徐渭有一种独立的精神，他不提倡追随任何特定的时代或诗人，而是从历代先辈那里取其精华，化为己用。他钦佩中唐的韩愈和李贺，也赞赏元末的杨维桢，或许是因为发现他们诗歌中多有突破规则的非常规表达，恰与徐渭自己的性格与人生经历相宜。徐渭在很多方面确实比较出格，下面这首诗就是一个很好的例子，题目很长，《山阴景孟刘侯乘舆过访，闭门不见，乃题诗素纨致谢》。当时一位官员带着大批随从想去拜访他，但徐渭闭门不见，之后又将这首诗寄给对方作为解释：

> 传呼拥道使君来，寂寂柴门久不开。
> 不是疏狂甘慢客，恐因车马乱苍苔。
>
> Loudly your Excellency came with an entourage,
> But my lone wooden gate was long shut across.
> Not that I was arrogant enough to mistreat my guest,
> But chariot and horses might trample the green moss.

　　在下面这首《春日过宋诸陵二首》其二中，徐渭描写了南宋帝陵之景，并在想象中听到亡故的诸君臣仍能"夜半语"，那种幽灵般的想象确实与李贺的诗歌有些类似。通过这一想象中的听闻，他感慨了南宋倒在蒙古"铁骑"之下的悲惨结局：

落日愁山鬼，寒泉锁殡宫。

魂犹惊铁骑，人自哭遗弓。

白骨夜半语，诸臣地下逢。

如闻穆陵道，当年悔和戎。

The mountain spirits feel sad at sunset,

The mausoleums are encircled by a cold stream.

Their souls still tremble at the ironclad cavalries,

They still weep over their lost weapons and team.

At midnight those white bones would still talk,

In the underworld still gather ministers of high-grade.

As if I could hear they speak in the mausoleums,

They regret at the time the peace deal they made.

徐渭也能作刚健之诗。下面这首《龛山凯歌六首》其一赞颂了打击海盗的海防士兵，就是一个很好的例子：

短剑随枪暮合围，寒风吹血着人飞。

朝来道上看归骑，一片红冰冷铁衣。

Short daggers with long spears joined the besiege at dusk,

Cold wind blew up blood and flew around the soldiers.

In the morning looked at the road where cavalries returned,

An expanse of ice in red that chilled the iron armors.

这首诗庆祝了抗击"倭寇"的胜利，亦即元明时期袭扰朝鲜与中国沿海一带的日本海盗与侵略者。尤其是"寒风吹血着人飞""一片红冰冷铁衣"这两句，有力地传达出夜间战斗的激烈之感，给读者留下了深刻的印象。

晚明精神的第一代表人物是作家、哲学家李贽（1527—1602），自称"异端"，敢于嘲讽孔子与儒生，反对程朱理学正统，对晚明文学影响显著。面对理学的道德桎梏，李贽在王阳明心学思想的启发下呼吁自由精神，认为最好的文学源自纯粹无辜的心灵，亦即"童心"，"绝假纯真，最初一念之本心也"，不曾受过理学教条的约束和污染。李贽反对一味复古，重视小说与戏剧等新的文学体裁，并通过点评《水浒传》与《西厢记》等提高这类文学作品的地位。这些文学虽然起源大众娱乐，却在晚明文人眼中获得了文学合法性和尊严。李贽是一位敢于反传统的无畏的思想家，其作品具有鲜明直接的特色，从下面这篇讽刺文章《赞刘谐》中可见一二：

> 有一道学，高屐大履，长袖阔带，纲常之冠，人伦之衣，拾纸墨之一二，窃唇吻之三四，自谓真仲尼之徒焉。时遇刘谐。刘谐者，聪明士，见而哂曰："是未知我仲尼兄也。"其人勃然作色而起曰："天不生仲尼，万古如长夜。子何人者，敢呼仲尼而兄之？"刘谐曰："怪得羲皇以上圣人尽日燃纸烛而行也！"其人默然自止。然安知其言之至哉！

There was a Confucian savant who wore high wooden shoes and a robe with long sleeves and a wide belt, a hat of the three principles and a coat of the five ethical relationships, picked up one or two pages of Confucian writings and three or four phrases from Confucian discourse, and regarded himself as a true disciple of Confucius. Now Liu Xie was a smart man, so when he saw this savant, he laughed at him and said, "You don't really know Confucius my brother." That man angrily said, "If heaven did not let Confucius be born, all antiquity would be a long dark night! Who do you think you are that you dare to call Confucius by name and call him your brother?" Liu Xie said, "No wonder all the sages before King Fuxi walked by day with burning candles!" That man was reduced to silence and stopped, but how could he understand the profound truth of these words!

伏羲远在孔子之前，是传说中的古代圣王之一，亦受孔子本人高度推崇。李贽故意借刘谐之口说这些古代圣王必须拿着蜡烛照明才能行走，驳斥了道学先生的"万古如长夜"论。对理学正统观念的讽刺和辛辣抨击，体现了李贽所呼吁的自由精神，也说明当时的文化环境相对宽松。然而，李贽的"异端"直接威胁到帝国体制的核心意识形态，后来还是以"敢倡乱道，惑世诬民"的罪名入狱。然而，李贽并没有被吓倒，写了好几首关于监禁生活的绝句，下面就是他在狱中写下的一首《老病始苏》：

> 名山大壑登临遍，独此垣中未入门。
> 病间始知身在系，几回白日几黄昏。
> I've climbed all the famous mountains and vales,
> Only these walls I haven't come inside.
> In illness I realize that I am detained,
> But how many days and how many nights.

最后一句似乎有意传达出含混糊涂之感，或许是表示他并不在意究竟系狱多久。他本来是有机会出狱的，但就像苏格拉底一样，他选择了死亡，最终在狱中自杀。然而，在晚明思想和文学作品中，李贽仍然是一位备受尊敬而深具影响力的人物。

5. 公安派和竟陵派

晚明文学最重要的流派是公安派，主力诗人为袁氏三兄弟——袁宗道、袁宏道与袁中道——都来自湖北公安，故得此名。袁氏兄弟与叛逆的李贽有着密切关系，他们有着共同的基本文学观，崇尚无拘无束地表达"性灵"，亦即真情实感与自然欲望，而不受理学思想与模式约束。在三袁之中，袁宏道（1568—1610）是最具影响力的领军人物，强烈主张作者应该自由无拘地表达个人天性与意向，反对前后七子摹拟古人的倒退倾向。也正是袁宏道发现了徐渭的作品，令这位不幸的学者天下闻名，因为他发现徐渭完全没有受到后七子的强大影响。他为徐渭作传，生动地描述了发现徐渭作品的过程：一天晚上，他在朋友家里随手拿起一本书，"得《阙编》诗一帙，恶楮毛书，烟煤败黑，微有字形"。几首诗读下来，他异常兴奋，大喊朋友前来，欣喜地得知作者亦是明代才子，几年前刚刚去世，并非古人。然后，"两人跃起，灯影下，读复叫，叫复读，僮仆睡者皆惊起"。袁宏道在徐渭作品中所欣赏的正是：

> 其胸中又有勃然不可磨灭之气，英雄失路、托足无门之悲，故其为诗，如嗔如笑，如水鸣峡，如种出土，如寡妇之夜哭、羁人之寒起。

> an unquenchable vital energy in his breast, a sadness of a hero who has lost his way and has no place to go, so his poetry is like complaining or laughing, like water gushing through a narrow cliff, like the sprout of a plant coming out of the earth, like the sobbing of a widow at night, or like a traveler rising up in a cold morning.

总之，在袁宏道眼中，正是深刻的情感与真情的自然倾泻，使徐渭的诗歌成为真正伟大的作品。在为弟弟袁中道的诗集所作序言《叙小修诗》中，袁宏道也出于同样的原因赞扬了弟弟，并留下了一段名言，认为当时的民歌多有"真声"，因为它们"不效颦于汉魏，不学步于盛唐，任性而发，尚能通于人之喜怒哀乐嗜好情欲，是可喜也"。强调真情的表达，正是袁氏兄弟与公安派的主要文学观。

袁宏道本人的诗歌是自然而富于表现力的，下面这首《竹枝词》，即抒发了他对明朝皇帝任用太监督税，造成灾难性后果的愤怒：

雪里山茶取次红，白头孀妇哭春风。
自从貂虎横行后，十室金钱九室空。

Camellias grow red in the melting snow,

In spring wind white-haired widows shed their tears.

Ever since the ferocious tiger-eunuchs have their ways,

In most households no coins are left in their coffers.

下面这首诗《出郭》，则以欢快的笔触描述了田园生活的快乐场景，并以山寺里一个有趣的僧人形象结束：

稻熟村村酒，鱼肥处处家。
轻刀粘水去，独鸟会风斜。
落日流红浪，长江徙白沙。
山僧迎客喜，颠倒着袈裟。

When rice grains are ripe, each village has wine,

When fish is fat, on every family plate it lies.

Like a quick knife, a bird skips over waters,

A lone eagle glides over the wind slantwise.

In the setting sun red waves rise and roll,

The Yangtze River pushes white sands away.

The monk in the mountain is so glad to have visitors,

In haste he puts on his frock in total disarray.

袁宏道以李贽的学生自居，他与老师一样，也对新涌现的文学体裁与流行的说书表演极为欣赏。在《听朱生说〈水浒传〉》这首诗中，他甚至表示小说语言胜过儒家经典，甚至比司马迁的《史记》更好：

少年工谐谑，	I loved weird and strange stories when young,
颇溺《滑稽传》。	And fascinated by *Tales of the Funny Ones.*
后来读《水浒》，	Later I read the *Water Margin*,
文字益奇变。	Its language truly marvelous I found.
六经非至文，	The Six Classics are not the best of writings,
马迁失组练。	Even Sima Qian could not hold his ground.
一雨快西风，	Like a rain falls quickly in the west wind,
听君酣舌战。	I'd listen to flights and battles on your tongue.

袁中道（1570—1626）亦紧随哥哥之后，常有质朴描写自然风光之作，轻灵无华。下面这首《夜泉》堪称典范：

山白鸟忽鸣，	The mountain is white and suddenly birds cry,
石冷霜欲结。	The stone is cold and frost is about to congeal.
流泉得月光，	The running stream gets the light of the moon
化为一溪雪。	And turns into a stream full of snowy reel.

他的另一首诗《听泉》，写诗人月夜在山间散步，听着泉流之声，享受着自然之美：

一月在寒松，	A moon shines on cold pines,
两山如昼朗。	Two mountains are as daytime bright.
欣然起成行，	Gladly I get up and walk out,
树影写石上。	On stones all trees' shadows lie.
独立巉岩间，	Alone I stand among the rocks,
侧耳听泉响。	And listen to the sound of a waterfall.

远听语犹微，	From afar it murmurs in a low voice,
近听涛渐长。	Getting near it increasingly louder falls.
忽然发大声，	Suddenly it gives out a big loud roar,
天地皆萧爽。	And brings freshness to the whole world.
清韵入肝肺，	Its clear rhythm enters my bosom,
濯我十年想。	And clears up my ten years' thought.

为了推行直接而自然的表达方式，公安派诗人经常在诗中使用民间方言和口语。他们的诗歌有时或不免令人感到有些粗糙，还需打磨，但从文学史的角度看，袁宏道与公安派的重要性不可否认，乃是在于努力突破传统、提倡自由精神以求变革创新，自由而自然地表达真实的思想和情感。

当公安派的影响达到顶峰时，其中一些较弱的诗人也暴露了他们在表达上缺乏艺术性的缺陷，此时由钟惺（1574—1625）和谭元春（1586—1637）领导的另一流派则更加活跃起来了。由于此二人都来自湖北竟陵（今湖北天门），这一诗派亦称"竟陵派"。钟谭二人合作编辑了多种诗集，从古诗、唐诗直至明诗都有，也包括介绍性文章和评论，对当时与后世诗人产生了显著的影响，直至清代早期亦然。虽然他们也同意公安派的主张，亦即诗歌应该表达真性情，但他们更强调自省的内心，试图在表达诗人的思想和感情时，尽量采取更为复杂的表达方式，而非在语言上一味简单直白。他们强调内省，提倡"孤行""孤怀"和"孤意"，然而他们倾向于关注诗人的主观性，往往又脱离外面的现实世界；他们对孤独、荒凉甚至幽灵般的诗歌世界的追求，又以生僻古怪的词语表达，最后往往营造出某种寒气逼人的氛围。例如下面这首钟惺的《夜归》，描述了一个秋夜，通过砌虫"泣凉露"、篱犬吠"残晖"等意象，营造了一片相当寒冷的气氛，甚至有一种不太愉快的紧张感：

落月下山径，	The moon sets on the mountain path,
草堂人未归。	The master of the thatched hall is still away.
砌虫泣凉露，	Crickets are sobbing in the chilly dew,
篱犬吠残晖。	A dog by the fence barks at dying rays.
霜静月逾皎，	The moon seems brighter in frosty quietude,
烟生墟更微。	The village looks fainter in the rising fog.
入秋知几日，	A few days into autumn, and nearby
邻杵数声稀。	I heard the sound of a threshing clog.

谭元春下面这首《江行四首》其一也是如此：

花树空如洗，	Flowers and trees are all bare as if washed clean,
鸧鹅冻不飞。	It's too cold even for geese and pheasants to fly.
逢船试借问，	I would ask whenever a boat passes by,
半是为冬归。	They mostly return for the winter time.

当然，当他们不欲营造这种冷漠、孤独而内省的情绪时，他们的诗歌则十分清晰，读来相当不同。钟惺下面这首《无字碑》就是一个很好的例子：

如何季世事，	Why should things of that declining time
反近结绳初。	Be reverted to the time of rope knots as mark?
民不可使知，	People should not be made intelligent,
亟亟欲其愚。	But should always be kept in the dark.
隐然于来者，	This is already to tell all the late comers,
此意即焚书。	He was to burn all books with a fire spark.

根据传说，秦始皇在泰山立下了这块石碑，但石头上却无一字。秦始

皇是历史上著名的暴君，曾下令焚书坑儒，钟惺借此诗批判始皇帝欲让百姓都保持无知状态。在汉字发明之前，结绳记事是一种原始的记录方式。在诗人看来，秦始皇欲让历史倒退至原始状态、弃绝文字，然而若无文字，中国文化传统亦无可存在了。

6. 陈子龙和其他晚明诗人

在晚明时期，虽然公安派和竟陵派各有影响，但前后七子以及他们的复古主张也没有从文坛上完全消失。晚明的东南文人结成了"复社"等文学团体，并试图"兴复古学"，作为在明朝迅速衰落之际复兴文化传统的一种方式。陈子龙（1608—1647）是这些文学团体的领袖，也是晚明的一位重要诗人。他认为诗歌应该表达作者的真情实感，但在形式上则应该富丽优雅，从历代大诗人的伟大传统中汲取精华。他早期作品词藻富丽，声律精工，音韵和谐，风格亦颇精致，而后期的诗歌则满溢着对明朝灭亡、天下易主的伤痛，其悲剧感染力令人印象更为深刻。他的《秋日杂感十首》堪称典范，其中最著名的其二如下：

> 行吟坐啸独悲秋，海雾江云引暮愁。
> 不信有天常似醉，最怜无地可埋忧。
> 荒荒葵井多新鬼，寂寂瓜田识故侯。
> 见说五湖供饮马，沧浪何处着渔舟？
> Reciting poetry or sitting alone, I feel sad in autumn,
> Clouds and fog over waters only bring distress around.
> I don't believe heaven is always like a drunkard,
> How sad that for my sorrow there's no burial ground.
> Overgrown wild pits are filled with new ghosts,

Lonely melon fields have those of rank and note.

They say five lakes are now drinking place for horses,

Where on the blue rivers can one float a fishing boat?

陈子龙于1646年写下这些诗时，明朝已经灭亡，他奋力抗清却终告失败，故而叹息"无地可埋忧"，甚至太湖都变成了"饮马"之地（亦即被清朝征服）。然而，他并没有放弃斗争。他在下面这首《渡易水》中，写的是荆轲（？—前227）刺秦王（亦即后来的秦始皇）却功亏一篑的故事。根据司马迁著名的《史记·刺客列传》所载，其中最感人的一段情节，便是燕太子丹在易水边送别荆轲这位英雄刺客，唱出了这样的悲歌："风萧萧兮易水寒，壮士一去兮不复还！"作此诗时，陈子龙十分痛苦不平，因为大明河山几乎都已为清军征服，而再也没有荆轲这样的英雄人物了：

并刀昨夜匣中鸣，燕赵悲歌最不平。
易水潺湲云草碧，可怜无处送荆卿。

My sharp sword rang in its sheath last night,

Songs of the ancient Yan are the most tragic to sing.

The Yi River flows, and grass and clouds are green,

Where can one send off Jing Ke the great assassin?

还有一位诗人是夏完淳（1631—1647），他也加入了陈子龙的抗清大军，但不幸被俘，最终在17岁时就义。下面这首《别云间》，是在他被清军擒获、拜别大明时所写，表达了对祖国的热爱，彰显出战斗到最后一刻的不屈精神：

| 三年羁旅客， | For three years a sorjourner, |
| 今日又南冠。 | But today a prisoner. |

无限河山泪,	For the vast land I shed my tears,
谁言天地宽?	Who says heaven and earth are wide?
已知泉路近,	I know I'm near the road of the netherworld,
欲别故乡难。	It's still hard to my home to say good-bye.
毅魂归来日,	The day the dauntless soul returns,
灵旗空际看。	Let the fighting banner flutter high in the sky.

这首诗给读者留下了深刻印象，记住了这位不寻常的诗歌天才少年。夏完淳的散文也很出色，遗憾的是他英年早逝，但他天纵的才华却使他永远记载在中国文学史上。

晚明文学界还有一个显著现象，就是出现了一批才华横溢的女诗人，特别是在经济比较发达的东南地区。她们精通诗词，作品广为流传，受到当时许多文人的赞赏。这些女诗人有的是来自受到良好教育家庭的闺秀，也有一些文才卓异的妓女，但她们的作品都同样受到欢迎和赞赏，显示了明末社会相对开放和自由的环境，也说明传统的儒家禁锢与父权偏见受到了质疑。柳如是（1618—1664）是当时一位杰出的女诗人，也是一位以才貌双绝而闻名的妓女。她曾短暂地与陈子龙往来，后来嫁给了比她年长得多的钱谦益，后者也是明末文坛的一位重要人物。柳如是的诗词具有明显不同于男性的强烈个人风格，受到当时文人的高度赞赏。以下是她的小令《梦江南》其八中的几句，代表了她优雅而极为精致的风格：

人去也，人去小棠梨。强起落花还瑟瑟，别时红泪有些些。门外柳相依。

He is gone, gone to where are wild pears.
I get up to find flowers falling shiveringly,
At parting I shed my tears,
Willows outside are swinging longingly.

柳如是还有《南乡子·落花》一词，读来余香满口，以重重意象和暗示描述了晚春雨中的落花，也是对恋人与他们相思的喻示：

> 拂断垂垂雨，伤心荡尽春风语。况是樱桃薇院也，堪悲。又有个人儿似你。
> 莫道无归处，点点香魂清梦里。做杀多情留不得，飞去。愿他少识相思路。

Swirling down you cut threads of the falling rain,

It's heart broken you fall with the spring wind.

Let alone it's the cherry and rose garden, so sad!

And like you there is someone.

Don't say there is no place for return.

All the petals like souls in the dream remain.

It's too much love to stay, so fly away.

May he know little of the road of love's pain.

纵观中国文学史，历朝历代都有才华横溢的女诗人、女作家，如宋代的李清照这样杰出的诗人，一直被认为是整个中国文学传统中最伟大的诗人之一。然而，晚明在这一点上却相当突出，产生了大量的高水平女性作家，这也是晚明社会开放与自由精神的标志之一。

第十七章

中晚明文学：散曲、小说、戏剧和散文

1. 城市发展与通俗文学：散曲与民歌

随着明代中后期的经济发展，商人阶层的兴起、城市人口的增加，为大众娱乐和通俗文学的发展创造了社会环境。自元末以来，文人已经与富商阶层充分结合，投身通俗文学创作，而这种倾向到晚明愈加强烈。城市民众的兴趣和品味日益成为主流。诞生于元代的散曲，亦在晚明取代了词的地位，而上升为一种重要的抒情文学体裁。我们在第十五章讨论过，与宋词相比，散曲在形式上更加灵活，更接近当时的口语。许多诗人都创作了各类主题的散曲，以此表达种种思想感情。王磐（约1470—1530）是一位终身不仕的学者，他写了多首散曲，讽刺腐败官员与日渐恶化的社会状况。例如下面这首写元宵的曲子《古调蟾宫·元宵》：

> 听元宵，往岁喧哗，歌也千家，舞也千家。听元宵，今岁嗟呀，愁也千家，怨也千家。那里有闹红尘香车宝马？只不过送黄昏古木寒鸦。诗也消乏，酒也消乏，冷落了春风，憔悴了梅花。
>
> Listening on the Great New Year's Eve,
>
> So jolly and so boisterous in the past,

With a thousand families singing,

And a thousand families dancing.

Listening on the Great New Year's Eve,

At the present so depressing, so sad,

With a thousand families worrying,

And a thousand families complaining.

Where are the happy crowds and decorated chariots?

Only the setting sun, a raven on trees dry and old!

No more poetry,

And no more wine,

Ignoring the spring wind,

And plum-blossoms withering in the cold.

王磐的另一首散曲《朝天子·咏喇叭》，以讽刺当时权势逼人的宦官而闻名，他们来来往往，总是大张旗鼓，喧哗不休：

喇叭，唢呐，曲儿小腔儿大。官船来往乱如麻，全仗你抬声价。军听了军愁，民听了民怕，哪里去辨甚么真共假？眼见的吹翻了这家，吹伤了那家，只吹的水尽鹅飞罢。

The trumpet, though small,

Plays a little tune with lots of fanfare.

Official barges come and go,

All rely on you to make up their glare.

When they hear, the soldiers feel tired,

And the people are all afraid,

How can true and false they differentiate?

Seeing you blow this house down,

And hurt another one,

498

Till rivers are dry and geese are all gone.

上述这首散曲是非常口语化的，充满了幽默感，作为讽刺文学十分相宜。其实王磐也有描述可爱的乡村场景之作，如下面这首《清江引·耕》：

> 桃花水来如喷雪，闹动村田舍。犁翻陇上云，牛饮溪头月。这其间只堪图画也。

With peach blossoms waters run like gushing snow,

Making the village and fields with life aglow.

Ploughshares turn soil up to the clouds,

Drinking under the moon is a water buffalo.

It's really like a painting or tableau.

陈铎（约1488—1521）的散曲以描绘各行各业人物著称，以同情的笔触描绘劳动者，讽刺了社会上的各种丑恶现象。下面这首曲子《水仙子·瓦匠》，表达的是对瓦匠的敬意：

> 东家壁土恰涂交，西舍厅堂初竞了，南邻屋宇重修造。弄泥浆直到老，数十年用尽勤劳。金张第游麋鹿，王谢宅长野蒿。都不如手镘坚牢。

To the east he has just painted the wall;

To the west he's repaired the main hall;

To the south he has rebuilt the entire house.

He has worked with plaster till he is old,

And used up his strength in decades of toil.

Now wild deer roam once famous houses,

Once grand mansions are now fallen and foul.

Nothing endures as the handyman's trowel.

陈铎下面这首《醉太平·挑担》，描写的则是一个可怜的挑夫，一年到头天天替人挑货谋生，却常常食不果腹：

麻绳是知己，扁担是相识，一年三百六十四，不曾闲一日。担头上讨了些儿利，酒房中买了一场醉，肩头上去了几层皮，常少柴没米。

Rope is his old pal,

A carrying pole his friend so dear.

He never takes one day off,

For three hundred sixty days a year.

He earns a bit from his carrying pole,

And gets drunk in a tavern for a price.

Layers of skin peeled off his shoulders,

Yet he has less firewood and no rice.

冯惟敏（1511—1580）也是一位著名的散曲作家，有许多优秀作品。下面这首《清江引·八不用八首》其一是对官员腐败的辛辣讽刺，他们都在争抢朝廷官职，道德上却全然不辨贤愚，懒担责任：

乌纱帽、	An official's black gauze hat
满京城日日抢，	Makes all in the capital compete and run,
全不在贤愚上。	No matter the good or the wicked one.
新人换旧人，	The new replaces the old,
后浪催前浪，	The behind pushes the front,
谁是谁非不用讲。	No matter who's right or who's wrong.

冯惟敏为这群追求"乌纱帽"的争名夺利者画了一幅讽刺漫画，而他自己却在致仕后过着淡泊宁静的生活，以这首《玉江引·阅世四首》其一给我们留下了一幅自画像：

> 我恋青春，青春不恋我。我怕苍髯，苍髯没处躲。富贵待如何？风流犹自可。有酒当喝，逢花插一朵。有曲当歌，知音合一伙。家私虽然不甚多，权且糊涂过。平安路上行，稳便场中坐，再不惹名缰和利锁。

I love to hold on to youth,

But youth doesn't hold on to me.

I fear white beard,

But white beard can't avoid me.

What does wealth matter?

I enjoy being myself and free.

When there is wine, I'll drink.

When there is flower, I'll wear one.

When there is a song, I'll sing,

With like-minded friends in unison.

I don't have much personal belonging,

But there's enough to maintain.

I'll walk on a road of safety,

And sit in a secure domain,

Never be snared in fame or profits again.

薛论道（1531—1600）是一位学者，在军中做了30年军官，却对于官场随处可见的虚伪、欺骗与背后中伤极为厌恶。就像上文冯惟敏讽刺那些争夺"乌纱帽"的人一样，薛论道也对当时官员的内斗和腐败极其反感，从下面这首《水仙子·愤世三首》其三可见一二：

趋朝履市乱慌慌，不见人闲只见忙。沽名钓誉多谦让。貌宣尼行虎狼，在人前恭俭温良。转回头兴谗谤，翻了脸起祸殃，尽都是腹剑舌糖。

Everyday all are busy with their muscle,

And for nothing but hustle and bustle.

For fame they seem modest and polite,

Look gentle but like tiger and wolf they bite,

While appear in public so nice and kind.

Turn back they would stab you and fight,

Suddenly change their face with such spite,

All a sugary tongue but with a sword inside.

朱载堉（1536—1611）是一位著名的数学家与音律学家。他本是皇室子弟，却辞让郑王爵位，潜心治学，平静度过了一生。这或许可以解释，他缘何写下了这首《山坡羊·十不足》，嘲讽那些对权力和财富汲汲以求、最终却美梦破灭之辈：

逐日奔忙只为饥，才得有食又思衣。置下绫罗身上穿，抬头又嫌房屋低。盖下高楼并大厦，床前缺少美貌妻。娇妻美妾都娶下，又虑出门没马骑。将钱买下高头马，马前马后少跟随。家人招下十数个，有钱没势被人欺。一铨铨到知县位，又说官小势位卑。一攀攀到阁老位，每日思想要登基。一日南面坐天下，又想神仙下象棋。洞宾与他把棋下，又问哪是上天梯？上天梯子未做下，阎王发牌鬼来催。若非此人大限到，上到天上还嫌低！

Busy all day just to appease his hunger,

But when he is fed, he longs for attire.

Once dressed in silk and brocade,

Taller building is his new desire.

Living in a big house with high towers,

He wants a beautiful lady as his bride.

Now with pretty wives and concubines,

He worries about having no horse to ride.

After he has bought a big stallion,

He needs men to follow him every hour.

His family hired a dozen men, and yet

He's bullied, for only rich with no power.

Once chosen to be a county official,

He complains of being too low a state.

Jumping to become a minister at inner court,

He dreams to the throne to go straight.

Once sitting on the imperial seat,

To play chess with immortals he's now cravin'.

When an immortal plays chess with him,

He asks where is the ladder to heaven?

Before the ladder to heaven is made,

A ghost snatches him away in a puff.

If at that point his time is not up,

He may think heaven is not high enough!

　　散曲大都是文人创作的，并且自明代中期以来，许多诗人认为民歌能够直接自然地表达真情，甚至多以民歌为创作榜样。他们点评民歌并结集出版，传遍大江南北，广受赞赏。民歌的一个重要主题就是爱情。这些明代民歌（特别是在晚明）表达的爱情变得越来越大胆而直接。下面这首民歌《咏题情》就是一个清楚的例子，表达了夹杂着情色想象的炽热爱情，展示了社会风俗的宽松程度与晚明社会市民的品味：

同赴罗帏，倒凤颠凰玉体偎。绣枕偏云髻，春透酥胸腻，檀口揾香肌。性情迷，汗湿鲛绡，鱼水同欢会。只愿金鸡莫要啼！

Going behind the gossamer curtains,

Their jade-white bodies huddle up cozily.

Her cloudy hair spreads over an embroidered pillow,

With spring passion her bosom heaves softly,

And red lips pressing on her sweet flesh.

In ecstasy lost as if in a swoon,

Satin and silk are sweaty and wet,

Like fish in water are they with joy thrown.

Just wish the cock would not crow too soon!

"鱼水同欢"是做爱的传统象征。最后一句"只愿金鸡莫要啼"，正是古老文学传统的延续：依依不舍的情侣，不愿见到黎明的到来，这古老的传统可以一直追溯到我们在第二章提到的《诗经》的《齐风·鸡鸣》，也类似欧洲中世纪流行的晨曲（aubade 或 alba），其中往往有守夜人提醒幽会的情侣黎明将至。

另一首民歌《做梦》，以有趣的方式描述了一位女子的复杂感情，她心中对情郎忐忑不定，想要牢牢抓住他们的爱：

我做的梦儿倒也做得好笑，梦儿中梦见你与别人调，醒来时依旧在我怀中抱，也是我心儿里丢不下。待与你抱紧了睡一睡着，只莫要醒时在我身边也，梦儿里又去了。

I had a dream and that dream is really funny,

For I dreamed of you playing with someone to flirt,

While waking up I found you still in my arms.

So it must be at heart I'm always on the alert.

Let me hold you and sleep tight,

But don't go away in my dream,

Though awake you are right here by my side.

有些民歌的意象和表达极不寻常，在文人创作的诗歌中不太常见。例如下面这首著名的《泥人》：

> 泥人儿好一似咱两个，捻一个你，塑一个我，看两下里如何！将他来揉和了重新做，重捻一个你，重塑一个我。我身上有你也，你身上有了我。

The clay figurines are like us two,

One is kneaded into the shape of you,

And the other is shaped like me;

See how the two together look so true!

Then mix up the mud and make anew.

To make again the shape of you,

And another shape of me, too;

So your body has some of me,

And in me there's also some of you.

在如此不可思议的创造性想象、如此直白而自然的表达面前，也难怪当时的文人欣赏赞叹不已了，因为他们总是能从民歌获得灵感和启发。

在晚明时期，冯梦龙（1574—1646）在民歌的收集编纂方面贡献最多。在他编选的《山歌》一书的序言中，他解释了保存民歌具有重要价值：

> 山歌虽俚甚矣，独非郑、卫之遗欤？且今虽季世，而但有假诗文，无假山歌，则以山歌不与诗文争名，故不屑假。苟其不屑

假，而吾藉以存真，不亦可乎?

Though folksongs may be rather vulgar, aren't they the reverberations of the songs from Zheng and Wei in the *Book of Poetry*? Moreover, though ours is a late stage, there are fake poems but no fake folksongs because folksongs would never compete with poems for fame and therefore never have to make fake ones. If they do not have to make fake ones, why can't I have them to preserve what is true?

在晚明诗人与作家眼中，最值得欣赏的绝非虚假浮夸之物，而是真实自然的文学。他们期待的这些品质与价值，恰恰在民歌中得到了最佳呈现。

2.《西游记》和明代中期的小说与戏剧

明代仍然以诗歌为文学表达的主要形式，不过也为叙事小说、戏剧和小品文提供了土壤。小品文是晚明出现的一种特殊体裁，是富有时代特色的明代文学成就之一。和诗歌一样，明代戏剧和小说也经历了类似的轨迹，从早期的衰落到中期的逐渐复苏，然后是晚期的蓬勃发展。由于许多明代戏剧都取材自唐代的爱情传奇，故亦多称"传奇"。在上一章我们已经讨论过明代中期的徐渭作为诗人创作的一些诗歌；这里我们应该说，徐渭还是一位剧作家，他的杰出剧作《四声猿》完全摆脱了理学道德说教和忠君的限制，蕴含着晚明文学的新思想与自由精神的萌芽。《四声猿》包括四部戏剧:《狂鼓史》是对三国时期祢衡（173—198）击鼓骂曹（曹操）历史场景的想象性再现，徐渭借祢衡之口，表达了对不公且充满压迫的社会状况的愤怒，也展现了作者不屈不驯的性格;《玉禅师》是一部辛辣的讽刺戏剧，是对宗

教禁锢下不人道的禁欲主义及其脆弱本质的强烈批评；另外两部戏剧
《雌木兰》和《女状元》，写的都是女主人公如何女扮男装并超越男性
的故事，从而有力地挑战了传统父权对女性的偏见。

虽然明代中期戏剧以爱情传奇为主要形式，仍有其他一些题材的
作品值得一读。例如李开先（1502—1568）《宝剑记》，写林冲被逼造
反上梁山的故事，但剧情与我们在第十五章讨论过的小说《水浒传》
有很大不同。另一部戏剧是梁辰鱼（1519—1591）的《浣纱记》，以
爱情与政治为主题，写的是范蠡与美人西施的传说。这是一个通俗文
学的重要性日渐上升的时代，随着民间通俗小说需求的增长，《三国
演义》和《水浒传》一印再印，广为流传。也正是在这个时候，又一
部伟大的小说《西游记》诞生了。

《西游记》是一个奇幻故事，基于唐代僧人玄奘（602—664）前
往印度拜佛求取佛经的史实而作。这一非凡的朝圣之旅最早载于《大
唐西域记》，此书完成于646年，由玄奘口述、弟子辩机记录编撰而
成。玄奘的另两位弟子后来又著有一部夸张成分较大的传记，在讲述
玄奘在中国西部地区的奇异旅行与历险故事时，已经包含了一些神话
元素。这些文本为从宋至元的民间故事与戏剧提供了素材，也为伟大
的明代小说《西游记》奠定了基础。这部小说的早期版本并没有署
名，但后来被认为是明代学者、诗人吴承恩（约1500—约1582）所
作，尽管作者身份还有一定争议。

作为一部典型的中国传统小说，《西游记》由情节大致有一定连
贯性的多个章回组成，每若干回又形成一个章回群，集中围绕某些
主角或整个故事中的某些核心事件展开。每一回开头都有几首定场
诗，叙述中间也有穿插诗词。与《三国演义》这种历史小说或是《水
浒传》这种在史实基础上虚构的好汉起义造反的小说相比，《西游
记》更像是一个融汇了佛教、道教与民间宗教概念的寓言叙事，一部
熔铸历史、传说、神话及纯粹的幻想于一炉的小说，充满了非凡的想
象。作为一个宗教寓言，玄奘亲历的印度之旅可以解读为一种象征性

的故事，蕴含着精神追求和启蒙以及对某些先验真理的实现；而作为一部美妙的文学作品，这场旅行本身就是一个迷人的冒险故事，跌宕起伏、变幻莫测，仙境魔界之中处处是危险与诱惑，也充满了兴奋与壮举，妖魔鬼怪、神仙真人与无数佛教神话人物应接不暇。这是一个善恶相争、变幻无穷、真假难辨的世界，一个奇幻且令人着迷的世界，也是一个唐僧身骑白龙马、与三个徒弟一同经历的幻想世界。在这个奇幻世界里，这支朝圣队伍在到达终点灵山之前，经历了无数考验和困难。作为一位僧人，玄奘（又称三藏）是一位有德高僧，他的仁慈（或者说慈悲为怀，宽宏大量）经常错付假装好人的妖怪歹徒，不能明辨善恶，屡屡让自己与徒弟们陷入麻烦。小说中真正的主角是美猴王孙悟空，他敏锐的"火眼金睛"能一眼看穿邪恶，凭着无尽的智谋、无比的神力，总能一次次令师徒们化险为夷。作为玄奘的大弟子、侍卫和保护神，孙悟空（或者说美猴王）拥有令人难以置信的超自然力量，一直是历代读者最喜爱的西游人物。

孙悟空不是普通的猴子，而是一只石猴。曾有一块蕴有惊人神力的巨石，历经无数光阴轮回，吸取了天地精华。某日，恰逢时机来临，巨石突然炸裂开来，这只石猴便破石而出。一些学者发现，美猴王的形象和印度史诗《罗摩衍那》中的猴神哈奴曼之间可能存在一定联系，毕竟作为一个僧人赴西天拜佛的故事，《西游记》应该从印度吸取过灵感。这只石猴天生好动好奇、淘气叛逆又难以拘束，但他比人类心胸更为宽广，正义感更为强烈，比人类甚至大多数神仙的力量都更为强大。所有这些品质，都使得悟空成为老少读者的最爱。小说的前几回都集中在这个令人震撼的角色身上：他所到之处几乎都掀起大祸，闹得天翻地覆，无论是在东海龙宫、阎王殿，甚至在玉皇大帝的天宫和蟠桃园也是这样。后来为了赎罪，悟空做了玄奘的弟子，在西天取经的路上承担起保护唐僧的艰巨任务。虽然美猴王从此成为了悟空，亦即"悟出空性之人"，具有强烈的佛教内涵，但他仍然是那个无所畏惧、不屈不挠的人物，是一直深受读者喜爱的自由精神的象征。尽管总能看穿妖魔鬼怪的伪装，悟空自己也是一位伪装大师：他有72般变化，为了迷惑敌人，他经常变成女魔的丈夫、妖怪的母亲，或化作小虫飞进妖怪的洞穴，甚至钻进他们的肚子。每逢战斗之时，他的神兵器"金箍棒"有千钧之力，棍下魑魅魍魉无可遁逃。

　　玄奘的另一位弟子猪八戒，也是一个虚构的神话人物。他的性格是复杂的，如他的名字"八戒"暗示的一样，呈现出种种性格弱点：懒惰、好色、贪吃、自私且不太聪明；他经常嫉妒大师兄，但总是弄巧成拙。虽有种种弱点缺点，但是猪八戒无疑是充满人性的，是人类自身各种欲求与渴望的夸张放大。所以，这个角色并不是一个令人鄙夷的反派，而是在给读者带来阵阵笑声的同时，也为广大读者所喜欢，因为从他身上能够看到我们自己，尤其是自己的许多缺点。《西游记》之所以成为一部流行小说，因为它在心理层面是写实的，而故事又是在一个充满神力、壮举与纯粹幻想的超自然世界中展开，其"向乐而行"的氛围与取经途中融入的精神追求的可能性，令其成为一部典型的讽寓作品。

3.《金瓶梅》与晚明叙事小说

　　在晚明时期，虽然中国古典文言小说仍然继续创作出版，但是白话小说代表着当时文学形式的主要发展，也标志着小说题材从侠义传奇与神怪想象到写实主义的百姓普通人生活的转向。越来越多的文人认可小说这一文学形式的重要性，尝试亲自创作小说或修订早期版本，这方面的主要成就之一便是《金瓶梅》——中国古典文学中第一部以描述普通人日常生活为题材的小说。小说标题由三个主要女性角色的名字组成："金"指潘金莲，字面意思是"金色的莲花"；"瓶"指李瓶儿，字面意思是"小花瓶"；梅指庞春梅，字面意思是"春天的梅花"。她们都与男主人公西门庆保持着性关系。小说借用了《水浒传》中潘金莲与西门庆的通奸故事，但与我们在第十五章讨论的情节相当不同：潘金莲没有被武松杀死，而是嫁给西门庆为妾，进而引导叙事进入了西门家的日常生活。《金瓶梅》不是一个好汉造反的故事，而是一部社会心理小说，是对西门庆与其妻妾之间性生活的写实主义描写。

与其他著名传统小说相比，《金瓶梅》不存在民间故事或戏剧表演等早期版本，故而很明显是独立作者的创作，不过作者自称"兰陵笑笑生"，这无疑是一个笔名，真实身份永远成谜。在1617年第一次刊印之前，这本小说已经在晚明的主要文人学者中流传，如袁宏道、袁中道、董其昌（1555—1636）和沈德符（1578—1642）等都读过。表面上看，小说似乎提供了一个因果报应的警示故事，男主人公西门庆纵欲导致身死族散；但《金瓶梅》绝对不是一部道德剧式说教的小说，叙述者似乎津津乐道地描写许多性场景，并未明确施以道德谴责。许多章节都有对性场景的露骨描写，让这部作品成为一部臭名昭著的色情小说，也是当时的官方禁书，但仍然有许多文人评论家偷偷阅读。在现代，许多评论家都认为，《金瓶梅》是中国古典文学中最伟大的小说之一。

比起其他的古典小说名著——《三国演义》《水浒传》与《西游记》——《金瓶梅》所吸引读者的地方，并不是战争与政治阴谋等激动人心的历史事件，也不是造反好汉"替天行道"的英雄情怀，或是令人难以置信的历险与超自然幻想。在中国小说发展史上，这部作品迈出了崭新的重要一步，从写实角度立体地描述小说人物，写他们的兴趣、他们的欲望与人性的各种弱点。《金瓶梅》中的人物，并不是简单的善恶、黑白二分的刻板印象。"反派"西门庆是一个富有的商人，他金钱开路、贿赂官员，既是行贿欺骗与腐败的化身，又是放浪纵欲的代表。女主角潘金莲是小说中的蛇蝎美人，她野心勃勃，惯于操纵虐待他人，时而冷酷残忍，用她的美色诱惑男人以取所需，然而造就她这种极其精明的利己主义的，其实正是她贫穷卑微的出身与不幸的人生经历。但是，小说并没有明确地在道德上谴责他们十恶不赦，而是以一种模棱两可的表现手法，使得这些角色也并非全无可取之处。小说对人们行为和道德原则的模糊处理，使得《金瓶梅》成为一种全新的小说。书中以还原度极高的现实语言对人们生活的生动描绘，正是后来许多作家与评论家从这部不无瑕疵的作品中发现的价值所在。它通过对人们内心世界和复杂心理的微妙观察，为写实主义描写开辟了一个新的领域，也是之后《儒林外史》与《红楼梦》等重要小说进一步发展的方向。

在晚明时期，图书印刷蓬勃发展，许多书商都鼓励文人面向市场创作畅销小说。这些小说有不少是为了快速消费而创作的，内容相当粗糙，不过有些也是值得一提的。其中有一部作品是《封神演义》，写睿智老人姜子牙帮助周武王推翻商纣王暴政的故事。小说情节在时间线上属于远古时代，相关史料极少，小说大部分内容是基于早期的民间故事和神话传说。书中对商周双方交战的想象性描述颇为有趣，而下凡助阵的神仙也分两派，各拥神器魔法，亦有点让现代读者联想起荷马《伊利亚特》中的人神战争。《封神演义》的中心思想是赋予反抗推翻暴君的合法性，正如姜子牙在小说中一再说的，"天下非一人之天下，乃天下人之天下"。小说成功地将纣王塑造为独裁暴君，最终商朝崩溃，西周建立。在小说的结尾，天界敕令姜子牙为双方战死的人间主将逐一封神，这也是书名"封神演义"的由来。

《封神演义》的众多神仙各具特色，让小说的虚构情节妙趣横生。有些长着一双翅膀可以飞天，有些可以在地底土遁，有的长着千里眼、顺风耳。最有趣的还有小仙童哪吒的故事，这位护法神的形象起源于印度佛教传说，几经演变之后，进入了中国传统道教的神仙谱系。他曾痛打在海上霸凌一方的龙宫狂徒，在龙王威胁他的家人与当地百姓之际，也曾自杀以平息龙王的愤怒：他将自己的骨肉剔下还给父母，并以莲藕与荷花为身体获得了重生。重生之后的哪吒成了一个威力无比的神仙，可以变幻出三头六臂，挥舞一杆神兵器火尖枪，脚踏一对风火轮。在某些方面，哪吒很像《西游记》中的美猴王，同样具有自由叛逆的精神和强烈的正义感，这个男孩也成为这部神魔小说中最受人喜爱的人物之一。

从明代中期到晚期，诞生了一系列历史小说，时间跨度从上古传说到明代，其创作得益于中国漫长的史学写作传统，尤其从《左传》与《史记》等主要史学著作中汲取了养分。其中最受欢迎的一部是《东周列国志》。这部小说由冯梦龙改写，讲述了春秋战国时期列国交相争斗的故事，直到公元前221年秦始皇一统天下。此书从纷繁复杂的中国古代史中勾勒出一条清晰的故事线索，讲述了列国兴衰的漫长故事，气象恢弘，具有强大的戏剧张力。

我们在第十六章曾讲述过，冯梦龙与凌濛初都是收集民歌的重要文学家；他们也对通俗文学故事的编纂和改写有重大贡献。冯梦龙一生多数时间都花在通俗文学作品的编纂与改写上，他最著名的作品是"三言"即《喻世明言》《警世通言》《醒世恒言》这三部短篇小说集，都用高度成熟的白话文写成。一如书名所示，这些故事通过声称有益道德教化而获得了合法性，但它们经常表达个体在日常生活中的个人情感，而作者在故事中对女性人物的塑造尤其值得注意。在作者尊重与同情的笔触下，许多女子展示了强大的人格与尊严，这在中国传统文学中是罕见的。冯梦龙的"三言"最重要的特点是描述了社会中平民百姓的生活，呼吁人们有权利顺应内心欲求追寻幸福，很好地反映了晚明的社会状况。

同样著名的还有凌濛初（1580—1644）的小说集"二拍"，即《初刻拍案惊奇》与《二刻拍案惊奇》。这两部小说集不是对早期故事的改写，都是在作者阅读稗官野史、收集古今传说素材的基础上新创作而成，表达了普通市民的欲望和情感、对财富与肉体享乐的追求，以及他们的挫折与不时的痛苦。在某种程度上，"二拍"甚至比冯梦龙的"三言"更为大胆，故亦能令读者瞥见晚明社会及百姓日常生活的各个方面。

4. 汤显祖与《牡丹亭》

晚明确实是通俗文学的盛世。为满足社会各个阶层的需求，从宫廷到市井，戏剧无不繁荣，从而发展为一种流行的文艺形式，在晚明达到了高度辉煌。文人官员相聚时，往往以看戏作为娱乐，一些富家甚至有自己的家庭戏班。这些都为新剧的创作提供了有利的社会和精神条件，使得晚明戏剧一如晚明叙事小说一样，能够表达对个人幸福和自由的追求，将个人情感置于专制的道德礼教之上。许多文人投入戏剧创作，令这种娱乐形式在文学表达与结构的复杂性上进一步完善。当时最伟大的剧作家是汤显祖（1550—1616），他的《牡丹亭》是晚明文学最具代表性的作品之一。

汤显祖才华横溢，但由于政治体制腐败，他在仕途上并不成功。他晚年大部分时间都在创作戏剧。他先是受老师罗汝芳（1515—1588）的影响，向其学习了王阳明心学的泰州学派思想，反对程朱理学。他还受到激进的"异端"哲学家李贽的影响，后者主张从理学正统的道德教义中解放出来，还有他结为密友的著名禅僧达观，同样也反对理学教义。基于这些影响，汤显祖在戏剧创作中，强调了"情"在文学写作中的至高无上，并在自己的艺术理论中强调"灵性"。此论如袁宏道与公安派提出的"性灵"一般，都是起源于李贽的"童心"。汤显祖不仅在整体上提倡"情"的表达，还特别提出以"情"对抗理学之"理"，主张将人类欲望和情感从道德束缚中解放出来。

汤显祖的思想在名作《牡丹亭》中得到了最佳体现。此剧根据早年的传说故事改编，情节设定是非现实的：女主人公杜丽娘本是高官之女，在花园中做梦，爱上了一个陌生人。梦醒后，她无法实现梦想，憔悴病倒，最终相思而死，埋葬在这座花园中。然而，那个陌生人、男主角柳梦梅后来真的来到了这个花园，发现了藏在花园里的丽娘的自画像，也爱上了她。二人用情之深，令柳梦梅决定将丽娘的灵魂从冥界带回人世。于是，当他打开她的坟墓时，丽娘复活了，全剧在他们幸福的结合与婚姻中结束。尽管故事情节充满了幻想与不可能，但却以一种戏剧性的方式，有力地表达了爱情超越生死、能够征服一切的思想。在《题词》（作者序）中，汤显祖阐述了他的爱情观：

> 天下女子有情，宁有如杜丽娘者乎！梦其人即病，病即弥连，至手画形容，传于世而后死。死三年矣，复能溟莫中求得其所梦者而生。如丽娘者，乃可谓之有情人耳。情不知所起，一往而深。生者可以死，死可以生。生而不可与死，死而不可复生者，皆非情之至也。梦中之情，何必非真？天下岂少梦中之人耶！……嗟夫！人世之事，非人世所可尽。自非通人，恒以理相格耳！第云理之所必无，安知情之所必有邪！

Of all the females in love under heaven, is there anyone loving as strongly as Du Liniang? She dreams of the one and falls ill, and when she is seriously ill, she paints her own portrait to pass on to the world and then dies. Dead for three years, she is able to find the one she had dreamed of in the darkness and then returns to life again. Only those like Liniang can be said to be truly in love. The feeling of love arises with no reason but grows increasingly deeper. The living can turn to death, and the dead can return to life. Those living but cannot die for love, and those dead but cannot return to life, are not the ones who reach the extremities of love. Love in dream, why must it be unreal? Aren't there enough dreamers under heaven? ... Alas! Human affairs are not exhaustibly explainable in the human world. Those lacking in comprehensive understanding tend to gauge them with reason! But those who say that according to reason this cannot be, how do they know that in true love this must be!

强调至情至爱可以超越枯燥的理性逻辑，听起来很像帕斯卡（Blaise Pascal）的名言："心自有理性全然不知之理由。"（Le Coeur a ses raisons que la raison ne connait point.）。然而，《牡丹亭》真正伟大之处，不仅在于其对爱的表达，更在于汤显祖美不胜收的语言。如同他的西方同时代人莎士比亚（1564—1616）的名作《罗密欧与朱丽叶》一般，《牡丹亭》也是一部如诗的戏剧，它那高度诗意而抒情的春色，还有大段渴望爱情的独白，亦如莎士比亚的诗行一般，以同样的力量感动着一代又一代的读者与观众的心灵。下面一段文字出自其中《惊梦》一出，也是许多中国读者最熟知的台词：

> 原来姹紫嫣红开遍，似这般都付与断井颓垣。良辰美景奈何天，赏心乐事谁家院？（恁般景致，我老爷和奶奶再不提起。）朝飞暮卷，云霞翠轩；雨丝风片，烟波画船——锦屏人忒看的这韶光贱！

Amazing purple and crimson red, flowers all in full bloom,

Beautiful as they are, they open up only to broken well and walls of
　　such gloom.

What can even Heaven do when no one pays attention to the fine
　　morning and lovely view?

In whose garden can such wonderful things be found that with joy our
　　heart illume?

(Father and mother have never mentioned such beautiful spots.)

Flying clouds at dawn and light drizzle in the evening,

Colorful clouds and the pavilion in verdant green,

Fine threads of rain and petals borne by the wind,

Decorated boats floating on misty river sheen,

Such beautiful scenes of spring time are slighted by those secluded
　　behind a painted screen.

　　这段文字优美地描述了杜丽娘第一次对爱的心灵觉醒。这位青春少女常年幽居闺中，为严格的礼教规矩所束缚，然而此时，她却被春色之美触动，叹息着如此美景竟无人知晓，更惋惜自己的美丽也无人欣赏，爱情梦想亦未能实现。剧中的情节是不太可能发生的，但汤显祖完美的艺术手法却做到了戏假情真，深深地感动了读者和观众。汤显祖以爱至上乃至超越生死的思想，有力地挑战了理学的正统观念，肯定了人类对爱甚至对性的渴望的合法性，以及对挣脱桎梏、实现人性解放的渴求。汤显祖的《牡丹亭》获得了与王实甫《西厢记》同样高度的赞誉，成为中国文学史上最伟大的戏剧作品之一。

　　汤显祖还著有另外三部戏剧，都改编自唐传奇。最早的一部《紫钗记》，是根据第九章中提到的蒋防的《霍小玉传》改编的。另两部更重要，分别是改编自沈既济《枕中记》的《邯郸记》与改编自李公佐《南柯太守传》的《南柯记》。这两部唐传奇都是我们在第九章讨论过的，之后数百年中一再为各路诗人作家所用。例如，张岱在他的小品文集《陶庵梦忆》序中便提到了这两段唐传奇，我们之后将在本章最后一节讲到。汤显祖的《邯郸记》改写自这一段著名故事：卢姓书生在梦中成为高官，醒来后却回到现实，意识到不过空梦一场，他打盹之前便煮着的黄粱米饭，此时仍未烹熟。同样，《南柯记》讲的是淳于梦的故事：他在梦中娶了槐树国公主，权位显赫，但随着妻子去世，他的好运也就耗尽了，加之政敌诋毁，他失去了国王的信任，被赶出了王国。他醒来之后，才意识到不过做了一场噩梦。这两部戏剧都受到了道教与佛教思想的影响，认为财富与权力终成一场空。然而，汤显祖以这些故事为载体，还在于揭露官僚制度的腐败和当时政治竞争的残酷。有趣的是，在《南柯记》的结尾，淳于梦梦醒之后仍然对公主眷恋不已，甚至设法欲与她可怜的鬼魂团聚。禅师只好用一把神剑斩断情丝，才将他从最后的幻梦中解脱出来。这两部以梦为题的戏剧，代表了汤显祖晚年对政治的厌恶和幻灭，以喜剧讽刺和强烈谴责表达了尖锐的社会批判。

汤显祖在当时与后世均产生了巨大的影响。他认为，戏剧表现最重要的目的，是以优雅的文学形式表达真实情感。晚明戏剧蓬勃发展，还涌现了许多其他剧作家和著名作品，主题多为爱情，而且多为不合礼法、受到压制的爱情，打破了惯常的道德或宗教准则，比如高濂《玉簪记》和周朝俊《红梅记》等。如此强烈的爱的表达，让我们得以瞥见晚明社会及其城市经济、市民品味与高度发达的城市文化形式。

5. 小品文：一种晚明特色文学

公安派对"性灵"（自发而自然的欲望和感情表达）与文学形式创新的强调，推动了一种新的文学散文的兴起，称为"小品"，指各种形式的短文——可以是书信、日记、人物白描、游记、写景、序言或跋——这些都是用简单、生动、文雅的语言写成，优美地表达了个人思想和人生经历。这类文章是有意为之"小"，以区别于那些具有道德或政治意图等严肃主题的文章，后者内容更为正式，篇幅也更长。这种小品文在早期已有雏形，例如我们在第五章讨论的刘义庆编撰的《世说新语》，还有北宋大文豪苏轼的一些短篇散文等。不过，得益于公安派对性灵的倡导，才使得小品文诞生并成为晚明文学中一种重要的体裁。袁氏三兄弟是这一新文体的领军人物，之前李贽和徐渭也各有贡献。下面是袁宏道的一篇小品文，写给朋友的信《与邱长孺书》，表达了他对县令生活的厌恶：

> 闻长孺病甚，念念。若长孺死，东南风雅尽矣，能无念耶？
> 弟作令备极丑态，不可名状。大约遇上官则奴，候过客则妓，治钱谷则仓老人，谕百姓则保山婆。一日之间，百暖百寒，乍阴乍阳，人间恶趣，令一身尝尽矣。苦哉！毒哉！

Heard about Changru being seriously ill, I am worried. If Changru dies, the elegant culture would be over in the southeast, how can I not be worried?

Being a county official, I display all kinds of ugly postures to the extreme and have no way to describe them. Roughly it's like a servant when meeting a superior, like a prostitute when attending on visitors, managing money or grains like an old granary guard, and informing the populace like a match-maker. Within one day, a hundred times of change of warmth and coldness, one moment cloudiness and the next moment sunny weather, I have tasted all the horrible things of this world by myself. How miserable! How painful!

最终，袁宏道确实辞去了这个七品小官，并写信给另一个朋友聂化南，谈论他的决定与快乐心情：

> 败却铁网，打破铜枷，走出刀山剑树，跳入清凉佛土，快活不可言！不可言！投冠数日，愈觉无官之妙。弟已安排头戴青笠、手捉牛尾，永作逍遥缠外人矣。

Having cut the iron wires, broken the copper shackles, walked out of the mountain of knives and the forest of swords and jumped into the clean land of the Buddha, my pleasure is beyond words, truly beyond words! Having cast away my hat of an official for several days now, I feel more and more the marvelous sensation of being out of officialdom. I have made arrangement to wear a green bamboo hat on my head and to hold the tail of a water buffalo in my hands and be a free and happy man outside the net forever.

以上寥寥几句，显示了这位晚明作家是多么希望摆脱生活的限制，当然对文学写作限制的态度亦然。在书写个人的希冀、欲望和感情时，对自然景物的描写经常为他们提供自由表达的机会，自然也成为他们小品文中最受欢迎的主题。袁宏道有一段美丽的文字描写著名的杭州西湖，如第十一章所述，宋代大诗人苏轼也曾将其比作古代的美人西施。袁宏道在这篇《西湖》小品中，将西湖比作三国时期曹植笔下的洛神：

> 山色如娥，花光如颊，温风如酒，波纹如绫，才一举头，已不觉目酣神醉。此时欲下一语描写不得，大约如东阿王梦中初遇洛神时也。

> The view of the mountain looks like her eyebrows, the brilliance of flowers like her face, the gentle breeze like wine, and the ripples of the waters like her creased silk dress, and as soon as I lift up my head, I already feel my eyes are full of beauty and my spirit is drunk. At this point, I want to say something, but I can't describe it, and that is probably how the Prince Dong'e felt when he first met the Goddess of the Luo River.

"东阿王"是曹操第三子曹植，建安时期的主要诗人，我们在第四章讲过。曹植著有名篇《洛神赋》，延续了屈原、宋玉以来塑造美人形象的悠久传统（如第二章所述），以繁富精致的语言描绘了洛神的形象。在上面这篇小品文中，袁宏道想象曹植初遇洛神之时，即完全为其美貌所征服，也是"欲下一语描写不得"。

袁宏道的弟弟袁中道也是一位重要的诗人与作家，他的散文和袁宏道一样获得极高评价。下面这段文字摘自袁中道小品文《江行道中》，很好地代表了他自然优雅的风格：

> 天霁。晨起登舟，入沙市。午间，黑云满江，斜风细雨大

作。予推篷四顾：天然一幅烟江幛子！

After the rain, I got up in the morning and took a boat to Shashi. At noon, black clouds gathered all over the river and lots of raindrops came down slantingly in the wind. I pushed up the cover and looked around, the view was an entire painting of misty river done by nature herself.

还有一位优秀的文学家张岱（1597—1679）。下面是他的文集《陶庵梦忆》序言的开头：

> 陶庵国破家亡，无所归止。披发入山，駴駴为野人。故旧见之，如毒蛇猛兽，愕窒不敢与接。作自挽诗，每欲引决，因《石匮书》未成，尚视息人世。然瓶粟屡罄，不能举火。始知首阳二老，直头饿死，不食周粟，还是后人妆点语也。
>
> ……因想余生平，繁华靡丽，过眼皆空，五十年来，总成一梦。今当黍熟黄粱，车旋蚁穴，当作如何消受？遥思往事，忆即书之，持问佛前，一一忏悔。

I, Tao An, had lost my country and home and had nowhere to go, so I entered the mountain with my hair loosened and became a wild man with fear and trembling. When my old acquaintances saw me, they were too frightened to come near as if they were facing poisonous snakes or ferocious beasts. I composed my own obituary poem and wanted to finish my own life, but as the *Book of Stone Casket* has not been completed, I still draw my breath in this harsh world. My pot of millets is often empty and I cannot start a fire to cook anything, and then I realized that the two old men on the Shouyang mountain were just starved to death, and their refusal to eat millets belonging to the Zhou was nothing but words of prettification added by people of later time

... When I think back of my life, all the thriving prosperities are quickly gone and become empty, and the fifty years have made just a dream. How should I take these now that the yellow millets are readily cooked, and the chariot has come to the ant cave? Thinking of the past and I would write down what comes to my remembrance, and I bring myself in front of the Buddha and give my confessions.

《石匮书》是张岱关于明代历史的重要著作，历经50年著成。在这段文字中，作者用了一系列的典故。"首阳二老"指伯夷和叔齐，商亡后他们坚持忠于旧朝，坚决不食周粟。这是一个关于忠诚与爱国的著名故事，一再被历代诗人引用，特别是在改朝换代的关键时刻。例如，我们在第六章讲过，唐初的王绩在《野望》一诗中用过这个典故，他当时经历了从隋到唐的王朝变迁，决定隐居山村不仕。还有第十四章讲过，南宋爱国诗人文天祥被元军俘虏、目睹南宋灭亡时，也在诗中用过这一典故。对张岱来说，他也见证了明亡于清的历史时刻，于是这个故事再次显示了它的内涵。后文的"黍熟黄粱，车旋蚁穴"两个典故，则出自著名的唐传奇《枕中记》和《南柯太守传》，我们在第九章曾讨论过，意在表明对功名的汲汲以求到头不过一场空梦。

明末小品文的一个重要主题就是描写作者的私人活动和一些有趣的想法。张岱下面这篇写乘船冬游西湖赏景，就是一个很好的例子：

崇祯五年十二月，余住西湖。大雪三日，湖中人鸟声俱绝。是日更定矣，余挐一小舟，拥毳衣炉火，独往湖心亭看雪。雾凇沆砀，天与云与山与水，上下一白。湖上影子，惟长堤一痕、湖心亭一点、与余舟一芥，舟中人两三粒而已。

到亭上，有两人铺毡对坐，一童子烧酒，炉正沸。见余大喜，曰："湖中焉得更有此人！"拉余同饮，余强饮三大白而别。

问其姓氏，是金陵人，客此。及下船，舟子喃喃曰："莫说相公痴，更有痴似相公者！"

In December of the fifth year of the Chongzhen reign (1532), I was staying near the West Lake. It snowed heavily for three consecutive days and there was no sound of man or bird in the lake. On that day at dawn, I took a small boat, a fur coat and a burner, and went alone to look at the snow at the Lake-Center Pavilion. Misty fog congealed around trees and the sky was blended with the clouds, the hills, and the waters, all rendered into an expanse of whiteness. The shadows on the lake were only a blurry line of the dam, a dot of the Lake-Center Pavilion, a small spot of my boat, and two or three tiny dots of men in the boat.

When I got to the pavilion, two people were sitting there facing one another, and a page boy had just warmed up the wine in a stove. They were very happy to see me and said, "How come there is such a man in the middle of the lake?" They invited me to drink with them, and I drank three big cups and then took leave. I asked about their names, they were from Jinling and were visitors here. When I disembarked from the boat, the boatman said grumblingly, "Don't say you are crazy, sir, there are those just as crazy as you are, sir!"

作者将船夫之言记下来，显然是有一种自豪在内的，因为这里的"痴"肯定是一种正面的评价，意指不处平庸、出人意料、不同流俗。不论文章内容如何，自然、直接而坦诚地抒发真性情，成为晚明小品文突出的共性特征，抒发个人不满或快乐之情亦然，白描人物或自然风景亦然，批判社会丑恶或揭露道德政治问题亦然。自我的存在感与对趣味及审美的追求，让小品文充满了魅力，数百年过去，直至20世纪，一些现代文学作家仍然从中寻得了灵感。

第十八章

清代前中期诗歌与散文

1. 清帝国及其文化政策

　　由于政治无能腐败、出兵帮助朝鲜抵抗日军入侵又耗费了大笔军费，加之造反义军四起，明朝走向了衰落，而东北地区的后金则迅速崛起成为一支挑战性的力量。1644年，起义军首领李自成（1606—1645）率军攻入北京并洗劫了首都，崇祯皇帝（1611—1644）在城中自尽。清军遂利用这一局面，从东北地区南下入关，次年在北京建立了清朝，这也是中国的最后一个皇朝。由于清朝统治者是少数民族，皇帝加强了对思想的控制，作为巩固统治占大多数的汉民族、镇压造反与抵抗的有效途径。甚至在从东北南下之前，满族统治者就已经开始吸收汉族精英文化，他们学习明朝经验，在礼法上大规模汉化，以理学思想培养顺从的心态和对皇权的愚忠。宋代理学家朱熹（1130—1200）几乎被神化，而清朝皇帝实现统治合法化的重要方式之一，就是宣称自己是儒家传统的继承者。康熙皇帝（1654—1722）本身就十分博学，在他统治期间，出版了多部重要的集成类典籍，如《康熙字典》《古今图书集成》《全唐诗》等。在乾隆（1736—1795）年间，编修了中国最大的综合性丛书——《四库全书》。这些书无疑对中国古代书籍的保存做出了重大贡献，但与此同时，清朝当局也大量销毁被

523

认为是颠覆政权的书籍，并将许多书籍列入了禁书名单。这种文化政策意在彻底消灭晚明显著的自由思想，将天下读书人都驱入官方认可的理学正统中来。

与此同时，通过对明亡的反思，许多汉族学者都将传统儒家教义作为将分裂的社会重新凝聚起来的方式，并将明亡归咎于明朝后期的多位思想家，从开创"心学"的王阳明到激进的"异端"李贽等。例如明末清初的一位影响力极大的学者顾炎武（1613—1682），他提倡程朱理学，反对从王阳明到李贽等晚明思想家的反传统思想。他批评晚明思想流于空谈，没有实际用处，认为王、李之祸更甚于几个亡国昏君。他提倡知识的经世致用，并为音韵学、文献学的深入研究开辟了新的学术道路，为后来的"乾嘉学派"铺垫了基础，亦即清代中叶乾隆和嘉庆（1736—1820）年间的考据学。虽然顾炎武仍然忠于故明，并参加过反清运动，但他对理学的倡导实际上却与清朝统治者倡导的意识形态不谋而合。

一方面，清朝皇帝推行理学思想，积极接受汉化，而另一方面，他们加强了对思想和言论的控制。特别是在康乾时期出现了一种控制思想、恐吓学者的可怕手段，亦即臭名昭著的"文字狱"。朝廷刻意将诗歌文章解读为政治颠覆或侮辱政权，监禁甚至处决了许多学者，在文人中间制造了一种恐怖气氛。而乾嘉学派固然从知识起源和方法论上可以追溯到顾炎武及其同侪的先驱作品，但同时也是清朝文化专制政策的产物。在文字狱的威胁下，学者们继承了清初学者的研究方法，但却远离他们那些知识的经世致用，转而埋首于古代典籍，或考证字句名物，或编辑古代文献。他们在语言学、音韵学、目录学、地理学等方面做出了突出的贡献，但他们的成就更多的是为更深入的研究奠定基础，而不是提出任何与当下现实有关的理论或思想。

历史总是复杂和多维的。尽管清朝统治者渴望控制思想，但社会和经济的发展必将导致思想变化以适应社会状况之变，甚至连皇帝的意志也不能完全凌驾其上。清帝国幅员辽阔，其有效控制的疆域面积为中国历史之最，与17世纪至18世纪早期的欧洲国家相比，它在经济上也非常发达。随着社会经济的持续增长与城市文化的发展，清朝社会发展迅速超过了明朝，特别是随着康熙朝中期大小战争的结束，社会的稳定为文学提供了比明初更好的条件。因此，清朝充满了矛盾和复杂，而当时的文坛也是如此。在文学史上，我们可以将清朝这200多年分为三个阶段：清前期，从1644年到1735年，包括康熙皇帝在位的61年（1661—1722）；清中期，从1736年到1839年，包括乾隆皇帝在位的漫长60年（1736—1796），其间清朝达到顶峰并开始走向衰落；清晚期，从1840年到1911年，始于第一次鸦片战争而结束于清朝灭亡。

文学在清初并没有如明初一般跌入低谷，但之后也未迎来明朝同期般的高涨热潮。所有传统形式的文学表达繁荣发展，特别是在乾隆朝中期，个人自由和个性表达的需求再次出现，一些诗歌、小说与戏剧作品都超过了前人的成就。总的来说，清朝作为中国最后一个皇朝，其文学在诗歌、散文、戏剧和小说方面都取得了巨大的成就，可以说是中国古典文学的辉煌尾声。

2. 清早期诗词

清初最有影响力的诗人是钱谦益（1582—1664），他在晚明已经是诗坛主力，也是东林党领袖，这一派别主要由东南江苏地区的一群文人士大夫组成，与当时把持朝政的宦官一党势不两立。明亡后，钱谦益曾为清廷效力一段时间，因而招致了许多明朝遗老遗少的蔑视，但他很快就辞官回乡，并与复明志士保持密切联系，反对清朝统治。钱谦益生活在王朝变迁的动荡时期，仕途蹉跎，名誉不佳，但他渊博的学识、富艳的诗歌和优美的文学品味，却对清代早期文学产生了重要影响。他批评明朝前后七子的复古保守倾向，同时亦批评了倾向相背的公安派和竟陵派的某些粗粝之处。钱谦益提倡在诗歌中表达个体情感，但也强调通过学习古典文学以令纯粹的自发表达得以平衡并强化。他本人的诗作用典丰富、语言优雅，抒发了在王朝变革中的失落之情。例如，下面这首诗是写南京秦淮的，标题是《丙申春就医秦淮，寓丁家水阁，涉两月，临行作绝句三十首留别，留题不复论次》：

苑外杨花待暮潮，隔溪桃叶限红桥。
夕阳凝望春如水，丁字帘前是六朝。

Outside the garden willows await the evening tide,
Peach leaves behind the red bridge come to hide.
The setting sun shines over spring like flowing waters,
In front lies the river full of memories of old times.

通过描写前朝与逝去的辉煌，诗人也表达了对明朝灭亡的悲痛。又如下面这首《金陵杂题绝句二十五首，继乙未春留题之作》录一：

顿老琵琶旧典刑，檀槽生涩响丁零。
南巡法曲谁人问，头白周郎掩泪听。

Dunlao used to shine as model for pipa music,
But the strings are now dry and grate on one's ears.
Who still cares about songs so popular of yore?
Only the white-haired man who listens in tears.

清初另一位主要诗人吴伟业（1609—1672），早期作品多写情爱，语言清丽，但明亡入清后，他像唐代诗人白居易一样，写了许多关于历史事件的叙事长诗，以辞藻优美、语句悠扬而闻名。长诗《圆圆曲》可能是他最著名的作品，写妓女陈圆圆不幸的一生，不仅描述了她个人的人生变迁，更通过讲述这个弱女子别无选择、只能接受命运安排的悲惨经历，见证了历史灾难、骇人的不公与暴力以及时代沧桑。吴伟业的诗歌以表达鼎革之际的伤痛，却仍不失优雅节制而著称，例如下面这首《遇旧友》，写艰难时期又与老友重逢：

已过才追问，	Already passed by when I turned to ask,
相看是故人。	And saw it's an old friend of yore.
乱离何处见，	Where can we meet in such hard times,
消息苦难真。	When nothing can be certain anymore?
拭眼惊魂定，	Wiping our eyes, we calm down our souls,
衔杯笑语频。	And share many laughs over a cup of wine.
移家就吾住，	Why not move to stay in my place, after all,
白首两遗民。	We are two white-haired men from old times.

上文已经提到过，顾炎武是清初的一位大学者，其著作为清中期的考据学奠定了基础。同时，他也是一位忠于故明的杰出诗人。下面是他写给朋友的一首诗，《酬王处士九日见怀之作》：

是日惊秋老，	Surprised to find autumn already in decline,
相望各一涯。	You and I each at the world's end reside.
离怀销浊酒，	May the pain of parting dissolve in cheap wine,
愁眼见黄花。	And yellow flowers meet our sorrowful eyes.
天地存肝胆，	Heaven and earth bear witness to our faithfulness,
江山阅鬓华。	Our hair's turned white while living through it all.
多蒙千里讯，	Grateful to have your missive from so far away,
逐客已无家。	But in exile no place as home I now can call.

清初的其他著名诗人还包括陈维崧、朱彝尊等。陈维崧（1625—

1682）以兼擅诗词闻名，下面这首诗《晓发中牟》，描述他在旅途中经过郑州附近的中牟，东汉末年著名的官渡之战即发生在此地。在这首诗中，诗人哀悼着时代的变迁，昔日荣耀终成空：

马前残月在，人语是中牟。
往事空官渡，西风入郑州。
角繁乡梦断，霜警客心愁。
野店扉犹掩，村醪何处求？

A broken moon hangs right in front of my horse,

And here, they say, the ancient battle was fought.

Past events are now all empty in Guandu,

The west wind blows into the Zhengzhou fort.

Repeated bugles shattered my dream of home,

And frost sends chills to my heart in dismay.

The tavern door is still closed in the village,

Where can I find wine to wash my sorrow away?

词的黄金时期在宋代，到元明时期即逐渐衰落，在散曲面前就显得有些黯然失色了，甚至一度为其所替代。然而，到了清代，随着对学养的重视，起源民间的口语化明代散曲不再那么吸引人，于是词迎来了复兴，因为词比散曲更"雅"，也很适合生动地表达个人情感和体验。陈维崧与朱彝尊都是重要的词家。陈维崧有意师法南宋大词人辛弃疾的豪放词。例如，在下面这首《点绛唇·夜宿临洺驿》中，写来到"临洺"眼前所见，昔日古国只能在记忆中追寻，不禁伤感于自己的命运，就像那黄叶在寒风中旋转坠落：

晴髻离离，　　　　　Cliffs are shining under the sun,
太行山势如蝌蚪。　　The Taihang mountains look like moving alive.

稗花盈亩，	The fields are full of wild flowers,
一寸霜皮厚。	Frosty white on the ground they thrive.

赵魏燕韩，	Territories of ancient kingdoms,
历历堪回首。	Each of them now lives in my mind.
悲风吼，	The sorrowful wind howls with pain
临洺驿口，	At Linming as I arrive,
黄叶中原走。	Yellow leaves fall over the central plains.

不过，和辛弃疾一样，陈维崧也能写婉转清丽之词，比如下面这首《杨柳枝》：

袅娜丝扬水面生，波光柳态两盈盈。
搅来风色昏于梦，不许春江绿不成。

Softly its long threads swing over waters,

Lovely are the sparkling waves and dancing willows.

In the wind they blend all as fuzzy as in a dream,

The river in spring is dyed all green when it flows.

当时最有影响力、最杰出的词人是朱彝尊（1629—1709），浙西词派的领袖。他的诗歌也很出名，继钱谦益之后提倡宋诗风格，突出学养并运用优雅与复杂的文学典故。下面这首《桂殿秋》深受评论家赞赏，精妙地摹写了一对情侣同舟共渡，却因家人在侧只能分开就寝、不能亲近的微妙处境：

思往事，渡江干，青蛾低映越山看。共眠一舸听秋雨，小簟轻衾各自寒。

Thinking back the time

When we passed along the riverbank,

And looked at green mountains high and low.

We listened to the autumnal rain on the same boat,

But matts and sheets are each cold.

还有朱彝尊下面这首《忆王孙·夜泛鉴湖》，描写浙江镜湖的如画夜色：

天边新月两头纤，镜里晴山万点尖。小棹乌篷不用帘。夜厌厌，渐觉微风衣上添。

In the sky the crescent moon is sharp on both ends,

In Mirror Lake reflections of all high peaks lie at ease.

The covered skiff doesn't need curtain creases.

The night is quiet,

In my clothes I feel the cool of a gentle breeze.

清初还有一位杰出词人纳兰性德（1655—1685），他出身满洲八旗权贵家庭，作品却每每带有一种微妙的悲伤和厌世感。下面这首《长相思》，写的是冒着风雪在北上途中的思乡之情：

山一程，水一程，身向榆关那畔行，夜深千帐灯。
风一更，雪一更，聒碎乡心梦不成，故园无此声。

Over mountains and over rivers we ride,

Pushing towards the Yu Guan Pass,

A thousand lanterns lit up the camp deep at night.

The wind howls, a heavy snowfall,

Breaking up the dream of my homesickness,

But at home, no such noise disturbs us all.

纳兰词语言自然流畅，清丽又质朴，正如下面这首《如梦令》：

万帐穹庐人醉，	In the million tents men are drunk,
星影摇摇欲坠。	It seems all the stars are about to fall.
归梦隔狼河，	Home is blocked by the Wolf River,
又被河声搅碎。	And my dream is shattered by its roar.
还睡，还睡，	Go back to sleep, yet more sleep,
解道醒来无味。	There is nothing to wake up for.

在风格上，纳兰性德常与南唐后主李煜（见第九章）相较，因为这两位大词人有许多共性，语言自然优雅、意象优美动人，又都擅借此表达忧郁凄苦的悲伤之情。

3.　王士禛的神韵说与其他诗歌潮流

及至1700年左右也就是康熙中期，清朝政权稳固，汉化政策取得成功，社会进入了稳定状态。新一代的诗人遂以怀着与前辈不同的心态登上了舞台，其中王士禛（1634—1711）是最具影响力的诗坛领袖与代表人物。他在诗歌理论上主张"神韵"说，强调诗歌贵在暗示性与含蓄的"韵味"，而不是直露的表达。他在编选后世颇具影响的《唐贤三昧集》时进一步实践了这一理论，推崇王维与孟浩然为榜样，而不是李白和杜甫这两位在传统上更受尊崇的诗人。王士禛自己的诗歌也学王、孟风格，以优雅而意蕴丰富的语言，微妙间接地抒发深刻的情感。如下面这首《秋柳四首》其一：

秋来何处最销魂？残照西风白下门。

他日差池春燕影，只今憔悴晚烟痕。

愁生陌上黄骢曲，梦远江南乌夜村。

莫听临风三弄曲，玉关哀怨总难论。

Wandering in autumn, where would the best place be?

The Baixia Gate at sunset when the west wind blows.

Shadows of spring swallows recall the bygone days,

Now only faint traces remain in the evening glow.

Sadly one hears afield the Song of Yellow Stallions,

And back to the Crow Night Village only in a dream.

Do not listen to the plaintive flute in the chilly wind,

It's hard to judge the complaints coming in its stream.

1657年，24岁的王士禛写下这首诗之后，一时传遍天下，竟有数百诗人与之唱和。这首诗描述了柳树与衰落的寒秋，其中所指的几个地方——"白下门""乌夜村"，都是昔日战争的历史典故，似乎是在以一种微妙而模棱两可的方式叹息明亡，抒发了悲伤之情。然而，诗中悲伤的语气是压抑的，意义是暧昧的，最后一句几乎是极力要从悲怀中转换心境，走出往昔的阴影。这已经充分体现了他的诗歌观，也就是后来倡导的暗示性的"神韵"。王士禛的诗读之甚美，具有诗意的模糊性和暗示性。例如下面这首短小的绝句《江上》，他自己亦颇为自得：

萧条秋雨夕，　　　　Bleak is the evening with autumnal rain,

苍茫楚江晦。　　　　A bluish fog the river of Chu enshrouds.

时见一舟行，　　　　From time to time a lonely boat is seen,

蒙蒙水云外。　　　　Vaguely over misty waters and heavy clouds.

1672年，王士禛被派往四川担任考官，这段经历对他的诗歌也产生了影响。他以一种更为沉思的风格描写了各种场景与历史事件。下面这首《雨中度故关》，写他在赴川途中经过河北故关，在雨中翻山越岭而行：

危栈飞流万仞山，戍楼遥指暮云间。
西风忽送潇潇雨，满路槐花过故关。

Water falls down wooden trails on high mountains,
A turret points towards clouds in the evening sky.
The west wind brings down a sudden spat of rain,
Sending sophora flowers all over the pass to fly.

下面这首《嘉阳登舟》，写的则是他几年后重回四川嘉阳：

青衣江水碧鳞鳞，夹岸山容索笑新。
怅望三峨九秋色，飘零万里一归人。
亭台处处余金粉，城郭家家绕绿蘋。
信宿嘉州如旧识，荔支楼好对江津。

Waters in the Qingyi River flow in deep green,
Hills on both sides are soliciting one's smiles.
Pensively looking at fall colors in Mount Emei,
A lonely traveler returns from ten thousand miles.
Gilded pavilions are richly adorned in this place,
Water lilies surround houses in the town everywhere.
Stay over Jiazhou feels like seeing an old friend,
With the lovely Lychee Tower facing the ferry pier.

　　王士禛优美的绝句常令人联想起王维那些佳作的宁静优雅，比如下面这首写他雪天思念兄长的诗《雪后怀家兄二首》其一：

竹林上斜照，陋巷无车辙。

千里暮相思，独对空庭雪。

The bamboo grove is catching the setting sun;

In the lonely street, no chariot left its trace.

I thought of you from a thousand miles away,

While facing the heavy snow, alone in this empty place.

由于王士禛文才不凡，学高位显，他的神韵说在当时名声极大，影响深远。然而，也有人不同意他的意见，最直言不讳的批评者之一便是他的侄女婿赵执信（1662—1774）。赵在其文学批评著作《谈龙录》中，直接反对王士禛诗歌理论的模糊性。赵执信自己的诗风明显不同，语义清晰，毫无暧昧。例如下面这首写皇宫河沟之水的《御沟怨》：

水自御沟出，	Waters flowing out from ditches in the palace,
流将何处分？	Where will they be severed and run even?
人间每鸣咽，	The sobbing sound in the human world,
天上讵知闻！	Would it ever be heard in heaven?

如前所述，当时另一位与王士禛齐名的诗人朱彝尊，主要以词闻名，在诗歌方面亦被视为浙派诗的开山祖师。继钱谦益之后，他也主张向宋人吸取以学养入诗的做法。他早期的诗歌抒发了对王朝变迁的强烈感情及对明亡的哀悼，但后期的作品则平和轻快，显示了那个时代整个社会与文化条件变化的普遍趋势。

清代诗人对学养的强调，必然推动诗歌从师法唐人转向从宋代及之后寻求榜样。"宋诗派"的主要诗人是查慎行（1650—1727），他欣赏苏轼与陆游，也写过一些反映当时社会问题的诗。例如，下面这首写湖北旱灾的《初入小河》：

鱼米由来富楚乡，入秋饱啖只寻常。

如今米价偏腾贵，贱买河鱼不忍尝。

With fish and rice the Chu has always been rich,

In autumn you may have them as much as you wish.

But now the price of rice has jumped so high,

I can't bear to taste so cheaply sold fish.

湖北古代属于楚地，人称"鱼米之乡"。然而，1679年查慎行赴湖北之时，严重的旱灾让百姓陷入困难，米价飙升、河流干涸，百姓不得不打鱼并大量贱卖维持生计。

我们在第二章曾讲过，战国时期伟大的楚国诗人屈原，最终跳入汨罗江自尽。查慎行参观了湖南汨罗的屈原祠后，写下了这首《三闾祠》，以感人的诗句向这位伟大的古代诗人深深致敬：

平远江山极目回，古祠漠漠背城开。

莫嫌举世无知己，未有庸人不忌才。

放逐肯消亡国恨？岁时犹动楚人哀。

湘兰沅芷年年绿，想见吟魂自去来。

The vast land stretches as far as the eyes could see,

At the back of the city the ancient temple opens its gate.

Don't complain you have no true friend in this world,

Never the petty-minded would stop the talents to hate.

Did exile dissolve the pain of losing your country?

Yearly the people of Chu still mourn your fall.

The orchids and fragrant plants are green every year,

To them I imagine would return the poet's soul.

而在下面这首《舟夜书所见》中，查慎行则描写了渔船上的一盏小灯，还有微风来时它在河中的倒影：

月黑见渔灯，	At a dark moonless night, a fisherman's lamp,
孤光一点萤。	A spot of solitary light that seems to quiver.
微微风簇浪，	When waves gently rise up in the wind,
散作满河星。	It scatters into sparkling stars all over the river.

在清初诗人中，查慎行在宋诗派中可列第一，学宋诗也是当时的主要诗歌潮流。

到了康熙时期，王士禛则成为文坛领袖，随之流行开来的还有他的神韵说。然而，这个理论因其含糊模棱两可且未循传统不以李白杜甫为尊，亦为众多诗人诟病。18世纪乾隆年间，文坛是丰富、动态而多元的，各路诗人及其诗歌观与文学观，纷纷通过各种体裁的作品和评论得以呈现。

沈德潜（1673—1769）吸取了明代前后七子的思想，主张诗歌宗唐而非宗宋。然而，他的主要观点又有别于明代诗人，因为他提出了自己的诗歌理论"格调说"，主张回归汉代儒家高雅中正的诗歌观，认为诗歌具有"理性情，善伦物，感鬼神"的"诗教"功能。在某种程度上，沈德潜的"格调说"与桐城派近似，显示了乾隆朝"盛世"的辉煌。

厉鹗（1692—1752）基本是沈德潜同时代人，是继朱彝尊和查慎行之后的浙西词派的领军人物。他不主宗唐，而主宗宋，以知识学养为重。他的诗作主要描写自然风景，特别是杭州西湖一带的景色。下面这首诗是他夜间泛舟西湖所作的《西湖泛月四绝句》其一：

月下看花不肯红，沿堤花影压孤篷。
春烟夜半生波面，仿佛青山似梦中。

Flowers refuse to show their red color under the moon,

But their shadows along the bank press on the lonely boat.

At midnight spring mist arises over the waves,

All the blue mountains seem in a dream to float.

作为朱彝尊的追随者，厉鹗也以词闻名。他对北宋的周邦彦（见第十二章）与南宋的姜夔（见第十四章）等词人都很推崇，主要是因为二人词作在音乐性与韵律感上的臻于完美。

还有一位学者认为诗歌应该宗宋，就是提出"肌理说"的翁方纲（1733—1818）。他从考据学出发，认为宋诗实高于唐诗，因为宋诗在探索思想与义理方面更胜一筹。虽然他的"肌理说"与沈德潜有所不同，但与沈的"格调说"一样，都提升了乾隆时期宫廷诗歌的品味。

如前所述，词在清代得以复兴并进入了发展高潮阶段，尤其有赖于以朱彝尊和厉鹗为首的浙西词派的努力。然而，到了清代中叶末期，浙西词派影响渐衰，而"常州派"则兴起成为更有影响力的一种模式。这一诗派以学者张惠言（1761—1802）为首，他将儒家传统注疏的讽寓式解读之法与词的概念相结合，认为词也应该像诗一样，以隐喻性的语言委婉表达重要意蕴。他编辑了一部《词选》以传播其文学思想，并遴选若干前代词人为榜样，又以唐人温庭筠（见第九章）为第一。张惠言认为，温庭筠的词作意蕴深刻，全无琐屑不当。张惠言自己的词也颇有影响，最著名的代表作之一是下面这首《木兰花慢·杨花》，描摹杨花半空漂浮之态的生动微妙，但其意蕴显然更在杨花之外：

尽飘零尽了，何人解、当花看？正风避重帘，雨回深幕，云护轻幡。寻他一春伴侣，只断红、相识夕阳间。未忍无声委地，将低重又飞还。

疏狂情性，算凄凉、耐得到春阑。便月地和梅。花天伴雪，合称清寒。收得十分春恨，做一天、愁影绕云山。看取青青池畔，泪痕点点凝斑。

Let them all fall down,

Who understands and sees them as flowers?

It's time curtains are folded against the wind,

Draperies to hide from the rain,

Clouds are protecting flags in the showers.

Trying to find their companions in the spring,

In the setting sun only the fallen red petals remain.

They can't bear lying on the ground without sound,

When swirling low, they rise up and fly again.

They have an unyielding nature,

And can withstand till spring is gone.

Then with the plum-blossoms under the moon,

And flying in the sky with snowflakes,

Become their pure and cold companion.

They gather all the sorrows of spring

Around piles of clouds like a sad shadow they appear.

Look at the green bamboos by the lake,

They have turned into marks of many a bitter tear.

　　和张惠言的大多数词作一样，这首作品表达了一种美丽事物无奈坠落的伤感，最令人称赏的是这两句，"未忍无声委地，将低重又飞还"。面对杨花，诗人伤怀尽显，描写它不想落在地上，却还是不得不迎来委地的结局；然而这首词的确切意义或内涵仍然是模糊的。同样的问题使"常州派"大多词作读来如同猜谜。周济（1781—1839）发展了张惠言的文学理论，指出词作为一种独立体裁的价值。周济进一步提升了常州派的影响力，但他自己的作品或难称一流。总的来看，常州派对文坛的影响是有限的，因为其忽视了词之所以为词的特殊性，那就是具有更大的空间，能以较为灵活的情感回应世界。张惠言和周济主张词也应成为儒家美德与思想具象表达，其实对这一体裁的发展并没有帮助。

4. 桐城派、骈文与其他文学

在清早期，晚明风格的散文持续了一段时间。事实上，晚明最后一位散文家张岱在清初也写了许多散文。诙谐的作家与剧作家李渔（1611—1680），也在他的《闲情偶寄》一书中写了一些有趣的短篇，以幽默而嘲弄的笔调品评各种话题。例如，在一篇写饮馔的短文中，他认为嘴和胃这两个人体器官造成了世界上所有的麻烦，而让人类长出它们来，分明是造物主的错误："草木无口腹，未尝不生；山石土壤无饮食，未闻不长养。何事独异其形，而赋以口腹？"造物主不仅给了人类这两个麻烦的器官，而且还增添了人类的欲望："又复多其嗜欲，使如溪壑之不可厌；多其嗜欲，又复洞其底里，使如江海之不可填。"所以人类不得不劳苦一生，只为填充嘴和胃这两个无底洞。李渔开玩笑地写道：

> 吾反复推详，不能不于造物是咎。亦知造物于此，未尝不自悔其非，但以制定难移，只得终遂其过。

I have carefully thought about this many times and cannot but blame the Creator for this mistake. I also know that the Creator himself has regretted for the mistake, but because it is difficult to remove what has been instituted, he just has to go along with it.

然而，这种类型的晚明式小品并未进一步发展，因为随着清政

539

府对理学正统思想的认可，文应为儒家之道载体的理学观点亦成为主流。正是在这一语境下，才诞生了"桐城派古文"，开创了一种从清代中叶至民国早期影响经久不衰的文学模式。桐城派的创始人是方苞（1668—1749），他认为二程与朱熹的理学思想是"古文"写作的指导原则，而文风应循《左传》《史记》等秦汉文本与韩愈、欧阳修等唐宋大家，文应为时而作。方苞提出了"义法"（写作的方法）说，即文应以儒家经典为范，魏晋以下文字一概不取，并且杜绝任何机巧的诗歌表达。他的学生刘大櫆（1698—1779）进一步发展了他的思想，并讨论了通过声律与句子结构来实现这一思想的具体途径。在后期，姚鼐（1731—1815）又在这一理学文学观的核心中添加了若干可行的具有美学考量的概念。由于方苞、刘大櫆与姚鼐三人都是安徽桐城人，他们的"古文"理论亦被称为"桐城古文派"。桐城派以"义法"（以恰当的语言表达儒家思想）为基础，以派中诸人的文章为范式，建立了符合清朝统治思想的系统化写作理论，成为影响十分深远的一个文学派别。

然而，桐城派尽管拥有巨大的影响力，许多渊博学者与著名文人仍然对其持保留意见甚至予以批评，尤其是在乾隆朝及之后，如袁枚、钱大昕、阮元等。考据派的领军学者钱大昕（1728—1804）批评方苞学识空疏，称方苞"未尝博观而求其法也。法且不知，而义于何有？"有清一代最重要的学者之一阮元（1764—1849），吸收了萧统在《文选》中所提出的"文"的思想（见第五章），认为儒家经典、历史记载与编年史等均非文学写作范畴，而只有"事出于沉思，义归乎翰藻"的作品才应视为"文"。对于阮元来说，文学正途在于骈文，而不是所谓的"古文"。清中期的主要诗人与作家袁枚（1716—1798），也是晚明反传统思想复兴的代表人物，他大胆反对虚伪的理学正统思想，不惟儒家经典是瞻，并嘲笑桐城派不过是些抓住一点经学皮毛以为立足点的文人。袁枚写了许多晚明式散文和骈文，大部分作品语言清新、流露出真情和个性，有时甚至大胆无制地突破了传统儒家思想的局限。例如《祭妹文》这篇佳作，袁枚喟叹妹妹不幸早逝，她因难以忍受丈夫虐待，回娘家不久就去世了。在追寻童年记忆和一些日常细节时，袁枚以极为真挚的情感表达了失去妹妹的痛苦，令读者无不深深动容。袁枚的骈文也很有名，而当时骈文第一的当数汪中（1744—1794）。骈文迅速发展起来，与桐城派古文形成对立与竞争，使得文学散文在清代文学中呈现出丰富多彩的活跃局面。

　　清中期还有一部颇值一提的散文，沈复（1763—约1838）的《浮生六记》。这是一部自传体作品，六章仅存四章。作者文名不显，但在这篇作品中，他讲述了深爱妻子的故事，写小夫妻如何因父亲严苛不近人情而被迫离家分居，又是如何贫病交加、终致妻子早逝等种种情形。这部作品的语言朴实、自然而清澈，由于它真实地揭露了旧式家庭结构中的道德困境，叙述十分感人。《浮生六记》在20世纪早期始被发现，它大胆地挣脱了传统的道德局限，深受现代读者赞赏。

5.　袁枚、张问陶与性灵派

　　长期的康乾盛世使得清代社会相对稳定，经济增长，城市发展也保持平稳。此前一度受到压制的晚明自由精神，在18世纪又重新兴起，再度与保守的文学正统唱起反调来，尤其在以袁枚为首的所谓"性灵派"最为典型，代表着当时最新甚至可以说是激进的变化。如第十六章所述，"性灵"本是袁宏道和公安派提出的一个概念，在晚明产生了巨大影响，我们在第十七章讨论汤显祖戏剧《牡丹亭》和晚明小品文时曾有论述。"性灵"的字面意思是"本性与精神"，意指自由表达的自然情感和个人欲望，成为遵从理学意识形态正统的保守诗学理论的反面。严格地说，性灵派本身并不是一个"派"，而是一群诗歌观相似并以类似方式写诗的诗人。这群诗人以袁枚与张问陶为首，黄景仁、郑燮、赵翼与其他几位诗人也名列其中。

如前所述，袁枚才华横溢，在各种体裁上都不乏佳作。他对人生有着享乐主义的态度，呈现出反传统儒家思想的独立人格。他将人类的情感和欲望置于首位，曾与沈德潜辩论，并主张情诗的合法性，反对道德主义的限制。他的反传统思想是对袁宏道与激进思想家李贽推动的晚明精神的一种复兴。他胸襟开阔，交游极广，与许多高官、富商与文人都保持着良好关系。他虽然官位不显，作为文坛领袖却广受尊敬。从下面这首《自题》中，我们可以对他的性格有一些理解：

> 不矜风格守唐风，不和人诗斗韵工。
> 随意闲吟没家数，被人强派乐天翁。
> I don't boast sticking to the style of the Tang,
> In competition for perfect rhyme I never engage.
> Just compose at random with no particular way,
> But called by others a happy Letian in old age.

他在诗中表示，自己并不模仿唐宋，也不与其他诗人竞争，只是以诗歌自由地表达自我的感情思想，而不拘泥于任何诗派的理论和方法。他"被人"比作乐天（即唐代诗人白居易），但这只是别人的看法，而不是他自己的见解。事实上，袁枚确实写过一首《马嵬》，所咏之事与白居易名作《长恨歌》不无关系，表达的思想却是民间百姓的悲苦远甚于帝王之家。袁枚的诗题"马嵬"就是杨贵妃当年被勒死的地方，我们在第八章讨论过，白居易在他著名的《长恨歌》中曾有动人的描述。吟咏唐玄宗与杨贵妃的爱情与悲剧结局的诗有很多，但袁枚这首的思想却别具一格：

> 莫唱当年长恨歌，人间亦自有银河。
> 石壕村里夫妻别，泪比长生殿上多。
> Don't sing the Song of Everlasting Sorrow,

People in the world have separation of theirs.

When man and wife parted in the Shihao village,

More than in the royal palace ran their bitter tears.

袁枚不仅提到了白居易的《长恨歌》，还提到了杜甫的名作《石壕吏》（见第七章），写在安史之乱的恐怖年月，一对老夫妻被迫分离的心碎故事。袁枚还在另一首《再题马嵬驿》中表达了对杨贵妃的同情，讽刺了在安禄山叛军攻来之际，宿卫将领陈玄礼保护玄宗逃往四川，半路上逼迫玄宗赐死贵妃的行为。在父权传统中，女性尤其是美丽的女性通常被视为一种危险的诱惑、导致亡国灭朝的祸水。袁枚嘲讽将军不能以利刃精兵杀敌，反而用"黄金钺"对付后宫女子：

万岁传呼蜀道东，鸑拳兵谏太匆匆！
将军手把黄金钺，不管三军管六宫。

The royal procession went loudly on route to Shu,

It's too hasty to use soldiers her death to extort!

With his golden axe in hand the general

Commanded not his army but ladies of the court.

袁枚的诗歌往往有种独具特色的自然优雅，又透出一种敏锐观察的睿智。下面这首《不寐》就是一个很好的例子：

一雨百花休，　The rain ruined blossoms in my garden;

三更万籁寂。　And all is quiet in the deepest of late hours.

触耳不成眠，　But I can't sleep, as my ears are touched

风枝堕残滴。　By the falling drops from wind-shaken flowers.

另一首《从绵津至赣州储坛得绝句五首》其四，写河边一个渔翁，如一幅典型的中国传统水墨风景画：

渔翁底事不归家？   Why is the old fisherman not going home?
细雨蒙蒙立浅沙。   Standing in the sand in this drizzling rain,
生怕鱼惊竿不动，   He does not move for fear of startling the fish,
蓑衣吹满碧桃花。   Covered with peach blossoms blown in the wind.

乾隆时期的张问陶（1764—1814）也是一位大诗人。他主张诗歌应有真情、有实质，而非一味炫耀书本知识。正如他在下面这首《论诗十二绝句》其三中所写：

胸中成见尽消除，一气如云自卷舒。
写出此身真阅历，强于钉饺古人书。

When all received notions are swept clean,
Like free folding and expanding clouds it looks.
Write out what you have truly lived through,
Much better than working over bits of ancient books.

这显然与他那个时代的诗歌主要潮流相悖。当时考据学臻于顶峰，许多学者埋首儒家经典辨义探微，一字一句无不穷尽。在主张自然表达作者的真实感受与自我这一点上，张问陶的诗歌观接近袁枚，他们经常作为性灵派诗人并列，但其相似性更多还是反映了时代性与二人性格，并非为形成特定诗派而作的有意识努力。正如张问陶在《论诗十二绝句》其十二中写道：

名心退尽道心生，如梦如仙句偶成。
天籁自鸣天趣足，好诗不过近人情。

The heart of *dao* will arise when desire for fame is gone,

As though in a dream or with an immortal you compose.

Natural sound will resonate with natural appeal,

Good poetry is but to human feelings to get close.

　　和袁枚一样，张问陶也直言不讳，自由表达。他不仅诗才横溢，也是著名的画家和书法家。他的诗风清晰简洁，这是一种基于多年的诗歌艺术努力才获得的自然感。下面这首《咏怀旧游十首》其九，写他在西安以北旅行的经历，以及对诗中这些历史名人荣华尽成云烟的反思：

　　秦栈萦纡鸟路长，三年三度过陈仓。
　　诗因虎豹驱除险，身为峰峦接应忙。
　　雁响夜凄函谷雨，柳枝秋老灞桥霜。
　　美人名士英雄墓，一概累累古道旁。

The Qin trails and bird routes are winding and long,

In the past three years I've passed Chencang thrice.

Having rid of tigers and leopards, my poetry becomes unusual,

My body is busy in meeting peaks that always bring surprise.

At Hangu Pass in the chilly nightly rain wild geese cried,

Over Baling Bridge willows grow old against a frosty sky.

Tombs of the beautiful, the famous, and the heroic ones,

All by the ancient road one upon another lie.

　　这首诗包含了许多著名古籍中的历史典故，并以一种悲怆的感染力抒发了诗人自己的历史感，与性灵派中许多其他诗人极为不同，从而以新的力量与维度进一步深化了这个诗派的作品。下面还有一首张问陶写寒冬天气的《乙卯冬日作》：

　　点树昏鸦小，　　　　　　Like black dots the crows perch on the trees;

枯林瘦可怜。	The bare woods look so thin and brittle.
地寒花亦病，	The earth is frozen, and flowers all sick,
风峭酒无权。	In the chilly wind even liquor can do but little.
冷日难消雪，	The sun is powerless to melt the heavy snow,
残云尚蔽天。	And over the sky dark clouds move and fold.
读书甘忍冻，	I quietly endure the freezing weather in reading,
不是化工偏。	For it's no nature's fault that all is so icy cold.

下面这首《过黄州》，写他途经黄州的感受。赤壁古战场就在此地，经过历代诗人吟咏，尤其是大文豪苏轼写下《赤壁赋》（见第十一章）之后，此地已是天下闻名。"横江西去鹤"的意象也出自苏轼（译者注：《后赤壁赋》"适有孤鹤，横江东来……掠余舟而西也"）。在这首诗中，张问陶描写了自己的舟行之旅，一切都极清幽，引人沉思：

蜻蛉一叶独归舟，寒浸春衣夜水幽。
我似横江西去鹤，月明如梦过黄州。

On a narrow boat sailing alone towards home,
I feel the chill of early spring over a silent stream.
Like a crane flying over the river westward,
I passed Huangzhou under the moon like in a dream.

张问陶家人从四川来，下面这首诗《初冬赴成都过安居题壁》，写四川省城成都附近的一处乡村景象，清丽地描述了宁静田园生活，深受评论家称赞：

连山风竹远层层，隔水人家唤不应。
一片斜阳波影碎，小船收网晒鱼鹰。

Over the mountains, layers of bamboo swell in the wind;

Folks across the river yonder are too far to have a talk.

The slanting rays break waves into shining splinters,

Small boats draw up nets with their black fish hawks.

袁枚、张问陶与性灵派诸诗人，均强调自我意识与作者人格的自由表达。还有几位以绘画和书法而闻名的诗人，以"扬州八怪"为代表，都表现出同样的特点，也经常被视为性灵派。例如扬州八怪的代表人物郑燮（1693—1766），曾作这首《竹石》，显然是诗人自比，如同从岩石缝中长出的竹子一般：

咬定青山不放松，立根原在破岩中，

千磨万击还坚劲，任尔东西南北风！

It bites into the blue mountain and never let it loose,

It has its roots in the broken rock deep and firm.

It stands unbent against thousands of knocks and blows,

Doesn't matter wherever the wind comes from!

下面这首《感春口号》，是扬州八怪中的另一位，著名画家、书法家、诗人金农（1687—1763）所作，也让我们对清中期社会状况、诗人自我意识和独立精神的表达有了更多的理解：

春光门外半掠过，杏靥桃绯可奈何？

莫怪撩衣懒轻出，满山荆棘较花多。

Half of spring has already passed over the door,

What about lovely apricots and peaches and such thrills?

Don't blame me for being too lazy to get up and go,

There are more thorns than flowers all over the hills.

著名历史学家、学者赵翼（1727—1814），也是那个时代精神的代表，强调自我表达与原创性，而不是模仿古人。他有一些论及诗歌艺术的著名诗歌，例如下面这首《论诗五首》其二：

> 李杜诗篇万口传，至今已觉不新鲜。
> 江山代有才人出，各领风骚数百年。
> The poems of Li and Du have circulated by all,
> And by now have lost their freshness.
> Every generation has its talented voices
> For several hundred years to newly impress.

他也在诗中批评多数人盲目地追随他人、缺乏自我判断能力，这其实是一个我们在自己的时代也能发现的问题：

> 只眼须凭自主张，纷纷艺苑漫雌黄。
> 矮人看戏何曾见，都是随人说短长。
> Use your own eye and listen to your heart,
> But many talk nonsense when it comes to art.
> Like those short playgoers who can't see but follow
> The view of others, having none on their part.

赵翼还有下面这首《一蚊》，是一个借咏物表达思想见解的很好的例子，诗中的情绪是讽刺的：

> 六尺匡床障皂罗，偶留微罅失讥诃。
> 一蚊便搅一终夕，宵小原来不在多。
> The six-feet bed is protected by a black gauze net,
> Sometimes by chance a gap is left for you to regret.

One mosquito will make trouble to ruin the entire night,

It doesn't take many petty rascals your life to upset.

洪亮吉（1746—1809）也是一位重要诗人，风格与袁枚和张问陶接近。他下面这首诗《瓯江阻雨，夜起望江心寺作，寺为宋文信国避难复兴地》有些不同寻常，是纪念南宋爱国诗人文天祥（见第十四章）的，并在诗题中提到了复兴前明的思想：

海潮初入雨纵横，帆落东瓯九斗城。
夜半题诗亦何意？荒鸡声里酹先生。

The rain is heavy when the tide first arises,

At the City of Nine Stars my boat now arrives.

What do I have in mind writing the poem at midnight?

To pay homage to you, sir, when the wild rooster cries.

"九斗城"指浙江温州，城北一小岛上立有一座专门纪念文天祥的庙。"鸡声"喻指西晋将军祖逖（266—321）"闻鸡起舞"（中夜听到鸡叫起床舞剑）的典故。

黄景仁（1749—1783）是性灵派的另一位重要诗人，贫困早夭，但他的诗歌却受到时人与后世高度赞誉。他下面这首诗《别老母》，写被迫离家求功名时拜别老母亲的情景，诗中传递的悲伤如此真实，令人读来真是感同身受：

搴帏拜母河梁去，白发愁看泪眼枯。
惨惨柴门风雪夜，此时有子不如无！

Rolled up curtains to my old mother I bid farewell,

With white hair and sad eyes, all her tears are gone.

At the gate it's such a sorrowful night with wind and snow,

549

At the moment to have a son is worse than having none!

下面这首《杂感》，可能是黄景仁知名度最高的诗了：

仙佛茫茫两未成，只知独夜不平鸣。
风蓬飘尽悲歌气，泥絮沾来薄幸名。
十有九人堪白眼，百无一用是书生。
莫因诗卷愁成谶，春鸟秋虫自作声。

Failed in pursuing the Dao or the Buddha,

I wail in a lonely night of this world so unjust.

My lamenting song becomes hoarse in the howling wind,

And my name maligned in the muddy dust.

Nine out of ten only worth a scornful eye,

But a scholar is by a hundred percent of no use.

Don't tell me that sad poetry is of ill omens,

Even birds and insects have their own voice.

这首诗描写了他的人生挫折，也表现了他将以诗歌疏泄悲苦视为天赋权利的无畏精神。"十有九人堪白眼"体现了他的自尊和清高，而家喻户晓的"百无一用是书生"这句，只是讽刺性地表达了他对世界颠倒不公的愤慨。

6. 龚自珍与经世文学

漫长的乾隆朝落幕之后，嘉庆皇帝（1796—1820在位）与道光皇帝（1821—1850在位）治下的清朝开始走向衰落，许多社会问题日趋严重，浮出了水面。鸦片成瘾成为一个普遍而严重的问题，而英国的东印度公司从其殖民地印度向中国出口鸦片，从中获得巨额利润。有史以来，中国第一次受到了西方列强日益扩张的压力，许多学者忧心国运衰落，呼吁改革自强。

龚自珍（1792—1841）是当时那一代具有强烈社会责任感的文人代表。他是一位敏锐而深刻的思想家，也是一位富有想象力和激情的诗人和作家。他很明显继承了晚明思想家特别是李贽的许多观点，重视自我、隐私与个体欲望，赞扬"童心"。他把不受压抑的自我视为形成健康社会状况的基础，而将对自我的压抑、特别是文人学者中强健人格的缺失，视为当时清代社会的根本问题。例如，他写了一篇题为《病梅馆记》的社会寓言，尖锐地批判了病态的社会状况，表达了从这个病态社会的扭曲和压迫中解放自我的愿望。他在文中提到，江南的"文人画士"都要梅枝弯斜扭曲才好看，导致"江浙之梅皆病"，再也没有自然健康的形状。他为这些"病梅"深感难过，"乃誓疗之，纵之顺之"。这篇文章极为有名，因其以恰当的比喻手法，表达了反对扭曲天资个性、保护自然精力与健康生机的思想。龚自珍的散文不仅在思想上与桐城派古文对立，而且在形式上也不拘泥于某种特定的写作方式，注重对思想感情的自由直接表达。他的文章具有深刻的意义、雄辩的逻辑与出人意料的思想转变，语言直白而令人信服，对文言散文的发展做出了重要贡献。

同样重视表达自我的思想也体现在龚自珍的诗歌中。他在《杂诗，己卯自春徂夏，在京师作，得十有四首》其十二中，大胆地将整个中原大地描述为一个看不见希望的惨淡之地：

楼阁参差未上灯，菰芦深处有人行。
凭君且莫登高望，忽忽中原暮霭生。

Lamps are not yet lit in towers high and low,

Deep in the reeds people are walking about.

Please do not climb up high and look around,

The central land is darkened in the evening cloud.

"菰芦深处"行走之人，喻指那些没有被朝廷重用的有志之士，这个国家的前景是相当无望渺茫的。而在下面这另一首《咏史》中，龚自珍写的其实不是过去的历史，而是自己的时代，他在诗中以讽刺的笔调描绘了形形色色三教九流，人生无不凄凉茫然：

金粉东南十五州，万重恩怨属名流。
牢盆狎客操全算，团扇才人踞上游。
避席畏闻文字狱，著书都为稻粱谋。
田横五百人安在，难道归来尽列侯？

Golden dust fills fifteen prefectures in the southeast,

Those of fame sink and rise in their petty loss or gain.

Salt traders and accountants have it all figured out,

The gentlemen and ladies their position well maintain.

For fear of "imprisonment on words" they avoid gatherings,

They write books but all for earning their crumb.

Where are Tian Heng's five hundred men,

Could they all get their rewards even if they come?

"金粉"指女性化妆品，一般是上层阶级的奢侈品，"东南十五州"则指长江下游以南的富庶之地。无论商贾、名士、闺秀，人人竭尽所能为自己谋利，而读书人则畏惧于文字狱的威慑，所著之书都不涉时局，这似乎是隐晦地批判了当时占据学术主流的训诂学与考据学。在最后两句中，"田横五百人"用的典故是司马迁《史记》中的一段故事。秦末土崩瓦解之际，田横（？—202）当时在齐国称王。后来，刘邦建立了汉朝，田横遂率领500名追随他的义士逃到了一个岛上。刘邦写信召他，承诺如果他率众一起归降大汉，不仅之前担任高官的可以封王，低阶官员亦有爵位封赏。田横选择独自去洛阳面见刘邦，但还是无法承受这样的羞辱，遂在路上自杀了。当这消息传到小岛上时，五百义士也全体自杀身亡。龚自珍在诗中抒发了失望之情：不仅此时已无田横五百义士这样忠勇之人，而且即便真有这样的人，他们也可能无法获得匹配的职位，难以为国效力。

1839 年，也就是第一次鸦片战争爆发前一年，龚自珍辞去了礼部的官职，在 48 岁这年回到家乡浙江，三年后去世。他写了一系列诗歌表达了许多思想情感，下面这首《己亥杂诗》其五主要表达了离开首都的悲伤，并承诺将在生命的最后几年还要继续为国勉力：

浩荡离愁白日斜，吟鞭东指即天涯。
落红不是无情物，化作春泥更护花。

Vast is the sad feeling when leaving at sunset,

East will the scene of the world's end bring.

The fallen red petals are not without feelings,

They still protect flowers even as mud in spring.

在《己亥杂诗》这一组诗中，最著名的可能是第一二五首：

九州生气恃风雷，万马齐喑究可哀！
我劝天公重抖擞，不拘一格降人才。

The vigor of China comes with great winds and thunders,

How sad that all ten thousand horses are silent and confined!

I would implore the lord of heaven to restore our vitality,

And send down all great talents of many a diverse kind!

龚自珍似有预感，清朝灭亡是不可避免的，他对这令人丧气的"万马齐喑"之象颇感忧虑。所以他在诗中呼吁出现"风雷"，希望天公"不拘一格降人才"，让这个衰朽的国家得以复兴。他的作品最能体现从清中期到后期的激进的时代巨变，也对现代产生了重大影响。

第十九章

戏剧、小说和晚清文学

1. 中国古典戏剧的最后两部杰作

中国戏剧以汤显祖《牡丹亭》等巨作在晚明达到了鼎盛，并在清代早期继续发展。明清鼎革对汉族文人产生了巨大的影响，他们常以诗歌作为抒发悲伤与忧思的主要文学形式，不过同时也以戏剧形式表达被压抑的思想感情。我们上一章提到过吴伟业，他是清早期重要诗人，也著有三部爱情传奇戏剧。他在为另一位剧作家李玉（约1591—约1671）的《北词广正谱》作序时，写下了这样的文字：

> 今之传奇，即古者歌舞之变也；然其感动人心，较昔之歌舞更显而畅矣。盖士之不遇者，郁积其无聊不平之慨于胸中，无所发抒，因借古人之歌呼笑骂，以陶写我之抑郁牢骚；而我之性情，爰借古人之性情而盘旋于纸上，宛转于当场。

What is called romance today is variation on singing and dance in ancient times, but in moving people's heart, it is obviously better and more effective than singing and dance in the past. When talents are not appreciated, scholars would have repressed and pent-up frustrations and anxieties in the bosoms and cannot find a way to vent them, so we borrow the songs, wailings, laughter and scolding of the ancients to articulate our resentment and complaints, while our dispositions can circulate around on paper and move about as actual presence by borrowing the dispositions of the ancients.

自晚明以来，苏州一直是戏剧表演的中心。一批专业剧作家为舞台而创作的剧本，比起更适合阅读而非表演的诗歌，收到了更好的艺术效果。其中的代表人物之一是李玉，他的早期剧作多描写百姓生活与正直的品格，入清之后则转向更多的历史题材，戏剧也多强调忠诚与自我牺牲的美德，反映了浓厚的礼教观念。

清早期最重要的剧作家是李渔（1611—1680）。我们在上一章已经讨论过，李渔在他的《闲情偶寄》中写了一些晚明风格的小品文，也包括对戏剧理论的重要讨论。他也创作过不少中篇小说，都收在《十二楼》和《无声戏》中，还著有十部剧本。李渔的中篇小说和戏剧取材来源多样，以写年轻男女之情为主，多以喜剧或情节剧形式呈现，其间种种细节或讽刺、或怪诞、或滑稽，又沿袭典型的喜剧传统，设置了误解、误认、巧合、真假反转等情节，共同营造出一种有趣的效果。在《十二楼》的《萃雅楼》这篇中，李渔讲了一个关于同性恋的故事，同时也是一出英俊青年惨遭迫害而复仇的悲剧。在明末清初，同性恋题材的故事在蓬勃发展的通俗文学中占了相当比例。李渔的戏剧和中篇小说是典型的通俗文学，往往没有明确的道德或政治意蕴，只不过代表了普通市民的品味，但他对人物的描绘是现实生动的，因为他强调对真情实感尤其是爱情的表达。他也常对自命不凡的假道学表示轻蔑，讥讽他们的邪恶与愚蠢，从而为作品增添了令人愉快的智慧和乐趣。

17世纪末，也就是康熙朝中期，上演了两部臻于艺术顶峰的伟大剧作——洪昇的《长生殿》和孔尚任的《桃花扇》。这是中国古典戏剧的最后两部绝唱。洪昇（1645—1704）取材于唐人白居易的著名诗歌《长恨歌》等文献，历经十年，三易其稿，最终在1688年完成了《长生殿》这一代表作。这部戏是对唐玄宗和杨贵妃这段爱情悲剧的直接写照，在爱的激情与历史事件（导致唐朝衰落的安史之乱）之间构建了一种内在的张力。几个世纪以来，对这个故事的正统诠释大多体现了父权偏见，责怪杨贵妃为红颜祸水，将唐朝衰落归咎于玄宗迷恋她的美色而不理国政。而洪昇的剧本，一方面似乎也是按这条线描写玄宗对杨贵妃的痴迷，错误重用她的亲戚，最终造成社会混乱、政治动荡的灾难性后果；然而另一方面，这出戏更关注的其实在于爱情的根深蒂固与不幸境遇中的悲剧感染力，即便贵为皇帝与妃子，面对无可控制的命运巨变与历史责任的沉重负担，也无处遁逃。这出戏绝不是对二人爱情的谴责，反而是让爱情上升到了一个前所未有的高度，超越了生死，感动了神灵。这不禁让我们想起了汤显祖的《牡丹亭》，而洪昇确实有意识地继承了晚明文学的精神，也承认自己的剧本与汤剧之间的联系。洪昇在音乐与戏剧艺术方面学养十分深厚，《长生殿》虽然故事较长、情节复杂，但剧情紧凑、铺排得当，一直广受好评，尤以其优美动人的语言为人称道。

孔尚任（1648—1718）的戏剧《桃花扇》则是基于更接近作者时代的历史事件而作，通过明末"复社"名士侯方域和名妓李香君的爱情故事，描写了南明小朝廷的灭亡。孔尚任花费十多年的时间研究史料，并于1700年完成该作。剧中角色都是真实的历史人物，情节亦基于历史事件展开，使得《桃花扇》成为一部典型的历史剧。正如孔尚任本人所说，这部剧的目的是"借离合之情，写兴亡之感"。《桃花扇》描述了南明的覆亡，赞扬了死守扬州的抗清名将史可法（1602—1645），虽然这个角色在剧中作为抗清英雄出现，但并不意味着作者意在煽动反清情绪：作为安抚策略之一，清政府也表彰史可法对故明的忠诚，在他殉明之后不久即专门立庙祭祀，因为忠君也正是清朝统治者积极宣扬的重要理学美德。然而看似矛盾的是：一方面，表彰史可法这类忠于明朝之人，符合清朝的官方政策，特别是康熙时期政权稳定，已经获得天下的普遍接受；而另一方面，虽然明亡这一页已经翻过去了，但怀旧之情仍未逝去，尤其是在文人阶层中间，明亡的失落之痛仍然触动人心。虽然作为孔子后裔，孔尚任本来颇受康熙垂青，但后来《桃花扇》闻名海内，连康熙本人都读过，这很可能就是他后来被罢官的原因。

《桃花扇》表达了一种深刻的历史意识，窥见明亡实不可避免，是个人及群体利益、欲望、野心和社会力量各种冲突的必然结果。虽然这部剧并没有完全摆脱善恶对立二分的框架，但并未简单地将一切都归咎于南明君主的无能和某些奸佞贰臣的腐败。它营造了一种无处遁逃的氛围，所有人都困在其中，而孔尚任正是在这一帝国"兴亡"的背景下描绘主人公的苦难与"离合"。侯方域与李香君的爱情故事，始终未能摆脱政治变迁的影响，随着时局动荡，二人也颠沛无休。直至全剧快结束时，他们终于在南京城外的白云寺重逢，似乎有机会幸福团圆了，一个道士却撕碎了他们爱情象征的"桃花扇"，喝道："呵呸！两个痴虫，你看国在那里，家在那里，君在那里，父在那里，偏是这点花月情根，割他不断么？"两人遂意识到万事皆空，终于各自出家，将后半生交付平静与孤独。与大多数中国戏剧不同，《桃花扇》没有大团圆结局，是中国古典戏剧中的一出大悲剧。

2. 志怪与侠义故事

关于鬼、神、精怪与其他超自然存在的故事，为作家提供了沉醉于疯狂想象或是表达受压制思想的机会。我们在第四章讨论过，4世纪的干宝和陶潜是这类故事的早期编纂者，开创了小说的传统；在第九章讨论的唐传奇中，这类志怪故事则出现了更复杂和成熟的形式。在明代，这种以文言创作的志怪故事再次流行起来，并以清代蒲松龄（1640—1715）的《聊斋志异》为顶峰。这部选集收录了近500篇风格简洁、语言生动的短篇小说，其中大约一半是关于各类神仙鬼怪的传说与奇幻故事。

蒲松龄19岁便在科举的童子试中大捷，在当地名动一时，也让他颇为自许，以为可以傲视科场。然而，后来他却终身未在科举中再进一步，在年届71岁时才得了一个贡生的头衔，几年后便去世了。蒲松龄许多年都以做富家私塾教师为生，在教书时就开始创作志怪小说。在《聊斋志异》全书完成之前，许多故事便已开始在他的朋友中流传并深受好评，包括当时的大诗人王士禛的赞扬。

蒲松龄出于对科举制度的痛苦和沮丧，写了很多故事发泄心中极深的怨恨。例如，他在《贾奉雉》这个故事中，表达了对昏聩考官的极度蔑视。在科举考试中，贾奉雉精心构思的佳作交上去却一无所获，而通篇都是"不可告人之句"的一篇拼凑文字，却夺得第一名。得益于敏锐的观察和文学才能，蒲松龄通过一个个富于象征性或寓意的奇幻故事，精准地揭露了社会的弊病和腐败。蒲松龄由于人生失败，常常对尘世感到悲观，他只能在纵放的想象和幻想中寻求心愿的实现。许多读者都喜欢他关于人类与非人类的殊途爱情故事：无论是鬼怪、精灵、狐狸、小鸟还是昆虫，原来都比现实世界中的人类更有人性，更懂得关心与爱恋，更敢于追求爱情和幸福。由于不受人间道德限制，也没有被虚伪和腐败污染，他们的行为更加自由。

虽然这些故事是幻想的、超自然的，但其中描述的行为和情感却很真切，在虚幻的背景下显得更加动人。例如《绿衣女》这个故事：书生于璟在山中一座破庙里夜读，令人惊讶的是，有个绿衣美女每天晚上都来他的书房，二人深深相爱。一天晚上，于璟让女子唱歌，因为她的声音十分动人。她一开始是拒绝的，却迫于他一再的恳求，遂说："妾非吝惜，恐他人所闻。"她展露歌喉时，"声细如蝇，裁可辨认。而静听之，宛转滑烈，动耳摇心"。然而，她唱完之后却显出十分紧张担心的样子。午夜过后，她叫于璟送她出门，可是于璟回来睡觉时，却突然听到了她的呼救声。接下来这段情节非常特别：

举首细视，则一蛛大如弹，抟捉一物，哀鸣声嘶。于破网挑下，去其缚缠，则一绿蜂，奄然将毙矣。捉归室中，置案头。停苏移时，始能行步。徐登砚池，自以身投墨汁，出伏几上，走作"谢"字。频展双翼，已乃穿窗而去。自此遂绝。

Yu ran to it and looked around; the voice came from under the eaves. He looked up and saw that a spider as big as a bead was trying to catch something, which was crying and screaming pitifully. Yu broke the cobweb and took it down, unwrapped the spider threads and found a green bee listless and almost dead. He took it back to his room and put it on the desk. Resting for quite a while, it started to walk. It slowly climbed up the inkstone, threw itself in the ink, came out to lie on the desk, and then walked to write the word "thanks." It flapped its wings and flew out of the window. After that, it never came back again.

读者会发现这个故事很感人，这只绿蜂尽管弱小，却还是愿意冒着生命危险去争取幸福，哪怕这美好是转瞬即逝的。与此同时，这种人类与异类的结合，常常以悲剧结束，只留下一场短暂而空虚的寒梦。许多这类故事中都充满了业力和因果报应思想，是一种只能在幻想而不是现实中实现的愿望。

蒲松龄笔下的另一些志怪故事，则在粗鄙邪恶的衬托下突出了高雅文化的精致感。例如《鸽异》这个故事，写有位张公子酷爱饲养顶级鸽子，视若珍宝。一天晚上，一位白衣少年造访，不仅让他见识了好些奇鸽，临走时还送给他两只纯白鸽子，最后自己竟化为一只大白鸽飞走了。张公子有个父辈的官员朋友，一次问他鸽子的事，他无可推托，只好将这两只白鸽送给对方，"自以千金之赠不啻也"。几天后，张公子又见到了这位长辈，发现他竟将鸽子吃了！张公子大惊："此非常鸽，乃俗所言'靼鞑'者也!"对方想了想说："味亦殊无异处。"这种对比太强烈了，张公子心血所珍，只不过成了官员嘴里吃的肉。作者告诉我们，这个世界当然是不公平的，一个人粗鄙无知至此，还能当上高官掌权，而像张公子这样的人除了叹气离开，还能怎么样呢？

　　另一个关于诈骗的故事《局诈》也很有趣，写的是两个痴迷音乐的主人公和一张古琴的故事。山东嘉祥有位姓李的书生善于鼓琴，曾经偶然得到一张顶级古琴，一直藏在家里，从不给任何人看。不久，新任县丞程某来此地上任，送上名帖拜访李生。李生在当地朋友不多，遂与程某会面，见其风雅潇洒，二人很快成了朋友。一年后，李生偶然在县丞的办公场所也看见了一张琴，且发现程某的琴也弹得极好。二人以琴乐会友，友谊愈加深厚。又是一年过去，李生仍未透露自己那张珍贵的古琴。一天晚上，程某弹了一曲《湘妃》，幽怨悲切，深深触动李生情肠，不料程某却说："所恨无良琴，若得良琴，音调益胜。"这时李生终于欢喜地捧出珍藏的古琴，程某再奏一遍，曲调益加动人。李生听得十分激动，但程某表示，自己的妻子才是真正的弹琴高手，并邀请李生第二天带琴去他家做客。

　　第二天，李生来了，程某准备了酒菜，程妻便在一袭薄帘后面鼓琴。李生虽不知是何曲子，听着美妙的音乐，"但觉荡心媚骨，令人魂魄飞越"。一曲终了，李生掀帘一看，竟是一位二十出头的绝美女子。于是他们继续欢饮，李生又喝了不少，都喝醉了。离席之时，李生本要将琴带回，但程某说："醉后防有磋跌。明日复临，当今闺人尽其所长。"于是李生就回家了。然而，第二天他再来程家时，一切都不见了，程某与妻子已经无影无踪。李生丢了古琴之后，不吃不睡，疯狂寻找，终于发现这个程某其实是南方一个道士，三年前突然离开当地，是专门花了一大笔钱捐官到嘉祥来当县丞的。很明显，这就是一个精心策划的局：这道士为了骗得李生珍贵的古琴，先花钱捐了官，与李生交上朋友，然后第一年绝口不谈音乐，只是渐渐让李生自己"发现"他也有古琴，并发现他十分善琴，然后吸引李生来他的住所，又以一个美貌的女琴手诱惑之。这么耐心地布局了三年，古琴一到手，就立刻消失了。蒲松龄最后写道："道士之癖，更甚于李生也。天下之骗机多端，若道士，犹骗中之风雅者也。"这句评论很有意思，几乎是对道士精心设局骗琴的赞赏，但重点与其说是道德的，不如说是审美的，是对音乐与名琴的痴爱。事实上，谁才应该演奏最好的那把斯特拉迪瓦里（Stradivari）小提琴呢？

在清早期，侠义题材的小说风靡一时，有三部作品尤其值得一提。一是陈忱（1613—1670）的《水浒后传》，成书于明末清初，借写梁山好汉后代的故事影射时事。在这部小说中，梁山头领李俊率领幸存的好汉们先与南宋贪官污吏斗争，又与入侵的金兵作战，最终获得朝廷嘉奖。二是《说岳全传》，由钱彩、金丰两位作者完成，其生平皆不可考，大概用的都是笔名。小说讲述了忠诚的南宋将军岳飞的故事，他多次大败金兵，最终却被奸相秦桧陷害而死。小说强调精忠报国，并令岳飞成为忠君这一美德的象征。三是《隋唐演义》，作者褚人获（1635—?），这本书是在之前几部历史小说基础上完成，分别以隋炀帝与后宫、唐玄宗与杨贵妃这两段爱情故事作为贯穿两个朝代的情节线索。而这部小说的趣味和影响力，主要在于对隋末许多造反英雄的描写。这几部小说都描述了英雄好汉的形象，许多情节后来都被改编成评书和戏剧。然而，作为通俗文学，这些小说所传播的思想还是符合官方意识形态的，某些英雄好汉或还保留了一些水泊梁山式的叛逆精神，但最终主要还是体现了忠诚和服从的观念，他们还是听命于朝廷，为道德与政治正统服务。出于这种倾向，晚明与清代也出现了一些公案小说，写身怀绝技的英雄侠客如何帮助清官将罪犯绳之以法。

另一类通俗小说主要写才子佳人的爱情，写他们如何坠入爱河又历经艰辛考验，最终都是以皇帝赐婚或奉父母之命成婚的大团圆告终。这些想象往往是重复而缺乏创造力的，但其受欢迎程度则反映了社会对个体爱情和自由婚姻的渴望，这也带来了现代"鸳鸯蝴蝶派"

小说的流行。

3. 吴敬梓与《儒林外史》

　　18世纪乾隆年间出现的两部小说——吴敬梓的《儒林外史》和曹雪芹的《红楼梦》（又名《石头记》）——在中国文学史上据有特殊的地位。吴敬梓（1701—1754）出身富家，博览群书，但在科举考试中从未获得功名。23岁那年，他从父亲那里继承了田地和大笔钱财，但与家族其他成员产生了纠纷，几年间便散尽家财，晚年凄凉地在贫困中去世。他的灵柩一路从扬州运到南京安葬，一位朋友在悼诗中写下了这样两句：“著书寿千秋，岂在骨与肌。”的确，《儒林外史》为吴敬梓赢得了不朽的声名，这部中国古典文学中最伟大的讽刺作品，代表着中国叙事小说的高度发展。

　　吴敬梓经历了从富到贫的人生变化，感受到了世态炎凉，这样的人生经验让他有机会敏锐观察、洞悉世道，也为他提供了丰富的素材，充分暴露制度的死板、儒生的精神堕落与许多社会弊病。

　　《儒林外史》是一部结构比较松散的章回小说，相邻几章围绕某一主题、人物或按时间顺序构成一组情节。小说整体上通过对儒生形象的漫画式夸张，辛辣地讽刺了这个群体，这些人汲汲功名，却远离了对知识的真正追求，也丧失了自尊与正直。其中最著名的故事之一就是第三回，生动地描写了老儒生范进突然中举的故事。范进家穷，一直被他岳父也就是村里的胡屠夫鄙视，之前参加科举已经失败20多次，这一次他去考试时，“面黄肌瘦，花白胡须，头上戴一顶破毡帽”，天气已经很冷了，他“还穿着麻布直裰，冻得乞乞缩缩”。这年他已经50多岁，不料这次考试竟然大出意料，梦想成真。成功来得如此突然，几乎吞没了范进，以至当他看到自己榜上有名时，瞬间失去了理智：

范进不看便罢，看了一遍，又念一遍，自己把两手拍了一下，笑了一声道："噫！好了！我中了！"说着，往后一跤跌倒，牙关咬紧，不省人事。老太太慌了，慌将几口开水灌了过来。他爬将起来，又拍着手大笑道："噫！好！我中了！"笑着，不由分说，就往门外飞跑，把报录人和邻居都吓了一跳。

Fan Jin was fine when he didn't see the list, but when he saw it, he read it out, clapped his hands and laughed: "Wow, good! I did it!" In uttering these words, he suddenly fell down on his back, clenched his teeth, and completely lost his senses. His old mother panicked, and she managed to revive him by pouring down his throat some warm water. He got up and clapped his hands again, shouting with a loud laughter: "Wow, good! I did it!" While laughing, he didn't care but burst out of the door, scaring the messengers and all his neighbors.

后来，这位疯举人还是被他最害怕的岳父胡屠户扇了一个嘴巴，才算是恢复了理智。他的岳父曾经侮辱范进，说他"尖嘴猴腮"，妄想中举如同"癞虾蟆想吃天鹅肉"。然而，范进果真中举之后，胡屠户言行彻底转变，称范进为"文曲星"，夸他"才学又高，品貌又好"。以张静斋为代表的当地乡绅，之前从无来往，也立刻给范进送来了银子和房子。突如其来的好运终于压倒了范进的母亲，她"大笑一声"，便"不省人事"。范进的成功完全是偶然的，他的学识仅限于四书五经，所以当他自己后来也成为考官时，竟不知道苏轼是谁。命运的突变、亲戚邻居对这个可怜儒生的前倨后恭，造成了一种最为滑稽可笑的效果。通过这个故事，作者无情地揭露了势利和虚伪的恶俗，抨击了这个令人窒息的社会中的反复无常、心胸狭窄的小人之态。

然而，同时我们也要看到，一个儒生命运的突变，即使是以喜剧和讽刺的方式呈现，也足以显示读书人哪怕贫贱，在中国传统社会中依然具有社会流动的可能。吴敬梓非常善于以写实的笔法描写普通人的生活，有着敏锐的心理精度和令人信服的细节，而他对小说中不幸人物的讽刺，亦不无怀着同情的理解。他对白话的巧妙运用，也预见了20世纪现代文学的发展趋势，深受许多作家的赞赏。

4. 曹雪芹与《红楼梦》

《红楼梦》是举世公认的最伟大的中国小说。不同于之前的其他章回小说，《红楼梦》从一开始就有一个精心构思的专门计划。在小说的开始，一块仙石被一僧一道带到人间，经历了人世的种种爱恋与痛苦、世事起落，最后又被那一僧一道带走，从而为这部小说构建了自己的宇宙，形成了一个连贯完整的框架。在这个框架内，许多情节线索相互交织，不乱不断，大量的人物、场景和事件相互联系，其叙述丰富连贯，且都朝着预先设定的结局发展。然而，小说作者曹雪芹（约1715—约1764）还没来得及完成全书就去世了，只留下前80章内容，以手抄本的形式流传。1791出版了第一个印刷版本，共120回，大多数现代学者认同最后40回是由另一位作家高鹗（约1738—约1815）续写的，也可能参考了曹雪芹本人留下的笔记。这一点非常重要，因为这部小说是高度个人化的，具有强烈的自传性质，因此我们有必要了解一些关于作者的情况，以便理解小说本身。

曹雪芹的祖父、父亲与叔父都在江南富庶之地为官，深受康熙皇帝信任，几代以来都非常富贵。以曹家圣眷之隆、财富之巨，康熙六次南巡竟有四次都住在曹家。与康熙如此密切的关系，也决定了曹家的命运与宫廷政治密不可分。曹雪芹少年时期过着优裕而无忧无虑的生活，但是在康熙去世后，情况即发生了变化。曹雪芹的父亲失去了新君雍正（1722—1735在位）的宠信，被剥夺了所有的爵位和特权，家产全被抄没。成年的曹雪芹沦为贫民，历经艰辛。突如其来的家道中落，将这个敏感的青年才子锻造成了一位历经沧桑、才华横溢的作家，深刻地思考着人生变迁。他产生了一种强烈的创作愿望，对那些或值得珍视、或感到痛苦的记忆，还有许许多多难忘的人物、特别是一些出色的女性，都想一一记录下来。于是，基于真实人生经历，又润之以文学想象，曹雪芹写下了这部伟大的《石头记》，后来又改名为知名度更高的《红楼梦》。下面这段文字摘自开篇第一回，是作者对生活与想象、梦幻及现实关系高度自觉的自述：

> 此开卷第一回也。作者自云：因曾历过一番梦幻之后，故将真事隐去，而借"通灵"之说，撰此《石头记》一书也。……但书中所记何事何人？——自又云：今风尘碌碌，一事无成，忽念及当日所有之女子，一一细考较去，觉其行止见识，皆出我之上。何我堂堂须眉，诚不若彼裙钗哉？实愧则有余，悔又无益之大无可如何之日也！当此，则自欲将已往所赖天恩祖德，锦衣纨袴之时，饫甘餍肥之日，背父兄教育之恩，负师友规训之德，以至今日一技无成、半生潦倒之罪，编述一集，以告天下人：知我之罪固不免，然闺阁中本自历历有人，万不可因我之不肖，自护己短，一并使其泯灭也。……此回中凡用"梦"用"幻"等字，是提醒阅者眼目，亦是此书立意本旨。"

This is the first chapter that opens up the story. The author says in self-reflection: having had some fantastic dreams, he has hidden what is true and has borrowed the idea of "spiritual connectedness" to write this book called *The Story of the Stone* ... But who and what events are written about in this book? He again says: "Though I had lived through a lot in the world and had achieved absolutely nothing, I suddenly thought of all those ladies in my past and realized, upon careful consideration and comparison, that they were far superior to me in their behavior and knowledge. How come that I as a man fell so short of those fine females? It was pointless to feel ashamed and useless to be regretful, and that was indeed the day I was totally lost and didn't know what to do. Then, I decided that I should put in one book all my guilt and sins of how I, living profligately when blessed with heavenly grace and the fortune of my ancestors, turned away from my father's teachings and that of my elders, deviated from the good advice and premonitions of my teachers and friends, fell to the present miserable condition with half of my life wasted, and ended up with not one skill to get by. And yet, I would like to tell the world: though my own guilt and sins are unforgivable, there were those in the female quarters who must not be allowed to pass into oblivion simply because I am unworthy and would want to hide my own shortcomings." ... Words such as "dream" or "illusion" in this chapter are all there to call the readers' attention and point to the original intention of this book.

这个忏悔式的开头不应该只视为虚构而忽略，因为它让读者得以瞥见作者内心的心理深度与小说的主旨，亦即那些占据小说主要空间的出色女性，她们远远胜过了男性，作者对她们生动的描述中，蕴含着无尽的爱意、激情、美好的回忆与挥之不去的遗憾。真事隐去而虚构为想象而短暂的"梦幻"，但正如小说第五回的"太虚幻境"中一副著名的对联所说："假作真时真亦假，无为有处有还无。"《红楼梦》在虚构背景中展示了真与美，塑造了贾府尤其是华丽的大观园这个相对受到呵护的环境。在这里，年轻的主人公贾宝玉受到祖母的宠爱，这位年迈的老太君是贾家的最高权威。宝玉与许多女子都有密切的关系，尤其是女主角林黛玉，她是最美丽绝伦、最冰雪聪明又多愁善感的女孩儿，为宝玉所深爱。宝黛故事构成了小说的主要情节，他们不幸的爱情为整部小说投下了一层悲剧的阴影。此外还有十几位女性，都是宝玉的远房亲戚、堂表亲与各房丫鬟等，每个角色都有自己的独特的言语和性格，或雅致、或脆弱、或凄美。在这部小说中，女性形象绝对是突出的。宝玉甚至在幼年时便承认女子之优越："女儿是水做的骨肉，男人是泥做的骨肉。我见了女儿我便清爽，见了男子便觉浊臭逼人。"在大观园这个女儿国中，她们的笑声与眼泪、幸福与悲伤，她们的顽皮、可爱、优雅、敏感、智慧与诗才，甚至她们的精明和工于心计，所有这些都构成这个"红楼"中的梦幻世界，在作者笔下以记忆与优雅的诗意想象一一呈现。

然而，大观园也是一个脆弱的世界，被外部世界重重围困直至最终被摧毁。外部世界的男性普遍是残忍而虚伪的，他们好色腐败、渴望权力；这是个压抑的社会环境，有权有势的成年男性代表着社会规范与正统观念，而宝玉对这一切表示坚决抗拒和批判。随着贾家声势的整体衰落，美的脆弱或易碎就这样感动着读者，不仅蕴含着一种悲剧感，更有着深深的遗憾与无助。小说的结局静默地接受了命运安排，强烈暗示了道家与禅宗式的宗教感，而这一切之前早在小说第五回便有所暗示，宝玉在梦游太虚幻境时，听到了下面这首谶言曲子《飞鸟各投林》：

> 为官的，家业凋零；富贵的，金银散尽；有恩的，死里逃生；无情的，分明报应。欠命的，命已还；欠泪的，泪已尽。冤冤相报实非轻，分离聚合皆前定。欲知命短问前生，老来富贵也真侥幸。看破的，遁入空门；痴迷的，枉送了性命。好一似食尽鸟投林，落了片白茫茫大地真干净。

> The office-holders will see their families decline;
>
> The wealthy ones will watch their fortunes gone;
>
> Those having done good will survive death;
>
> The ruthless will suffer retribution justly done.
>
> The one who owed a life will be dead;
>
> The one who owed tears will have all tears shed.

It's no light matter to avenge or retaliate,

Departures and reunions all destined in fate.

An early death in previous life cycle one may gauge,

It's pure luck to be blessed with comfort in old age.

Those disenchanted in monasteries will find peace,

And those lost in illusions will die in vain.

Just like birds, being fed, will head to the woods,

With nothing left on the ground, this vast and empty plain.

《红楼梦》中充满了预言和谶语，使小说各部分之间紧密地联接起来，不仅暗示了命运的无可遁逃，而且以逻辑线索暗示了事件的因果联系。《红楼梦》展示了梦想中的"女儿国"的美丽以及男性主导的世界的丑陋和残酷，通过表现形形色色的人生，勾画了一幅生动而真实的社会全景。《红楼梦》是一部成熟的白话小说，语言生动丰富，同时曹雪芹这位大师又以非凡的古典诗歌技巧令其更加丰满。小说丰富的内容与所描述生活的方方面面，已引起后人无数解读。在中国学术界，聚焦研究这本小说的书籍、文章和期刊已经形成了一门专门的学问，称为"红学"。这部小说已被翻译成多种语言，包括大卫·霍克斯（David Hawkes）和闵福德（John Minford）合作完成的优秀英译本 The Story of the Stone（即《石头记》）。《红楼梦》无疑是世界上最伟大的小说之一，不仅是中国文学的瑰宝，也是世界文学的经典。

5. 晚清小说

晚清时期指清朝最后70年，从1840年第一次鸦片战争开始，到1911年辛亥革命推翻清朝为止。晚清时期出现了许多小说，大多是讽刺类型。李汝珍（约1763—约1830）的《镜花缘》取材自天上的一百位花仙被贬下凡、成为人间一百位才女的传说，但更有趣的乃是小说的前半部分，讲述三个男主人公的海外历险，游历了30多个奇异的国家。他们的冒险不仅有趣，而且充满讽刺意味，经常对传统的父权意识形态构成挑战。最著名的一回可能要算是他们的"女儿国"之旅，在那里女性统治社会，经营各种生意，而男性则缠成小脚，深居闺中。这种性别角色的逆转显然暴露了父权偏见的荒谬。另一个明显带有社会讽刺的故事是"君子国"，在那里做生意，卖家坚持低价售出，而买家却坚持高价买走。虽然这些幻想借鉴了古代的《山海经》，但社会讽刺和性别政治的逆转使这部小说对现代读者来说特别有趣，其指示的主题和情感后来在中国现代文学中又有进一步发展。

在晚清时期特别是清朝的最后20年，随着城市读者的增加、报纸和杂志等新媒体形式的出现，小说刊印量数以千计。新的思想与概念涌入中国，清政府也失去了对思想传播的控制，特别是在上海、天津和其他港口城市的外国租界中，商业上取得成功的报纸经常刊登文言小说与白话小说，总的来说又分为若干类别。

延续《水浒传》的传统，有一类晚清小说以武侠故事为主题，但不同于《水浒传》描绘英雄好汉"替天行道"惩治贪官，此类晚清小说的主人公多忠于朝廷与某些清官。例如《三侠五义》及《儿女英雄传》就是这类例子。《儿女英雄传》的作者称，自己描绘的是符合儒家道德思想的"儿女英雄兼备"的完美人生，与《红楼梦》正相反对。然而，这部小说之所以引人注目，还是因为它的故事讲得好，人物塑造鲜明、对话引人入胜、语言活泼生动。

在复杂而多维的晚清社会中，特别是在上海等繁荣城市及其半殖民环境中，娼妓与娱乐业也迅速发展。反映这种社会现象的小说开始受到许多城市读者的欢迎。陈森（约1797—1870）的《品花宝鉴》即是一部值得注意的作品，表现了一位富商和一位著名京剧男旦的同性恋关系，这在晚清和民国早期的富人阶层中并不少见。此类小说还有一部是韩邦庆（1856—1894）的《海上花列传》，他同时也是《申报》

撰稿作家。《申报》是最早的中文报纸之一，可能也是当时最有影响力的报纸，由英国商人美查（Ernest Major, 1841—1908）于1872年创立。《海上花列传》主要描写了妓女、官僚、商人以及他们之间的互动。这部作品不同于其他妓女题材小说之处是在道德上的暧昧与心理上的微妙，既没有将妓院美化为一个培养爱情的所在，也没有谴责妓女的道德堕落。《海上花列传》没有任何耸人听闻的情节，而只是展示日复一日的平庸生活，但它描述了这个充满活力的城市中的许多新的社会现象与机构，以一种无助的感伤深深打动了读者，其写实的描写和心理深度在艺术复杂性上都达到了一个非常高的水平。

在1894年至1895年的中日甲午战争之后，中国屡屡战败受辱，被迫签订了一系列不平等条约，旧的中华帝国正处于崩溃的边缘，大多数人都对腐败的清政府失去了信心。这一时期出现了许多"谴责小说"，批判社会弊病与腐败。其中李宝嘉（1867—1906）的《官场现形记》和吴趼人（1866—1910）的《二十年目睹之怪现状》比较著名，描绘了一幅幅晚清社会的讽刺漫画，贪官污吏与各路骗子混迹其间。他们开展了社会批评，但过度的讽刺在文学上价值不高。其他著名小说还包括刘鹗（1857—1909）的《老残游记》，以游记的形式描述了晚清社会，批判了自以为是的"清官"，他们自认为清廉正直，所以对待百姓极其傲慢残忍。小说在结构上较为松散，人物刻画亦稍显刻板，但在写景或社会习俗描写上时有文学亮点。曾朴（1872—1935）的《孽海花》，不加掩饰地臧否晚清社会真实人物，但严格来说不算是晚清小说，因为后来的一些章节是在1927年之后才出版的。曾朴曾在京师同文馆学过法语，并翻译过维克多·雨果和其他法国作家的作品；他自己的小说也传播了一些他研究法国文学吸收的西方思想。这一点非常重要，因为《孽海花》反映了西方文学对中国作家的影响，在某种程度上，曾朴的小说也标志着中国从旧的皇朝变为新的政治结构、从传统到现代的文学形式转型。

在晚清和民国初年，市面上出版的小说中很大一部分都是西方小说的中译本。当时最有影响力的西方小说翻译家是林纾（1852—1924），他颇以自己桐城派风格的古文自豪，也惯用改良的古文来呈现西方小说的外来内容，以更好地满足中国读者的阅读习惯。林纾不懂外语，但通过与那些通晓外文原意并作口头翻译的助手合作，他竟翻译了180多部法语和英语小说，以高水平的中文译文为读者在中国传统小说之外，打开了一片迥异而迷人的新世界。林纾的成功译作包括小仲马的《茶花女遗事》、斯托夫人的《黑奴吁天录》（今译《汤姆叔叔的小屋》）、司各特的《撒克逊劫后英雄略》、斯威夫特的《海外轩渠录》（今译《格列佛游记》）、狄更斯的《孝女耐儿传》（今译《老古玩店》）和《块肉余生述》（今译《大卫·科波菲尔》）以及其他许多作品。当时其他著名的译者还有伍光建（1867—1943），他也向中国读者译介了世界文学的热门作品，如大仲马的《侠隐记》（今译《三个火枪手》）与爱德华·吉本《罗马帝国衰亡史》等经典；诗人、作家苏曼殊（1884—1918）翻译了维克多·雨果的《惨世界》（即《悲惨世界》）；周桂笙（1873—1936）翻译了柯南·道尔的《福尔摩斯探案集》；"鸳鸯蝴蝶派"的主要小说家周瘦鹃（1895—1968）也翻译了许多欧洲作家的短篇小说。通过对西方作品的翻译，许多新思想与新表达方式得以引入中国。19世纪至20世纪之交，大量的文学翻译产生了巨大影响，为小说在中国文学中作为一种现代文学形式的发展，确实作出了重要贡献。

6. 晚清诗歌

1840年的第一次鸦片战争，标志着中国开始进入衰落时期，面对西方列强以及后来完成现代化维新的日本，压力与日俱增。上一章讨论过，早在战争之前，龚自珍等多位知识分子都已经意识到清朝的迅速衰落，并呼吁改革维新。晚清诗人张维屏（1780—1859）在他的

《新雷》一诗中，似乎已经感受到了新的气息，满怀希冀与期待呼吁新时代的到来：

> 造物无言却有情，每于寒尽觉春生。
> 千红万紫安排着，只待新雷第一声。
>
> The creator doesn't speak but has feelings,
> When winter ends spring is coming to the door.
> Thousands of beautiful colors are all in good order,
> Just waiting for the new thunder's first roar.

然而，当时的社会现实却是一幅相当黯淡的景象。鸦片成瘾成为普遍存在的社会问题，并在鸦片战争后进一步恶化。晚清诗人周乐在下面这首《烟土歌》中，将这种局面归为鸦片战争的直接后果，并将鸦片成瘾视为英国意图毁灭中国的毒计：

> 天地浩劫自何始？历劫灰满昆明里。
> 劫灰发作罂粟花，毒遍千家与万家。
>
> When did the catastrophe of heaven and earth begin?
> Ever since the land was covered with the ashes of war.
> The disastrous ashes gave rise to the flowers of poppies,
> Poisoning thousands of households within every door.

接下来，诗人继续描述鸦片成瘾者的可怕状况，写他们如何变得骨瘦如柴、脸色发蓝如鬼魅一般，以及十几艘英国船只如何倾销黑土似的鸦片，并得到成千上万的黄金作为回报。面对这种其害无穷的痼疾，诗人感到非常无力：

> 使我壮者弱、富者贫，

573

间阎一旦杼轴空，缓急孰是可用人？

书生恨无补天手，流毒眼看遍九有。

家喻户晓亦陡然，独坐萧萧但搔首。

Making our adults weak, the wealthy poor;

Our gates open and empty with no hinges.

In time of emergency, who can be useful?

A scholar laments not to have a strong hand,

Only witnessing the venom flowing over our land.

In vain people know its harm and bemoan,

Scratching my head, I sadly sit here alone.

清朝在1840年代鸦片战争中耻辱的失败，暴露了日益衰落的旧帝国的深刻危机，因为这次失败不仅仅是武器和技术不如西方的结果。下面这首诗是姚燮（1805—1864）的《旐帛》，写于1841年春，当时战争已经在广东爆发，他借此诗讽刺了腐败的清朝军官沉迷酒色，不将士兵之苦放在心上：

旐帛连江拥甲斿，胭脂满地泼春愁。

谁怜风雨屯军苦，绿酒红灯自画楼。

Red flags along the coast wave over armored soldiers,

Pink waters from boudoirs wash away spring sadness.

Who cares about the troops shivering in the chilly rain?

Bright lit towers are soaked with wine in rowdy madness.

在晚清与民国早期，西方思想开始对中国产生影响，社会和文化的各个方面都发生了变化。与此同时，诗歌仍然是主要的文学形式，许多诗人延续了前代的趋势，倡导师法唐宋。这一时期重要的诗人之一是王闿运（1833—1916），他学习魏晋六朝与盛唐风格，是复古趋势的代表，诗作辞藻雅丽、气魄宏伟，为人称道。例如，下面的这首诗《多难》，哀叹了在战乱时期无法远游，亦不能与朋友相见：

岁月犹多难，	This is a sad time of much suffering,
干戈罢远游。	The way to travel blocked by the dogs of war.
还持两行泪，	With tears running down my face,
遥为故人愁。	I worry about my friends on the other shore.
薄梦侵残夜，	Scanty dreams steal into the broken night,
西风似旧秋。	The west wind feels like autumn just as before,
江湖空浩荡，	All empty lay the rivers and lakes,
无路觅前游。	And nowhere to be found the routes of yore.

正如我们之前所讨论的，清诗的导向是强调学识，故而许多诗人更欣赏宋诗风格；随着重要政治家、受人尊敬的士大夫代表曾国藩（1811—1872）的倡导，宋诗派影响力进一步提升。何绍基（1799—1873）便是其中一位著名的诗人与书法家。他下面这首《沪上杂书》，表达了对鸦片战争后外国势力占据上海许多地区的不满：

新闻才开老闸过，楼台金碧照江波。

愁风闷雨人无寐，海国平分鬼气多。

Passing by the Old Gate after the New,

The waves reflect the shadows of golden towers.

Sleepless in the sorrowful wind and rain,

The divided city darkens under ghostly powers.

郑珍（1806—1864）是宋诗派的另一位重要诗人。下面这首《晚望》描述了春天的乡村风光之美，但最后两句却揭露了周边一处村庄的贫困：

向晚古原上，	Towards evening on the ancient plain,
悠然太古春。	Full restful is the old spring.
碧云收去鸟，	Blue clouds receive the returning birds,
翠稻出行人。	Farmers emerge from fields lush and green.
水色秋前静，	The waters are quiet before autumn floods,
山容雨后新。	The mountains look fresh after the rain.
独怜溪左右，	Only sadly around the small river,
十室九家贫。	Households are poor nine out of ten.

在晚清到民国初年，宋诗派演变成了所谓的"同光体"，得名自同治皇帝（1861—1875在位）和光绪帝（1875—1908在位）的年号，但这一诗派的持续时间却比二帝在位时间更长，直到20世纪仍有显著影响。同光体的主要诗人有陈衍（1856—1937）、郑孝胥（1860—1938）、沈曾植（1850—1922）和陈三立（1853—1937）。其中最著名的是陈三立，他父亲是湖南省巡抚、晚清改革家陈宝箴，而他自己思想开明，对时局重大变化非常敏感。他在诗歌中经常使用新异却恰当的意象来表达一种迷茫与悲伤的情绪，一种对时间逝去、清朝衰落的担忧。例如，下面这首《十一月十四夜发南昌月江舟行》，描写他在雾蒙蒙的河上行船的感受：

露气如微虫，	The fog is like many tiny insects,
波势如卧牛。	The waves like buffalos lying down.
明月如茧素，	The bright moon is like a cocoon
裹我江上舟。	On the river my boat wrapped round.

许多诗人会把雾气弥漫的河流和明月描画为一幅美景，但在这首诗中，陈三立在前三句中用了三个少见的比喻，末句则再次以"裹"的

意象表达被困之感。他的另一首诗《渡湖至吴城》也表达了对曾国藩等政治家心血终成空的伤感，他们力图复兴日渐衰落的帝国，一切却似乎付诸东流：

钉眼望湖亭，	My eyes are fixed on the Lake View Pavilion,
烘以残阳柳。	The old willows are warmed in the dying sun.
中兴数人物，	All those who had tried to rejuvenate the country,
都在啼鸦口。	Are now but chatter on a crying crow's tongue.

　　在晚清时期，中国的战败受辱也激励改革派尝试通过"洋务运动"实现军事现代化。这场运动的核心思想是以西方技术振兴中国，著名的主要改革者之一张之洞（1837—1909）提出"中学为体，西学为用"的口号。然而，行将崩溃的帝国结构僵化，权力牢牢把持在慈禧太后（1835—1908）与保守势力手中，洋务运动几乎不可能成功。19世纪末，改革似乎已经势在必行。朝中的改革派最终说服了年轻的光绪皇帝，接受维新学者康有为（1858—1927）的思想，采纳康的建议，实行君主立宪制，计划实行教育体系、军队和政府的现代化。1898年6月，光绪皇帝颁布一系列法令，施行政治改革，但遭到保守势力的强烈反对。1898年9月21日，慈禧太后策划了一场政变，迫使光绪皇帝下台，并把他软禁在颐和园，直到他十年后死在慈禧去世的前一天。这就是所谓的"百日维新"，又称"戊戌变法"，帝国内部改革的尝试，结果还是以失败告终。六名主要的改革倡导者被处决，康有为和他的学生梁启超（1873—1929）逃到日本，后来又流亡到几个西方国家。康有为终其一生都持保皇派立场，但梁启超在民国时期返回中国，在报刊上发表大量倡导改革与共和思想的文章，成为最具影响力的学者之一。

　　在上述改革失败后被处决的六位烈士中，谭嗣同（1865—1898）也是一位决心以身许国的杰出诗人。1896年春，清政府在中日甲午战争中大败，签署了耻辱的《马关条约》，谭嗣同因之写下了这首《有感一章》：

世间无物抵春愁，合向苍冥一哭休。
四万万人齐下泪，天涯何处是神州？
Nothing in the world can dissolve spring sorrow,
Just let me cry out to the blue firmament.
All four hundred million people are shedding tears,
Where under heaven is our Sacred Continent?

诗中的"神州"指中国，这首诗表达了中国当时许多知识分子对祖国可能彻底沦陷、丧于外国势力的忧虑。这确实是许多中国人深感不安之处，许多人对谭嗣同的死表示哀悼，以诗纪之。例如，晚清的主要诗人黄遵宪（1848—1905）在《己亥杂诗》写道：

颈血模糊似未干，中藏耿耿寸心丹。
琅函锦箧深韬袭，留付松阴后辈看。
Blood on the gory neck seems not yet dry,
An inch of red and loyal heart it hides.
Keep the letter deep in an embroidered box,
And leave it for the later generations' eyes.

黄遵宪曾担任清朝驻日本、英国、新加坡和美国等地的外交官，是晚清政治改革的重要人物。中日甲午战争结束后，他与其他几人合作创办了《时务报》，推动改革思想。1896年春，黄遵宪致信梁启超，希望他出任《时务报》主笔，在《赠梁任父同年》这首诗中亦表达了类似上面讨论过的谭嗣同之诗所表达的焦虑感：

寸寸河山寸寸金，瓜离分裂力谁任？

杜鹃再拜忧天泪，精卫无穷填海心。

Every inch of our land is an inch of gold,

It's being cut up, who has the strength to stop?

Like the cuckoo I shed my tears for heaven,

Like Jingwei, I vow the vast sea to fill up.

布谷鸟在中国称"杜鹃"，被认为是古代蜀王杜宇死后所化，每到春天就悲啼直至吐血。"精卫"是神话中的一只鸟，最早记载在《山海经》中；她是上古时期炎帝的小女儿，在东海淹死，所以变成了精卫鸟，不断地捡起一根根小树枝或一颗颗鹅卵石扔到海里，决心要将大海填满。

黄遵宪也是晚清"诗界革命"的领袖。他主张创作不受传统限制的新诗，"以及古人未有之物，未辟之境"。他呼吁诗歌语言应更加接近生活语言，采用日常词汇。他在《杂感》一诗中留下了这样的名句：

我手写我口，　　　My hand writes what my mouth says,

古岂能拘牵？　　　Why should I by the ancients be controlled?

即今流俗语，　　　Even the popular and vulgar words today,

我若登简编，　　　Once my texts take them in and hold,

五千年后人，　　　Will become, five thousand years later,

惊为古斑斓。　　　Just as surprisingly ancient and old.

1884年，作为驻旧金山总领事，黄遵宪写下了一组关于美国总统选举的诗歌《纪事》，讽刺了选举中欺骗性的宣传运动和诽谤行径，不过同时也称赞乔治·华盛顿是一位英雄，表达了关于"太平世"的理想：

吁嗟华盛顿，	O the great leader Washington,
及今百年矣。	Fought a hundred years ago,
自树独立旗，	Raised the banner of independence,
不复受压制。	And no oppression here anymore.
……	...
究竟所举贤，	Eventually they elected the good one,
无愧大宝位。	Not unworthy of the high post to enjoy;
倘能无党争，	If there were no party rivalries and strife,
尚想太平世。	The world would all have peace and joy.

许多社会改革者也是诗界革命的倡导者，经常在古典诗歌中引入新的思想和词汇。例如，这场诗界革命的著名代表之一夏曾佑（1863—1924），就将自己对冰河时代的了解与《圣经》主题相结合，写下了这首绝句：

冰期世界太清凉，洪水茫茫下土方。
巴别塔前分种教，人天从此感参商。
The world in the ice age was too cold,
The entire earth was inundated by the Flood.
Races were divided at the Tower of Babel,
Man and heaven are forever set apart.

康有为和梁启超也是诗界革命中的重要人物。作为百日维新的领袖，康有为是一位梦想家，他的诗歌以大胆的想象和新颖惊人的意象而具有特殊的吸引力。下面这首《过虎门》，是他为咏怀鸦片战争初期清军与英军英勇战斗而作，表达对清朝战败之后悲惨命运的悲愤：

粤海重关二虎尊，万龙轰斗事何存？

至今遗垒余残石，白浪如山过虎门。

The two Tigers still crouch at key passes by the sea,

But what's left of the ten thousand dragons' fight?

Today only broken stones remain of the old bastions,

Washed over by waves mountain-high and white.

晚清诗界革命中的另一位重要人物是丘逢甲（1864—1912）。丘逢甲出生在台湾，在1895年的《马关条约》将台湾割让给日本时，他在台湾领导了一场反日斗争，失败后逃回大陆。他作有许多哀悼国破家亡的诗，下面这首《春愁》写于1896年（也就是日本侵占台湾一年后），可以作为一个例子：

春愁难遣强看山，往事惊心泪欲潸。

四百万人同一哭，去年今日割台湾。

Facing spring mountains, 'tis hard to get rid of sorrow,

With a sad heart, tears swell up when the past I recall.

Four million people are all crying at the same time,

For Taiwan was lost on this very day one year ago!

下面这首《元夕无月五首》其二写于1898年，在这个没有月光的元宵之夜，诗人表达了他对台湾省的思乡之情、对这座浮沉"六鳌"之海的小岛的爱（译者注：该题其一有"看到六鳌仙有泪，神山沦没已三年"之句）：

三年此夕月无光，明月多应在故乡。

欲向海天寻月去，五更飞梦渡鲲洋。

After three years, here is no moon tonight.

Back home I assume the moon must be bright.

I'd find the moon in the sky over the sea,

And dream to sail to the ocean of turtles at midnight.

在百日维新失败后，梁启超随其师康有为流亡日本，在那里他了解了日本的新文化，并借此了解了西方文化。他不仅主张诗界革命，而且主张散文革命和小说革命，对晚清和民国早期文学产生了重大影响。他的诗歌展示了他广博的经验和新思想，创新而充满活力，想象丰富大胆。下面这首《太平洋遇雨》写于1899年，当时他从亚洲前往美洲，在太平洋遇到了一场暴风雨。他想象着太平洋的雨水连接着两个大洲，而他在维新失败后幸存下来，决心在征程中继续前进，驶向一个不同的未来：

一雨纵横亘二洲，浪淘天地入东流。

却余人物淘难尽，又挟风雷作远游。

One rain falls and sweeps over two continents;

Washing heaven and earth, big waves to the east roam.

Some yet remain against the beating waves and rain,

Sailing to faraway places along in a thunderstorm.

梁启超的《读陆放翁集四首》，通过点评陆游其时其人感慨自己的境遇。我们在第十三章讨论过这位南宋大诗人，他一直想领兵赴边与金兵作战，却始终未能如愿。其二如下：

辜负胸中十万兵，百无聊赖以诗鸣。

谁怜爱国千行泪，说到胡尘意不平。

What a waste for the million soldiers in his mind!

He could do nothing but leaving his poetry behind.

Who'd treasure the tears he shed for loving the country,

And his anger in speaking of the barbarian kind?

　　还有一位值得一提的女诗人秋瑾（1877—1907），她将自己的一生献给了推翻清朝的革命事业，1907年被捕就义，年仅31岁。下面这首《对酒》，表现了她的决心与豪情：

不惜千金买宝刀，貂裘换酒也堪豪。
一腔热血勤珍重，洒去犹能化碧涛。
Willing to pay a thousand gold for a fine knife,
Change fur coat for wine is also worthy and proud.
Cherish the hot blood coursing in the body,
It can change to green waves when splattered about.

最后一句"碧涛"用了《庄子》中的一段著名典故，东周忠臣苌弘被政敌诽谤而自杀，流出的血被保藏下来，三年后化作了珍贵的翡翠。在诗歌中，"碧血"经常用来描述殉道者为正义事业牺牲。

　　清代诗歌名家辈出，成就显著，特别是晚清诗歌虽然在形式上保持古典传统，但已逐渐指向中国文学新的方向。1911年辛亥革命推翻了清朝，为最后一个皇朝画上了句号，而20世纪初期的动荡变化，则使得文言、古典诗歌和其他传统形式的文学都失去了主导地位，一种新的语言和新型的文学迅速崛起，成为20世纪中国文学和文化领域的主导者。

第二十章

中国现代文学

1. 五四新文化运动

1911年辛亥革命推翻了清政府，结束了中国两千多年的帝制历史。然而，历史和时间犹如江河日夜奔流不息，承续总是与变化和转换共存。在这个意义上可以说，将传统文学和现代文学绝对二分是站不住脚的，但20世纪确实见证了一些根本性的变化。因此，将20世纪的文学称为明显的现代文学是说得通的。最大的变化是，中国不能再被孤立地考虑，而是这个全球联系日益紧密世界的一部分。至少还有两个变化是前所未有的：白话取代文言成为新的语言媒介；许多文学受到大量引入的西方诗歌、小说和戏剧的影响。这一切对20世纪的中国文学产生了巨大的影响，使之与两千多年来中国古典文学的悠久传统有着本质上的不同。

20世纪伊始便伴随着全球范围的暴力与战乱。清朝的终结并没有减轻西方列强和日本通过战争、不平等条约、特权要求和治外法权给中国施加的压力。尽管在第一次世界大战中，中国站在战胜的协约国一方，但1919年4月的《凡尔赛和约》，却将德国在中国东北与山东的特权转给了日本，而不是归还给中国。这让无数中国人愤怒已极，1919年5月4日，北京大学等高校的学生来到北京天安门前游行示威，抗议《凡尔赛和约》的不平等条款。这一事件标志着20世纪中国政治与文化生活的激进化，并产生了一系列深远的影响。五四运动成为新时代和新文化的象征，欢迎来自西方的"德先生"（民主）和"赛先生"（科学），同时抨击中国传统文化特别是儒家思想，后者被视为中国现代化的负担和障碍。五四新文化运动以对儒家思想的激进批判为纲，不仅是一场社会和政治抗议，更是对文化和传统的根本变革，是中国人的"启蒙运动"。

许多中国知识分子认为中国必须现代化，当时这基本上意味着西化。他们呼吁摆脱儒家为代表的旧传统，建立一种全新的文化，放弃古典汉语（文言）而采用一种新的语言（白话）。而其他一些知识分子仍然想从传统中恢复那些有益的相关精华，他们认为中国自身传统还是有价值的，反对用白话完全取代文言。所以，究竟是继续使用文言还是改用白话，成为当时的一个主要争论。在五四运动期间，这场争论更加白热化了，但这是一场知识分子之间的争论，双方阵营的主要人物大多从日本、欧洲或美国留学归来，对于诊断中国痼疾、寻找现代化的路径而言，他们观点可能不同，但他们都怀着同样的心愿，希望振兴中华国运于危难之中。胡适（1891—1962）是五四新文化运动的主力，对儒家思想和文言文持激进的批评态度，他曾留学美国康奈尔大学和哥伦比亚大学；最具影响力的现代作家、反对儒家传统的旗手鲁迅，是日本留学回国的；但是，与他们对立、主张保护中国传统文化根基的学者——梅光迪（1890—1945）、胡先骕（1894—1968）和吴宓（1894—1978）——也绝非对西方一无所知，因为他们都是美国哈佛大学的毕业生。他们可能具体观点不一，但都生长于中国传统文化之中，也都对西方文化有所钻研，并且尽管看法不一，他们也都保持着友好的私交。

五四新文化运动并非从历史真空中突然爆发，而在早年已有预兆，甚至可以追溯到晚明与晚清时期。如上一章所述，晚清黄遵宪已经主张"我手写我口"，并推动了诗界革命。梁启超还呼吁小说革命，并创作了"新小说"传播维新思想。白话报纸的出现及其小说连载，为五四白话文学的兴起铺垫了道路。甚至在1919年之前，胡适已于1917年在《新青年》杂志上发表了《文学改良刍议》，而五四运动的另一领军人物陈独秀（1879—1942），同年也在这一刊物上发表了《论文学革命》。1918年，《新青年》发表了鲁迅的小说代表作《狂人日记》，还有胡适、沈尹默、刘半农等人的白话诗歌。于此，《新青年》迅速成为五四新文化运动最具影响力的杂志。

在中国古典文学中，诗歌一直是主要的文学形式，若想建立一种新的文学，绝对有必要创作出一种以白话写作、完全不受传统限制的新诗，不要求律诗的形式和严格的平仄格律与对仗。更重要的是，新诗必须使用一种新的语言，表达不同于传统古典诗歌的新的思想与情感。第一个公开发表新诗的是胡适，下面这首《蝴蝶》（1916年8月23日）是他最早的白话诗之一：

> 两个黄蝴蝶，双双飞上天。
> 不知为什么，一个忽飞还。
> 剩下那一个，孤单怪可怜；
> 也无心上天，天上太孤单。
> Two yellow butterflies, fly in a pair to the sky.
> Suddenly one flies away, and no one knows why.
> The one left alone, feeling lonely and sad;
> It doesn't want the sky, for it's too lonely and high.

1920年，胡适出版了他的新诗选集《尝试集》，提出"诗的经验主义"理论，即诗歌应以生活经验为基础，应来自诗人的个人知识和才能。这个想法在他的《梦与诗》（1920年10月10日）中即有体现：

都是平常经验，
都是平常影像，
偶然涌到梦中来，
变幻出多少新奇花样！

都是平常情感，
都是平常言语，
偶然碰着个诗人，
变幻出多少新奇诗句！

醉过方知酒浓，
爱过才知情重：——
你不能做我的诗，
正如我不能做你的梦。

All are common experiences,

All are common imageries;

By chance they rush into a dream,

How wonderfully new it all varies!

All are common feelings,

All are common words;

By chance they meet with a poet,

How wonderfully it turns to verse!

Drunk, and you know the wine strong,

Loved, and you know the passion extreme:

You cannot write my poem,

Just as I cannot dream your dream.

刘半农（1891—1934）是新诗的主要贡献者。他用优美的语言写下了这首爱情诗《教我如何不想他》（1920年9月4日，伦敦），每节最后一行以叠句重复：

天上飘着些微云，
地上吹着些微风。
啊！
微风吹动了我头发，
教我如何不想他？

月光恋爱着海洋，
海洋恋爱着月光。
啊！
这般蜜也似的银夜，
教我如何不想他？

水面落花慢慢流，
水底鱼儿慢慢游。
啊！
燕子你说些什么话？
教我如何不想他？

枯树在冷风里摇，
野火在暮色中烧。
啊！
西天还有些儿残霞，
教我如何不想他？

In the sky some light cloud floats,

Some gentle wind on the earth blows.
Ah!
The gentle wind touches my hair,
How can I not think of her?

The moon falls in love with the sea,
The sea loves the moon dearly.
Ah!
Such a night, honey-sweet and silver,
How can I not think of her?

On the water fallen petals flow away,
Underneath fish are swimming leisurely.
Ah!
About what do you swallows chatter?
How can I not think of her?

In cold wind a withered tree is shivering,
In the twilight a wildfire is flickering.
Ah!
Western sky is tinged with red color,
How can I not think of her?

　　与那些顶尖的古典诗歌相比，这些新诗听起来确实很浅显，也不够复杂精妙，但它们确实给读者带来了一种全新的文学表达的印象——自由、直接、自然，代表着新时代的精神。

2. 鲁迅：现代中国伟大的作家和思想家

若是缺少影响巨大的重磅作品，对新文学的推动充其量只是一个空洞的承诺。1918年，鲁迅（1881—1936）在《新青年》上发表了《狂人日记》，成为新文学尤其是中短篇小说的起点，对20世纪文学形成了难以逾越的巨大影响。鲁迅本名周树人，他最初想成为一名医生，于是1904年留学日本，到仙台医学专门学校学习。当时恰逢日俄战争爆发，部分战事却发生在中国东北的土地上。那时在仙台医学专门学校，讲座结束后常给学生播放关于战争的幻灯片和新闻短片，而鲁迅有一次看到某一场景之后，发生了彻底的转变。鲁迅在他的第一部短篇小说集《呐喊》自序中写到，他当时看到的新闻短片是处决一名被控为俄国人做间谍的中国人，他被日军抓获并斩首示众，而许多中国人在旁围观，一副麻木冷漠的样子。鲁迅以冷静而深刻的反思写道：

> 因为从那一回以后，我便觉得医学并非一件紧要事，凡是愚弱的国民，即使体格如何健全，如何茁壮，也只能做毫无意义的示众的材料和看客，病死多少是不必以为不幸的。所以我们的第一要著，是在改变他们的精神，而善于改变精神的是，我那时以为当然要推文艺，于是想提倡文艺运动了。

从一开始，鲁迅就有一种清晰的文学意识，认为文学是改变人们思想和精神的有效手段。他弃医从文，正因为他认为将中国人从精神麻木中唤醒比治愈他们的身体更重要。对鲁迅来说，启发民智、改造中国的"国民性"，正是知识分子的首要责任。怀着这一明确的目的，他以敏锐的观察、深刻的反思、卓越的文学才华与幽默感，创作了极为深刻有力的作品，带来了强烈的阅读快感。在《狂人日记》之后，鲁迅还出版了多篇同样著名的短篇小说，如《阿Q正传》《药》《祝福》等，迅速成为五四新文学的主要作家。鲁迅还在报纸和杂志上发表了许多具有巨大影响力的杂文，以其尖锐的社会批判被比作"匕首和投枪"，至今仍深受许多中国读者赞赏。

作为一位坚定的反传统的思想家、激进的社会批评家、优秀的讽刺作家与伟大的文学家以及具有左翼情怀的知识分子，鲁迅受到中国共产党高度赞赏，并在1930年代在上海成立"左翼作家联盟"中发挥了重要作用。然而，鲁迅的性格如此独立，对政治的理解如此清晰，他始终没有加入任何政党。在1950年代到1970年代的中国文学批评的主流话语中，鲁迅被描述为共产主义革命的守护者，毛泽东本人称赞他为"在文化战线上，代表全民族的大多数，向着敌人冲锋陷阵的最正确、最勇敢、最坚决、最忠实、最热忱的空前的民族英雄"。然而，对鲁迅的神化其实模糊了他思想和作品的许多其他方面，其实他的个人信念以及他对人性的看法，即便不是虚无主义的，也是相当悲观的，可能还受到了尼采和叔本华的一定影响。例如，在《狂人日记》中，他讽寓性地将中国历史和儒家道德描述为长期以来"吃人"的野蛮传统。他借"狂人"之口说：

> 我翻开历史一查，这历史没有年代，歪歪斜斜的每叶上都写着"仁义道德"几个字。我横竖睡不着，仔细看了半夜，才从字缝里看出字来，满本都写着两个字是"吃人"。

鲁迅有一个著名的比喻，中国是"一间铁屋子，是绝无窗户而万难破毁的"。这显示出鲁迅对革命与牺牲抱着复杂而矛盾的看法。"我觉得革命以前，我是做奴隶，革命以后不多久，就受了奴隶的骗，变成他们的奴隶了。"他在《华盖集·忽然想到（三）》中说，又如"我觉得许多烈士的血都被人们踏灭了，然而又不是故意的"。《阿Q正传》一般被认为是他的代表作，可以被解读为一个关于中国的讽寓。阿Q是一个可怜卑下的懦夫，被粗线条地塑造为中国人愚昧懦弱的代表，但他的土气和脆弱又应该博得读者的怜悯和同情，而非一味的轻蔑和鄙视。《药》是另一个具有高度象征意义的故事，展示了鲁迅对辛亥革命的矛盾心理，因为故事极为讽刺地让一位革命殉道者的鲜血付与一个愚昧的民众，后者却对其所献身的事业一无所知，这牺牲似乎也是白费。所有这些作品，都显示了鲁迅作为一个深刻的思想家和伟大作家内心的某种黑暗面，但正如他谈到自己时所说的，"我的确时时解剖别人，然而更多的是更无情面地解剖我自己"（《写在〈坟〉后面》）。他的散文诗集《野草》，也蕴含着强烈的个人思考、反思与不懈的自我解剖，往往是忧郁、黑暗而高度诗意的。大地上被众人践踏的原始的野草，正如他在这样的环境中的创作所得。正如他在这部诗集的"题辞"中所写："我自爱我的野草，但我憎恶这以野草作装饰的地面。"鲁迅是一位伟大的作家，也是一位深刻的思想家，因为他有力地表达了对人民至关重要的思想；他的思想与作品的复杂性，使他不仅是一位真正伟大的20世纪中国作家，而且具有重要的世界意义。

　　鲁迅于1936年去世，正处于日本进一步侵华、爆发全面战争的前夕，离后来的国民党与共产党之间的内战也还有许多年。1949年中华人民共和国成立之后，鲁迅在大陆主流话语中几乎被神话为革命英雄，但在1950年代至1970年代期间，他生前的几位学生与密友均在这一时期受到了排挤与冲击。例如胡风（1902—1985）与冯雪峰（1903—1976）都与鲁迅走得很近，都曾在1930年代的左翼文学团体中发挥领导作用，但到了1950年代却迎来了厄运。胡风被打成"反革命"，1955年被捕并关押了24年，直到1979年才出狱，1980年平反；冯雪峰与当时的无数知识分子一道，在1957年的"反右"运动中被打入另册并关押多年，最终于1976年在"文革"中含恨去世。他们的遭遇不仅是个人的不幸，而是在那段岁月无数政治运动之下，众多作家与知识分子集体命运的象征。

3. 1920年代：新诗的黄金时代

回望20世纪，1920年代似乎是新诗兴起并蓬勃发展的黄金时期。胡适的《尝试集》出版于1920年，是第一本以白话文书写的新诗诗集；随后，郭沫若（1892—1978）于1921年出版了诗集《女神》，充满了青春激情和丰富想象，受到了现代西方诗歌尤其是惠特曼（Walt Whiteman, 1819—1892）的《草叶集》的影响。胡适主要是中国新文化运动的领导者，他的新诗的确经过反复"实验"，仍然显出一些传统诗歌尤其是宋词的影响。而郭沫若的诗歌受到的外国文学影响更为明显，《女神》被誉为中国新诗的第一部重要成果。当时在新诗界最具影响力的团体大概是"新月社"，以闻一多和徐志摩为领袖。闻一多（1899—1946）在美国学习美术时开始写诗，并于1923年出版了第一本诗集《红烛》。1925年，他回到中国教书，并于1928年出版了第二本诗集《死水》。其中《死水》这首诗以反讽的方式，表达了对当时中国社会状况与变革的深度失望之情：

> 这是一沟绝望的死水，
> 清风吹不起半点漪沦。
> 不如多扔些破铜烂铁，
> 率性泼你的剩菜残羹。
>
> 也许铜的要绿成翡翠，
> 铁罐上锈出几瓣桃花；
> 再让油腻织一层罗绮，
> 霉菌给他蒸出些云霞。

让死水酵成一沟绿酒，
飘满了珍珠似的白沫；
小珠们笑声变成大珠，
又被偷酒的花蚊咬破。

那么一沟绝望的死水，
也就夸得上几分鲜明。
如果青蛙耐不住寂寞，
又算死水叫出了歌声。

这是一沟绝望的死水，
这里断不是美的所在，
不如让给丑恶来开垦，
看他造出个什么世界。

This is a pool of dead waters of despair,
In which no wind can stir a single loop.
You might as well throw in broken metals,
Or pour in your leftover scraps or soup.

Perhaps copper will turn green like emerald,
Rusty pots will produce red peach blossom;
Let its oily surface weave a film of satin,
And from mildew arise a mist so loathsome.

Let dead waters brew into a greenish ale,
With white pearly foam afloat all over;
With laughter small pearly drops become bigger,
Only to burst when mosquitos come for the liquor.

Then this pool of dead waters of despair

Could boast of colors bright and loud.

If frogs couldn't stand the lonely quietness,

Dead waters could even sing and cry out.

This is a pool of dead waters of despair,

Where beauty surely is nowhere to locate;

Might as well let ugliness take it over,

And see what kind of a world it will create.

诗中这种强烈的厌恶感，反映的实是诗人刚从国外归来之际，对祖国极高的期望与深深的热爱。1937年抗日战争全面爆发时，闻一多加入了迁至昆明的战时国立西南联合大学，并于1944年在政治上加入了中国民主同盟。他公开批评蒋介石领导下的国民党政府，于1946年7月在昆明被国民党特务暗杀。

徐志摩（1896—1931）是新月社的核心成员，经常被认为是中国现代文学中最优秀的诗人之一。他毕业于北京大学，曾留学美国和英国，对英国剑桥大学有着特殊的情感依恋。受英国浪漫主义文学的影响，徐志摩的诗歌或许是当时中国诗人"浪漫"的最佳体现：轻盈、温柔、笔触清晰，有着细腻的自然感、个体情感与生动的想象。下面这首《再别康桥》（1928年11月6日中国海上），可能是徐志摩最著名的一首诗，以恋旧之情与爱的回忆深深触动了读者，全诗语韵优美，深情动人：

轻轻的我走了，

正如我轻轻的来；

我轻轻的招手，

作别西天的云彩。

那河畔的金柳，
是夕阳中的新娘；
波光里的艳影。
在我的心头荡漾。

软泥上的青荇，
油油的在水底招摇：
在康河的柔波里，
我甘心做一条水草！

那榆荫下的一潭，
不是清泉，是天上虹，
揉碎在浮藻间，
沉淀着彩虹似的梦。

寻梦？撑一支长篙，
向青草更青处漫溯，
满载一船星辉，
在星辉斑斓里放歌。

但我不能放歌，
悄悄是别离的笙箫；
夏虫也为我沉默，
沉默是今晚的康桥！

悄悄的我走了，
正如我悄悄的来；
我挥一挥衣袖，

不带走一片云彩。

Quietly I now go away,
　　　Just as quietly I came by;
Quietly I wave my hands,
　　　Farewell to clouds in western sky.

The golden willow by the river
　　　Is a bride in the sunset so fair;
Its slender shadow in the shimmering waves
　　　Dances in my heart fore'er.

The green water plants on soft soil
　　　Seem to solicit in the water to caress,
In the gentle waves of River Cam,
　　　I'd be content as a watercress!

The pool under the shady elm tree
　　　Is not a spring, but a rainbow stream,
Scattered in pieces among the duckweeds,
　　　Sinking like a rainbow-colored dream.

In search of a dream? Just take a long pole
　　　And roam to where the grass is greener,
Or have a boat full of starry light,
　　　And sing in the starry splendor.

But I cannot sing a song,
　　　Farewell's music is quiet;

Even summer insects are silent for me,
　　Cambridge is all quiet tonight!

Silently I now go away,
　　Just as silently I came by;
Gently I wave my sleeves,
　　And take no cloud away as mine.

　　朱湘（1904—1933）是一位英年早逝的天才诗人。他曾在清华大学学习，并于1927年至1929年在美国留学两年，然后回国在安徽大学任教。由于他性格直率又不合群，有时甚至态度粗鲁，他在安徽大学期间过得并不如意，直至辞去教职。后来，他的生活逐渐艰难起来，在一次乘船旅行期间自沉长江而死，年仅29岁。他也与新月社联系紧密，最好的几首作品都堪称新诗诗人致力建立现代诗歌韵律的典范。下面这首《葬我》，几乎是对其死亡凄凉的预言：

　　葬我在荷花池内，
　　耳边有水蚓拖声，
　　在绿荷叶的灯上，
　　萤火虫时暗时明——

　　葬我在马缨花下，
　　永做着芬芳的梦——
　　葬我在泰山之巅，
　　风声呜咽过孤松——

　　不然，就烧我成灰，
　　投入泛滥的春江，

与落花一同漂去
无人知道的地方。

Bury me in the lotus pond

To hear earthworm moving with water around,

And fireflies hovering over green leaves,

Like tiny lamps now out and now on—

Bury me under azaleas,

To have a long fragrant dream—

Bury me on top of Mount Tai,

The wind wails over a lonely pine tree—

Otherwise burn me to ashes

And throw into the swelling spring river—

And float away with fallen flowers

To no one knows where.

在那个时代，许多中国青年都留学海外，几乎所有重要的现代诗人都在国外学习过，尤其是向西方范式学习。李金发（1900—1976）留学巴黎，诗歌受到法国象征主义尤其是波德莱尔的《恶之花》等影响，他也经常被认为是中国第一位现代主义诗人。另一位也受法国文学影响的诗人是戴望舒（1905—1950），他留学法国里昂，是上海"新感觉派"的一员，也是刘呐鸥、穆时英、施蛰存等人的密友。他的作品常被视为中国象征主义诗歌的典范。下面是戴望舒的诗歌《烦忧》，在上下两节中巧妙地回旋重复诗句，为这首单相思之歌营造了一种绕梁三日的效果：

说是寂寞的秋的清愁，

说是辽远的海的相思。
假如有人问我的烦忧，
我不敢说出你的名字。

我不敢说出你的名字，
假如有人问我的烦忧。
说是辽远的海的相思，
说是寂寞的秋的清愁。

Say it's lonely autumn's translucent sadness,

Say it's the lovesickness of the sea faraway.

If someone asks me why so hapless,

Your name I would not dare to say.

Your name I would not dare to say,

If someone asks me why so hapless,

Say it's the lovesickness of the sea faraway,

Say it's lonely autumn's translucent sadness.

　　冯至（1905—1993）留学德国，灵感则来自歌德和里尔克，他也是将十四行诗形式引入到中国现代诗歌中的几位诗人之一。或许是里尔克和荷尔德林的影响之故，冯至的诗歌往往呈现为一幅意象的拼贴画，并杂糅以哲学思想的暗示。下面这首《十四行二十七首》其二（1941年）就是一个例子：

什么能从我们身上脱落，
我们都让它化作尘埃：
我们安排我们在这时代
像秋日的树木，一棵棵

601

把树叶和些过迟的花朵
都交给秋风，好舒开树身
伸入严冬；我们安排我们
在自然里，像蜕化的蝉蛾
把残壳都丢在泥里土里：
我们把我们安排给那个
未来的死亡，像一段歌曲，
歌声从音乐的身上脱落，
归终剩下了音乐的身驱
化作一脉的青山默默。

Whatever can from our bodies fall,

　　We let it turn to dust:

　　In our time we must

Make ourselves like autumn trees tall,

And hand over leaves, late flowers and all

　　To the autumnal wind, so every tree

　　May extend to cold winter; so may we,

Like cicadas, naturally rid our bodies withal

Of broken shells to the soil with no pity:

　　It's ourselves we arrange

To give to that future death, like a ditty,

　　The voice from music is to estrange,

And finally leaves only music's body

　　To turn to a green and silent mountain range.

　　另一位与新月社有密切联系的诗人是卞之琳（1910—2000），他的诗歌是委婉而无热情外溢的，精心结撰，不时闪现一些有趣交缠的灵思与意象。下面这首短诗题为《断章》（1935年10月），并不直抒胸臆，而是通过不同人物变换的视角，暗示含蓄的意蕴：

> 你站在桥上看风景，
> 看风景人在楼上看你。
>
> 明月装饰了你的窗子，
> 你装饰了别人的梦。
> You stand on the bridge to enjoy the view,
> But the viewer in the tower is looking at you.
>
> Your window is decorated by the moon,
> But you have decorated someone else's dream.

卞之琳最著名的诗是一首四行的自由诗《鱼化石》（1936年6月4日），用化石的意象暗示永恒的爱的概念：

> 我要有你的怀抱的形状，
> 我往往溶化于水的线条。
> 你真像镜子一样的爱我呢。
> 你我都远了乃有了鱼化石。
> I would want to have the shape of your embrace,
> I often dissolve into wavy watery lines.
> You truly love me like a mirror.
> You and I are gone. And hence the fish fossils.

　　1931年，日本帝国主义入侵中国并占领东北，新诗的黄金时代戛然而止。1937年，日本进一步扩大侵略，战争形势恶化，引发了全国性的抗日战争，亦改变了中国的政治和文化图景。这场战争产生了毁灭性的影响，也为许多本来前途无限的诗人与作家画上了人生的休止符，亦对中国现代文学的发展造成了可怕的后果。全国上下已经找不到一块足够安全的地方可以不受干扰地创作，于是，为了民族生存而抗击日本入侵的英勇战斗，成为了战时许多艺术和文学的普遍主题。

4. 多元的1930年代：散文、小说和戏剧

　　清朝灭亡之后进入民国时期，各路军阀和地方势力混战不休。不过，缺乏强有力的中央集权统治，却为各种思想和文学活动的繁荣发展创造了一个相对自由而多元的环境。在1920年代与1930年代，各类文学圈子、俱乐部、社团与派别在全国各地如雨后春笋，特别是在大城市发展迅速，且大多办有代表各自意识形态取向和文学风格的期刊杂志。左翼作家联盟由地下共产党人领导，在上海有一定的影响，不过同时也有不少其他倾向的文学团体。鲁迅以大量战斗杂文中的辛辣讽刺和社会批判而著称，但也有一些作家的火药味并不那么浓，他们采取了更为闲适的文学散文路数，流露的是幽默感而非讽刺和谴责，并有意识地载之以"闲话"或"闲聊"。他们可能也会批评现状和社会罪恶，但并不想把文学完全作为政治工具，故与左翼作家联盟有一定区别。例如，鲁迅的弟弟周作人（1885—1967）就是一位优秀的散文作家，有意识地继承了晚明小品的风格。林语堂（1895—1976）是中国现代文学中另一位重要的散文作家，以倡导"幽默"而闻名。作为一位优秀的双语作家，他的英文著作在美国十分畅销，包括《吾国吾民》（1935）、《生活的艺术》（1937）、《京华烟云》（1939）等。曾留学爱丁堡和伦敦的陈西滢（1896—1970）遵循英国散文家"优雅"的风格，以"闲话"系列独树一帜。1923年，鲁迅与弟弟周作人失和，二人分道扬镳，走上了截然不同的道路；1930年代中期，他与早年交好的林语堂绝交；他也对陈西滢有过严厉的批评。从历史

的角度事后回看，这些作家的思想与作品各有特色，对1930年代中国现代文学的丰富和成熟卓有贡献。

同样是在1930年代，基于欧洲范式的中国现代小说诞生并成为中国现代文学中越来越重要的一种文学体裁。和大多数现代诗人一样，大多数中国现代小说家也有海外留学经历，并受到外国文学的影响。李劼人（1891—1962）曾留学法国，并将许多法国小说译成中文，其小说创作亦受19世纪法国现实主义的影响。李劼人的小说三部曲——《死水微澜》（1935）、《暴风雨前》（1936）和《大波》（1936—1937）——以独特的地方色彩结构了史诗叙事，反映了晚清四川从1894年中日甲午战争到1911年辛亥革命的社会剧变。茅盾（1896—1981）是左翼作家领袖，没有出过国，于1930年至1931年期间完成了他的主要著作《子夜》，以西方现代文学形式展现了大上海的城市生活全景，描写了中国民族实业家在外国商业巨头的压力和不利社会条件下的浮沉兴衰。巴金（1904—2005）曾短期留法，以其影响极大的《激流三部曲》——《家》（1933）、《春》（1938）、《秋》（1940），描写了大家庭中几代人的人生和传统家族关系的解体，反映了中国社会的根本变化。巴金出生在四川成都，本名李尧棠，年轻时因受无政府主义影响，从两位著名的俄国无政府主义者巴枯宁和波特金的名字中各取一字，作为自己的笔名"巴金"。他的三部曲表达了年轻人作为个体获得自由的必要性，打破了陈旧道德和社会结构的限制。尽管巴金本人不是左翼作家，但他亦批判传统家庭关系的桎梏，鼓励以反抗精神直面旧道德与社会等级的专制统治。他的小说激励了一代代的中国年轻读者尤其是城市读者，也是中国现代文学中印刷次数最多的作品之一。

巴金还有几位同样来自四川的朋友也值得一提。其中包括艾芜（1904—1992），他曾广泛游历中国西南地区与缅甸、马来西亚等地，并于1935年出版了他最重要的作品《南行记》。还有左翼作家沙汀（1904—1992），他最著名的作品是讽刺短篇小说《在其香居茶馆里》

（1940）。还有一位四川作家马识途（1915—2024），他创作了许多关于自己人生与时代的中长篇小说、短篇小说与传统诗歌，甚至年过百岁之后仍然拥有惊人的创造力。

北京和上海作为两个主要城市，特点风格各不相同。1930年代的上海作为中国经济最发达的大都市，也是对西方影响更为开放的城市中心，拥有活力四射的流行文化、娱乐和商业，而北京则更有一种首善之区的感觉，主要学术机构云集于此，其知识分子亦怀有精英主义与理想主义的倾向。当然，二者的区别所挑起的论争其实远大于实际差异，但以北京大学、清华大学、燕京大学等校教授为主的许多作家和学者，形成了一个自由知识分子的文学圈子，人称"京派"，他们提倡美学，主张"纯文学"，既不同于左翼作家的政治热情，也不同于一些上海作家的商业性的通俗文化。朱光潜（1897—1986）曾在爱丁堡和斯特拉斯堡学习，是当时中国最重要的美学家与影响较大的文学评论家，为"京派"提供了理论指导。在与京派有一定联系的作家和诗人中，还有一位高产作家沈从文（1902—1988），他创作了数百篇短篇小说与数十部中长篇小说描绘他的家乡湘西，少数民族在那片田园诗般的山水中过着质朴的生活，散发出迷人的乡土特色与地域风情。其中，《边城》（1934）和《湘行散记》（1936）是他最重要的乡土小说，沈从文独特的散文风格令他不仅是中国现代文学的一位伟大作家，也是一位无愧于国际认可、享有世界文学地位的著名作家。"京派"继承了五四新文化运动的自由精神，提倡以文学艺术独立而不受限制地表达作者的个体性，虽然也关心生活与时代，但却不作为政治工具服务于特定的意识形态。因此"京派"并不同于左翼作家，后者更加重视统一战线与集体，而不是个体性格与文学表达。

尽管得名"京派"，但许多京派作品，例如像沈从文的故事和小说，主要还是集中在农村或北京等旧城市，仍然具有中国乡土的地方特色。另一方面，"海派"则代表了1930年代现代城市的魅力和活力，其创作灵感主要来自西方现代主义文学。当时的新感觉派非常活跃，以刘呐鸥（1905—1940）、穆时英（1912—1940）、施蛰存（1905—2003）为代表，描写都市生活、压抑的欲望情感及其宣泄、金钱和性的诱惑等，语言充满了艳情堕落的诱惑力，体现了瞬息万变的快节奏现代都市特点。"海派"作品受到热情的年轻城市读者的欢迎，因为这体现了中国城市文化和现代主义文学的成熟。然而，随着中国对西方思想和现代主义文学潮流态度转变，这些文学在1930年代受到了左翼作家的严厉批评，并从1950年代到1970年代一直被彻底尘封。自1980年代以来，这些作品越来越受到中国评论家和读者的认可与欣赏，他们认为就艺术与文学的繁荣而言，1930年代是一个群芳争艳的黄金时期，尤其是在上海。

1930年代也是现代戏剧蓬勃发展的时代。主要的小说家和剧作家首先是老舍（1899—1966）。他是满族人，生在北京，在1924年至1929年间受邀到英国伦敦大学东方学院教中文。在此期间，他大量阅读英文小说，尤其欣赏查尔斯·狄更斯，并开始创作自己的小说。他的小说和戏剧以描绘旧北京与平民生活闻名，语言具有令人愉悦的京味和生动的地方色彩。他的小说《骆驼祥子》（1936）描写祥子作为一个农村青年，是如何怀着单纯的期盼、想要靠一身力气拉人力车过上体面生活，又是如何在城里被周围的人逐渐腐蚀的。老舍尤以戏剧《茶馆》（1957）闻名，这部作品戏剧性地描述了在政治风云变幻的时代，这家小茶馆如何见证了三教九流的茶客来往登场，最终没落关门。"茶馆"正是当时中国的一个缩影，它让剧中形形色色的人物活灵活现地登台，令观众得以瞥见一段从晚清到20世纪初的中国近代史。老舍是中国话剧的领军作家之一。话剧不同于中国传统戏剧，它主要以白话创作，并以写实的对白推进，这种新的戏剧艺术形式在中国发源于1920年代，并于1930年代走向成熟。

曹禺（1910—1996）是现代话剧的另一位主力作家，他的戏剧《雷雨》（1934）一经上演即大获成功，当时还是清华大学本科生的曹禺也一举成名。他还有另外两部戏剧《日出》（1936）和《原野》（1937），进一步确立了他作为主要剧作家的地位。田汉（1898—1968）和夏衍（1900—1995）是当时的左翼剧作家，后来都成为新中国重要的文化官员。1930年代是一个文学与文化活动繁荣的时期，各种文学形式和流派并存，在中国形成了一个五彩缤纷的文化场景。

5. 1940年代文学：不同地区的千姿百态

1931年日本侵占中国东北，只是其20世纪军事扩张的开始。随着1937年7月7日发生卢沟桥事变，日本开始对中国进行全面入侵。中国北方的大部分领土包括北京、上海都被日军占领，后来当时的首都南京也沦陷，日军在这里对中国平民实施了恐怖的南京大屠杀。随着政府和大学从北方撤退到南方和西南，武汉、成都、重庆和昆明等城市纷纷成为战时的文化中心。地处西北的延安是当时中共中央所在，吸引了许多左翼作家。上海仍然是日本占领下的一个"孤岛"。在1930年代末至1940年代初，抗日战争成为对全体中国人的统一号召，许多作品作为战时文学都表现出强烈的爱国主义精神。战争创造的整体语境，亦令人们更深入地反思中国社会、传统家庭结构以及个人命运与整个国家命运之间不可分割的联系。在这样的背景下，诞生了许多重要小说，包括巴金的《憩园》（1944）和《寒夜》（1947）、老舍的《四世同堂》（1944—1951）以及其他作家的作品。作为一种富于感染力的公共艺术形式，话剧在这一时期尤其繁荣，特别是在国民党政府的战时陪都重庆。曹禺的《北京人》（1941）、郭沫若的《屈原》（1942）和吴祖光（1917—2003）的《风雪夜归人》（1942）都在重庆首演，并取得了巨大的成功。

昆明本是多山的云南省一座边远的城市，但自从北京大学、清华大学与天津的南开大学师生从北方撤退至此，于1938年合并为西南联合大学，也成为一个重要的文化和教育中心。当时在西南联大任教的包括两位著名的英国评论家，瑞恰慈（Ivor Armstrong Richards, 1893—1979）和燕卜荪（William Empson, 1906—1984），还有许多重要学者、诗人和作家尤其是"京派"人士，包括上文提到过的朱光潜、闻一多、沈从文、冯至、卞之琳等，还有一些未及提到的著名诗人和作家，如吴宓（1894—1978）、朱自清（1898—1948）与林徽因（1904—1955）等。西南联大的一些学生后来也成为重要的诗人和作家，包括穆旦（1918—1977），一位才华横溢的现代主义诗人和西方文学翻译家；汪曾祺（1920—1997），一位杰出的作家，他的短篇小说和散文经常被称赞为优雅而浸润了古典气息，在风格与水平上甚至可与他的老师沈从文相较。

　　在延安，作家比昆明与其他地方的同行更直接地参与政治，紧密遵循中共中央的指示。有些左翼作家到达延安之前已经建立了一定声望，例如丁玲（1904—1986）和艾青（1910—1996）。起初，他们曾对在解放区所经历的官僚主义作风提出批评，而另一位左翼作家王实味（1906—1947）对官僚主义、特权意识和不良作风的批评最多。他的评论文章《野百合花》引起了较大争论。1942年，毛泽东领导下的中国共产党发起了整风运动，进行思想改造，清除大城市知识分子的资产阶级思想。同年5月，毛泽东作了《在延安文艺座谈会上的讲话》，指出文艺必须反映群众生活、为群众服务。这使得知识分子必须改变立场、改造思想为革命政治服务。这些思想也成为1949年新中国成立后的指导原则，并对后来1950年代至1970年代的文化与知识生活产生了显著影响。

　　在日本占领下，从1930年代末到1940年代中期，中国北方与上海的社会环境极为不同。尽管外在环境恶劣，众多学者与通俗作家仍然继续坚持创作。武侠小说又开始流行起来，爱情小说在北京与天津等北方城市也有很多读者。上海作为沦陷的"孤岛"，再次证明了这确实是一片能令城市文学蓬勃发展的特殊土壤，诞生了多部融新旧于一炉、现实主义的、现代主义的优秀作品。张爱玲（1920—1995）是当时一颗新星，她于1943年出版了第一部小说《沉香屑：第一炉香》，立即获得成功，并在接下来的几年里迅速确立了自己作为主要作家的地位。她最好的作品包括《倾城之恋》（1943）、《金锁记》（1943）等，展示了她非凡的文学才华和对古典文学尤其是《红楼梦》的精深理解。在她的小说中，故事、人物、语言和形象都呈现出古典小说的影响，但心理的深度与微妙性以及情感的波动无疑又是现代的。从某种意义上说，她的成就代表了中国小说从晚清到五四一代发展的巅峰，以及1930年代至1940年代的嬗变成长。她于1952年离开内地，先往香港，之后又迁居美国。她的作品在很长一段时间不能在大陆出版，但1980年代以来，她又恢复了昔日的文学声誉，在中国大陆、台湾与其他华语地区，许多当代作家都深受她的影响。

另一部写于战争期间、战后于1947年在上海出版的重要小说是钱锺书（1910—1998）的《围城》。钱锺书可以说是现代中国最博学的学者之一，也是一位优秀的作家。虽然他在文学上只出版了这部小说与几部散文集和短篇小说集，但《围城》被誉为现代经典，代表了中国现代文学的高水准成就。它对战争期间知识分子精神困境的描述生动多彩，令人印象深刻，又充满了社会讽刺的幽默感，人物对话诙谐，比喻令人叫绝，许多意象一读难忘，同时又不失悲剧感染力。书题来源于一句法国谚语"fortresse assiégée"，描述了婚姻如被围困的城堡："城外的人想冲进去，城里的人想逃出来。"然而，这部小说远远超出了人性喜剧的困境。它通过描述某些特定地点与特定人物，蕴含着一种更为普遍、更具象征性的意义，是对人类陷入无情和悲伤处境中的窘境和困惑的探索。

在英国殖民统治下，香港一直与大陆保持着联系，香港许多作家如侣伦（1911—1988）等多与上海作家为友，由于两个城市及其文化相近，出版的作品也与"海派"相类似。侣伦在1920年代就已经很活跃了，写下了他最重要的作品《穷巷》，并于1948年在报纸上连载。许地山（1893—1941）是一位在香港与内地之间建立联系的重要作家，他积极参与五四新文化运动，从1920年代开启了文学生涯。他的小说和故事大多是关于中国南方的，同时他也是一位印度文学专家、将泰戈尔多篇诗歌译为中文的优秀翻译家。1935年，许地山应邀到香港任教，成为香港文学和文化活动的一位领军人物。在抗日战争期间，他积极参与抗日斗争，但健康状况日益恶化，最终于1941年8月去世，几个月后便爆发了太平洋战争，香港也被日本占领。战争期间，香港成为许多作家南下临时避难之所，包括郭沫若、茅盾、巴金、林语堂、戴望舒与其他多位作家，促进了文学的进一步发展。

　　在1895年中日甲午战争后，台湾割让给日本。在1920年代，在抵抗日本的殖民统治进程中，台湾本土文学已经开始出现。张我军（1902—1955）是一位在台湾推广新的白话文学、介绍五四新文化的先驱人物。赖和（1894—1943）是一位医生，也是一位作家，他的作品在描写日据之下的普通台湾民众、特别是农民的艰难生活时，有着坚定的反日立场。1937年至1945年，日本在台湾推行"皇民化运动"，意图将台湾人改造为忠于日本帝国的日本化臣民。殖民政府禁止当地学校使用中文，必须以日语作为"国语"，鼓励人民起日本名字、穿日本服装、加入日本军队，在自我身份认同上成为日本人。然而，当时一些台湾作家，如吴浊流（1900—1976）和杨奎（1905—1985），哪怕用日语写作，也不忘抵制"皇民化运动"及其目的。还有一位重要作家钟理和（1915—1960），他的主要作品《原乡人》，如吴浊流的《亚细亚孤儿》一样，探讨了台湾人民民族文化身份的复杂问题。

　　1941年12月，日军在珍珠港偷袭美国海军，第二次世界大战全面展开。日本的广岛和长崎遭到原子弹轰炸后，日本于1945年9月投降。但和平在中国没有持续多久，蒋介石领导下的国民党很快发动了内战。国民党战败之后退据台湾，1949年10月，中华人民共和国成立。当时，胡适在美国；许多学者与作家，包括著名作家、翻译家梁实秋（1903—1987）等都随国民党政府及其教育和文化机构去了台湾；但大多数作家和知识分子留在了大陆。来自延安的多位左翼作家成为新中国的领导官员，度过了一段成功时期。丁玲完成了她关于农村土地改革的小说《太阳照在桑干河上》，这部作品于1948年出版，作为社会主义现实主义的典范作品，于1951年获得斯大林文艺奖二等奖。另一部关于土地改革的小说，周立波（1908—1979）的《暴风骤雨》，则获得斯大林文艺奖三等奖。

历经几十年战乱，腐败的国民党政府垮了台，中国终于建立了一个新政权，承诺将创造一个和平、稳定、繁荣的新未来，这正是自晚清以来中国知识分子所期盼的。许多学者、诗人和作家都满怀希望，憧憬着新中国的未来。许多海外的中国知识分子正是如此，不仅是作家和诗人，还有各行各业的科学家、工程师和技术人员，他们纷纷从欧美回国，参与建设这个伟大的新中国。1949年年底，郭沫若和茅盾从香港北上到新中国政府任职。老舍和曹禺当时在美国，也都满怀希望与信心回到了祖国。巴金当时在上海，他热情地欢迎"解放"。如果说，中国文学在"五四"迎来了从古典急剧转向现代的转折点，那么此时又达到了另一个转折点，对文学本身产生了深远的影响。

译后补记

承蒙东方出版中心厚爱，我去年有幸承担了张隆溪先生大作 *A History of Chinese Literature* 的英译中工作，如今在中文版即将与读者见面之际，重读译稿补写后记。论在北大与哈佛的求学经历，我可算是张先生的双重校友，没想到在离开校园十几年后，还能有缘通过这本书再受指点，所有章节在我译出之后又经张先生逐一批改，想来真是一段难忘的学译历程。东方出版中心副总经理朱宝元博士担任本书责任编辑，全程给予了极大帮助。

这部《中国文学史》可能与许多读者看过的同名图书不太一样，最初是以英文面向海外读者而作的。在东西方文明交流并不平衡的现实下，这本书的初衷是让各国更多读者（也包括非专业读者）有机会接触到中国文学与文化，并不限于一人一事一诗一文的知识，而是一个超越时空界限的美的公约数的集合；西方经典与其他民族文学在书中交相参证映鉴，更充实了其间的"自译解系统"，即便是零语境起步，也能借此对中国文学形成一种通史性的成体系认知。千江有水千江月，不仅海外读者，我相信生长在中华文化中的读者同样也可以获得美好的阅读体验，兴许还多了不时的会心一笑。

中国文学成为世界文学不可或缺的一部分，无疑是历史的必然；而中国故事如何讲，非常考验胸怀与智慧，一个故事讲好了，可以引导激发更多的中国叙事为世界所知，乃至进入人类共识共享的文化背景，助力不同文明之间互学互鉴。所以，两年前我读到英文版时，几乎是情不自禁地想要参与到翻译中来，也让更多的人可以从中有所思有所得。

　　贺麟先生曾说，翻译的本质就是用不同的语言文字表达同一真理。这部《中国文学史》至少是两次翻译的成果。最难的那次张先生已经完成了，以受众最广泛的英文为载体，在世界文学与比较文学的框架中，表达中国文学的数千年风流华彩（为了更贴切地传递这种美感，中文版也对照保留了所有诗词歌赋的英译）；相对容易的则是这部中译稿了，毕竟是以我的母语呈现给中文读者，再说原著已经可称大雅，不必再加任何滤镜，此时译者越是"无我"，读者自然从中照见得越真。

　　付梓之际，感谢本书助理编辑沈辰成先生、责任校对高淑贤女士的辛勤劳动。尤其感谢林雅华教授的指点与支持。感谢翻译过程中提供帮助与启发的各位师友。感谢家人的理解与奉献。由于译者个人水平有限，译文难免有疏漏错谬之处，恳请读者不吝指正，在此一并致谢。

黄湄

2024 年 6 月 30 日于北京